MIRA®

Umwelthinweis:
Dieses Buch wurde auf chlor- und säurefreiem Papier gedruckt.

Weihnachtsmänner küssen besser

MIRA®

MIRA® TASCHENBUCH
Band 25332
2. Auflage: Dezember 2008

MIRA® TASCHENBÜCHER
erscheinen in der Cora Verlag GmbH & Co. KG,
Valentinskamp 24, 20350 Hamburg
Deutsche Taschenbucherstveröffentlichung 2008

Originaltitel: Santa's Sexy Secret
Aus dem Amerikanischen von Tess Martin

Originaltitel: A Surprise Christmas Proposal
Aus dem Amerikanischen von Linda Gross

Originaltitel: Stress & The City
Aus dem Amerikanischen von Linda Cadenberg

erschienen bei: Harlequin Books, Toronto
Published by arrangement with HARLEQUIN ENTERPRISES II B.V./S.àr.l.

Konzeption/Reihengestaltung: fredebold&partner gmbh, Köln
Umschlaggestaltung: pecher und soiron, Köln
Redaktion: Iris Paepke/Bettina Steinhage
Titelabbildung: Getty Images, München; pecher und soiron, Köln
Satz: Buch-Werkstatt GmbH, Bad Aibling
Druck und Bindearbeiten: CPI – Ebner & Spiegel, Ulm
Printed in Germany
ISBN 978-3-89941-546-9

www.mira-taschenbuch.de

Lori Wilde

Viel Trubel um Sam

Roman

Aus dem Amerikanischen von
Tess Martin

MIRA®

1. KAPITEL

Dieses verflixte Weihnachtsmannkostüm juckte.

Und zwar sehr.

Mit wachsendem Entsetzen stellte Sam Stevenson fest, dass das Kostüm voller Flöhe war. Er kratzte sich heftig hinterm Ohr und dachte, dass er aus diesem verdammten Ding rausmusste, bevor die gnadenlosen Viecher ihm die Haut vom Leib fraßen. Und außerdem würden die Plagegeister auf die Kinder überspringen, wenn sie bei ihm auf dem Schoß saßen.

„Ich muss weg", brummte er die schlanke Elfe an, die auf einem Podium neben dem Pferdeschlitten aus Pappe und Sperrholz stand.

„Weg?" Die junge Frau blinzelte ihn an. „Was soll das heißen? Das Kaufhaus öffnet in zwei Minuten, und eine ganze Kinderbande wartet darauf, den Weihnachtsmann zu sehen. Sie können jetzt nicht gehen."

Wenn ihm nicht so unwohl gewesen wäre, hätte er sich womöglich die Zeit genommen, ihr kurzes, dunkelblondes Haar zu bewundern, das sich in Locken um ihr unschuldiges Kindergesicht kringelte. Dieses Gesicht war ganz offensichtlich der Grund dafür, dass sie diesen Job als Elfe bekommen hatte. Im Augenblick allerdings konnte Sam an nichts anderes denken, als so schnell wie möglich seine Kniehosen auszuziehen.

„Hören Sie, Lady, da ist etwas, worum ich mich ziemlich dringend kümmern muss. Die Kinder müssen einfach warten." Sam eilte zur Tür.

Doch da stürzte die Elfe mit ausgestreckten Armen nach vorne, um sich ihm in den Weg zu stellen. Dabei klingelten die Glöckchen an ihrem rotweiß gestreiften Hut fröhlich. „Tut mir leid, aber Sie werden nicht gehen."

„Wie bitte?“ Sam kratzte sich aufgebracht am Hals. Was für ein Problem hatte diese Frau? Garantiert wurde sie vom Kaufhaus nicht gut genug bezahlt, um sich als Chefin aufzuspielen. „Wollen Sie mir vorschreiben, was ich zu tun und zu lassen habe?“

„Ich weiß, was Sie vorhaben, und ich kann das nicht gutheißen.“ Sie stemmte mit gerunzelter Stirn die Hände in die Hüften und blitzte ihn mit ihren olivgrünen Augen vorwurfsvoll an.

Eine dunkle Vorahnung beschlich ihn. Hatte sie irgendwie sein Geheimnis erraten?

„Wovon sprechen Sie?“ Sam fasste in seinen Bart. Die Flöhe fraßen ihn bei lebendigem Leib auf. Er musste aus diesem Kostüm. Sofort.

„Ich weiß, was los ist, und ich kann Ihnen helfen. Meine Mutter ist Sozialarbeiterin.“

„Und wenn Ihre Mutter Margaret Mead persönlich wäre, das interessiert mich nicht. Aus dem Weg.“

„Margaret Mead war Anthropologin“, klärte sie ihn auf. „Keine Soziologin. Eine Anthropologin studiert die Menschen. Eine Soziologin studiert soziale Gruppen.“

„Wen zum Teufel interessiert das?“

„Ärger.“ Sie schüttelte den Kopf. „Ein absolut klassisches Symptom.“

Sam starrte sie mit offenem Mund an. Diese Frau musste verrückt sein.

Er versuchte, um sie herumzugehen, doch sie trat ihm Schritt für Schritt in den Weg, als würden sie zusammen Walzer tanzen.

„Sie müssen sich deswegen nicht schämen“, fuhr sie ernsthaft fort.

Gut, vielleicht musste man sich wegen Flöhen nicht schämen, aber Sam wollte auch nicht, dass seine Notlage vor der ganzen Welt ausposaunt wurde. Er konnte sich noch gut an ein besonders beschämendes Ereignis aus seiner Kindheit erinnern, als seine Lieblingslehrerin in der vierten Klasse, Miss Applebee, Läuse in seinem Haar entdeckt hatte.

Sam zuckte bei der unangenehmen Erinnerung zusammen. Er musste dieses Kostüm loswerden. Nicht nur wegen der Flöhe, was schon Grund genug war, sondern auch, weil es ihn an seine erbärmliche Kindheit erinnerte.

Er hob drohend einen Finger. „Aus dem Weg, Sweetheart, oder ich renne Sie über den Haufen."

„Aber die Kinder brauchen Sie. Der Weihnachtsmann verkörpert für sie etwas Schönes und Wunderbares. Wie können Sie nur ihre Träume kaputtmachen? Bedeuten Ihnen diese Kinder denn nicht mehr als der Alkohol?"

„Alkohol?"

„Mir ist bewusst, dass die meisten Männer, die einen Job als Santa Claus annehmen, ziemlich viel Pech gehabt haben. Sie bekommen keine festen Jobs, weil sie ein Drogen- oder Alkoholproblem haben. Diese Männer brauchen Hilfe, jemanden, der sich um sie kümmert. Es ist nicht Ihr Fehler, dass Sie abhängig sind, aber es ist Ihre Verantwortung, mit dem Trinken wieder aufzuhören."

Sam warf die Arme in die Höhe. „Sie sind wahnsinnig, wissen Sie das? Ich bin kein Alkoholiker."

„Leugnen!", rief sie triumphierend. „Ebenfalls ein klassisches Symptom."

Sam schaute sich um, in der Hoffnung, dieser grünäugigen Fanatikerin irgendwie entkommen zu können. Doch er sah keinen Ausweg.

„Weihnachtsmann, Weihnachtsmann!", brüllten die Kinder.

Mein Gott! Er musste fliehen. Sam täuschte einen Schritt nach links vor und sprintete dann rechts an der Elfe vorbei.

„He!", schrie sie. „Sie können doch nicht von mir erwarten, dass ich mich ganz alleine um die Kinder kümmere. Sie wollen den Weihnachtsmann sehen."

Und Menschen in der Hölle wollen Wasser, dachte er, sprach es aber nicht laut aus.

Die Elfe jagte hinter ihm her und packte ihn am Saum der Weihnachtsmannjacke, bevor er sich durch die Tür mit der Aufschrift *Personal* aus dem Staub machen konnte.

„Sie gehen nirgendwohin, Weihnachtsmann", fauchte sie und grub die Absätze in den Boden. „Und wenn doch, dann werde ich das dem Geschäftsführer Mr. Trotter melden."

Sam fletschte die Zähne und spornte die Flöhe schweigend an, doch lieber auf sie zu springen. Als er versuchte, die Elfe abzuschütteln, klammerte sie sich hartnäckiger an ihm fest als ein Fussel an einer Wolljacke.

„Schau nur, Mutti, die Elfe versucht, dem Weihnachtsmann wehzutun", ertönte eine Kinderstimme.

Na toll. Da hatten sie ja ihr Publikum.

„Lassen Sie mich los", verlangte Sam durch zusammengebissene Zähne.

„Nein." Sie kniff die Augen zusammen und packte noch fester zu.

Er sah ein paar verstreute Sommersprossen auf ihrer hübschen kleinen Nase und eine winzige Narbe auf ihrer ansonsten makellosen Stirn. Zu einer anderen Zeit und an einem anderen Ort hätte er ihre Hartnäckigkeit bewundert. Aber nicht hier und nicht jetzt, wo gerade jede Menge Flöhe einen Festschmaus auf seiner Haut abhielten.

„Mami, Mami, die Elfe soll den Weihnachtsmann in Ruhe lassen!"

„Sie machen meiner Tochter Angst", beschwerte sich eine Frau.

Das war nicht gut. Er durfte keine Aufmerksamkeit auf sich lenken. Sinn seines Einsatzes war doch, sich hinter der gemütlichen Weihnachtsmannfassade zu verstecken. Sein Chef, Chief Timmons, würde ihm das Fell über die Ohren ziehen, wenn seine Tarnung gleich am ersten Tag aufflog.

Sam hatte geahnt, dass es ein schrecklicher Einsatz werden würde. Chief Timmons hatte ihm schließlich deutlich zu verstehen gegeben, dass er auf diese Weise für den Lexus des Bürgermeisters bestraft werden sollte, den er bei seinem letzten Undercover-Einsatz in die Luft gejagt hatte. Unabhängig davon, dass es sich dabei um einen unvermeidbaren Unfall gehandelt hatte.

Die Flöhe nagten an ihm, als ob sie seit letztem Weihnachten nichts mehr zu essen bekommen hätten. Sam fragte sich, ob Carmichael's, das berühmte Kaufhaus in Dallas, dieses Kostüm vielleicht in einer Hundehütte eingelagert hatte. Auf jeden Fall konnte er es keine Sekunde länger aushalten. Irgendetwas musste geschehen.

Also packte er das Handgelenk der Elfe und bog jeden einzelnen Finger auf. Und bevor sie erneut zugreifen konnte, jagte er durch die Tür.

Sobald er den leeren Lagerraum betreten hatte, riss er sich den Bart ab und kratze sich fieberhaft das Gesicht. Als Nächstes zerrte er den ramponierten Filzhut vom Kopf und warf ihn auf den Boden.

Seine Finger kämpften mit den großen schwarzen Knöpfen seines Kostüms, wobei die Flöhe in sämtliche Richtungen hüpften. Dann entfernte er hektisch die Polsterfüllung um seine Taille, die einen dicken Bauch vortäuschte, kickte die Stiefel von den Füßen und schälte sich aus der Hose. Er verspürte nichts anderes als Erleichterung.

Allerdings hatte er nicht damit gerechnet, dass die unerbittlich wohltätige Elfe die Ausdauer eines Gefängniswärters hatte. Als sie in den Raum platzte, stand er nackt bis auf die Unterhose vor ihr.

Sie hatte ihn mit heruntergelassener Hose erwischt.

Edie Preston blieb ruckartig mit offenem Mund stehen. Sie hatte nicht erwartet, dass der Weihnachtsmann so gut gebaut war, so männlich, so verdammt sexy. Und schon gar nicht, ihn fast nackt vorzufinden.

Sie hatte eher mit einem etwas schwabbeligen, betrunkenen Mann mittleren Alters gerechnet, der an einer Whiskeyflasche nuckelte oder sich eine Handvoll Pillen einwarf. Stattdessen hatte sie diesen vitalen, extrem attraktiven Mann in eine ziemlich peinliche Situation gebracht.

Er riss den Kopf herum. Dunkelblaue Augen starrten sie an, bis sie zu Boden blickte.

„Was ist?" Seine Stimme war schneidend wie zersplittertes Glas. „Was wollen Sie von mir?"

„Ich … ich …" Ihre Augen wanderten von seinen kräftigen Knöcheln hoch zu seinem knackigen Hintern. Ihre Wangen wurden heißer als ein Lockenstab auf höchster Stufe. Irgendwie konnte sie ihre Zunge nicht mehr finden, obwohl sie sicher war, dass sie sich an dem üblichen Platz in ihrem Mund befand.

„Wenn Sie dann alles betrachtet haben, könnten Sie mich bitte allein lassen?" Er drehte sich zu ihr um.

„Ich … äh … ich wollte nicht …", stammelte sie, unfähig, den Blick von seinem spektakulären Waschbrettbauch abzuwenden.

Wie kam es, dass so ein Mann den Weihnachtsmann in einem Kaufhaus spielte? Er müsste doch eigentlich Fotomodell oder Profisportler sein.

„Was soll ich denn mit den Kindern machen?" Sie deutete hilflos auf die Tür.

„Weiß nicht, ist mir auch völlig wurscht." Er hob einen Arm und kratzte sich verzweifelt im Nacken.

„Kann ich Ihnen eine Frage stellen?"

„Irgendwie habe ich das Gefühl, dass Sie sie sowieso stellen werden, egal, was ich sage." Er seufzte. „Schießen Sie los."

„Würden Sie mir verraten, warum Sie hier reingerannt sind und sich ausgezogen haben?"

„Flöhe."

„Wie bitte?"

„Flöhe." Er fuhr sich über die Brust. Knallrote Quaddeln übersäten seine Haut.

„Sie haben Flöhe?"

„Nein, das Kostüm." Er deutete mit dem Kinn auf die auf dem Boden verstreuten Kleider.

Edie schlug eine Hand vor den Mund. „Ach je, und da habe ich Sie auch noch so genervt."

„Ja", bestätigte er. „Allerdings."

„Das tut mir wirklich leid. Ich hatte ja keine Ahnung. Wissen Sie, ich habe schon öfter mit Kaufhaus-Weihnachtsmännern zusammengearbeitet und einige schlechte Erfahrungen gemacht."

„Sind Sie immer so schnell mit Ihren Urteilen?" An seinem süffisanten Grinsen sah sie, wie sehr er ihre Verlegenheit genoss.

„Nein. Hören Sie, es tut mir sehr leid. Ich möchte das gerne wiedergutmachen. Ich werde jetzt den Geschäftsführer suchen und ihm von dem Problem mit dem Kostüm erzählen." Edie kam sich so klein wie ein Maiskorn vor. Sie war immer stolz darauf gewesen, dass sie Menschen nicht einfach so verurteilte.

Andererseits hing ihr guter Ruf davon ab, dass der Weihnachtsmann nüchtern war. Sie hatte eine ganze Woche gebraucht, um Mr. Trotter dazu zu überreden, Leute aus dem Männerwohnheim zu engagieren. Erst das Argument, dass diese Männer für wenig Geld arbeiteten, überzeugte ihn, nicht etwa ihre flammende Rede über seine Verantwortung der Gesellschaft gegenüber.

Wenn der Weihnachtsmann sich also hätte volllaufen lassen, hätte Mr. Trotter sie persönlich dafür verantwortlich gemacht. Deswegen hatte sie diesen übereilten Rückschluss gezogen. Wofür sie sich schämte.

„Könnten Sie mir, bevor Sie gehen, einen Gefallen tun?", flehte er.

„Einen Gefallen?" Du meine Güte, was konnte so ein attraktiver Mann nur von ihr wollen?

„Könnten Sie mich genau hier mal kratzen?" Er drehte den Arm auf seinen Rücken. „Direkt unter meiner linken Schulter. Da komme ich nicht hin, ich werde fast wahnsinnig."

„Nun ..." Diesen Mann anfassen? Ihre Finger brannten darauf, seiner Bitte Folge zu leisten, doch ihr Verstand drängte sie, lieber schnell wegzurennen.

„Kommen Sie schon, Lady, fassen Sie sich ein Herz."

„Edie."

„Wie bitte?"

„Mein Name ist Edie. Edie Preston."

„Das ist ja toll."

„Und wie heißen Sie?"

„Sam. Seien Sie ein Schatz, Edie, und helfen Sie mir."

Sie wollte schon beginnen, an einem Fingernagel zu kauen, hielt dann aber inne. Sie hatte sich das Nägelkauen so gut wie abgewöhnt, außer, sie stand unter Stress.

„Bitte", flehte er.

„Also ..."

„Wenn Sie mich nicht anfassen wollen, dann nehmen Sie irgendetwas anderes, um mich damit zu kratzen. Einen Stock, einen Kleiderbügel. Haben Sie doch Mitleid, Ma'am. Bitte."

Bitte. Diesem Zauberwort konnte Edie nie widerstehen. Er meinte es offenbar ernst. Sie holte tief Luft.

„Okay, ich tu's." Sie machte einen Schritt nach vorne und

streckte zögernd die Hand aus.

Seine Haut fühlte sich straff und warm an. Er machte einen Buckel.

„Höher“, dirigierte er.

Edie spreizte die Finger über seiner warmen Haut. Ein merkwürdiger Schauer durchlief sie.

„Ein bisschen nach links.“

Ihr Herz pochte. Sie berührte diesen unglaublichen Mann tatsächlich. Unwillkürlich wanderte ihr Blick seinen Rücken hinab bis zum Gummizug seiner Unterhose.

Was sie da erblickte, war so aufregend, dass sie schnell wegschaute und sich auf einen Stapel Kisten in der Ecke konzentrierte.

„Nein“, sagte der Weihnachtsmann, der sich vor ihren Augen in einen griechischen Gott verwandelt hatte. „Das ist zu tief. Höher. Höher. Ah! Genau da ist es!“

Edie kratzte ihn mit den Fingernägeln, den Blick starr abgewandt.

„Fester“, kommandierte er mit rauer Stimme. „Schneller.“

Grundgütiger, um das Feuer, das sich in ihr ausbreitete, zu löschen, hätte es eines feuerfesten Anzugs bedurft.

„Ja“, stöhnte er. „Hören Sie nicht auf!“

Sam beugte sich ein wenig nach vorne. Edie stand direkt hinter ihm und kratzte wie wild seinen nackten Rücken.

„Das ist es, Baby!“

In dieser Sekunde flog die Tür auf. Als Edie und Sam sich gleichzeitig umdrehten, entdeckten sie Mr. Jebediah Trotter, hinter dem sich eine Horde grölender Kinder versammelt hatte.

„Was um Himmels willen geht hier vor sich?“, verlangte Mr. Trotter zu wissen.

„Ich kann das erklären“, erwiderte Edie.

Mr. Trotter knallte die Tür hinter sich zu, verschränkte

die Arme vor der Brust und starrte sie herablassend an. „Ich würde vorschlagen, dass Sie unverzüglich damit beginnen, Miss Preston. Und zugleich verraten Sie mir bitte, warum ich Sie beide nicht auf der Stelle rauswerfen sollte." Er warf einen verächtlichen Blick in Sams Richtung.

Edie hob die Arme und ließ sie dann beschwichtigend sinken. „Sie haben ein Haus voller Kinder, die darauf warten, den Weihnachtsmann zu sehen. Wenn der nicht auftaucht, werden die Mütter mit ihnen in ein anderes Kaufhaus gehen, und dann machen Sie keinen Umsatz", appellierte Edie an seinen Geschäftssinn.

Sie mochte den neuen Geschäftsführer von Carmichael's nicht sonderlich, aber sie bildete sich etwas auf ihre Fähigkeit ein, mit jedermann auszukommen. Mr. Trotter jedoch war nur schwer zufriedenzustellen, er führte ein hartes Regiment und glaubte eher an Bestrafung als an Motivation.

Trotter streckte die Nase in die Höhe. „Mag sein, aber ich werde nicht zulassen, dass Sie mit dem *Weihnachtsmann* irgendwelche Sexspielchen in meinem Haus veranstalten. Und schon gar nicht, wenn Sie eigentlich arbeiten sollten." Er tippte auf das Glas seiner Armbanduhr.

Sexspielchen mit dem Weihnachtsmann? Edie blickte kurz zu Sam und schluckte schwer. Bis zum heutigen Tag hatte sie den Weihnachtsmann nicht im Mindesten erotisch gefunden, doch das hatte sich schlagartig geändert.

Sam stellte sich mit wütendem Gesicht zwischen Edie und Mr. Trotter. „Hören Sie mal zu, Trotter, dieses Kostüm ist voller Flöhe. Das ist der Grund, warum ich hier in Unterhosen stehe. Das ist der Grund, warum ich diese Stiche auf meinem Körper habe, die Miss Preston dankenswerterweise gekratzt hat. Wenn Sie mir nicht *subito* einen neuen Anzug besorgen und damit aufhören, diese Dame hier zu bedrohen, dann werde ich den Vorfall dem Gesundheitsamt melden müssen."

„Das wagen Sie nicht", schnaubte Trotter.

Edie blinzelte in das Licht der Neonröhre und stellte fest, dass Trotter in diesem Augenblick genauso aussah wie der Grinch, der Weihnachten verhindern wollte – hochnäsig, verbittert, praktisch glatzköpfig. Sie hielt sich schnell den Mund zu, um nicht loszukichern.

„Das werden wir ja sehen", knurrte Sam und beugte sich drohend nach vorne. Edie war zwar schleierhaft, wie jemand in Unterhose bedrohlich wirken konnte, doch so war es. Sam strahlte die Gelassenheit eines Schwergewichtsboxers aus. „Und ich denke, Sie sollten sich bei Miss Preston entschuldigen."

„Entschuldigen? Wofür denn?" Trotters Augenbrauen zogen sich zu einem wütenden V zusammen.

„Für Ihre Unterstellung, dass sie in Ihrem Haus Sex hat."

Trotter grunzte. „Ich werde mich nicht entschuldigen."

Die beiden Männer starrten einander an, Auge in Auge, Zeh an Zeh. Sam ballte die Fäuste. Trotters Adamsapfel hüpfte. Keiner von beiden blinzelte.

Edies Herz setzte einen Schlag aus. Ihr Magen krampfte sich zusammen. Sam setzte sich für sie ein! Noch nie hatte das jemand für sie getan, und sie fand es zugleich aufregend und beängstigend, weil sie befürchtete, dass Trotter sie nun beide feuern würde. Sie brauchte diesen Job, um die Studiengebühren fürs nächste Semester zahlen zu können. Und auch Sam machte diese Arbeit sicher nicht aus reinem Vergnügen. Irgendwie musste es ihr gelingen, die Wogen wieder zu glätten.

„Ist schon gut, Sam", sagte sie ruhig. „Ich kann mir vorstellen, wie das hier gewirkt haben muss – Sie mit nichts an als Ihren Unterhosen und ich mit meinen Händen auf Ihrem …" Sie zögerte bei dem Wort *Körper.* „Wie wäre es, wenn ich mal rausgehe und mich um die Kinder kümmere, bevor wir unsere Kunden verlieren?"

„Sind Sie sicher, Edie?", fragte Sam.

„Ja." Sie wandte sich an den Geschäftsführer. „Mr. Trotter, ich gebe Ihnen mein Wort, dass hier nichts … nun, Sexuelles zwischen Sam und mir geschehen ist oder je geschehen wird. Ich habe nur versucht, ihm bei seinem Flohproblem zu helfen."

Mr. Trotter räusperte sich. „Nun gut", erwiderte er. „Bisher waren Sie eine vorbildliche Mitarbeiterin. Ich schätze, ich sollte Ihnen noch eine Chance geben." Er drohte Sam mit dem Finger. „Aber wenn ich mitbekomme, dass es ein Techtelmechtel zwischen Ihnen gibt, dann fliegen Sie beide raus. Verstanden? Carmichael's hat schließlich einen Ruf zu verlieren."

Edie zwang sich, zu lächeln. „Natürlich, Sir. Danke sehr. Sie werden diese Entscheidung nicht bereuen."

Sam sagte nichts, er starrte Trotter nur weiter so böse an, dass Edie eine Gänsehaut bekam. Sam besaß denselben Mut wie Mel Gibson im ersten Teil von *Lethal Weapon* – ihrem absoluten Lieblingsfilm. Sie hatte den unerklärlichen Wunsch, ihn zu beschwichtigen.

„Ich werde sehen, ob ich ein anderes Kostüm finde", meinte Trotter. „Warten Sie hier, Mr. Stevenson. Miss Preston, zurück an die Arbeit." Er scheuchte sie mit einer Handbewegung fort.

Edie zog den Kopf ein, lief an Trotter vorbei durch die Tür, wobei die Glöckchen an ihrem Hut wieder leise bimmelten. Dann atmete sie erleichtert auf, allerdings nur kurz. Gut, es war ihr gelungen, ihren Job zu behalten, aber dabei hatte sie versprochen, die Finger vom reizvollen Santa Sam zu lassen. Und wie es das Schicksal so wollte, handelte es sich dabei zufällig um den faszinierendsten Mann, den sie je getroffen hatte.

2. KAPITEL

Jingle Bells tönte zum hunderttausendsten Mal aus den Lautsprechern des Kaufhauses. Sam hielt gerade Zwillinge im Arm, die erstaunlich koordiniert gleichzeitig auf seine Hände sabberten. So langsam wurde er auch von zu vielen herzhaften Ho, Ho, Hos heiser, und sein Rücken juckte noch immer wie verrückt.

Überall um ihre kleine Nordpolinsel herum kämpften die Kunden um Sonderangebote auf den Wühltischen. Zwei Gänge weiter befand sich die Parfümabteilung. Sam hatte das Gefühl, dass der Geruch von Rosenblättern sich für immer in seiner Nase festgesetzt hatte.

Mistelzweige und Stechpalmen hingen von der Decke, und auf der gesamten Etage blinkten unzählige Weihnachtslämpchen. Aus dem Lautsprecher erklang in regelmäßigen Abständen eine näselnde Stimme, um vergoldete Rückenkratzer in der Badezimmerabteilung oder mit ländlichen Szenen bemalte Schalen in der Porzellanabteilung anzupreisen.

Chief Alfred Timmons wusste, wie man einen Mann quälen konnte. Um mehr ging es nicht, denn Sam hatte auf diese Weise gar nicht die Möglichkeit herauszufinden, wer hinter diesen Kaufhausdiebstählen steckte. Die meisten Nachforschungen würde er erst in den Stunden nach seinem Job anstellen können.

Er seufzte. Das bedeutete nichts anderes als einen Zwölf- bis Fünfzehnstundentag. Und den Großteil davon musste er in dieser rotweißen Aufmachung verbringen. Nun gut. Timmons hatte es geschafft. Sam hatte seine Lektion gelernt. Er würde in Zukunft vermeiden, das Auto des Bürgermeisters in die Luft zu jagen.

„Sie sehen absolut hinreißend aus." Edie grinste. „Der Weihnachtsmann und die Zwillinge."

Sam schaute sie böse an. Diese Frau war weitaus frecher, als gut für sie war.

„Lächeln Sie“, forderte die Mutter der Zwillinge ihn auf.

„Sagen Sie *Cheese!*“, zwitscherte die Elfe Edie fröhlich. Dann beugte sie sich leicht nach vorne, blickte durch die Kamera und drückte auf den Auslöser.

Sam blinzelte in das Blitzlicht. Bei seinem Tempo würde er am Ende des Tages Verbrennungen dritten Grades auf der Netzhaut haben. Er hatte in den letzten Stunden bereits schon öfter als hundertmal dieses „Weihnachtsmann, ich wünsche mir …“ zu hören bekommen. Niemanden schien es zu interessieren, was der Weihnachtsmann sich wünschte, nämlich eine Pinkelpause, einen doppelten Cheeseburger und ein anständiges Bier.

Die Zwillinge waren genauso wenig begeistert vom Blitzlicht wie er. Beide brachen augenblicklich in Geheul aus.

„Ho, ho, ho.“ Sam begann die Babys zu wiegen, in der Hoffnung, sie zu beruhigen. Sie starrten ihm ins Gesicht, sahen dann einander an und schluchzten noch heftiger.

„Ich nehme Sie Ihnen ab.“ Die Mutter befreite ihn von seiner Last.

Diese junge Frau hatte seine volle Bewunderung. Dass sie sich traute, einen Tag nach Thanksgiving mit zwei achtzehn Monate alten Babys im Schlepptau alleine ein Kaufhaus zu betreten! Sie verstaute die Kleinen in ihrem Kinderwagen und ging dann zu Edie, um für die Fotos zu bezahlen.

Trotz seiner guten Vorsätze, Edie nicht ständig anzustarren, ertappte er sich doch immer wieder dabei, wie er Edies wohlgeformte Schenkel betrachtete, die so verführerisch von den grasgrünen Strumpfhosen umhüllt wurden. Sie trug eine rote Tunika, die ihren ebenfalls wohlgeformten Hintern kaum bedeckte.

Lass das, Stevenson, schalt er sich selbst. Du darfst nichts mit ihr anfangen, egal wie verlockend ihr Anblick ist. Halte dich von Frauen fern, mit denen du zusammenarbeitest. Oder hast du Donna Beaman vergessen?

Wie hätte er Donna vergessen können? Damals war es seine Aufgabe gewesen, das langbeinige Supermodel zu beschützen, das nach einer Aussage in einem Mordprozess Todesdrohungen erhalten hatte.

Sie hatte ihn verführt, er hatte sich überschwänglich in diese Affäre gestürzt und versucht, sich zu ändern, nur um ihr zu imponieren. Das ging sogar so weit, dass er politische Aufgaben übernommen, Smoking getragen und Rhetorikkurse besucht hatte. Als Donna ihn schließlich für einen polospielenden Millionär verließ, war Sam am Boden zerstört.

Diese Erfahrung hatte zu dem Entschluss geführt, dass er sich erstens niemals mehr mit Kolleginnen, Zeuginnen oder Informantinnen einlassen wollte, und zweitens mit niemandem, der ihn nicht um seinetwillen akzeptierte, mit all seinen Fehlern.

Und doch konnte er seine Augen nicht daran hindern, umherzustreifen. Gut, die Speisekarte durfte man sich ja schließlich anschauen, solange man nichts bestellte.

Sam neigte den Kopf und bewunderte die Art und Weise, wie der breite schwarze Gürtel sich an Edies schmale Taille schmiegte. Die verstohlenen Blicke auf diese reizende Elfe machten seinen Job wenigstens einigermaßen erträglich.

„Sie hat einen hübschen Po, oder, Weihnachtsmann?“

Was? Sam musterte das Kind, das als Nächstes an der Reihe war.

Der Junge war ungefähr acht Jahre alt und hatte einen zynischen Ausdruck in seinem sommersprossigen Gesicht. Er lehnte sich ziemlich großspurig gegen das dicke rote Seil, die Arme vor der Brust verschränkt, die Beine weit gespreizt, das trotzige Kinn hoch in die Luft gereckt. Weit und breit war nichts von seinen Eltern zu sehen.

Oje.

Sam kannte diese widerspenstige Haltung von sich selbst zu gut, um sofort zu wissen, dass dies hier ein Problem werden konnte. Vor zwanzig Jahren war er derjenige gewesen, der sich in der Schlange angestellt hatte, um den Weihnachtsmann zu ärgern. Toll, wenn man später seine Sünden so wieder aufgetischt bekam.

„Bist du nicht noch etwas zu jung, um so was zu sagen?“, fragte Sam trocken und versuchte, sich mental in das Alter des Jungen zurückzuversetzen.

Immer wenn er selbst sich abscheulich benommen hatte, dann hatte er es nur getan, weil er mehr Aufmerksamkeit wollte. Es war hart gewesen, ohne Vater und mit einer Mutter aufzuwachsen, die zwei Jobs hatte, um überleben zu können. Als seine Mutter dann an Nierenversagen starb, war er zwölf Jahre alt. Wütend auf die Welt, hatte er begonnen, zu klauen und mutwillig Dinge zu zerstören, um seinen Schmerz zu betäuben.

Er hatte sich nach Disziplin gesehnt, und da war Tante Polly aufgetaucht, hatte ihn adoptiert und ihn vor sich selbst gerettet. Doch sosehr er sich auch bemüht hatte, es ihr recht zu machen, es war ihm nie wirklich gelungen. Nachdem seine Mutter gestorben war, hatte ihn niemand mehr bedingungslos geliebt.

Sam winkte dem Jungen zu. „Komm mal her.“

Das Kind schüttelte den Kopf. „Auf keinen Fall. Sie sind bestimmt irgend so ein alter Perversling.“

„Ich bin der Weihnachtsmann, mein Junge.“

„Es gibt keinen Weihnachtsmann. Sie sind ein Betrüger. Ich könnte das beweisen, indem ich Ihnen den Bart abreiße.“ Blitzschnell sprang der Junge über das Seil auf den Sperrholzschlitten. Sam packte ihn am Handgelenk, bevor er an dem unechten Bart ziehen konnte.

Dann blickte er dem Jungen fest in die Augen. „Ich vermute, der Weihnachtsmann hat dir letztes Jahr nicht viele Geschenke gebracht."

Der Junge sah überrascht aus. „Es gibt keinen Weihnachtsmann."

„Da täuschst du dich."

„Ach ja? Warum habe ich dann letztes Jahr das Fahrrad nicht bekommen, das ich mir gewünscht habe? Und warum hast du meinen Daddy nicht wieder nach Hause gebracht?" Die Stimme des Jungen zitterte ein wenig bei der letzten Frage.

„Also darum geht es", murmelte Sam. Er legte dem Jungen einen Arm um die Taille und zog ihn auf seinen Schoß. „Willst du mir davon erzählen?"

Der Junge zog den Kopf ein und zuckte die Achseln. „Da gibt es nichts zu erzählen. Mein Daddy hat mich und meine Mutter verlassen. Er ruft nie an, und er schickt auch keine Geschenke. Meine Mom arbeitet hart, sie putzt die Zimmer in einem Motel, aber da verdient sie nicht viel Geld. Weißt du, was ich letztes Jahr zu Weihnachten bekommen habe? Unterwäsche und Socken. Und dann sind wir in ein Fast-Food-Restaurant essen gegangen."

„Das wird dieses Jahr nicht passieren", sagte Sam. „Der Weihnachtsmann wird sich persönlich darum kümmern. Du gehst jetzt zu der hübschen Elfe da drüben und gibst ihr deinen Namen und deine Adresse."

Der Junge schaute ihn an. „Echt?"

Sein hoffnungsvoller Blick traf Sam bis ins Mark. Er wusste genau, wie es sich anfühlte, arm und unerwünscht zu sein. „Echt."

„Oh Mann, danke."

„Aber der Weihnachtsmann hat eine Bitte."

Der Junge verdrehte die Augen. „Ich wusste doch, dass es einen Haken gibt."

„Keinen Haken. Nur eine ganz höfliche Bitte."

Der Junge seufzte. „Um was gehts?"

„Sei nicht so frech und pass auf deine Mutter auf."

„Okay. Ich schätze, das könnte ich tun."

„Versprochen?"

„Bring mir ein Fahrrad, und ich verspreche es."

Das Kind war ein harter Verhandlungspartner. Sam gab ihm ein paar Süßigkeiten und sah ihm nach, wie er zu Edie rannte. Ein warmes Gefühl machte sich in ihm breit. Er hatte dem Jungen geholfen, sich besser zu fühlen. Er würde schon dafür sorgen, dass er dieses Jahr ein besonderes Weihnachtsfest erlebte.

Edie sprach mit dem Jungen, drehte sich dann um und lächelte Sam zu. Auf ihrem Gesicht lag ein bewundernder Ausdruck. Das traf ihn wie ein Pfeil mitten ins Herz.

Vielleicht, überlegte Sam, wird dieser Einsatz doch nicht so schrecklich, wie ich dachte.

Je länger sie Sam Stevenson beobachtete, desto beeindruckter und verwirrter war sie. Er war sehr attraktiv und, guter Gott, großartig gebaut. Er hatte ein Killerlächeln und unendlich viel Geduld mit schreienden Babys. Er hatte sich bei Mr. Trotter für sie eingesetzt. Und es war wahnsinnig nett von ihm gewesen, diesem unglücklichen Jungen eine Extraportion Aufmerksamkeit zu schenken.

Warum also spielte so ein großartiger Typ den Weihnachtsmann in einem Kaufhaus? Die Neugier nagte an ihr. Sie jobbte schon seit Jahren neben ihrem Psychologiestudium als Elfe bei Carmichael's, und deshalb wusste sie, dass es normalerweise zwei Arten von Männern gab, die eine solche Arbeit annahmen. Erstens Männer, die so am Ende waren, dass sie nur noch befristete und schlecht bezahlte Jobs bekamen. Oder zweitens Großväter, die einfach gerne Kinder um sich hatten.

Bei seinem Aussehen und seinen Fähigkeiten hätte Sam leicht einen besseren Job finden können.

Es sei denn, er hatte irgendwelche Probleme. Er hatte behauptet, kein Alkoholiker zu sein. Aber was war mit Drogen? Oder war er womöglich spielsüchtig?

Edie warf ihm einen nachdenklichen Blick zu. Gerade plauderte er mit einem kleinen Mädchen, das wissen wollte, was Rentiere gerne aßen, weil sie zu Weihnachten außer Kekse und Milch für den Weihnachtsmann auch etwas für Rudolph rausstellen wollte.

Sam erklärte dem kleinen Mädchen, dass Rentiere Haferflocken essen würden, weil sie dann noch höher und schneller fliegen könnten.

Was für eine großartige Fantasie er hatte.

Ihre Neugier brachte sie fast um. Er war so widersprüchlich. Sie musste mehr über ihn herausfinden, vor allem darüber, warum er in diesem Kaufhaus arbeitete.

Wer weiß? Vielleicht ist er ja wie du. Vielleicht liebt er Weihnachten einfach. Oder vielleicht studiert er und braucht das Geld für die Studiengebühren.

Dem Himmel sei Dank! Es war endlich Zeit für die Mittagspause. Sie könnte ja mit ihm essen gehen und so ihre Neugier stillen. Sie hob das Pappschild mit der aufgemalten Uhr und den beweglichen Plastikzeigern auf. Darauf stand: *Der Weihnachtsmann kommt wieder um:*

Sie stellte die Zeiger auf zwei Uhr.

„Bereit für eine Pause?“, fragte sie ihn ein paar Minuten später, nachdem das letzte Kind gegangen war.

„Sie können Gedanken lesen.“

„Nicht direkt.“ Sie grinste. „Mein Magen knurrt schon seit

über einer Stunde. Sollen wir zusammen in der Cafeteria essen?"

„In diesem Aufzug?"

„Natürlich nicht. Die würden über Sie herfallen."

„Haben wir genügend Zeit, um uns umzuziehen?"

„Eine Stunde." Edie deutete auf das Pappschild.

„Sie sind ein Engel." Er sprang aus dem Schlitten und landete so anmutig neben ihr wie ein Panter.

Sie schielte zu ihm hinauf, erstaunt, dass ihr Herz dermaßen wild klopfte und sie das unwiderstehliche Bedürfnis hatte, laut zu singen. „Sie haben da was an Ihrer Backe."

„Wo?" Er hob die Hand. „Igitt. Irgendwas Klebriges."

Edie stellte sich auf die Zehenspitzen und untersuchte es näher. „Muss von einem der Kinder stammen."

„Ein kleines Mädchen mit Lutscher hat mich geküsst."

„Ich habe feuchte Tücher in meiner Tasche. Das kann nie schaden, wenn man mit Kindern arbeitet." Sie zog eine flache Packung aus ihrer Tunika und riss sie auf. „Halten Sie mal still."

Sie wischte mit dem Tuch über seine Wange. Ihre Finger zitterten ein wenig, und ihr wurde schwindlig. Schnell zerknitterte sie das Tuch in der Hand. „So. Alles weg."

Er starrte sie an. Edie schnappte nach Luft. Er hatte so wunderschöne blaue Augen. Es war selten, dass ein dunkelhaariger Mann so fesselnde blaue Augen hatte.

„Sie haben wunderschöne Haut", murmelte er.

„Da… danke."

„Makellos."

„Sie sollten das Zeugs sehen, das ich mir nachts ins Gesicht schmiere." Sie lachte nervös.

„Das ist mal ein vielversprechender Gedanke."

Die Vorstellung, dass Sam sie in ihrem Pyjama sehen könnte, jagte ihr eine solche Hitzewelle durch den Körper, dass sie das Gefühl hatte, in der Sauna zu sitzen.

Mannomann, es war aber auch wirklich heiß hier.

Sam blickte in diese verführerischen smaragdgrünen Augen und wusste, dass er so schnell wie möglich aus Edies Nähe verschwinden musste.

Ganz schnell.

Denn sonst würde er seine eigenen Regeln brechen und sich mit einer Frau einlassen, mit der er zusammenarbeitete.

Und das war nicht gut. Das war überhaupt nicht gut.

Als er sich wegdrehte, sah er zu seiner Überraschung einen dieser kleinen Ladendiebe, den er schon mehrfach verhaftet hatte, auf sich zukommen.

Fredie the Fish.

So genannt, weil er hervorspringende Augen hatte und fleischige Falten um den Hals, die wie Kiemen auf- und zuklappten, wenn er sich aufregte. Er hatte eine derartige Vorliebe für Sardinen, dass er immer eine Dose davon in der Brusttasche seines Hemdes trug.

Was hatte Fredie the Fish bei Carmichael's verloren? Machte Fredie vielleicht gemeinsame Sache mit dem Dieb, der hier bei Carmichael's sein Unwesen trieb?

Die Indizien deuteten darauf hin, dass ein Mitarbeiter in die Diebstähle verwickelt sein musste. Bisher waren Kleider, Gartengeräte und Weihnachtsdekorationen im Wert von zehntausend Dollar verschwunden. Jemand, der sich in dem Kaufhaus sehr gut auskannte, hatte die Ware direkt unter der Nase des Geschäftsführers herausgeschmuggelt. Kein Wunder, dass Trotter dermaßen schlecht gelaunt war. Nachdem er erst seit einem Monat Geschäftsführer war, konnte man nicht gerade von einem guten Start sprechen.

Sam runzelte die Stirn. Es war nicht in Ordnung, Fredie einfach etwas zu unterstellen. Vermutlich machte der Mann seine Weihnachtseinkäufe wie alle anderen auch.

Fredie kam näher.

Mist! Das Letzte, was er jetzt brauchen konnte, war, von Fredie the Fish enttarnt zu werden.

Tu was, Stevenson.

Verzweifelt bemüht, seine wahre Identität zu verbergen, blickte er Edie fest an, zog sie an sich und beugte den Kopf. Ihr süßer kleiner Mund kräuselte sich vor Überraschung.

Erst als Sam bereits seine Lippen auf ihre gepresst hatte, fiel ihm ein, dass Fredie ihn in seinem Weihnachtsmannkostüm vermutlich sowieso nicht erkannt hätte.

Oh! Oh! Von ihm berührt zu werden fühlte sich einfach fantastisch an.

Raue, männliche Finger strichen über ihre zarte, weibliche Haut. Sein heißer, fester Mund verbrannte ihre Lippen. Überhaupt passten ihre Lippen zusammen wie die richtigen Teile eines Puzzles.

Sam küsste sie!

Vermutlich handelte es sich um reinen Zufall, nicht etwa um Schicksal, aber genau in diesem Moment erklang „I Saw Mommy Kissing Santa Claus" aus den Lautsprechern.

Und dann brannten bei ihr sämtliche Sicherungen durch. Sein Geruch, sein Körper an ihrer Haut, das heftige Trommeln ihres Herzens. Sie vergaß alles um sich herum. Das Kaufhaus, die zahllosen Kunden, die sich an ihnen vorbeidrückten, sie vergaß alles, außer Santa Sam und seinen aufregenden Kuss.

Was für ein Kuss! Lang, ausführlich und voller Verheißung. Was hätte er wohl alles mit seiner Zunge angestellt, wenn sie alleine gewesen wären?

Ihr war ganz flau im Magen, ihre Wangen wurden heiß, ihre Brustwarzen richteten sich auf.

Sofort abbrechen, Edie Preston! Sonst könnte es hier noch zu einer spontanen Selbstentzündung kommen!

Doch ihr Körper ignorierte die Warnungen ihres Verstandes vollständig. Sams Kuss machte aus der zurückhaltenden Elfe einen menschlichen Feuerstrahler.

„Schau mal, Mommy, der Weihnachtsmann küsst die Elfe!“, schrie ein Kind. Sofort wurde Edie in die Realität zurückgerissen.

„Hey, Sie beide!“, rief ein vorlauter Teenager. „Besorgen Sie sich ein Zimmer.“

„Schäm dich, Santa. Was würde wohl Mrs. Claus dazu sagen?“, warf irgendjemand ein.

Edie schluckte schwer und machte einen Schritt nach hinten, ohne allerdings den Blick von ihm abwenden zu können. „Wa… warum haben Sie das getan?“, flüsterte sie verdutzt.

Er deutete zur Decke. „Mistelzweig.“

Edie schaute nach oben. „Ach so.“ Ein Baumparasit war also der Grund dafür, dass er sie geküsst hatte. Mehr nicht.

Sam nahm ihre Hand. „Kommen Sie, lassen Sie uns verschwinden. Wir haben schon eine ganze Menschenmenge angelockt.“

Sie ließ sich von ihm in den Personalraum schieben. Dann zog sie sich auf der Damen- und er sich auf der Herrentoilette um.

Ein paar Minuten später kam Sam breit grinsend in schwarzen Jeans und schwarzem Rollkragenpullover wieder heraus. Er hatte das Haar aus der Stirn gekämmt, wodurch sie ungehindert seine fantastischen Gesichtszüge bewundern konnte. Dieser Mann war vermutlich der schönste Weihnachtsmann in der Geschichte des Kaufhauses.

Edie hatte ihren Hut und den kleinen Schurz, auf dem „Fröhliche Weihnachten“ stand, abgenommen, hatte ihre Elfenschuhe gegen praktische braune Halbschuhe getauscht, sich das Haar gebürstet und etwas Lippenstift aufgelegt. Sie war so nervös und aufgeregt wie eine Fünfzehnjährige bei ihrem ersten Date.

Beruhige dich, Edie. Du weißt doch überhaupt nichts über diesen Typ.

Genau, und deswegen wollte sie ja auch mit ihm Mittagessen gehen.

„Sind Sie fertig?“, fragte er.

„Hm.“ Mehr brachte sie nicht über die Lippen.

Er hielt ihr die Tür auf, doch als sie in den Verkaufsraum trat, sah sie, dass Trotter gerade Jules Hardy, einer Verkäuferin aus der Parfümabteilung, einen Vortrag hielt.

„Schnell zurück!“ Sie drehte sich um und prallte gegen Sams Brust, die so hart wie eine Steinmauer war.

„Was ist los?“, erkundigte sich Sam und nahm ihre Hand.

„Trotter“, antwortete sie. „Nach allem, was heute Morgen passiert ist, sollte er uns besser nicht zusammen sehen.“

Doch es war zu spät, um unbemerkt in den Personalraum zurückzukehren, denn Trotter hatte sich bereits halb umgedreht. Noch eine Sekunde, und er würde sie beim Händchenhalten erwischen.

Sam versetzte Edie einen leichten Stoß. „Sie gehen nach links, ich gehe nach rechts. Wir treffen uns in der Cafeteria.“

Edie nickte, duckte sich und verschwand hinter einem Ständer Umstandskleider.

In dem Augenblick, in dem sie davongeschlüpft war, wurde Sam auch schon klar, dass er sie in eine Sackgasse geschickt hatte. Jetzt war sie in einer Ecke des Kaufhauses gefangen und nicht in der Lage, unbemerkt an Trotter vorbeizukommen.

Er musste den Mann unbedingt ablenken.

Sam versteckte sich hinter einem Pfeiler, der mit rotweißem Krepppapier geschmückt war. Trotter stand aufrecht vor einem großen Spiegel, leckte sich die Finger einer Hand und kämmte dann ein paar viel zu lange Haarsträhnen nach hinten, um seine Glatze zu verdecken.

Sam drehte sich in die andere Richtung und hielt nach Edie Ausschau. Er sah, wie der Kleiderständer sich bewegte und entdeckte dann Edies Lockenkopf, als sie versuchte, auf allen vieren in die Dessousabteilung zu krabbeln.

Sam musste sich den Mund zuhalten, um nicht in Lachen auszubrechen.

Trotter riss sich von seinem eigenen Spiegelbild los und neigte den Kopf. Er hatte die Stirn in Falten gelegt. Dann machte er auf dem Absatz kehrt und marschierte direkt auf den Ständer mit der heruntergesetzten Unterwäsche zu, hinter dem Edie kauerte. Seine Schuhe quietschten bei jedem Schritt.

Er musste etwas unternehmen. Schnell trat Sam hinter dem Pfeiler hervor und rief: „Mr. Trotter. Könnte ich Sie mal kurz sprechen?“

Der Geschäftsführer blieb abrupt stehen. „Was wünschen Sie denn, Stevenson?“

Denk nach, Sam. Denk nach.

„Also ...“

„Ja?“, zischte Trotter. „Reden Sie!“

Sam schielte über Trotters Schulter. Das war ihre Chance, schnell zu verschwinden. Wo war sie? „Ich wollte Sie wegen des Mitarbeiterrabatts fragen.“

Trotter schaute finster. „Sie bekommen keinen Rabatt. Sie leisten hier Ihre Sozialstunden ab, Sie werden nicht bezahlt.“

In diesem Augenblick sprang Edie plötzlich hinter Trotter auf die Füße. Sie wedelte mit den Armen und formte das Wort: *„Weg!“*

Sam antwortete mit einem Kopfschütteln.

„Was ist hier eigentlich los?“, wollte Trotter wissen und riss den Kopf herum.

Schnell wie ein Kastenteufel duckte sich Edie wieder weg.

Trotter blickte Sam mit zusammengekniffenen Augen an.

„Sie haben irgendetwas vor, Stevenson. Ich habe einfach kein gutes Gefühl, was Sie betrifft."

„Wer, ich?" Sam lächelte unschuldig.

„Ja, Sie. Gehen Sie zurück in Ihre Abteilung. Sofort."

„Entschuldigen Sie, Sir. Ich habe mich irgendwie verlaufen. Könnten Sie mir zeigen, wo meine Abteilung ist?"

„Herrgott noch mal!", schnaubte Trotter. „Folgen Sie mir."

Als Trotter ihn aus der Damenabteilung führte, seufzte Sam erleichtert auf. Er mochte wie ein absoluter Schwachkopf wirken, aber zumindest hatte er Edie gerettet.

Warum ihm das so wichtig war, wusste er selbst nicht. Aber irgendwie rührte diese süße kleine Elfe ihn ganz tief an.

3. KAPITEL

Sozialstunden ableisten?

Edie kauerte hinter dem Ständer mit der herabgesetzten Unterwäsche und grübelte über das nach, was Trotter gesagt hatte. Sam leistete seine Sozialstunden ab? Sie konnte sich gerade noch davon abhalten, wieder an den Fingernägeln zu kauen.

Als sie aus ihrem Versteck herausschielte, sah sie, dass Sam und Mr. Trotter verschwunden waren. Schnell schaute sie auf ihre Uhr. Nun hatten sie nur noch fünfundzwanzig Minuten Zeit fürs Mittagessen. Sie konnte es kaum erwarten, endlich mit ihm zu sprechen.

„Miss Preston!“

Trotters Stimme ratterte wie ein Schnellfeuergewehr. Erschrocken sprang sie auf.

„Könnten Sie mir bitte erklären, Miss Preston, was sie auf dem Fußboden der Dessousabteilung zu suchen haben?“

„Hallo“, erwiderte Edie munter. Dann blickte sie Trotter unschuldig an.

„Schauen Sie nicht so drein, als ob sie kein Wässerchen trüben könnten. Was machen Sie hier?“

„Pause.“

Trotter stemmte die Hände in die Hüften. „Haben Sie denn nicht die neuen Regeln gelesen, die ich heute Morgen ans Schwarze Brett gehängt habe?“

„Neue Regeln?“ Edie behielt ihr freundliches Lächeln bei.

„Die Mitarbeiter dürfen nicht im Kaufhaus herumspazieren. Sie bleiben entweder im Personalraum oder in ihrer eigenen Abteilung. Keine Besuche bei Freundinnen in der Haushaltswarenabteilung, kein Schwätzchen in der Schuhabteilung.“

„Wie bitte?“ Edie richtete sich zu ihrer vollen Größe von immerhin ein Meter siebzig auf und starrte ihm direkt in die

Augen. Sie konnte es einfach nicht fassen. Trotter stellte immerzu neue Regeln auf, um die Mitarbeiter zu schikanieren. „Das ist total lächerlich."

„Das ist nicht lächerlich, Miss Preston, wenn man bedenkt, dass in den letzten Tagen Waren im Wert von über zehntausend Dollar entwendet worden sind."

„Und warum bestrafen Sie die Mitarbeiter für diese Ladendiebstähle?"

„Ich habe guten Grund anzunehmen, dass die Ladendiebe Mitarbeiter sind."

„Sie machen wohl Witze." Sie blinzelte ihn an.

„Ich meine das todernst. So langsam frage ich mich übrigens, ob diese Männer aus dem Wohnheim, die Sie mir aufgeschwatzt haben, nicht hinter den Diebstählen stecken. Sollte sich herausstellen, dass dem so ist, dann werden Sie Ihren Hut nehmen müssen."

Edie wollte protestieren. Doch es war sinnlos, mit jemandem zu diskutieren, dessen Meinung bereits feststand. Sie konnte sich nicht vorstellen, dass einer der drei Männer, die sie während ihres letzten Praktikums im Hazelwood Treatment Center kennengelernt hatte, in die Diebstähle verwickelt war. Sie vertraute ihnen, und genau aus diesem Grund hatte sie Trotter angefleht, sie einzustellen. Andererseits: Man konnte nie wissen.

Nachdenklich verließ sie das Kaufhaus und eilte die Treppe des Einkaufszentrums hinunter zu Lulu's Cafeteria. An der Tür blieb sie stehen und versuchte Sam in der Menschenmenge zu entdecken.

„Hi", murmelte er an ihrem Ohr.

Edie wirbelte herum. Sie hatte ihn nicht kommen hören. Dieser Mann konnte sich anschleichen wie eine Katze.

„Selber hi."

„Hunger?" Er fasste sie am Ellbogen und schob sie hinein.

Verschiedenste köstliche Düfte hingen in der Luft.

„Ich bin am Verhungern."

Edie gefiel es gar nicht, wie nervös es sie machte, dass Sams starke Hände sie berührten, aber ihr Körper besaß seinen eigenen Willen. Sofort wurde ihr Ellbogen heiß, dann der Unterarm, dann die Schulter und dann auf einmal schienen alle Nervenenden zu explodieren.

„Mann", sagte sie und wand sich aus seinem Griff. „Furchtbar warm hier drin."

„Das liegt wahrscheinlich an den Wärmestrahlern."

Nein, daran lag es nicht. Dieser rätselhafte Sam Stevenson war der Grund dafür, dass ihre Haut brannte und brutzelte wie Speck in einer heißen Pfanne.

„Bitte schön." Er reichte ihr Besteck und ein grünes Plastiktablett, das noch warm von der Spülmaschine war und nach Industrieseife roch.

„Danke."

Als er lächelte, wurden ihr die Knie weich. Sie lud sich einen gemischten Salat, gebratenen Heilbutt, grüne Bohnen, Eistee und Kirschtörtchen als Dessert aufs Tablett. An der Kasse durchwühlte sie ihre Tasche nach Kleingeld, doch Sam war schneller.

„Aber", protestierte Edie, „Sie können das doch nicht einfach bezahlen."

„Und warum nicht?" Seine blauen Augen betrachteten sie freundlich.

„Weil ich Sie eingeladen habe", erklärte sie und zog einen Zwanzigdollarschein aus der Tasche. „Ich zahle."

Sie konnte nicht zulassen, dass er sein Geld für sie ausgab, schließlich leistete er gerade seine Sozialstunden ab.

Die Kassiererin gab Sam das Wechselgeld.

„Warten Sie, ich zahle", beharrte Edie.

„Ganz ruhig, Edie, ist schon alles erledigt."

Sie wollte nicht, dass er etwas für sie erledigte. Er war derjenige, der Pech gehabt hatte, nicht sie.

„Ich bestehe darauf."

„Sie halten den ganzen Verkehr auf." Sam nahm sein Tablett, ließ sie einfach stehen und marschierte auf einen Tisch zu. „Sie können morgen das Mittagessen bezahlen!", rief er über die Schulter.

Morgen? Edie erschauerte bei dem Gedanken. Sie würden also auch morgen gemeinsam zu Mittag essen?

Mit rasendem Puls schnappte sie ihr Tablett und folgte ihm zu einem Tisch in der hintersten Ecke. Er schob ihr höflich den Stuhl hin.

Was für ein Gentleman.

Okay, Edie Renee Preston, beruhige dich. Vielleicht ist er ja der faszinierendste, bestaussehende Mann, den du je getroffen hast. Er hat für dein Mittagessen bezahlt und dir den Stuhl hingeschoben. Er kann gut mit Kindern umgehen und hat den aufregendsten Hintern der Welt. Aber er hat auch irgendetwas Schlimmes getan. Nicht furchtbar schlimm natürlich, sonst wäre er ja im Gefängnis, aber auf jeden Fall ist er auf dem falschen Weg.

Sie setzte sich. Sam beugte sich nach vorne, um die Teller und Schüsseln von ihrem Tablett zu nehmen.

Der feine Duft seines Rasierwassers stieg ihr in die Nase. Er roch nach Weihnachten – Ingwerplätzchen und Pfefferminze und Tannenbaum. Seine Schulter in dem dicken Wollpullover kratzte sanft an ihrer Wange, und sie atmete tief ein.

Himmel! Was war das für ein seltsames, unbekanntes Verlangen, das sie da überkam?

Edie hob den Kopf und schielte zu ihm hoch. Ihr Blick blieb an seinen Lippen hängen. Verflucht! Warum war an der Decke von Lulu's Cafeteria kein Mistelzweig?

Nachdem Sam die Tabletts weggebracht hatte, setzte er

sich ihr gegenüber. Fasziniert beobachtete sie, wie er die Serviette auf seinem Schoß ausbreitete, Zucker in seinen Tee streute und die Pommes frites mit Ketchup dekorierte.

„Ich möchte mich noch einmal für mein Benehmen heute Morgen entschuldigen", sagte sie und strich jetzt ihre eigene Serviette glatt. „Ich habe die Situation völlig missverstanden. Sie wissen schon, das mit Ihrem Kostüm und den Flöhen."

Er antwortete erst, nachdem er geschluckt hatte. „Ist ja nichts passiert."

Er hatte wirklich perfekte Tischmanieren.

„Ich tendiere manchmal dazu, mich mitreißen zu lassen", fuhr sie fort. „Meine Mutter warnt mich immer, sie meint, dass aus Begeisterung leicht Fanatismus werden kann. Ich arbeite daran."

„Ich glaube nicht, dass Sie zu eifrig sind. Nur leidenschaftlich."

Edie strahlte bei diesem Kompliment. „Danke schön!"

Dieser Typ war der absolute Traummann! Von dem Sozialstundenkram einmal abgesehen.

„Wollen Sie dem Jungen wirklich ein Fahrrad zu Weihnachten schenken?"

„Sicher." Sam zuckte mit den Schultern.

„Aber warum?"

„Warum nicht?" Ihre Blicke trafen sich.

„Das kostet ziemlich viel Geld und bedeutet auch einige Mühe. Warum ausgerechnet dieser Junge?"

„Er hat erzählt, dass sein Vater abgehauen ist. Seine Mutter kann es sich nicht leisten, Weihnachten zu feiern. Er hat mir leid getan. Ist das ein Verbrechen?"

Sam schien sich irgendwie angegriffen zu fühlen. Aber ihr konnte er nichts vormachen. Sie wusste, dass er seine weiche Seite nur nicht zeigen wollte. Wie die meisten Männer. Sie hatten Angst davor, verletzlich zu sein.

„Darf ich Ihnen eine persönliche Frage stellen?"

„Solange ich sie nicht beantworten muss."

„Wieso arbeiten Sie als Weihnachtsmann? Ich meine, irgendwie sind Sie nicht der Typ dafür."

Sam lehnte sich zurück und legte einen Arm auf die Stuhllehne. Dann kniff er die Augen zusammen und grinste schelmisch wie ein sehr ungezogener Junge. „Wollen Sie das wirklich wissen?"

Edie nickte.

„Auch wenn es nicht gerade das beste Licht auf mich wirft?"

Er wollte ihr die Wahrheit sagen! Sie gab ihm noch ein paar Punkte mehr wegen seiner Ehrlichkeit. „Ja."

„Das Gericht hat mir Sozialstunden aufgebrummt", erklärte er.

„Sie haben ein Verbrechen begangen?"

Er nickte, zwinkerte ihr zu und wirkte auf einmal in diesen dunklen Klamotten sehr gefährlich.

„Was um Himmels willen haben Sie getan?", flüsterte sie. Ihr Herz klopfte wie wahnsinnig, während sie mit angehaltenem Atem auf seine Antwort wartete.

„Ich habe mir unerlaubt ein Auto geliehen." Sam wählte die offizielle Version, die Chief Timmons auch Mr. Trotter erzählt hatte.

Das war ja auch nicht wirklich gelogen. Letzten Monat hatte er sich den Wagen des Oberbürgermeisters ausgeliehen, um einen Drogendealer zu verfolgen. Sein Pech, dass die rasende Verfolgungsjagd in einem Benzintankwagen endete und der Lexus dabei in die Luft gejagt wurde.

„Sie haben ein Auto gestohlen?" Edie starrte ihn an.

Es gefiel ihm gar nicht, ihr Bild von ihm derart zu erschüttern. Warum ihm allerdings ihre Meinung wichtig war, wusste er auch nicht so genau. „Nun, ich hatte eigentlich vor, das

Auto wieder zurückzugeben. Sagen wir so, ich wollte einfach eine kleine Spritztour machen."

„Das ist ja nicht so schlimm."

„Dann habe ich es aber ... sozusagen aus Versehen ... zu Schrott gefahren."

„War es ein teurer Wagen?"

„Sechzigtausend Dollar."

Edie zuckte zusammen.

„Tja."

„Warum haben Sie das getan?" Sie beugte sich nach vorne, so fasziniert von seiner Geschichte, dass sie ihr Kirschtörtchen total vergessen hatte.

„Aus Langeweile, schätze ich. Das Gericht hat mir die Wahl gelassen. Sechzig Tage Gefängnis oder das Auto bezahlen und einhundertzwanzig Stunden lang den Weihnachtsmann spielen. Fiel mir nicht schwer, mich zu entscheiden."

Edie schüttelte den Kopf. „Aber warum haben Sie überhaupt das Auto gestohlen? Sie haben doch alles, was man braucht – gutes Aussehen, Charme und Intelligenz. Warum setzen Sie ihre Zukunft für eine Spritztour aufs Spiel? Und das auch noch in Ihrem Alter", schimpfte sie. „Bei einem dummen Teenager wäre das ja etwas anderes."

Sie hatte so einen bestimmten Ausdruck in ihren Augen. Denselben, den er gelegentlich bei seiner lieben alten Tante Polly entdeckt hatte, nachdem sie ihr Leben als Missionarin im Südpazifik aufgegeben hatte, um zu Hause in Amerika für ihn zu sorgen.

Der inbrünstige Blick einer Heiligen, die einen Sünder retten will.

„Und wie hat Ihre Frau diese Nachricht aufgenommen?", fragte sie.

Er grinste amüsiert. Also war die Anziehung, die er spürte, nicht einseitig. Er hatte das schon vermutet, als sie sich küssten. Und jetzt versuchte sie, seinen Familienstand herauszufinden. „Diesen speziellen Fehler habe ich nie gemacht“, erwiderte er gedehnt und rief sich ins Gedächtnis, dass er auch künftig keinen Fehler machen durfte, nur weil sie spezielle Gefühle in ihm weckte.

„Sie halten Heiraten also für einen Fehler?“

Beinahe hätte er geantwortet, wenn es Polizisten beträfe, dann ja, aber er biss sich gerade noch rechtzeitig auf die Zunge. „Die Scheidungsrate liegt bei fünfzig Prozent.“

„Das bedeutet aber auch, dass es bei fünfzig Prozent funktioniert“, entgegnete sie.

„Das stimmt.“ Edie gehörte zu denen, für die das Glas immer halb voll und nicht halb leer ist, keine Frage.

Sie musterte ihn einen Moment. „Ich kann Ihnen helfen, Sam.“

Er lehnte sich zurück und betrachtete sie. Die herrlichen honigblonden Locken, die offenen grünen Augen, das runde, entschlossene kleine Kinn. Sam stöhnte innerlich.

„Ach ja? Ich wusste gar nicht, dass ich Hilfe nötig habe.“

„Ich habe ein Diplom in Psychologie und arbeite gerade an meiner Doktorarbeit. Ich kenne mich mit grenzwertigen Persönlichkeiten recht gut aus.“

Er konnte sich ein Grinsen nicht verkneifen. „Stellen Sie gerade eine Diagnose?“

„Nein, natürlich nicht. Dazu kenne ich Sie nicht gut genug. So vieles spricht für Sie, und doch tun Sie so etwas Dummes, wie einen Wagen zu stehlen. Wieso?“

„Vielleicht bin ich einfach von Grund auf schlecht.“

„Ach, so ein Quatsch.“

„Quatsch?“ Er zog eine Augenbraue hoch. „Klingt so die differenzierte Sprache von Psychologen?“

„Sie machen sich über mich lustig“, warf sie ihm vor.

„Nur ein bisschen.“

„Was arbeiten Sie, wenn Sie nicht gerade den Weihnachtsmann spielen?“, fragte sie.

„Mal dies, mal das“, sagte er unbestimmt. Er hasste es zu lügen, obwohl das bei seinem Job oft notwendig war. „Ich habe mich nie so richtig für einen Beruf entscheiden können.“

Sie nickte. „Das habe ich mir schon gedacht.“

Er schaffte es gerade so, nicht in Gelächter auszubrechen. Ihre Ernsthaftigkeit war so echt. Sie glaubte wirklich, ihn durchschaut zu haben.

Diese Frau war eine gute Samariterin.

Von Grund auf.

Und er fühlte sich sehr zu ihr hingezogen.

Das alles roch ganz schön nach Ärger. Und in seiner augenblicklichen Situation konnte er sich gar nichts Schlimmeres vorstellen.

Das Letzte, was er brauchte, war eine wohltätige Frau, die aus ihm den Mann ihrer Träume machen wollte – einen netten, respektablen Mann, der jeden Abend pünktlich nach Hause kam. Edie war genauso wie seine Tante Polly, die auch immerzu die Ungläubigen vor sich selbst retten wollte.

Er würde tausend Dollar darauf verwetten, dass Edie in ihrem ganzen Leben noch nie etwas angestellt hatte.

Garantiert hatte sie nie nackt bei Vollmond in einem See gebadet. Oder die Schule geschwänzt, um Billard spielen zu gehen. Und bestimmt hatte sie zu Halloween auch nie das Haus der Nachbarn mit Toilettenpapier dekoriert.

Und Edie glaubte, ihm helfen zu können!

In Wahrheit war sie diejenige, die dringend ein paar Lektionen übers Leben lernen musste. Sie suchte doch nur deshalb bei anderen nach Fehlern, weil sie insgeheim Angst vor ihren eigenen Abgründen hatte. Dem Kuss nach zu urteilen, hielt sie diese Seite jedenfalls fest unter Verschluss. Sie wollte sich öffnen, wusste aber nicht, wie.

Ihm wurde ganz heiß in der Leistengegend, als er an den Kuss dachte. Zu gerne würde er ihr zeigen, wie aufregend und leidenschaftlich die Liebe sein konnte.

Doch die Chancen standen schlecht. Sosehr er seinen Auftrag auch hasste, er musste weiterhin undercover arbeiten. Weder durfte er seine Ermittlungen noch Edie gefährden, indem er sich auf eine Romanze mit ihr einließ. Und später, wenn sein Job erledigt war und sie seine Lüge herausgefunden hatte, ob sie sich dann für ihn interessieren würde?

Sie legte ihre Hand auf seine. „Ich meine es ernst. Ich habe bald meinen Doktor in Psychologie. Ich kann Ihnen helfen."

Er warf ihr einen anzüglichen Blick zu, in der Hoffnung, sie damit verschrecken zu können. „Ach ja?", fragte er mit leiser, rauer Stimme. „Und was, wenn ich Sie auf mein Niveau hinunterziehe? Was, wenn mir mein Leben so gefällt, wie es ist? Was, wenn ich gar nicht gerettet werden will?"

Sein Plan ging auf, sie begann hilflos zu stottern: „Ich … also … ähm … was ich damit meine, ist …"

Sam beugte sich vor und umfasste ihr Kinn. Sie blinzelte, schaute ihn dann groß an, entzog sich aber nicht seiner Berührung. Edie war so zart, so perfekt. Sie verdiente einen Mann mit einem sicheren Job, einen ruhigen Mann, dessen Herz noch nicht so verwundet worden war wie seines.

„Ich weiß, dass Sie es gut meinen", sagte er. „Aber mir ist schon lange nicht mehr zu helfen."

„Es ist niemals zu spät."

Er war zwar nicht der Kleinkriminelle, für den sie ihn hielt, aber er hatte auf jeden Fall eine wilde Seite in sich. Eine Seite, die keine Frau bisher bezähmen konnte.

Bei seinen Recherchen hatte er herausgefunden, dass Edie Mr. Trotter dazu überredet hatte, Arbeiter aus dem Männerwohnheim einzustellen. Diese drei Typen, Kyle Spencer, Harry Coomer und Joe Dawson, waren seine Hauptverdächtigen, weil sie exakt an dem Tag ihre Arbeit aufgenommen hatten, an dem die Diebstähle losgegangen waren.

Kyle Spencer hatte bereits wegen des Überfalls auf ein Spirituosengeschäft gesessen. Harry Coomer war wegen Alkohols am Steuer in dem Wohnheim gelandet. Joe Dawson hatte bei seiner Firma Geld unterschlagen. Jeder Einzelne oder alle zusammen konnten in die Diebstähle verwickelt sein.

Warum Edie sich für diese drei Männer so leidenschaftlich eingesetzt hatte, wusste er nicht.

Soweit er es beurteilen konnte, war Edie Preston nicht dumm, aber Junge, Junge, sie war einfach zu vertrauensselig.

Sam blickte Edie über den Tisch hinweg an. Ihm stockte der Atem. Um ihre Ohren kräuselten sich widerspenstige Korkenzieherlocken. Ihre Haut hatte die Farbe von Sahne mit einem Schuss Pfirsich.

Und diese Lippen! Fest, voll und süß wie Schokolade. Dank Fredie the Fish wusste er aus erster Hand, wie herrlich es war, sie zu küssen.

„Wir sollten besser zurückgehen“, verkündete er schnell, bevor er eine Dummheit begehen konnte. Sich vorbeugen zum Beispiel und sie noch mal küssen. „Wir haben gerade noch Zeit, uns umzuziehen.“

„Ja.“ Sie hörte zugleich auf zu lächeln und ihn anzusehen. „Sie haben recht. Es wird höchste Zeit, dass ich mich wieder um meine eigenen Angelegenheiten kümmere.“

Verdammt! Wieso fühlte er sich auf einmal wie ein böser Junge, der einer Fünfjährigen verraten hat, dass der Weihnachtsmann gar nicht existiert?

„Dr. Braddick?“ Edie klopfte am Montagmorgen um neun an die Tür ihres Doktorvaters. Sie wollte sich ihren Vorschlag genehmigen lassen, bevor sie einen weiteren Tag bei Carmichael's mit dem Fotografieren von Knirpsen verbrachte. Und damit, in Sams erstaunlich blaue Augen zu schauen.

Diese Aussicht war so aufregend, dass sie die halbe Nacht nicht geschlafen hatte.

Der grauhaarige, bärtige Mann blickte von seinem Tisch auf. „Edie." Er lächelte. „Sie haben Glück, mich noch zu erwischen. Ich muss gleich in eine Konferenz."

„Kann ich reinkommen? Ich will Sie nicht aufhalten."

„Natürlich, natürlich." Er deutete auf einen Stuhl. „Setzen Sie sich. Es stört Sie doch nicht, wenn ich zusammenpacke, während wir reden?"

„Aber nein, Sir. Überhaupt nicht."

Er begann, Bücher und Unterlagen in seinen Aktenkoffer zu legen. „Was kann ich für Sie tun, meine Liebe?"

Edie legte die Hände in den Schoß und räusperte sich. „Ich habe beschlossen, das Thema meiner Dissertation zu ändern. Und dazu brauche ich Ihren Segen."

„Wirklich?" Er schob den Aktenkoffer zur Seite, um ihr seine ganze Aufmerksamkeit widmen zu können. „Ich dachte, Sie hätten bereits erhebliche Nachforschungen für das Thema, das ich Ihnen vorgeschlagen habe, angestellt. Die Langzeitschäden von Psychopharmaka auf das Gehirn. Ich habe sogar geplant, einen Auszug aus Ihrer Arbeit in mein neues Buch aufzunehmen."

„Ich weiß." Edie faltete die Hände. Wie nur sollte Sie ihrem Doktorvater klarmachen, dass sie sein Thema todlangweilig fand? „Aber mit einem Mal hat sich eine fantastische Möglichkeit aufgetan, echte Feldforschung zu betreiben."

„Eine fantastische Möglichkeit? Ich höre."

Sie blickte ihn direkt an. „Dr. Braddick, ich habe keine Lust mehr, meine Zeit in Bibliotheken und psychiatrischen Abteilungen zu verbringen. Ich finde es viel spannender, ganz normalen Leuten dabei zu helfen, ihren Alltag zu meistern."

„Seit wann denn das?"

„Schon seit Längerem“, entgegnete Edie.

„Ach.“

Er sah sie so enttäuscht an, dass Edie am liebsten sofort eingelenkt hätte.

Aber das war nicht richtig. Sie wollte nicht über Medikamente und psychisch Kranke schreiben. Vielmehr wollte sie sich mit normalen Menschen beschäftigen, deren Probleme wirklich zu lösen waren, und zwar ohne Psychopharmaka. Sie holte tief Luft und erzählte ihm von Sam.

„Ich muss herausfinden, warum er sich so benimmt“, schloss sie dann.

Dr. Braddick rümpfte die Nase. „Von Ihrer offensichtlichen Faszination für diese Person einmal abgesehen: Was genau glauben Sie herausfinden zu können, indem Sie das Verhalten dieses Mannes studieren?“

„Ich will beweisen, dass angemessenes Eingreifen zur richtigen Zeit alles ändern kann.“ Bei diesem Gedanken wurde sie noch aufgeregter. Sie wusste einfach, dass sie Sam helfen konnte.

„Angemessenes Eingreifen? Erklären Sie mir das.“

„Ich möchte seinem Selbstbewusstsein durch positive Bestärkung auf die Sprünge helfen. Ich glaube, dass ich ihn vom falschen Weg abbringen und ihm zeigen kann, wie fantastisch das Leben sein kann. Ihm sozusagen den psychologischen Spiegel vorhalten und ihm zeigen, wie er auf andere wirkt.“

„Haben Sie auch nur die geringste Ahnung, wie grob vereinfacht das klingt?“ Dr. Braddick verzog den Mund, als ob er in eine Zitrone gebissen hätte.

Zum ersten Mal fiel Edie die kahle Stelle auf seinem Kopf auf, die eine erstaunliche Ähnlichkeit mit der Landkarte von Florida hatte. Ein paar Haare um Miami herum, die dann verschwanden und erst in der Nähe von Tallahassee wieder auftauchten. Und ein brauner Leberfleck bei Tampa.

„Sie bilden sich ein, diesen Mann ändern zu können", warf Dr. Braddick ihr vor.

„Nein." Sie konzentrierte sich auf Tampa, um nicht aus der Haut zu fahren.

„Sie sind Psychologin, Edie, keine Missionarin." Dr. Braddick schüttelte den Kopf, und einige losgelöste Haarsträhnen fielen zufällig über Jacksonville. „Ich habe mehr von Ihnen erwartet."

„Was soll das heißen?" Edie runzelte irritiert die Stirn.

„Klassisch", murmelte er. „Ich möchte Ihre Gefühle nicht verletzen, aber Sie legen eine ziemlich unreife Einstellung an den Tag."

„Was meinen Sie genau?"

„Ich meine dieses typisch weibliche Bedürfnis, den bösen Jungen zähmen zu wollen. Das ist die Grundlage sämtlicher kitschigen Liebesromane, diese Idee spielt eine große Rolle in den Fantasien junger Mädchen. In der wissenschaftlichen Realität allerdings gibt es dafür überhaupt kein Fundament. Ergo kann der Junge nicht gezähmt werden."

Ergo? Wer benutzte solche Worte wie *ergo,* und seit wann war Dr. Braddick so verdammt aufgeblasen?

„Ich hätte nie gedacht, dass Sie solche Allgemeinplätze vertreten, Sir."

„Und ich hätte nie gedacht, dass meine beste Studentin auf einen sich gegen die Brust trommelnden Neandertaler reinfällt."

„Ich bin auf niemanden hereingefallen", entgegnete sie wütend. „Ich habe lediglich eine Testperson gefunden, die mich mehr interessiert als die Aufgaben, die Sie mir in den letzten beiden Jahren gegeben haben."

Edie hatte noch nie mit ihrem Professor gestritten. Im Gegenteil. Sie war von seinem großartigen Ruf immer fürchterlich beeindruckt gewesen.

Der Schreibtisch, über den die beiden sich anstarrten, war zu einer tiefen Kluft zwischen Student und Professor geworden.

„Na gut", sagte Dr. Braddick schließlich, die Muskeln in seinem Kiefer zuckten vor unterdrückter Wut. „Ich gebe Ihnen das Seil, an dem Sie sich selbst aufknüpfen werden. Nur zu, beschäftigen Sie sich mit Ihrer Fallstudie. Aber machen Sie mir hinterher keine Vorwürfe, weil Sie ein komplettes Semester verschwendet haben."

Edie atmete auf. „Danke schön."

„Aber bevor ich meine Zustimmung gebe, müssen wir ein paar einfache Regeln aufstellen."

„In Ordnung."

„Erstens: Sie dürfen sich auf gar keinen Fall mit diesem Mann einlassen, egal, auf welche Art und Weise. Denn wenn Sie das tun, sind Ihre Nachforschungen hinfällig, und Sie können das Projekt vergessen. Verstanden?" Er blickte sie über den Brillenrand prüfend an.

Sie nickte. „Darüber brauchen Sie sich keine Sorgen zu machen."

„Zweitens." Dr. Braddick kniff die Augen zusammen. „Dieser Mann darf nicht erfahren, dass er das Objekt Ihrer Studien ist. Sie müssen ihn heimlich beobachten. Denn sonst wird er sein Verhalten ändern, und Ihre Resultate wären verzerrt."

„Das ist kein Problem."

„Und ich möchte umgehend einen Entwurf auf meinem Tisch haben, wenn nächstes Jahr der Unterricht weitergeht."

„Ist gut."

„Und ich erwarte, dass Sie einen klaren Zusammenhang herstellen zwischen Ihren Forschungen und der Tatsache, wie diese Erkenntnisse bei künftigen Fällen angewendet werden könnten. In anderen Worten: Sie müssen mich davon überzeugen, dass dieses Projekt nicht nur eine Entschuldigung für Sie darstellt, sich diesem Mann zu nähern. Ich brauche konkrete Anhaltspunkte dafür, dass Ihre Interventionen in diesem Fall auch in anderen Fällen wirklich helfen."

„Ja, Sir." Edie erhob sich. „Ich verspreche, dass ich Sie nicht enttäuschen werde."

Dr. Braddick schnaubte ungläubig.

Sie gab ihm die Hand, wünschte ihm eine gute Fahrt und verließ sein Büro. Als sie über den verlassenen Campus lief, an den blattlosen Eichen und Pekannussbäumen vorbei, lag ein strahlendes Lächeln auf ihrem Gesicht.

„Geschafft!", schrie sie in den bewölkten Himmel. Endlich hatte sie einmal den Mut aufgebracht, ihren Professor infrage zu stellen. Wenn schon ein paar Tage mit Sam sie derart veränderten, was konnte dann erst ein ganzes Leben mit ihm bewirken?

4. KAPITEL

Fallstudie – Sam Stevenson
Beobachtung vom 2. Dezember

Proband arbeitet weiterhin seine vom Gericht verordneten Sozialstunden als Weihnachtsmann im Kaufhaus Carmichael's ab. Er macht seine Arbeit gut, ist immer freundlich und geduldig, auch bei kleineren Zwischenfällen, wie zum Beispiel ein Dreijähriger, der unverhofft auf das Knie des Weihnachtsmannes pinkelt, oder eine aufmüpfige Elfe, die vergessen hat, einen Film in die Kamera zu legen, woraufhin der Weihnachtsmann alle Aufnahmen wiederholen muss.

In ihren Notizen erwähnte Edie nicht, dass *sie* die fragliche Elfe war. Sie klappte das Notizbuch zu, schloss ihren Füller und steckte beides in ihre Tasche. Sie saß bei laufendem Motor in ihrem Auto vor dem Kaufhaus und wartete auf Sam. In der Hoffnung, ihn abfangen zu können, war sie vor ihm, ohne sich umzuziehen, zum Wagen geeilt.

Ihr Herz schlug schon wieder in diesem seltsamen Rhythmus, der sie an Rumba erinnerte.

Was, wenn Sam merkte, dass sie ihn verfolgte? Und wo würde er nach der Arbeit wohl hingehen? Was sollte sie tun, sobald er dort angekommen war? Die Fragen kreisten in ihrem Kopf wie hungrige Aasgeier auf der Suche nach etwas Essbarem.

Als Sam aus dem Kaufhaus kam, sah er wahnsinnig gut aus. Er trug enge Jeans, die seinen fantastischen Hintern vorteilhaft betonten, schwarze Schuhe und eine Baseballjacke.

Bestürzt stellte Edie fest, dass er nicht alleine war. Joe Dawson lief neben ihm, die beiden unterhielten sich angeregt.

Was hatte Sam mit Joe zu tun? Nicht, dass sie etwas gegen Joe hatte. Er war ein netter Kerl, solange er nicht trank. Edie hatte ihn während eines Praktikums im Hazelwood Treatment Center kennengelernt. Er hatte wegen Unterschlagung im Gefängnis gesessen hatte, war aber fest entschlossen, sein Leben zu ändern. Ein erster Schritt war sein Job in der Buchhaltung von Carmichael's.

Nichtsdestotrotz wusste Edie, dass Joe noch immer ganz nah am Abgrund stand, zu nah, um sich mit den falschen Leuten einzulassen.

Mit Leuten wie Sam?

Besorgt zerrte sich Edie den Elfenhut vom Kopf und pfefferte ihn in eine Ecke. Sie beobachtete, wie die beiden Männer in Joes Auto stiegen.

Joe startete den Motor. Edie legte den Gang ein und folgte ihnen in ihrem guten alten Toyota.

Nach ein paar Metern bog Joe nach links ab und steuerte direkt auf ein Einkaufszentrum zu, in dem es einen Spirituosenladen, eine Drogerie, einen Friseur, eine Versicherungsagentur und einen Blumenladen gab.

Bitte, geht nicht in den Spirituosenladen, flehte sie im Stillen.

Edie hatte in ihrem ganzen Leben nie einen Tropfen Alkohol angerührt. Sie hatte nichts gegen Leute, die sich gelegentlich einen Drink genehmigten. Bei den meisten war das auch in Ordnung. Aber nicht bei Joe Dawson.

Und bei Sam?

Edies Magen krampfte sich zusammen.

Joe parkte vor der Drogerie. Edie seufzte erleichtert auf, fragte sich dann aber sofort, was sie dort wohl kaufen wollten, und beschloss, ihnen zu folgen.

Die beiden Männer stiegen aus.

Edie parkte in sicherem Abstand und beobachtete, wie sie

in der Drogerie verschwanden.

Solange sie im Wagen sitzen blieb, konnte sie nichts herausfinden. Andererseits, was sollte sie tun, wenn die beiden sie erwischten?

Na und? Das hier war ein freies Land. Sie schuldete niemandem eine Erklärung. Sie hatte doch wohl das Recht, in dieser Drogerie einzukaufen.

Edie stieg aus und eilte in den Laden.

Die Hitze in dem überfüllten Raum war überwältigend. Vorsichtig spähte sie in einen Gang, dann in den nächsten.

Kein Joe. Kein Sam.

Mist.

Sie marschierte an den Verbandskästen vorbei, dann an den Kosmetikartikeln und Seifen. Ein paar grauhaarige Damen diskutierten darüber, welches die vorteilhafteste Farbe von Miss Clairol war. Und eine Gruppe Schulmädchen in Uniform kicherte über die neunhundert verschiedenen Aknemittelchen.

Dann endlich erblickte sie Sam, der vor dem Schalter für Arzneimittel stand. Hastig blieb sie stehen und wandte ihm den Rücken zu. Dann lief sie mit eingezogenem Kopf rückwärts durch den Gang, Schritt für Schritt, bis sie nur noch wenige Meter von ihm entfernt war. Zum Glück konnte sie sich hinter einer großen Pappfigur verstecken, auf der ein berühmter Sportler abgebildet war, der für seine Lieblingscreme gegen Juckreiz warb.

Sam konnte sie also nicht sehen, sie ihn aber hören. Die Anspannung brachte sie fast um. Was für ein Arzneimittel er wohl kaufen wollte?

Der Apotheker murmelte etwas.

Sam lachte.

Edie streckte den Kopf ein wenig zur Seite und lehnte sich zurück.

Ihr Absatz verfing sich in der grinsenden Pappfigur, die

verdächtig zu wackeln begann. Erschrocken versuchte Edie, sie festzuhalten.

Und verlor dabei das Gleichgewicht.

Die Elfenschuhe rutschten auf dem glatten Boden aus, sie ruderte mit den Armen und klammerte sich dann verzweifelt an einem Regal fest.

Eine wundersame Sekunde lang hielt das Regal.

Doch gerade als sie glaubte, das Gleichgewicht wiedererlangt zu haben, kippte der Pappsportler auf sie.

Das war der Tropfen, der das Fass zum Überlaufen brachte.

Das schmale Regal brach unter ihrem Gewicht zusammen.

Sie ging zu Boden und zerquetschte Mr. Juckreizcreme unter sich.

Der Inhalt des Regals prasselte auf sie. Eine Kondomschachtel nach der anderen.

Dutzende verschiedene Marken. Viking. White Knight. Sir Lancelot.

Farbige Kondome. Extradünne Kondome. Kondome mit Noppen.

Ein Angestellter schrie bestürzt auf.

Leute eilten herbei.

Edie spürte, wie Hitze in ihre Wangen schoss und sich bis zur Kopfhaut ausbreitete. Als sie an sich herunterblickte, sah sie, dass sie eine Schachtel Kondome in der Hand hielt.

Neonfarben. Sonderangebot – vierzehn Stück zum Preis von zwölf. Extragroß.

„Edie? Ist alles in Ordnung?"

Sie hörte Sams Stimme. Selbst mit einem Gorilla mitten auf der Straße nackt Tango zu tanzen hätte nicht peinlicher sein können.

„Mir gehts gut", presste sie hervor.

„Sind Sie sicher?" Er half ihr, sich aufzusetzen.

„Mir ist es nie besser gegangen. Ich zertrümmere immerzu

Drogeriemärkte. Das ist eines meiner Lieblingshobbys."

Sie wollte ihn nicht anschauen, doch er hob ihr Kinn an, und da musste sie wieder in diese bezwingenden blauen Augen blicken.

„Also dann, Sweetheart", sagte er, entwand ihr sanft die Schachtel Kondome und zog sie auf die Füße. „Wenn Sie eine derartig aufregende Weihnachtsparty planen, sollten Sie sich die Kondome vielleicht besser nach Hause liefern lassen."

Eigentlich hatte er Edie wegen der Kondome nicht aufziehen wollen.

Aber ehrlich gesagt war er einfach eifersüchtig.

Für wen kaufte sie diese Kondome?

Und was viel wichtiger war: Wieso interessierte ihn das überhaupt?

Sie war nicht verheiratet, wie er von Joe Dawson erfahren hatte.

„Hier rechts", sagte er.

„In die Sylvan Street?"

„Hm."

Sie fuhren durch Jameson Heights, eine Gegend, in der hundert Jahre alte viktorianische Mehrfamilienhäuser neben Neubauten standen. Ein Haus hatte ein Ziegeldach, das nächste pinkfarbene Flamingos im Garten.

Sam war hier aufgewachsen. Zu dieser Zeit hatte es sich um eine ziemlich raue Nachbarschaft gehandelt. Doch ihm gefiel die kulturelle Vielfalt. Wenn man an warmen Sommerabenden durch die Straßen spazierte, konnte man die exotischsten Gewürze riechen: Curry und Kreuzkümmel, Anis und Fenchel, Knoblauch und Oregano.

Aus einem Fenster erklang feuriger Salsarhythmus, aus dem nächsten das Jammern einer Bluesgitarre. Verbeulte Schrottkarren parkten neben Harleys und einem brandneuen

Volkswagen Beetle.

„Hier wohne ich." Sam deutete auf ein Haus aus den Fünfzigerjahren, das er kürzlich erst selbst renoviert hatte.

Joe fuhr die Auffahrt hinauf. „Soll ich dich morgen zur Arbeit mitnehmen?"

„Nein, danke. Bis dahin ist mein Auto aus der Reparatur zurück."

Joe nickte. „Vielleicht hast du ja Lust, Samstag in einer Woche mit mir und Kyle und Harry wegzugehen. Harrys Freundin arbeitet in einem Stripteaselokal. Hast du Lust?"

Sam spitzte die Ohren. Genau auf so etwas hatte er spekuliert, als er am Tag zuvor Joe gebeten hatte, ihn mitzunehmen. „Klingt gut", meinte Sam und stieg aus, in der Hand die Tüte mit den Medikamenten für Tante Polly.

„Dann bis morgen bei der Arbeit."

Sam wartete einen Augenblick, dann lief er über die Straße zum Haus seiner Tante. Er klingelte. „Ich habe deine Tabletten", sagte er, als sie die Tür öffnete.

Obwohl bereits über siebzig, bewegte Tante Polly sich noch immer wie eine junge Frau. Sie nahm ihm die Tüte ab. „Bist ein guter Junge, Sammy", lobte sie ihn.

Solange er tat, was sie wollte, überschüttete sie ihn mit Komplimenten, doch kaum scherte er ein wenig aus, hagelte es heftige Kritik. Trotz seiner neunundzwanzig Jahre schimpfte sie ihn noch immer regelmäßig aus. Inzwischen konnte er damit leben. Er liebte sie, trotz allem.

„Ich habe immer gewusst, dass noch mal ein guter Junge aus dir wird." Sie kicherte. „Obwohl du ganz schön halsstarrig warst. Immer musste alles nach deiner Nase gehen, nie hast du dich um Regeln gekümmert."

„Wie geht es deiner Arthritis heute?", fragte er, in keiner Weise daran interessiert, all seine Verfehlungen aufgezählt zu bekommen.

Sie verzog das Gesicht und hob eine gichtige Hand. „Frag nicht. Willst du reinkommen? Ich habe eine Suppe auf dem Herd stehen."

„Danke für die Einladung, aber ich muss noch arbeiten."

„Arbeit, Arbeit, Arbeit. Wann willst du denn endlich mal zur Ruhe kommen und heiraten?" Seine Tante schüttelte den Kopf. „Wenn du mir nicht bald Großneffen und Großnichten schenkst, werde ich zu alt sein, um noch mit ihnen zu spielen."

„Du doch nicht!"

„Ich meine es ernst, Sam. Du brauchst jemanden, der sich um dich kümmert."

Das war das Letzte, was er brauchte. „Okay, versprochen." Er beugte sich vor und küsste die nach Lanolin riechende Wange seiner Tante. „Wenn und falls ich beschließe zu heiraten, erfährst du es als Erste."

Er verabschiedete sich und schlenderte über die Straße zu seinem Haus, das ihm mit einem Mal ungewöhnlich ruhig und einsam vorkam.

Zum Teufel mit dem Selbstmitleid. Sam drehte den Fernseher ein wenig lauter als nötig, um seine Einsamkeit zu übertönen.

Heiraten. Tante Polly schien zu glauben, das sei ein Heilmittel gegen alle Probleme. Unabhängig davon, dass sie selbst nie geheiratet hatte.

Ganz ehrlich, er war viel zu beschäftigt, um zu heiraten. Er arbeitete viel und lang. Zu oft hatte er gesehen, wie die Ehen seiner Kollegen aus genau diesem Grund zerbrachen. Und vielleicht war er auch einfach nicht für die Ehe gemacht. Warum sollte er seine Unabhängigkeit aufgeben?

Sam hatte einen Kloß im Hals. Ja. Da musste schon eine verdammt besondere Frau kommen, um ihn vor den Altar zu schleppen. Seine Traumfrau müsste ihn als das akzeptieren, was er war. Ein sich kratzender, schlechte Witze erzählender und Fastfood liebender Neandertaler. Sie durfte ihn nicht ändern wollen, so wie Donna.

Damit war jetzt Schluss.

Er war nicht länger ein Nudelteig, den jede Frau nach Belieben formen konnte. Er war nichts Besonderes. Keine Rigatoni oder Farfalle oder Mafalda. Er war eine ganz schlichte, etwas krumme Makkaroni.

Und auf einmal, völlig grundlos, musste er an Edie Preston denken.

An die süße Edie mit dem Gesicht eines Engels, die sich überall einmischte, aber auf so liebenswerte Art und Weise, dass man sie am liebsten gleichzeitig umarmen und ihren runden kleinen Hintern tätscheln würde.

Im Augenblick lag sie vermutlich gerade mit ihrem Freund im Bett.

Sam knirschte mit den Zähnen.

Verdammt. Er musste sich unbedingt auf seinen Job konzentrieren. Die Diebe dingfest machen. Damit er endlich wieder zu seiner richtigen Arbeit zurückkehren konnte. Keine Elfe der Welt konnte ihn daran hindern, egal, wie unwiderstehlich ihr Lächeln war.

Leider Gottes hatte sie auch die tollsten Beine, die er je gesehen hatte, und Brüste, denen ein Mann kaum widerstehen konnte. Und leider Gottes hatte sie Augen so grün wie der Sommer. Und leider Gottes war sie so unschuldig.

Sie verdiente einen verantwortungsvollen Menschenrechtsaktivisten und keinen lebensmüden Kerl, der sich mit gefährlichen Kriminellen abgab.

Anders als Edie machte sich Sam keine Illusionen darüber, die Welt zum Besseren verändern zu können. Er war Polizist der Gerechtigkeit wegen, nicht um die Menschheit zu retten.

Sollte er sich jemals wieder verlieben, dann in eine große, muskulöse Frau, die auf sich selbst aufpassen konnte. Eine praktische Frau, die die Welt so akzeptierte, wie sie war, und die ihn nicht ändern wollte.

Unglücklicherweise waren es noch drei Wochen bis Weihnachten. Konnte er ihr bis zum fünfundzwanzigsten Dezember widerstehen? Besser wäre es, noch vorher die Diebstähle aufzuklären.

Morgen wollte er frühzeitig ins Kaufhaus gehen. Chief Timmons hatte ihm einen Schlüssel besorgt. Dann konnte er mal etwas herumschnüffeln und vielleicht irgendetwas Wichtiges herausfinden. Den Weihnachtsmann zu spielen brachte ihn jedenfalls nicht weiter, vor allem, nachdem er sich einfach nicht vom Anblick jener charmanten Elfe losreißen konnte.

Wenn er nicht aufpasste, wenn er nicht einen Schutzwall um sich aufbaute, der höher war als die Chinesische Mauer, dann würde er sich womöglich in Edie Preston verlieben.

Und ausgerechnet das durfte einem Mann wie ihm nicht passieren, einem Mann, der sein ganzes Leben damit verbrachte zu beweisen, dass er viel zu hart war, um sich um so etwas wie Liebe zu kümmern.

Er hatte sie Sweetheart genannt. Mit seiner tiefen, erotischen Stimme. Edie rannte durch das Obergeschoss des Einkaufszentrums und versuchte vergeblich, sich auf etwas anderes als auf Sam und ihren peinlichen Auftritt am Vortag zu konzentrieren. Die ganze Nacht durch hatte sie sich hin- und hergeworfen und über Sam nachgedacht. Ungefähr bei Tagesanbruch hatte sie einen Entschluss gefasst. Sie wollte diese Studie über ihn fortführen. Er war ihr ein Rätsel, und das wollte sie lösen. Wenn es ihr erst einmal gelingen würde, den echten Sam Stevenson zu verstehen, dann konnte sie jedermann verstehen.

Doch wie konnte sie Sam nach dem Fiasko des Vortages noch in die Augen sehen?

Edie krümmte sich innerlich.

Sobald er sie sah, würde er an die in der Dunkelheit leuchtenden Kondome denken. Extragroß. Und wie jeder andere amerikanische Mann auch würde ihn das auf weitere Gedanken bringen, und im Handumdrehen würde er sie sich nackt vorstellen.

Ihr Gesicht brannte.

Mit gesenktem Kopf legte sie an Tempo zu, als könne sie ihrer Dummheit davonlaufen.

Als sie einen Seiteneingang in der Nähe von Carmichael's erreichte, sah sie aus den Augenwinkeln, dass dort gerade jemand durch die Tür ging. Sie versuchte noch rechtzeitig abzubremsen, aber es war zu spät.

Sie knallte gegen den Rücken eines großen, breitschultrigen Mannes.

„Ganz langsam."

Ein Arm legte sich um ihre Taille und fing sie auf.

Diese Stimme. Diese Berührung. Dieser einzigartige männliche Geruch.

Das konnte nicht sein. Sie blickte blinzelnd auf.

Doch es war so.

So viel zum Thema Murphy's Law. So viel zum Thema zum falschen Zeitpunkt am falschen Ort zu sein. So viel zum Thema unberechenbares Schicksal.

Sie war verflucht. Dazu verdammt, sich jedes Mal, wenn er in der Nähe war, lächerlich zu machen.

Sam stand vor ihr. Riesengroß und mindestens doppelt so nett.

Sie stöhnte innerlich auf. Er musste doch sowieso schon glauben, dass sie der größte Tollpatsch der Welt war. Vielleicht gelangte er ja langsam zu der Erkenntnis, dass sie ein medizinisches Problem hatte.

„Edie?"

„Dieser Zusammenstoß tut mir leid“, plapperte sie los.

„Sie sollten den Kopf oben halten, wenn Sie Power-Walking machen.“ Er legte einen Finger unter ihr Kinn. Ein Blitz reinster sexueller Energie zuckte durch ihren Körper. „Das könnte so manchen Unfall verhindern.“

„Da… danke“, stammelte sie.

„Sehr gerne.“ Als er lächelte, glaubte sie, in seinen blauen Augen zu ertrinken.

„Was machen Sie hier so früh?“ Edie schaute auf ihre Uhr. „Der Laden öffnet erst in einer Stunde.“

„Nun …“ Sam zögerte und senkte den Blick.

In dieser Sekunde wusste Edie, dass er sie anlügen würde. Ihr rutschte das Herz in die Hose.

„Also, ich treffe jemanden.“

Wäre er Pinocchio, würde seine Nase jetzt gegen ihre Brust stoßen.

„Jemanden?“

„Joe Dawson. Er hat mich gestern Abend nach Hause gefahren. Mein Wagen ist in Reparatur, und zum Dank wollte ich ihm helfen, äh …“

„Ja?“ Edie sah, wie er in seinem Gehirn nach einer plausiblen Erklärung suchte. Sein Täuschungsmanöver bestürzte sie.

Warum Sam, warum?

„Seine Steuererklärung zu machen.“

„Joe ist Buchhalter“, erwiderte sie.

Ein verzweifelter Ausdruck lag auf seinem Gesicht. „Also, das weiß ich, aber ich habe eine Idee, wie er sein Geld anlegen kann, um Steuern zu sparen.“

„Sie brauchen mich nicht anzulügen, Sam“, meinte sie sanft. „Sagen Sie doch einfach, dass es mich nichts angeht.“

„Edie …“ Er wollte sie berühren, doch sie trat einen Schritt zurück.

„Ist schon gut. Aus welchem Grund auch immer Sie Autos

klauen und lügen, ich verurteile Sie nicht. Ich würde nur zu gerne wissen, warum Sie Dinge tun müssen, die Ihnen schaden."

„Tut mir leid", antwortete er. „Sie haben recht. Es gibt gewisse Dinge, die ich Ihnen nicht erklären kann."

„Mir schulden Sie auch keine Erklärung. Aber sich selbst, Sam. Sie sollten Ihr Verhalten hinterfragen."

„Ich bin nicht das, was ich zu sein scheine."

„Stimmt", entgegnete sie. „Das sind Sie nicht."

Aus diesem Grund fand sie ihn ja so faszinierend. Hatte Dr. Braddick recht? Hatte sie nur dieses uralte Bedürfnis aller Frauen, den bösen Jungen zu zähmen? Glaubte sie wirklich, dass sie diesen Mann ändern konnte, der so viel Potenzial hatte und doch so bemüht war, alles wegzuwerfen?

Unsinn. Sie wollte sich selbst und Dr. Braddick beweisen, dass Sam es wert war, gerettet zu werden. Und dass sie die Richtige war, genau das zu tun.

5. KAPITEL

Edie brachte ihn total aus der Fassung.

Diese Enttäuschung in ihren Augen erinnerte ihn sofort wieder an damals, als er Tante Polly gegenübertreten musste, nachdem er beim Klauen eines Schraubenziehers ertappt worden war.

Was als demütigende Erfahrung begonnen hatte, endete mit seinem Interesse an Polizeiarbeit. Der Polizist hatte mit ihm ein langes Gespräch darüber geführt, was Recht und Unrecht war, und danach hatte Sam für die Schule gebüffelt und war Mitglied eines städtischen Basketballteams geworden. Vor allem weil er diesen Polizisten so bewunderte, hatte er beschlossen, selbst einer zu werden.

Doch leider konnte er das Edie nicht erklären. Es beunruhigte ihn, wie gerne er ihr erzählt hätte, dass er ein verdeckter Ermittler war und kein Kleinkrimineller, der seine Sozialstunden abarbeitete.

Vergiss sie, Stevenson, und kümmere dich um deinen Job.

Schlimm genug, dass er heute Morgen seinen Schlüssel im Wagen vergessen hatte. Warum aber gelang es ihm einfach nicht, sich diese Frau aus dem Kopf zu schlagen?

Er hatte vor, sich heute mit einem anderen Mann aus dem Wohnheim bekannt zu machen, mit Kyle Spencer. Kyle war Mechaniker. Carmichael's hatte ihn vor einer Woche als Hausmeister eingestellt, außerdem ging er mit einer seiner Kolleginnen, Jules Hardy, aus.

Davon abgesehen, dass er herausfinden wollte, ob Kyle in die Diebstähle verwickelt war, hoffte er, dass er ihm helfen konnte, sein Auto zu knacken.

Den ganzen Tag lang versuchte er dann wieder, sich auf seine Arbeit zu konzentrieren, auf die als Weihnachtsmann und als verdeckter Ermittler. Er schaukelte Kinder auf seinen

Knien und behielt gleichzeitig die Kunden im Auge. Selbst in der Mittagspause unterhielt er sich auf dem Parkplatz mit Kollegen, die dort eine Zigarette rauchen wollten, und fragte sie unauffällig nach den anderen Mitarbeitern aus.

Doch sosehr er sich auch dagegen wehrte, immer wieder zog Edie seine Aufmerksamkeit auf sich. Er fand es einfach herrlich, wie sie die Kinder anlächelte oder leise Weihnachtslieder summte. Sie roch so gut nach frisch gebackenen Schokoladenplätzchen, und wenn sie ihn gelegentlich aus Versehen berührte, krampfte sich sofort sein Magen zusammen.

Es hatte überhaupt keinen Zweck, sie so zu begehren, das wusste er. Er schwor sich, nie wieder diese wundervollen Kirschlippen zu küssen.

Er war in der Lage, ihr zu widerstehen!

Gerade als er das dachte, ließ Edie eine Filmrolle fallen. Sie beugte sich nach vorne, um sie aufzuheben, und bot ihm beste Aussicht auf ihren großartigen Hintern.

Sam biss die Zähne zusammen. Er war in der Lage, ihr zu widerstehen.

Nun, er war in der Lage …

Fallstudie – Sam Stevenson
Beobachtung vom 8. Dezember

Proband bleibt auch lange nach Feierabend im Kaufhaus. Warum? Heute wurde Werkzeug im Wert von 1000 Dollar aus der Eisenwarenabteilung entwendet. Sehr früh morgens wurde Proband in der Nähe des Kaufhauses gesehen, womit er gegen die Regeln verstoßen hat, sich in anderen Abteilungen aufzuhalten. Könnte es einen Zusammenhang zwischen Proband und dem geklauten Werkzeug geben?

Edie kaute an ihrem Stift herum und strich dann den letzen Satz durch. Spekulationen hatten in einer objektiven Fallstudie nichts verloren. Was aber nichts daran änderte, dass sie sich diese Frage stellte. Hatte Sam etwas mit dem gestohlenen Werkzeug zu tun? Zwar konnte sie das nicht glauben, aber irgendwie hatte sie immer das Gefühl, dass er ihr etwas vorspielte. Kleinigkeiten verrieten ihn. Die Art, wie er sich verstohlen im Laden umsah, als ob er immerzu damit rechnete, ein stämmiger Polizist könnte ihm auf die Schulter tippen. Oder wie er immer mal wieder plötzlich verschwand und es Edie überließ, sich um die wartenden Kinder zu kümmern.

Eines stand fest: Sie musste Sam wieder nachspionieren.

Sie fühlte sich wie bei den Dreharbeiten zu *Mission Impossible.* Während sie zusammengesunken in ihrem Toyota Tercel saß und auf Sam wartete, hörte sie im Geiste sogar die Titelmelodie.

Ein Schauer durchfuhr sie, und sie wickelte sich fester in ihren Mantel ein. Sie überlegte, ob sie den Motor anmachen und die Heizung laufen lassen sollte, aber sie hatte sich gerade ein Buch mit dem Titel *Wie man alles über jeden herausfindet* gekauft. Der Autor erklärte immerzu, dass man sich so unauffällig wie möglich benehmen müsse, und das wiederum hieß, dass man den Motor *nicht* laufen lassen durfte.

Sie warf einen Blick auf die Uhr. Über vierzig Minuten waren vergangen, seit ihre Schicht zu Ende war.

Joe Dawson erschien und verschwand. Noch immer war nichts von Sam zu sehen. Gerade als sie aufgeben wollte, trat Sam durch eine Seitentür und eilte auf eine rote Corvette zu. Er zögerte einen Moment, warf einen prüfenden Blick nach links und nach rechts und zog dann etwas aus seiner Tasche.

Was machte er da?

Edie nahm das Fernglas vom Rücksitz und blickte angestrengt hindurch.

Er hatte einen Metallbügel und fuhr mit ihm am Autofenster entlang.

Ihr Herz raste wie verrückt.

Nein! Nein! Es konnte doch nicht sein, dass er die rote Corvette stehlen wollte. Doch nicht direkt vor ihren Augen!

Aber offensichtlich war genau das der Fall.

Er brauchte keine Minute, dann war die Tür offen, er schaute sich noch einmal schnell um, kletterte hinein und beugte sich tief hinunter.

Sie sah sich oft Krimis im Fernsehen an. Und deswegen wusste sie auch, dass er dabei war, das Auto kurzzuschließen.

„Schämen Sie sich, Sam Stevenson“, schimpfte sie leise los. „Haben Sie denn gar nichts dazugelernt?“

Offenbar nicht.

Die Corvette sprang röhrend an, ein Schwall Abgase kam aus dem Auspuff. Sam fuhr los.

Oh! Er war dabei, zu verschwinden.

Schnell warf Edie das Fernglas auf den Sitz neben sich, ließ den Motor an und folgte Sam.

Warten Sie doch, Sam! Ich werde Ihnen helfen!

Sie drückte aufs Gas, raste an einem Wagen mit erschrockenen Nonnen vorbei, wechselte auf die andere Fahrbahn und fädelte sich zwei Autos hinter Sam ein. Mit siebzig Meilen pro Stunde rasten sie durch eine 25-Meilen-Zone.

So schnell zu fahren machte Edie mächtig nervös. Normalerweise hielt sie sich an die Gesetze des Landes. Sie fuhr nie zu schnell, warf keinen Abfall auf die Straße und vor allem klaute sie keine Autos.

Doch wenn Sie zur Rettung Sams ein paar Verkehrssünden begehen musste, dann war das eben nicht zu ändern.

Sam nahm die Ausfahrt Jameson Heights und hielt in der Auffahrt eines Hauses aus den Fünfzigerjahren mit grünen

Fensterläden und Vorhängen. Edie parkte etwa drei Häuser entfernt.

Was wollte er hier? Wessen Haus war das? Sie fürchtete sich vor den Antworten. Sie wollte nicht noch mehr schlimme Dinge über diesen rätselhaften Mann herausfinden.

Er stieg aus, lief die Treppen hinauf, holte einen Schlüssel aus der Tasche, öffnete die Tür und ging ins Haus.

Wohnte er etwa hier?

Hm.

Hatte er das Auto nur gestohlen, um nach Hause zu fahren?

Edie runzelte die Stirn. Fast war sie ein wenig enttäuscht. Aber was hatte sie denn erwartet? Dass er das Auto zu einem Hehler bringen würde? Oder an die mexikanische Grenze? Oder dass er Joe Dawson treffen würde, um ihm das Auto zu übergeben?

Ja, ja und ja.

Vielleicht hielt er nur kurz, um etwas zu holen, und würde in ein paar Minuten wieder aus dem Haus kommen.

Lichter gingen an. Edie blickte durch ihr Fernglas. Aus dieser Entfernung konnte sie nicht sonderlich viel erkennen.

Ein Schatten erschien am Fenster.

Sam.

Er hatte sein Hemd ausgezogen.

Seine nackte Brust glänzte in dem gedämpften Licht. Es sah so aus, als wolle er unter die Dusche gehen.

Edie holte tief Luft, verschluckte sich, hustete, keuchte. Selbst aus dieser Distanz war dieser Mann in der Lage, ihr die Sauerstoffzufuhr abzuklemmen.

Entschlossen wandte sie den Blick von seinem nackten Oberkörper ab. Während sie so dasaß und darüber nachdachte, was sie als Nächstes tun sollte, schaute sie zufällig in den Rückspiegel. Ein Streifenwagen rollte langsam auf sie zu.

Wieder begann ihr Herz zu hämmern.

Keine Panik. Keine vorschnellen Urteile, beschwor sie sich; in ihren Handflächen hatte sich bereits genug Schweiß gesammelt, um einen Putzeimer zu füllen.

Instinktiv wusste sie, was geschehen war. Jemand hatte die rote Corvette als gestohlen gemeldet. Oder jemand hatte Sam dabei beobachtet, wie er sie auf dem Parkplatz geklaut hatte.

Die Polizei war ihm auf den Fersen.

Der Wagen näherte sich gemächlich und fuhr an ihr vorbei. Der Fahrer, ein Denzel-Washington-Doppelgänger, hatte seinen Blick auf Sams Haus gerichtet. Oder auf die rote Corvette.

Ihr Herz machte einen Satz wie ein Tiger im Käfig. Sie musste Sam warnen. Sie war so wild entschlossen, ihm zu helfen, dass sie sich keine Sekunde lang Gedanken über die möglichen Konsequenzen machte.

Sie stolperte aus ihrem Toyota, raste an dem Nachbarhaus vorbei in den Hinterhof. Der Polizist durfte sie keinesfalls sehen!

Mist! Zwischen diesem Haus und dem nächsten befand sich ein ein Meter achtzig hoher Zaun.

Edie holte tief Luft und rannte los. Jemand im Haus riss die Glastür auf und brüllte sie an, doch sie war bereits über den Zaun in den nächsten Garten gehechtet.

Noch immer war sie zwei Häuser von Sam entfernt, diesmal war ein Maschendrahtzaun vor ihr, auf der Veranda lag ein Schäferhund.

Das Tier hob den Kopf und begann drohend zu knurren.

Sie schrie kurz und sprintete los.

Der Hund sprang auf.

Der Maschendraht schepperte laut, als sie sich daran festklammerte.

Der Hund schnappte zu.

Edie kreischte auf, als er seine Zähne in ihren Hintern grub.

Sie riss sich los und purzelte über den Zaun.

Als sie dahinter auf den Boden stürzte, kratzte sie sich die Handflächen auf, kümmerte sich aber nicht weiter darum. Zum Glück gab es an diesem Haus keinen Zaun. Sams Hintergarten war bereits von hier aus zu sehen.

Ihr Atem ging schnell und hektisch; sie sah, dass der Streifenwagen vor Sams Haus angehalten hatte.

Schnell. Schnell.

Sie flog die Stufen hinauf und hämmerte mit beiden Fäusten gegen Sams Tür. „Sam, Sam!“, schrie sie. „Kommen Sie sofort raus.“

Keine Antwort.

Oh nein! Hatte die Polizei ihn bereits festgenommen?

Sie schlug noch fester gegen die Tür. „Sam!“

Die Hintertür wurde aufgerissen. Edie stolperte hinein und erblickte Sam, der pitschnass und bis auf ein Handtuch nackt vor ihr stand.

Seine Augen weiteten sich, ein Lächeln lag auf seinen Lippen. „Edie? Was tun Sie denn hier?“

Es klingelte an der Haustür.

Das musste Denzel sein.

Und Sam war so gut wie nackt, bei dieser Kälte draußen! Oh nein!

Sie packte seine Hand und zerrte ihn durch die Hintertür. War doch egal, dass er nichts anhatte, sie würde ihn in ihr Auto verfrachten und die Heizung aufdrehen. Dann würde sie ihn mit zu sich nach Hause nehmen, wo sie darüber sprechen konnten, wie er sich aus dieser Affäre ziehen sollte.

„Sie müssen hier weg. Und zwar sofort.“

„Moment mal. Ganz langsam. Was ist hier los? Ich bin gerade erst aus der Dusche gekommen.“ Er sah völlig verblüfft aus.

Obwohl sie es so eilig hatte, konnte sie nicht umhin zu bemerken, wie sich das feuchte Frotteehandtuch an seinen gebräunten, muskulösen Körper schmiegte, außerdem konnte sie sich nicht von dem Anblick seines schwarzen Brusthaars losreißen. Zum Teufel, selbst seine Zehen waren hübsch.

Hör damit auf, Edie. Du darfst dich nicht durch körperliche Anziehung von deinem Ziel ablenken lassen. Vergiss einfach, wie gut Sam aussieht. Denk viel lieber daran, dass du deine Dissertation über ihn schreiben willst. Und ein echter Profi lässt sich niemals mit seinem Probanden ein.

„Also, was ist los?", fragte er noch mal und riss sie damit aus ihren Gedanken.

„Die Polizei steht vor Ihrer Tür. Sie werden jeden Moment verhaftet werden." Sie zerrte weiter an seinem Arm. „Kommen Sie mit mir. Mein Auto steht ein paar Häuser weiter. Wir müssen durch die Hintergärten verschwinden. Ich kann Ihnen aus eigener Erfahrung versichern, dass der Schäferhund aus Nummer drei ziemlich wild ist. Wenn wir schnell machen, können wir es schaffen. Zumindest zunächst einmal."

Er starrte sie an, als wäre sie gerade einem Raumschiff entstiegen.

Vielleicht verstand er sie nicht, weil sie zu schnell gesprochen hatte.

Es läutete noch einmal.

„Entschuldigen Sie mich, Edie." Er drehte sich um und ging zurück ins Haus.

„Nein!" Sie hing an ihm wie Sekundenkleber. „Es sei denn, Sie wollen unbedingt ins Gefängnis."

„Ins Gefängnis?" Seine Augen lachten, aber sein Mund war völlig unbewegt. Vermutlich glaubte er, dass sie Witze machte. „Warum denn?"

„Weil Sie die rote Corvette da draußen vor Ihrer Tür gestohlen haben."

Sams Mundwinkel begannen zu zucken, dann warf er den Kopf in den Nacken und brach in brüllendes Gelächter aus.

Edie runzelte die Stirn. „Was ist daran so lustig?“

„Das Auto gehört mir.“

„Lügen Sie mich doch nicht an, Sam Stevenson. Ich habe gesehen, wie Sie es aufgebrochen und dann kurzgeschlossen haben.“

Er wischte sich mit dem Handrücken die Tränen aus den Augen, musste dann aber nur noch heftiger lachen.

Edie stemmte die Hände in die Hüften. Dieser Mann war einfach nicht zu verstehen. Überhaupt nicht. „Sie werden nicht mehr lachen, wenn dieser Denzel-Washington-Doppelgänger Ihnen Handschellen anlegt. Die Sache sieht ziemlich ernst aus.“

„Mein Nachbar Charlie hat also geklingelt? Nun kommen Sie schon rein und setzen Sie sich. Ich bin gleich zurück.“ Sam schlang das Handtuch fester um die Hüfte und trottete zur Eingangstür.

Verwirrt trat Edie ins Haus. Sie hatte sich das alles doch nicht nur eingebildet. Sie hatte doch gesehen, wie Sam das Auto aufbrach.

Sie hörte leise Männerstimmen.

Edie schlich sich auf Zehenspitzen an, in der Hoffnung, das Gespräch belauschen zu können.

Die Eingangstür fiel ins Schloss.

Schritte.

Schnell hechtete sie zurück an den Küchentisch und warf sich auf einen Stuhl.

„Autsch!“

Hastig sprang sie wieder auf, die Hände gegen ihren Hintern gepresst. Ihre Hose war zerrissen, die Haut wund. Sie hatte in der ganzen Aufregung um Sams Rettung völlig vergessen, dass dieser Schäferhund sie erwischt hatte.

„Stimmt was nicht?"

Sams große Gestalt erschien, sein Gesicht drückte Besorgnis aus.

Sie schluckte schwer. Ihr Blick wanderte von seinen breiten Schultern über die tadellose Brust bis zu der Stelle, wo das dunkle Haar unter dem Handtuch verschwand.

Sie hielt die Luft an, als ihr klar wurde, dass nur dieses Frotteehandtuch zwischen ihr und seinem sicherlich prachtvollen Anblick lag. Wenn er es aus Versehen fallen ließe …

„Was wollte Denzel denn?" Sie leckte sich über die Lippen.

Er lächelte. „Er wollte mich zu seiner Weihnachtsparty einladen."

„Oh."

„Ich habe gehört, wie Sie gerade vor Schmerz geschrien haben", sagte Sam. „Was ist los?"

Edie betastete ihre zerrissene Hose. „Ich habe so was wie ein Wettrennen mit dem Schäferhund Ihres Nachbarn veranstaltet."

Eine Augenbraue schoss in die Höhe. „Snookems?"

„Zwei Häuser weiter." Sie deutete in die Richtung, aus der sie gekommen war. „Ich glaube, er hat gewonnen."

„Lassen Sie mich mal sehen."

Edies Blick fiel erneut auf sein Handtuch. „Vielleicht sollten Sie sich erst mal was anziehen."

„Stimmt", erwiderte er, und seine Stimme klang heiser. „Bin gleich zurück."

„Lassen Sie sich ruhig Zeit."

Er blieb nicht lange weg, aber länger brauchte Edie auch gar nicht, um sich wie eine vollkommene Idiotin vorzukommen. Sie ging die Ereignisse in Gedanken noch einmal Schritt für Schritt durch. Und schlug dann die Hände vors Gesicht. Er musste sie für total durchgedreht halten.

Andererseits hatte sie nun die Möglichkeit, ihn besser kennenzulernen. Die Küche war sauber. Kein schmutziges Geschirr im Abwaschbecken, keine Brotkrumen auf der Küchentheke wie bei ihr zu Hause. Die Farben waren männlich, Schwarz und Weiß und Chrom. Schwarzweißes Schachbrettmuster auf dem Boden, schwarze Arbeitsplatten, weiße Schränke, chromfarbene Armaturen.

Sie stand auf, öffnete schnell den Kühlschrank und machte eilig Inventur. Eine Dose Bier, Ketchup und eine Pappschachtel mit chinesischem Fastfood.

Neugierig geworden, öffnete sie den Karton. Rindfleisch Lo Mein. Ihr Lieblingsgericht.

„Hungrig?", fragte Sam. „Ich kann Pizza bestellen, wenn Sie wollen."

„Nein." Sie schüttelte den Kopf und stellte das Lo Mein zurück in den Kühlschrank. „Ich muss gehen." Und zwar schnell, bevor sie noch eine Dummheit beging, wie zum Beispiel ihre Dissertation aufs Spiel zu setzen.

Er trug Jeans und ein Sweatshirt der Dallas-Cowboys. In einer Hand hielt er eine Flasche Jodtinktur, Wundsalbe und Pflaster. „Lassen Sie mich mal Ihre Verletzung sehen."

Edie drehte sich um und gab den Blick auf ihren Hintern frei. Das war vielleicht peinlich.

Sam kam näher und bückte sich, bis er auf Augenhöhe war. „Die Hose ist hinüber, befürchte ich."

Sie spürte, wie seine Finger ihre Haut durch den Riss berührten. Sie schloss die Augen und unterdrückte den natürlichen Wunsch, den eine Frau verspürt, wenn sie von einem so gut aussehenden Mann berührt wird.

„Der Biss ist nicht tief. Kaum Blut zu sehen. Snookems hat Ihre Haut kaum verletzt, aber ich schätze, Sie werden morgen einen Bluterguss haben. Zum Glück weiß ich, dass der Hund geimpft ist."

„Zum Glück", wiederholte sie.

„Würden Sie sich bitte über den Tisch beugen, damit ich Sie verarzten kann?"

„Ja, klar."

„Das könnte ein bisschen brennen."

Verglichen mit der plötzlichen Hitze im Zimmer, fühlte sich die Jodtinktur geradezu kühl an. Es folgte die Wundsalbe, dann das Pflaster. Ihr schien eine Ewigkeit vergangen zu sein, bis er sagte: „Na bitte. Das war's."

Hastig richtete sie sich wieder auf. „Danke."

„Nein. Ich danke Ihnen."

„Wofür?"

„Dafür, dass Sie Ihr Leben riskiert haben, um mich zu warnen."

„Sind Sie gar nicht sauer darüber, dass ich gedacht habe, Sie würden wieder ein Auto klauen?" Sie blickte ihn unsicher an.

Als er lächelte, bildeten sich kleine Fältchen um seine Augen. „Ein verständlicher Irrtum. Was mich viel mehr beeindruckt, ist die Tatsache, dass Sie sich selbst in Gefahr gebracht haben, um mich zu warnen."

Sie zuckte schuldbewusst mit den Schultern. Sie konnte ihm ja schlecht sagen, aus welchem Grund sie ihn beschattete.

„Ich will einfach nicht, dass Sie noch mehr Ärger bekommen", antwortete sie. Und das stimmte ja auch. Das war nicht gelogen.

Er machte einen Schritt auf sie zu. „Ich bin kein Projekt, Edie."

Projekt? Hatte er erraten, dass sie ihn zu Studienzwecken missbrauchte? Aber woher sollte er das wissen?

Sie lächelte nervös. „Das habe ich doch auch nie behauptet."

„Aber ich kann es in Ihren Augen sehen. Sie sind genau wie meine Tante Polly und wie meine Exfreundin. Ein kurzer Blick auf mich reicht, und sie glauben, mich müsste mal jemand auf Vordermann bringen. Nun, ich bin aber nicht irgendein baufälliges Haus, Lady. Ich bin ein Mann." Er kam noch etwas näher. Der Boden knarrte unter seinem Gewicht. „Mit allen Fehlern und Stärken."

„Ich habe nie ..."

„Psst." Er legte einen Finger auf ihre Lippen. „Ich habe schon ziemlich viel gesehen. Eine Menge hässliche Dinge, von denen ich hoffe, dass Sie sie nie erleben werden."

Edie schluckte.

„Mir gefällt es ja gerade, wie heiter und optimistisch Sie die Welt betrachten. Aber Edie, Sie sind viel zu behütet aufgewachsen. Sie mögen vielleicht Obdachlosen und Alkoholikern helfen, gut. Aber Sie sitzen in sicherer Entfernung da und geben Ratschläge, ohne sich die Hände schmutzig machen zu müssen."

Sie wurde wütend. Wie zum Teufel konnte er es wagen, sie zu verurteilen?

„Na los, geben Sie's doch zu. Sie haben in ihrem Leben nie etwas angestellt, oder? Nein, Sie brechen keine Regeln. Sie sind als Jugendliche nie zu spät nach Hause gekommen. Vermutlich haben Sie noch nicht mal einen Strafzettel bekommen."

„Nun, Mr. Oberschlau, da täuschen Sie sich. Ich habe einmal etwas Schlimmes getan."

„Ach?" Sein Grinsen ärgerte sie nur noch mehr. Nur weil sie nicht gelogen und gestohlen hatte, hieß das doch noch lange nicht, dass sie nicht gelebt hatte. „Was für ein schreckliches Verbrechen haben Sie denn begangen?"

„Ich habe vergessen, ein ausgeliehenes Buch in die Bibliothek zurückzubringen. Ich bekam ein Schreiben, in dem mit einem Haftbefehl gedroht wurde, falls ich das Bußgeld nicht bezahle", gestand sie.

Sam warf schon wieder den Kopf in den Nacken und lachte sie zum dritten Mal an diesem Abend aus. Er lachte lange. Und laut.

„Das war nicht lustig!", erklärte Edie wütend.

„Da bin ich mir sicher. Und ich bin mir auch sicher, dass Sie sofort in die Bibliothek gerast sind, um das Bußgeld zu bezahlen."

„Das ist jetzt nicht fair."

„Nein Edie, Sie sind es, die nicht fair ist. Solange Sie keine Ahnung davon haben, wer ich bin, sollten Sie sich auch keine Vorstellungen von mir machen. Und vor allem nicht versuchen, mich zu retten. Okay?"

Sie starrte ihn an. Er hatte recht. Bisher hatte sie nicht viel Kontakt mit der Realität gehabt. Schon durch ihre Eltern und dann wegen des Berufs, den sie gewählt hatte, war immer sie diejenige gewesen, die anderen Leuten Ratschläge gegeben und ihre Hilfe angeboten hatte. Aber mal ganz ehrlich, hatte sie auch nur die geringste Ahnung, wovon sie sprach? Wer war sie denn, dass sie sich herausnehmen konnte, anderen Ratschläge zu erteilen? Sie war nie arm gewesen, hatte nie hungern müssen und immer ein Dach über dem Kopf gehabt.

„Sie werden Ihre Patienten erst dann wirklich verstehen, wenn Sie selbst mal was riskiert haben, Edie Preston."

„Was riskiert?"

„Stellen Sie sich Ihren verborgenen Wünschen. Und akzeptieren Sie Ihre dunklen Seiten."

Das schien nicht der richtige Zeitpunkt zu sein, um klarzustellen, dass sie keine dunklen Seiten hatte. Und keine verborgenen Wünsche.

Von dem Bedürfnis abgesehen, anderen dabei zu helfen, die dunklen Seiten zu überwinden.

Sie musterte diesen erotischen, gefährlichen Mann, der sie erregte, wie kein anderer zuvor. Und da wusste sie, dass sie doch noch einen weiteren Wunsch hatte.

6. KAPITEL

Sam machte einen Schritt auf sie zu.

Edie bewegte sich rückwärts, bis sie gegen die Küchenwand stieß. Sie machte große Augen.

Er hatte nur ein einziges Ziel.

Diese Lippen zu küssen. Sie um den Verstand zu küssen. Und ihr Angst zu machen, damit er sie loswurde, bevor sie seine Ermittlungen behindern konnte. Oder sein Leben.

Sie war ihm sowieso schon viel zu nahegekommen. Sie hatte ihn verfolgt, vor der Polizei gewarnt und ihn psychologisch zu durchleuchten versucht.

Diese Frau bedeutete nichts als Ärger. Sie blickte ihn mit glänzenden, bewundernden Augen an. Offenbar sah sie in ihm einen edlen Ritter in leicht verbeulter Rüstung. Und offensichtlich wollte sie diese Rüstung wieder auf Hochglanz polieren.

Diesen Blick kannte er nur zu gut. Er konnte Edie genauso wenig ändern wie sie ihn. Nicht, dass er sie überhaupt ändern wollte. Ihre Ernsthaftigkeit, ihre Aufrichtigkeit und ihre Sorge um andere Menschen faszinierten ihn. Allerdings war es ein riesiger Unterschied, ob man sich zu einer Frau wie Edie hingezogen fühlte oder ob man mit einer wie ihr zusammenlebte.

Auf die eine oder andere Art musste er sie jedenfalls loswerden, und sie zu küssen, schien ihm die angenehmste Methode zu sein.

„Ich könnte Ihnen beibringen, wie man mal was riskiert", murmelte er und stützte seinen Arm an der Wand über ihrem Kopf ab. Wenn dieser unverschämte Annäherungsversuch sie nicht in die Flucht schlug, dann wusste er es auch nicht.

Edie blinzelte.

Er senkte den Kopf und fixierte sie. „Es würde mir Spaß

machen, Ihnen das beizubringen." Sanft zeichnete er mit einem Finger den Ausschnitt ihrer Bluse nach. Edie begann zu zittern.

Dann straffte sie die Schultern, holte tief Luft und richtete sich zu ihrer vollen Größe auf. „Sie befinden sich an einem sehr kritischen Punkt in Ihrem Leben. Glauben Sie nicht, dass es weitaus konstruktiver wäre, sich auf ihr selbstzerstörerisches Verhaltensmuster zu konzentrieren, statt mich zu verführen?"

„Glauben Sie?" Er kam noch näher, bis ihre Lippen nur noch wenige Zentimeter voneinander entfernt waren.

„Ja." Sie nickte heftig. „Ich glaube das. Sie benutzen sexuelle Erlebnisse, um nicht über ihre eigenen Unzulänglichkeiten nachdenken zu müssen."

„Ist das so?"

„Ja."

„Woher wollen Sie wissen, dass ich nicht einfach heiß auf Sie bin? Manchmal, Frau Doktor, ist eine Zigarre einfach eine Zigarre."

„Versuchen Sie, mich mit Ihrer sexuellen Annäherung einzuschüchtern?"

Ja.

„Sie meinen in etwa so?"

Er schlang die Arme um ihre Taille, zog Edie an seine Brust und küsste sie so, wie er es sich seit seinem ersten Tag bei Carmichael's vorgestellt hatte.

Mann, sie schmeckte vielleicht gut. Nach Honig und Tautropfen und nach süßer, süßer Sünde. Ihr Atem hämmerte in seinem Ohr, ihr weicher Duft umspielte ihn.

Er hätte sie niemals küssen dürfen. Auch nicht, um sie zu verängstigen. Er war unglaublich erregt, und diese Erregung steigerte sich von Sekunde zu Sekunde. Seine Venen füllten sich mit kochender Gier. Es war schon lange her, dass er mit einer Frau geschlafen hatte, und sein Körper war sich dieser Tatsache sehr bewusst.

Du kannst nicht mit Edie schlafen, sagte er sich. Du bist ein verdeckter Ermittler, und sie glaubt, du wärst ein armer Verlierer. Außerdem bist du viel zu festgefahren, um dich noch zu ändern. Du bist grobes Tongeschirr, sie ist feinstes Porzellan. Es gibt eine Million Gründe, warum das hier nicht weitergehen darf.

„Sam“, flüsterte sie an seinem Mund.

„Ja, Sweetheart?“

„Bitte nimm deine Hände weg. Bitte hör auf, mich zu küssen.“

Das war eine Bitte, keine Forderung. An ihren Lippen merkte er, dass sie ihn genauso wollte wie er sie, und an ihrer Stimme hörte er, dass sie ebenso wusste wie er, dass sie nicht zusammenpassten.

Langsam, ganz zart löste er seine Lippen von ihren und ließ die Arme sinken.

Der Blick aus ihren grünen Augen durchbohrte ihn, Sam ließ sich in diese leuchtende Tiefe fallen. Beinahe hätte er sie wieder geküsst.

Doch dann klingelte das Telefon. Dieses verfluchte, gesegnete Telefon.

„Entschuldige“, sagte er und nahm den Hörer ab. „Hallo?“

„Samuel O'Neil Stevenson, hast du eine Frau bei dir?“

„Tante Polly.“

„Hör auf mit diesem Tante Polly. Virginia Marston hat mich gerade angerufen. Offenbar ist so eine verrückte Frau über ihren Zaun geklettert, dann durch den Garten in dein Haus gerannt. Bist du wieder bei deinen alten Spielereien angekommen?“

„Nein, Tantchen.“ Sam verdrehte die Augen zur Decke.

„Du weißt, der Weg in die Hölle ist mit S-E-X gepflastert.“

„Ich dachte, du wolltest unbedingt Großnichten und -neffen haben."

„Aber nicht so", stieß sie hervor. „Sondern auf die normale Art und Weise. Heirate erst mal."

„Nun, ich kann dich beruhigen, Tantchen, ich habe keinen Sex."

Zumindest nicht in diesem Moment.

Sam warf einen Blick auf Edie und drückte den Hörer gegen die Brust. „Meine Tante Polly", erklärte er ihr.

„Sam? Sam?" Gedämpft erklang Tante Pollys Stimme in der Küche. „Hast du was gesagt? Bist du noch da?"

Mit einem tiefen Seufzen nahm Sam den Hörer wieder ans Ohr. „Ich bin noch da."

Edie flüsterte: „Ich gehe jetzt. Wir sehen uns morgen bei der Arbeit."

Sam hätte sie am liebsten aufgehalten. Er wollte, dass sie bei ihm blieb, und gleichzeitig wünschte er sie so weit weg wie nur irgend möglich. Himmel, er wusste überhaupt nicht, was er wollte. Diese Frau verwirrte ihn total, machte ihm das Denken schwer und seine guten Absichten zunichte.

„Ich kann nicht zulassen, dass fremde Frauen über Zäune klettern, um zu dir zu kommen", dröhnte Tante Polly an seinem Ohr.

„Natürlich nicht, Ma'am." Er sah, wie Edie sich umdrehte und aus der Küche ging. Sein Blick war auf das Loch in ihrer Hose gerichtet, durch das ihr fester, runder Hintern schaute, und gleich war er wieder unendlich erregt.

Verdammt, hätte dieser verfluchte Snookems sie bloß nie gebissen.

Und hätte Tante Polly bloß nicht angerufen und sie unterbrochen.

Aber vor allem: Würde er Edie Preston nur nicht mehr begehren als jede Frau zuvor.

Wenn Dr. Braddick wüsste, was in Sams Küche vorgefallen war, würde er sie sofort auffordern, das Projekt zu beenden. Wenn er wüsste, welche Gefühle in ihr tobten, würde er sie vermutlich komplett rauswerfen. Edie seufzte und rutschte noch tiefer in die Badewanne.

Was sollte sie nur tun?

Sie ließ das Wasser ablaufen, stieg aus der Wanne und wickelte sich in ein Handtuch.

Diese Faszination für Sam konnte ihre Doktorarbeit gefährden, andererseits: Wenn sie ihre Feldforschung aufgab, welche Möglichkeit blieb dann noch, ihm und anderen zu helfen?

Das Wichtigste war also zu beweisen, dass Sam die Hilfe wert war. Um ihr Ziel zu erreichen, musste sie ihre sexuellen Gefühle für ihn unterdrücken. Ganz egal, wie sehr sie ihn auch begehrte, sie durfte sich auf keinen Fall hinreißen lassen.

Aber da gab es etwas, das sich in ihrem Gehirn eingebrannt hatte und sich einfach nicht verdrängen ließ.

Nämlich die Frage, wie sie ihre Patienten verstehen wollte, wenn sie selbst sich niemals zu ihren dunklen Seiten bekannte.

Wie Sam gesagt hatte, sie musste einmal etwas riskieren.

Er hatte absolut recht. Sie wusste gar nicht, wie es war, einfach loszulassen und wirklich zu leben. Aber sollte sie tatsächlich irgendwann beschließen, ihren Horizont zu erweitern, dann bestimmt nicht mit Sam.

Edie schlüpfte in den Bademantel, kämmte sich das Haar und tapste in ihr Schlafzimmer, als das Telefon klingelte.

Sam, dachte sie sofort. Doch wieso sollte er sie anrufen?

Sie nahm beim zweiten Klingeln ab und hockte sich aufs Bett. „Hallo?“

„Edie?“

„Ja?“

„Hier ist Jules. Jules Hardy aus dem Kaufhaus."

„Hallo, wie gehts dir?"

Jules Hardy war eine vollbusige, temperamentvolle Rothaarige aus der Kosmetikabteilung. Sie hatte ständig irgendwelche Rendezvous und erzählte gerne wilde Geschichten über ihre Abenteuer und Missgeschicke einer jungen Singlefrau im einundzwanzigsten Jahrhundert. Niemand war besser geeignet, um Edie beizubringen, wie man am Besten etwas riskierte.

„Hör mal, ich habe da so ein kleines Problem, und wie ich gehört habe, studierst du, um Seelenklempner zu werden."

„Psychologin. Ja, das stimmt." Edie strich sich eine feuchte Haarsträhne hinters Ohr. „Was kann ich für dich tun, Jules?"

„Also, ich würde das lieber nicht am Telefon besprechen. Es ist ziemlich persönlich, es geht um meinen neuen Freund, Kyle Spencer. Es war nämlich Kyle, der mir geraten hat, dich anzurufen."

Edie packte den Telefonhörer fester. Kyle Spencer. Einer der Männer aus dem Wohnheim, den sie bei Carmichael's untergebracht hatte. Sie schluckte. „Ist Kyle in Schwierigkeiten?"

„So in der Art. Ist etwas kompliziert."

Mit einem tiefen Seufzen ließ Edie sich rücklings aufs Bett fallen. „Irgendetwas Illegales?"

Hatte Kyle etwas mit den Ladendiebstählen zu tun? War Jules deshalb so besorgt?

„Ich muss dich persönlich sprechen. Können wir uns irgendwo treffen?"

Edie warf einen Blick auf die Uhr. Zehn nach zehn. Normalerweise ging sie um halb elf ins Bett. Aber sie wurde gebraucht. Da hatte jemand Schwierigkeiten, und sie konnte helfen.

„Also ..."

„Bitte", sagte Jules. „Ich brauche wirklich deinen Rat."

„Na gut."

„Können wir uns in einer Stunde im Coffeeshop auf der Wayfarer Lane treffen?"

„Okay, ich werde da sein."

„Danke, Edie. Du bist die Beste. Ich bin dir wirklich dankbar."

„Kein Problem."

„Bis gleich dann."

Edie legte auf und fragte sich, was für Probleme zum Teufel sie sich nun eingehandelt hatte.

Sam war schon vor Tagesanbruch bei Carmichael's und schlich wie jeden Morgen, seit er diesen Job machte, zum Hintereingang. Der Nachtwächter arbeitete bis vier Uhr, und die Lagerarbeiter kamen nicht vor sechs. Zwei Stunden lang war das Kaufhaus also unbewacht. Wenn irgendjemand im großen Stil Waren stehlen wollte, dann war das die beste Zeit dafür.

Er versteckte sich hinter einem Strauch und kramte einen Doughnut aus der Jackentasche. Er hatte etwas unter dem Transport gelitten, war flach gedrückt, und der Schokoladenüberzug klebte an dem Papier fest, aber Sam war viel zu hungrig, um sich darüber zu ärgern.

Er hätte jetzt gerne eine starke Tasse Kaffee getrunken, denn dank Edie Preston hatte er nicht gerade sonderlich gut geschlafen.

Edie mit diesem verschmitzten Gesicht und dem ansteckenden Grinsen. Edie mit dem kurzen, lockigen Haar, das ihn an sprudelndes Gingerale erinnerte – leicht und erfrischend. Edie, die dazu neigte, ihre hübsche kleine Nase in Dinge zu stecken, die sie nichts angingen. Noch nie zuvor hatte Sam jemanden wie sie kennengelernt.

Zum Teufel mit dieser Frau. Warum konnte er sie sich nicht aus dem Kopf schlagen?

Er wartete.

Ein ramponierter brauner Chevrolet fuhr langsam an ihm vorbei.

Sam kniff die Augen zusammen. Das sah wie Harry Coomers Auto aus. Er richtete sich ein wenig auf. Die Männer aus dem Wohnheim, Joe, Kyle und Harry, hatten ganz strikte Ausgehzeiten. Sie mussten von Mitternacht bis sechs Uhr morgens im Haus bleiben. Wenn das also tatsächlich Harry war, dann hatte er das Heim unerlaubt verlassen.

Er hielt den Atem an und wartete. Das Auto fuhr noch eine Runde über den Parkplatz und verschwand dann.

Die Zeit verging.

Fünfzehn Minuten. Zwanzig. Eine halbe Stunde.

Der Wagen kam nicht zurück.

Sam unterdrückte ein Gähnen und verlagerte sein Gewicht, sein Hintern war schon ganz kalt.

Und sofort musste er an Edies Hundebiss denken. Und an ihren festen Po, der sowieso in regelmäßigen Abständen seine Fantasie beherrschte. Ein paar herrliche Minuten lang hatte er gestern Abend diesen zierlichen Hintern in seinen Händen gehalten.

„Lass es gut sein, Stevenson", brummte er leise, als seine Fantasien sich unmittelbar auf seinen Körper unterhalb der Gürtellinie auswirkten. Er war im Einsatz, Herrgott noch mal! Er konnte sich eine derartige Ablenkung nicht leisten.

Und gleichzeitig konnte er seine männliche Vorstellungskraft nicht daran hindern zu explodieren. Er sah sie. In seinem Haus. Auf seinem Bett. Nackt. In ihrer ganzen Schönheit, die sie nur für ihn alleine entblößte. Ihre süßen Lippen pressten sich auf seine. Er hielt ihren zarten Körper fest an sich gedrückt.

Sam schluckte.

Dann, als würde sein Traum plötzlich wahr werden, sah er

sie. Nicht in Gedanken. Nicht in seiner Fantasie. Nicht in seinen immer wiederkehrenden Erinnerungen.

Da stand sie. Vor ihm. Keine zehn Schritte von der Stelle entfernt, wo er sich versteckt hielt.

Edie Preston. Mit einem vollbusigen, rothaarigen Mädchen, das er aus Carmichael's Kosmetikabteilung kannte.

Sie standen vor der Wareneingangstür und hantierten an der Alarmanlage herum.

Sam rieb sich die Augen. Das bildete er sich doch nur ein. Warum sollte Edie um diese Uhrzeit mit einer Frau hier sein, deren Ruf äußerst fragwürdig war? Und warum versuchten sie, sich unerlaubt Zugang zu Carmichael's zu verschaffen?

„Okay", sagte Jules und tippte ein paar Nummern in die Tastatur der Alarmanlage. Die schweren Metalltüren öffneten sich mit lautem Scheppern. Edie zuckte zusammen und warf einen verstohlenen Blick über die Schulter.

„Wenn wir drin sind", fuhr Jules fort, „gibt es noch eine Schalttafel an der rechten Wand, von wo aus alle Kameras des Kaufhauses kontrolliert werden. Wir müssen sie nur deaktivieren, dann können wir unbemerkt durch den Laden laufen."

„Und diesen Code kennst du auch?"

Jules nickte.

„Wie bist du da rangekommen?", flüsterte Edie und lief auf Zehenspitzen hinter Jules her, die inzwischen eine Taschenlampe angeknipst hatte.

Sie standen auf der Laderampe, umgeben von aufgestapelten Kisten. Jules zog an einem Hebel, und die Tür hinter ihnen schloss sich mit lautem Gerumpel.

„Ich bin mit dem Geschäftsführer, der vor Mr. Trotter hier war, ein paar Mal ausgegangen. Er hat mir die Codes gegeben, damit wir uns nach Feierabend im Kaufhaus treffen konnten." Jules warf ihr von der Seite einen Blick zu.

„Wenn Trotter sich die Aufzeichnungen der Kameras ansieht, wird er merken, dass sie eine Zeit lang ausgeschaltet waren", meinte Edie.

Jules zuckte mit den Schultern. „Das Risiko müssen wir wohl auf uns nehmen. Aber woher sollte er wissen, dass wir das waren?"

Edie schüttelte den Kopf. „Lass es uns einfach schnell hinter uns bringen und dann wieder verschwinden."

Sie hatte keine Sekunde geschlafen. Sie hatte mit Jules im Coffeeshop auf der Wayfarer Street diesen Ausflug geplant und dann bis vier Uhr gewartet. Nachdem Jules ihr ihre Geschichte erzählt hatte, war Edie sofort klar gewesen, dass sie gar keine andere Möglichkeit hatten, als ins Kaufhaus einzubrechen. Jules hatte sich am Abend vorher auf der Toilette versteckt, bis die Türen abgeschlossen waren, um sich mit Kyle zu treffen, dessen Schicht als Hausmeister eine Stunde nach Geschäftsschluss endete. Laut Jules hatten sie sich in der Kosmetikabteilung wild und leidenschaftlich geliebt, ohne zu ahnen, dass genau dort eine neue Überwachungskamera installiert worden war.

Als Kyle zurück ins Wohnheim kam, hatte Joe ihm davon erzählt, woraufhin er Jules voller Panik angerufen hatte. Kyle konnte nichts unternehmen, weil er das Heim nach der Sperrstunde nicht verlassen durfte.

Nachdem die Aufzeichnungen immer gleich morgens von Mr. Trotter angesehen wurden, musste jemand vor Tagesanbruch das belastende Videoband stehlen. Dieses Band hätte bestimmt außerdem den Verdacht aufkommen lassen, dass die beiden auch etwas mit den Diebstählen zu tun hatten. Kyle würde wieder ins Gefängnis kommen, weil er gegen die Bewährungsvorschriften verstoßen hatte, Jules würde ihren Job verlieren. Edie zweifellos auch, denn sie hatte für Kyle gebürgt.

Edie stöhnte bei dem Gedanken innerlich auf.

Kein Job. Kein Sam. Kein Thema für die Dissertation.

Was für ein Glück, dass Jules sich an sie gewandt hatte. Denn sonst … Edie erschauerte bei der Vorstellung.

Bevor sie und Jules irgendetwas unternehmen konnten, mussten sie die Überwachungskameras ausschalten, damit sie sich unentdeckt ins Kaufhaus schleichen konnten. Im schmalen Schein der Taschenlampe liefen sie direkt auf die Kameras zu.

Klar, wenn sie jetzt ertappt würden, stand viel mehr auf dem Spiel als nur ihr Job.

Angenommen, ihre Verhaftung würde in den Nachrichten kommen? Dr. Braddick würde ausflippen. Dann malte sie sich aus, wie ihre Eltern vor dem Fernseher saßen und an ihrem abendlichen Kräutertee nippten. Sie konnte die Worte des Reporters hören: „Gerade erreicht uns die Meldung, dass eine Psychologiestudentin in Carmichael's Department Store im North Hills Mall eingebrochen ist. Ihr werden mehrere Diebstähle vorgeworfen. Welche Motive hat sie? Mehr dazu um sechs."

Edie sah sich schon in einem schwarzweiß gestreiften Anzug hinter Gitterstäben sitzen. Ihr Magen krampfte sich zusammen. Das durfte keinesfalls geschehen. Streifen standen ihr einfach nicht.

„Jules", flüsterte Edie mit bebender Stimme. „Vielleicht ist das doch keine so gute Idee. Wir könnten doch einfach zu Trotter gehen und ihm sagen, was zwischen dir und Kyle geschehen ist, und dann sehen wir weiter."

„Du glaubst doch nicht im Ernst, dass Trotter das verzeihen würde, oder? Er sucht schon die ganze Zeit nach einem Grund, Kyle und mir eins auszuwischen. Er würde uns nur zu gerne die Diebstähle in die Schuhe schieben."

„Da hast du wahrscheinlich recht", musste Edie zugeben.

„Wir haben keine andere Wahl. Du kannst mich jetzt nicht im Stich lassen."

Nein, das konnte sie nicht. Edie hatte es ihr versprochen, und sie brach ihre Versprechen niemals.

„Pst.“ Jules lief durch das Warenlager, drehte sich dann um und leuchtete Edie mit der Taschenlampe an. „Hier entlang.“

Bevor Edie protestieren konnte, öffnete Jules die Tür zum Kaufhaus. Grelles Licht drang durch den Spalt, erhellte die Dunkelheit und beruhigte Edies Nerven ein wenig. Hastig folgte sie Jules.

Jules machte eine kleine Kamera an der hinteren Wand ausfindig und kletterte auf die Verkaufstheke. Sie hantierte ein paar Minuten an der Kamera herum, bis es ihr schließlich gelang, ein Videoband herauszunehmen und in ihre Tasche zu stecken.

„Ich hab's!“, rief sie triumphierend.

Edie atmete auf und machte einen Schritt zurück.

Etwas Kaltes drückte sich in ihren Rücken.

Sie schlug sich die Hand vor den Mund, als ihr ein lautes Kreischen entfuhr.

Wer stach ihr da mit einem unbekannten Objekt in den Rücken?

Völlig panisch warf sie sich zur Seite, ihr Arm schoss automatisch in die Höhe, dann wirbelte sie herum, um den Mann hinter sich anzufallen.

Nur dass es kein Mann war.

Es war nicht mal ein Mensch.

Edie starrte entgeistert auf eine dürre Schaufensterpuppe in Hotpants und Top – warum nur stellten Kaufhäuser im Winter immer Sommerkleidung aus –, die auf den Boden stürzte, wobei Kopf und Gliedmaßen sich lösten.

Ein Arm sauste über Edies Kopf hinweg. Ein Bein knallte gegen ihren Schenkel. Der Kopf rollte wie eine Bowlingkugel die Bettenabteilung entlang und verschwand unter einem hübsch mit Blumenmuster bezogenen Bett.

Edie kam der Lärm ohrenbetäubend vor. Nun wartete sie nur noch darauf, dass die Nachtwächter des Einkaufszentrums mit der Polizei im Schlepptau auftauchten.

„Jules?“, flüsterte sie, doch ihre neue *Freundin* antwortete nicht.

So ein Mist, was jetzt?

Plötzlich tauchte ein Mann auf. Edies Herz begann zu galoppieren. Ihr Mund war so trocken, dass sie kein Wort hervorbrachte.

Das war’s also, dachte sie. Jetzt werde ich festgenommen.

Nun würde sie also am eigenen Leib erleben, wie es Sam ergangen war. Sie würde ihn künftig besser verstehen. Ihre Unterlippe bebte, als sie versuchte, die Tränen zu unterdrücken. Sie nahm die Hände über den Kopf und rief: „Ich ergebe mich, Officer.“

„Edie?“

Ihr Herz machte einen Satz. Das war kein Polizist und auch kein Nachtwächter.

„Sam?“

Wie Superman war er aus dem Nichts aufgetaucht, um sie zu retten.

Sam trat aus der Dunkelheit, sie betrachtete sein liebes, schönes Gesicht. Ihr fiel auf, dass er sich mal rasieren könnte, aber davon abgesehen bot er den schönsten Anblick, den sie sich gerade vorstellen konnte.

Er bückte sich und steckte etwas in seinen Stiefel, bevor er flüsterte: „Geht es dir gut? Ich habe einen Schrei gehört und wollte mal nachsehen.“

„Ich bin in Ordnung. Ich habe nur eine Schaufensterpuppe umgehauen.“

„Was machst du überhaupt hier?“, fragte er.

„Das wollte ich dich auch gerade fragen.“

Sam schluckte. Edie blickte ihm forschend in die Augen.

„Also … ich bin zufällig vorbeigefahren und habe gesehen, dass die Tür zum Warenlager einen Spalt offen stand. Wegen der Diebstähle dachte ich, es wäre besser, mal nachzuschauen."

„Warum hast du nicht die Polizei gerufen?"

„Ich spreche nicht gerne mit der Polizei."

„Wieso fährst du hier um fünf Uhr morgens vorbei?", fragte Edie traurig. Sie wusste, dass er log. Aber sie wollte den wahren Grund, warum er hier war, gar nicht wissen.

„Ich leide unter akuter Schlaflosigkeit." Er zwinkerte ihr zu. „Nachdem du über Zäune geklettert bist, um mich zu warnen, konnte ich nicht aufhören, an dich zu denken."

Auf keinen Fall würde sie sich von seinem charmanten Grinsen ablenken lassen. „Hast du keine Angst gehabt, die Diebe zu überraschen?"

„Was soll das? Fragst du mich aus? Und woher soll ich eigentlich wissen, dass du nicht der Dieb bist?"

Sie kniff die Augen zusammen. „Ich schulde dir zwar keine Erklärung, aber ich werde dir verraten, wieso ich hier bin, damit du nicht glaubst, ich hätte irgendetwas mit den Diebstählen zu tun." Sie erzählte ihm schnell die Geschichte von Jules und Kyle und dem kompromittierenden Videoband.

„Ihr beide habt also die Überwachungskameras abgestellt?", fragte er, als sie geendet hatte.

„Hm."

Er seufzte erleichtert auf. „Gut zu wissen, dass wir jetzt gerade nicht aufgenommen werden."

Plötzlich kam ihr ein schrecklicher Gedanke. War sie hereingelegt worden? Waren Jules und Kyle und Sam gemeinsam in die Diebstähle verwickelt und benutzten sie als Alibi? Das klang doch absolut einleuchtend. Die Kameras waren abgeschaltet. Sam lenkte sie ab. Jules war verschwunden. Und Kyle hatte sich womöglich aus dem Heim davongeschlichen. Großer Gott! Joe und Harry könnten auch darin verwickelt sein. Vielleicht luden sie in diesem Augenblick die gestohlene Ware auf einen LKW Richtung Mexiko.

Edie schlug sich eine Hand vor die Stirn. Wie leichtgläubig war sie gewesen, auf Jules Geschichte hereinzufallen. Sie war viel zu vertrauensselig, zu eifrig bemüht, zu helfen, viel zu arglos.

Keine Vermutungen, Edie. Versuch erst einmal herauszufinden, worum es geht.

„Ich helfe dir mal besser, Ordnung zu machen." Sam deutete auf die zerbrochene Schaufensterpuppe. „Die Dame ist irgendwie in Stücke gegangen."

Vor Angst und Verlegenheit brach Edie in hysterisches Gekicher aus. „Das arme Mädchen hat völlig den Kopf verloren."

„Und ihre Perücke weggeworfen." Sam bückte sich und hob einen Büschel unechter Haare auf.

„Und auf einem Bein lässt sich nicht gut stehen." Edie konnte nicht aufhören zu lachen, obwohl sie wusste, dass es keinen Grund zum Lachen gab.

„Diese tragische Frau erinnert mich an ein Lied, das ich in der Highschool mal geschrieben habe", sagte er und hob die restlichen Teile auf.

„Du schreibst Songs?" Edie schluckte das Lachen hinunter und bekam einen Schluckauf.

„Nicht wirklich. Nur diesen einen, damit wollte ich gegen meine Tante Polly rebellieren, die mich gezwungen hatte, in den Chor einzutreten. Sie dachte, dann würde ich keinen Unfug mehr machen."

Edie strich sich eine Haarsträhne aus dem Gesicht und musterte ihn. Da. Soeben hatte er ihr etwas sehr Persönliches über sich erzählt.

Großartig. Ausgerechnet diesen Ort und diesen Zeitpunkt wählte er, um sich ihr zu öffnen, wo sie doch jede Sekunde entdeckt werden konnten.

Er hob ein Bein auf und steckte es an die Puppe.

Ihre Blicke trafen sich. Er war so ein faszinierender, vielschichtiger Mann.

„Wer hat eigentlich dein Herz gebrochen?"

„Meins? Wer sagt denn, dass mein Herz gebrochen wurde?"

„Ich bin Psychologin, falls du's vergessen hast."

Ein Ausdruck, den sie nicht ganz deuten konnte, huschte über sein Gesicht. Bestimmt würde er leugnen, jemals verletzt worden zu sein, doch dann sagte er ganz unerwartet: „Cheerleader Beth Ann Pulaski. Sie wollte aus mir jemanden machen, der ich nicht bin. Die übliche Geschichte. Reiches Mädchen, armer Junge. Sie hat mich für den Quarterback des Footballteams verlassen."

Edie berührte seine Hand. „Das tut noch immer weh, nicht wahr?"

Er schüttelte den Kopf. „Nee. Ich bin kein alberner kleiner Junge mehr. Aber ich habe von Beth Ann etwas gelernt. Nämlich: Gleich und gleich gesellt sich gern. Und man kann nicht so tun, als sei man jemand, der man nicht ist. Es ist sinnlos, eine Beziehung mit einer Frau haben zu wollen, die dich nicht akzeptiert."

Sein Blick bohrte sich in ihre Augen.

Sie und Sam waren alleine, von der verschwundenen Jules einmal abgesehen, unerlaubt in einem Kaufhaus, in dem es eine Serie von Einbrüchen gegeben hatte, in die er, soweit sie es wusste, verwickelt war.

Nein, sie wollte nicht zu schnell urteilen. Diesmal nicht. Diesen Fehler hatte sie bereits bezüglich der Corvette gemacht, als sie annahm, dass Sam sie gestohlen hatte. Sie wollte sich nicht zum zweiten Mal in zwei Tagen zum Narren machen, indem sie ihn beschuldigte, aus unlauteren Gründen hier zu sein.

Aber warum war er dann hier? Diese Geschichte mit der Schlaflosigkeit nahm sie ihm nicht ab. Auf jeden Fall musste sie so schnell wie möglich von hier verschwinden. Sie brauchte Zeit zum Nachdenken, um ihre wirren Gefühle für ihn zu entschlüsseln.

Edie schluckte. „Könntest du mir bei der Suche nach dem Kopf der Puppe behilflich sein? Als ich ihn das letzte Mal sah, rollte er gerade durch den Gang der Bettenabteilung."

„Ah, Marie Antoinette lebt also."

„Du bist so witzig."

Er streckte ihr die Hand hin. „Halt dich fest, damit du in der Dunkelheit nicht stolperst und hinfällst."

Zögernd legte sie ihre Hand in seine und erlaubte ihm, sie zum Bett zu dirigieren, unter dem der Kopf verschwunden war.

„In welche Richtung ist er gerollt?"

„Da hinunter."

Sam ließ sich auf alle viere fallen, hob den Stoff an und schielte unters Bett.

Edie hatte nicht beabsichtigt, seinen Hintern, der so verführerisch in die Luft ragte, derart ausdauernd zu betrachten, aber sie konnte einfach nicht anders. Sie bewunderte die Art und Weise, wie die Jeans sich an seine Muskeln schmiegten und genoss das Kitzeln in ihrem Bauch.

Ein paar Minuten lang suchte er nach dem unglückseligen Kopf der Puppe. Dann fluchte er leise und kam wieder auf die Füße.

Ein Spinnennetz hatte sich in seinem Haar verfangen.

„Halt mal still." Edie stellte sich auf die Zehenspitzen und wischte das Netz weg.

Ihre Blicke trafen sich.

Sie konnte seinen Atem auf ihrer Haut spüren.

„Danke."

„Was ist mit dem Kopf?", fragte sie, bemüht, die Spannung

zwischen ihnen abzubauen, bevor noch etwas Ungewolltes passierte.

„Der hat sich zwischen der Wand und dem Kopfteil verkeilt. Vielleicht kann ich von oben drankommen." Er wandte sich ab und kletterte aufs Bett.

„Lass mich mal sehen." Edie setzte sich neben ihn, gemeinsam spähten sie hinter das Kopfteil. Und tatsächlich starrte Marie Antoinette mit blinden Augen zu ihnen hoch.

„Womit können wir sie befreien?", überlegte er.

„Mit einer Gardinenstange vielleicht?"

„Hervorragende Idee."

Edie sprang vom Bett, holte aus der nächsten Abteilung eine Gardinenstange und hieb damit wie mit einem Schwert durch die Luft.

„*En garde!*", rief sie. Sie wollte sich die Laune nicht verderben lassen und schon gar nicht darüber nachgrübeln, warum Sam so plötzlich aus dem Nichts aufgetaucht war.

„Okay, Zorro, beruhige dich." Als er nach der Gardinenstange griff, berührten sich ihre Hände. Die Spannung zwischen ihnen wurde fast unerträglich.

Edie riss ihre Hand weg.

Sam senkte den Blick und blieb in der Mitte des Bettes knien.

Keiner von ihnen kommentierte die heftigen Funken, die bei jeder Berührung zwischen ihnen flogen.

Er schob die Gardinenstange hinter das Kopfteil. „Der steckt wirklich fest", sagte er nach einer Weile. Sam stieß mit aller Kraft zu, der verkeilte Kopf löste sich so plötzlich, dass Sam das Gleichgewicht verlor und nach hinten fiel. Auf Edie. Sein großer Körper lag auf ihr.

Schnell drehte er sich um.

Edie sah zu ihm auf. Sam blickte zu ihr hinunter.

Und dann küsste er sie. Zunächst ganz sanft, dann leidenschaftlicher.

In Edies Kopf begann sich alles zu drehen. Sie lag auf einem Bett im Carmichael's mit dem tollsten Mann der Welt. Einem Mann, dessen Lippen aus purem Gold zu sein schienen. Jeden Moment konnten sie entdeckt und festgenommen werden. Ihn hier und jetzt zu küssen gefährdete alles, was ihr im Leben wichtig war.

„Wir sollten das besser lassen", meinte sie mit zitternder Stimme. Was nur hatte sie sich dabei gedacht? Hatte sie sich nach diesem Vorfall in seiner Küche nicht immer wieder geschworen, ihm körperlich nicht mehr zu nahe zu kommen? Dieser Mann benötigte ihr berufliches, ihr psychologisches Können. Mehr nicht. Sie durfte sich keinesfalls, unter gar keinen Umständen, mit ihm einlassen.

Sam setzte sich auf.

Sein Hosenbein war nach oben gerutscht, und Edie sah etwas aus seinem Stiefel herausschauen.

Sie schnappte nach Luft, hob den Kopf und blickte ihn an.

Warum steckte eine Pistole in seinem Stiefel?

7. KAPITEL

Sam folgte Edies Blick. Dann beugte er sich schnell nach vorne, zog das Hosenbein herunter und verdeckte den Stiefel mit der Waffe. Ganz ruhig, als ob nichts geschehen wäre, richtete er sich auf und starrte ihr ins Gesicht.

„Ich würde dich gerne zum Frühstück einladen", sagte er.

Er trug eine Waffe!

Aber er zielt damit nicht auf dich.

Gut, aber warum hatte er überhaupt eine Waffe bei sich? Nur Polizisten und Kriminelle versteckten eine Pistole in ihren Stiefeln.

Ich werde keine vorschnellen Schlüsse ziehen. Ich werde keine vorschnellen Schlüsse ziehen.

Doch leider Gottes zogen sich diese Schlüsse ganz von selbst. Welchen anderen Grund sollte es geben, dass er sich so benahm?

„Also Frühstück?", fragte er.

„Ich kann nicht." Sie deutete hilflos auf den Ladentisch der Kosmetikabteilung. „Ich muss erst Jules finden."

Sam kam näher und flüsterte ihr ins Ohr: „Sweetheart, ich glaube es wäre das Beste, wenn du und deine Freundin das Kaufhaus verlassen würdet."

Warnte er sie, weil er wusste, dass hier gleich etwas laufen würde? So drückten sich Kriminelle doch aus, wenn es um etwas Illegales ging, oder?

„Ja. Das ist eine gute Idee. Danke."

Er schaute sie einfach an. Edie wurde ganz flau im Magen. Wie war es ihm gelungen, nicht nur ihre Neugier, sondern auch ihr Begehren zu wecken?

Es gab endlos viele Gründe, warum sie die Finger von ihm lassen sollte. Es ging um ihre Doktorarbeit, um ihren Job und um ihre geistige Gesundheit. Bevor sie Sam Stevenson kennenlernte, hatte sie niemals auch nur in Erwägung gezogen, etwas derart Verrücktes zu tun.

Er tat ihr nicht gut.

Kein bisschen.

Er stand auf, zog den Kopf unter dem Bett hervor und steckte ihn auf den Körper der Schaufensterpuppe.

„Hey, Edie. Wer ist das?" Jules tauchte hinter einem Ständer mit Feinstrumpfhosen auf. „Warte mal." Sie schnippte mit den Fingern. „Du bist der Weihnachtsmann. Hat Edie dich angerufen, damit ihr euch hier treffen könnt?"

„Da bist du ja", meinte Edie. „Wo hast du nur gesteckt, Jules?"

„Um ehrlich zu sein, habe ich gedacht, dass dich der Nachtwächter erwischt hat. Als du geschrien hast, habe ich mich auf den Boden geworfen und versteckt. Dann hörte ich euch sprechen. Und als dann die Bettfedern zu quietschen begannen, dachte ich, ihr wollt die ausgeschalteten Kameras ausnutzen und ein wenig alleine sein."

„Darum ging es nicht", protestierte Edie.

Jules feixte. „Ach nein? Wie kommt es dann, dass er Lippenstift am Kragen hat?"

Edie drehte sich um und betrachtete Sams verschmiertes weißes Hemd. Hitzige Röte stieg ihr in die Wangen.

„Nun, es war nett, mit dir zu plaudern, Sam", sagte Edie, als ob sie auf einer Cocktailparty wären und nicht nach Geschäftsschluss in einem Kaufhaus. „Aber wir müssen jetzt los."

„Darf ich die Damen zum Auto begleiten?", fragte Sam, hakte sich bei beiden unter und führte sie hinaus zum Parkplatz.

„Stevenson", fauchte Chief Timmons übers Telefon. „Ich möchte ein paar Antworten von Ihnen, und zwar umgehend."

Sam wälzte sich herum und starrte mit müden Augen auf die Uhr. Halb acht. Vor weniger als einer Stunde war er nach Hause gekommen. Er hatte gehofft, noch ein paar Stunden Schlaf zu finden, bevor er um zehn Uhr wieder im Kaufhaus erscheinen und einen Tag lang „Ho, Ho, Ho" rufen musste.

„Was ist denn los?"

„Ich habe gerade einen Anruf von J. D. Carmichael bekommen. Der Mann ist ziemlich sauer."

Sam schwang die Beine über den Bettrand. „Inwiefern?"

„Letzte Nacht, als sie eigentlich sein Kaufhaus beobachten sollten, wurde Parfüm im Wert von mehr als fünftausend Dollar aus der Kosmetikabteilung gestohlen."

Letzte Nacht? Kosmetikabteilung? Sam stöhnte innerlich auf. Jules und Edie waren in der Kosmetikabteilung gewesen.

Aber sie waren gemeinsam gegangen. Sie hatten unmöglich Parfüm für über fünftausend Dollar am Körper tragen können.

Was allerdings noch lange nicht bedeutete, dass sie die Flaschen nicht vorher geklaut und irgendwo versteckt hatten, um sie später von einem Komplizen abholen zu lassen.

Bis auf die Tatsache, dass Edie niemals klauen würde. Dafür war sie viel zu ehrlich. Viel zu gut. Davon abgesehen war sie auch einfach viel zu klug, um etwas so Dummes zu tun.

Trotzdem hatte er mit eigenen Augen gesehen, dass sie das Kaufhaus unerlaubt betreten hatte.

Konnte sie möglicherweise doch eine Diebin sein?

Auf gar keinen Fall.

Wie gut kennst du sie eigentlich, Stevenson? Manchmal stecken die heimtückischsten Frauen hinter den süßesten Gesichtern.

Doch sein Verstand wehrte sich. So etwas konnte er von Edie einfach nicht glauben. Sie war zu ihm nach Hause gekommen, um ihn zu warnen, um ihn vor der Polizei zu retten. Sie war eine Sozialarbeiterin, eine Samariterin, eine Missionarin. Sie hatte überhaupt keine Ahnung davon, wie man ein Verbrechen beging.

Allerdings hatte Jules Hardy freien Zugriff auf die Waren gehabt, als er und Edie mit anderen Dingen beschäftigt gewesen waren. Womöglich hatte sich ein Komplize irgendwo versteckt? Das würde auch die männliche Stimme erklären, die er in Trotters Büro gehört hatte. Angenommen, es war die von Jules Freund, Kyle Spencer? Sam hatte nämlich den starken Verdacht, dass die Geschichte, die Jules Edie erzählt hatte, hinten und vorne nicht stimmte. Was war tatsächlich auf dem Überwachungsvideo zu sehen? Jules, wie sie Parfüm klaute?

„Und das ist noch nicht alles“, fuhr Timmons fort. „Als Trotter und der Sicherheitsdienst sich die Überwachungsvideos anschauen wollten, stellten sie fest, dass die Kameras für fünfundzwanzig Minuten ausgestellt worden waren.“

„Nicht möglich!“

„Wissen Sie etwas darüber?“

„Nicht wirklich“, wand er sich. Er war es schließlich nicht gewesen, der die Kameras ausgestellt hatte.

„Was haben Sie zu Ihrer Verteidigung zu sagen, Stevenson?“

„Ich habe alles unter Kontrolle, Chief.“

„Tatsächlich? Ist Ihnen eigentlich klar, dass bei Carmichael's mehr geklaut wird als vorher?“

„Sie müssen mir glauben, dass ich alles im Griff habe.“ Sam kratzte sich am Kinn und gähnte.

„Was haben Sie als Nächstes vor?“

„Ob Sie's glauben oder nicht, ich werde Samstagabend mit drei Jungs in einen Striptease-Club gehen. Ich vermute, dass die drei etwas mit den Diebstählen zu tun haben. Harry Coomer war nach der Ausgangssperre noch auf dem Parkplatz des Einkaufszentrums.“ Er hatte auch Bedenken, was Kyle Spencer betraf, doch das konnte er seinem Chef nicht erzählen, ohne zu verraten, dass er Jules und Edie im Kaufhaus ertappt hatte. Und das wollte er noch nicht tun.

„Das sollte besser strikt beruflich sein, Stevenson."

„Ist es auch. Ich stehe nicht so auf Striptease." Es sei denn, Edie würde sich für ihn entkleiden.

„Ich mache mir Sorgen um Sie." Die Stimme seines Chefs hatte plötzlich einen anderen Klang angenommen.

„Um mich, Sir? Wieso denn das?"

„Dieser Einsatz sollte Ihnen dabei helfen, sich wieder ganz auf Ihren Job zu konzentrieren. Doch stattdessen scheinen Sie mir ziemlich abgelenkt."

„Ich bin nicht abgelenkt", behauptete Sam.

„Lösen Sie einfach diesen Fall. Und bitte tun Sie das, bevor noch mehr gestohlen wird." Und dann hängte Chief Timmons ein, ohne sich verabschiedet zu haben.

Fallstudie – Sam Stevenson
Beobachtung vom 10. Dezember

Proband wurde gestern beim Tragen einer Waffe erwischt. Aus welchem Grund er das tut, ist unbekannt. Heute benimmt sich Proband so heiter wie immer, wenn er mit Kindern zu tun hat. Eine Erklärung für sein Auftauchen im Kaufhaus nach Geschäftsschluss am 9. Dezember gibt er nicht ab. Die Tatsache, dass exakt zu dieser Zeit weitere Waren gestohlen wurden, stellt die Beobachterin vor die Frage, ob Proband darin verwickelt sein könnte.

Edie hielt inne und starrte an die Wand. Sie verbrachte ihre Mittagspause im Aufenthaltsraum der Mitarbeiter, um ihre Notizen auf den neuesten Stand zu bringen. Was noch konnte sie über Sam schreiben?

Er war ihr nach wie vor ein Rätsel.

Er war nett, gut aussehend, gutmütig, verständnisvoll.

Auf der anderen Seite klaute er Autos und trug eine Waffe bei sich. Und womöglich war er für die Diebstähle im Kaufhaus verantwortlich.

Sie musste mehr über ihn herausfinden. Über sein Privatleben. Darüber, wer seine Eltern waren. Wie er aufgewachsen war. Und wer war überhaupt Tante Polly?

Vererbung und Erziehung. Das waren die Schlüssel zu seinem Verhalten. Sie würde die Antworten in Sams Vergangenheit finden.

Aber wie sollte ihr das gelingen, ohne ihn ganz direkt auszufragen?

Gab es einen besseren Weg, als sich mit ihm zu verabreden? Bei einem ersten Date erzählte man sich doch diese ganzen Geschichten.

Allerdings hatte sie ein wenig Angst davor, nachdem sie nun mehrfach festgestellt hatte, wie wenig Kontrolle sie in seiner Gegenwart über ihre Gefühlswelt hatte. Selbst neben ihm im Kaufhaus zu arbeiten war eine Qual. Bei einem Date würde er bestimmt davon ausgehen, dass es noch mehr Küsse gab. Küsse jedoch würden nur noch mehr Probleme schaffen. Bevor sie also diese Strategie weiterverfolgen konnte, musste sie sicher sein, dass sie gegen jede sexuelle Annäherung gefeit war.

Würde Dr. Braddick ein Rendezvous mit Sam gutheißen, wenn es die einzige Möglichkeit war, konkretere Informationen zu erlangen?

Edie spielte mit einer Haarsträhne, drehte sie um den Zeigefinger und versuchte, einen Entschluss zu fassen. Sie begann zu schreiben.

Problem: Information beschaffen, ohne dass es auffällt.
Lösung: Proband in zwangloser Atmosphäre treffen.
Arbeitsplan: Proband um ein Date bitten.

Drei Tage später, am Samstagnachmittag, hatte Edie endlich genug Mut gesammelt, um Sam um ein Date zu bitten. Noch nie zuvor hatte sie so etwas getan. Und es war noch viel schwieriger, als sie es sich vorgestellt hatte. Ihre Handflächen waren so feucht, dass sie sie an ihrem Hosenbein abwischen musste.

Den ganzen Tag über hatte sie ihm verstohlene Blicke zugeworfen. Er sah so freundlich in seinem Weihnachtsmannkostüm aus und wie er mit den Kindern lachte und scherzte – aber Edie wusste, was sich hinter dem unechten Bauch und dem langen Bart verbarg. Ein muskulöser, starker Körper. Auch jetzt, als sie ihn dabei beobachtete, wie er dem letzten Kind in der Schlange Süßigkeiten gab, begannen die Schmetterlinge im Bauch wieder zu flattern.

Santa, du darfst jederzeit durch meinen Kamin kommen.

Umgehend schalt sie sich für diesen Gedanken. So sehr sie sich auch danach sehnte, Santa körperlich näherzukommen, sie durfte es einfach nicht zulassen. Diese Beziehung musste absolut unverfänglich bleiben. Keine gestohlenen Küsse mehr. Nie mehr unter ihm im Carmichael's auf einem Bett liegen. Keine nächtlichen Fantasien mehr darüber, was hätte geschehen können.

Sam blickte sie an, seine Augen funkelten schelmisch, als ob er ihre Gedanken gelesen hätte. „Sollen wir für heute Schluss machen?“ Er sprang aus dem Schlitten und wollte sich schon entfernen.

Edie schluckte. „Sam.“

Er blieb stehen und bedachte sie mit einem unwiderstehlichen Grinsen.

„Was gibts, Edie?“

„Ich habe mich gefragt …“ Sie konnte ihm nicht mal in die Augen schauen. Stattdessen starrte sie angestrengt auf ihre Hände. Das Ganze wäre vermutlich einfacher gewesen, wenn er nicht diesen roten Anzug und den falschen Bart getragen hätte.

„Ja?“ Seine Stimme war sanft, verführerisch.

Sag es doch einfach, Edie.

„Ich habe mich gefragt, ob du, falls du noch nichts vorhast, heute Abend mit mir ausgehen würdest?“

Er legte einen Finger unter ihr Kinn und hob ihr Gesicht. „Das würde ich sehr gerne, aber leider habe ich heute Abend schon was vor.“

„Schon was vor?“, wiederholte sie wie eine Idiotin.

„Ich gehe mit Joe, Kyle und Harry weg. Wir haben das schon seit zwei Wochen geplant und …“

„Schon klar.“ Sie machte sich von ihm los, das Herz schwer vor Enttäuschung. Er verbrachte den Abend mit diesen Typen. Er war nicht bereit, ihretwegen seine Pläne zu ändern. „Kein Problem.“

„Aber ich würde sehr gerne morgen mit dir ausgehen.“

„Wirklich?“ Ihr Herz begann freudig zu hämmern. Wenn das mal nicht erbärmlich war!

„Klar. Hol mich doch um acht ab.“

„Wunderbar.“ Edie lächelte und sah ihm nach, als er davonging. Erst dann dämmerte es ihr. Er ging ausgerechnet mit drei Männern aus, die der schlechteste Umgang für ihn waren.

Wohin sie wohl gingen? Edie dachte an die Ladendiebstähle. Waren sie darin verwickelt? Alle vier und vielleicht auch noch Jules? Sam war ohne vernünftige Erklärung im Kaufhaus gewesen. Joe konnte gut mit Geld umgehen. Kyle kannte den Sicherheitscode. Harry hatte Beziehungen zur Unterwelt. Planten sie vielleicht, die Ware irgendwo zu deponieren, oder was auch immer Diebe mit ihrer Hehlerware anstellten?

Sie musste einfach ein für alle Mal herausfinden, ob Sam in

die Diebstähle verwickelt war oder nicht. Also blieb ihr nichts anderes übrig, als ihm schon wieder zu folgen.

Zu viert quetschten sie sich in Joes Auto und fuhren zu dem Nachtclub. Harry behauptete ununterbrochen, dass seine Freundin sie umhauen würde. Sam allerdings dachte nur, dass, egal wie toll sie auch gebaut sein mochte, sie es niemals mit einer bestimmten Elfe würde aufnehmen können. Einer Elfe, die inzwischen einen dauerhaften Platz in seinen Fantasien eingenommen hatte.

Er konnte einfach nicht aufhören, an Edie und das bevorstehende Date zu denken. Das war gar nicht gut. Und es war vor allem nicht richtig. Er sollte sich auf seinen Job konzentrieren. Er musste herausfinden, ob diese Männer für die Diebstähle bei Carmichael's verantwortlich waren. Auf keinen Fall durfte er sich nach einer Frau verzehren, die ihn sowieso nur ändern wollte.

Er zuckte ein wenig zusammen, als er sich an den Vorfall in der Bettenabteilung mit Edie erinnerte, als ihr heißer kleiner Körper unter seinem gelegen hatte. Selbst jetzt noch pochte es in seinem Unterleib, wenn er daran dachte, wie sie sich unter ihm gewunden hatte.

Er musste völlig den Verstand verloren haben, als er ihr von Beth Ann Pulaski erzählt hatte. Nun, das war eben ein schwacher Moment gewesen. Eine andere Entschuldigung gab es dafür nicht. Diese überraschende Redseligkeit hatte nichts mit ihrem köstlichen Duft oder ihren großen grünen Augen zu tun oder damit, wie ihr leises Kichern ihn zutiefst erregt hatte.

Warum nur konnte er nicht aufhören, an den süßen Geschmack ihrer Lippen zu denken, an ihre seidige, weiche Haut, an den Klang ihrer atemlosen Stimme?

Keine Frau hatte ihn jemals so beschäftigt wie sie. Nicht

mal Beth Ann, und zu dieser Zeit war er ein lüsterner Teenager gewesen.

Edie.

Unschuldig und so lebhaft. Entschlossen und ehrlich. Besorgt und liebevoll und aufmerksam.

In seinem Leben war kein Platz für sie, und umgekehrt galt dasselbe.

Aber er wollte sie.

Mit einer Entschlossenheit, die ihn ängstigte.

Wie hatte er zulassen können, dass so etwas geschah?

Weil Sam so damit beschäftigt war, sich selbst zu beschimpfen, merkte er erst jetzt, dass Joe bereits geparkt und den Motor abgestellt hatte.

In Neonbuchstaben blinkten die Worte „Girls, Girls, Girls“. Auf dem Dach des Gebäudes lag eine überdimensionale, üppige, beleuchtete Frau, die sich gerade aus ihrem Stringtanga wand. Dröhnende Musik schwappte aus dem Gebäude, sie konnten die Vibrationen des Basses durch den Autoboden spüren.

„Bereit, Jungs?“, fragte Joe.

Harry und Kyle johlten zustimmend. Sam zwang sich, so etwas wie Begeisterung zu zeigen.

Na gut, sagte er zu sich, wirf dich ins Getümmel. Je schneller du den Fall aufklärst, desto früher kannst du aufhören, den Weihnachtsmann zu spielen.

Und umso schneller konnte er endlich das Weite suchen und Edie Prestons unwiderstehlichem Zauber entkommen.

8. KAPITEL

Die gehen in eine Striptease-Bar, dachte Edie, als sie Joe, Harry, Kyle und Sam vom Parkplatz des *Sinbad's Gentlemen's Cabaret* aus beobachtete. Sie seufzte. Männer.

Sie wusste, dass hier die Verlockung zu trinken für Harry, Kyle und Joe besonders groß sein würde. Und was Sam betraf, da war sie sich nicht sicher, was ihn am ehesten in Versuchung führen würde. Drinks oder nackte Haut.

Wollte sie das wirklich herausfinden?

Sie dachte an das, was Sam zu ihr gesagt hatte, als sie ihn bezichtigte, die Corvette gestohlen zu haben.

Sie werden Ihre Patienten erst dann wirklich verstehen können, wenn Sie auch mal was riskiert haben, Edie Preston.

Ja. Sie wollte es wissen. Was war an diesem abenteuerlichen Leben nur dran, dass Sam so angetan davon war?

Sie parkte in der hintersten Ecke und blieb noch ein paar Minuten sitzen, um sich selbst Mut zuzusprechen. Sie war in der Lage, das zu tun! Und zwar zum Wohle der Wissenschaft. Sie tat es für ihre Dissertation. Hier ging es um nichts Persönliches. Nicht wahr?

Sie holte tief Luft und stieg aus. Früh am Tag hatte es geregnet, die Abendluft war mit kühler Feuchtigkeit durchsetzt. Edie stellte ihren Mantelkragen auf und ging zur Eingangstür.

Donna Summers „Hot Stuff“ dröhnte durch die Tür.

Edie schlüpfte hinein, blieb einen Moment im dunklen Eingang stehen und betrachtete die Szenerie.

Drei fast nackte Frauen tanzten und drehten sich auf der Bühne in der Mitte des Raumes, eine Maschine blies regelmäßig Nebelwolken in die Luft.

Es war so dunkel, dass Edie kaum die Hand vor Augen sah. Sie bewegte sich zentimeterweise vorwärts und setzte sich schließlich an einen der hintersten Tische.

Bisher hatte sie Sam und seine Freunde noch nicht ausfindig gemacht. Sie zog Mantel und Handschuhe aus und rieb fröstelnd die Hände aneinander.

„Was darf's sein?“ Die Bedienung mit Pamela-Anderson-Figur trug ein beinahe nicht existierendes Etwas, das einem Smoking nachempfunden war.

„Oh, nichts, danke schön“, erwiderte Edie.

„Sie müssen mindestens zwei Drinks bestellen!“, schrie die Bedienung über den Lärm hinweg.

„Ach so, gut, dann nehme ich eine Cola.“

„Die kostet sieben fünfzig.“

„Sieben Dollar und fünfzig Cent!“

„Sie können für denselben Preis aber auch was Alkoholisches haben“, schlug die Frau schulterzuckend vor.

Edie hatte noch nie zuvor Alkohol getrunken, aber es kam ihr ziemlich verschwenderisch vor, sieben Dollar fünfzig für eine Cola zu bezahlen. *Riskier mal was.*

„Okay“, sagte sie. „Ich nehme einen Drink.“

Die Bedienung sah sie erwartungsvoll an.

„Sie möchten gerne wissen, was für einen Drink?“, fragte Edie.

„Das wäre für den Anfang nicht schlecht.“

„Nun, tja, was empfehlen Sie denn?“

„Bier, Wein, Cocktail. Cocktails lohnen sich am ehesten für das Geld.“

„Sehr gut, dann nehme ich einen Cocktail.“ Edie legte die gefalteten Hände auf den Tisch.

Die Bedienung seufzte. „Was für einen Cocktail?“

„Das dürfen Sie aussuchen.“

„Wie wäre es mit einem Schönen Orgasmus?“

„Wie bitte?"

Machte ihr diese Frau da etwa ein perverses sexuelles Angebot oder wie? Ihr Magen krampfte sich vor Angst zusammen. Die ganze Sache wuchs ihr langsam aber sicher über den Kopf.

„Keine Panik, Honey." Die Frau legte ihr eine Hand auf die Schulter. „Ich will nicht mit dir ins Bett. Schöner Orgasmus ist ein Drink."

Edie merkte, wie ihr Gesicht in der Dunkelheit knallrot wurde. Sie wollte nur, dass diese Frau so schnell wie möglich verschwand. „Ja, bitte bringen sie mir zwei von diesen schönen Dingern."

„Warum nur habe ich das Gefühl, dass hier kein Trinkgeld rausspringt?", murrte die Frau und stolzierte davon, ihre Hüften schwangen hin und her wie ein Pendel.

Wegen ihrer Ignoranz peinlich berührt, zog Edie einen Zwanzigdollarschein aus der Tasche und legte ihn auf den Tisch. Sie würde dieser Bedienung schon zeigen, dass sie in der Lage war, Trinkgeld zu geben.

Die Musik änderte sich auf einmal. Nun wurde „Bad Girls" gespielt.

Edie musterte die Männer, die um die Bühne herumsaßen. Sie pfiffen, klatschten und wedelten mit Scheinen vor den Frauen herum. Die Tänzerinnen kamen zu ihnen, drückten ihnen ihre großen Brüste ins Gesicht und erleichterten sie um ihr Geld.

Edie fragte sich, wie es sein musste, so sein Geld zu verdienen. Auf sie wirkte das beängstigend und bizarr, aber auch irgendwie erheiternd.

Die Frauen ließen ihre Körper kreisen. Eine von ihnen wirbelte um eine Stange herum wie eine Weltklasseturnerin. Eine andere machte einen Spagat. Eine dritte tat sehr merkwürdige Dinge mit einer Banane.

Ach du liebe Güte!

Die Bedienung brachte Edies Drinks, wischte den Zwanzigdollarschein vom Tisch und tänzelte dann hinüber zu einer Gruppe lärmender Männer mit Cowboyhüten.

Edie nippte an ihrem Drink.

Süß. Fruchtig. Und der Alkohol ging direkt ins Blut.

Angenehm. Sehr angenehm.

Sie nahm einen weiteren Schluck, und dann entdeckte sie plötzlich Sam. Er saß mit seinen Kumpels an einem Tisch nahe der Bühne mit dem Rücken zu ihr und betrachtete aufmerksam die Tänzerinnen.

Mit einem Mal war sie traurig.

Das war es also, was er so besonders anziehend fand? Unverhohlenen Exhibitionismus? Nackte Frauenkörper, die sich unter bunten Scheinwerfern drehten und wanden und schlängelten?

Offensichtlich.

Hm.

Edie nahm den dünnen roten Strohhalm zwischen die Zähne und sog heftig daran.

Himmel, das schmeckte vielleicht gut.

Sie fischte eine Kirsche heraus und kaute darauf herum. Was hatte Jules noch mal zu ihr gesagt? Wer mit der Zunge einen Knoten in den Stiel einer Kirsche machen kann, sei gut im Bett.

Nachdem sie die Kirsche hinuntergeschluckt hatte, knabberte Edie am Stiel herum, den Blick fest auf Sam und seine Kollegen gerichtet. Er lachte über etwas, das Joe gesagt hatte.

Hahaha.

Noch immer heftig auf dem Stiel herumspielend nahm sie Stift und Notizbuch aus der Tasche und begann in dem gedämpften Licht zu schreiben:

Fallstudie – Sam Stevenson
Beobachtung vom 14. Dezember

Proband betritt zusammen mit drei Mitarbeitern einen Stripteaseclub. Er scheint von den eher elementaren Aspekten der Mann-Frau-Beziehung sehr angetan zu sein. Eine Stripperin gewährt ihm den Anblick ihres Körpers aus der Nähe. Er steckt Geld in ihren winzigen Tanga.

Edie hätte am liebsten losgeheult. Was zum Teufel war bloß in sie gefahren? Sie beobachtete ihn doch nur für ihre Doktorarbeit. Es sollte ihr völlig egal sein, selbst wenn er Hugh Hefner in seiner Playboyvilla besuchen würde. Sie war Wissenschaftlerin. Sie war professionell. Ihre Gefühle hatten bei so einer Studie einfach nichts zu suchen.

Sie klappte das Notizbuch zu, verstaute es wieder in der Tasche und versuchte weiterhin das Unmögliche – mit ihrer Zunge einen Knoten in den Stiel der Kirsche zu machen.

Minuten später war Edie dann endgültig klar, dass sie niemals gut im Bett sein würde. Der verstümmelte Stiel fiel in ihrem Mund auseinander. Sie spuckte die Stücke in eine Serviette und nahm einen großen Schluck von ihrem Drink.

Eine warme, flauschige Wolke schien sich in ihrem Körper auszubreiten. In ihrem Kopf begann es zu schwirren, am liebsten hätte sie laut gesungen. Wer hatte diesen Drink erfunden? Das musste ein Genie gewesen sein!

Die Tänzerinnen bewegten sich zu „You Sexy Thing", als Edie plötzlich dringend auf die Toilette musste. Sie schob ihren Stuhl zurück. Die Holzbeine quietschten auf dem Boden.

„Pst!" Edie legte einen Finger an die Lippen und stand auf.

Huch! Was war das? Ihre Beine fühlten sich an wie zu weich gekochte Nudeln.

War sie etwa beschwipst?

Edie kicherte. Das fühlte sich gar nicht schlecht an.

Es gelang ihr, die Toilette zu finden, und als sie sich wieder auf dem Weg zurück zu ihrem Tisch befand, knallte sie gegen einen großen, stämmigen Mann mit ungeheuren Oberarmen. Er musste viel Zeit im Fitnessstudio verbringen. Er war vor der Tür auf und ab gegangen, in seiner Hand hielt er etwas aus dünner Spitze.

„Na endlich", sagte er.

„Huch. Tut mir leid."

„Gut, du bist ein wenig spät dran. Keine Sorge. Zieh dich einfach um. Dein Auftritt ist in sieben Minuten." Er warf ihr das Spitzenteil zu. „Und leg mehr Make-up auf."

„Make-up?"

Er kniff die Augen zusammen. „Mac hat dich doch geschickt, oder? Vera hat sich krankgemeldet, und Mac sollte mir jemanden rüberschicken."

Jetzt kapierte sie, was der Mann meinte. Er dachte, sie sei der Ersatz für seine kranke Tänzerin.

Eine teuflische kleine Stimme in ihrem Kopf flüsterte: *Riskier mal was.*

Sie konnte doch tatsächlich auf die Bühne gehen und tanzen. Dann würde sie aus erster Hand erfahren, wie sich so was anfühlte. Das wäre ein schöner Nebeneffekt zu ihrer Studie über Sam. Sie würde mehr über seine Welt erfahren, sie analysieren und anhand dieser Analyse Schlussfolgerungen über ihn ziehen können.

Und sie würde Männer dazu bringen, ihr schöne Augen zu machen und sie mit nach Hause nehmen zu wollen.

Und sie hätte Sams ungeteilte Aufmerksamkeit.

Dieser letzte Gedanke gab den Ausschlag.

„Klar", antwortete Edie. „Mac hat mich geschickt."

Der Mann musterte sie eindringlich. „Mac hat einen guten

Geschmack, das muss man ihm lassen."

„Danke." Edie klimperte mit den Wimpern und fühlte sich auf einmal so sexy und verführerisch wie noch nie zuvor im Leben. Und es war auch nicht gerade hinderlich, dass sie sich von dem Schönen Orgasmus ziemlich betrunken fühlte. „Wo kann ich mich umziehen?"

Der Mann deutete auf eine Tür. „Hier durch."

„Danke."

Mit rasendem Puls und weichen Knien stieß Edie die Tür auf. Sie konnte das schaffen. Und sie würde es schaffen. Dann konnte Sam nicht länger behaupten, dass sie nie im Leben etwas angestellt hätte. Im Gegenteil, sie hatte sich betrunken und würde einen Striptease hinlegen.

In der Garderobe saßen eine Blonde und eine Rothaarige in Bademänteln, die sich eine weitere Schicht Make-up auflegten, eine dritte Frau lümmelte auf einem Sitzsack herum und blätterte durch eine Ausgabe von *Real Confessions.*

„Hi", begrüßte Edie sie. „Ich bin die Neue."

„Schön für dich", erwiderte die Frau auf dem Sitzsack, ohne aufzusehen.

„Mac hat mich geschickt", erklärte Edie.

„Statt hier rumzuquatschen, solltest du dich lieber umziehen", meinte die Blonde, die vor dem Spiegel saß. „Du bist in fünf Minuten dran."

„Oh, alles klar." Edie zog ihren Mantel aus und hängte ihn auf.

„Komm schon, Honey", sagte die Rothaarige. „Beeil dich."

Mit zitternden Händen kleidete Edie sich aus und schlüpfte in ihr knappes Outfit, einen glitzernd goldenen Stringtanga und einen hauchdünnen, durchsichtigen BH.

So kann ich doch nicht auf die Bühne gehen.

Doch bevor sie noch einen Rückzieher machen konnte, schubste die Rothaarige sie auf einen Stuhl. „Komm, ich helfe dir mit dem Make-up. Aber nur dieses eine Mal."

Die Frau klatschte ihr so viel Wimperntusche und Lidschatten ins Gesicht, dass Edie schon befürchtete, wie ein Zirkusclown auszusehen. Doch als sie in den Spiegel schaute, konnte sie es kaum fassen, was für ein faszinierendes Wesen sie anblickte.

Sie sah exotisch aus, selbstbewusst und sehr begehrenswert.

Die Angst war verflogen. Sie wollte nach draußen gehen und einzig und allein für Sam tanzen.

Eine hochgewachsene Brünette tauchte hinter dem Vorhang auf. Sie wischte sich den Schweiß mit einem Handtuch vom Gesicht und wandte sich an Edie: „Du bist dran."

„Moment", sagte die Rothaarige, schlüpfte aus ihren hochhackigen Schuhen und warf sie Edie zu. „Die brauchst du."

Edie zog die Schuhe an und wippte ein paar Mal darin hin und her. Dann holte sie tief Luft und zog den Bauch ein.

„Raus mit dir." Die Rothaarige schob sie durch den Vorhang.

Plötzlich befand sich Edie mit zwei weiteren Frauen auf der Bühne. Sie blieb einfach nur stehen.

„Brick House" dröhnte aus den Lautsprechern.

„Hey Baby", grölte ein Typ im Publikum. „Lass wackeln!"

Die Scheinwerfer blendeten. Sie konnte das Publikum nicht sehen, aber hören.

Ihr Mut war wie weggeblasen, am liebsten hätte sie sich umgedreht und wäre davongelaufen.

Doch dann fiel ihr Sam wieder ein.

Langsam begann sie, mit den Hüften zu kreisen.

Sam sieht zu. Zeig ihm, was du hast, redete sie sich gut zu. Zeig ihm, dass du genauso gut strippen kannst wie die Beste von ihnen.

Und dann begann sie, nur für ihn zu tanzen.

Edie?

Vom Donner gerührt saß Sam mit offenem Mund da.

Das konnte nicht sein.

Er rieb sich mit beiden Fäusten die Augen. Diese Frau hatte sich dermaßen in seinem Kopf festgesetzt, dass er sich inzwischen schon einbildete, sie würde auf der Bühne in diesem unglaublichen Bikini für ihn tanzen.

Blinzelnd schaute er erneut hoch.

Sie kam näher, sie bewegte sich so graziös wie ein Schwan, schob das Becken nach vorne und warf ihm ein Komm-Her-Lächeln zu.

Das war tatsächlich Edie!

Aber wie konnte das sein? Und warum?

Eine Sekunde lang saß er wie erstarrt da, geblendet von ihrer faszinierenden Schönheit und ihrem unerwarteten Auftritt.

Dann erst wurde ihm erschreckend klar, dass lüsterne Männer gerade ihre Blicke über Edies schönen, festen Körper wandern ließen. Heiße, dunkelrote Eifersucht schoss wie ein Blitz durch seinen Körper.

In Sekundenschnelle war er auf den Füßen, zerrte ungeduldig seinen Mantel von der Lehne und ging mit großen Schritten direkt auf Edie zu.

Sam kam mit entschlossenem und grimmigem Gesicht direkt auf sie zu – die Zähne zusammengebissen, die blauen Augen funkelten gefährlich.

Edie quietschte und sprang zurück.

Er sah nicht gerade erfreut aus. Nicht im Geringsten.

Mit einem Satz sprang er auf einen Stuhl und dann auf die Bühne.

„Komm her", befahl er.

Edie hob die Hände. „Was soll das?"

„Meine Frau springt nicht nackt vor einer Horde geifernder Männer herum."

„Ich bin nicht deine Frau", entgegnete sie, stemmte die Hände in die Hüften und starrte ihm in die Augen. Sie bot ihm die Stirn, trotzte seiner Selbstherrlichkeit, aber ihr Herz hämmerte wie eine durchgedrehte Rhythmusmaschine.

Er hatte sie als seine Frau bezeichnet.

Warum nur machte sie das so glücklich? Und wieso hatte sie mit einem Mal Angst, jetzt alles kaputtzumachen?

Die Gäste begannen zu buhen und Sam zuzurufen, dass er von der Bühne verschwinden solle. Aus den Augenwinkeln bemerkte Edie, dass aus einem Hinterzimmer ein Mann auftauchte.

Edie drehte sich um und wollte losrennen. Doch die Zehnzentimeterabsätze waren ihr Untergang. Sie stolperte und taumelte auf unsicheren Beinen zum Bühnenausgang.

„Ich hab dich!", rief Sam, warf einen Arm um ihre Taille und den Mantel über ihre Schultern.

Sein Atem war warm auf ihrer Haut, seine Lippen so nah, doch seine Brauen waren missbilligend zusammengezogen.

Er wirkte, als wolle er sie übers Knie legen und ihr den nackten Hintern versohlen.

Verflucht, bei der Vorstellung jagte ein wohliger Schauer durch ihren Körper.

Statt sie jedoch zu vertrimmen, nahm er sie hoch, als ob sie so leicht wie Schlagsahne wäre, und warf sie sich über die Schulter.

„Lass mich runter!", schrie sie. Sie stand überhaupt nicht auf dieses Neandertaler-Benehmen, auf dieses Ich-Tarzan-du-Jane-Szenario. Sie war eine moderne, unabhängige – wenn auch gut behütete – Frau, und wenn sie in einem Club strippen wollte, dann ging das Sam Stevenson überhaupt nichts an.

Offenbar sah er das anders.

Edie versuchte sich loszumachen, doch er hielt sie eisern fest.

In den Gesichtern der Zuschauer entdeckte sie eine Mischung aus Verwirrung und Begeisterung. Dann begannen sie zu johlen, und ein weiterer Mann sprang auf die Bühne und jagte einer Tänzerin hinterher.

Chaos brach aus.

Männer brüllten. Tische fielen um. Glas zerbrach. Frauen kreischten.

„Ruft die Polizei!“, schrie jemand.

Sam trug sie ganz ruhig von der Bühne.

Um dann von dem stämmigen Mann aufgehalten zu werden, der Edie mit der Stripteasetänzerin verwechselt hatte. Er hatte die Arme vor seiner riesigen Brust verschränkt.

Edie schielte an Sams Schulter vorbei. Oje. Dieser Mann wirkte wie ein riesengroßer Felsblock und war offenbar ziemlich sauer.

„Lass sie runter“, befahl er.

„Aus dem Weg, Kumpel“, knurrte Sam.

„Schau dir an, was du angerichtet hast.“ Der Felsblock deutete auf das Chaos. „Die Tänzerinnen dürfen nicht berührt werden.“

„Sie ist keine Tänzerin“, entgegnete Sam. „Sondern meine Freundin.“

Erst hatte er sie seine Frau genannt, jetzt seine Freundin. Hm. Wenn das so weiterging, würde er sie vielleicht demnächst als seine Gattin vorstellen.

Leider Gottes war das irgendwie gar keine so unangenehme Vorstellung.

„Lass sie runter. Ich möchte das nicht noch einmal sagen müssen.“ Der Felsblock kam näher.

„Geh mir aus dem Weg“, wiederholte Sam. „Ich bringe sie nach Hause.“

Edie wurde langsam nervös, schließlich ragte ihr blanker Hintern in die Luft, während die beiden Männer Nase an Nase standen und der Streit jeden Moment handgreiflich werden konnte.

Mit ihr auf den Schultern war Sam eindeutig im Nachteil. Er versuchte, am Felsblock vorbeizugehen, doch da ballte der Typ die Faust und schlug ihm aufs Auge.

Sams Kopf flog zurück. Er taumelte. Edie schnappte erschreckt nach Luft.

Er stellte sie auf dem Boden ab.

Edie wandte sich an den Felsblock. „Sie riesengroßer Trampel! Sie hätten ihn doch nicht gleich schlagen müssen."

„Hey", erwiderte der Felsblock. „Fang keinen Streit mit mir an. Ich mache hier nur meinen Job."

Noch ein wenig schwankend befühlte Sam sein Auge, das in Windeseile zuschwoll.

„Stehen Sie doch nicht nur so herum", fuhr sie den Felsblock an. „Holen Sie lieber eine Packung Eis."

Der Mann blinzelte sie sprachlos an.

„Na los!"

Er entfernte sich.

Edie richtete ihre Aufmerksamkeit wieder auf Sam. Schnell zog sie einen Stuhl heran. „Setz dich."

Er schüttelte den Kopf. „Erst, wenn du den Mantel angezogen hast."

Der Mantel, in den er sie eingewickelt hatte, bevor er sie von der Bühne trug, war zu Boden gefallen.

„Okay." Edie schlüpfte hinein. Er roch nach ihm. Ein wenig nach Moschus. Sehr männlich. Sehr gut. „Und jetzt setz dich."

Er gehorchte.

Die Musik hatte aufgehört zu spielen, das Gebrüll ließ langsam nach, aber Edie bemerkte es nicht. Sanft berührte sie sein Auge. „Das wird ganz schön blau werden."

„Das tut weh", beschwerte er sich.

„Oh, armes Baby."

Er funkelte sie an. „He, immerhin hab ich dich gerettet."

„Darum hatte ich dich allerdings nicht gebeten. Ich bin keine hilflose Jungfrau."

„Ach, nein? Du bist wohl die Einzige, die andere Menschen retten kann? Was soll das heißen? Kannst du denn niemals Hilfe von jemandem annehmen?"

„Halt still", ermahnte sie ihn.

Joe Dawson kam zu ihnen herüber. „Wow, Sam. Das war ganz schön cool, wie du da auf die Bühne gesprungen bist und Edie weggezerrt hast."

Sie warf ihm einen kühlen Blick zu. „Sie sollten ein solches Verhalten nicht auch noch gutheißen, Joe."

„Seit wann tanzen Sie denn, Edie? Wenn ich gewusst hätte, dass Sie das nebenbei tun, wäre ich schon viel früher hierhergekommen." Joe wackelte spöttisch mit den Augenbrauen.

„Halt die Klappe, Joe. Sonst hast du auch gleich ein blaues Auge", brummte Sam.

Aus der Ferne erklangen Sirenen. Die Polizei war auf dem Weg.

„Vielleicht solltest du mit Kyle und Harry besser verschwinden", meinte Sam.

„Wahrscheinlich hast du recht. Aber wie kommst du nach Hause?"

„Ich fahre ihn", sagte Edie.

Joe zog eine Augenbraue in die Höhe. „Sind Sie sicher?"

„Ist schon in Ordnung", antwortete Sam.

Joe hob eine Hand. „Gut, dann sehen wir uns morgen, du Höhlenmensch!"

Edie verdrehte die Augen.

Dann tauchte zu ihrer Überraschung der Felsblock mit einem Eispaket auf. Sie bedankte sich freundlich und legte es vorsichtig auf Sams Auge.

„Wir sollten auch lieber gehen“, sagte er.

„Nein, nein. Wir erklären den Polizisten einfach, was passiert ist.“

„Ich möchte lieber nicht mit der Polizei sprechen.“ Er schüttelte den Kopf.

Stimmt ja! Sam hatte seine Geheimnisse, von denen sie nichts wusste.

„Lass uns den Hinterausgang nehmen“, schlug er vor.

„Gut, ich muss aber noch meine Tasche und meine Klamotten holen.“

Edie nahm seine Hand und zog ihn durch den Bühnenausgang. Inzwischen waren die meisten Gäste verschwunden und hatten ein riesiges Durcheinander hinterlassen. In der Garderobe musste Edie zu ihrer Bestürzung feststellen, dass eine Frau und ein Mann sich ausgerechnet auf ihren Kleidern leidenschaftlich umarmten.

„Oh, entschuldigen Sie“, sagte sie.

Die beiden ignorierten sie völlig.

Edie räusperte sich. Wie sollte sie nur an ihre Klamotten kommen?

Die Sirenen heulten lauter, wahrscheinlich waren die Streifenwagen schon auf dem Parkplatz.

„Wir haben keine Zeit zu verlieren“, meinte Sam und hob Edie hoch.

„Was machst du da?“

„Du kannst in diesen verdammten Schuhen doch nicht richtig laufen.“

„Aber was ist mit meinen Kleidern?“

„Darum kümmern wir uns später.“ Er trug sie durch den Hinterausgang, während Edie versuchte, ihm weiterhin die Eispackung aufs Auge zu drücken.

Er stolperte auf den Parkplatz.

„Ich werde fahren", verkündete sie.

„Keinesfalls, Sweetheart. Ich kann riechen, dass du getrunken hast."

„Nur einen Schönen Orgasmus", protestierte sie.

„Ach so, jetzt weiß ich auch, was in dich gefahren ist." Er grinste. Trotz seines geschwollenen Auges, oder vielleicht gerade deshalb, sah er verdammt sexy aus. Wenn das kein richtiger Mann war!

„Ich fühle mich nicht mal mehr beschwipst. Ich kann auf jeden Fall fahren", beharrte sie.

„Still. Ich vermute, dass dein Führerschein in deiner Tasche ist, und die liegt noch in der Garderobe. Du kannst also schon deshalb nicht fahren."

Sie schaute hinauf in seine blauen Augen und spürte, wie sich ihr Herz zusammenzog. Konnte ein Mann, der sie nicht fahren lassen wollte, weil sie ein wenig getrunken hatte, gleichzeitig ein schlechter Kerl sein? Und trotzdem schien er verzweifelt ein Zusammentreffen mit der Polizei verhindern zu wollen. Wieso? Was hatte das alles zu bedeuten? Würde sie ihn jemals verstehen?

„Da ist ein Taxi", sagte Sam. „Wink mal eben, damit es anhält."

Er trat genau in dem Moment mit Edie auf dem Arm auf die Straße, als zwei Streifenwagen mit quietschenden Reifen auf dem Parkplatz hielten. Er pfiff einmal laut nach dem Taxi, während Edie wie wild mit den Armen winkte.

Das Taxi hielt neben ihnen, sie warfen sich auf den Rücksitz und beobachteten, wie die Polizei den Stripteaseclub stürmte.

„Uff." Sam atmete schwer, ließ seinen Kopf gegen die Rückenlehne sinken und schloss die Augen. „Das war knapp."

„Wohin?", fragte der Taxifahrer.

Edie beugte sich nach vorne und nannte ihm Sams Adresse.

Sam öffnete sein unversehrtes Auge und starrte sie an. „Wir gehen zu mir?"

„Ja", entgegnete sie. „Irgendjemand muss sich doch um dein Auge kümmern."

9. KAPITEL

Sie fuhren zu ihm nach Hause.
Edie und er.
Zusammen.
Alleine.

Sie in diesem umwerfend knappen Outfit, das sie unter seinem Mantel trug. Sam unterdrückte ein Stöhnen. Er konnte das alles nicht länger aushalten.

Er wollte sie. Mit einer Heftigkeit, die ihm selbst Angst einjagte.

Sie lehnte sich in ihrem Sitz zurück und schaute zu ihm hinüber. „Leg dir die Eispackung wieder aufs Auge."

„Das ist zu kalt."

„Bist du immer so weinerlich?"

„Nur wenn ich hoffe, dadurch Aufmerksamkeit zu erringen." Er schenkte ihr sein gewinnendstes Lächeln.

Doch sie war offenbar nicht sehr beeindruckt. „Eis. Auf dein Auge. Sofort. Bevor es anschwillt wie ein Zeppelin."

„Sehr wohl, Ma'am. Weißt du eigentlich, wie sexy du bist, wenn du Befehle gibst?"

„Die Eispackung!", drängte sie ihn.

„Okay, okay."

Er presste das Eis gegen sein schmerzendes Auge. Autsch! Er fühlte sich benommen. Ob es an der angenehmen Wärme in dem Taxi oder an Edies Anwesenheit lag, wusste er nicht, jedenfalls musste er eingeschlafen sein. Denn ihm kam es so vor, als wären nur wenige Sekunden vergangen, als das Taxi vor seinem Haus hielt. Edie stieß ihn mit dem Ellenbogen an.

„Bezahl den Mann, Sam. Mein Geld ist in der Tasche im Stripteaseclub."

„Ach so, ja." Er schüttelte den Kopf, und die Eispackung

fiel auf seinen Schoß. „Klar."

Er wühlte in seinem Geldbeutel herum, bezahlte dann den Fahrer, und sie stiegen aus.

„Wo ist dein Schlüssel?" Sie stand zitternd auf dem Gehweg. Am liebsten hätte er einen Arm um sie gelegt, sie fest an sich gedrückt, sie gewärmt.

Er zog den Schlüssel aus der Tasche und reichte ihn ihr.

Edie marschierte vor ihm die Treppen hinauf, wobei ihre wolkenkratzerhohen Absätze mit einem provozierenden Klack-Klack auf den Boden hämmerten. Selbst in seinem Zustand konnte Sam nicht umhin, ihre Beine in diesen gefährlichen Schuhen zu bewundern. Sein Blick wanderte hinauf, bis diese Beine unter dem Saum seines Mantels verschwanden.

Verdammt, sie sah in seinen Klamotten wirklich gut aus.

Wie herrlich würde es sein, sie in einem seiner langärmligen weißen Hemden zu sehen! Oder in seidenen Boxershorts. Oder mit seinem Cowboyhut und sonst nichts.

Sie schloss die Tür auf und knipste das Licht an. Wie eine übersinnliche Erscheinung stand sie da in dem Licht und lockte ihn mit gekrümmtem Finger hinein.

„Komm, hier ist es schön warm."

Er gehorchte, trat die Tür hinter sich zu, und sein Herz hämmerte so laut, dass er befürchtete, es würde ihm jeden Moment aus der Brust springen.

Heftiges Begehren übermannte ihn, er konnte seinen Blick nicht von ihr losreißen. Wie wundervoll sich ihr Hintern unter dem steifen Stoff seines Mantels bewegte. Er stellte sich ihren herrlichen, nackten Körper vor.

Zarte, runde Brüste. Die schmale Taille. Hüften, die aussahen wie sanft geschwungene Hügel.

Mama mia! Seine Lust war, wenn überhaupt, nur noch mit einem Feuerlöscher zu bekämpfen.

Sämtliche sexuellen Fantasien, die er jemals gehabt hatte, kamen ihm in den Sinn. Es war, als ob er sein Leben lang auf sie gewartet hätte.

Edie wusch sich in Sams Badezimmer zitternd die Hände und musterte prüfend ihr Spiegelbild: die wilden grünen Augen, die durch die dick aufgetragene Wimperntusche noch größer wirkten, das bernsteinfarbene wirre Haar, die blutrot geschminkten Lippen, das völlig übertriebene Rouge auf ihren Wangen.

Ein heißer Feger.

Ein Vamp.

Ein Luder.

So hätte sie sich selbst bis heute niemals beschrieben. Diese Frau im Spiegel kannte sie nicht. Diese Frau war eine erotische Verführerin, für die Männer alle möglichen verrückten Dinge taten – wie zum Beispiel auf eine Bühne springen und sie sich über die Schulter werfen. Diese Frau war eine *Femme Fatale.*

Und wo war das brave Mädchen, Edie Preston, geblieben?

Sie blickte an Sams Mantel hinab auf das Handtuch, das sie in der Hand hielt. Zum ersten Mal im Leben wusste sie nicht mehr, wer sie war.

Sie trocknete sich die Hände ab und trat aus dem Badezimmer. Sie musste so schnell wie möglich verschwinden, weil sie mal wieder ziemlich unprofessionelle Gefühle für Sam zu entwickeln begann. Wenn sie hierblieb, würde mit Sicherheit etwas passieren. Sie wollte nur so lange bleiben, bis sie sicher wusste, dass er in Ordnung war, und sich dann ein Taxi rufen.

Sie fand Sam dort, wo sie ihn zurückgelassen hatte, im Wohnzimmer auf der Couch, die Eispackung aufs Auge gelegt. Edie setzte sich neben ihn und entfernte das Eis.

„Es tut mir leid“, sagte sie.

„Was denn?"

„Dass das passiert ist."

Er schüttelte den Kopf. „Es ist doch nichts passiert."

„Nur dass du ein blaues Auge hast und dass der Club jetzt in Schutt und Asche liegt."

„Kann ich dich was fragen?"

Sie zuckte mit den Schultern. „Na klar."

„Was hattest du in dem Club überhaupt zu suchen?"

Edie antwortete nicht.

„Du bist mir wieder gefolgt, oder?"

„Ja", gab sie zu.

„Aber warum?"

„Ich habe mir Sorgen um dich gemacht, weil du mit Joe und Kyle und Harry rumhängst. Die haben alle drei im Gefängnis gesessen. Ich weiß, dass sie ihr Leben ändern wollen, und ich möchte auch keinesfalls voreilige Schlüsse ziehen. Aber ein Stripteaselokal ist nicht gerade der beste Ort, um ein neues Leben zu beginnen. Du weißt doch sicher, dass sie allein aufgrund der Tatsache, dass sie dort gewesen sind, gegen ihre Bewährungsbestimmungen verstoßen haben. Ich wollte einfach nicht, dass du in so etwas verwickelt wirst."

Er öffnete die Augen und starrte sie an. Sein Blick war so intensiv, dass ihr der Atem stockte. „Es ist dir wirklich wichtig, was mit mir geschieht?"

„Ja", flüsterte sie.

„Und warum warst du auf der Bühne?"

„Ich wollte herausfinden, wie es ist, wenn man mal etwas riskiert. Du hattest recht. Ich habe heute Abend festgestellt, dass ich bisher gar nicht richtig gelebt habe."

Er umfasste ihr Handgelenk. Sofort begann ihr Puls zu rasen. „Nein, Edie, ich habe mich getäuscht. Du musst nicht erst selbst in Schwierigkeiten geraten, um eine gute Psychologin zu sein." Sam schluckte schwer, sein Adamsapfel hüpfte.

Als er weitersprach, war seine Stimme heiser. „Als ich dich da oben gesehen habe, wie du für diese Barbaren halb nackt getanzt hast, bin ich völlig ausgerastet."

„Ich habe nicht für sie getanzt, sondern für dich. Ich habe eine Weile im Publikum gesessen und beobachtet, wie du diese Frauen angeschaut hast. Ich war eifersüchtig! Und dann hat mich der Typ, der dich geschlagen hat, mit einer Stripperin verwechselt. Also habe ich einfach mitgespielt."

„Du hast dich für mich ausgezogen?" Er lächelte.

„Ja."

„Aber wieso?"

„Weil ich wollte, dass du mich begehrst."

„Ich begehre dich, Edie." Er beugte sich vor und nahm ihre Hand. „Allerdings weiß ich nicht, ob du mich nur willst, weil ich eine Art Projekt für dich bin, oder ob du mich wirklich willst, mit allen Schönheitsfehlern."

Sofort bekam Edie Schuldgefühle. Was würde er wohl davon halten, dass sie eine Studie über ihn schrieb?

Sein Gesicht kam immer näher.

Seine kräftigen Hände packten sie um die Taille und setzten sie auf seinen Schoß. „Ich habe wirklich dagegen angekämpft, dich zu begehren", flüsterte er. „Weil es einfach nicht richtig ist. Du verdienst etwas Besseres als mich. Jemanden mit Hochschulabschluss, jemanden, der dir die Sterne vom Himmel holt."

„Du bist genauso gut wie jeder Mann auf dieser Welt, Sam Stevenson, lass dir von niemandem das Gegenteil einreden. Und ich will keine Sterne."

„Was willst du dann?" Sein Atem duftete nach Pfefferminz, seine Augen glänzten fiebrig.

Als sie seine Frage hörte, breitete sich Hitze zwischen ihren Beinen aus, eine so umfassende Hitze, dass es ihr die Sprache verschlug.

„Möchtest du, dass ich dich küsse?"

„Ich kann nicht." Sie schüttelte den Kopf.

„Kannst du oder willst du nicht?"

„Ich sollte nicht."

„Warum bist du dann mit mir nach Hause gekommen?"

„Ich wollte sicher sein, dass es dir gut geht."

„Ist das der einzige Grund?" Er senkte den Kopf und küsste sie zart auf den Hals. Edie stöhnte leise auf. Es war ein tiefes, kehliges Stöhnen, das sie von sich selbst noch nie gehört hatte.

Mein Gott, wie sehr sie ihn begehrte!

Aber das war weder klug noch vernünftig. Er war nicht nur ein Kollege, sondern wahrscheinlich auch ein Dieb und zudem noch der Proband für ihre Doktorarbeit. Dr. Braddick hatte sie davor gewarnt, sich mit ihm einzulassen.

Doch ihr gesunder Menschenverstand hatte keine Chance gegen die brennende Leidenschaft. Verzweifelt wünschte sie sich, diese bisher unbekannten Gefühle mit ihm zu erforschen. Zugleich hatte sie schreckliche Angst davor.

Sam schien ihr Problem zu ahnen. „Wir müssen nichts tun, was du nicht willst, Sweetheart."

Sweetheart.

Das Wort klang herrlich, wenn er es sagte, es gab ihr das Gefühl, etwas ganz Besonderes zu sein. Nie zuvor hatte sie einem Mann erlaubt, ihr so nahezukommen, sie war mit ihrem Studium und dem Drang, anderen zu helfen, immer viel zu beschäftigt gewesen. Viele Jahre lang hatte sie ihre eigenen Bedürfnisse unterdrückt. Dieses Begehren traf sie aus heiterem Himmel.

Sie wollte mit ihm schlafen. Sie wollte es so sehr.

Aber sie durfte es nicht zulassen.

Sam begann, an ihrem Ohr zu knabbern. Für und Wider vermischten sich, und übrig blieb nur verzehrendes, schmerzliches Verlangen.

Als Sam mit der Zunge über ihr Kinn strich, begann sie zu beben. Was kümmerten sie ihre Doktorarbeit oder ihr Job. Der morgige Tag war noch so weit weg.

Nur der Augenblick zählte.

Sam zog sie fester an sich. Seine Finger begannen ihren Körper zu erkunden. Er knöpfte den Mantel auf und streichelte ihre weiche, seidige Haut. Er schien genau zu wissen, wo er sie berühren musste – er streichelte und rieb, leckte und küsste. Kaleidoskopartig nahm sie ihre Umgebung wahr – den Weihnachtsbaum in der Ecke mit den fröhlich blinkenden Lichtern, die Ledercouch, auf der sie saßen, dazu den Duft von Sams Haar und den sündigen Geschmack seiner Lippen.

Zusammen mit ihm wagte sie sich auf die abenteuerliche Seite des Lebens. Es war so aufregend und faszinierend, endlich mal loszulassen. Sich zu öffnen. Sich vom Fluss des Lebens in unbekannte Dimensionen treiben zu lassen.

Sein Mantel rutschte von ihrer Schulter. Sam biss sanft in ihre entblößte Haut, vergrub dann sein Gesicht in ihrem Haar und atmete tief ein.

„Du riechst so gut", murmelte er leise. „Wie ein Weihnachtsengel."

Er berührte ihre Brüste, die nur von diesem hauchdünnen Etwas bedeckt waren, das sie für die Bühne angezogen hatte. Mit dem Daumen schob er es zur Seite, beugte sich tiefer und legte die Lippen um ihre aufgerichtete Brustwarze.

Seine Zunge fühlte sich an wie flüssiges Feuer. Sie begann, sich zu winden.

Er hob den Kopf. Ihre Blicke trafen sich, vermischten sich, bis ein tiefes, uraltes Einverständnis zwischen ihnen war. Seine Lippen pressten sich auf ihre und raubten ihr den Verstand. Zitternd ergab sich Edie der Versuchung.

Er trug sie zum Teppich in der Mitte des Wohnzimmers,

legte sie darauf und blickte sie staunend an.

Der dünne Stoff des BHs lag feucht an ihren Brustwarzen, die er zuvor liebkost hatte. Ihre Haut schimmerte in der funkelnden Weihnachtsbeleuchtung.

Sam hielt den Atem an. Sie war so schön, dass es jedes Mal wehtat, wenn er sie anschaute.

Er umarmte sie und hielt sie und küsste sie. Sie war sein kostbarster Schatz, er wollte sich in ihrer ersten Liebesnacht alle Zeit der Welt nehmen.

Edie wurde unter seinen Händen lebendig. Es erregte ihn, wie heftig sie auf ihn reagierte. Ihr leises Stöhnen jagte Wellen der Lust durch seinen Körper.

Er ertrank in ihrem Duft, verlor sich in ihrer Schönheit. Sie war das aufregendste Wesen, das er je gesehen hatte.

„Mach die Augen auf, Edie", murmelte er ihr ins Ohr. „Mach die Augen auf, damit du sehen kannst, was du mit mir anstellst."

Sie riss die Augen auf und starrte ihn verwundert an. Vorsichtig und zart berührte er sie zwischen den Beinen, streichelte sie in fiebrige Höhen.

Sie wölbte sich ihm entgegen und rief immer wieder seinen Namen.

„Willst du mich, Edie? Willst du wirklich mich, mit all meinen Fehlern? Ich bin kein Frosch, aus dem ein Prinz wird, wenn du ihn küsst. Die Liebe wird mich nicht ändern oder heilen", wisperte er. „Sag mir, dass das egal ist. Sag mir, dass du mich und nur mich willst. Sag mir, dass ich gut genug für dich bin."

Edie hörte auf, sich zu bewegen. Er stützte sich auf die Ellbogen und blickte zu ihr herab. Sie sah mit einem Mal sehr ernst aus.

„Sam." Sie wollte ihn berühren, doch er zuckte zurück.

„Das kannst du mir nicht versprechen, stimmt's?" Ein

schmerzliches Gefühl wühlte in seinem Bauch. Sie konnte ihm nicht versprechen, ihn so zu nehmen, wie er war, genauso wenig wie Donna. Sie wollte, dass er ein anderer war. Sie konnte ihn nicht um seinetwillen lieben.

„Das ist es nicht, Sam." Sie setzte sich auf und schob sich eine Locke aus der Stirn.

„Was ist es dann?"

Sie begann, auf der Unterlippe zu kauen. „Ich kann nicht ... da gibt es etwas ... es ist nur, weil ich den echten Sam Stevenson nicht kenne."

„Nein." Das konnte er nicht leugnen. „Wohl nicht." Wie sollte sie ihm die Antwort geben, die er so dringend hören wollte, wenn sie glauben musste, dass er ein Kleinkrimineller war, der gerade seinen Sozialdienst ableistete?

„Aber du könntest mit mir reden." Sie legte ihm eine Hand auf die Schulter. „Du könntest mir alles über dich erzählen."

Er war kein Puzzle, das sie zusammensetzen sollte. Genauso wenig war er ein Dieb, den sie umerziehen konnte. Er war einfach nur ein Mann aus Fleisch und Blut, mit Stärken und Schwächen.

Doch das alles konnte er ihr nicht sagen. Wegen seines Berufs war er gezwungen zu lügen. Über sich. Über seine Motive. Das war falsch. Egal, wie richtig es sich anfühlte.

Er schüttelte den Kopf und umschlang seine Knie. „Es wäre vielleicht das Beste, wenn du jetzt gehst."

Sie starrte ihn einen Augenblick lang an, dann holte sie tief Luft. „Vielleicht hast du recht."

„Nur weil zwischen uns so eine animalische Anziehung besteht, heißt das noch lange nicht, dass wir ihr nachgeben müssen."

Sie nickte. „Ganz genau."

Er stand auf und streckte ihr eine Hand hin, um ihr hochzuhelfen. „Ich ruf dir ein Taxi."

Edie starrte durchs Rückfenster, während das Taxi sich von Sams Haus entfernte. Ihr Herz krampfte sich zusammen. Ihr Körper schmerzte noch vor unterdrückter Lust.

Sam stand mit nacktem Oberkörper an der Tür und winkte mit traurigem Gesicht zum Abschied. Edie schaute ihn an, bis das Taxi um eine Ecke bog, dann drehte sie sich um und blickte auf die Straße.

Sie wickelte sich fester in seinen Mantel, drückte die Nase in den Kragen, atmete seinen Geruch ein und begann still zu weinen.

Dabei hatte sie gar keinen Grund, so enttäuscht zu sein. Es war fast ein Wunder, dass Sam sie davor bewahrt hatte, einen schrecklichen Fehler zu begehen, und ihre Schwäche nicht ausgenutzt hatte.

Tief im Herzen wusste Edie, dass sie beinahe nicht nur den Kopf, sondern auch ihr Herz verloren hätte.

So war es auf jeden Fall besser. Viel besser. Sie hatte sich für das Richtige entschieden und getan, was von ihr erwartet wurde. Aber warum fühlte sie sich dann so leer?

Nichts war mehr wichtig. Weder ihr Studium noch ihr Job. Und auch nicht dieses Bedürfnis, anderen immerzu zu helfen.

Das Wichtigste war in diesem Haus in der Sylvan Street zurückgeblieben. Und sie konnte es niemals haben.

10. KAPITEL

Er hatte sich in sie verliebt. Diese Erkenntnis erschütterte Sam bis ins Mark.

Eine Woche war vergangen, seit sie in seinem Haus beinahe miteinander geschlafen hatten. Eine Woche voller qualvoller Gedanken und schlafloser Nächte. Eine Woche, in der er sich immer wieder hatte zwingen müssen, sich auf seinen Job zu konzentrieren.

Doch er konnte einfach nicht aufhören, an sie zu denken, egal, wie sehr er es auch versuchte. Wenn er in seiner Küche saß, sah er, wie sie sich über den Tisch beugte und ihren süßen Hintern in den zerrissenen Jeans in die Luft streckte. Wenn er in die Drogerie ging, um die Medikamente für Tante Polly abzuholen, sah er sie ausgestreckt auf dem Boden liegen, bedeckt von Kondomen. Wenn er auf dem Sofa saß und sich ein Kissen an die Nase drückte, konnte er ihren süßen, lieblichen Duft riechen.

Und bei der Arbeit folgte er ihr mit seinen Blicken wie ein einsamer kleiner Hund.

Irgendwann und irgendwo, obwohl er sich so gewehrt hatte, hatte er begonnen, sie zu lieben. Aber konnte er seinen Gefühlen überhaupt trauen?

Er wollte auf keinen Fall verliebt sein. Und schon gar nicht in Edie. Sie passten einfach nicht zusammen. Der böse Junge und die gute Samariterin. Der Zyniker und das Fräulein Sonnenschein.

Zu viele Frauen hatten versucht, ihn umzukrempeln. Zuerst Tante Polly, dann Beth Ann Pulaski und schließlich Donna Beaman. Zum Schluss hatte er dieses ständige Manipulieren zu hassen begonnen.

Und Edie wollte er nicht hassen.

Jedes Mal, wenn er sie anschaute, schmolz sein Herz ein wenig dahin.

Versuch es doch einfach.

Er hatte zu große Angst. Der kleine Junge, der ganz allein auf sich gestellt auf den Straßen ums Überleben hatte kämpfen müssen, steckte immer noch in ihm. Das Kind, das keine bedingungslose Liebe erfahren hatte, war sich nicht einmal sicher, ob so etwas überhaupt existierte.

Noch war er nicht bereit. Schon gar nicht, solange er den Weihnachtsmann spielen musste und strenge Anweisung hatte, niemandem seine wahre Identität zu verraten.

Chief Timmons hatte ja keine Ahnung, was für eine zermürbende Strafe dieser Einsatz für ihn war.

In der Zwischenzeit hatte es keine weiteren Diebstähle mehr gegeben. Außerdem konnte er Joe und Kyle als Verdächtige ausschließen, weil beide absolut luftdichte Alibis hatten.

Das mit Harry stand allerdings auf einem anderen Blatt. Dasselbe galt für Jules. Keiner von beiden konnte eindeutig beweisen, wo sie gewesen waren, als die Diebstähle stattgefunden hatten. Und Harrys Lügendetektortest war ergebnislos geblieben.

Dann war da noch die Nacht, in der er Harry auf dem Parkplatz des Einkaufszentrums gesehen hatte. In der Nacht, in der Jules und Edie in das Kaufhaus eingebrochen waren.

Allerdings schälte sich ganz langsam noch ein anderer Verdächtiger heraus. Jemand, der bisher überhaupt nicht zur Diskussion gestanden hatte. Zum ersten Mal hatte er Verdacht geschöpft, als er in dieser Nacht im Kaufhaus jemanden in Trotters Büro gehört hatte.

Solange Sam also noch Indizien sammelte und sein weiteres Vorgehen plante, blieb ihm nichts anderes übrig, als Seite an Seite mit Edie zu arbeiten, er der Weihnachtsmann, sie seine Elfe.

Sie blieb auf Abstand, und ihre Augen hatten aufgehört zu

funkeln. Es schmerzte ihn zu wissen, dass er die Ursache für ihre Traurigkeit war. Leider konnte er überhaupt nichts tun. Zumindest jetzt noch nicht. Nicht bevor er sicher wusste, wer für die Diebstähle verantwortlich war. Sobald der Fall gelöst war und sie seine wahre Identität erfuhr, hatten sie vielleicht die Chance, noch einmal von vorne zu beginnen.

Tränen schossen Edie in die Augen, als sie einen neuen Film in die Kamera einlegte. Sie brauchte einen Augenblick, um sich zu sammeln, erst dann konnte sie wieder aufblicken und die nächste Mutter in der Schlange bitten, ihr Kind auf den Schoß vom Weihnachtsmann zu setzen.

Das Schweigen zwischen ihr und Sam zerrte an ihren Nerven. Er sprach den ganzen Tag über nur das Nötigste mit ihr und verbrachte so viel Zeit wie irgend möglich außerhalb des Schlittens. Sie warf Sam einen Blick zu, aber wie schon den ganzen Tag über vermied er es, sie anzusehen.

Sie wünschte, sie hätte Dr. Braddick nie dazu überredet, diese Fallstudie über ihn schreiben zu dürfen. Sie hatte sich mit Sam eingelassen, sie war süchtig nach seinen Küssen und sehnte sich verzweifelt nach mehr.

Was machte es schon, dass er als Weihnachtsmann seine Sozialstunden ableistete? Und dass er eine Waffe in seinem Stiefel versteckte? Das mit dem geklauten Auto war offenbar ein Einzelfall gewesen, das würde sich bestimmt nicht mehr wiederholen. Und was ihren Verdacht betraf, dass er in die Diebstähle verwickelt sein könnte – inzwischen fand sie das absolut lächerlich!

Aber bald war Weihnachten. Und wenn sie nicht schnell etwas unternahm, würde sie ihn vermutlich nie mehr wiedersehen.

Sam war kein Dieb. Darauf würde sie ihr Leben verwetten. Also hatte sie keine andere Wahl, als ihm zu sagen, dass sie ihn für ihre Doktorarbeit ausspioniert hatte. Mit etwas Glück wäre er nicht allzu böse auf sie, und ihr Fehler würde einer Beziehung mit ihm nicht im Wege stehen.

Heute Abend. Sie musste es ihm heute Abend sagen. Dann sollten die Würfel fallen, wie sie mochten.

„Vielleicht könnten wir zusammen einen Kaffee trinken, Sam. Ich muss unbedingt mit dir sprechen", sagte Edie, als eine Stimme durch den Lautsprecher verkündete, dass das Kaufhaus in zehn Minuten schließen würde.

„Oh, ich habe einen Termin mit Mr. Trotter", antwortete er. „Wir reden später."

Ihr entgleisten die Gesichtszüge, und er wusste, dass er sie schon wieder verletzt hatte. Verdammt. Das war das Letzte, was er wollte.

Edie zuckte tapfer mit den Schultern, um zu zeigen, dass es ihr egal war, aber der verwundete Ausdruck in ihren Augen strafte sie Lügen. „Klar. Später." Noch bevor er die Chance hatte, etwas Versöhnliches zu sagen, eilte sie davon.

Aus ihrer Tasche fiel ein Notizbuch.

„Warte!", rief er hinter ihr her, aber sie lief so schnell, dass sie ihn nicht hören konnte. Sam hob das Notizbuch auf.

Natürlich hätte er niemals hineingeschaut, aber es lag aufgeklappt auf dem Boden, und er las seinen Namen.

Fallstudie – Sam Stevenson
Beobachtung vom 23. Dezember

Er ist kein schlechter Mensch, überhaupt nicht. Er versteckt sich nur hinter einer Rolle, um sich selbst zu schützen. Er ist ein guter und liebevoller Mensch, er ist sanft und direkt und an den Gefühlen anderer interessiert. Die Beobachterin ist sicher, dass er mit den Diebstählen im Carmichael's Department Store nichts zu tun hat. Problem: Wegen unprofessionellen Verhaltens der Beobachterin ist diese Fallstudie nicht mehr objektiv. Die Doktorarbeit wird ein anderes Thema behandeln. Dr. Braddicks Zustimmung vorausgesetzt.

Sams Hände fühlten sich zugleich siedend heiß und eiskalt an. Er blätterte nach vorne und begann zu lesen, wie Edie ihn verfolgt und studiert hatte. Wie sie ihn hintergangen hatte. Er war nichts anderes gewesen als ein Projekt für ihre Doktorarbeit!

Flammende, bittere Wut stieg in ihm hoch. Edie war kein bisschen anders als Tante Polly oder Beth Ann Pulaski oder Donna Beaman. Für sie war er einfach nur eine psychologische Herausforderung.

Ärger, Schmerz und Resignation, all diese Gefühle tobten gleichzeitig in ihm. Er steckte das Notizbuch in seine Tasche. Nun, das würde ihn lehren, künftig keiner Frau mehr Zuneigung entgegenzubringen. Sam warf sich in den Schlitten, zu betäubt, um sich noch zu rühren.

Und dann nahm er etwas aus dem Augenwinkel wahr.

Fredie the Fish.

Im Gang mit dem Reisegepäck. Dort war er auch damals gewesen, als er zum ersten Mal Edie geküsst hatte. Fredie drückte sich zwischen den Kunden hindurch und blickte sich suchend um. Dann tauchte plötzlich Mr. Trotter aus einer Seitentür auf und winkte ihn zu sich. Sie unterhielten sich einen Moment mit gesenkten Köpfen, dann folgte Fredie Trotter durch die Tür, die zum Warenlager führte.

Sam kniff die Augen zusammen und kauerte sich in seinen Schlitten. Sein Instinkt sagte ihm, dass hier etwas nicht stimmte. Was hatte Fredie the Fish mit Trotter zu schaffen? Damit wurde der Verdacht, den er nun schon seit einiger Zeit hegte, also bestätigt.

Er kletterte vom Podium hinunter und schlich durch die Menschenmenge.

Kinder riefen ihn. Kunden, die an der Kasse standen, winkten ihm zu. Sam zwang sich zu lächeln und lief schneller. Er hatte ein paar unechte Barthaare im Mund. Sein Plüschbauch schwang hin und her. Es war nicht leicht, das Gleichgewicht zu halten. Sam watschelte zu der Tür, hinter der Trotter und Fredie verschwunden waren. Dann presste er ein Ohr dagegen und lauschte.

Nichts.

Er holte tief Luft, stieß die Tür auf und trat ein. Von den üblichen Kisten mit Waren abgesehen, war der Lagerraum leer. Er drehte den Kopf hin und her und lauschte angestrengt.

Keine Stimmen.

Dann drückte er sich an den Kisten vorbei und ging um eine Ecke. Seine Schritte hallten durch die Stille.

Die beiden waren erstaunlich schnell verschwunden.

Er lief weiter. Trotter und Fredie konnten in jedem Gang oder hinter jeder Tür verschwunden sein.

Verdammt.

Frustriert blieb er stehen, stemmte die Arme in die Hüften und drehte sich um.

Er stand im Hauptraum der Lagerhalle, die um diese Uhrzeit verlassen war. Das Verladedock befand sich etwa hundert Meter links von ihm.

Sam kratzte sich am Kopf und lehnte sich gegen eine Kiste, auf der „Abfall“ stand.

Was war nur mit ihm los? Vielleicht hatte er ja den Überblick verloren. Warum sollte Trotter sich nicht mit Fredie unterhalten? Sie konnten theoretisch miteinander verwandt sein. Nur weil Trotter mit einem bekannten Dieb verkehrte, hieß das noch lange nicht, dass er selbst krumme Dinger drehte.

Die Sache mit Edie setzte ihm zu. Sie hatte ihn ganz durcheinander gebracht. Sie und ihre verdammte Fallstudie.

Sam trat gegen die Kiste. Das Holz zersplitterte. Die Plastikfolie darunter zerriss.

Und offenbarte eine Kiste mit brandneuen Radios, die überhaupt nicht nach Abfall aussahen.

Wo ging Sam nur hin?

Edie war zurück zum Schlitten gelaufen, um nach ihrem Notizbuch zu suchen, und hatte gesehen, wie Sam in seinem Weihnachtsmannkostüm in die Lagerhalle verschwunden war. Wegen der Diebstähle hatte Trotter dem Personal verboten, unerlaubt das Lager zu betreten. Sam verstieß also gegen die Regeln des Kaufhauses.

Warum?

Sie glaubte nicht mehr, dass er in die Diebstähle verwickelt war. Aber da sie sowieso in Ruhe mit ihm sprechen wollte, war jetzt vielleicht ja eine gute Gelegenheit. Sie konnte diese Unwissenheit, wie er über ihre Beziehung dachte, nicht länger ertragen. Vor allem nachdem sie beschlossen hatte, das Thema ihrer Doktorarbeit zu ändern. Entgegen aller Vorsätze hatte sie sich in Sam verliebt. Deswegen konnte sie keine objektive Studie über ihn schreiben. Dr. Braddick hatte recht gehabt.

Trotter hin oder her, sie würde Sam folgen.

„Sam!“, rief sie ängstlich und ging um eine Kiste herum.

Nichts. Niemand.

Hm. Sie hatte doch gesehen, dass er hier hineingegangen war. In diesem Kostüm konnte man ihn schließlich nicht verwechseln.

Sie stapfte durch das Warenlager, rief immer wieder seinen Namen und blieb schließlich stehen, um sich genauer umzuschauen. Ein paar Minuten später hörte sie ein Geräusch und lief um die Ecke in die Hauptverladehalle.

Nur um Sam dabei zu erwischen, wie er in einer großen

Kiste wühlte, auf der „Abfall“ stand.

Wobei es sich aber nicht um Abfall handelte, sondern um elektronische Geräte. Radios, DVD-Spieler und Computerzubehör lagen um ihn verstreut. Edie betrachtete die Teile und schluckte schwer.

Du lieber Gott, bitte lass das nicht wahr sein!

„Sam!“, rief sie scharf. „Was machst du da?“

„EDIE!“ Er spürte, wie sein Gesicht unter dem weißen Bart dunkelrot anlief. „Ich … ich … also das ist jetzt wirklich anders, als es aussieht.“

„Willst du vielleicht behaupten, dass du nicht gerade dabei bist, diese Geräte zu klauen?“ Sie deutete auf die Kiste. Die Enttäuschung in ihren Augen war mehr, als Sam ertragen konnte.

„Du verstehst das falsch.“

„Ach“, sagte sie. „Ich glaube, ich verstehe nur zu gut.“

Er brannte darauf ihr anzuvertrauen, dass er kein Dieb war. Aber er durfte seine Identität nicht preisgeben. Nicht jetzt. Nicht jetzt, wo er so kurz davor war, herauszufinden, wer die Ware in der Kiste versteckt hatte. Er hatte nur eine Chance. Er musste sie anlügen.

Sam ließ den Kopf hängen. „Also gut. Du hast mich erwischt. Ich bin derjenige, der die Diebstähle bei Carmichael's begangen hat.“

Ihr bestürzter Schrei schnitt ihm tief ins Herz. „Aber Sam! Wie konntest du das nur tun?“

Er dachte an das Notizbuch in seiner Tasche, zog es heraus und reichte es ihr. „Wie es scheint, hintergehst du selbst auch ganz gerne andere Menschen, Edie.“

Sie starrte das Notizbuch an. „Hast du es gelesen?“

Er nickte.

„Ich kann das erklären.“

Er hob eine Hand. „Gib dir keine Mühe. Wie es scheint,

hast du ja von Anfang an recht gehabt. Ich bin ein schlechter Mensch. Verdorben bis aufs Mark."

„Nein", flüsterte sie. „Selbst jetzt kann ich das nicht glauben."

„Solltest du aber", erwiderte er, obwohl ihn die Worte fast umbrachten. „Genauso wie ich mit der Tatsache umgehen muss, dass ich nicht mehr als eine Fallstudie für dich gewesen bin."

„Sam, das stimmt nicht. Bleib bitte fair."

„Du solltest fair bleiben, Edie. Du bist mir gefolgt, hast mich benutzt und ausspioniert. Was soll ich davon halten?"

Ihre Unterlippe bebte. Ach, verdammt!

„Du musst dich stellen, Sam. Geh zu Mr. Trotter. Es gibt keinen anderen Weg."

„Das kann ich nicht."

„Doch, das kannst du. Ich gehe mit. Wir werden das schon durchstehen."

„Wir?"

„Ja. Gemeinsam. Das heißt, wenn du meine Hilfe überhaupt willst."

Er schüttelte den Kopf. „Du kannst es einfach nicht lassen, dich einzumischen, oder, Sweetheart?"

„Ich mische mich nicht ein."

„Du bist so verdammt sexy, wenn du so selbstgerecht daherredest." Er machte einen Schritt auf sie zu. Liebte sie ihn als Mann? Oder war er nur ein Forschungsprojekt für sie? Jemand, den sie ändern konnte? Er nahm sie in die Arme und küsste sie. Zumindest wollte er noch einmal diese herrlichen Lippen kosten, bevor er für immer aus Edies Leben verschwand. Musste ein letztes Mal ihren Duft einatmen. Und zum letzten Mal spüren, wie ihre Brüste sich sanft gegen seinen Oberkörper drückten.

Sie wehrte sich nicht. Einen Moment lang wurde sie ganz

schlaff, dann warf sie die Arme um seinen Hals und erwiderte seinen Kuss.

Ich bin hoffnungslos verloren.

Zum ersten Mal in ihrem Leben begriff sie, was es hieß, süchtig zu sein. Ihre Gefühle spielten verrückt, sie hatte sich nicht mehr unter Kontrolle. Sie war süchtig nach seiner Berührung, nach seinem Lächeln, nach seinen Worten. Sie brauchte ihn genauso verzweifelt wie Blumen Wasser, Sonne und Kohlendioxid brauchen.

Vermutlich war diese Beziehung nicht gut für sie. Sie hatte sich in einen Kriminellen verliebt. Aber konnte es denn falsch sein, ihn zu lieben, wenn es sich so richtig anfühlte?

Sein Kuss ließ sie in lustvoller Qual erbeben. Wie schaffte er es nur, dass sie sich so gut fühlte?

Plötzlich erklangen Stimmen. Sam schreckte zurück.

„Da kommt jemand", sagte sie. „Du wirst die Waren zurückgeben ..."

Bevor sie zu Ende sprechen konnte, verschloss er ihr mit einer Hand den Mund. „Psst, kein Wort."

Du meine Güte. Ihr Atem rasselte wie ein lockerer Rollladen im Wind.

Er packte sie um die Taille und zog sie hinter ein hohes Regal. Dann warf er sich auf den Boden, zog sie mit sich und schützte sie mit seinem Körper.

Sam, bitte tu das nicht, flehte sie still und versuchte, sich aus seinem Griff zu befreien.

Er presste seine Lippen an ihr Ohr. „Bitte, Edie", flüsterte er. „Bitte, bitte, vertrau mir."

Vertrauen. Wie konnte sie einem Dieb vertrauen? Aber sie wollte ihm so gerne glauben. Dabei hatte sie doch schon so viele Frauen beraten, die aus Liebe zu einem Mann alle möglichen Dummheiten begingen. Sie hatte anderen Leuten Ratschläge gegeben, ohne zu wissen, worüber sie eigentlich sprach.

Jetzt wusste sie um die Macht der Liebe. In diesem Augenblick hätte sie Sam alles verziehen. Sie liebte ihn so bedingungslos wie eine Mutter ihr Kind.

Die Stimmen wurden lauter. Zwei Männer erschienen. Edie öffnete die Augen und spähte in den Raum. Sie konnte Hosenbeine und Schuhe sehen. Und sie erkannte eine der Stimmen. Sie gehörte Trotter.

Sam bewegte sich, ließ sie los und rannte geduckt zum anderen Ende des Regals. In der Hand hielt er die Waffe, die sie in seinem Stiefel entdeckt hatte.

Entsetzt betrachtete sie die Pistole. Was sollte sie nun tun?

„Jemand hat die Kiste aufgebrochen!“, verkündete der zweite Mann.

Trotter fluchte. „Los, lad sie auf. Schnell. Der LKW ist da.“

Edie runzelte die Stirn. Was hatte das zu bedeuten? Sam gab ihr ein Zeichen, dass sie auf dem Boden liegen bleiben sollte.

„Ich hatte Ihnen doch gesagt, dass die Polizei einen Undercover-Agenten eingeschmuggelt hat.“

„Klappe!“, rief Trotter. „Das ist die letzte Lieferung. Wir lassen uns nicht erwischen. Ich habe etwas von dem Diebesgut in die Schließfächer der drei Männer aus dem Wohnheim deponiert.“

Mr. Trotter steckte hinter den Diebstählen?

Edie fiel die Kinnlade herunter. Wenn Trotter und sein Komplize für die Diebstähle verantwortlich waren, wer war dann Sam?

Das Tor der Lagerhalle rollte nach oben. Edie sah einen riesigen LKW, der vor der Verladerampe geparkt war.

„Was geht hier vor sich?“, fragte sie flüsternd.

„Pst. Sei still.“

Doch je länger Edie darüber nachdachte, umso zorniger wurde sie. Trotter war für die Diebstähle verantwortlich und wollte sie Kyle, Harry und Joe anhängen. Hitzige Wut stieg in ihr auf, und noch bevor sie lange überlegen konnte, übernahm die Gewohnheit die Führung. Sie konnte nicht zulassen, dass die beiden ungestraft davonkamen.

Edie sprang auf und marschierte in die Halle. Sam versuchte noch, sie am Handgelenk zu fassen, aber es gelang ihm nicht. Sie schoss auf Trotter zu, der auf der Verladerampe stand. Er schien ziemlich überrascht, sie zu sehen.

„Miss Preston", sagte er.

„Sie … Sie … Mistkerl! Wie können Sie es wagen, anderen die Schuld in die Schuhe zu schieben? Und wie können Sie dieses Kaufhaus bestehlen? Das ist nicht zu entschuldigen!" Sie drohte ihm mit dem Zeigefinger.

Trotter starrte sie an, dann klappte er den Mund zu. Er kniff die Augen zusammen und packte Edies Hand.

„Diese kleine Rede werden Sie noch bereuen, meine Liebe", meinte er und drückte ihr den kalten Lauf einer Pistole an die Schläfe. „Und jetzt rein in den LKW."

11. KAPITEL

Zum Teufel mit ihrer süßen, herrlichen Impulsivität. Eigentlich hatte er Trotter und Fredie folgen wollen, um herauszufinden, wo sie die gestohlene Ware hinbrachten. Doch jetzt hatten sie seine Frau in ihrer Gewalt, und er würde eher sterben als zulassen, dass sie mit ihr das Firmengelände verließen.

Allerdings hielt Trotter ihr eine Pistole an die Schläfe. Sams Magen krampfte sich zusammen. Er stand auf und schlich hinter dem Regal hervor und an den Kisten vorbei. Mit beiden Händen hielt er die Pistole umklammert „Polizei. Lassen Sie sie gehen, Trotter. Das hier ist es nicht wert zu sterben."

„Polizei?" Edies Stimme hallte durch das Gebäude. „Du bist ein Cop?"

Ihre Blicke trafen sich. Sie grinste wie ein Kind in einer Schokoladenfabrik.

Trotter starrte Sam an und fluchte laut. Fredie the Fish warf noch immer elektronische Geräte in die Holzkiste. Er hielt inne und blinzelte ungläubig. „Der Weihnachtsmann?"

„Tut mir leid, Fredie. Ich schätze, dieses Jahr wirst du unter dem Weihnachtsbaum keine Geschenke finden. Hände hoch!"

Sam richtete die Pistole auf Fredie, der ihn weiterhin anstarrte, als könne er nicht fassen, dass er ausgerechnet vom Weihnachtsmann verhaftet werden sollte. Sam ging zu ihm, nahm ihm die Waffe ab und befahl ihm, sich auf den Boden zu werfen. Dann legte er ihm Handschellen an und richtete die Waffe wieder auf Trotter.

Trotter blieb mit Edie in seinen Armen auf der Laderampe stehen.

Doch diese Frau hatte nicht die Geistesgegenwart, Angst zu verspüren. Stattdessen hielt sie ihm weiterhin eine Moralpredigt. Sam hätte beinahe gelächelt.

„Sie sollten sich was schämen“, schimpfte sie. „Hat ihre Mutter Ihnen nicht beigebracht, dass man nicht auf andere Menschen zeigt?“

„Meine Mutter ist tot“, entgegnete Trotter.

„Oh, das tut mir leid.“

Trotter zuckte mit den Schultern. „So ist das Leben.“

„Nun, denken Sie mal einen Moment lang nach. Was wird Ihre Frau wohl dazu sagen?“

„Die hat mich verlassen. Ist mit einem Versicherungsvertreter durchgebrannt. Ich habe für ihren Geschmack nicht genug Geld verdient“, meinte Trotter bitter.

Sam betrachtete Edies Gesicht. Er konnte direkt sehen, wie sich die Zahnräder in ihrem Kopf drehten. Was hatte sie vor?

„Ein Mann von Ihrem Ansehen.“ Edie schüttelte den Kopf, als ob sie keine Pistole an der Schläfe hätte. „Warum tun Sie das?“

Auf dem Boden liegend, brummte Fredie the Fish: „Irgendwie muss er ja seine Spielschulden bezahlen. Er schuldet meinem Boss zweihundert Riesen.“

„Eine Schande!“, schimpfte Edie. Sam betete, dass Trotter sie nicht erschoss, nur damit sie endlich den Mund hielt. „Und ich hatte immer so viel Respekt vor Ihnen.“

Trotter blinzelte. „Ehrlich?“

„Ja, das war allerdings, bevor ich von dem hier erfahren habe. Wie wollen Sie jemals wieder mein Vertrauen zurückgewinnen?“

Dieses Mädchen war völlig durchgeknallt. Das hatte er ja schon in der ersten Sekunde vermutet, als sie ihn daran hindern wollte, das flohverseuchte Kostüm auszuziehen. Die meisten Frauen in ihrer Situation würden heulen, ohnmächtig werden oder erstarren. Das wären völlig normale Reaktionen gewesen.

Aber Edie Preston war zweifellos nicht normal. Nicht im

Geringsten. Genau das war es ja, was er so an ihr mochte.

„Nun?", hakte Edie nach. „Wie wollen Sie das machen?"

Trotter schien verwirrt zu sein, und das nutzte Sam aus, um näherzukommen.

„Wie meinen Sie das?", fragte Trotter; Schweißperlen glänzten auf seiner breiten Stirn. „Da gibt es nichts zurückzugewinnen. Ich werde Sie und Santa Claus töten, die Geräte aufladen und mit dem LKW davonfahren."

„Hey", protestierte Fredie. „Und was ist mit mir?"

„Du hast mich mit den Hehlern in Kontakt gebracht. Damit hast du deinen Zweck erfüllt", erklärte Trotter. „Vielleicht erschieße ich dich ja auch und drück dir dann die Pistole in die Hand, damit es so aussieht, als ob du die beiden und dann dich selbst umgebracht hättest. Wegen deines schlechten Gewissens." Trotter schwieg einen Moment, um über seine Idee nachzudenken. „Ja, das könnte funktionieren. Schließlich habe ich wirklich einen guten Ruf. Wer würde schon glauben, dass ausgerechnet ich diese Diebstähle begangen habe?"

„Das läuft nicht, Trotter. Lassen Sie die Waffe sinken und Edie gehen!", rief Sam mit fester Stimme.

„Sie sind nicht gerade in der Lage, Befehle zu erteilen, Stevenson."

Sam starrte Edie an, blickte ihr tief in die Augen. Schweigend schickte er ihr eine Botschaft und betete, dass Telepathie in diesem Fall funktionierte. *Bück dich, renn weg, zieh den Kopf ein, egal was, damit ich auf ihn zielen kann.*

Sie schien kein bisschen verängstigt. Sie nickte unmerklich. Hatte sie verstanden, was er meinte?

„Das reicht mir hier allmählich, Mr. Trotter." Ihre Stimme war gefasst. Dann trat sie ihm mit dem Absatz fest auf den Fuß und rammte ihm gleichzeitig den Ellbogen in den Bauch.

„Oooh." Trotter ließ sie los.

Lauf, Edie, lauf!

Doch statt davonzurennen, drehte Edie sich zu Trotter um, packte die Hand, in der er die Waffe hielt, und biss kräftig hinein.

„Autsch!", kreischte er.

Die Pistole knallte auf den Zementboden.

„Geschieht Ihnen recht", murmelte Fredie the Fish von seinem tief gelegenen Aussichtspunkt aus.

Sam verlor keine Zeit. Mit zwei großen Schritten war er bei Trotter, packte ihn am Kragen und presste ihm die Pistole an die Wange. Sollte er ruhig einen Geschmack davon bekommen, was er Edie angetan hatte.

Er war furchtbar stolz auf sie. „Bist du in Ordnung?", fragte er.

„Ja!" Sie simulierte ein paar Boxschläge in Trotters Richtung, wobei sie von einem Bein aufs andere hüpfte. „Man sollte sich eben nicht mit dem Weihnachtsmann anlegen, Sie großer blöder Mistkerl."

Diese Frau war einfach zu viel. Sam grinste. „Es war ein großer Fehler, ausgerechnet sie als Geisel zu nehmen, Trotter."

„Was Sie nicht sagen." Trotter blickte finster. „Ich hätte Sie beide rausschmeißen sollen, als ich noch konnte."

„Edie!", rief Sam. „Hol das Handy aus meiner Hosentasche. Wähl die 911. Sie sollen dich mit Chief Alfred Timmons verbinden. Sag ihm, dass der Weihnachtsmann für ihn eine Überraschung in *Carmichael's Warehouse* hat."

Sam ist ein Polizist, Sam ist ein Polizist, sang Edie immer wieder grinsend vor sich hin. Sie hätte wissen müssen, dass ihr Instinkt sie nicht im Stich ließ. Es war kein Fehler gewesen, sich in Sam zu verlieben.

Seit über drei Stunden saß sie wartend auf einer Bank in dem betriebsamen Polizeirevier. Sie hatte bereits ihre Aussage gemacht und wartete auf Sam. Sie hatten eine Menge zu besprechen. Zum Beispiel wie es jetzt weitergehen sollte. Sie war ungeheuer aufgeregt und versuchte mit aller Macht, ihrer Nervosität Herr zu werden.

Als Sam schließlich ohne Weihnachtsmannkostüm vor ihr stand, das schwarze Haar zurückgekämmt, ein Pistolenhalfter um die Taille, eine Dienstmarke an der Brust, setzte Edies Herz einen Schlag lang aus.

Er sah so gut aus. So stark. So männlich. Er unterhielt sich mit einem Kollegen und hatte sie noch nicht entdeckt. Sie schluckte und hielt die Luft an. Aus ihrer Nervosität wurde blanke Angst. Eine Million Fragen kreisten in ihrem Kopf. Was war, wenn er sie gar nicht wollte? Was, wenn sie alles zwischen ihnen kaputtgemacht hatte?

Sie schob die Furcht zur Seite. Edie würde nicht einfach herumsitzen und sich wundern. Was auch immer geschehen mochte, sie würde den Stier bei den Hörnern packen und Antworten verlangen.

Er verabschiedete sich und lief durch den Raum. Telefone klingelten, Computertastaturen klackten, Stimmen murmelten, aber Edie hörte nichts außer dem stetigen Hämmern ihres Herzens.

Sie erhob sich und ging auf ihn zu.

„Sam."

„Edie." Er blieb stehen.

Ängstlich musterte sie sein Gesicht.

„Du bist noch da."

„Ja."

„Ich dachte, du wärst schon längst nach Hause gegangen." Er lächelte matt. Das war doch ein gutes Zeichen. Nicht wahr?

„Ich wollte mit dir sprechen."

„Das ist gut. Ich muss nämlich auch mit dir sprechen."

„Ja?"

Sein Gesicht wurde ernst. „Hast du eigentlich eine Ahnung, wie idiotisch du dich heute benommen hast?“ Er schüttelte den Kopf. „Ich kann es immer noch nicht fassen, dass du einfach zu Trotter marschiert bist, um ihm eine Strafpredigt zu halten.“

„Das hatte er verdient.“

„Edie, er ist ein gefährlicher Mann, und er hatte eine Waffe. Hast du denn keine Sekunde lang an so was gedacht?“

„Ich konnte nur an eines denken“, erwiderte sie.

„Und an was?“

„Dass er die Schuld auf die anderen Männer schieben wollte. Irgendjemand musste ihn zur Rechenschaft ziehen. Und ich konnte nicht einfach herumsitzen und nichts tun.“

„Hast du wenigstens irgendetwas daraus gelernt?“

„Was meinst du?“

„Dass man sich nicht einfach einmischt, wenn man gar nicht weiß, worum es geht.“

„Nun, da du es erwähnst“, gestand sie. „Ehrlich gesagt, hatte ich ziemliche Angst.“

Ein Lächeln erhellte sein Gesicht. „Was du nicht sagst. Und dabei hast du eiskalt gewirkt. Du hast Trotter ganz schön aus dem Konzept gebracht. Bei seiner Befragung verkündete er immer wieder: ‚Dieses Mädchen hat nicht aufgehört, mich auszuschimpfen.‘“

„Echt?“

„Du stellst hohe Ansprüche an Menschen, Edie.“

Sie sah genau, dass seine Augen funkelten. Das war ein gutes Zeichen.

„Soll ich dich nach Hause fahren?“ Er legte den Kopf schief.

„Ich dachte schon, du fragst nie.“

„Hier entlang.“ Er legte eine Hand auf ihren Rücken und dirigierte sie durch die Tür in die Nacht.

Edie kaute auf ihrer Lippe. Zu allem Überfluss trug sie noch das Elfenkostüm mit den verflixten klimpernden Glöckchen.

Bitte, dachte sie, lass mich einfach diese Heimfahrt überstehen. Und die richtigen Worte finden, um ihm zu sagen, was ich für ihn empfinde.

Auf dem Parkplatz angekommen, blieb er stehen und nahm ihre Hand.

„Hör mal, Edie, du sollst wissen, dass ich in den letzten Wochen viel Spaß als Weihnachtsmann hatte."

Oh nein. Jetzt kommt es. Du bist ein tolles Mädchen, aber …

„Ich auch", flüsterte sie und schaute ihn forschend an.

„Du bist ein tolles Mädchen."

Ihr Magen zog sich zusammen. Ihre Hände zitterten. Tränen sammelten sich in ihren Augen. So viel zum Thema „mal was riskieren".

„Du bist ein wunderbarer Mann." Sie blinzelte, versuchte, die Tränen zu unterdrücken.

„Ich weiß, dass ich nicht gut genug für dich bin. Ich bin auf der Straße aufgewachsen. Wenn meine Tante Polly nicht gewesen wäre …" Er schüttelte den Kopf. „Nun, das ist ein anderes Thema. Ich bin Polizist. Du bist so unschuldig und rein. Ich habe Angst …" Er hielt inne.

„Wovor hast du Angst?"

Er holte tief Luft. Schimmerten da etwa Tränen in seinen Augen? Ihr Herz setzte einen Schlag aus.

„Wenn wir es miteinander versuchen, dann befürchte ich, dass ich genau das kaputt mache, was ich am meisten an dir liebe."

Was er am meisten an ihr liebte? Ihr Puls begann zu rasen.

„Deinen festen Glauben an das Gute im Menschen."

Eine Strähne war ihm in die Stirn gefallen. Sie stellte sich auf die Zehenspitzen und strich sie zurück.

„Pst", sagte sie. „Sei nicht dumm. Wir passen perfekt zusammen. Ich brauche deinen eiskalten Realitätssinn genauso, wie du meinen blödsinnigen Optimismus brauchst. Du hast mir so viel übers Leben beigebracht, Sam Stevenson, und das in kürzester Zeit."

„Geht mir genauso." Seine Stimme klang schroff.

„Viele Jahre lang war ich für jeden nur die gute Freundin. Männer haben gar nicht erst versucht, mich anzumachen. Nicht mal Bauarbeiter haben mir hinterhergepfiffen. Aber bei dir habe ich das Gefühl, eine echte Frau zu sein. Lebendig und sexy. Durch dich habe ich den Mut aufgebracht, mal was zu riskieren, das wirkliche Leben zu erfahren. Ich kann dir gar nicht sagen, wie gut sich das anfühlt."

„Wirklich?"

Sie nickte.

Und da errötete er tatsächlich. Dieser große, toughe Polizist war nicht in der Lage, ein Kompliment anzunehmen. „Nun, ich muss gestehen, durch dich fühle ich mich auch ziemlich sexy. Und ich hätte niemals geglaubt, dass ich mich in dich verlieben würde."

Ihr Hals war wie zugeschnürt. „Du hast dich in mich verliebt?"

„Verdammt, ja", antwortete er heiser. „Warum sonst, glaubst du, habe ich versucht, die Sache zwischen uns zu beenden?"

„Das tust du also, wenn du dich verliebt hast? Wegrennen?"

„Ich habe Angst, dass ich deine Erwartungen nicht erfüllen kann. Und dass du mich verurteilst. Tante Polly hat immer so viel von mir erwartet. Und meine letzte Freundin auch. Ich kann dir nicht mehr bieten als das, was ich bin, Edie. Nimm mich, mit all meinen Fehlern und Schwächen." Er streckte ihr die Arme entgegen.

Sie wusste, dass es ihm nicht leicht fiel, sich so zu offenbaren.

„Und wenn ich Ja sage?“

„Dann nehme ich dich jetzt sofort mit nach Hause.“

„Ja“, sagte sie. „Ja, ja und tausend Mal ja.“

Edie kletterte neben ihn in die Corvette und schnallte sich an. Er fuhr zu seinem Haus in dieser merkwürdigen Gegend. Ich würde gerne hier leben, dachte sie plötzlich, in diesem Schmelztiegel verschiedenster Kulturen. Sam fuhr die Auffahrt hinauf, stieg aus, rannte ums Auto und half ihr hinaus.

Dann schob er sie die Treppen hinauf durch die Tür. Sie waren beide ganz außer Atem. Er drückte sie aufs Sofa und stellte die Stereoanlage an.

„*Walking In A Winter Wonderland*“, tönte aus den Lautsprechern.

Er setzte sich und zog sie auf seinen Schoß. „Weihnachten wird immer eine ganz besondere Zeit für uns sein“, flüsterte er, sein warmer Atem streifte ihre Haut. „Wir werden nie ein Weihnachtslied hören können, ohne uns an diesen Augenblick zu erinnern“, fuhr er fort.

„Oder einen Mistelzweig sehen, ohne daran zu denken, wie du mich zum ersten Mal geküsst hast.“

„Du meinst so?“ Er küsste sie ganz sanft.

„Eher so.“ Edie ließ ihre Zunge leidenschaftlich kreisen.

„Wow!“ Ein paar Minuten später lehnte er sich zurück. „Wenn du mal beschlossen hast, was zu riskieren, dann riskierst du echt was!“

„Ich hatte einen großartigen Lehrer.“ Sie grinste.

„Ich liebe es, wie du lächelst“, meinte er.

„Ich liebe es, wie du riechst.“ Sie vergrub ihre Nase in seiner Halsbeuge. „Nach Kiefernzapfen und Pfefferminze und Lebkuchen.“

Er umfasste ihr Kinn und drehte ihr Gesicht, bis sich ihre

Blicke trafen. „Und ich liebe dich, Edie Preston, von ganzem Herzen."

„Ich liebe dich auch, Sam", flüsterte sie. „Mehr, als du jemals ahnen wirst."

Er nahm Edie auf die Arme und stand auf. Ihr Kichern hallte durch den Raum. „Wohin gehen wir?", fragte sie.

„Ins Schlafzimmer."

„Aha."

„Irgendwelche Einwände?"

„Nein. Keine. Aber ich habe eine Bitte."

„Und welche?"

„Hast du noch dein Weihnachtsmannkostüm?", wisperte sie. „Ich hatte nämlich immer so eine kleine, wilde Fantasie …"

– ENDE –

Liz Fielding

Tierisch verliebt!

Roman

Aus dem Amerikanischen von
Linda Cadenberg

MIRA®

1. KAPITEL

„Was für einen Job suchen Sie denn, Miss Harrington?"

„Nennen Sie mich bitte Sophie. Peter tut das auch."

Wo war Peter eigentlich, wenn man ihn brauchte? Seit fünf Jahren stellte ich seiner Arbeitsvermittlung nun mein ungenutztes Potenzial zur Verfügung – immer wieder, wenn ich mich langweilte, oder wenn ein Arbeitgeber entschied, ich wäre nicht das, wonach er gesucht hätte und solle doch woanders meinen Horizont erweitern. Vorzugsweise so weit weg wie möglich. Oder wenn er glaubte, ich sei genau, was er gesucht hätte, aber die Bedeutung des Wörtchens „Nein" nicht verstand …

Dieses Mal war mir schnell klar geworden, dass es mit meinem aktuellen Arbeitgeber nicht klappen würde. Also kündigte ich selbst, obwohl ich es mir gerade gar nicht leisten konnte, arbeitslos zu sein. Als ich mich jetzt mit dem Drachen auf der anderen Seite des Schreibtisches konfrontiert sah, fragte ich mich, ob ich vielleicht etwas übereilt gehandelt hatte.

„Irgendeinen", sagte ich und gab meine sinnlosen Bemühungen auf, sie in ein normales Gespräch zu verwickeln. „Ich bin nicht wählerisch, solange es nichts mit langweiligen Tipparbeiten oder Computern zu tun hat. Von Computern habe ich erst einmal die Nase voll."

Ich fasste mir zur Unterstützung meiner Aussage an die Nase. Dann lächelte ich. Sie sollte ja nicht glauben, ich wäre eine schwierige Kandidatin – abgesehen von der Sache mit den Computern. Ich konnte es mir wirklich nicht leisten, schwierig zu sein.

Aber das hätte ich mir sparen können. Die Frau verzog keine Miene. „Das ist schade. Ihre Erfahrung bei Mallory's scheint mir Ihr bestes Kapital zu sein. Was für ein Zeugnis würden sie

Ihnen denn ausstellen?"

Gute Frage. Mein Vorstellungsgespräch hatte darin bestanden, auf einer Party mit einem Computermenschen zu flirten, der auf der Suche nach einer Sekretärin war. Ich war zwar keine Sekretärin, und das sagte ich ihm auch, aber ich würde ganz bestimmt mein Bestes geben. Nett wie er war, gab er mir eine Chance. Endlich jemand, der schick lackierte Fingernägel zu würdigen wusste!

Dummerweise waren perfekt lackierte Fingernägel und ein koketter Augenaufschlag nicht wirklich hilfreich, wenn man gerade eben mit zwei Fingern tippen konnte. Da nützte auch mein wunderbarer Kaffee nichts – vor allem nicht, wenn man über den Flirt hinaus keine Ambitionen hatte.

Wenn ich ehrlich bin, hatte ich den Job sowieso nur so lange, weil sein Chef, Richard Mallory, kurz davor war, meine beste Freundin zu heiraten. Ich hatte die beiden äußerst clever verkuppelt, und Rich hatte es einfach nicht über sich gebracht, mich zu feuern. Deshalb wollte ich meine Kündigung auch geheim halten, bis die beiden in den Flitterwochen waren.

Irgendwie hatte er es aber doch herausgefunden, deshalb ging ich ihm bis eine Woche vor der Hochzeit aus dem Weg. Nun brauchte ich aber einen Job, und zwar ziemlich dringend. Allerdings nicht dringend genug, um den zukünftigen Ehemann meiner Freundin in Verlegenheit zu bringen. Und aus genau diesem Grund würde ich ihn auch nicht nach einem Zeugnis fragen.

„Jobs, in denen meine Kommunikationsfähigkeiten gefragt sind, liegen mir besser", gab ich zu und umging so die Antwort. „Ich habe schon als Empfangsdame gearbeitet", bot ich an und deutete auf die dicke Akte, die vor ihr auf dem Tisch lag. Dort stand alles drin. Jeder Job, den ich jemals gemacht hatte.

„In einem Empfangsbereich, wo Sie keinen Computer benutzen mussten“, antwortete sie völlig unbeeindruckt.

„Davon gibt es heute leider nicht mehr viele“, sagte ich und setzte noch ein Lächeln auf. Im Angesicht ihrer völligen Ausdruckslosigkeit war das nicht gerade einfach. Das Ganze wäre so viel leichter gewesen, hätte ich mit einem Mann sprechen können. Männer – einfach gestrickt, wie sie nun mal sind – sahen mich einmal an und vergaßen doofe Computer oder Tippkünste. Aber ich war ja nicht sexistisch. Ich würde mit ihr zusammenarbeiten, wenn sie mir nur eine Chance gäbe. Wirklich! „Ich habe auch einmal in einer Kunstgalerie gearbeitet. Das hat mir wirklich gut gefallen.“

Na ja, bis der Galeriebesitzer in der Küche zudringlich wurde und ich mich entscheiden musste. Entweder ich wäre arbeitslos, oder ich müsste meine „Arbeit“ mit nach Hause nehmen. Das Ganze war ein echter Schock gewesen. Er hatte eine Vorliebe für Samthosen und Westen aus Satin und ich hatte mich zuerst völlig sicher gefühlt …

„Dort lernt man sicher viele reiche Kunstsammler kennen. Wir betreiben hier keine Partnervermittlung, Miss Harrington.“

Wenn sie nur wüsste, wie unrecht sie hatte.

„Ich brauche auch keine Partnervermittlung“, sagte ich etwas schärfer, als es unter den Umständen angebracht war. Langsam aber sicher hatte ich wirklich genug von ihr.

Einen Mann zu finden war kein Problem. Ich hatte eher Probleme, ihnen klarzumachen, dass es nicht meine Aufgabe war, all ihre Träume zu erfüllen. Mit denjenigen, die das begriffen, blieb ich befreundet; die anderen sind Geschichte. Verabredungen konnte ich mir selbst suchen. Was ich brauchte, war Arbeit, und zwar jetzt!

„Ich mache das meistens mit Peter aus“, sagte ich und bot ihr damit einen Ausweg an. „Ist er da? Er kennt mich schon und weiß genau, was ich kann.“

So, wie sie mich ansah, wusste sie das auch, und zwar nur allzu gut. „Peter ist im Urlaub. Wenn Sie die Sache mit ihm regeln wollen, müssen Sie nächsten Monat wiederkommen. Ich glaube aber nicht, dass er Ihnen helfen kann. Firmen suchen heutzutage nach fähigen Mitarbeitern, nicht nach schmückendem Beiwerk." Die Frau wies auf meine Akte. „Sie haben eine Menge Stellen gehabt, Miss Harrington, aber Sie sind eigentlich für nichts wirklich *qualifiziert.* Haben Sie sich eigentlich jemals Gedanken über Ihre Karriere gemacht?"

„Gedanken über meine Karriere …?"

Meine Güte, hielt mich diese Frau denn für völlig bescheuert? Natürlich hatte ich mir Gedanken gemacht. Mein Karriereplan beinhaltete große Mengen weißer Spitze, zwei Ringe und ein riesiges Partyzelt im Garten meiner Eltern. Auf diesen Augenblick hatte ich hingearbeitet, seit ich zum ersten Mal Perry Fotheringay in seinen hautengen Reithosen auf einer Wohltätigkeitsveranstaltung meiner Mutter gesehen hatte.

Ich wollte mich an meinem 19. Geburtstag verloben und am 20. heiraten. Ich wollte vier Kinder haben, ein Kindermädchen, preisgekrönte Irish Setter züchten und bis ans Ende meines Lebens glücklich auf meinem kleinen Landsitz in Berkshire leben.

Unglücklicherweise hatte Peregrine Charles Fotheringay, der fantastisch aussehende Erbe besagten Landsitzes, andere Pläne. Ohne mich. Oder zumindest, was weiße Spitze, Ringe und Partyzelte betraf.

Obwohl sich dieser Traum in Luft aufgelöst hatte, brachte ich es nicht übers Herz, noch einmal von vorn anzufangen – was vermutlich daran lag, dass ich kein Herz mehr hatte. Es lag irgendwo in Perrys Trophäenschrank und verstaubte langsam.

Als er mir gesagt hatte, dass er mich liebte, machte ich den Fehler, zu glauben, er würde mich heiraten. Ein noch viel größerer Fehler war es gewesen, mich Hals über Kopf und mit allem, was ich hatte, in ihn zu verlieben. Viel zu spät merkte ich, dass Männer wie er nicht aus Liebe heirateten, sondern nur, wenn sie sich einen Vorteil davon erhofften. Nachdem er meine Dummheit – zugegebenermaßen mit meiner Zustimmung – hinreichend ausgenutzt hatte, heiratete er eine reiche Erbin, deren Vermögen groß genug war, seinen Landsitz zu unterhalten. Nebenbei sprang noch ein nettes Leben mit allen Annehmlichkeiten für ihn selbst dabei heraus. Wie der Vater, so der Sohn.

Nachdem ich Perry mit der Heiratsanzeige in der Times konfrontiert hatte, sagte er bloß, so würde es halt funktionieren. Völlig schamlos erklärte er mir, Fotheringay-Männer würden nicht für ihr Geld arbeiten, sondern es heiraten.

Hier saß ich nun also und verbrachte meinen 25. Geburtstag in einer Arbeitsvermittlung, anstatt eine fröhliche, spontane Party mit meinen Freunden zu organisieren. Ich brachte es einfach nicht über mich. Was hatte ich schon zu feiern? Meine Güte, ich war 25 Jahre alt – ein Vierteljahrhundert! Schlimmer noch, mein Vater hatte den monatlichen Auszahlungen aus dem Fonds, den meine Großmutter für mich eingerichtet hatte, ein Ende gesetzt, damit ich mir endlich eine richtige Arbeit suchte. Ich sollte auf eigenen Füßen stehen.

Das war wohl meine Strafe für eine kleine Notlüge.

Vor drei Monaten hatte ich bei meinem erfolgreichen Versuch, meine schüchterne Freundin mit einem äußerst wohlhabenden Playboy zu verkuppeln, eine kleine Geschichte erzählt. Ich müsste unbedingt meinen Job behalten, weil mein Dad damit drohte, meinen Unterhalt zu streichen. Das tat er zwar mit schöner Regelmäßigkeit, aber es war immer nur ein Bluff. Hätte ich bloß meine Klappe gehalten!

Nun war es tatsächlich so weit gekommen.

Er wolle nur mein Bestes, versicherte er mir.

Ja, klar.

Ich war zwar nicht so clever wie meine Schwester Kate, aber dumm war ich auch nicht. Ich wusste genau, was er dachte. Wenn mir erst einmal das Geld ausginge, würde ich reumütig nach Hause zurückgekrochen kommen und ihm den Haushalt führen. Eine höchst unattraktive Aussicht mit allen Nachteilen einer Ehe ohne einen der Vorteile – was vermutlich einer der Gründe war, warum meine Mutter mit dem erstbesten Mann abgehauen war, der ihr seit ihrer Hochzeit schöne Augen gemacht hatte.

„Nun?"

Miss Frostig wurde ungeduldig.

„Na ja, einen richtigen Karriereplan habe ich eigentlich nicht", sagte ich. „Ich war nicht gerade eine herausragende Schülerin. Meine Mutter würde sagen, meine Stärken lägen eher im häuslichen Bereich ..."

„Im häuslichen Bereich?" Sie lächelte zwar nicht, blickte aber doch beträchtlich freundlicher drein. „Und was sind das für Stärken?"

„Also ... Sie wissen schon, Blumen arrangieren – etwas in der Richtung. Aus einem Arm voller Weidenröschen und Wiesenkerbel kann ich wahre Wunderwerke zaubern."

„Ich verstehe." Schweigen. „Und haben Sie zufällig irgendein Zertifikat?", fragte sie. „Etwas, mit dem wir bei einem möglichen Arbeitgeber Ihre Fähigkeiten belegen könnten?"

Natürlich nicht. „Aber die Damen der Lady's Home Union waren sehr beeindruckt, als ich beim Blumenfestival der Kirche kurzfristig für meine Mutter einsprang." Gut, sie waren höflich gewesen. Keine von ihnen ließ in meiner Gegenwart das Wort „Unkraut" fallen. In Anbetracht der Tatsache, dass sie nur die schönsten Blüten aus dem Garten meiner Mutter erwartet hatten, war das ziemlich nett gewesen.

Kurz vor dem Ereignis hatte meine Mutter beschlossen,

sie hätte genug von Tweed, Hunden und Wohltätigkeitsveranstaltungen und hatte sich mit einem muskulösen Golflehrer nach Südafrika abgesetzt. Mein Vater fuhr daraufhin mit einem Traktor durch ihre preisgekrönten Rosen. Nachdem also dort nichts mehr übrig war, nahm er sich als Nächstes ihren Kräutergarten vor.

Weidenröschen und Wiesenkerbel waren demzufolge das Einzige, was ich danach kurzfristig in größeren Mengen finden konnte.

„Noch etwas?"

„Was? Oh ..." Es reichte mir. Nur weil ich keine 10.000 Wörter in der Minute tippen oder etwas anderes außer E-Mails von meinem Laptop aus versenden konnte, hieß das nicht, dass ich nutzlos war.

Oder doch?

Nein. Natürlich nicht. Ich konnte alles Mögliche tun. Und plötzlich hatte ich eine Eingebung. „Ich kann sehr gut organisieren."

Ich konnte zum Beispiel tolle Partys organisieren. Das war nicht einfach. Ein Blick auf das Gesicht von Miss Frostig warnte mich jedoch, dass mich Partyorganisationsfähigkeiten auf dem Arbeitsmarkt nicht weiterbringen würden.

Nun, es gab ja noch andere Möglichkeiten.

„Ich kann Wohltätigkeitsveranstaltungen organisieren, zum Beispiel für die Pfadfinderinnen oder den Kricketklub." Also, theoretisch zumindest. Ich hatte so etwas zwar noch nie allein gemacht, aber im Gegensatz zu meiner lieben Schwester, die ja zu sehr mit ihrem Studium beschäftigt war, hatte ich unserer Mutter gern dabei geholfen. Das war auf alle Fälle lustiger, als für langweilige Prüfungen zu lernen. Außerdem hatte ich sowieso keine Ambitionen, zur Universität zu gehen. Ich wollte in die Fußstapfen meiner Mutter treten – Landadel heiraten und mich den Rest meines Lebens den gesellschaftlichen Verpflichtungen widmen.

Kate hatte natürlich nie Schwierigkeiten, einen Job zu finden oder ihn zu behalten. Und nun war sie auch noch mit einem umwerfenden Rechtsanwalt verheiratet, der sie vergötterte.

„Ich kann ganz kurzfristig jede Menge Törtchen und Sandwiches machen.“ Das hatte ich allerdings nicht mehr gemacht, seit ich mit 18 von zu Hause geflohen war. Ich hatte damals keinerlei Bedürfnis gehabt, Perry mit seinem neuen Ferrari, einem Hochzeitsgeschenk seiner Braut, zu begegnen.

„Und ich kann Klavier spielen. Außerdem weiß ich, wie man jede Persönlichkeit korrekt anredet, vom Erzbischof bis zum Duke.“

„Dann scheint es mir, als hätten Sie Ihre Berufung verfehlt“, sagte sie und schnitt mir das Wort ab, bevor ich mich endgültig blamieren konnte. Vielleicht auch nicht. So, wie sie mich ansah, war es dafür längst zu spät. „Sie hätten einen kleinen Landadeligen heiraten sollen.“

Ich musste lachen. Zu spät ging mir auf, dass das nicht als Witz gemeint war.

Mir wurde klar, dass diese Frau keinerlei Sinn für Humor hatte. Sie glaubte, ich sei eine völlige Verschwendung von Atemluft, ein verwöhntes Prinzesschen, das es wagte, ihre kostbare Zeit in Anspruch zu nehmen, und dabei auch noch ernst genommen werden wollte.

Darüber hinaus wurde mir klar, dass sie vielleicht recht hatte. Vielleicht war es an der Zeit, einmal einen gründlichen Blick auf mein Leben zu werfen. Sobald ich einen Job hatte.

„Schauen Sie, ich brauche keinen Job, bei dem ich ein Vermögen verdiene“, sagte ich. „Es muss nur ausreichen, um meine Rechnungen zu bezahlen.“ Und um hin und wieder einen neuen Lippenstift zu kaufen. Für Kleingeld wollte ich aber auch nicht arbeiten. Dank Tante Cora, die es vorzog, in ihrer Villa im warmen Südfrankreich anstatt in ihrem Apartment in London zu leben, hatte ich keine Mietkosten.

„Ich verstehe. Da Ihre Fähigkeiten offensichtlich eher im Haushaltsbereich liegen, können wir daraus vielleicht Kapital schlagen. Wir haben gerade keine Nachfragen nach freiberuflichen Blumenbinderinnen, aber wie sieht es mit Putzen aus?"

„Putzen? Was putzen?"

„Alles, was andere Leute gegen Geld geputzt haben wollen, anstatt es selbst zu machen. Herde fallen mir da ein, aber Küchenböden und Badezimmer sind auch sehr beliebt."

„In dieser Richtung habe ich wenig Erfahrung", gab ich zu.

Tante Coras Apartment beinhaltete eine Putzfrau, die dreimal pro Woche kam und alle Arbeiten verrichtete, bei denen man Gummihandschuhe benötigte. Sie wurde pro Stunde bezahlt, aber ich plante, das alte Zimmer meiner Schwester zu vermieten, um sie zu finanzieren – und um andere Unterhaltskosten zu bezahlen. Sobald es frei wurde. Nachdem Kate ausgezogen war, hatte Tante Cora das Zimmer nämlich einigen sehr guten Freunden zur Verfügung gestellt, die „ein Zimmer in London brauchten, bis sie ihre eigene Bleibe gefunden hatten".

„Nun, das ist schade. Wir haben immer Arbeit für jemanden, der mit einer Scheuerbürste umgehen kann." Miss Frostig stand auf, um mir zu signalisieren, dass das Gespräch beendet war. Nur um es mir noch einmal richtig zu zeigen, fügte sie hinzu: „Sollten wir eine Anfrage nach Ihren speziellen Talenten bekommen, werden wir uns bei Ihnen melden."

Sie sagte das so, als würde eher die Hölle zufrieren. Okay, damit konnte ich leben. Was mich wirklich ärgerte, war ihr kaum verhohlenes Grinsen.

„Ich sagte, ich hätte keine Erfahrung. Ich sagte nicht, dass ich nicht bereit wäre, es zu versuchen."

In dem Augenblick, wo ich mich selbst die Worte aussprechen hörte, wusste ich, dass ich es noch bereuen würde. Wenigstens hatte ich die Befriedigung, ihr damit das überlegene Grinsen aus dem Gesicht zu fegen. Hoffentlich würde ich mich daran auch noch erinnern, wenn ich kopfüber in irgendeinem fettigen Backofen steckte.

„Das ist eine sehr löbliche Einstellung", sagte Miss Frostig und lächelte. Es war ein süffisantes kleines Lächeln. Ich hatte das Gefühl, als könne sie es gar nicht abwarten, den niedrigsten, dreckigsten Putzjob für mich herauszusuchen. „Ich habe ja Ihre Telefonnummer. Sie können schon sehr bald mit meinem Anruf rechnen."

„Toll", sagte ich und sah ihr direkt in die Augen.

Alles würde gut werden, redete ich mir ein, als ich ganz automatisch ein Taxi heranwinkte. Dann überlegte ich es mir anders und überließ es einem anderen.

In einer oder zwei Wochen wäre Peter wieder da und würde einen ordentlichen Job für mich finden. Dann würde mein Leben wieder normal werden, mehr oder weniger. Bis dahin hätten sich aber meine Ausgaben verdoppelt, und meine Einnahmen hatten sich gerade in Wohlgefallen aufgelöst.

Es würde also nicht schaden, lieber den Bus zu nehmen.

Es würde auch nicht schaden, eine Zeitung zu kaufen und selbst auf Stellensuche zu gehen. Die einzige Ausrede, die ich hätte, um den widerwärtigen Job abzulehnen, den Miss Frostig mir zweifellos anbieten würde, wäre eine andere Stelle.

Die Vorstellung, ihr dies mitzuteilen, munterte mich wieder auf. Es war ja nicht so, als wäre ich unvermittelbar oder faul. Ich hatte schon jede Menge Jobs gemacht. Allein die Aussicht, unbezahlte Haushälterin bei meinem Vater werden zu müssen, war Anreiz genug.

Schön, die letzten paar Jahre hatte ich nicht viel gemacht – außer Spaß zu haben. Nun hatte ich aber einen Schuss vor den

Bug bekommen, einen diskreten Hinweis, dass es so nicht unbegrenzt weitergehen konnte.

Jetzt, wo ich 25 war, sollte ich also erwachsen werden und mir einen Karriereplan zurechtlegen.

Am Laden an der Ecke stoppte ich und deckte mich mit Katzenfutter ein. Dort holte ich mir auch gleich die Abendausgabe der Zeitung. Ich sah die Anzeigen durch, während ich darauf wartete, dass das Mädchen hinter dem Tresen aufhörte, mit dem Mann vor mir zu flirten. Dabei entdeckte ich zu meinem Entzücken, dass ich mich auch im Internet um Stellen bewerben konnte.

Ich kaufte mir ein Notizbuch mit einem Kätzchen auf dem Einband und einen passenden Stift. Im Bus begann ich, alle infrage kommenden Anzeigen einzukreisen. An meiner Haltestelle angekommen, sprang ich frohen Mutes aus dem Bus.

„Big Issue, Miss?"

Geld sparen hin oder her, wenigstens war ich nicht obdachlos wie der Mann, der an der zugigen Straßenecke stand und Zeitschriften verkaufte.

„Hallo, Paul. Wie geht's? Hast du schon eine Unterkunft gefunden?"

„Nach Weihnachten sieht es ganz gut aus."

„Super." Ich reichte ihm Geld für die Zeitschrift und beugte mich herunter, um den schwarz-weißen Mischling zu streicheln, der ihm zu Füßen saß.

„Hallo, Kleiner." Ich gab seinem Herrchen ein Pfund für ihn. „Spendier ihm einen Knochen." So viel zum gesparten Taxigeld.

Ich ging durch den Hintereingang, um die kleine gestreifte Katze zu füttern, die sich im Hof eingenistet hatte. Sobald sie das Katzenfutter in der Schale klappern hörte, kam sie angelaufen. Während ich anschließend zu den Fahrstühlen ging, freute ich mich darüber, dass meine „Gäste" das ganze Wochenende über weg waren. So konnte ich mich in aller Ruhe der Stellensuche widmen.

Auch wenn ich versuchte, die Sache mit dem Geburtstag zu ignorieren, andere taten mir diesen Gefallen nicht. Der Portier hatte einen ganzen Stapel Karten sowie ein Päckchen von meiner Schwester für mich. Außerdem wartet ein riesiger Strauß Sonnenblumen, meine Lieblingsblumen, auf mich. Sie kamen von Ginny und Rich. Ich hatte einen Kloß im Hals. War man auf der Hochzeitsreise nicht verpflichtet, sich total egoistisch zu benehmen und an niemand anderes zu denken?

Alles wäre okay gewesen, hätte da nicht das Bouquet aus rosafarbenen Rosen gestanden. Sie waren von meiner Mutter. Ich schniefte, aber weigerte mich zu weinen. Alle Tränen, die ich jemals vergießen würde, hatte ich an Perry Fotheringay verschwendet. Jeder Mensch, den ich liebte, war verheiratet, trieb sich in exotischen Ländern herum oder stellte gerade ein eigenes Leben auf die Beine. Nicht, dass ich ihnen ihr Glück missgönnte. Ich war es nur ein bisschen leid, ständig die fröhliche Brautjungfer zu spielen.

Ich öffnete das Päckchen meiner Schwester. Darin war eine Familienpackung Antifaltencreme, Stützstrümpfe und ein paar Omaunterhosen. In der beiliegenden Karte fand ich einen Gutschein für einen Tag mit allem Drum und Dran in einem Luxus-Spa. Genau das, was ich brauchte: ein ordentlicher Lacher und ein bisschen Luxus.

Ich grinste immer noch, als das Telefon klingelte. In der Erwartung, am anderen Ende einen meiner Freunde „Happy Birthday“ grölen zu hören, nahm ich ab.

„Sophie Harrington, Single, sexy und …“

„Miss Harrington?“ Miss Frostigs Stimme ließ das Lächeln in meinem Gesicht gefrieren. „Können Sie mit Hunden umgehen?“

„Hunde?“

„Einer unserer Klienten braucht jemanden, der mit seinen Hunden Gassi geht, und ich dachte, das könnte etwas für Sie sein."

Ich hatte gesagt, ich würde jede Stelle nehmen. Falls das ein Test war, würde ich nicht durchfallen, nur weil ich zu stolz war, gegen Geld mit anderer Leute Hunden spazieren zu gehen. Hätte man mich nett gefragt, würde ich es sogar umsonst machen. Ich liebte Hunde. Sie waren immer ehrlich und direkt. Spielten keine dummen Spielchen, hatten keine perfiden Pläne und keine Geheimnisse. Hunde ließen einen niemals im Stich.

„Wie viel wird pro Stunde bezahlt?", fragte ich. Da man mich ja nicht nett gefragt hatte, konnte ich mich auch geschäftsmäßig geben.

Sie sagte es mir.

Ein Gassi-Geher bekam pro Stunde zwar nicht so viel wie eine Sekretärin, aber wenn ich ehrlich war, musste ich zugeben, dass ich viel besser laufen als tippen konnte. Außerdem hatte ich ohnehin keine große Wahl.

„Zwei Stunden pro Tag. Einmal früh morgens, einmal am Abend", fuhr sie fort. „So haben Sie noch genug Zeit, tagsüber einem anderen Job nachzugehen."

„Toll", sagte ich. Vor meinem geistigen Auge sah ich große, schmierige Herde. Aber eigentlich war das Angebot nicht so schlecht. „Wann fange ich an?"

„Heute Nachmittag. Die Situation ist momentan ein bisschen schwierig."

Na logisch. Dieser Typ hatte wohl keine Lust, mit seinem Hund Gassi zu gehen, und schon wurde es „schwierig".

„Das ist doch kein Problem, oder?"

„Na ja, ich habe heute Geburtstag, aber ich kann bestimmt eine Stunde erübrigen, um mit einem Hund spazieren zu gehen."

„Zwei Hunde."

„Werde ich pro Hund bezahlt?", fragte ich. „Oder gilt der Tarif für beide?" So langsam hatte ich den Bogen raus.

„Sie werden für eine Stunde Ihrer Zeit bezahlt, Miss Harrington, nicht pro Hund."

„Also würde ich das Gleiche verdienen, wenn es nur ein Hund wäre?"

Ich fand meine Frage gerechtfertigt, aber sie sah sich nicht genötigt, zu antworten. Sie sagte nur: „Der Klient heißt York. Gabriel York. Wenn Sie etwas zu schreiben haben, gebe ich Ihnen seine Adresse."

Ich nahm mein neues Notizbuch und schrieb die Angaben auf. Anschließend registrierte ich mich noch bei einigen Online-Arbeitsvermittlungen, da Miss Frostig ja offensichtlich glaubte, mein einziges Talent bestünde darin, einen Fuß vor den anderen zu setzen.

2. KAPITEL

Ich war zu spät. Aber es war nicht meine Schuld. Ununterbrochen rief jemand an und erkundigte sich nach meinen Geburtstagsplänen. Niemand wollte mir glauben, dass ich keine hatte. Sie lachten nur und sagten: „Na klar – und was machst du nun wirklich?“ Am Ende ließ ich mich dazu überreden, Tony um neun im Pub zu treffen.

Dann rief meine Mutter aus Südafrika an. Sie wollte mir alles erzählen, was sie bisher so gemacht hatte – na ja, nicht *alles* – und ich konnte wohl schlecht sagen, ich hätte etwas Besseres vor.

Außerdem ging es ja nicht um Leben oder Tod. Hunde können doch sowieso keine Uhr lesen und haben auch keine dringenden Termine. Sie würden ihre volle Stunde schon bekommen. Wenn ich 20 Minuten später anfange, dann gehe ich eben zwanzig Minuten länger mit ihnen.

Gabriel Yorks Haus stellte sich als hohes, elegantes Haus mit Terrasse am Ende einer Sackgasse heraus. Seine glänzend schwarz lackierte Eingangstür wurde von zwei perfekt gestutzten Lorbeerbäumen flankiert. An den Messingbeschlägen der Tür sah man deutlich die Arbeit von Generationen eifriger Haushaltskräfte – ein Schicksal, das mich auch erwartete, wenn ich mir nicht bald ernsthafte Gedanken über meine Zukunft machte.

Das Ganze sah geradezu deprimierend perfekt aus. Die Straße war wie gemacht für Designermode und Stilettoabsätze. Ich fühlte mich ungefähr so fehl am Platz wie eine Lilie auf einem Misthaufen.

Was natürlich meine eigene Schuld war.

Dummerweise hatte ich zu fragen vergessen, was Mr. York eigentlich für Hunde hatte. Da ich ganz sicher nicht noch einmal bei Miss Frostig anrufen würde, war ich vom schlimmstmöglichen Fall ausgegangen. Ich hatte mich auf zwei große, muskulöse Hunde eingerichtet und mich entsprechend angezogen. Zu Hause wären das eine der alten Öljacken und ein paar gut eingelaufene Stiefel gewesen, die Art von Kleidung, in der meine Mutter praktisch lebte.

Gelebt hatte.

Wie sie mir am Telefon lang und breit erzählte, verbrachte sie ihre Tage nun am Pool, in Shorts und einem ärmellosen T-Shirt, von Kopf bis Fuß mit Lichtschutzfaktor 60 eingeschmiert. Ich konnte es ihr nicht verübeln. Nach einem Leben als Dienstmagd meines Vaters hatte sie sich ein bisschen Spaß wahrlich verdient.

Hier in London herrschte der übliche eisige, saisonbedingte Nieselregen. Mein Haar hatte ich zwar unter einer Mütze verstecken können, aber leider waren meine Handschuhe verschwunden. Langsam wurden meine Finger eiskalt.

Ohne die bewährten alten Klamotten hatte ich mich für meine älteste Jeans, eine Kunstpelzjacke, die ich schon längst der Altkleidersammlung hatte übergeben wollen, und ein paar alte Schuhe meiner Schwester entschieden. Die waren zwar ein bisschen zu groß, aber mit einem Paar dicker Socken würde es schon gehen.

Nun wurde mir klar, dass das alles gar nicht nötig gewesen wäre. Ich hätte nicht einmal die Schuhe wechseln müssen. Ein Blick auf die manikürten Lorbeerbäume sagte mir, dass Mr. York garantiert zwei verwöhnte Minipudel hätte. Ein flotter Spaziergang zum Sloane Square war für die Biester wahrscheinlich schon eine größere Wanderung.

Was für ein Mann wohnt wohl in einem derartigen Haus, fragte ich mich, während ich die Treppe hinaufging. Meine übereifrige Fantasie zeigte mir einen schlanken, perfekt frisierten Mr. York mit kleinen, zarten, weißen Händen. Er würde ein winziges Bärtchen haben, eine Fliege tragen und irgendeine wichtige Stellung im Kunstgewerbe einnehmen. Meine Vorurteile gingen mit mir durch.

Ich klingelte und wartete gespannt, wie sehr Fantasie und Realität miteinander übereinstimmen würden.

Die Hunde reagierten sofort auf das Klingeln. Einer bellte aufgeregt, der andere heulte wie ein Wolf. Einer von beiden warf sich mit so viel Schwung gegen die Tür, dass man aus dem Inneren des Hauses ein Poltern als Echo hörte. Vielleicht war mein Urteil doch etwas voreilig gewesen.

Falls es Pudel waren, dann aber mächtig große.

Leider reagierten nur die Hunde auf das Klingeln. Die Tür blieb fest verschlossen, und ich hörte auch keine Stimme, die den Hunden Kommandos gab. Keine Schritte, die einem Hoffnung machten, die Tür würde sich gleich öffnen.

Unter normalen Umständen hätte ich noch einmal geklingelt, doch bei dem Lärm, den die Hunde veranstalteten, konnte meine Anwesenheit nicht unbemerkt geblieben sein. Also wartete ich.

Und wartete.

Nach einiger Zeit hörte der Hund an der Tür auf zu bellen, und das Geheul reduzierte sich zu einem leisen Winseln. Außer Kratzgeräuschen auf der anderen Seite der Tür tat sich jedoch absolut nichts.

Etwas irritiert – so spät war ich nun wirklich nicht dran, und die Hunde mussten ja trotzdem noch raus – hob ich die Hand, um noch einmal zu klingeln. Statt zu klingeln, zog ich die Hand allerdings zurück. Langsam kam mir das Ganze komisch vor.

„Hallo?“, fragte ich. Ich kam mir ziemlich dämlich dabei vor, mit einer geschlossenen Tür zu reden. Das Kratzen wurde heftiger, und ich beugte mich hinab, öffnete den Briefschlitz und fand mich einem Paar wunderschöner brauner Augen gegenüber, die unter den ausdrucksvollen Brauen eines cremefarbenen Hundes saßen.

„Hallo“, sagte ich noch einmal, etwas enthusiastischer. „Wie heißt du denn?“

Er zuckte mit den Augenbrauen und winselte kummervoll.

Okay, es war zugegebenermaßen eine blöde Frage.

„Ist außer euch Jungs noch jemand zu Hause?“, fragte ich und versuchte, am Hund vorbei ins Innere zu spähen.

Die intelligente Kreatur trat zurück und gewährte mir einen besseren Blick auf sein glattes, kurzes Fell, die fedrigen Ohren und seinen schlanken Körper. Dann bellte er kurz und sah hinter sich, so als wolle er sagen: „Sieh nicht mich an, du dumme Kuh, sieh dorthin …“ Und dann sah ich Gabriel York und erkannte, dass ich mich geirrt hatte.

Seine Hunde waren keine Pudel, und er war kein geschniegelter, klein gewachsener Galeriebesitzer mit Fliege.

Gabriel York war ein 1,85 m großer, muskulöser Bursche. Er hatte sich nicht gemeldet, weil er im Hausflur lag. Still. Ohne sich zu bewegen.

Ich dachte an das Echo. Hatte ich vielleicht gehört, wie er die Treppe heruntergefallen war?

Der zweite Hund, der an seiner Seite lag, hob den Kopf. Dann stupste er das Gesicht seines Herrchens mit der Nase an, als wolle er ihn wecken. Als das keine Reaktion erbrachte, sah er mich wieder an, und seine Botschaft war unmissverständlich.

Tu etwas!

Oh verdammt! Natürlich! Sofort!

Ich kramte in meiner Tasche, klappte mein Handy auf und wählte mit zitternden Fingern die Nummer der Feuerwehr. Unglaublich, wie viele Informationen die wollten, wo ich ihnen doch so gut wie nichts sagen konnte außer der Adresse und der Tatsache, dass auf der anderen Seite der Tür ein bewusstloser Mann lag.

Woher ich wüsste, dass er sich den Kopf gestoßen hatte? Was würde es schon für einen Unterschied machen? Sie konnte ja ohnehin nichts tun, bis sie vor Ort waren.

Vielleicht hörte ich mich ein klein bisschen panisch an, denn die Frau am anderen Ende der Leitung teilte mir in einem Tonfall mit, den man sonst nur für ungebärdige Pferde, überdrehte Hunde und komplette Vollidioten verwendete, ich solle doch bitte bleiben, wo ich war. Es würde gleich jemand kommen.

In dem Moment, in dem ich auflegte, fiel mir ein, dass ich ihr vielleicht hätte sagen sollen, was ich mit Bestimmtheit wusste: Sie würden nicht hineinkommen. Ich sah mich um, in der Hoffung, dass mir ein zufällig vorbeikommender edler Ritter zu Hilfe eilen würde, um das Schloss zu knacken, eine Scheibe einzuwerfen oder etwas ausgesprochen Cleveres zu tun, auf das ich nie kommen würde.

Die Straße war wie leergefegt.

Ich sah noch einmal durch den Briefschlitz, in der Hoffnung, Gabriel York hätte sich auf wundersame Weise erholt, während ich in Panik auf seiner Eingangstreppe saß. Ich konnte keine Veränderung entdecken. Atmete er überhaupt?

„Mr. York?" Kaum mehr als ein Flüstern. „Mr. York!", wiederholte ich etwas lauter.

Die einzige Antwort kam von den Hunden, die ihren Bell-Heul-Chor wieder aufnahmen.

Ach Mist! Ich musste *etwas* tun. Aber was? Ich hatte keine Haarnadeln dabei, und selbst wenn, ich könnte nicht einmal ein Schloss knacken, wenn es um mein eigenes Leben ginge. Oder um sein Leben.

Über das Treppengeländer sah ich ins Souterrain. Das einzige Fenster dort unten war fest verschlossen und zudem noch vergittert.

Ich trat einen Schritt zurück und sah am Haus hinauf. Alle

Fenster im Erdgeschoss waren geschlossen. Den Regen aus den Augen wegblinzelnd entdeckte ich, dass ein Fenster im ersten Stock einen Spalt hochgeschoben war. Es war nicht sehr hoch, und in der Nähe verlief ein Fallrohr. Na ja, fast in der Nähe.

Kurzentschlossen verstaute ich mein Handy und kletterte auf das schmiedeeiserne Treppengeländer. Von dort aus griff ich nach dem Fallrohr und zog mich hoch, bis ich mich wie ein Äffchen mit Händen und Füßen daran festklammerte. Ich hielt nicht einmal an, um Luft zu holen. Würde ich das tun, hätte mich wahrscheinlich der Mut verlassen. Stattdessen klammerte ich mich mit den Knien fest und schob mich mit den Füßen nach oben. Das Fallrohr war kalt, feucht und glitschig. Ich war noch nicht sehr weit gekommen, als mir ein Brennen in meinen Oberarmen signalisierte, dass ich das Fitnessstudio schon lange nicht mehr von innen gesehen hatte. Ich sollte es wirklich öfter nutzen, bevor meine Mitgliedschaft auslief, dachte ich, rutschte ab, schlug mir das Kinn an und biss mir auf die Lippe.

Konzentrier dich, du dusselige Kuh!

Ich biss die Zähne zusammen und zog mich hoch. Leider wurde die Sache nicht besser, als ich mich endlich in Höhe des Fensters befand – das ein ganzes Stück weiter weg war, als es von unten aussah. Vom Sicherheitsaspekt her war das toll, von meinem Standpunkt aus weniger.

Wahrscheinlich war es ganz gut, dass sich in genau diesem Augenblick die größte Spinne, die ich jemals gesehen hatte, anschickte, nachzusehen, was diese komische Kreatur an der Fallrinne im Schilde führte. Lieber würde ich ein Stockwerk tief fallen und mir alle Gräten brechen, als Auge in Auge mit diesem schauderhaften, zweifellos harmlosen Monster zu bleiben. Als Gegenmittel gegen Unentschlossenheit war eine Spinnenphobie einfach unschlagbar.

Haben Sie sich jemals gewünscht, etwas gar nicht erst begonnen zu haben? Dass Sie an dem Morgen einfach im Bett geblieben wären?

Ich hatte Geburtstag. Ich war 25 Jahre alt, und alle Welt teilte mir mit, ich müsse erwachsen werden. Als ob das an jenem Tag, an dem mir klar wurde, dass Liebe keine Konkurrenz zu Geld ist, nicht schon längst passiert wäre.

Während ich also mit den Fingerspitzen an Gabriel Yorks Fensterbrett hing, hatte ich eine Erkenntnis: Bitte, lass mich das hier überleben. Wenn ich überlebe – so bat ich die unglückselige Gottheit, die heute die Aufgabe hatte, über die Idioten der Welt zu wachen –, dann werde ich erwachsen. Ich werde sogar meine Abneigung gegen neue Technologien überwinden und einen Computerkurs machen.

In der Zwischenzeit krallte ich mich fest und kämpfte mich hoch. Ich versuchte, nicht an meine sündhaft teure Maniküre zu denken, während meine Nägel über den Stein kratzten. Mit einem Knie auf dem Fensterbrett ergriff ich das Fenster und schob es ganz auf.

Irgendjemand musste mein Flehen erhört haben, denn das Schiebefenster ließ sich problemlos öffnen. Als Reaktion auf mein Körpergewicht schoss es geradezu hoch, und ich purzelte schmerzhaft auf den polierten Dielenboden, gefolgt von einem Tisch und etwas, das mit lautem Knall zerbarst.

Neben einem angeschlagenen Kinn, einer zerbissenen Lippe und ruinierten Fingernägeln hatte ich nun auch noch eine geprellte Schulter. Und außerdem taten mir die Knie weh. Dieser Job fiel definitiv in die Kategorie „lebensverändernd“ – ob ich es allerdings überleben würde, stand noch aus.

Ich öffnete die Augen und sah vor mir die Scherben einer Porzellanfigur. Irgendetwas sagte mir, dass es keine Replik, sondern ein teures Original gewesen war.

Ihre Zerstörung war eindeutig eine Folge der neuesten Mode, Teppiche herauszureißen und die darunterliegenden

Dielen auf Hochglanz zu polieren. Hätte auf dem Boden ein dicker, flauschiger Teppich gelegen, wäre die Figur noch intakt, und ich hätte mir nicht die Knie geprellt. Von beidem störten mich meine Knie mehr. Die Figur war garantiert versichert. Meine Knie waren Unikate.

Dummerweise hatte ich keine Zeit, herumzuliegen und mich selbst zu bedauern. In weiter Ferne konnte ich eine Sirene hören. Hoffentlich war das die Feuerwehr, die ich gerufen hatte. Ich musste zur Eingangstür gehen und den Notarzt hereinlassen.

Ich stand auf und schloss das Fenster, wobei ich schmutzige Fingerabdrücke hinterließ. Vorsichtig wischte ich mir die Hände an meiner Jeans ab und ging zur Tür. Dabei fiel mir auf, dass das gesamte Zimmer, wie schon die Keramikfigur, gar nicht zu meinem ersten Eindruck von Gabriel York passte. Es war ein durch und durch weibliches Zimmer. Wahrscheinlich das Territorium von Mrs. York.

Wo war sie überhaupt, wenn ihr Ehemann sie brauchte?

Der erste, noch sehr junge Hund sprang mich begeistert an, als ich die Treppe hinablief, und holte mich beinahe von den Füßen.

„Hau ab“, sagte ich und schob ihn weg. Ich versuchte, mir meinen Arbeitgeber nicht zu genau anzusehen, während ich über ihn hinwegstieg, um die Tür zu öffnen. Falls er sich das Genick gebrochen hatte, wollte ich das gar nicht wissen.

Ich sah hinaus. Keine Feuerwehr. Also blieb es an mir hängen. Ich ließ die Tür angelehnt und wandte mich dem Mann zu, der still und unbeweglich auf dem Boden lag.

Der Hund, der beschützend an seiner Seite lag, schenkte mir noch einmal seinen „Tu-etwas“-Blick.

Tief durchatmen, Sophie. Du schaffst das.

„Mr. York …“ Ich kniete neben ihm nieder. Selbst auf den Beinen würde er nicht sehr gesund aussehen. Seine Haut hatte einen kränklichen gelben Ton, und sein Gesicht war ausgezehrt und eingefallen. Er sah aus wie jemand, der in kurzer Zeit viel Gewicht verloren hatte. Gabriel York trug einen schwarzen Hausmantel über einem Baumwollpyjama. Angesichts der Tatsache, dass es bereits später Nachmittag war, sprach das dafür, dass er wohl tatsächlich nicht in der Lage war, selbst mit seinen Hunden Gassi zu gehen.

Vielleicht war er auf der Treppe ausgerutscht – er war barfuß –, als er die Tür öffnen wollte. Vielleicht hatte ihn auch einer der Hunde aus Versehen zu Fall gebracht.

So, wie er aussah, hätte ich jedoch wetten können, dass er einfach das Bewusstsein verloren hatte. Vorsichtig tastete ich an seinem Hals nach einem Puls.

Ich konnte keinen finden.

Der Hund, der ihn bewachte, leckte ermutigend meine Hand. Ich streichelte ihn abwesend und versuchte, den gewaltigen Kloß herunterzuschlucken, der sich plötzlich in meiner Kehle gebildet hatte.

Wie lange lag er schon hier? War es zu spät für Mund-zu-Mund-Beatmung?

Wie lange war es her, seit ich geklingelt hatte? Ich war inzwischen sicher, dass das Poltern, das ich gehört hatte, Gabriel Yorks Sturz gewesen war. Er fühlte sich immer noch warm an, allerdings waren meine eigenen Hände eiskalt. Ich rieb sie aneinander, um sie aufzuwärmen.

Noch nie hatte ich bei jemandem Mund-zu-Mund-Beatmung gemacht. Ich hatte aber vor einigen Jahren bei einer Wohltätigkeitsveranstaltung meiner Mutter bei einer Erste-Hilfe-Vorführung zugesehen. Man bedeckte den Mund des Opfers mit dem eigenen und pustete. Nein, das war doch nicht alles. Denk nach … Ich drückte vorsichtig seinen Kopf in den Nacken, um die Atemwege zu öffnen. Daran erinnerte ich mich noch.

Während ich in sein Gesicht schaute und versuchte, meinen eigenen Herzschlag zu beruhigen, fiel mir auf, dass Gabriel York sogar in diesem Zustand auf seine ganz eigene, strenge Art schön war. Er hatte einen großzügigen, sinnlichen Mund, den viele Mädchen unter anderen Umständen gerne küssen würden – das heißt, wenn man auf die Küsserei und den ganzen Kram, der darauf unausweichlich folgt, stand.

Gebrochene Herzen, Schmerz …

Ich zwang mich dazu, mich zu konzentrieren, umfasste sein Kinn und bedeckte seine Lippen mit meinen.

Sein unrasiertes Kinn war stoppelig, sein Mund war kühl, aber nicht kalt.

Ich konzentrierte mich und blies regelmäßig Luft in seinen Mund.

An diesem Punkt wurde mir selbst aus Sauerstoffmangel schwarz vor Augen. Ich hatte mich so sehr darauf konzentriert, was ich tat, dass ich vergessen hatte, zu atmen. Okay, jetzt weiß ich es wieder: einatmen, Mund auf Mund legen, pusten. Und wieder von vorn.

Wie lange machte man das eigentlich? Plötzlich hörte ich die Stimme des gestrengen Ersthelfers, der uns ermahnte, sobald man einmal angefangen habe, müsse man die Maßnahmen fortsetzen, bis man abgelöst wird.

Wie lange brauchte denn die verdammte Feuerwehr? Ich holte erneut Luft. Als ich ihn dieses Mal ansah, schien er ein bisschen Farbe bekommen zu haben. Ermutigt machte ich weiter.

Plötzlich bemerkte ich eine Veränderung. Hätte ich es nicht besser gewusst, hätte ich gesagt, dass ich – nun ja, dass ich zurückgeküsst wurde.

Ich öffnete die Augen – diese Art von Konzentration verlangte fest zugekniffene Augen – und stellte fest, dass ich es mir nicht eingebildet hatte. Offensichtlich war ich eine echte

Mund-zu-Mund-Beatmungsexpertin, denn Gabriel Yorks Augen waren offen. Große, dunkle Augen mit gefährlich langen Wimpern. Plötzlich war ich diejenige, die eine Mund-zu-Mund-Beatmung brauchte.

Ich erholte mich schnell von meinem Schock, denn was lange, dunkle Wimpern anging, hatte ich längst einen Selbstschutzmechanismus entwickelt und rückte ein Stück ab. Davon wollte er jedoch nichts wissen. Noch bevor die Botschaft aus meinem Gehirn in meinen Gliedmaßen angekommen war, lag sein Arm bereits um meine Taille. Er hielt mich mit einer Kraft fest, die ich einem gerade aus der Ohnmacht Erwachten gar nicht zugetraut hatte.

„Wer zum Teufel sind Sie?", wollte er wissen.

Was war nur aus „Vielen Dank, dass Sie mein Leben gerettet haben" geworden?

Gutmütig schob ich sein Verhalten auf momentane Verwirrung. Da er außerdem meine nächste Stromrechnung bezahlen würde, verbiss ich mir den Kommentar, der mir auf der Zunge lag. Stattdessen sagte ich leicht atemlos: „Mein Name ist Sophie Harrington." Normalerweise hätte ich ihm nun die Hand gereicht, aber eine meiner Hände umfasste noch immer sein Kinn, die andere lag auf seiner Stirn. Ich zog meine Hände ruckartig zurück. „Ich habe die Feuerwehr angerufen. Sie müsste in ein paar Minuten da sein."

„Warum haben Sie das getan?", fragte er empört. So langsam ging mir seine Undankbarkeit gehörig auf die Nerven.

„Weil Sie bewusstlos ..."

„Unsinn!"

„Ihre Augen waren geschlossen, Sie haben nicht auf mein Klingeln reagiert ... und ich konnte keinen Puls finden."

„Wo haben Sie den denn gesucht?" Ich legte meine Finger an seinen Kehlkopf. Er schob meine Hand nach rechts und drückte sie unter sein Kinn. „Versuchen Sie es hier."

„Oh …“ Er hatte unzweifelhaft einen Puls. Sein Herz schlug fast so schnell wie meines.

Er versuchte, sich aufzusetzen, aber mit einem verzweifelten Versuch, mich zu rehabilitieren, hielt ich ihn zurück. „Hören Sie, Sie waren bewusstlos. Ich denke, wir sollten Sie in die stabile Seitenlage legen und auf die Sanitäter warten.“ Er machte keinerlei Anstalten, meinen Anweisungen zu folgen.

Ich lächelte in der Hoffnung, Sicherheit auszustrahlen.

Alles, was ich für meine Bemühungen bekam, war ein finsterer Blick, aber wenigstens war er am Leben und redete. Ich hatte alles getan, was ich tun konnte. Sobald er sich ausreichend erholt und erkannt hatte, dass ich mein Leben riskiert hatte, um ihn zu retten, würde er mich mit Dankbarkeit überschütten. Hoffte ich jedenfalls.

Stattdessen schaute er mich nur böse an und sagte: „Warum haben Sie mich geküsst?“ So, wie es sich anhörte, hatte er keine Lust, diese Erfahrung in absehbarer Zeit zu wiederholen.

„Ich habe Sie nicht geküsst“, antwortete ich und hörte auf zu lächeln. Was glaubte er eigentlich, wer ich war? Eine Verrückte, die bewusstlose Männer überfiel? Ich wollte, dass er wusste, dass ich nicht einfach so fremde Männer küsste. Und wenn doch, musste ich sicher nicht warten, bis sie ohnmächtig waren. „Ich habe Mund-zu-Mund-Beatmung gemacht.“

Er gab ein Geräusch von sich, das man mit viel Fantasie als Lachen interpretieren konnte. Ein geringschätziges Lachen ohne jede Wärme oder Humor. „Das hatte ungefähr so viel mit Herz-Lungen-Wiederbelebung zu tun wie …“

Weitere abschätzige Kommentare blieben mir erspart, da in diesem Moment zwei Polizisten durch die aufgebrochene Eingangstür in den Flur gestürmt kamen. Einer von ihnen packte mich grob am Arm und riss mich mit einem „Also, junge Dame …“ auf die Füße.

Daraufhin brach das völlige Chaos aus, denn der ältere der beiden Hunde sprang wild kläffend auf und warf sich zwischen den Polizisten und mich. Tief in seiner Kehle ließ er ein grollendes, drohendes Knurren hören, das er wahrscheinlich von seinem Herrchen gelernt hatte.

Der andere Hund stoppte sofort seinen Freudentanz wegen der Neuankömmlinge und machte mit. Meine Helden!

„Percy! Joe! Platz!“

Percy, der immer noch die Zähne fletschte, gehorchte der Stimme seines Herrn und ließ sich ganz langsam auf den Boden sinken, bis er sprungbereit lag. Joe folgte seinem Beispiel. Die Warnung der Hunde, dass jede falsche Bewegung sofort geahndet werden würde, nahm der Polizist ernst, ließ meinen Arm los und trat einen Schritt zurück.

„Würde mir vielleicht jemand verraten, was hier vor sich geht?“

Gabriel York hatte die Ablenkung genutzt, um sich aufzusetzen. Nun hielt er sich am Treppengeländer fest und zog sich hoch.

„Nein …“, begann ich. Er starrte mich böse an, weil ich es offensichtlich wagte, ihm zu widersprechen. „Sie sollten sich wirklich besser hinsetzen, Mr. York“, sagte ich etwas sanfter.

Er warf mir einen Blick zu, der aussagte, er würde sich später mit mir befassen, und wandte sich dem Polizisten zu. „Sie!“, sagte er. „Was tun Sie hier?“

„Eine Ihrer Nachbarinnen rief uns an, Sir. Sie sah, wie diese junge Frau …“ Unklugerweise deutete er in meine Richtung und erntete sofort ein Knurren von Percy, woraufhin er rasch seinen Arm sinken ließ. „ … äh, durch ein Fenster im ersten Stock in Ihr Haus einbrach, und rief die Polizei.“

Gabriel York drehte sich um und sah mich an. Seine Oberlippe war mit Schweißperlen bedeckt. Er sah aus, als würde er jeden Moment umfallen. Aber nicht, bevor er seine Antworten hatte. „Stimmt das? Sie sind durch das Fenster oben geklettert?“

„Ich musste doch etwas tun!“ Vor Wut war ich außer mir. Ich hing da draußen mit den Fingerspitzen am Fensterbrett, und anstatt mir zu helfen, hatte seine neugierige Nachbarin die Polizei gerufen!

„Ich konnte Sie doch nicht einfach hier liegen lassen.“

„Woher wussten Sie“, er zeigte auf den Boden, „dass ich hier lag?“

„Hören Sie zu. Mein Name ist Sophie Harrington“, sagte ich und wandte mich an den Polizisten. „Ich komme von der Garland Agency. Dort wird man für mich bürgen. Als niemand auf mein Klingeln reagierte, guckte ich durch den Briefschlitz und sah Mr. York hier auf dem Boden liegen, bewusstlos.“ Er schnaubte verächtlich: „Bewusstlos“. Ich wiederholte: „Bewusstlos am Fuß der Treppe, also kletterte ich das Fallrohr hinauf und stieg durch das Fenster.“

Der Polizist wandte sich Gabriel York zu, der diesmal nicht schnaubte. Nach einem Augenblick nickte er, zuckte leicht zusammen und sagte: „Meine Nachbarin hat sicher richtig gehandelt, aber Miss Harrington hat recht.“ Halleluja! „Sie ist hier, um mit meinen Hunden Gassi zu gehen.“

„Lebensrettung ist Teil unseres Services“, sagte ich fröhlich, was mir einen weiteren finsteren Blick einbrachte.

„Tut mir leid, dass wir Sie belästigt haben, meine Herren“, fügte er hinzu, offensichtlich in der Hoffnung, sie mögen so schnell wie möglich verschwinden, damit er in Ruhe zusammenbrechen konnte. Ehrlich gesagt sah er so schlecht aus, dass ich mich beherrschen musste, nicht zu ihm zu gehen und ihn zu zwingen, sich hinzusetzen.

Glücklicherweise hatte ich ja noch ein Ass im Ärmel. Ich wandte mich den Polizisten zu. „Sie wurden nicht als Einzige belästigt, fürchte ich. Bevor ich durch das Fenster geklettert bin und Mund-zu-Mund-Beatmung gemacht habe …“

„Die vollkommen überflüssig war!“

Stimmt. So, wie es aussah, war es unnötig gewesen. Selbst in der augenblicklichen Situation schaffte er es, ziemlich lebendig auszusehen.

„… rief ich die Feuerwehr an“, beendete ich meinen Satz, so, als wäre gar nichts geschehen.

„Dann können Sie gleich wieder anrufen und sie abbestellen.“

Das Sprechen strengte ihn offensichtlich an, aber seine Augen strahlten eine enorme innere Stärke aus. Sie waren voller Wut auf seine eigene Schwäche und hassten mich dafür, ihn so schwach gesehen zu haben. Diesen Job würde ich garantiert nicht behalten. Deshalb zuckte ich mit den Schultern. „Wenn Sie es bis zum Telefon schaffen, Mr. York, können Sie die Feuerwehr gern selbst abbestellen. Ansonsten haben Sie Pech gehabt.“ Ich lächelte den jüngeren der beiden Polizisten an. Prompt lief er rot an. „Sie bleiben doch sicher, bis die Sanitäter eintreffen, meine Herren? Die armen Hundchen müssen jetzt ganz dringend dem Ruf der Natur folgen.“

Kein Widerspruch.

Die Hundeleinen hingen über einem Stuhl, zusammen mit einer Schaufel für die Hinterlassenschaften und Häufchentüten. Toll. Ich machte die Leinen an den Halsbändern fest und überließ meinen Arbeitgeber den fähigen Händen der beiden Polizisten. „Los Jungs, auf geht's!“

Joe brauchte ich kein zweites Mal zu bitten. Er sprang auf und wedelte freudig mit dem Schwanz. Sein schlanker, cremefarbener Leib zitterte vor Aufregung. Percy hingegen schaute auf sein Herrchen.

Gabriel York sah mich unverwandt an, und ich musste wieder an den Augenblick denken, an dem aus der Wiederbelebung etwas sehr viel Persönlicheres geworden war. Wie sich seine

Lippen angefühlt hatten, wie ich ihm das dunkle Haar aus der Stirn gestrichen hatte …

Mit einer kaum merklichen Handbewegung erteilte er seinen Hunden die Erlaubnis, und mit einem gewaltigen Ruck an meiner schmerzenden Schulter fand ich mich auf der Straße wieder. Als wir in Richtung Battersea Park liefen, bog ein Krankenwagen um die Ecke, und ich musste grinsen.

Anscheinend hatte er es nicht mehr rechtzeitig zum Telefon geschafft.

3. KAPITEL

Der Wecker hörte sich an wie eine Motorsäge. Das Blöde an Überraschungspartys war, dass man keine Gelegenheit hatte, sich vorher noch einmal die Goldenen Regeln einzuhämmern: Trinke niemals und unter keinen Umständen zu viele Margaritas auf nüchternen Magen.

Da ich nur auf einen kleinen Drink mit einem alten Freund eingerichtet war, hatte ich nicht besonders viel Wert auf mein Aussehen gelegt. Ich hatte heiß geduscht, um die Überreste des Battersea Parks abzuspülen, und meine ruinierten Nägel kurz geschnitten. Auf das zweifelhafte Vergnügen, stundenlang mit Fön und Bürste vor dem Spiegel zu stehen, um meine Haare perfekt zu frisieren, hatte ich verzichtet und mich stattdessen für den Out-of-Bed-Look entschieden.

Etwas Abdeckstift auf den blauen Fleck am Kinn, meine Lieblingshose, die nicht mehr ganz modern war, eine weite Bluse und ein paar Stiefel – und schon konnte es losgehen.

Dann betrat ich die Bar.

Alle anderen waren natürlich perfekt gestylt. Gut gemacht, Sophie. Tony, ein Bursche, der normalerweise nicht für seine sprühenden Ideen bekannt war, hatte mein „Ich will nicht an diesen Geburtstag denken und ihn erst recht nicht feiern" komplett ignoriert. Er hatte angenommen, es sollte ein Scherz sein, und sich richtig ins Zeug gelegt. Aber – und das ist wohl einer der überstrapaziertesten Sätze überhaupt – er hatte es ja nur gut gemeint. Nach dem zweiten Margarita war es mir ziemlich egal, was ich anhatte, und am Ende amüsierte ich mich doch prächtig. Etwas zu prächtig vielleicht.

Ich grapschte nach dem Wecker, stellte ihn aus und stolperte verschlafen aus dem Bett. Ein sehr langer Spaziergang mit zwei sehr lebendigen Hunden würde mir guttun. Falls ich den Job überhaupt noch hatte.

Bei meiner Rückkehr gestern war ich vom eisigen Gesichtsausdruck Mrs. Yorks begrüßt worden. Sie hatte mir wortlos ein Handtuch überreicht und aus der Entfernung zugeschaut, wie ich die Hunde abtrocknete. Dann erklärte sie mir mit knappen Worten, ich solle die Hunde hinunter in den Hauswirtschaftsraum bringen und ihnen Wasser geben. Nachdem ich meine Schuhe ausgezogen hatte, selbstverständlich.

Im Grunde konnte ich sie verstehen. Sie trug ein anthrazitfarbenes Kostüm, das garantiert nicht billig gewesen war. An ihrer Stelle hätte ich mit zwei aufgeregten, dreckigen Hunden auch nichts zu tun haben wollen. Wahrscheinlich wäre es klüger gewesen, die beiden wieder an die Leine zu nehmen, bevor wir an den See kamen. Aber hinterher ist man immer schlauer. Natürlich sahen die beiden sofort die Enten in der Mitte des Sees, und bevor ich etwas sagen konnte, waren sie auch schon ins Wasser gesprungen. Meinem Kommando „Bei Fuß" gegenüber stellten sie sich vollkommen taub.

„Gassi" hatten sie hingegen ganz prima verstanden.

Unter Mrs. Yorks eisigem Blick wischte ich das Wasser und den Matsch auf. Anschließend erkundigte ich mich nach dem Gesundheitszustand ihres Gatten. Zum einen interessierte es mich wirklich, zum anderen hatte ich ja auch etwas zu verlieren. Während ich mit den Hunden unterwegs war, hatte ich mich die ganze Zeit gefragt, ob sie ihn wohl mitgenommen hatten. Was hätte ich in dem Fall tun sollen?

Bei meiner Rückkehr stellte sich schnell heraus, dass ich mir ganz umsonst Sorgen gemacht hatte. Das Haus war hell erleuchtet. Toll. Und dann öffnete Mrs. York mir die Tür. Nicht ganz so toll.

Auf meine Frage hin antwortete sie mir, es ginge ihm den Umständen entsprechend gut. Kein Hinweis darauf, was ihm fehlte. Und sie sah nicht aus, als wäre sie mir dankbar gewesen.

Stattdessen erweckte sie in mir den unguten Eindruck, die „Umstände" hätten etwas mit mir zu tun.

Ich musste mich arg beherrschen, sie nicht darauf hinzuweisen, dass ich sein Leben gerettet hatte. Im Zuge meiner Rubbelei hatten sich einige von Joes cremefarbenen Haaren selbstständig gemacht und klebten nun an ihrem Rock. Ich wollte lieber nicht dabei sein, wenn es ihr auffiel.

Die zerschmetterte Figur in ihrem Zimmer hatte sie mit keinem Wort erwähnt, allerdings könnte sie durchaus der Grund für den eisigen Empfang gewesen sein. Ganz ehrlich? Ich wäre nicht im Geringsten überrascht gewesen, hätte sich eine enge Verwandtschaft zwischen Miss Frostig und ihr herausgestellt. Kein Wunder, dass Gabriel York so ein Griesgram war.

Als ich nach Hause kam, hatte ich schon fast eine Nachricht meiner „geliebten" Arbeitsvermittlerin auf meinem Anrufbeantworter erwartet, ich hätte kläglich versagt und wäre selbst für so einfache Stellen ungeeignet.

Keine Nachricht. Vielleicht gab es ja nicht so viele Gassi-Services. Ob ich mein Gehalt neu verhandeln sollte? Wahrscheinlich war ihr aber eher klar geworden, dass sie so kurzfristig niemanden mehr finden würde, um mich morgen früh zu ersetzen.

Sobald ich von meiner Runde mit Gabriel Yorks Hunden zurück war, würde ich gleich meine E-Mails abfragen. Möglicherweise hatte mir die Internet-Arbeitsvermittlung ja schon Hunderte von perfekten Stellenangeboten zugesandt. Da das nicht sehr wahrscheinlich war, wollte ich mich auch noch um die Anzeigen kümmern, die ich gestern in der Zeitung angestrichen hatte. Bei einer Stelle, die „Arbeiten Sie von zu Hause aus" versprach, stand nichts von Computern …

Ich verwendete Unmengen meines Wachmacher-Duschgels und zwang mich, daran zu denken, dass ich mit dem Gassi-

Service erst einmal die dringendsten Rechnungen bezahlen konnte. Heute würde ich aber pünktlich sein, koste es, was es wolle.

Die kleine gestreifte Katze rieb sich an meinen Hosenbeinen, während ich Trockenfutter in ihren Napf füllte. Ich hätte sie liebend gern zu mir genommen, aber Haustiere, die man nicht dauerhaft in einen Käfig sperren konnte, waren in Chandler's Reach nicht erlaubt.

Man sollte meinen, ich hätte aus meiner letzten kleinen Notlüge etwas gelernt. Ich kam zwar pünktlich auf Gabriel Yorks Schwelle an, aber fragen Sie nicht, wie. Als ich an meiner U-Bahnhaltestelle ankam, funktionierte die Rolltreppe nicht. Ich hatte zwei Möglichkeiten: Ich konnte warten, bis sie repariert würde, oder nach oben laufen. Es waren ungefähr eine Million Stufen. Normalerweise hätte mir das nichts ausgemacht, aber mein Margarita-Kater war nicht gerade hilfreich. Als ich oben ankam, war mein Mund trocken wie Sandpapier, ich keuchte und hatte Durst wie selten zuvor. Bis ich die Schlange am Kiosk überwunden und genug Wasser getrunken hatte, um mein Überleben sicherzustellen, war ich – Sie ahnen es schon – wieder zu spät.

Es kam mir vor, als wollte irgendeine dunkle Macht um jeden Preis verhindern, dass ich diese Stelle behielt. Ich hatte schon gar keine Lust mehr zu klingeln. Bisher hatte mir das nur Ärger eingebracht. Es weiter hinauszuzögern, würde die Situation allerdings auch nicht verbessern. Eines schwor ich mir jedoch: Ganz egal, was in den nächsten paar Minuten passieren würde – durch das Fenster einsteigen würde ich nicht noch einmal!

Ich klingelte. Irgendwo im Haus hörte ich Percy und Joe in freudiger Erwartung bellen. Wahrscheinlich mochte ich Hunde einfach lieber als Menschen.

In diesem Moment öffnete Gabriel York, Goldmedaillengewinner im Finster-Dreinblicken, die Tür. Ja, es stimmte, ich mochte Hunde lieber.

Selbst auf meiner Party gestern hatte ich ihn nicht vergessen können. Immer wieder musste ich an den Augenblick denken, als ich die Augen öffnete und sah, wie er mich anschaute. Und an den Moment, in dem aus der Wiederbelebung etwas anderes geworden war.

Mr. York sah heute ein wenig besser aus. Er hatte sich rasiert und trug einen bequemen grauen Jogginganzug, die Art Kleidung, die man anhatte, wenn man keinen raueren Stoff auf der Haut vertragen konnte. In diesem Outfit passte er aber ganz und gar nicht zu den Lorbeerbäumen, ganz im Gegensatz zu seiner perfekt angezogenen Ehefrau.

„Miss Harrington", sagte er müde, „Kommen Sie immer eine halbe Stunde zu spät zur Arbeit oder versuchen Sie einfach, mich umzubringen?"

„Ich versuche, Sie umzubringen", antwortete ich. Sarkastisch konnte ich selbst sein. Wahrscheinlich haben Sie inzwischen schon bemerkt, dass ich auf dem besten Weg war, selbst mein schlimmster Feind zu werden. Als ich sah, wie sehr er sich an der Tür abstützte, konnte ich mir ein „Sollten Sie nicht lieber im Bett sein?" nicht verkneifen.

„Ich wüsste nicht, was Sie das angeht", antwortete er. Offensichtlich hatte ihn mein Gegenangriff aus der Bahn geworfen. Er sah nicht aus wie ein Mann, der jemals zugab, im Unrecht zu sein. Bei gar nichts. Er trat zur Seite, um mich hineinzulassen, ohne sich um meine Schuhe zu kümmern. „Aber da ich Sie ja beinahe schon abgeschrieben hatte, blieb mir ohnehin keine Wahl."

„Und?" Ich putzte mir sehr sorgfältig die Schuhe ab.

„Entschuldigung?" Ich hatte das eindeutige Gefühl, als würde er dieses Wort nicht häufig verwenden, zumindest nicht als echte „Entschuldigung". Genauso wenig, wie das andere magische Wort – danke. Zum Beispiel, weil man die eigene Gesundheit riskiert hatte, um ihm das Leben zu retten.

„Wollen Sie mir damit sagen, dass Sie sich extra von Ihrem Krankenlager hochgerafft haben, um selbst mit Percy und Joe spazieren zu gehen?“, erkundigte ich mich zuckersüß. Es sah ja nicht so aus, als würde ihm Mrs. York diese Arbeit abnehmen. Wo steckte sie eigentlich schon wieder? Er sollte im Bett liegen und liebevoll umsorgt werden.

Meine spitze Zunge brachte mir einen weiteren finsteren Blick ein. Okay, den hatte ich wohl verdient. Selbst wenn es nicht meine Schuld war, ich war viel zu spät dran.

„Leider nicht. Wenn ich in der Lage wäre, weiter als bis zum Badezimmer zu laufen, bräuchte ich Sie nicht.“

Direkt war er auch.

„Ich wollte sie gerade in den makellosen Garten meiner Schwägerin hinauslassen und mir wieder ein paar Minuspunkte einhandeln. Auch wenn sie es verdient hätte.“

Sie war seine Schwägerin? Nicht seine Frau? Mein Herz schlug Purzelbäume. Dieser Kerl war Spitzenkandidat für den Miesepeter des Monats, vielleicht gar des Jahres. Wieso sollte sich mein Herz für ihn interessieren?

„Minuspunkte?“

„Einen dafür, dass ich aufgestanden bin und somit meinen Genesungsprozess behindert habe, was wiederum dazu führt, dass ich sie weiter belästigen muss. Einen dafür, die Hunde …“

„Alles klar.“ Ich wusste, was er sagen wollte.

Sie war nicht nur nicht seine Frau, sie mochte zudem weder seine Hunde noch ihn selbst!

Und? Was ging mich das an?

Er zuckte mit den Schultern. „Ich hätte die Schuld natürlich auf Sie geschoben.“ Dieser Gedanke schien ihn etwas aufzuheitern. „Kommen Sie eigentlich *immer* zu spät?“, wiederholte er.

„Selbstverständlich nicht. Ich bin rechtzeitig losgegangen." Was ja auch stimmte, die Umstände waren einfach gegen mich. „Dummerweise gab es ein Problem mit der …"

Er hob die Hand, um meinen Redefluss zu unterbrechen. Es war eine große, kräftige Hand, mit langen, schlanken Fingern und einem starken Handgelenk, das an einem muskulösen Arm saß …

Vielleicht starrte ich seine Hand etwas zu offensichtlich an – die Hände eines Mannes sind mir enorm wichtig –, denn plötzlich ballte er die Hand zur Faust und ließ sie an die Seite fallen. „Ersparen Sie mir die Einzelheiten", sagte er. Offensichtlich war er am Ende seines allzu kurzen Geduldsfadens angekommen. „Ich hatte nur gedacht, wenn es Ihre Gewohnheit wäre, würde ich Sie eine halbe Stunde früher buchen, in der Hoffnung, dass Sie dann pünktlich kommen würden. Bevor Percy und Joe aus purer Verzweiflung die Tür zum Hauswirtschaftraum zerlegen."

In seinen Augenwinkeln bildeten sich kleine Fältchen – wollte er womöglich lächeln? –, bevor ihm wieder einfiel, dass er schlechte Laune hatte. Mir war es egal. Immerhin würde er nicht bei Miss Frostig anrufen und um Ersatz für mich bitten.

Plötzlich wollte ich ihn umarmen. Na ja, so ganz plötzlich kam mir der Gedanke nun auch wieder nicht. Eigentlich wollte ich das schon die ganze Zeit, ich hatte bloß keine passende Ausrede gefunden. Ich wollte wissen, ob seine überraschende Reaktion gestern Zufall war.

Ich meine, gütiger Himmel, er hatte ausgesehen, als stände er bereits mit einem Bein im Jenseits. Nicht gerade ein Liebestraum, aber den hatte ich ja schon mit Perry hinter mich gebracht.

Der Gedanke an diesen Kerl ließ mich rasch wieder abkühlen.

„Das ist wirklich nicht nötig", sagte ich, schwer bemüht,

nicht zu grinsen. Anscheinend war meine Stelle erst einmal sicher, selbst wenn ich nur zwei Stunden am Tag zwei Hunde Gassi führte. „Obwohl ich gerade meinen Lebensunterhalt mit dem Gassigehen verdiene, kann ich sehr wohl eine Uhr lesen.“ Das war wohl etwas schärfer als nötig. Ich war den zweiten Tag zu spät. Und ich machte den Job erst seit zwei Tagen. „Vielleicht sollte ich loslegen“, sagte ich. „Percy und Joe hören sich schon leicht hysterisch an.“

„Seit gestern sind sie in den Wirtschaftsraum verbannt“, sagte er, dieses Mal ohne den Anflug eines Lächelns. „Er ist unten. Gehen Sie hinten mit ihnen hinaus, im Garten gibt es ein Tor.“ Er ergriff meine Hand, legte einen Schlüssel, der noch ganz warm war, hinein und schloss meine Hand. Dabei hielt er sie einen Moment länger als nötig. „Es ist abgeschlossen.“ Und dieses Mal sah ich ein Aufblitzen von Wärme in seinen dunklen Augen. „Um Einbrecher fernzuhalten.“

Eine Stunde mit Percy und Joe vertreibt jede schlechte Laune. Sie waren so glücklich, endlich frei zu sein, dass man sich ihrer Aufregung nicht entziehen konnte. Sie stürmten durch die Bäume und durchstöberten die wilderen Teile des Parks, bevor sie ihre kleine Entenjagd wiederholten.

Sie waren blitzschnell, und Percy kehrte mit den Schwanzfedern einer Stockente im Maul zurück. Die zwei waren eindeutig Jagdhunde, die im schicken Belgravia nichts verloren hatten. Sie brauchten Platz und sollten auf dem Land leben.

Als meine Mutter anrief, erkundigte sie sich nicht nach dem Mann, mit dem sie fast 30 Jahre verheiratet gewesen war. Sie wollte wissen, wie es ihrem alten Spaniel ging. Die Süße kam langsam in die Jahre und würde sie schrecklich vermissen.

Unwillig blinzelte ich eine Träne weg.

Ich hatte jedes Zeitgefühl verloren, aber schließlich standen wir wieder schlammbespritzt und glücklich vor Gabriel Yorks Haustür.

Das Glücksgefühl währte nicht lange.

Gabriel York öffnete die Tür mit einem Gesichtsausdruck, der Milch hätte gerinnen lassen. „Wo zum Teufel waren Sie?“, wollte er wissen. „Ich dachte, Sie …“

„Was? Dass ich die beiden verloren hätte?“

Er holte tief Luft, offensichtlich genervt. Ob er von mir oder sich selbst genervt war, konnte ich nicht sagen. Er fuhr sich mit den Fingern durch das dichte dunkle Haar. „Zum Glück sind Sie ja wieder alle gesund und munter hier. Wenn die beiden Ihnen zu viel sind …“

„Nein. Tut mir leid, dass Sie sich Sorgen gemacht haben. Wir hatten so viel Spaß und haben einfach die Zeit vergessen. Obwohl, ehrlich gesagt …“ Ich kramte in meiner Tasche nach den Entenfedern „… weiß ich nicht, wie legal die Entenjagd in London ist. Die hier hat noch einmal Glück gehabt, aber es war ganz schön knapp. Ich verlasse mich darauf, dass Sie gegebenenfalls meine Kaution bezahlen. Was sind die beiden eigentlich für eine Rasse?“

„Es sind Salukis, persische Windhunde. Sie jagen auf Sicht. Tut mir leid, ich hätte Sie warnen sollen.“

„Sie waren nicht gerade in der Lage, mir irgendwelche nützlichen Informationen zu geben“, erinnerte ich ihn. „Sie sehen immer noch nicht wirklich gut aus – wenn ich das so sagen darf.“

Ich ignorierte seinen zusammengekniffenen Mund, während er das Bedürfnis herunterschluckte, mir zu sagen, dass ich das keineswegs dürfe. „Ich bringe Ihnen eine Tasse Tee, wenn ich die zwei Rabauken abgetrocknet habe.“

„Wirklich?“ Er sah mich an, als wolle er die nächste Frage lieber nicht stellen. „Und wo werde ich sein?“

„Sie legen sich hin.“ Er sah aus, als könne er jeden Moment

wieder umfallen. Sein Gesicht wirkte grau und eingefallen, und obwohl ich gegen eine zweite Runde Mund-zu-Mund-Beatmung nichts einzuwenden gehabt hätte, wollte ich nicht zu eifrig aussehen. Nicht, dass er es falsch verstehen würde. Oder vielleicht verstände er es ja auch ganz richtig, was noch viel schlimmer wäre. „Ab ins Bett, bevor Sie umkippen", sagte ich in meiner strengsten Nanny-Stimme. „Ich warne Sie, Mr. York. Wenn ich noch einmal die Feuerwehr rufen muss, sorge ich dafür, dass sie dieses Mal mitgenommen werden."

„Tun Sie das nur", konterte er. „Dann gehen die Hunde in eine Pension, und Sie haben keinen Job mehr."

„Nein!"

„Cristabel duldet sie nur, weil sie der Ansicht ist, dass die beiden mir guttun. Und sie duldet *mich* nur, weil ich unter der Voraussetzung aus dem Krankenhaus entlassen wurde, dass ich nicht allein bleibe." Er zuckte mit den Schultern. „Wie Sie zweifelsohne bemerkt haben, leide ich an Schwächeanfällen."

„So nennen Sie das? Wenn Sie mich fragen, waren Sie vollkommen bewusstlos." Das war nicht gerade nett von mir, wo er doch mein Entsetzen zum Glück nicht als puren Egoismus, sondern als Besorgnis um seine Hunde ausgelegt hatte.

„Sie ist sehr großzügig", fuhr er fort, „Aber ich befürchte, die zerbrochene Figur in ihrem Ankleidezimmer hat ihr beinahe den Rest gegeben."

Oh, verdammt.

„Das waren nicht die Hunde, aber ich schätze, das wissen Sie bereits …"

Unerwarteterweise lächelte er. „Ich weiß es. Die Hunde wissen es. Aber sie hat es schon schwer genug mit mir, ohne dass sie auch noch ihrer Versicherung erklären muss, wie leicht es für Sie war, durch das Fenster …"

„Es war *nicht* leicht! Meine Fingernägel können Ihnen das beweisen." Ich hielt ihm meine Hände hin, und plötzlich nahm er sie in seine. Eingehend studierte er die Überreste meiner gestern noch perfekt manikürten Nägel. Es kam mir wie eine Ewigkeit vor, bis ihn plötzlich ein Schauer durchlief und er meine Hände fallen ließ.

„Ganz egal. Ein Einbrecher würde sich nicht um seine Nägel sorgen. Ich denke, der Versicherung würden die Sicherheitsmängel ganz und gar nicht gefallen. Und das könnte teuer werden."

„Zum Glück war das Fenster offen. So ein Keramikpüppchen kann man ersetzen."

„Wahrscheinlich", sagte er scharf und schnitt mir das Wort ab. Er steckte die Hände in die Taschen und hörte auf zu lächeln. „Sie würde trotzdem den Hunden die Schuld geben. Wenn die zwei nicht hier wären, hätten Sie nicht durch das Fenster klettern müssen."

„Es hätte jemand hier sein müssen, um mich hereinzulassen."

„Wären Sie pünktlich gewesen, wäre mein Bruder da gewesen. Er sollte selbst mit den Hunden gehen, nur gab es dann irgendein Problem. Er hat so lange wie möglich gewartet. Ich hatte schon nicht mehr mit Ihnen gerechnet und war gerade auf dem Weg nach unten, um die Hunde in den Garten zu lassen."

Mist. Das hatte er also gemeint, als er fragte, ob ich ihn umbringen wolle. Er hätte gestern Abend im Bett sein sollen. Heute Morgen war ich wieder zu spät, und nun waren wir auch noch viel länger im Park gewesen als geplant.

Eigentlich sollte er gerade im Bett liegen. Ich fühlte mich schuldig. Eines stand jedoch fest: Er wohnte nicht freiwillig in diesem schrecklichen Haus. Dieser Gedanke verbesserte meine Laune schlagartig. Es war albern, aber so war es. Von seiner schwerbeschäftigten Familie schien er nicht gerade viel Hilfe zu bekommen, vor allem, wo er doch nicht allein bleiben sollte.

Ich schluckte die Frage hinunter. „Wenn das so ist, dann sollten Sie schleunigst wieder ins Bett gehen, Mr. York, bevor Sie umfallen und wir beide ein Problem bekommen."

„Gabriel", sagte er. „Oder Gabe, wenn Ihnen das lieber ist."

„Gabriel ist in Ordnung", sagte ich, ohne darüber nachzudenken. „Ich bin Sophie. Wenn Sie mich jemals Soph nennen, können Sie Ihre Hunde selbst Gassi führen."

„Sophie." Er sah mich einen Moment lang ernst an. „Das werde ich mir merken."

„Prima. Und ich werde mir Mühe geben, in Zukunft pünktlich zu sein." Ich hatte keine Ahnung, wie ich das anstellen sollte, aber ich würde mir etwas einfallen lassen. „Und nun gehen Sie ins Bett, Gabriel."

Es war ein komisches Gefühl, sich mit Vornamen anzusprechen und ihn ins Bett zu schicken, als würden wir uns schon ewig kennen. Um mich abzulenken, zog ich die furchtbare Kunstpelzjacke aus und setzte die enge Mütze ab.

„Sie sind ja blond", sagte er in diesem Ich-hätte-es-wissen-müssen-Tonfall.

„Das ist mir bewusst", versicherte ich ihm und begann, die Hunde mit Handtüchern abzurubbeln. Ich kannte meine Grenzen durchaus, und auf dämliche Blondinenwitze konnte ich verzichten. „Ist das ein Problem für Sie?"

Eine halbe Ewigkeit lang – jedenfalls kam es mir so vor – stand er stocksteif da und sagte nichts. „Zweiter Stock, erste Tür rechts."

„Gabriel?" Er blieb in der Tür stehen und drehte sich um. „Möchten Sie einen Toast oder so etwas?"

„Würden Sie ein Nein als Antwort hinnehmen?"

„Wahrscheinlich nicht."

„Wenn es Sie nicht stört, Ihre Zeit zu verschwenden, dann will ich auch nicht hier stehen und meine Atemluft verschwenden." Klugerweise ließ er sich auf keine weitere Diskussion ein.

„So sind wir Frauen", sagte ich zu Percy, während ich sorgfältig seine Pfoten abwischte. „Lästige Wesen, die immer glauben zu wissen, was für die Männer am besten ist." Ganz im Gegensatz zu Männern, die das nicht wussten. „Obwohl, wenn ich genau darüber nachdenke, hat sich das doch wie ein Ja angehört, was meinst du?" Als Mann konnte er natürlich nicht einfach und direkt „Ja" sagen.

Percy leckte zustimmend meinen Hals ab. Ich drückte Joe und ihn und versprach, später noch einmal nach ihnen zu sehen. Dann ging ich in eine Küche, wie ich sie bisher nur aus Wohnmagazinen kannte. Die Art Küche, in der man sich gar nicht traut, etwas anzufassen.

Der Kühlschrank war mit besten Biolebensmitteln bestückt, wie sie eine ernährungsbewusste Gastgeberin ihren Gästen anbieten würde. Wahrscheinlich hatte ich zu viele Vorurteile. Gabriel Yorks Schwägerin war bestimmt sehr nett, wenn man sie nicht gerade mit unerwünschten Gästen belästigte. Besonders, wenn zwei davon höchst lebhafte Hunde waren.

Aus eigener Erfahrung wusste ich, wie viel Dreck zwei Hunde machen konnten.

Ich füllte den Kessel mit gefiltertem Wasser, schnitt Biobrot in Scheiben und steckte sie in den Toaster. Zum Glück fand ich ein Tablett und stellte ein Glas frisch gepressten Orangensaft, französische Butter und Marmelade darauf. Ich spielte mit dem Gedanken, eines der Bioeier, die in ihrem Kasten auf echtem Stroh lagen, zu kochen, aber ich wollte es nicht gleich übertreiben.

Ich trug das Tablett zwei Etagen nach oben. Zum Glück hatte Gabriel York die Tür aufgelassen, sodass ich nicht mit dem Fuß anklopfen musste. Trotzdem hielt ich es für angebracht, mich anzukündigen, bevor ich eintrat.

„Gabriel?"

Keine Antwort. Ich schaute vorsichtig um die Ecke und sah, warum. Er hatte sich auf das Bett fallen lassen und war sofort eingeschlafen. Ich stellte das Tablett am Fenster ab und räumte leise seinen Nachttisch ab, damit ich ihm sein Frühstück in der Nähe abstellen konnte.

„Was tun Sie da?"

Ich machte einen Satz zurück und ließ ein Buch fallen. „Ich versuche, Sie nicht aufzuwecken", sagte ich, während ich das Buch aufhob. Nicht gerade leichte Kost. Es war ein Lehrbuch. Tropenmedizin. Du lieber Himmel, was hatte er sich nur eingefangen?

„Dann haben Sie versagt."

Ich legte das Buch zurück. „Wissen Sie, Sie haben Glück, dass Sie krank sind. Sonst käme womöglich jemand auf die Idee, Ihnen mitzuteilen, dass Ihre soziale Kompetenz wirklich zu wünschen übrig lässt."

Er sah mich finster an. „Ist das wahr?"

„Man könnte Sie sogar für einen schlecht gelaunten Miesepeter halten."

„Aber nur, wenn ich nicht krank wäre?"

„Sehr krank", antwortete ich, denn seine Gereiztheit ging mir wirklich auf die Nerven. „Bei einer tödlichen Krankheit würden Sie damit durchkommen", fügte ich leise hinzu.

„Dieses Mal nicht", sagte er. Sein Gehör war offensichtlich nicht geschädigt. „Obwohl Malaria durchaus tückisch ist. Sie kann einen gesunden Mann innerhalb weniger Tage töten, wenn ..."

„Malaria?" Du meine Güte, ich hatte das doch nicht ernst gemeint. Er sah schlecht aus, aber nicht *so* schlecht. „Ich dachte, dagegen kann man Medikamente nehmen."

„Kann man auch, aber die sind nicht unfehlbar. Besonders,

wenn man sie nicht nimmt. Sie wissen ja, Ärzte sind selbst die schlimmsten Patienten." Endlich setzte er ein kleines Lächeln auf – und das Warten darauf hatte sich wirklich gelohnt. Sein Gesicht verwandelte sich von „ausgezehrt" zu „männlich", und seine dunklen Augen begannen zu leuchten.

Ich stellte das Tablett neben ihm ab. „Sie sind Arzt?", fragte ich. „Ich bin sicher, die Agentur hat Mister und nicht Doktor gesagt."

„Das stimmt auch. Ich bin Chirurg."

Das erklärte die Bettlektüre.

„Warum?"

„Warum bin ich Chirurg?"

„Nein, warum heißt es bei Chirurgen nicht Doktor? In den USA ist das nicht so, oder?"

„Haben Sie mal dort gelebt?"

„Nein, aber ich habe *Emergency Room* im Fernsehen ..." Gott, musste das dämlich klingen!

„Sie wissen doch, wir Briten sind gern etwas Besonderes." Er setzte sich auf. „Beim Fernsehen ist Ihnen sicher auch aufgefallen, dass wir auf der falschen Straßenseite fahren." Wenigstens hatte ihn meine Bemerkung noch einmal zum Lächeln gebracht, wenn auch auf meine Kosten. „Bekomme ich die Tasse Tee, oder ist die nur zur Dekoration da?"

„Oh, tut mir leid." Ich reichte ihm die Tasse. Er nahm sie mir ab, und ich löffelte Zucker hinein, bis er Stopp sagte. Instinktiv wollte ich ihn darauf hinweisen, dass so viel Zucker nicht gut für ihn war. Glücklicherweise konnte ich mich im letzten Moment zurückhalten. Er war Arzt, man konnte davon ausgehen, dass er das selbst wusste.

„Toast?" Ich wartete die Antwort gar nicht erst ab, sondern schmierte Butter und Marmelade darauf, schnitt den Toast in zwei Hälften, gab ihm eine und biss herzhaft in die andere. In Gesellschaft isst es sich immer besser. Das ganze Biozeug schmeckte wirklich gut. Ich wünschte, ich hätte meinen Tee auch mit hochgebracht. „Mein Frühstück ist schon eine Weile her“, sagte ich auf seinen belustigten Blick hin. Dass ich gar kein Frühstück gegessen hatte, erwähnte ich nicht.

„Bedienen Sie sich. Aber setzen Sie sich bitte und essen Sie in Ruhe, sonst bekommen Sie Verdauungsstörungen.“ Er schob seine langen Beine zur Seite, um mir Platz zu machen. Vielleicht zögerte ich einen Moment zu lang. Es war ein komisches Gefühl, sich einfach so auf das Bett eines fremden Mannes zu setzen, denn er fügte hinzu: „Das ist meine Meinung als Arzt. Der Rat war kostenlos. Dieses Mal zumindest.“

Ich setzte mich.

4. KAPITEL

Wo haben Sie sich denn Malaria geholt?", fragte ich, um mich abzulenken. So etwas Lächerliches. Ich war 25! Und es war ja nicht so, als wäre er nackt. Von seinen Füßen einmal abgesehen. Er hatte tolle Füße – groß, aber nicht zu groß. Und lange, sexy Zehen. Die gut zu seinen langen, sexy Fingern passten, die er gerade fest um die Teetasse gewickelt hatte.

Außerdem war er nicht in der Verfassung, um über mich herzufallen. Was er ja auch gar nicht wollte. Zum Glück.

Schließlich wäre ich nicht gern dafür verantwortlich, wenn er einen Rückfall erlitt.

„Ich meine, Malaria bekommt man ja nicht an jeder Straßenecke", sagte ich. „Sicherlich steckt man sich damit nicht unbedingt in Belgravia an, oder?"

„Ich wohne nicht in Belgravia." Er zuckte mit den Schultern, als ich mich nicht dazu verführen ließ, ihn zu fragen, *wo* er denn eigentlich wohnte. Dafür war später noch Zeit. „Ich war in Westafrika und habe dort als Arzt für eine Wohltätigkeitsorganisation gearbeitet. Jedes Jahr verbringe ich ein paar Wochen dort und führe Staroperationen durch." Ah, er war also Augenchirurg. „Führte."

„Sie glauben nicht, dass man Sie noch einmal fahren lässt? Nicht einmal, wenn Sie versprechen, ein guter Junge zu sein und brav Ihre Medizin zu nehmen?"

Er schob sich das letzte Stück Toast in den Mund. Irgendwie hatte ich das Gefühl, dass ihm das Essen leichter fiel als das Antworten.

„Also", sagte ich und strich Butter auf ein zweites Stück Toast. So konnte ich den Augenblick, an dem ich mich in die Höhle des Löwen begab, noch etwas hinauszögern. Ich teilte den Toast, ohne ihm seine Hälfte zu reichen. Ich hoffte, er würde sie sich selbst nehmen. „Warum haben Sie das Zeug nicht genommen, das Sie vor Malaria geschützt hätte?“

„Die Nebenwirkungen haben mich bei der Arbeit behindert, und – um ehrlich zu sein – ich habe nicht geglaubt, dass es mich erwischen würde.“

„Männer sind so hilflos. Sie brauchen eine Ehefrau, die sich um sie kümmert“, schlug ich vor. Dann biss ich rasch in meinen Toast, weil ich sehr wohl wusste, dass ich mich ziemlich weit vorgewagt hatte. Er würde mich nicht hinauswerfen, während ich aß. Das würde garantiert zu Verdauungsbeschwerden führen.

Er warf mir einen sehr vielsagenden Blick zu. Nun ja, es war ja auch ein sehr vielsagender Vorschlag.

„Das ist aber nicht gerade sehr feministisch gedacht. Melden Sie sich etwa freiwillig?“, fragte er.

„Das würde auf einen Schlag viele meiner Probleme lösen“, entgegnete ich. Ich würde die Kontrolle über meinen Treuhänderfonds zurückerhalten, und ich müsste meinen Lebensunterhalt nicht mehr mit Gassigehen bestreiten. „Aber es würde mir auch einen ganzen Haufen neuer Probleme bescheren.“

„Alle in Lebensgröße?“

„Absolut. Das ist ein weiterer Unterschied zwischen den Geschlechtern. Frauen brauchen nicht wirklich Ehemänner, wissen Sie? Wir können uns ausgezeichnet um uns selbst kümmern. Ich muss allerdings zugeben, dass ich von ein paar Karrierefrauen gehört habe, die gut eine eigene Ehefrau gebrauchen könnten, die sich um die lästigen Details des Alltags kümmert. Männer brauchen dagegen Ehefrauen. Sehen Sie sich doch einmal an.“

„Glauben Sie mir, ich komme sehr gut ohne Ehefrau zurecht.“

„Oh, hier geht es nicht nur um Sex!“ Ich war irritiert, dass er meine schöne Theorie auf die profanen Grundlagen reduzierte. Dann wurde ich rot.

„Darum ging es mir auch nicht, ob Sie es glauben oder nicht“, antwortete er. Man sah ihm an, wie schwer es ihm fiel, sich das Lachen zu verkneifen.

Ich meinte: „Wenn Sie eine Frau gehabt hätten, hätte sie schon dafür gesorgt, dass Sie Ihre Medikamente nehmen.“ Er wollte gerade widersprechen, aber ich war noch nicht fertig. „Und wenn Sie die Nebenwirkungen der Medikamente gestört hätten, hätte Ihre Frau eben andere Medikamente für Sie aufgetrieben.“ Weil ich gerade so schön in Fahrt war, fügte ich noch hinzu: „Und wenn sie keine passenden Medikamente bekommen hätte, hätte sie Ihren Reisepass verlegt.“

Er konzentrierte sich auf seinen Tee. „Ihre Argumentation hat nur einen kleinen Haken. Diese Art Ehefrau gibt es nicht mehr.“

„Woher wollen Sie das wissen? Haben Sie schon nach ihr gesucht?“

„Nein. Eine Ehefrau ist wirklich das Allerletzte, was ich brauche. An einer Ehe muss man arbeiten. Sich ernsthaft emotional einbringen.“

„Na und? Das ist ja nicht gerade Schwerstarbeit!“

„Nein“, sagte er und fügte mit ironischem Unterton hinzu: „Eine von drei Ehen wird heutzutage geschieden. Und meine Familie gibt sich alle Mühe, dem Durchschnitt gerecht zu werden.“

Er war geschieden?

Ich und meine große Klappe. Er war krank, und anstatt ihn aufzuheitern, machte ich ihn noch deprimierter. „Tut mir leid. Ich wollte nicht … Ich sollte gehen.“ Ich wollte aufstehen, aber er griff nach meinem Arm und hielt mich zurück.

„Sie müssen sich nicht entschuldigen, Sophie. Es ist ja nicht Ihre Schuld. Es scheint halt eine Schwäche meiner Familie zu sein." Er hielt meinen Arm länger fest, als unbedingt nötig gewesen wäre, und als wüsste er nicht, was er sonst mit seiner Hand anfangen könnte, nahm er schließlich ein Stück Toast. „Bleiben Sie und essen Sie auf."

„Was ist mit Ihrem Bruder?", fragte ich und deutete auf den Flur. Da er mich gebeten hatte zu bleiben, sah ich das als Erlaubnis an, unsere Unterhaltung fortzusetzen. „Er ist doch verheiratet."

Er sah mich geradezu frustriert an. „Warum führen wir eigentlich dieses Gespräch?"

„Meine sozialen Fähigkeiten sind, ganz im Gegensatz zu Ihren, sehr gut ausgebildet. Das könnten Sie übrigens auch der Dame von der Agentur sagen, falls sie fragen sollte. Die Menschen reden einfach gern mit mir. Sie wollten mir gerade von Ihrem Bruder erzählen?", forderte ich ihn auf, bevor ich in meinen Toast biss.

Er fügte sich kampflos in sein Schicksal. „Michael und Crissie leben jeder ihr eigenes Leben. Sie teilen das Haus und das Bett und sonst so gut wie nichts. Als Familie sind wir alle sehr zielgerichtet, nicht nur die Männer, auch die Frauen. Menschen, die den Fehler machen, uns zu lieben, gehen in der Strömung unter. Crissie hat nur überlebt, weil sie so ist wie wir. Sie lässt sich durch nichts von ihrem Ziel abbringen, wenn sie sich etwas in den Kopf gesetzt hat."

Eigentlich wollte ich gar nichts über seine Schwägerin wissen – er war es, der mich interessierte. „Sie haben Schwestern?"

„Eine. Sie ist Politikerin."

„Wirklich? Sollte ich sie kennen?" Sein Gesichtsausdruck ließ nichts Gutes ahnen. Es dauerte auch nicht besonders lange, bis es mir einfiel. Jessica York. Die Frau, auf die jeder ein Auge hatte, während ihre Karriere in rasender Geschwindigkeit steil nach oben führte. „Jessica York ist Ihre Schwester?"

„Meine *geschiedene* Schwester."

„Ich wusste gar nicht, dass sie schon einmal verheiratet war."

„Nicht lange. Ihr Ehemann hat sie sich ganz jung geangelt, aber sie hat ihn schnell hinter sich gelassen."

„Oh."

„Meine Mutter ist Anwältin", sagte er, ohne meine Frage abzuwarten. „Sie führte eine Kampagne an, die für Gleichberechtigung am Arbeitsplatz kämpfte. Jetzt gehört sie zur Denkfabrik für Frauenangelegenheiten in der Regierung. Und zufälligerweise ist sie auch geschieden."

„Ich traue mich kaum zu fragen, was Ihr Vater macht."

„Er bügelt seine eigenen Hemden." Amüsiert schüttelte er den Kopf. „Nein, natürlich hat er eine Haushälterin, die sich um Alltagsdinge kümmert, und eine Reihe von Freundinnen für seine anderen Bedürfnisse. Er ist Herzchirurg."

„Kommen Sie nach ihm?"

„Die gescheiterte Ehe habe ich ausgelassen."

Er war also *nicht* geschieden.

„Und was passiert, wenn Sie sich verlieben?", fragte ich.

„Tue ich nicht. Ist ja schließlich nicht zwingend vorgeschrieben."

„Ich wusste gar nicht, dass man sich das aussuchen kann." Bevor er dies als Aufforderung auffasste, sich nach meinem – nicht vorhandenen – Liebesleben zu erkundigen, fügte ich schnell hinzu: „Sie machen einen großen Fehler, wissen Sie? Verheiratete Männer leben länger als Junggesellen, nur weil sie jemanden haben, der sich um die kleinen Problemchen des Alltags kümmert."

„Soll ich Ihnen das glauben?"

„Es gibt entsprechende Statistiken", versicherte ich ihm.

Mein Vater hatte sich sein ganzes Eheleben über niemals um irgendwelche Details kümmern müssen. Wie lange würde es dauern, bis es abwärts ging mit ihm, jetzt, wo sich weder meine Mutter noch ich uns um ihn kümmerten?

Darüber wollte ich gar nicht nachdenken, deswegen bot ich Gabriel schnell das letzte Stück Toast an. Als er danach griff, verlor er die Kontrolle über die Teetasse in seiner anderen Hand. Warmer Tee ergoss sich über seinen Schoß. Er fluchte herzhaft, sprang aus dem Bett und zog die nasse Pyjamahose aus.

Ich warf einen kurzen Blick auf lange, muskulöse Beine, bevor ich mich intensiv damit beschäftigte, die Teetasse aufzusammeln und das Laken abzuziehen, damit der Tee nicht durchsickern konnte. Ich trug es nach unten und stopfte es in die Waschmaschine. Während ich nach dem Waschmittel und dem richtigen Waschprogramm suchte, bemerkte ich, dass er mir nach unten gefolgt war und die Hose zum Laken in die Maschine getan hatte.

„Ich glaube, die sollten Sie nicht zusammen mit Weißem waschen“, protestierte ich.

Als Antwort schaltete er die Waschmaschine ein.

„Ich äh … gehe und hole das Tablett.“

„Lassen Sie es.“

„Gut. Ich sollte dann besser gehen“, sagte ich, obwohl ich ihn wirklich nicht gern allein lassen wollte. „Kommen Sie alleine klar?“

„Ich habe das Gefühl, dass es für mich viel sicherer ist. Sie schaden meiner Gesundheit.“ Das fand ich ziemlich unfair, sagte aber nichts. „Sie sind hier, um die Hunde auszuführen, Sophie, nicht um sich um mich zu kümmern.“

Irgendwer sollte das aber tun. „Ich dachte, der Sinn Ihres Aufenthaltes hier wäre, dass immer jemand da ist.“

„Quatsch. Mit der Geschichte haben wir mich bloß aus dem Krankenhaus herausbekommen. Ich brauche niemanden, der mich bemuttert.“

War ich so durchsichtig?

„Gehen Sie, und tun Sie, was Sie sonst eben so tun. Crissies Haushälterin kommt jeden Augenblick. Außerdem schaut mein Bruder in der Mittagspause vorbei, damit die Hunde seinen Designergarten nicht auseinandernehmen."

„Tja, das ist wohl besser als gar nichts, schätze ich." Neben dem Telefon in der Küche lagen Block und Stift. Ich schrieb meine Telefonnummer auf, riss das Blatt ab und reichte es ihm. Als er es nahm, sah ich, dass er zitterte. Er steckte den Zettel in die Tasche. „Rufen Sie mich an, falls er es nicht schafft, okay? Und fallen Sie ja nicht wieder die Treppe hinunter oder werden ohnmächtig." Ohne seine Antwort abzuwarten, ging ich zur Tür. „Ich bin heute Abend wieder da." Ich sah mich um. „Brauchen Sie noch etwas?"

Alles, was meine Mühe mir einbrachte, war eine hochgezogene Augenbraue. „Zum Beispiel?"

„Keine Ahnung. Leichten Lesestoff vielleicht? Medizinische Lehrbücher sind schlecht für Ihre Gesundheit." Er sah nicht beeindruckt aus. Ich war es wirklich leid, mich ständig um jemanden zu bemühen, der nicht einmal „Danke" – selbst wenn es mit einem „Nein" gepaart war – sagte. „Vielleicht hätten Sie ja gern etwas aus der Erwachsenenabteilung? Ich verrate es auch nicht Ihrer Schwägerin."

Er überlegte einen Moment. „Nein. Danke."

Selbst Miesepetern konnte man mit einem Schubs in die richtige Richtung gute Manieren beibringen.

„Wie wäre es mit einer DVD? Etwas, das Sie zum Lachen bringt?"

„Crissie hat keinen Fernseher."

„Ich habe einen kleinen tragbaren Fernseher, den ich Ihnen leihen könnte."

„Nein danke, ich werde es überleben."

„Ein Radio? Einen CD-Player?" Ich war jetzt in Fahrt. „Das ist mein letztes Angebot."

„Bringen Sie einfach sich selbst mit", grummelte er, „und versuchen Sie, dieses Mal pünktlich zu sein."

„Sie können sich auf mich verlassen."

„Das glaube ich, wenn ich es sehe."

Die Internetagentur hatte tatsächlich Wort gehalten. Mein E-Mail-Eingang wurde mit Stellenangeboten förmlich überflutet – eines deprimierender als das andere. Wahrscheinlich war das der Trick. Hatte man sich bis zum letzten Angebot durchgekämpft, würde die erste Stelle so verlockend erscheinen, dass man um ein Vorstellungsgespräch bettelte.

Ich versuchte gerade, mich zwischen einer Karriere im Telemarketing oder als Verkäuferin von Mobiltelefonen zu entscheiden, als mein Telefon klingelte.

„Sophie Harrington?" Miss Frostig. Ich spürte, wie die Kälte aus meinem Telefonhörer kroch. „Lucy Cartwright."

„Miss Cartwright." Alle meine sonstigen Kontakte mit der Agentur hatten auf einer freundschaftlichen Vornamensbasis stattgefunden. Ich konnte mir aber beim besten Willen nicht vorstellen, diese Frau Lucy zu nennen.

„Guten Morgen." Man sollte ja immer höflich bleiben, auch wenn „gut" in diesem Fall eine maßlose Übertreibung war.

„Ich habe einen weiteren kleinen Teilzeitjob für Sie. *Bloomers* braucht sofort jemanden, und ich erinnere mich ja noch daran, wie begeistert Sie vom Blumenarrangieren waren. Da habe ich natürlich sofort an Sie gedacht."

„Oh!" Du meine Güte, *Bloomers!* Das war der angesagteste, schickste Blumenladen in ganz London. Meine Geburtstagsblumen stammten von dort. Anscheinend hatte ich Miss Frostig völlig unterschätzt. „Wie nett von Ihnen."

„Nicht der Rede wert. Sie müssten allerdings nach Ladenschluss arbeiten. Ist das ein Problem?"

„Äh, nein."

„Es ist nur vorübergehend. Die normale Putzfrau musste überraschend ins Krankenhaus. Sie fangen heute Abend um 18 Uhr an. Jemand wird Sie dort erwarten und Ihnen alles Nötige zeigen." Mein Schweigen ließ sie wohl erkennen, dass ich nicht gerade voller Enthusiasmus war. „Wenn Sie natürlich etwas Besseres zu tun haben, dann …"

Die Frau hatte eine Art an sich, die mir immer wieder die Sprache verschlug. Vermutlich war es genau das, worauf sie es anlegte, deswegen beschränkte ich meine Antwort auf ein höfliches „Keineswegs".

Ich schrieb mir die Details auf, direkt unter die Angaben für meinen Hundeausführjob. Wenigstens lagen die beiden Stellen in bequemer Laufweite voneinander.

Hundeausführerin und Putzfrau. Mein Karrierepfad zeigte nicht gerade steil nach oben. Aber immerhin hatte ich einen Job.

Es klingelte an der Wohnungstür. Da keiner von unten geklingelt hatte, ging ich davon aus, dass es meine „Gäste" waren, die verfrüht von ihrem Ausflug aufs Land zurückkehrten.

Es war meine Tante Cora, die jüngere Schwester meiner Mutter.

„Cora! Was für eine nette Überraschung!" Ich umarmte sie. Jeder sollte eine Tante wie Cora haben. Großzügig, ausgeflippt, voller verrückter Ideen. Ich vergötterte sie. „Warum hast du nicht angerufen? Wie lange bleibst du denn?"

„Ich bin nur kurz hier, Schätzchen. Zum Lunch habe ich uns einen Tisch bei Giovanni reserviert." Sie beäugte meine schlampige Aufmachung mit den kritischen Augen einer Frau, die außerhalb ihres eigenen Badezimmers noch nie ohne perfektes Make-up gesichtet wurde. „Du hast Dreck am Kinn."

Ich rieb daran und zuckte zusammen. „Das ist eigentlich ein blauer Fleck." Sie sah mich mit einem Blick an, der besagte, keine anständige Frau würde sich jemals einen blauen Fleck am Kinn holen. „Es ist eine lange Geschichte …"

„Heb sie dir für den Lunch auf, das Taxi wartet unten."

Ich bürstete rasch meine Haare und steckte sie mit einer großen Ebenholzspange fest. Dann betupfte ich mein Kinn mit einem Abdeckstift und frischte kurz mein Make-up auf. Anschließend sprang ich in einen grauen Hosenanzug und hochhackige Schuhe. Zehn Minuten später waren wir unterwegs.

„Also? Ein Kurzbesuch?", forderte ich sie auf.

Sie drückte mir ein kleines Schmuckkästchen in die Hand. „Herzlichen Glückwunsch nachträglich."

Erwähnte ich schon, wie großzügig sie war? In dem Kästchen befand sich ein wunderschöner, mit Amethysten und Perlen besetzter Anhänger. „Der ist wunderschön, Cora!"

„Er gehörte deiner Urgroßmutter. Sie gab ihn mir zu meiner Hochzeit." Sie zuckte mit den Schultern. „Der ersten."

Plötzlich musste ich an Gabriel denken, der fest entschlossen war, niemals zu heiraten, anstatt ein mögliches Scheitern und ein gebrochenes Herz zu riskieren. Selbst wenn es das Herz eines anderen war. Ich hatte gesagt, er wäre im Unrecht, aber ich war ja selbst nicht anders.

„Eigentlich wollte ich ihn dir zur Hochzeit schenken, aber mit solchen Formalitäten gibt sich heute ja kaum noch jemand ab."

„Tut mir leid, dass ich dich enttäusche", sagte ich, „aber vielen Dank für das wunderbare Geschenk."

„Oh, dich habe ich noch nicht ganz aufgegeben. Eines Tages wirst du jemand anderen kennenlernen."

„Jemand anderen?"

„Und aufhören, diesem Fotheringay-Burschen nachzuweinen."

Wie konnte sie das wissen? „Ich weine …" Sie tätschelte meine Hand.

„Keine Sorge. Ich bin die Einzige, die den Zusammenhang zwischen seiner Verlobung und deinem Weggehen erkannt hat." Und als wäre nichts gewesen, fuhr sie fort: „Anstatt das Ding in dem Kästchen vergammeln zu lassen, dachte ich mir, ich gebe es dir gleich."

„Vielen Dank. Ich werde es in Ehren halten."

„Wehe, du hebst es für besondere Gelegenheiten auf. Trage es, solange dein Hals noch so gut in Form ist."

Plötzlich überkam mich das Gefühl, dieser Lunch würde nicht so lustig werden, wie ich gehofft hatte. Trotzdem erzählte ich ihr von Kates Antifaltencreme, und sie musste herzhaft lachen. Bei Giovanni angekommen, brach unser Gespräch erst einmal ab, während wir uns entschieden, was wir essen sollten.

„Also", sagte ich, nachdem wir bestellt hatten und Cora außergewöhnlich ruhig war. „Nun sag schon, was ist der Anlass für deinen Besuch? Sosehr, wie ich dich mag, ich kann nicht glauben, dass du nur kurz aus Südfrankreich hergeflogen bist, um mir mein Geburtstagsgeschenk zu geben."

„Stimmt." Sie seufzte. „Ich weiß gar nicht, wie ich es dir sagen soll, Sophie. Meine Investitionen sind in letzter Zeit nicht gut gelaufen. Ich muss mein Einkommen mit dem Apartment aufbessern."

Mein Mund wurde ganz trocken. „Du willst es vermieten?", fragte ich. „Zu welchem Preis?"

Sie antwortete nicht sofort. Überall um uns herum saßen Menschen, die sich prächtig amüsierten, während unser Tisch in eisigem Schweigen versank.

„Du hast es schon vermietet?", fuhr ich fort.

„Nein, Schätzchen, ich habe es verkauft. Nigel und Amber haben sich in das Apartment verliebt. Sie haben sich überall nach etwas Ähnlichem umgesehen, aber natürlich nichts gefunden. Mein Apartment war einfach zu perfekt."

Im Prinzip konnte ich sie gut verstehen. Perry Fotheringay war perfekt gewesen. Ich hatte auch nach jemandem gesucht, der an ihn herankäme. Es war ja nicht nur sein Aussehen. Zwischen uns stimmte einfach die Chemie.

Ohne Vorwarnung hatte ich Gabriel Yorks finsteres Gesicht vor Augen. Nichts war weiter entfernt von Perrys sanftem, spielerischem Lächeln, seinen funkelnden Augen, und trotzdem schlug mein Herz auf einmal schneller.

„Sie drängeln schon seit Wochen“, riss mich Coras Stimme aus den Gedanken. „Vermutlich denken sie, ich hätte nur auf ein besseres Angebot gewartet, aber bis letzte Woche war ich wirklich nicht interessiert. Ein Treffen mit meinem Buchhalter hat die Dinge allerdings verändert.“

„Cora, das tut mir so leid.“

Sie lächelte tapfer. „Ein kurzzeitiger Engpass, weiter nichts. Jedenfalls bin ich hier, um den Vertrag zu unterzeichnen. Das Abschlussdatum ist von dir abhängig.“

Sie wollte wissen, wie schnell ich ausziehen konnte. Wenn es nach ihr ginge, je früher, desto besser. „Ich brauchen einen oder zwei Tage zum Packen. Wie wäre es mit dem Wochenende?“

„So schnell? Das wäre wunderbar.“

Am Wochenende würde ich obdachlos sein! Ich konnte es kaum glauben. Meine Gäste, die praktischerweise weggefahren waren, damit sie nicht mit anhören mussten, wie Cora mir die Neuigkeit überbrachte, hatten mir mein Heim unter den Füßen weggekauft.

„Allein könntest du dir das Apartment doch ohnehin nicht leisten, Sophie“, sagte Cora leise. „Nicht jetzt, wo dein Vater deinen Treuhänderfonds eingefroren hat.“ Woher wusste sie das nun wieder? „Du hast ja nicht einmal einen Job.“

„Nein, aber …“ Ich wollte ihr gerade von meinen Plänen erzählen, Kates Zimmer zu vermieten, überlegte es mir aber anders. Cora hatte uns großzügigerweise jahrelang ihr Apartment überlassen. Wir mussten nur für die laufenden Kosten aufkommen. Jetzt brauchte sie Geld, und ich wollte ihr keine Steine in den Weg legen. „Das ist nur ein kurzfristiger Engpass“, sagte ich zu ihr. Irgendwie gelang es mir, ein Lächeln auf mein Gesicht zu zaubern. „Ich mache mir mehr Sorgen um dich.“

„Nein, nein, das brauchst du nicht. Ich muss bloß ein Weilchen etwas sparsamer sein.“ Plötzlich sagte sie: „Warum gehst du nicht nach Hause, Sophie?“ Langsam hörte sich das Ganze wie eine Verschwörung an. So etwas würde Cora mir aber nie antun. Sie klang wirklich besorgt. „Dein Vater braucht dich. Er weiß nicht, was er ohne deine Mutter anfangen soll.“

Natürlich wusste er das nicht. Er hatte in seinem gesamten Eheleben niemals nach einem sauberen Hemd gesucht, ohne eines zu finden. Sie hatte sich um das Haus gekümmert, um das Wohltätigkeitskomitee der Kirche, um den Gemeinderat – meine Güte, sie hatte sich im Alleingang um das ganze verdammte Dorf gekümmert. Sie hatte immer nur gegeben und gegeben, bis ihr eines Tages auch einmal ein bisschen Aufmerksamkeit zuteil wurde. Die war ihr zu Kopf gestiegen, und das Ganze konnte nicht gut enden.

„Er ist nicht der Einzige, der sie vermisst“, sagte ich. „Anstatt zu Hause zu sitzen und sich selbst zu bemitleiden, sollte Dad ihr hinterherfahren, ihr sagen, wie viel sie ihm bedeutet und wie sehr er sie braucht.“

„Das ist dann also ein Nein?“

Ich unterdrückte einen Seufzer.

„Meine Mutter kann ich ganz bestimmt nicht ersetzen. Und ich tue Dad keinen Gefallen, wenn ich ihm alles abnehme. Er muss sich mit dem, was passiert ist, auseinandersetzen und weitermachen. Das müssen wir schließlich alle.“ Cora zuckte bei meiner unüberlegten Wortwahl zusammen. „Mach dir keine Sorgen“, beruhigte ich sie, „es ist wirklich kein Problem. Ich kann bei einem Freund schlafen, bis ich etwas Passendes gefunden habe. Du kannst Nigel und Amber sagen, sie können jetzt ruhig zurückkommen. Samstagmorgen bin ich verschwunden." Ich stand auf. Der Lärm im Restaurant war mir auf einmal zu viel, und ich brauchte dringend frische Luft. „Hör mal, ich muss los."

Cora umarmte mich. „Vielen Dank, dass du es mir so leicht gemacht hast."

„Nein, ich habe zu danken. Du warst großartig, und wir haben es immer als gegeben hingenommen. Wenn ich einmal etwas für dich tun kann, brauchst du nur zu fragen."

„Also wenn das so ist – musst du wirklich schon los? Ich fliege erst heute Abend zurück, und wir könnten doch noch ein bisschen bummeln gehen", schlug sie vor. So viel zum Thema Sparen.

„Musst du nicht noch deinen Anwalt treffen? Verträge unterschreiben?" Es fiel mir nicht schwer, der Versuchung zu widerstehen. Einer von uns musste ja vernünftig sein. Da die ältere Generation auf einmal komplett durchzudrehen schien, blieb diese Aufgabe an mir hängen.

„Das dauert doch höchstens zehn Minuten."

„Tut mir wirklich leid, Cora. Du weißt, ich bin gern mit dir zusammen, aber ich habe eine Verabredung mit zwei Hunden, die ihr Heim auseinandernehmen, wenn ich nicht mit ihnen Gassi gehe." Damit sie nicht dachte, dass ich ihr aus dem Weg gehen wollte, fügte ich noch schnell hinzu: „Aber wenn du dich langweilst, kannst du gern mitkommen."

„Danke schön, auf dieses Vergnügen verzichte ich lieber."

„Du weißt ja nicht, was du verpasst."

„Matsch, Matsch und noch mehr Matsch? Dafür bin ich leider nicht angezogen."

„Ich auch nicht, und deshalb muss ich mich jetzt sputen, sonst komme ich schon wieder zu spät."

Hatte ich tatsächlich gedacht, es könnte nicht schlimmer kommen? Ich sollte lernen, meinen Optimismus zu zügeln.

Diesmal war ich pünktlich.

Das war auch ganz gut so, denn ich kam gemeinsam mit einem Taxi an. Ich war vor dem Taxifahrer an der Tür und klingelte. Die Tür wurde sofort von Gabriel York aufgerissen, der einen langen dunklen Mantel trug und aussah, als wäre er die ganze Zeit ungeduldig im Flur hin- und hergetigert.

„Tigern" war nicht so ganz der richtige Ausdruck, er sah immer noch so aus, als könne er sich kaum auf den Beinen halten. Er strahlte jedoch eine Art fiebrige Energie aus. Aufgrund der kleinen Tasche zu seinen Füßen hatte er wohl mehr vor.

Percy und Joe saßen auf dem Sprung, die Leinen waren schon an den Halsbändern befestigt. Wortlos reichte er mir die Leinen und nahm die Tasche.

„Was glauben Sie, wo Sie hingehen?", verlangte ich zu wissen.

„Nach Hause", sagte er.

„Bitte?"

„Ich gehe nach Hause", wiederholte er sehr langsam, als spräche er mit einem Idioten.

„Haben Sie die Gastfreundschaft überstrapaziert?", fragte ich. „Was ist geschehen? Hat Crissie die Sache mit dem Bettlaken herausgefunden? Hat sie ein Hundehaar auf dem Teppich gefunden? Hat einer der Hunde das Biohühnchen verspeist?"

„Wahrscheinlich alles drei." Wenn er nicht alle Kraft gebraucht hätte, um sich auf den Beinen zu halten, hätte er vermutlich gelächelt. „Das ist aber nicht der Grund, warum ich gehe. Mein Bruder ist heute Nachmittag nach New York geflogen. Irgendeine Krise bei der UN, die nur er regeln kann. Er hatte nicht einmal Zeit, nach Hause zu kommen und seine Zahnbürste einzupacken."

„Na und?“

„Crissie packt gerade, damit sie ihm nach New York folgen kann.“

„Wieso? Gibt es in New York keine Zahnbürsten?“

Er sah mich an. Da ich ihm den Weg blockierte, hatte er ohnehin keine andere Wahl. „Ich denke schon, Sophie, aber er wird mindestens einen Monat weg sein, und deswegen braucht er mehr als eine Zahnbürste“, erklärte er müde. Irgendwo im Haus hörte man Bügel scheppernd zu Boden fallen, gefolgt von dem erbosten Schrei einer Frau, die offensichtlich mit den Nerven am Ende war. „Wie Sie hören können, hat sie genug zu tun, ohne sich auch noch um mich kümmern zu müssen.“

„Aber irgendjemand muss es tun“, erklärte ich. Jeder weibliche Instinkt in mir schrie förmlich danach, den Arm um seine Schultern zu legen und ihn zurück ins warme Bett zu bringen. Jeder weibliche Instinkt in mir warnte mich gleichzeitig, dass ich um Himmels willen die Finger davon lassen sollte.

„Ich kann problemlos auf mich selbst aufpassen.“

„Ja, klar“, antwortete ich voller Sarkasmus.

Als wolle er mich bestätigen, machte er einen Schritt nach vorn und geriet merklich ins Schwanken. Ach verdammt! Er war gar nicht in der Verfassung, sich zu wehren. Ich trat auf ihn zu und hakte ihn unter.

„Sie müssen sich setzen.“

„Im Taxi“, sagte er, wild entschlossen. Er schob mich zwar nicht weg, aber er machte sehr deutlich, dass er nur in eine Richtung gehen würde.

„Sie hätten mich anrufen sollen“, sagte ich, als er im Taxi saß. „Ich hätte viel früher hier sein können.“

„Ich hab's versucht. Ihr Handy war abgeschaltet.“ Das klang so, als hätte ich es absichtlich gemacht, um ihn zu ärgern.

„Ganz sicher nicht“, antwortete ich und angelte in der Tasche nach meinem Handy, um es ihm zu beweisen. Ich hatte recht. Es war nicht abgeschaltet – der Akku war leer. „Mist."

„Ich habe eine Nachricht auf Ihrer Mailbox hinterlassen", sagte er und verkniff sich jeden weiteren Kommentar.

„Das wird eine dieser Wochen", sagte ich. „Vermutlich haben Dutzende von Leuten versucht, mich anzurufen, um mir einen Job anzubieten."

„Tatsächlich?"

„Nein. Reines Wunschdenken." Ich steckte das Handy wieder ein und sah ihn an. „Sind Sie sicher, dass Sie das tun sollten? Sie sehen furchtbar aus."

„Ich fühle mich auch furchtbar, und das Gespräch mit Ihnen ist nicht gerade hilfreich." Er drückte mir ein Stück Papier mit einer Adresse und einer Telefonnummer in die Hand. „Gehen Sie eine Runde mit den Hunden und dann bringen Sie die zwei nach Hause. Hier ist die Adresse."

„Nur wenn Sie mir versprechen, zu Hause direkt ins Bett zu gehen. Lassen Sie die Tür nicht einrasten, dann müssen Sie mir nicht aufmachen."

Er sah aus, als wollte er widersprechen, aber beschränkte sich auf ein gemurmeltes „rechthaberische Kuh".

5. KAPITEL

Ich wartete, bis das Taxi verschwunden war, bevor ich die Treppe hinaufstieg, um die Tür zu schließen. In diesem Augenblick erschien Cristabel York am Fuß der Treppe.

„Ist er weg?“ Sie sah überrascht aus. „Er hat sich nicht einmal verabschiedet.“

„Ich denke, er war der Ansicht, Sie hätten andere Sorgen.“

„Sie müssen sich nicht für ihn entschuldigen. Er würde es selbst auch nicht tun, glauben Sie mir.“ Sie fuhr sich durch das glatte Haar und sah auf einmal ganz menschlich aus. Verletzlich. Erschöpft. „Das ist ein einziger Albtraum. York-Männer sind einzeln schon schwierig, aber mit zwei von ihnen gleichzeitig unter einem Dach zu leben, ist ein Horror.“

„Sie müssen doch aber auch gute Seiten haben“, warf ich ein. Irgendwie fühlte ich mich gemüßigt, Gabriel zu verteidigen. Obwohl – sie war mit seinem Bruder verheiratete, vermutlich wusste sie genau, wovon sie redete.

„Oh, sie haben schrecklich viele gute Eigenschaften“, stimmte sie mir zu. „Sie sind durchsetzungsfähig, dynamisch und absolut unaufhaltbar, wenn sie sich einmal etwas in den Kopf gesetzt haben. Deshalb habe ich einen von ihnen geheiratet. Und genau deshalb kann man auch kaum mit ihnen leben. Ich habe eine eigene Karriere, muss ein Geschäft führen, aber interessiert das irgendjemanden? Nein, ich muss alles stehen und liegen lassen, damit Michael wieder einmal die Welt retten kann. Gabe ist wenigstens so anständig und tut das keiner Frau an.“ In diesem Moment wurde ihr wohl klar, dass sie das Ganze einer völlig Fremden erzählte. „Tut mir leid, das interessiert Sie sicher nicht. Trotzdem, ich bin nicht die gefühllose Hexe, als die mich mein Schwager gern darstellt. Er will ja nur nicht, dass sich jemand um ihn kümmert, er zerschlägt jeden noch so kleinen Versuch bereits in den Anfängen."

Ach was. „Ich kann mir gut vorstellen, dass er mit den beiden Hunden im Schlepptau nicht gerade der ideale Dauergast ist."

„Wäre er bloß im Krankenhaus geblieben, bis er wieder fit genug ist, alleine zu bleiben." Sie gestikulierte entnervt mit den Händen. „Aber nein, doch nicht Gabriel. So vernünftig konnte er auf keinen Fall sein. Ärzte sind die schlimmsten Patienten. Was die Hunde angeht … ich hatte gehofft, sie würden es ihm erleichtern, sich hier heimisch zu fühlen."

Sie hatte die beiden hergebracht?

„Wo waren die zwei denn, während er im Krankenhaus war?"

„Bei einer Kollegin, einer Krankenschwester. Idealerweise wäre er so lange zu ihr gezogen, aber das wäre ja viel zu einfach gewesen. Er wollte nichts davon hören."

Also hatte er über die Hundepension gelogen.

Sie schüttelte den Kopf. „Ich bin nicht fair. Er war so depressiv, dass er keinen klaren Gedanken fassen konnte. Anscheinend ist das eine der Auswirkungen der Malaria. Er hat Ihnen doch gesagt, dass er Malaria hat, oder?"

Ich nickte.

„Jetzt besteht er darauf, nach Hause zu fahren. Er hätte einfach hierbleiben können. Meine Putzfrau hätte jeden Tag nach ihm gesehen und ihm etwas zu essen gemacht. Er sollte wirklich nicht allein sein."

„Nein." Zumindest darin waren wir uns einig.

„Na ja, wenigstens schauen Sie zweimal am Tag vorbei." Sie nahm Zettel und Stift und schrieb etwas auf. „Hier ist unsere Nummer in New York", sagte sie und gab mir den Zettel. „Bitte rufen Sie mich an, falls es Schwierigkeiten gibt."

Ich hatte das Gefühl, als würde ich viel tiefer in die Geschichte verwickelt, als ich eigentlich wollte.

„Wissen Sie, ich gehe doch nur mit den Hunden Gassi“, sagte ich, als sich mein Selbsterhaltungstrieb endlich durchgesetzt hatte.

„Deshalb sind Sie die perfekte Person, um ein Auge auf ihn zu haben“, ergriff Cristabel York die Flucht nach vorn. „Die Hunde sind das Einzige, das ihn interessiert, und er kann momentan ja nicht selbst mit ihnen gehen.“ Gabriel hatte recht – nicht nur die York-Männer waren unaufhaltsam zielorientiert. „Falls er unhöflich wird, weisen Sie ihn einfach in seine Schranken.“

„Falls?“ Ohne es zu wollen, wurde mir die Frau immer sympathischer.

„Keine Sorge, ich regle das mit der Agentur. Für eventuelle Überstunden werden Sie selbstverständlich bezahlt.“

„Nein, tun Sie das nicht.“ Ich wollte nicht noch tiefer in die Sache hineingezogen werden. Cora hatte recht, ich hatte eine Schutzmauer um mich herum errichtet. Seit ich begonnen hatte, mir um Gabriel York Gedanken zu machen, spürte ich, wie das Fundament bröckelte. „Gibt es denn sonst niemanden?“

Sie ignorierte meinen verzweifelten Einwurf und hielt mir weiter den Zettel hin. Unaufhaltsam.

Es war nicht die Verantwortung, vor der ich zurückschreckte, aber ich hatte so viel anderes zu tun. Ich musste auf Jobsuche gehen, auf Wohnungssuche, umziehen …

„Ich bitte Sie.“

Was hätte ich tun sollen? Ich musste sowieso zweimal am Tag hin, um mit den Hunden zu gehen. Dabei einmal kurz nach Gabriel zu schauen, war ja kein großer Aufwand. Ich würde dafür sorgen, dass er Frühstück bekam und etwas zum Mittagessen im Haus hatte.

Ich nahm den Zettel und steckte ihn in die Tasche.

„Ich werde sehen, was ich tun kann.“

„Fantastisch.“ Sie öffnete ihr Portemonnaie und drückte

mir ein paar Geldscheine in die Hand. „Damit sollten Sie erst einmal auskommen. Wenn es nicht reicht, bekommen Sie den Rest, wenn wir zurück sind."

„Ich kann nicht ..." Das war doch kein Job wie das Gassigehen. Dafür konnte ich nun wirklich kein Geld nehmen. In diesem Moment begann ihr Telefon zu klingeln, und sie winkte mir noch einmal zu, bevor sie die Tür mit dem Fuß zustieß.

Ich war auf der Suche nach Gabriels Adresse in Pimlico – dummerweise hatte ich nur die Adresse, keine Anweisungen, wie ich sie finden sollte –, und besonders viel Zeit hatte ich auch nicht. Wer weiß, in welchem Zustand ich ihn vorfinden würde?

Außerdem musste ich um 18 Uhr bei *Bloomers* sein und ein paar Stunden putzen, bevor ich nach Hause gehen und packen konnte.

Gabriel lebte in einem umgebauten Stallungsgebäude. Es war vor Ewigkeiten einmal weiß gestrichen worden und hatte eine pechschwarze Tür. Die Messingbeschläge an der Tür hatten garantiert seit Jahren keine Politur mehr gesehen. Neben der Tür stand ein großer Steinkübel, aber was auch immer darin gelebt hatte, war vor langer Zeit den Weg alles Irdischen gegangen. Zum Glück hatte er daran gedacht, die Tür nicht einschnappen zu lassen. Die Hunde rasten vor Freude, zu Hause zu sein, wie verrückt durch das Haus.

„Gabriel?" Ich hatte gerade noch 20 Minuten Zeit, um den Hunden Wasser zu geben und nachzuschauen, ob er nicht wieder zusammengebrochen war.

Ich drehte den Kaltwasserhahn auf und sah mich um. Erstaunlicherweise gab es hinten sogar einen kleinen Garten. An der Tür befand sich eine elektronisch gesteuerte Hundeklappe, die durch einen Sender am Halsband der Jungs aktiviert wurde, sodass sie sich selbst herein- und herauslassen konnten.

Ich füllte die Wassernäpfe, stellte sie hin und machte mich

auf die Suche nach ihrem Herrchen, von dem ich noch keine Antwort bekommen hatte.

Das Häuschen war durch und durch maskulin. Das gesamte Erdgeschoss bestand aus einer offenen Wohnküche, ein paar Sesseln und einem alten Sofa, auf dem eine Decke lag. Dort machten es sich die beiden Hunde bequem.

Ich fand Gabriel im Schlafzimmer.

Er musste sich wirklich schlecht gefühlt haben, denn ausnahmsweise hatte er sich an die Anweisungen gehalten und war ins Bett gegangen. Genauer gesagt: Er hatte die Schuhe ausgezogen, sich in eine Decke gewickelt und war eingeschlafen. Seinen Mantel trug er immer noch.

So konnte ich ihn unmöglich liegen lassen. Ein Blick auf die Uhr sagte mir jedoch, dass ich jetzt keine Zeit hatte, mich darum zu kümmern. Ich würde später noch einmal wiederkommen müssen.

Schnell kritzelte ich noch eine Nachricht in mein Notizbuch, riss die Seite heraus und legte sie auf den Nachttisch.

Ich komme wieder.

Beim Hinausgehen ließ ich die Tür nicht wieder einrasten, in der Hoffnung, die Hunde würden mit möglichen Einbrechern fertigwerden. Als ich ein paar Schritte gegangen war, wurde mir klar, dass meine Nachricht eher wie eine Drohung geklungen hatte.

Die Mädels bei *Bloomers* waren toll.

Ich hatte nicht erwartet, sie so spät noch arbeiten zu sehen. Im Laden standen drei junge Frauen, dick eingepackt gegen die Kälte. Ihre Hände waren knallrot vom ständigen Kontakt mit dem kalten Wasser, während sie Blumen aus den einzelnen Kübeln zogen.

Sie warfen nur einen Blick auf mich mit meinem hochroten Gesicht, dem keuchenden Atem und der gestammelten Entschuldigung, weil ich drei Minuten zu spät war, und nahmen mich unter ihre kollektiven Fittiche.

„Setzen Sie sich erst einmal und holen Sie tief Luft. Ich schätze, wir könnten alle eine kleine Teepause gebrauchen. Greta, setzt du bitte den Kessel auf?"

„Ich wollte Sie nicht warten lassen, tut mir wirklich leid."

„Kein Problem. Wir werden sowieso die halbe Nacht hier sein. Hochzeitsvorbereitungen, wissen Sie? Solange der Laden hinterher sauber ist, ist es doch völlig egal, ob das um 18 oder 19 Uhr geschieht, oder?"

„Ist es?"

Nachdem ich mich wieder genug erholt hatte, um mich auf etwas anderes als das Atmen zu konzentrieren, sah ich mich um. Der gesamte Vorbereitungsraum hinter dem Geschäft war mit Blumeneimern vollgestellt. Eines der Mädchen stellte in einer blitzartigen Geschwindigkeit diese kleinen Blumensträußchen mit Schleifen her, die an den Enden der Kirchenbänke befestigt wurden.

„Wow, wer ist den die Glückliche? Irgendjemand Wichtiges?

„Nein, nur irgendein RP. Ich habe keine Ahnung, was die ganze Hochzeit kostet, aber ich weiß, was wir für die Blumen berechnen. Glauben Sie mir, dafür mache ich gern Überstunden."

„RP?"

„Reiches Prinzesschen", sagte das Mädchen, das Greta hieß, mit einem Grinsen, während sie mir eine dampfende Teetasse hinhielt. „Nehmen Sie Zucker?"

Ich schüttelte den Kopf. Ein RP.

Ich war so etwas.

Ohne das „R".

Ich hatte ein schlechtes Gewissen, mit dem Tee, den sie mir so liebevoll gemacht hatten, zwischen den Mädels zu sitzen, die mich für eine von ihnen hielten. Eine Arbeiterin, nicht für jemanden, der sein ganzes Leben lang alles – die gute Ausbildung, die Vorteile, das Geld – für völlig selbstverständlich angesehen hatte.

Was hatte ich nur aus meinem Leben gemacht?

Plötzlich sah ich mich mit Miss Frostigs Augen und verstand, warum sie mir gegenüber so hart gewesen war. Es hätte noch viel schlimmer kommen können. Als Putzjob war diese Stelle hier wirklich nicht schlecht. Tatsächlich kam es mir so vor, während ich Greta und die anderen mit ihren roten, eiskalten Händen beobachtete, dass mein Job im Verhältnis gesehen geradezu lächerlich war, und gab mir richtig Mühe.

Sie waren immer noch am Arbeiten, als ich ging. Ich hatte mir einen duftenden Strauß aus den restlichen Blumen mitnehmen dürfen, offensichtlich war das einer der Vorteile des Jobs. Ich konnte ihnen ja nicht sagen, dass ich bereits zwei riesige Sträuße zu Hause hatte, die sie gestern für mich gemacht hatten. Wahrscheinlich würden sie mich für eine privilegierte Ziege halten, die so tat, als würde sie arbeiten, weil sie eine Wette verloren hatte. Und dann würden sie mich verachten.

Gut, ich *war* eine privilegierte Ziege, aber die Mädels waren wirklich klasse, und ich wollte nicht, dass sie mich hassten. Also dankte ich ihnen und nahm die Blumen.

Was ich wirklich brauchte, war ein neues Dach über dem Kopf, und zwar noch vor dem Wochenende. Bisher hatte ich dafür nur eine Nachricht auf Tonys Anrufbeantworter hinterlassen. Selbst wenn er versucht hätte, mich zurückzurufen, meine Handybatterie war toter als tot. Außerdem musste ich noch packen. Über all das konnte ich aber erst nachdenken, nachdem ich noch einmal bei Gabriel war.

Ich ging zurück nach Pimlico. Der Duft der vielen Lilien stieg mir zu Kopf. Vielleicht war ich auch einfach nur müde. Meine Füße schienen mir nicht richtig gehorchen zu wollen, und mehr als einmal lag ich beinahe auf der Nase. Erleichtert ging ich ins Haus und konnte gerade noch die Hunde abwehren, die im ersten Moment nicht wussten, ob sie mich auffressen oder ablecken sollten. Sie beschlossen, mich abzuschlabbern – vielleicht würde ich ihnen ja noch einmal etwas zu fressen geben.

Ich stellte den bunten Blumenstrauß in eine Vase. Herzhaft gähnend ging ich zum Schlafzimmer, um nach Gabriel zu sehen. Mir fehlte definitiv Schlaf. Im Schlafzimmer war es kalt. Irgendwann im Lauf des Abends musste er aufgestanden sein, das Fenster weit geöffnet und den Mantel ausgezogen haben. Nun murmelte er unruhig vor sich hin und wälzte sich hin und her. Ich legte ihm die Hand auf die Stirn. Er glühte.

Natürlich schloss ich das Fenster. Zwar war es wichtig, das Fieber zu senken, aber eine zusätzliche Lungenentzündung war sicherlich das Letzte, was er brauchte.

Anschließend versuchte ich, ihn aus der Decke zu befreien, in die er sich verwickelt hatte. Als ich es endlich geschafft hatte, war er nicht der Einzige, dem heiß war. Offensichtlich hatte die Aktion ihn auch angestrengt, denn er wurde etwas ruhiger. Dies gab mir die Gelegenheit, ihm vorsichtig die Hose auszuziehen. Einfach war das nicht gerade, denn er lag da wie ein nasser Mehlsack, und er hatte lange Beine. Sehr lange Beine.

Endlich war ich fertig. Er lag ausgestreckt auf dem Rücken und trug nur noch sein Hemd und eng sitzende graue Boxershorts. Die sehr eng an unzweifelhaft sexy Hüften saßen.

Nicht dass mich seine Hüften interessieren würden.

Mühsam riss ich meinen Blick los und ging nach unten in die Küche, um ihm etwas zu trinken zu holen. Natürlich war der Kühlschrank leer, also musste er sich mit Leitungswasser zufriedengeben.

Da der Heißwasserspeicher leer war, erwärmte ich etwas Wasser im Kessel, um ihn damit abzureiben. Vor Erschöpfung gaben meine Beine beinahe nach, als ich die Treppe wieder hinaufstieg.

Ich kam zu spät. Bis ich wieder an seinem Bett ankam, hatte Gabriel sich bereits abgekühlt. Mehr als das, er zitterte unkontrollierbar.

Vielleicht hätte ich an diesem Punkt aufgeben und einen Krankenwagen rufen sollen.

Zumindest hätte ich nach einer Wärmflasche Ausschau halten sollen, aber ich war mir ziemlich sicher, dass er so etwas nicht besaß. Außerdem konnte ich mich nicht dazu aufraffen, mich noch einmal der Treppe zu stellen. Ich wusste zwar nicht, wie viele Kilometer ich heute gelaufen war, aber es waren mit Sicherheit mehr als genug gewesen.

Außerdem taten mir die Arme und der Rücken von den ungewohnten Putzarbeiten weh. Mein Kopf …

Okay, ich glaube, Sie verstehen, was ich sagen will.

Was er jetzt brauchte, war Wärme – und ich war warm.

Ich dagegen musste mich dringend hinlegen.

Zwei Fliegen mit einer Klatsche.

Ich zog Hose und Pullover aus, legte mich neben ihn ins Bett und zog die Decke über uns beide. Auf diese Weise würde ich ihn mit meiner Körperwärme aufwärmen. Vielleicht hatte ich bei dieser Erste-Hilfe-Vorführung doch besser aufgepasst, als ich gedacht hatte. Ich erinnerte mich nämlich plötzlich an irgendwas bezüglich Wärmeübertragung. Das sollte gut sein gegen Unterkühlung. In einem Notfall.

Nun ja, dies qualifizierte sich wohl als Notfall. Ich drehte mich auf die Seite und legte den Kopf an seine Schultern. Sobald er aufhörte zu zittern, würde ich aufstehen und nach Hause gehen.

„Sagen Sie, habe ich etwas verpasst?"

Ich öffnete die Augen. Gabriel York sah mich an. Er schien verwirrt.

Das konnte ich gut verstehen. Ich wusste einen Augenblick

lang selbst nicht, wo ich war. Dann fiel es mir schlagartig wieder ein.

Bis ich mich wieder an alles erinnerte, hatte er sich auch wieder gefangen, und der kühle, kontrollierte Gesichtsausdruck war zurückgekehrt. Ich hätte jedoch schwören können, dass er einen Moment lang gelächelt hatte. Gut, vielleicht war es kein richtiges Lächeln, aber etwas in seinen Augen sagte mir, dass er bestimmt gern gelächelt hätte.

Warum auch nicht? Er hatte jeden Grund zu lächeln.

Wir lagen ja nicht nur Angesicht zu Angesicht, mein gesamter Körper war eng an seinen gepresst, Brust an Brust, Oberschenkel an Oberschenkel, Hüfte an Hüfte. Und äh … offensichtlich fühlte er sich heute Morgen *sehr* viel besser. Es war Morgen. In Anbetracht des Sonnenlichts, das durch das Fenster schien, war es auch nicht gerade früher Morgen.

Natürlich war er erregt, so, wie wahrscheinlich jeder Mann erregt wäre, der aufwachte und eine halb nackte Frau in seinem Bett fand. Dass mein Körper wie aus einem langen Winterschlaf erwachend ähnlich reagierte, hatte ich viel weniger erwartet. Im Gegenteil, es war schockierend! Nicht nur, dass ich keinerlei Anstalten machte, etwas Distanz zwischen uns zu bringen, ich *wollte* es gar nicht. Ich wollte lieber noch näher heranrücken.

„Sie hatten … Fieber“, sagte ich, verzweifelt bemüht, mich abzulenken. „Sie haben gezittert.“

„Ach ja? Und das ist eine neue Art der Behandlung, von der noch nichts in den Lehrbüchern steht?“

Etwas an seiner Stimme ließ mich vermuten, dass er mich nur ärgern wollte. Nur war dieses „Etwas“, genau wie das Lächeln, tief vergraben. Macht nichts, ich hatte eine Schaufel dabei.

„Es war ein Notfall“, antwortete ich. „Es schien mir die energieeffizienteste Art zu sein, damit umzugehen.“

„Energieeffizient?“ Beinahe hatte ich ihn. Er musste sich schwer beherrschen, nicht zu lächeln. Ermutigt fuhr ich fort:

„Es nennt sich Wärmeübertragung."

„Ich dachte, das hätte etwas mit Rohrverlegung zu tun."

Fast.

„Sie denken an Wärmeaustausch."

„Tue ich das?" Er schien überrascht, dass ich den Unterschied kannte.

„Ich habe eine Weile als Rezeptionistin bei einer Heizungsfirma gearbeitet." Eine sehr kurze Weile. Einer der Geschäftsführer konnte es eines Abends gar nicht abwarten, mir alles über Wärmeaustausch beizubringen. Nach Geschäftsschluss.

„Bitte verstehen Sie mich nicht falsch. Es ist nicht so, dass ich mich beschwere. Diese Methode ist viel wirksamer, als von zwei stämmigen Sanitätern in einen Krankenwagen verfrachtet und ins Krankenhaus transportiert zu werden.

Wirksamer?

Oh nein, ich würde nicht zusammenbrechen, *er* würde als Erster lächeln.

Ich räusperte mich, um wieder Kontrolle über meine Gesichtsmuskeln zu erlangen. „Ich hatte darüber nachgedacht, einen Krankenwagen zu rufen." Hatte ich ja auch, wenn auch nur sehr kurz. „Aber da Sie sich zweifellos geweigert hätten mitzugehen, hätten sie mich wahrscheinlich wegen Missbrauchs der Rettungsnummer verhaftet. Und dafür habe ich momentan einfach keine Zeit."

„Womit sind Sie denn so beschäftigt?"

Er schien wirklich interessiert zu sein. Wahrscheinlich versuchte er auch, sich abzulenken.

„Mit der Suche nach einem richtigen Job …" Im Gegensatz zu einem Job, bei dem ich mit meinem Chef im Bett landete. „Vorzugsweise innerhalb der nächsten 24 Stunden. Außerdem brauche ich sofort eine neue Wohnung. Dann gehe ich noch zweimal am Tag mit Ihren Hunden spazieren und putze in den Abendstunden einen Blumenladen."

„Da haben Sie sich ja einiges vorgenommen. Und trotzdem haben Sie noch Zeit gefunden, mein persönlicher Schutzengel zu werden?"

„Einer muss es ja sein", antwortete ich.

„Ich bin froh, dass Sie es waren. Sie scheinen ein Naturtalent zu sein, wenn es um die sehr persönliche … Pflege geht."

„Das ist kein Talent, ich habe einmal einen Erste-Hilfe-Kurs gemacht. Da habe ich gelernt, wie man Mund-zu-Mund-Beatmung macht."

„Glauben Sie mir, Mund-zu-Mund-Beatmung war *das* nicht."

Da war es wieder, das Beinahe-Lächeln. Zwar war nichts von den wunderbaren Lachfältchen zu sehen, die Männern so gut stehen, aber etwas in seinen Augen verriet ihn.

„Sind Sie sicher, dass Sie das in einem Erste-Hilfe-Kurs gelernt haben?", fragte er ganz leicht anzüglich.

Ich schluckte. „Definitiv. Da gab es einen Abschnitt über Improvisation. Sie wissen schon, wenn man sich in den Bergen verirrt oder so."

„Man kuschelt sich aneinander, um warm zu bleiben. Diesen Themenbereich haben Sie aber sehr gründlich gelernt."

„Wenn jemand fällt und nicht aufstehen kann und zu sehr abkühlt …" Mir wurde schlagartig klar, dass ich vermutlich vollkommenen Unsinn redete, während er ein Profi war und ganz genau wusste, worauf ich hinauswollte.

Außerdem fiel mir auf, dass meine Behandlung offensichtlich überaus gut funktioniert hatte. Er hörte sich an diesem Morgen sehr viel frischer an und sah auch besser aus.

„Lassen Sie uns das Ganze noch einmal rekapitulieren", schlug er vor. Offensichtlich war er noch nicht damit fertig, mich zu ärgern.

Nein! Bloß nicht! Keine Rekapitulation!

„Zuerst war da Ihre höchst interessante Auslegung der

Mund-zu-Mund-Beatmung …"

Ich schnappte empört nach Luft, als er sich ohne Vorwarnung über mich beugte und meine Lippen flüchtig mit seinen berührte. Dieser unerwartete Angriff sendete Schockwellen durch meinen Körper, und dieser reagierte wie ein sehr teures Auto: kaum hörbar, aber bereit, beim kleinsten Tritt auf das Gaspedal loszuschießen.

„Hat das funktioniert?"

Funktioniert? Mein Herz, schlummernd und vernachlässigt, hämmerte wie ein Vorschlaghammer.

„Sie sind Arzt, das ist unfair."

„Oh, ich glaube, das war ausgleichende Gerechtigkeit. Was die Wärmeübertragung angeht, das wird schwieriger. Er spannte den Arm, der unter mir lag, leicht an. Das Gleiche tat er mit der anderen Hand, die, wie ich zu spät bemerkte, auf meinem Hinterteil lag.

Ich hätte es nicht für möglich gehalten, dass zwei Menschen noch enger zusammenrücken könnten. Der Unterschied war atemberaubend.

Gut, ich hatte sowieso Schwierigkeiten zu atmen.

„Ich glaube nicht, dass das eine gute Idee ist", krächzte ich.

Da ich diejenige war, die sich zu ihm gelegt hatte, durfte ich mich eigentlich nicht beschweren. Trotzdem, genug war genug, selbst wenn er mich nur ärgern wollte.

Wie hoch war die Wahrscheinlichkeit, dass dieser miesepetrige Arzt mich ärgern wollte?

Da die einzige Alternative war, dass er etwas von mir wollte, verließ ich mich darauf, dass es wirklich nur ein Spaß war, und blieb liegen. Trotzdem war es bald an der Zeit, die Sache zu beenden.

„Ich glaube, wir haben wirklich beide genug", sagte ich. Was nicht stimmte. Ich hätte problemlos den ganzen Tag so liegen bleiben können.

„Genug?"

„Man muss sich genau an die Dosierung halten", erklärte ich und bewunderte mich selbst dafür, wie cool ich angesichts der Umstände blieb. Knie an Busen. Sein warmer Atem an meinem Ohr. Der Schlag seines Herzens, im Gegenrhythmus zu meinem. „Eine Überdosierung führt in den meisten Fällen zu einem Rückfall. Vielleicht kehrt sogar das Fieber zurück."

„Ich schätze, Sie haben recht." Er bewegte nicht einmal den kleinen Finger. „Es wäre es fast wert, einen Rückfall zu riskieren, um zu sehen, wie weit Sie mit dieser interessanten Therapie gehen würden."

„Die Behandlung ist beendet, Herr Doktor."

Einen Augenblick lang hielt er mich fest an sich gepresst, einen unlesbaren Ausdruck in den Augen. Mein Oberteil war im Lauf der Nacht hochgerutscht, genau wie sein Hemd, und ich lag mit meinem nackten Bauch an seinem, meine Beine an seine kräftigen, männlichen Beine geschmiegt. Warme Haut an warmer Haut. Es war aufregend und gleichzeitig gefährlich, als würde man am Rand eines Abgrunds stehen. Eine falsche Bewegung könnte zu einer Katastrophe führen.

Niemals zuvor hatte eine Katastrophe so attraktiv ausgesehen. Alles, was ich tun musste, war, meinen Mund zu seinem zu erheben, sanft mit der Zungenspitze über seine Unterlippe zu fahren, und …

Er ließ mich los.

Ich lag in seinen Armen in seinem Bett, meine Fantasie ging mit mir durch, und er ließ mich einfach los.

Er bewegte sich nicht. Er nahm einfach seine Hände weg, ohne dabei über mein Bein zu streichen.

Mein Kopf war noch zu sehr mit dem Katastrophenszenario beschäftigt, um die kleinen Signale zu verstehen.

„Es ist fast acht Uhr, Sophie. Ist Ihnen klar, dass Sie schon wieder zu spät zur Arbeit kommen?"

Ein Eimer kaltes Wasser hätte nicht effektiver sein können. Bevor er es sich versah, war ich aus dem Bett. Ich wünschte, ich gehörte zu den Frauen, die immer eine saubere Unterhose und eine Zahnbürste in der Handtasche hatten.

„Mein Portemonnaie ist in meinem Mantel", sagte er. „Nehmen Sie sich ein Taxi. Die Hunde können noch eine Stunde warten."

„Lesen Sie jetzt auch schon Gedanken?", wollte ich wissen.

„Das hat mit Gedankenlesen nichts zu tun. Wenn ich die ganze Nacht gearbeitet habe, will ich auch nur nach Hause, duschen ..."

„Gearbeitet?" Ich war wütend. „Ich habe in dem Moment aufgehört zu arbeiten, Mr. York, als ich Ihre Hunde nach Hause brachte. Das war ..."

Ich hatte keine Ahnung, *was* es war, ich war mir allerdings sicher, dass es nichts mit Arbeit zu tun hatte.

„Pflege?", fragte er. „Besser, Sie nehmen auch den Schlüssel mit", sagte er, als ich ihn sprachlos ansah. „Damit Sie nachher wieder hereinkommen."

Ich hüpfte auf einem Bein, während ich mit meiner verdrehten Jeans kämpfte. Es wäre einfacher gewesen, sich wieder auf das Bett zu setzen, aber das würde ich ganz sicher nicht tun. Nicht, bevor ich jemandem einen Auffrischungskurs in gesundem Menschenverstand verpasst hatte.

Und geduscht hatte. Eine kalte Dusche hörte sich jetzt sehr gut an.

Langsam sickerte der Satz über die Schlüssel in mein Gehirn durch. „Sie haben doch nicht etwa vor, wegzugehen?", fragte ich ihn.

Das hätte ich besser anders formuliert.

„Wagen Sie es ja nicht, wegzugehen. Sie bleiben gefälligst im Bett!"

In meinem Hinterkopf formulierte sich die Frage, wie ich

ihn wohl dazu bringen würde.

Ohne auf meine Sorge um seine Gesundheit einzugehen, sagte er: „Ich suche den Zweitschlüssel nachher für Sie heraus."

Das machte mich richtig wütend. Andauernd rettete ich sein Leben, also hatte ich auch das Recht, zu fordern, dass er sich besser darum kümmerte.

„Ich brauche keinen Schlüssel. Sie werden nicht …"

„Nein, Sophie, ich werde nicht weggehen. Ich werde mich brav an die Anweisungen meines Schutzengels halten und bleiben, wo ich bin. Aber Sie sagten vorhin, dass Sie eine Zeit lang eine Unterkunft brauchen, und ich habe ein Gästezimmer. Nutzen Sie es." Er drehte sich auf den Rücken und schloss die Augen, als wäre die Sache damit beendet. Noch nicht ganz. „Auf diese Weise haben Sie keine Ausrede mehr, zu spät zur Arbeit zu kommen."

Erwähnte ich schon, dass ich sprachlos war?

Sprachlos war allerdings nicht ganz der richtige Ausdruck. Ich konnte mich nur nicht entscheiden, ob ich ihm sagen sollte, was er mit seinem Gästezimmer machen könnte, oder ob ich ihm um den Hals fallen sollte.

Ich schloss einen Kompromiss. „Haben Sie Hunger?"

„Nein. Ich habe überhaupt keinen Appetit. Auch ein Nebeneffekt der Malaria."

Ich erinnerte mich daran, mir die Auswirkungen der Malaria im Internet anzugucken, damit ich wusste, womit ich noch rechnen konnte. „Wenn Sie mir aber unbedingt etwas Gutes tun wollen, könnten Sie mir noch ein Glas Wasser bringen, bevor Sie gehen."

Ich griff nach dem Glas auf dem Nachttisch und stellte fest, dass es leer war. Daneben lag eine Packung Tabletten, die gestern Abend noch nicht da gelegen hatte. Irgendwann in der Nacht war er also aufgestanden und hatte seine Tabletten geholt. Dann war er zurück ins Bett gekommen, hatte seinen

Arm wieder um mich gelegt und war eingeschlafen.

„Sie können mir vertrauen", sagte er.

„Ich weiß, Sie sind Arzt", erwiderte ich schnippisch.

„Sie brauchen sich keine Sorgen machen, dass ich nur eine billige Krankenschwester suche."

„Fein, die bekommen Sie nämlich auch nicht." Ich holte ihm ein frisches Glas Wasser und stellte es neben ihn. „Ich bin nicht lange weg."

Er hatte sich unter seine Decke verzogen. „Würden Sie bitte noch die Hunde füttern, bevor Sie gehen?", murmelte er.

Plötzlich tat es mir leid, dass ich mich so mies benommen hatte. Schließlich war er krank. Ich stand eine Minute da und wusste nicht genau, was ich tun sollte. Dann öffnete er die Augen. „Sind Sie immer noch da?"

„Nein, ich bin nur das Produkt Ihrer Einbildung."

Einen Moment lang sah er aus, als wolle er daraufhin etwas erwidern, entschied sich aber dagegen und schloss die Augen.

Ich nahm den Schlüssel und einen 20-Pfund-Schein. Ich konnte es mir nicht leisten, sein Angebot abzulehnen. Dann ging ich nach unten, fütterte Percy und Joe, und nutzte die Taxifahrt, um mir realistisch über meine aktuellen Möglichkeiten klar zu werden.

Ich könnte auf Tonys Sofa schlafen, bis ich eine Wohnung in meiner Preisklasse gefunden hatte. Das würde Tony garantiert gefallen.

Oder ich könnte nach Hause gehen. Das würde wiederum meinem Vater gefallen – und meiner Schwester, meiner Tante und vermutlich auch meiner Mutter.

Aber natürlich könnte ich Gabriel beim Wort nehmen und in sein Gästezimmer ziehen. Das würde keinem gefallen.

6. KAPITEL

Die erste Option war mir höchst unangenehm, denn sie würde Tony wieder Hoffnung machen, mich doch noch ins Bett zu kriegen. Es wäre einfach nicht fair.

Die zweite Option würde bedeuten, meine Niederlage einzugestehen. Außerdem hatte ich das, was ich zu Tante Cora gesagt hatte, auch so gemeint. Es würde Dad die Möglichkeit geben, sich wieder nicht der unbequemen Wahrheit zu stellen.

Damit blieb die dritte Option übrig, die vermutlich das Dämlichste war, was ich tun konnte.

Eigentlich wusste ich nicht viel von Gabriel York. Gut, er war Augenchirurg, hatte einen Bruder, Michael, der ständig die Welt retten wollte, und eine Schwägerin, Crissie, die sich viel mehr um ihn sorgte, als sie jemals zugeben würde. Und er hatte zwei der nettesten Hunde, die ich jemals kennengelernt hatte. Außerdem hatte mich seit Perry Fotheringay kein Mann mehr so angemacht.

Mit anderen Worten, er war ein Mann, dem ich um jeden Preis aus dem Weg gehen sollte. Auf die „Vertrauen-Sie-mir,-ich-bin-Arzt"-Masche würde ich jedenfalls nicht hereinfallen. Immerhin war er ein Mann. Davon konnte ich mich bei unserer kleinen Episode heute Morgen hinreichend überzeugen. Ich hatte nur Glück, dass er momentan zu schwach war, um wirklich etwas zu unternehmen.

Er würde sich aber erholen.

Andererseits ging er mit mir auch ein ziemliches Risiko ein. Er wusste ja noch viel weniger über mich als ich über ihn. Er wusste nicht, dass ich ein RP war. Okay, das R traf augenblicklich nicht zu, aber ich hatte trotzdem ein hübsches Sümmchen in der Hinterhand. Ich musste nur meinen Vater davon überzeugen, dass er es nicht dazu einsetzen durfte, Druck auf mich auszuüben. Oder ich musste heiraten … oder 30 werden.

Genauso gut könnte ich ja eine Betrügerin sein, die sich mit der Schutzengel-Tour sein Vertrauen erschleichen wollte. Ich könnte sein Haus ausräumen, während er schlief, oder seine Kreditkarten stehlen. Ich verlor mich in meinen Fantasien und versuchte eigentlich doch bloß, das Unausweichliche hinauszuzögern.

Er war krank, und ich wusste genau, ich würde mir den ganzen Tag Sorgen um ihn machen, wenn ich nicht da wäre. So war ich nun einmal. Ich hatte mich schon immer um hilflose Kreaturen gesorgt.

Wer würde jetzt die gestreifte Katze füttern? Wer würde sie mit dem Mittel gegen Flöhe und anderes Ungeziefer versorgen?

Niemand.

Ich konnte aber dafür sorgen, dass es Gabriel York gut ging. Dass er etwas zu essen hatte. Dass jemand da war, wenn er wieder einen Schwächeanfall hätte.

Ich könnte sogar Crissie anrufen, um sie zu beruhigen.

Nachdem ich mich davon überzeugt hatte, die richtige Entscheidung gefällt zu haben, verschwendete ich nicht mehr viel Zeit mit Packen. Ich warf einfach alles, was ich in den nächsten Wochen vermutlich brauchen würde, in meinen Koffer – inklusive der Wärmflasche, falls Gabriel wieder einmal Schüttelfrost bekäme. Die Wärmeübertragungsmethode sollte ich so schnell besser nicht wiederholen.

Da sein Kühlschrank leer war, füllte ich einen Korb mit dem Inhalt meines eigenen.

Schließlich schrieb ich einen Zettel für Nigel und Amber mit der Bitte, meine restlichen Sachen zu packen und sie nach Berkshire zu schicken. Die Kosten sollten sie meinem Vater in Rechnung stellen. Abschließend wünschte ich ihnen viel

Glück mit ihrem neuen Heim. Ich meinte es durchaus ernst, denn meine missliche Lage war ja nicht ihre Schuld.

Meinen Schlüssel ließ ich auf dem Küchentisch zurück. Auf diese Weise konnte ich mich wenigstens nicht anders entscheiden, falls ich auf dem Weg von Chelsea nach Pimlico die Nerven verlor. Gabriel Yorks Adresse hinterließ ich beim Portier, damit er meine Post weiterleiten konnte.

Das Taxi war schon auf halbem Weg nach Pimlico, als ich den Fahrer bat, umzudrehen und zurückzufahren. Die Katze freute sich, mich zu sehen, die Taxifahrt gefiel ihr dagegen weniger.

Zum Glück hatte ich noch ein paar Trockenfutterkrümel in der Tasche, mit denen ich sie ablenkte, sodass ich ohne allzu viele Kratzer davonkam. Ich brachte meinen Koffer und die Katze ins Gästezimmer, bevor ich ihr eine Schüssel mit Wasser holte und einen alten Pullover suchte, in den sie sich einkuscheln konnte. Dann hängte ich mein Handy an das Ladegerät. Ich schloss die Tür sehr sorgfältig hinter mir, damit sie nicht entkommen konnte, bevor ich nach Gabriel schaute.

Er schlief tief und fest. Er schien auch kein Fieber zu haben, aber ich füllte die Wärmflasche vorsichtshalber trotzdem auf und schob sie am Fußende unter seine Decke. Ich hielt die Luft an, als er sich umdrehte. Noch wusste er ja nichts von der Katze, und ich brauchte Zeit, mir eine gute Ausrede einfallen zu lassen, warum ich nichts von ihr erzählt hatte. *Bevor* ich einzog.

Anschließend ging ich mit den Hunden spazieren.

Die beiden hatten aber keine Lust. Sie wollten lieber nach oben und den interessanten neuen Duft erforschen. Ich setzte mich durch, und schließlich ließen sie sich überzeugen. Vielleicht ahnten sie ja auch, dass die Katze später immer noch da sein würde.

Ich hielt es für eine gute Idee, sie richtig müde zu machen, und so jagte ich sie über die Wiesen, was das Zeug hielt.

Außerdem hatte ich so mehr Zeit für meine Katzenausrede.

Wie sich herausstellte, musste ich nicht mehr um den heißen Brei herumreden, als ich die Tür öffnete. Gabriel saß auf einem Sessel in der Küche.

Die Katze saß auf seinem Schoß.

Das totale Chaos brach los.

Die Katze krallte sich beim Anblick der Hunde panisch an Gabriels Bein fest, der daraufhin laut fluchend und sein Bein haltend aufsprang.

Ich versuchte, sie zu greifen, aber sie wich fauchend zurück. Als Joe, der jünger und dümmer war, ihr zu nahe kam, verpasste sie ihm mit voll ausgefahrenen Krallen einen Schlag auf die Nase.

Jaulend sprang er zurück und warf dabei den Tisch um, auf dem die Vase mit den Blumen stand.

Die Katze, die klar und deutlich angesagt hatte, was sie von der Situation hielt, verschwand mit einem Satz unter dem Sessel.

Einen Augenblick lang konnte man nichts weiter hören außer dem sanften Tropfen von Wasser auf Fliesenboden.

Ich räusperte mich.

„Hallo", sagte ich fröhlich. „Sie sind ja wach."

Er warf mir einen Blick zu, der Milch hätte sauer werden lassen. „Ihre Katze hatte etwas dagegen, eingesperrt zu sein, und äußerte sich entsprechend. Laut."

„Ach wirklich?" Ich war die Unschuld in Person. „Tut mir leid, sie ist es nicht gewöhnt, eingesperrt zu sein."

„Deshalb versuchte sie vermutlich, sich einen Weg durch meine Tür zu kratzen."

Reiner Sarkasmus. Ich versuchte es mit einem Ablenkungsmanöver. „Oje, Ihr Bein!", rief ich, als ich sah, wie sich ein

Blutstropfen den Weg unter seinem Bademantel hervorbahnte. „Haben Sie etwas zum Desinfizieren da?“

Gabriel warf mir einen Blick zu, der deutlich machte, dass er genau wusste, was ich vorhatte. Und dass das Thema noch nicht vom Tisch war. „Im Schrank unter der Spüle könnte etwas sein.“

Er hatte recht. Ich schüttete etwas von dem Pulver in eine Schüssel und löste es in Wasser auf. Da ich gerade keine Watte zur Hand hatte, demonstrierte ich erneut mein Improvisationstalent und tauchte einen Zipfel meines T-Shirts in die Lösung.

„Das ist doch nicht Ihr Ernst!“

„Stellen Sie sich nicht so an, das Shirt ist sauber.“

„Ist es auch steril?“

„Haben Sie ein steriles Päckchen Verbandsmull da?“, wollte ich wissen. Er starrte mich nur an. „Das dachte ich mir. Setzen Sie sich hin und lassen Sie mich das sauber machen.“

Vielleicht erkannte er, dass Gegenwehr zwecklos war, oder vielleicht hatte er einfach keine Kraft, sich zu wehren. Jedenfalls setzte er sich hin. Da ich kein Bedürfnis hatte, mich noch einmal mit seiner sexy Unterwäsche zu befassen – vorausgesetzt, er trug noch welche –, lüftete ich vorsichtig eine Ecke seines Bademantels und tupfte sein Knie ab.

„Werde ich durchkommen?“, fragte er. Dabei hörte er sich an, als ob es ihm eigentlich egal wäre.

„Das kann ich nicht garantieren“, antwortete ich und säuberte noch schnell den Rest seines Beines. „Zumindest nicht, wenn Sie nicht bald etwas essen. Ein Ei wäre gut.“ Da ich keine Antwort bekam, sah ich auf. „Irgendwann innerhalb der nächsten halben Stunde“, sagte ich.

„Ich habe Ihnen doch gesagt, dass ich keine Krankenschwester suche“, antwortete er, ganz offensichtlich nicht amüsiert. Er schien seine übereilte Einladung bereits zu bereuen. „Ich glaube, mich daran zu erinnern, dass Sie mir versichert hätten, ich würde auch keine bekommen." Okay, er bereute es definitiv.

„Das stimmt", versicherte ich ihm. „Ich habe gelogen."

Ich hatte gehofft, das würde den Ansatz eines Lächelns hervorbringen, aber ich hatte mich getäuscht. Deshalb stand ich rasch auf, ging zu den Hunden und kümmerte mich um Joes Nase. Er war wenigstens so vernünftig und hatte gegen mein T-Shirt nichts einzuwenden. Er jammerte nur und wollte kuscheln, genau wie Percy.

„Ich kann mich nicht erinnern, dass Sie eine Katze erwähnt hatten", sagte Gabriel. „Ist Ihnen nicht in den Sinn gekommen, dass sie vielleicht keine Lust haben könnte, sich eine Küche mit zwei Hunden zu teilen?"

„Sie hat keine Wahl. Es ist deren Küche." Ich drehte mich um und sah ihn an. „Ich konnte sie doch nicht zurücklassen, Gabriel."

„Das hatte ich auch nicht erwartet, aber Sie hätten mich vorwarnen können. Haben Sie eigentlich eine Ahnung, wie viel Lärm dieses Biest machen kann?"

Ich dachte kurz darüber nach, wie es sein musste, von einer wild miauenden Katze geweckt zu werden.

„Das hätte ich tun sollen, tut mir leid. Ich hatte gehofft, sie würde sich beruhigen und ein bisschen schlafen, während ich mit den Hunden gehe. Wenn Sie Ihre großzügige Einladung revidieren wollen, verstehe ich das voll und ganz."

„Wo würden Sie denn hingehen?"

Verdammt, so etwas sollte er nicht fragen! Er sollte sagen, dass alles okay wäre und die Tiere sich sicher schnell aneinander gewöhnen würden. Was ja auch stimmte. Hoffentlich.

„Nun ja, ich denke, ich würde nachgeben und nach Hause gehen", sagte ich. Option eins fiel komplett aus, denn Tony war allergisch auf Katzen. Zurück konnte ich ja auch nicht mehr. Ich wollte wirklich gern hierbleiben.

„Wo sind Sie denn zu Hause?"

„Was? Oh, in Berkshire. Das ist allerdings ein bisschen weit weg, um zweimal täglich mit Ihren Hunden zu gehen." Als er darauf nicht reagierte, fügte ich hinzu: „Dann müsste ich Ihnen die Fahrtkosten in Rechnung stellen."

Ha! Fast hätte ich ihn gehabt!

„Das ist natürlich eine Überlegung wert", sagte er vorsichtig. Verdammt noch mal, lächle! Es wird dich nicht umbringen! „Und dann ist da ja auch noch Ihr Job in dem Blumenladen. Wer würde dort an Ihrer Stelle putzen?"

„Stimmt."

Einen Augenblick lang schien er sich die Sache ernsthaft zu überlegen, bevor er ansatzweise mit den Schultern zuckte und beinahe lächelte.

„Warum demonstrieren Sie mir nicht, wie gut Ihr Rührei ist?", sagte er schließlich. „Danach treffe ich meine endgültige Entscheidung."

Das lenkte mich effektiv von der Katze ab. Musste es ausgerechnet Rührei sein?

Obwohl die Katze immer noch unter dem Sessel saß, schnurrte sie mittlerweile zufrieden. Um ehrlich zu sein, hätte ich am liebsten auch geschnurrt.

Gabriel hatte versprochen, etwas Nahrhaftes zu essen, und ich hatte weiterhin ein Dach über dem Kopf.

Ich musste nur Rührei machen. Ohne es anbrennen zu lassen. Zum ersten Mal in meinem Leben.

„Ich wasche mir nur rasch die Hände."

„Bleiben Sie nicht zu lange weg."

Ich musste ziemlich überrascht ausgesehen haben. Er machte nicht gerade den Eindruck, als könne er das Frühstück gar nicht mehr erwarten.

„Sie sagten, ich hätte nur noch eine halbe Stunde", erinnerte er mich.

„Das war doch nur ein …"

„Scherz?"

Ich hasse Männer, die ein Pokerface behalten, selbst wenn sie einen ärgern.

„Es war nur eine grobe Schätzung", konterte ich. „Wer weiß, vielleicht schaffen Sie es ja auch noch eine Stunde." Falls ich ihn nicht vorher umbrachte. So langsam konnte ich verstehen, was Crissie meinte.

Ich zog mein nasses, desinfektionsmittelgetränktes Oberteil aus und schrubbte meine Hände. Wahrscheinlich hatte er sowieso keinen großen Appetit, aber wenn das Rührei dann noch nach Antiseptikum schmeckte …

Ich suchte rasch ein frisches T-Shirt aus meinem Koffer und schaltete mein Handy ein. Ich hatte mehrere Nachrichten. Die konnten warten. Im Augenblick hatte ich Wichtigeres vor.

Rührei.

Das Letzte, was ich jetzt brauchte, war ein Anruf von Miss Frostig, der mich in meiner Konzentration störte. *Ein* Störenfried war mehr als genug.

„Okay, an die Arbeit", sagte ich fröhlich und sah mich in der Küche um. Es war nicht gerade die Art Küche, um deren Fotos sich Lifestyle-Magazine reißen würden, aber sie bot so einiges.

Da war zum einen die riesige Anrichte – allerdings ohne das passende teure Porzellan. Stattdessen war sie mit Papieren und Büchern zugestapelt, die alle von einer feinen Staubschicht bedeckt waren. An einer Wand befanden sich Einbauschränke. Die einzige Arbeitsfläche war ein gewaltiger Holztisch. Ich wischte das verschüttete Wasser auf und füllte die Blumenvase.

„Sind das die Vorteile des Jobs?", fragte Gabriel und hob eine Augenbraue. „Die Blumen?"

„Die sind hübsch, oder?“ Ich stellte die Vase auf das Fensterbrett. „Die Mädels bei *Bloomers* hatten gestern Abend ganz schön zu tun. Sie bereiteten die Blumen für eine große Hochzeit vor. Die hier waren übrig.“

„Und die Rosen, Orchideen und Sonnenblumen?“

„Bitte?“ Ich drehte mich zu ihm um. „Oh, die.“ Ich hatte sie in mein Zimmer gestellt, und er musste sie gesehen haben, als er die Katze herausließ.

„Nein, die waren nicht Teil des Jobs. Ich hatte vor ein paar Tagen Geburtstag.“

„Und man hat Ihnen Blumen geschenkt? Das ist ja, als würde man einem Bergarbeiter Kohlen schenken.“

„Ich habe gestern erst in dem Blumenladen angefangen.“ Da ich keine Lust hatte, meine Karrierepläne mit Gabriel York zu besprechen, öffnete ich den nächstbesten Schrank. Anstelle der erwarteten Töpfe und Pfannen fand ich Ärzteblätter. Stapelweise. Na toll. „Es wäre nett, wenn Sie mir verraten würden, wo ich Ihre Küchenutensilien finde. Ich brauche eine Schüssel, einen Schneebesen und eine Pfanne. Eine beschichtete Pfanne“, fügte ich schnell hinzu. Dann zeigte ich auf die Schränke. „Geben Sie mir einen Tipp?“

„Tut mir leid, ich habe keine Ahnung, wo das Zeug steckt.“

Natürlich nicht, er war ein Mann. Er lehnte sich zurück und ließ sich bekochen.

Aber von wem? Von der Krankenschwester, die sich um seine Hunde gekümmert hatte?

Ganz unerwartet überkam mich bei dem Gedanken an eine fremde Frau in seiner Küche eine Welle der Eifersucht. Ich wünschte, ich hätte in den letzten 25 Jahren anständig kochen gelernt.

Ein Mann konnte schließlich nicht von Luft und Liebe leben.

„In diesem Fall“, sagte ich, „wird das Ganze wohl länger

als geplant dauern.“

„Ich habe nichts weiter vor.“

Etwas in seiner Stimme forderte mich auf, mich zu ihm umzudrehen. Seine Hände waren zu Fäusten geballt, sein Gesicht ausdruckslos. Ich hatte das Gefühl, er riss sich meinetwegen zusammen.

Als ob er gemerkt hätte, dass er sich verraten hatte, setzte er ein gezwungenes Lächeln auf.

Das war nicht die Art Lächeln, auf die ich gehofft hatte.

„Na dann sind wir ja schon zwei“, antwortete ich und tat so, als hätte ich nichts bemerkt. Ich begann, systematisch die Schränke zu durchsuchen, und fand schließlich, was ich brauchte. Dann packte ich die mitgebrachten Lebensmittel aus und verstaute sie im Kühlschrank. Mit Ausnahme der Eier natürlich. Die Packung kam mir ein bisschen leicht vor, und als ich sie öffnete, fand ich ganze zwei Eier darin vor. Vielen Dank, Nigel und Amber. Ich hoffe, das Frühstück hat euch geschmeckt …

Wenigstens hatte ich noch Toast und Butter.

Also machte ich mich auf die Suche nach einem Toaster. Und fand keinen. Ganz toll.

Die Spannung zwischen den Tieren trug nicht gerade zur Verbesserung der Atmosphäre bei. Joe hatte sich wieder erholt und robbte auf allen Vieren zentimeterweise in Richtung Sessel.

„Joe! Sitz!“ Ich drehte mich um, als Gabriel den Hund zurechtwies. Joe setzte sich mit einem dümmlichen Grinsen hin. Die Unschuld in Person. Zur Belohnung legte Gabriel seine Hand auf den Kopf des Hundes. Vor meinem geistigen Auge sah ich einen Prinzen auf dem Thron sitzen, seinen treuen Hund an der Seite.

Ich brauchte dringend mehr Schlaf.

„Soll ich die Heizung höherstellen?“ Er antwortete nicht.

„Sie zittern, Gabriel. Ist es wieder das Fieber?"

Ich schaute auf seine Hände, die er zu Fäusten geballt hatte, um das Zittern zu stoppen. „Nein, das hat nichts mit dem Fieber zu tun. Und Wärme hilft da auch nicht."

Ein eiskalter Schauer lief mir über den Rücken. Er war Chirurg. Augenchirurg. Seine Hände zitterten. Und ich dachte, ich hätte Probleme.

Am liebsten hätte ich ihn in den Arm genommen und ihm versichert, dass alles gut werden würde. Dass das Zittern aufhören würde, aber natürlich konnte ich ihm das nicht versprechen. Was wusste ich denn, ob er die perfekt ruhige Hand jemals zurückgewinnen würde?

„Sie müssen etwas essen." Ich hörte mich genau wie meine Mutter an. „Ich bin gleich fertig", versicherte ich und begann, die Eier in der Schüssel zu verrühren.

Dann legte ich das Brot in die Grillpfanne und setzte die Eier auf. Während ich nach dem Brot sah, nahm ich die Eier vom Herd. Bloß nicht den Toast vergessen – oder die Eier anbrennen lassen. Das hier war wichtig!

„Lassen Sie mich das machen."

Mit einem Knall landete die Grillpfanne auf dem Boden, als er die Hand auf meine Schulter legte. Die Hunde sprangen mit einem Satz auf das Sofa und machten sich ganz klein, während die Katze wütend mit dem Schwanz schlug.

„Verdammt!", fauchte ich ihn an. „Sie haben mich ganz schön erschreckt!"

„Tut mir leid." Er hob die Grillpfanne auf und stellte sie wieder auf den Herd. „Sie sahen ein wenig überfordert aus."

„Das wäre die Untertreibung des Jahres. Dieser ganze Haushaltsgöttinnenkram ist völlig neu für mich."

„Das ist mir nicht entgangen."

„Nein, Gabriel, Sie sollten sagen, dass Sie gut auf den Haushaltsteil verzichten können, da ich ja eine Göttin bin", schnappte ich. Als mir klar wurde, dass ich wohl etwas überreagiert hatte, fügte ich hinzu: „Aber da Sie krank sind, vergebe ich Ihnen noch einmal. Ausnahmsweise."

„Sie sind eine Göttin?" Er hörte sich skeptisch an. „Ist das die Reaktion, die Sie normalerweise von den Männern bekommen?"

Ich legte die Hand auf seine Stirn. „Kühl, trocken ... ungewöhnlich. Eigentlich müssten Sie hohes Fieber haben, um so eine dämliche Frage zu stellen." Mir wurde bewusst, was ich gerade getan hatte, und ich zog ruckartig meine Hand weg. „Allerdings haben Sie mich auch noch nicht in Bestform gesehen."

„Ach nein?" Er lächelte. Er lächelte tatsächlich. „Ich finde Sie ziemlich erstaunlich. Nicht gerade göttlich, aber trotzdem ganz erstaunlich. Und da gibt's noch mehr?"

Oh Gott. Nun wusste ich, warum er es nicht oft tat! Lächeln, meine ich. Ich wusste immer, dass es etwas Besonderes sein würde, aber das wäre die Untertreibung schlechthin gewesen. Er sollte einen Warnhinweis für sein Lächeln tragen: Achtung! Dieses Lächeln ist gefährlich für Ihr Herz!

Meines reagierte mit ein paar holprigen Extraschlägen. Ich war völlig sprachlos.

„Soll ich ein Auge auf den Toast werfen?", fragte er schließlich.

„Äh ..."

Mein Gehirn war auch nicht mehr reaktionsfähig.

„Einer von uns sollte es tun, sonst verbrennt er."

Ich wollte die Pfanne gerade vom Herd nehmen, aber er war schneller und wendete das Brot.

„Warum kümmern Sie sich nicht um die Eier?", schlug er vor.

„Richtig", sagte ich. „Gute Idee."

Vielleicht war es ja am Ende ganz gut, dass ich so lange für die Vorbereitungen gebraucht hatte. Dass ich so nutzlos war, dass er mir schließlich helfen musste. Kaum etwas regt einen schwachen Appetit so sehr an wie der Duft von frischem, warmem Toast. Gabriel aß sogar das Rührei, das mir im Übrigen perfekt gelungen war, bis auf den letzten Krümel auf, zusammen mit einer Scheibe perfektem, goldbraunem, gebuttertem Toast.

Ich hätte ihm das ganze Rührei überlassen, aber ich wusste genau, er hätte sich beschwert. Ich wollte ihm gar nicht erst einen Vorwand liefern, nicht zu essen.

Vielleicht war er ja auch nur höflich und aß, weil er gesehen hatte, wie schwer mir die Zubereitung fiel. Das war mir völlig egal. Er hatte etwas gegessen, das ich für ihn gekocht hatte, und ich war glücklich.

Aber ich hatte immer noch Hunger.

„Möchten Sie Tee?“, fragte ich ihn, während ich die Teller scheppernd zusammenstellte, um das Geräusch meines knurrenden Magens zu übertönen. Im Kühlschrank stand noch Hüttenkäse, aber darauf hatte ich überhaupt keinen Appetit. Ich würde mir später einen Hamburger holen – schließlich verbrannte ich ja genug Kalorien. Mit Pommes. „Wie wäre es mit Earl Grey?“ Ich hätte Kaffee bevorzugt. Ein doppelter Espresso wäre jetzt unschlagbar gewesen, aber wenn ich krank bin, kann ich den Geruch von Kaffee nicht ausstehen. Das wollte ich ihm nicht antun.

„Nein danke. Ich bleibe bei Wasser.“

„Vielleicht sollten Sie besser zurück ins Bett gehen“, schlug ich vor. Gutes Essen und viel Schlaf waren die besten Heilmittel. Ich blinzelte. Wenn meine Mutter nicht bald zurückkäme, würde ich mich noch in sie verwandeln.

„Und was machen Sie jetzt?“

„Abwaschen?“

„Sie sagten, Sie seien auf der Suche nach einem richtigen Job“, fragte er.

„Ich wasche ab, dann schaue ich nach E-Mails, um zu sehen, welche fabelhaften Jobangebote meinen Posteingang heute überfluten."

„Warum arbeiten Sie nicht in der Küche? Hier ist es wärmer." Er stand auf und ging zur Treppe.

„Gabriel ..." Er drehte sich um. „Vielen Dank." Ich machte eine vage Geste, die das ganze Häuschen umfasste. „Sie haben mich gerettet."

„Dann sind wir ja quitt."

Ich war nicht darauf aus, irgendwelche imaginären Rechnungen zu begleichen, ich war einfach nur dankbar, dass er mir die Chance gegeben hatte, mein Leben zu ordnen. Ich wartete, bis er es sich im Bett gemütlich gemacht hatte, bevor ich ins Gästezimmer ging und meinen Laptop holte. Während ich meine Handymailbox abhörte, ließ ich den Computer hochfahren.

Ich hatte einen ganzen Haufen Nachrichten. Einige waren von Leuten, die mir für die tolle Party danken wollten. Dann kam eine Nachricht meiner Schwester, die über unseren Vater reden wollte. Mit anderen Worten: Wann würde ich endlich nach Hause kommen und mich um ihn kümmern?

Drei Nachrichten waren von Tony, der mir eine Unterkunft anbot. Eine Nachricht war enthusiastischer als die andere. Ich hatte das Gefühl, er würde ausziehen und mir sein Apartment anbieten, wenn ich hartnäckig genug wäre.

Die letzte Nachricht war von Miss Frostig.

Sie hatte eine Stelle für mich, ich sollte für eine ältere Dame einkaufen gehen. Ich meldete mich bei ihr und schrieb mir die Details auf. Diesmal war sie nicht sarkastisch, bemerkte ich. Wir machten Fortschritte.

Die Internetagentur bot mir einen Job als Kellnerin in einem Pub an. Das war etwas, das ich wirklich beherrschte. Seit wir zwölf waren, hatten Kate und ich uns Extrataschengeld verdient, indem wir bei Mums Partys gekellnert hatten.

Ich rief im Pub an. Sie brauchten mich auf der Stelle. Schwarze Hose, weißes Hemd, die Schürze würden sie stellen.

Ich klopfte an Gabriels Tür, und er rief mich herein.

Er saß mit einem Kissen im Rücken im Bett und las in einem dicken Buch. Als ich eintrat, sah er auf.

„Ich habe ein paar Jobangebote. Ich stelle Tigger …“ Ich dachte, ein Name würde der Katze ein bisschen mehr Gewicht verleihen, fühlte mich aber gerade nicht sehr kreativ, „… nur noch schnell ein Katzenklo hin, dann bin ich bis etwa halb vier weg. Haben Sie Ihr Handy zur Hand?“ Er zeigte auf den Nachttisch. „Wenn Sie mich brauchen, rufen Sie an, okay? Ich habe keine Lust, die nächste Krise vorzufinden, wenn ich nach Hause komme.“

„Ja, Ma’am.“

„Machen Sie sich nicht lustig. Haben Sie es warm genug? Wollen Sie eine frische Wärmflasche?“

„Hören Sie auf, mich wie ein Baby zu behandeln. Ich habe gefrühstückt. Sie haben Ihre gute Tat für heute hinter sich.“

„Sie haben meine Telefonnummer?“

Er hob sein Handy auf, und einen Augenblick lang dachte ich, er würde es nach mir werfen. „Sagen Sie mir die Nummer noch einmal, dann speichere ich sie ab.“

„Unter G wie Göttin?“

„Unter N wie Nervensäge. Bitte. Sind Sie jetzt zufrieden?“, fragte er, nachdem er die Nummer abgespeichert hatte.

„Überglücklich“, antwortete ich.

„Na, das ist doch schön.“

„Mein Handy ist voll aufgeladen“, erinnerte ich ihn. „Sie müssen nur anrufen.“

Ich war schon halb auf dem Weg zum Pub, als mein Handy klingelte. „Sophie Harrington, Mädchen für alles“, sagte ich.

„Wegen der Wärmflasche ..."

Als ich seine Stimme hörte, leicht heiser und völlig unerwartet, wurde mir heiß und kalt. Es war zu spät, er ging mir unter die Haut. Ich war verloren gewesen, als ich ihn das erste Mal gesehen hatte.

„Was ist mit der Wärmflasche?", fragte ich, cool wie ein Eiswürfel. Ich mochte zwar die Kontrolle über meine Gefühle verloren haben, aber meine Stimme hatte ich noch im Griff.

„Sie sieht aus wie ein Schaf."

Alle Coolness über Bord werfend sagte ich: „Sein Name ist Sean."

„Sean, das Schaf?", fragte er ungläubig.

„Er ist kuschelig und tröstlich."

Mit anderen Worten, Sean war der absolute Gegensatz zu Gabriel York.

„Wenn ich kuscheln oder getröstet werden will, lasse ich es Sie wissen. In der Zwischenzeit weise ich Sie darauf hin, dass ich im Notfall nicht dieses Schaf im Bett haben will. Ich bevorzuge die Wärmeübertragungsmethode."

Vielleicht war sein Zittern ansteckend, denn plötzlich stand ich mitten auf der Straße und zitterte am ganzen Körper. Aber da es vollkommen verrückt wäre, das zu tun, was mir als Erstes in den Sinn kam – zurückzurennen und zu ihm ins Bett zu springen – wollte ich stattdessen clever kontern.

Aber die Leitung war bereits tot.

7. KAPITEL

„Sophie?“

„Oh, hallo Kate. Ich dachte, du kommst erst Morgen zurück. Wie war's in Schottland?“

„Vergiss Schottland. Wie geht es *dir?*“

„Mir geht's prima.“ Mehr als prima. Mir ging es super.

„Besser gesagt, wo steckst du? Ich habe gerade im Apartment angerufen, und Amber erzählte mir, sie hätten die Wohnung gekauft. Du wärst ausgezogen ...“

„Ich wollte dich morgen anrufen. Cora brauchte Geld.“

„Und sie hat dich aufgefordert, sofort auszuziehen? Wie konnte sie das tun?“

„Es war ihr sehr peinlich. Hör mal, Kate, sie war wirklich großzügig zu uns beiden. Ich wollte es ihr nicht unnötig schwer machen. Mach dir keine Sorgen, ich habe erst einmal eine Unterkunft gefunden.“

„Bist du bei Tony? Meinst du, das ist eine gute Idee? Du weißt, wie sehr er auf dich steht ...“

„Nein, ich bin nicht bei Tony. Ich wohne bei jemandem, den du nicht kennst. Wenn du aber von einer Wohnung hörst ...“

„Zum Teufel, Sophie, warum tust du uns nicht allen einen Gefallen und gehst eine Weile nach Hause?“

Ich starrte den Telefonhörer an.

„Dad hat letzte Nacht angerufen. Ich bin sicher, dass er etwas getrunken hatte. Ich wollte mit Mum reden, aber sie weigert sich, über das Thema zu sprechen. Bitte Sophie, ich kann mir nicht noch länger freinehmen.“

Und ich hatte ja keinen Job, wenigstens keinen richtigen. Meinen Ausführservice oder das Putzen würde sie sicher nicht gelten lassen.

„Außerdem braucht Simon mich“, fügte sie hinzu.

Und ein Privatleben hatte ich auch nicht.

„Ich habe momentan keine Zeit. Weißt du, ich habe nämlich auch Verpflichtungen."

Sie schnaubte abschätzig, was mich wirklich aufregte. Meine Verpflichtungen brachten zwar nicht so viel Geld wie ihre, aber sie waren trotzdem nicht weniger wichtig. Außerdem rückte Weihnachten immer näher, und auch diejenigen unter uns ohne Privatleben mussten Karten und Geschenke kaufen.

„Könntest du nicht wenigstens über das Wochenende hinfahren?", fragte sie.

„Ich habe kein Auto, Kate."

Aber Gabriel hatte eins. Einen großen, silbernen Range Rover mit viel Platz für zwei Hunde. Er erholte sich jetzt seit fast zwei Wochen. Ein Spaziergang auf dem Land würde ihm guttun.

„Das Problem bei einer derartigen Karriere ist eben, dass man nicht viel Zeit hat, sich nach einer Wohnung umzuschauen."

„Sie haben keine ‚Karriere', Sophie", sagte Gabriel. „Sie spielen nur das Mädchen für alles."

„Und damit fülle ich eine Marktlücke." Ich gab etwas mehr Bienenwachs auf die Oberfläche des Schrankes. „Nehmen wir zum Beispiel Mrs. Andrews."

„Muss das sein?"

„Sie ist die alte Dame, für die ich jeden Morgen einkaufen gehe."

„Ich nehme an, Sie werden für diesen Service reich entlohnt?"

„Natürlich. Na ja, es ist nicht gerade überwältigend viel, aber sie zahlt sicherlich mehr, als sie sich eigentlich leisten kann. Wenn ich nur einmal die Woche einkaufen ginge, wäre es viel billiger für sie. Aber um das Einkaufen geht es gar nicht.

Sie braucht jemanden zum Reden. Wenn ich ankomme, hat sie immer schon Kaffee gekocht. Und sie kauft Kekse, nur für mich. Was soll ich denn tun? Sagen, dass es mir leidtäte, ich hätte zu viel zu tun?“ Da er nicht antwortete, fuhr ich fort. „Wir trinken Kaffee, und sie erzählt mir von sich. Sie war Musikerin, genauer gesagt Violinistin. Sie ist mit ihrem Orchester auf der ganzen Welt aufgetreten und hat ein paar erstaunliche Menschen kennengelernt.“

„Sie sollten nicht dableiben und quatschen, Sophie. Dafür werden Sie nicht bezahlt.“

„Sie sind völlig herzlos.“

„Das ist, wie Sie wissen, physiologisch unmöglich.“

„Bildlich gesprochen, Herr Doktor“, antwortete ich und verbiss mir die Antwort, die mir eigentlich auf der Zunge lag: dass er ein jämmerlicher Pedant war. „Ihr Herz ist nichts weiter als eine gefühlsarme Pumpe. Es schlägt, aber es *fühlt* nicht.“

„Ärzte können es sich nicht leisten, emotional zu werden. Und ein Mädchen, das keinen anständigen Job hat, kann das auch nicht.“

„Sie ist einsam, Gabriel.“

„Sie könnte sich ja eine Katze anschaffen.“ Er sah mich über seine Zeitung hinweg an. „Warum schenken Sie ihr nicht Ihre?“

„Sehr witzig.“

„Ich meine das völlig ernst. Diese Frau …“

„Sie hat einen Namen.“

„… hält Sie davon ab, Geld zu verdienen.“ Er fügte nicht hinzu „und eine Wohnung zu finden“. Das brauchte er auch gar nicht.

„Es ist nicht ihre Schuld.“

Ich wohnte jetzt seit zwei Wochen bei Gabriel und hatte bisher keine Anstalten gemacht, mir etwas anderes zu suchen.

Ich versuchte, es ihm zu erklären. Es war ja nicht so, als wollte ich nicht Ausschau halten. Jeden Tag begann ich mit den besten Vorsätzen. Es schien nur so, als hätte ich nie die Zeit, mich wirklich darum zu kümmern.

„Jede Minute meines Tages ist damit ausgefüllt, von einem Job zum nächsten zu hetzen."

„Ich hätte gedacht, dadurch haben Sie mehr Freiheiten", vermied er es standhaft, mich darauf hinzuweisen, dass ich die Zeit, die ich bei Mrs. Andrews verschwendete, besser nutzen könnte.

„Theoretisch schon", gab ich zu. „In der Praxis klappt es nur leider nie." Besonders, weil ich viel Zeit damit verbrachte, ein paar Mal pro Tag bei ihm anzurufen, um zu hören, ob alles okay war. „Ich habe jeden, den ich kenne, gebeten, die Augen für mich offenzuhalten", sagte ich und rieb an einem besonders hartnäckigen Fleck.

„Gut, dann wollen wir mal hoffen, dass sie gute Augen haben."

„Sie sollten nur nicht glauben, ich würde Ihre Gutmütigkeit ausnutzen."

„Ich bin nicht gutmütig. Sie können jeden fragen, der mich kennt."

„Ich kenne Sie, und ich sage Ihnen, dass Sie sehr wohl gutmütig sind. Sie haben mich aufgenommen, als es mir ziemlich …"

Er gab seinen Versuch, die Zeitung zu lesen, auf. „Was zur Hölle machen Sie da eigentlich?"

Es war ein klassisches Ablenkungsmanöver, aber ich ließ ihn damit ausnahmsweise durchkommen. „Ich wische Staub", antwortete ich.

Das dunkle Holz des Schranks glänzte im schwachen Licht der Wintersonne, die sich endlich einmal durchgesetzt hatte. Das Sonnenlicht war schuld daran, dass ich überhaupt angefangen hatte, weil es die Staubschicht erst richtig sichtbar machte.

„Sieht eher so aus, als würden Sie den Staub aufwirbeln und umverteilen“, sagte er. „Sie werden Staubpartikel in die Lunge bekommen und anfangen zu husten. Schlimmer noch, der Staub wird meine Lunge reizen.“

„Sie benötigen keinen Staub, um gereizt zu sein – das ist Ihr natürlicher Aggregatszustand.“

„Was mir beweist, dass ich eben nicht gutmütig bin und Sie sich auf dünnem Eis ...“

„Das war mir klar, seit ich an Ihre Tür geklopft habe“, erinnerte ich ihn. Ich hatte mir geschworen, mich zu beherrschen, schließlich hatte ich bei diesem Gespräch Hintergedanken. Aber ich war auch nur ein Mensch, und bald würde ich meine eigene reizbare Natur nicht mehr im Zaum halten können.

Nach einem Augenblick sagte er: „Ein bisschen Staub bringt einen nicht um, wenn man ihn in Ruhe lässt.“

Leichter gesagt als getan.

„Und das sagt ausgerechnet der Mann, der sich darüber aufgeregt hat, dass mein T-Shirt nicht steril war?“

Er schnaubte und verzog sich wieder hinter seine Zeitung.

„Wie geht es Ihrem Knie eigentlich?“, erkundigte ich mich zuckersüß. „Irgendwelche Anzeichen für eine Infektion?“ Er murmelte etwas Unverständliches. „Wie bitte? Ich habe Sie nicht ganz verstanden.“

„Es ist in Ordnung. Was gibt’s zum Frühstück?“

Sein plötzlicher Themenwechsel konnte mich nicht täuschen. Ich tat alles, was ich mit meinen bescheidenen Hausfrauentalenten tun konnte, um leichte, leckere Mahlzeiten für ihn zu kochen, aber er aß wie ein Spatz. Das hatte vermutlich genauso viel mit meinen „Kochkünsten“ wie mit seinem mangelnden Appetit zu tun. Das Rührei war bisher der kulinarische Höhepunkt gewesen.

Und Gabriel wurde von Tag zu Tag unausstehlicher.

Die verlockende Einladung, sein persönlicher Wärmeüberträger zu werden, war über das Telefongespräch nicht hinausgegangen. Vielleicht hätte ich doch gleich umdrehen und zurückgehen sollen. Zuerst war ich jedoch für Mrs. Andrews einkaufen gewesen. Danach hatte ich zwei Stunden im Pub gekellnert – sie waren so verzweifelt gewesen, dass mein Vorstellungsgespräch darin bestand, die Schürze umzubinden und loszulegen. Als ich schließlich zurückkam, war das kurze Zwischenhoch verflogen, und er war wieder sein übliches, miesepetriges Selbst.

Er wollte nicht essen – nur in Ruhe gelassen werden. Bisher hatte er keine Gelegenheit ausgelassen, mir dies mitzuteilen.

Immer wieder ließ er mich deutlich spüren, dass er die Einladung für mich und meine Katze, bei ihm zu wohnen, bereute. Also die Einladung für mich zumindest. Die Katze hatte er ja bekanntermaßen nicht eingeladen.

Pech. Jetzt musste er mit uns vorliebnehmen, bis es ihm gut genug ging, allein zu wohnen, oder ich eine bezahlbare Wohnung gefunden hatte. Von den beiden Optionen war die erste die wichtigere. Das sagte ich ihm aber nicht. Ich erzählte ihm auch nicht, dass ich jeden Tag Crissie anrief und über seine Fortschritte berichtete.

Die gleich Null waren.

Es war ja nicht so, dass er mir etwas vorspielte, den Kranken simulierte. Ich wünschte, er würde endlich einmal im Bett bleiben, anstatt fieberhaft auf- und abzulaufen und dicke medizinische Wälzer zu lesen.

Als ich ihm das einmal vorschlug, wurde er fuchsteufelswild. Also überließ ich ihn mehr oder weniger sich selbst. Anstatt ihn zu fragen, ob er etwas essen wollte, machte ich ihm einen Tee und ließ ihn seine Zeitung lesen, während ich mich wieder dem Schrank widmete. Momentan verwendete er die Zeitung als Schutzmauer. Er hielt sie so hoch, dass ich sein Gesicht nicht sehen konnte. Plötzlich begann die Zeitung zu zittern, und er warf sie wütend zur Seite.

„Ich weiß gar nicht, warum ich meine Zeit mit diesem Käseblatt verschwende", erklärte er erbost. Er stand auf, als wolle er davonlaufen, aber er wusste, dass er sich nirgendwo verstecken konnte. Er sah noch dünner und blasser aus, und seine dunklen Augen sprühten Funken. Er hasste sich für seine Hilflosigkeit. Mein armes Herz, das sich seit dem Verrat durch Perry Fotheringay nie mehr gerührt hatte, wurde plötzlich von einer Welle der Emotionen überflutet, die so stark war, dass ich mich am Schrank festhalten musste.

Ich sehnte mich danach, seine Hand zu nehmen, ihn zu trösten, ihn mit meiner Wärme zu heilen. Kaum hatte ich den ersten Schritt auf ihn zugemacht, um den Gedanken in die Tat umzusetzen, prallte ich regelrecht an seinem gewaltigen Kraftfeld aus negativen Emotionen ab. Vermutlich war es das Einzige, was ihn noch aufrecht hielt. Ich kannte die Symptome, ich hatte diesen Weg selbst hinter mir.

Allerdings hatte ich meinen Schmerz nicht hinter Wut versteckt. Bei mir war es sinnlose Fröhlichkeit gewesen. Mit endlosen Partys, ausgedehnten Einkaufstouren und unsinnigen Jobs hatte ich mich emotional vor jeder weiteren Bindung abgeschottet.

Wie oberflächlich das war! Wie dumm! Was für eine Arroganz und Selbstverliebtheit zu glauben, mein gerade einmal 18-jähriges Herz wäre das alles wert.

Was war ein gebrochenes Herz schon gegen die Aussicht, niemals wieder seine Hände zum Heilen benutzen zu können, niemals wieder einem Menschen das Augenlicht schenken zu können?

Nichts.

Ich hätte alles getan, um ihm das zu ersparen. Alles, um seinen Schmerz ein wenig zu lindern. Ich würde ihm das eine Geschenk machen, das eine Frau einem Mann machen konnte, um ihn einige Zeit alles andere vergessen zu lassen. Aber ich wusste genau, dass er das Ganze nur als mitleidigen Akt ansehen und sich dafür nur umso mehr hassen würde. Und mich würde er hassen, weil ich ihn schwach gesehen hatte.

Wollte er mich auf Distanz halten, damit ich nicht auf die Idee käme, ihn trösten zu wollen? Oder wollte er verhindern, dass er selbst womöglich diesen Trost annähme?

Ich war immer stolz darauf gewesen, meine Gefühle gut verbergen zu können, aber diesmal war es wohl zu viel gewesen. Offensichtlich verriet mein Gesicht meine Gedanken, denn jetzt richtete sich seine Wut gegen mich. „Also?“, forderte er. „Was muss man hier tun, um ein Frühstück zu bekommen?“

Gute Frage. Vor allem, gutes Ablenkungsmanöver. Darauf würde ich aber nicht hereinfallen.

„Höflich danach fragen?“, schlug ich vor. „Oder es selbst holen?“

Als Antwort darauf ging er zum Kühlschrank und holte eine neue Packung Orangensaft heraus. Aus Erfahrung wusste ich, wie schwierig diese Dinger zu öffnen waren. Nachdem er es endlich geschafft hatte, eine Ecke der Packung abzureißen, zitterte seine Hand so stark, dass er mehr Saft verschüttete, als im Glas landete. Er starrte den Saft einen Augenblick an, dann nahm er das Glas und warf es mit voller Wucht an die nächste Wand. Ich zuckte zusammen, als es in tausend Scherben zerbarst und Orangensaft durch die Küche spritzte.

Wie war das mit den Gefühlen?

Einträchtig sahen wir zu, wie der Saft – es war die dickflüssige Sorte, voller Fruchtfleisch – die Wand hinablief. Schließlich sagte ich: „Es gibt noch eine andere Alternative.“

Wutentbrannt sah er mich an und machte einen Schritt auf mich zu, als wolle er mich an den Schultern packen und schütteln. Ich wette, mit dieser Vorstellung hatte er schon so manchen Assistenzarzt und einige Krankenschwestern in ein Häufchen Elend verwandelt. Ich ließ mich nicht einschüchtern. Falls er das vorhatte, würde er etwas anderes versuchen müssen. Lächeln zum Beispiel.

„Ich warte", schnappte er und machte wieder einen Schritt zurück. Schade, das wollte ich gar nicht. Ich wollte, dass er mir noch viel näherkam. Wenn er mich erst einmal berührt hatte, wenn er in meinen Armen lag, war alles möglich.

„Sie könnten mit mir in das kleine italienische Café um die Ecke gehen."

Seine Augen funkelten. „Warum sollte ich das tun?"

„Weil ich mit Ihren Hunden spazieren gegangen bin, Ihren Schrank poliert habe und nun hungrig bin."

„Ich bezahle Sie dafür, mit den Hunden zu gehen. Sonntags sogar extra", erinnerte er mich. Ich konnte nicht einmal widersprechen. „Und ich habe Sie nicht darum gebeten, hier irgendetwas zu polieren." Er schien unbezwingbar zu sein, aber das war er nicht. Ich wusste, dass er Gefühle hatte. Er wollte berührt werden, wollte gehalten werden. In seinem Bett hatte ich es deutlich gespürt.

„Meine Güte, wir reden doch hier nur von Frühstück, nicht vom Dinner im Ritz. Ich habe Hunger, und ich habe keine Lust zu kochen. Außerdem hasse ich es, allein in fremde Restaurants zu gehen." Das ging vielleicht etwas weit. „Sie könnten ein bisschen frische Luft …"

„Es ist nicht frisch draußen, es ist eisig. Ich werde mir eine Lungenentzündung holen."

„Weichei", sagte ich. „Du lieber Himmel, die Sonne scheint! Sie werden sich ein bisschen Appetit holen. Und das Essen dort wird sicher genießbar sein."

„Das wäre immerhin ein Vorteil“, gab er zu. Mit diesem Sarkasmus bewaffnet brauchte er nicht einmal ein Skalpell.

„Außerdem waren Sie die ganze Woche über ein ausgesprochener Miesepeter“, fuhr ich fort. Ich wusste, ich sollte die Scherben aufräumen, bevor einer der Hunde hineintrat, aber es lief gerade zu gut. Gabriel reagierte, er redete, und ich wollte mir die Chance, seine harte Schale wenigstens ein wenig anzukratzen, nicht entgehen lassen. „Ich habe mir eine Pause verdient.“

„Miesepeter? Ich bin kein Miesepeter! Ich war eine Ausgeburt an Geduld“, grummelte er. „Ich war unglaublich tolerant, wenn man bedenkt, dass ich keinen Augenblick Ruhe hatte, weil Sie ständig um mich herumgewuselt sind. Und ständig klingelt Ihr Handy. Und Sie haben eine Katze angeschleppt ...“

„Außerdem“, sagte ich, seinen Redefluss unterbrechend, „hatte ich so viel zu tun, dass ich nicht zum Einkaufen gekommen bin. Wir haben nicht einmal mehr Brot.“ Schließlich ging es hier um seine Fehler, nicht meine.

„Sie konnten von Ihren täglichen Einkäufen für Mrs. Andrews kein Brot mitbringen?“, fragte er.

„Sie hat für meine Zeit bezahlt“, erinnerte ich ihn. Ich gab mir alle Mühe, seine Geduld bis zum Letzten auszureizen. „Sie nicht.“

Dieses Spiel konnte ich sehr lange spielen.

„Soll das heißen, ich muss eine Stunde Ihrer Zeit kaufen, um Frühstück zu bekommen?“, wollte er wissen und machte wieder einen Schritt auf mich zu. Sein Zittern hatte aufgehört.

„Nein. Das soll heißen, ziehen Sie sich warm an und gehen mit mir frühstücken. Für ein frisch getoastetes Scone könnte ich gerade einen Mord begehen.“

Dazu fiel ihm nichts mehr ein. Noch eine Minute, und er

würde sich wieder daran erinnern, dass er gar nicht hungrig, sondern einfach nur sauer auf mich war, und sich wieder in sein Schneckenhaus zurückziehen. „Okay, wenn Sie unbedingt ein Geizkragen sein wollen, dann teilen wir uns die Rechnung eben. Ein besseres Angebot werden Sie nicht ..."

„Sophie ..." Plötzlich war er sehr nah.

„... bekommen, also sollten Sie ..."

Er packte mich an den Schultern. „Sophie, halten Sie den Mund."

„... besser zugreifen, während ..."

Und plötzlich war sein Mund auf meinem, heiß und fordernd. Was Küsse anbetraf, so war es sicher kein Kuss wie aus dem Märchen, aber was an Zärtlichkeit fehlte, machte er durch seine atemberaubende Intensität wett. Er zerquetschte meine Lippen fast mit seinen, eine siedend heiße Flut spülte durch meinen Körper.

Es war kurz, schockierend und nahezu überwältigend. Ich schloss die Augen, hielt mich fest und versuchte verzweifelt, das heiße, unbändige Verlangen in mir zu zügeln. Es hatte nichts zu bedeuten, sagte ich mir. Ich hatte ihm einfach den Rest gegeben – und genau das hatte ich ja auch vorgehabt –, und das Ergebnis übertraf meine wildesten Träume. Viel zu schnell würde es ohnehin vorbei sein.

Dann wurde sein Mund wieder ganz weich.

Ohne Vorwarnung hatte sich sein Bedürfnis, mich dazu zu bringen, den Mund zu halten, in etwas völlig anderes verwandelt. Jetzt war ich in ernsthaften Schwierigkeiten.

Seine Hände wanderten über meinen Rücken und sandten Wellen des Verlangens, gehalten und geliebt zu werden, das ich so lange tief in meinem Innern weggeschlossen hatte, durch meinen Körper. Ich hatte völlig vergessen, wie sehr es einen einnehmen konnte.

Mein Körper passte sich den Forderungen seines Mundes

an. Meine Lippen öffneten sich, meine Zunge lud ihn ein, tiefer zu forschen, als ich es in all den Jahren zugelassen hatte. Meine Knie gaben nach, und ich presste mich an ihn. Ich musste seinen Körper ganz eng an meinem spüren.

Und plötzlich war alles vorbei.

„War's das?", fragte Gabriel. Seine Augen glühten wie zwei schwarze Kohlen. Ich wäre einen Schritt zurückgetreten, wenn seine Finger sich nicht wieder in meine Schultern gegraben hätten. „Sind Sie fertig?"

Selbst wenn ich hätte sprechen wollen – ich hätte es nicht gekonnt.

Ich schluckte und versuchte mich an die freche Antwort zu erinnern, die mir auf der Zunge gelegen hatte, bevor sein Mund mich so unsanft unterbrochen hatte.

Ich hatte ihn provoziert, und endlich war er darauf eingestiegen.

Ganz toll, Sophie. Wirklich toll gemacht!

Dummerweise war ich so auf mein Ziel fixiert gewesen, zu ihm durchzudringen, dass ich die Gefahr nicht hatte kommen sehen.

Die Gefahr, in den Flammen, die ich mit meinem emotionalen Flammenwerfer heraufbeschworen hatte, verzehrt zu werden.

So hatte mich niemand mehr geküsst seit …

Nein, vergessen Sie „seit". So hatte mich noch nie jemand geküsst. Noch nie war ich so aufgewühlt gewesen.

„Habe ich es endlich geschafft, Sie zum Schweigen zu bringen?"

Ich musste etwas sagen. Auf der Stelle. Musste so tun, als wäre das alles, was er bewirkt hatte. Ich brauchte jedes bisschen Selbstbeherrschung, um nicht zu schlucken, bevor ich sagte: „Das kommt darauf an."

Ich hörte meine Worte: scharf, gleichgültig. Es hörte sich

nicht wie meine Stimme an. Außerdem, warum war meine Stimme fest und stark, wenn mein ganzer restlicher Körper wie Espenlaub zitterte?

„Sind Sie fest entschlossen, hierzubleiben und zu schmollen, Gabriel? Oder gestehen Sie Ihre Niederlage ein? Beweisen Sie mir, dass Sie 100 Schritte laufen können, ohne gleich wieder umzufallen?“

Seine Hände entspannten sich, dann ließ er mich los.

Ich fühlte mich verloren.

„Lassen Sie mich endlich in Ruhe, wenn ich nachgebe?“, fragte er.

„Was glauben Sie denn?“

„Ich glaube, dass sich ein bisschen frische Luft plötzlich sehr gut anhört. Ich hole meinen Mantel.“

Er drehte sich um und ging zur Tür. Als ich seine Schritte auf der Treppe hörte, entspannte ich mich endlich und sank gegen den Schrank. Wer weiß, wie lange ich dort geblieben wäre, wenn nicht Joe – der liebe, süße Joe – in der unnachahmlichen Art der Hunde, wenn sie hoffen, nicht bemerkt zu werden, auf dem Bauch angerobbt gekommen wäre. Die Versuchung des süßen Orangensafts war einfach zu groß.

Ich rief ihn zurück und schickte ihn wieder auf das Sofa. Als Gabriel mit seinem Mantel wiederkam, hatte ich schon fast alles aufgeräumt und wieder die Kontrolle über meine Gefühle erlangt. Fast.

Der kalte Wind blies ein bisschen Farbe auf Gabriels Wangen. Ich hatte kurzfristig Zweifel, ob es wirklich so eine gute Idee war, ihn hinaus in die Kälte zu zerren. Egal, es war zu seinem Besten. Ich hakte mich bei ihm unter, als sei es das Natürlichste der Welt. Falls er vermutete, dass es meine Art war, ihn im Zweifelsfall zu stützen, sagte er nichts. Stattdessen nahm er meine Hand und zog mich enger an sich. Nah genug, um seine Körperwärme zu spüren.

Er hielt an, und ich schaute zu ihm auf. „Alles in Ordnung?"

„Ja. Nein. Das hatten Sie doch alles geplant, oder?"

„Wer, ich?"

„Kommen Sie mir nicht mit der Blondinennummer, Sophie. Sie wohnen seit zwei Wochen unter meinem Dach. Sie haben diesen kleinen Streit inszeniert. Sie haben mich so lange provoziert, bis ich getan habe, was ich schon seit Ihrer Mund-zu-Mund-Beatmung tun wollte."

„Wie bitte? Ich dachte, Sie sagten …" Der leidenschaftliche Kuss. Den hatte er sich seit zwei Wochen aufgehoben? Aber das hieße ja … das hieße ja … Ja, was hieß es eigentlich? Er war scharf auf mich, mochte mich aber nicht *genug*, um etwas zu unternehmen? Er war scharf auf mich, mochte mich aber *zu* sehr, um sich darauf einzulassen – in Anbetracht seiner offensichtlich genetisch veranlagten Unfähigkeit, sich emotional zu binden? Er mochte mich einfach? „Äh, Sie sagten …"

„Ich weiß, was ich gesagt habe, und ich hatte recht. Es war keine Mund-zu-Mund-Beatmung, aber ich weiß, wie ich mich danach gefühlt habe. Lebendig."

„Äh … prima."

Obwohl es alles andere als prima war. Zumindest nicht aus seiner Sichtweise. Schließlich hatte er mit Beziehungen nichts am Hut.

Wir standen uns gegenüber, unsere Arme immer noch verhakt, meine Hand auf seinem Unterarm. Ich war ihm so nah, dass ich mit der Wange beinahe sein Revers berührte.

„Haben Sie damit ein Problem, Gabriel?", fragte ich. „Sich lebendig zu fühlen?"

Er hob die Hand, als wolle er meine Wange berühren, überlegte es sich aber wieder anders. Dann sagte er: „Lieber Himmel, ist das ein Weihnachtsbaum?"

Was?

In dem Fenster neben uns leuchteten bunte Lichter. Er starrte es an, als hätte es ihn persönlich beleidigt. „Es ist doch noch lange nicht Weihnachten."

Erneut hatte er sich auf die erste Ablenkungsmöglichkeit gestürzt, anstatt sich dem Thema zu stellen. Diskussion beendet. Themenwechsel, bevor es schwierig wurde.

Zu spät. Das Leben ist nun einmal schwierig, aber wir haben nur dieses eine, und während man verzweifelt versucht, Verletzungen zu vermeiden, zieht es an einem vorüber. Er war unvorsichtig geworden und hatte mir einen Vorgeschmack der Leidenschaft gegeben, die er seit Jahren unterdrückte. Weil er auf seiner Mission, immer der Beste zu sein, niemanden verletzen wollte. Nun, ich war bereit, dieses Risiko einzugehen, aber im Moment war mir der Themenwechsel auch ganz recht.

„Natürlich ist das ein Weihnachtsbaum. Wo waren Sie eigentlich den ganzen letzten Monat?", fragte ich ihn, während wir unseren Spaziergang zum Café fortsetzten. Als mir klar wurde, was ich gerade gesagt hatte, entschuldigte ich mich rasch. „Tut mir leid, Gabriel, vergessen Sie meine dämliche Frage, aber wir haben Mitte Dezember. Es sind nur noch acht Werktage bis Weihnachten. Wir sind im Pub vollkommen ausgebucht mit Weihnachtsfeiern. Gebratene Pute, Minzpastete und die saisonalen Indiskretionen – all das zu den Klängen von ‚White Christmas', den ganzen lieben langen Tag."

„Darauf könnte ich gut verzichten."

„Seien Sie nicht so ein Spielverderber. Es macht Spaß, zuzusehen, wie die Leute sich amüsieren. Außerdem geben sie tolles Trinkgeld."

„Bis Weihnachten sind Sie die ganze Sache garantiert leid", warnte er mich.

„Nein, ich liebe Weihnachten. Es ist immer das Gleiche: die Dekorationen, die schmalzigen Weihnachtslieder im Radio, das Aussuchen der perfekten Geschenke."

Kaum hatte ich die Worte ausgesprochen, als mir klar wurde, dass es dieses Jahr nicht so sein würde. Da ich keine Lust hatte, darüber nachzudenken, *wie* Weihnachten dieses Jahr sein würde, sah ich zu ihm auf und fragte: „Was ist mit Ihnen? Haben Sie schon Pläne? Sind Ihr Bruder und Ihre Schwägerin dann schon wieder zu Hause? Oder feiern Sie bei Ihren Eltern?"

Ich klopfte natürlich auf den Busch. Was ich wirklich meinte, war: Werden Sie Weihnachten mit der Krankenschwester verbringen? Ich hatte zwar in den letzten Wochen niemanden gesehen, aber das hieß ja nicht, dass da niemand war. Ich war nicht die ganze Zeit da. Eines Tages war eine Schale mit Obst aufgetaucht, während ich weg war. Er hatte gesagt, die Frau, die sich um seine Hunde gekümmert hätte, wäre damit vorbeigekommen.

Mein Gehirn gaukelte mir vor, sie wäre eine alte, pensionierte Krankenschwester, die sich um anderer Leute Tiere kümmerte, um ihre Pension aufzubessern.

Meine Fantasie produzierte aber eine Alternative, in der sie eine junge, attraktive, sexy Frau war, die – so wie er – Beziehungen nur auf strikt körperlicher Basis bevorzugte. Wer weiß, mit was sie vorbeikam, während ich damit beschäftigt war, Pute zu servieren?

„Ich arbeite während der Feiertage meistens", sagte er, ohne eine meiner Fragen zu beantworten. Oder vielleicht hatte er mir mehr verraten, als er wollte. „Sie feiern mit Ihrer Familie?"

„Dieses Jahr nicht."

Ohne meine Mutter als Organisatorin würde die große Weihnachtsfeier ausfallen. Sie war Herz und Seele der ganzen Angelegenheit. Sie kümmerte sich um das Schlagen des Baumes, den mitternächtlichen Kirchgang, lud alle Dorfbewohner zu uns ein, die allein waren, organisierte die Partyspiele …

Selbst Kate hatte gesagt, sie würde dieses Jahr nicht kommen. Sie wollte damit beginnen, ihre eigenen Familientraditionen zu etablieren. Das machte das riesige Loch in der Familie noch gewaltiger.

„Meine Eltern haben sich vor ein paar Monaten getrennt", sagte ich. „Meine Mutter feiert mit ihrem Lover Weihnachten unter Palmen. Wie Sie sich vorstellen können, dämpft das die ganze Weihnachtsstimmung ein wenig."

„Sie könnten den Tag ja mit Mrs. Andrews verbringen und sich ihre Geschichten anhören."

Ich wusste doch, er würde mitfühlend sein.

„Das wäre sicher lustiger, als zuzusehen, wie mein Vater seinen Kummer in Scotch ertränkt. Ob sie wohl alleine ist?", fragte ich mich, als wir das Café erreichten.

„Da sie Sie dafür bezahlt, einkaufen zu gehen, damit sie jemanden zum Reden hat, stehen die Chancen dafür nicht schlecht."

So etwas hatte ich mir auch schon gedacht. „Vielleicht sollte ich etwas dagegen tun."

„Vielleicht sollten Sie das." Er hakte sich aus und drückte über meinen Kopf hinweg die Tür auf.

„Hey, Doc! Wir haben Sie schon vermisst! Wo haben Sie denn die ganze Zeit gesteckt?" Der Mann hinter der gewaltigen, chromglänzenden Espressomaschine kam nach vorn gestürzt und schüttelte Gabriels Hand. Seine anfängliche Freude wandelte sich in Besorgnis. „Wo immer Sie waren, es hat Ihnen nicht gutgetan", sagte er, ohne auf eine Antwort zu warten. „Setzen Sie sich, setzen Sie sich. Maria wird ihre Spezial-Zabaione für Sie machen."

Zabaione? Mit Eiern, die so kurz gekocht werden, dass sie noch fast roh sind? Das dürfte ja interessant werden.

„Vielen Dank, Marco." Hm? „Bitte sagen Sie ihr, sie soll den Alkohol weglassen. Ich nehme jede Menge Medikamente."

„Kein Problem, Doc." Er drehte sich zu mir um und strahlte mich an. „Und für Ihre Freundin?"

„Marco, das ist Sophie. Sie kümmert sich um die Hunde, bis ich wieder fit bin."

„Nur die Hunde?" Mit seiner hochgezogenen Augenbraue sagte er mehr aus, als manche Menschen mit ganzen Sätzen.

„Und wer kümmert sich um Sie?"

„Auch da tut sie ihr Bestes. Aber, wie sie mir gerade deutlich gesagt hat, bin ich nicht unbedingt sehr entgegenkommend."

„Der Ruf der Briten, zur Untertreibung zu neigen, ist bei ihm in sicheren Händen", sagte ich.

„Der Doc kümmert sich nur um andere Leute, was, Sophie?", sagte Marco, so, als würden nur wir zwei ihn verstehen.

„Also, was darf ich Ihnen bringen?"

„Ein getoastetes Scone, bitte. Und einen großen Cappuccino."

„Machen Sie zwei Cappuccini daraus", sagte Gabriel.

Marco brachte uns unseren Kaffee und lud uns ein, seine Familie am Sonntag in die örtliche Kirche zu begleiten, wo seine Tochter im Krippenspiel mitwirkte.

„Wir würden uns freuen", sagte Gabriel. Tatsächlich war ich nicht halb so überrascht, wie er es wohl erwartet hatte.

Da seine Anwesenheit „pronto" von seiner Frau erwartet wurde, verließ Marco uns mit dem Versprechen, unser Essen würde in „uno momento" kommen.

„Der Grinch beim Krippenspiel?", lästerte ich.

„Werden Sie mich begleiten?", fragte er.

„Gern. Das will ich um keinen Preis verpassen."

„Sie brauchen mir nicht zu danken, ich bin nicht nett. Ich bin egoistisch", antwortete er und schien sich selbst dafür zu verabscheuen. Immerhin zog er die Einladung nicht zurück.

Nun war ich an der Reihe, das Thema zu wechseln.

„Ich habe das Gefühl, Sie essen hier öfter. Sie gehören ja schon fast zur Familie."

Gabriel zuckte mit den Schultern. „Ich arbeite sehr lange und kann mich nicht auch noch um das Kochen kümmern."

Ein junges Mädchen brachte meinen Scone und Butter. Dann holte sie Gabriels Zabaione und stellte sie schüchtern vor ihm ab. Gabriel sagte etwas auf Italienisch zu ihr, sie kicherte, sah in meine Richtung und antwortete ihm.

Er sprach Italienisch?

Wie un-britisch.

Wie wunderbar.

Wie peinlich. Was hatte ich eigentlich mein ganzes Leben lang getrieben, dass ich nicht einmal eine Fremdsprache richtig beherrschte? Ich hatte mich ja auch nicht für einen Computerkurs angemeldet, trotz der großen Versprechen, die ich mir selbst gegeben hatte.

„Lucia hat gehört, dass wir zu ihrer Aufführung kommen. Sie wollte wissen, ob das heißt, dass Sie meine Freundin sind", sagte Gabriel. Ohne Vorwarnung war da wieder diese Andeutung eines Lächelns. Das reichte schon, um meinen Puls zu beschleunigen. Meine Lippen brannten in Erinnerung an den Kuss. Ich spürte, wie ich rot wurde.

Ich kannte dieses Gefühl. Genauso hatte ich mich gefühlt, wenn Perry Fotheringay mich angesehen hatte. Geblendet, furchtlos, aufgeregt. Und ich kannte auch die anderen Gefühle, die als Begleiterscheinung auftraten. Das Elend, wenn er nicht anrief. Der Schmerz, als er mich betrog.

Die Eiseskälte in meinem Inneren, während ich so tat, als würde es nichts bedeuten. Dass ich ihn ohnehin nie ernst genommen hatte.

Ich starrte die Falle an, die ich mir selbst gestellt hatte, und in die ich prompt kopfüber gestürzt war.

Weil Gabriel nicht flirtete, nur selten lächelte und seine Gefühle gut unter Kontrolle hatte, ging ich davon aus, er wäre ungefährlich. Ich würde wieder verletzt werden, aber diesmal wusste ich wenigstens, was kam. Und wenn ich Gabriel dabei zeigen konnte, dass eine emotionale Bindung nichts mit Genetik, sondern nur mit dem Herzen zu tun hatte, dann war das den Schmerz wert.

„Ich bin Ihre Freundin", sagte ich lächelnd. „Die Tatsache, dass ich ein Mädchen bin, macht doch keinen Unterschied."

Er sagte etwas zu ihr, und sie lachte, bevor sie fröhlich zu ihrem Papa zurückhüpfte.

Gabriel blieb still, bis ich von meinem Scone abgebissen und den Mund voll hatte. „Es ist ein gewaltiger Unterschied, wissen Sie."

Was war ein gewaltiger Unterschied? Da ich nicht sprechen konnte, zog ich fragend die Augenbrauen hoch.

„Dass Sie ein Mädchen sind." Er kostete von der süßen Eierspeise. „Wenn Sie ein Mann gewesen wären, hätte ich Sie sicherlich nicht geküsst, um Sie zum Schweigen zu bringen."

Es gab nur eine Möglichkeit, einen Mann ruhigzustellen, der gerade einen Tiefschlag gelandet hatte.

Ich kaute genüsslich das Scone, wischte mir die Finger an der Serviette ab und trank einen Schluck Cappuccino.

Dann lehnte ich mich zurück und sah ihn an. „Gabriel?"

„Ja?"

„Kann ich mir heute Nachmittag Ihr Auto borgen?"

8. KAPITEL

Gabriel York musste viel kränker sein, als ich angenommen hatte. Er zuckte nicht einmal zusammen. Seine einzige Antwort auf diese unerhörte Frage war: „Sind Sie versichert?"

„Äh, ja." Ich war versichert. Ich durfte alles fahren, was Räder hatte, vom Traktor bis zum BMW meines Vaters. Nicht dass ich unbedingt Traktor fahren wollte.

„Dann bedienen Sie sich. Seien Sie aber vorsichtig, wenn Sie zurücksetzen, die Garage ist etwas schmal."

Er bestand nicht einmal darauf, den Wagen selbst herauszufahren? Was war er denn für ein Mann?

„Ich werde versuchen, den Schaden minimal zu halten."

„Da Sie versichert sind, mache ich mir keine Sorgen."

„Okay." Das war nach hinten losgegangen. Tony war praktisch hysterisch geworden, als ich ihn gefragt hatte, ob ich sein Auto borgen könne. Gut, es war ein handgefertigter Morgan, auf den er drei Jahre warten musste, bevor er endlich geliefert wurde. Ich hatte ja auch nur Spaß gemacht. Wer wollte schon freiwillig in London Auto fahren? „Interessiert es Sie gar nicht, wo ich hinfahre?"

„Solange Sie pünktlich wieder hier sind, um mit den Hunden zu gehen, ist das Ihre Sache."

„Eigentlich ist es auch Ihre Sache. Ich hatte mir gedacht, ich nehme Percy und Joe mit aufs Land und lasse sie einmal ordentlich rennen."

„Wohin?"

Plötzlich war er doch interessiert. Seine Hunde waren ihm offensichtlich wichtiger als sein Auto. Zumindest war er ein Mann, der seine Prioritäten genau kannte. „Nach Hause. Ich möchte nach meinem Vater sehen."

„Und da Sie ja mit den Hunden und dem Auto eine gute

Ausrede haben, kann er nicht versuchen, Sie zum Bleiben zu überreden.

„Sie sind ja ein ganz Schlauer", rutschte es mir heraus.

„Er kann Sie nicht zwingen, dazubleiben, wenn Sie das nicht wollen, Sophie."

„Oh, er wird kein Wort sagen. Aber er wird schrecklich leidend sein. Er wird sich eine Woche lang nicht rasiert haben, der Kühlschrank wird leer sein, er wird nichts zum Anziehen haben …"

„Ah, verstehe." Er versuchte gar nicht erst, sein Lächeln zu verbergen. „Sie trauen Ihrem weichen Herzen nicht."

„So ist das nicht", fuhr ich ihn an. „Mein Herz ist so zäh wie altes Leder. Kate – meine große Schwester – geht mir nur schon die ganze Zeit auf die Nerven."

„Ich wusste gar nicht, dass Sie eine Schwester haben. Lebt sie in London?"

„Ja, aber sie war verreist."

„Wenn sie wieder zu Hause ist, kann sie doch hinfahren und nachschauen. Wo sie sich doch solche Sorgen macht."

Wollte er damit sagen, dass ich das nicht tat?

„Das habe ich ihr auch vorgeschlagen", sagte ich. „Leider hat sie eine gute Ausrede. Im Gegensatz zu mir hat sie das Gelernte angewendet, ist auf die Universität gegangen, hat einen bombigen Juraabschluss hingelegt und hat nun einen ebenso bombigen Job." Ich zuckte lässig mit den Schultern. „Als Belohnung muss sie eben nicht nach Hause fahren und die Scherben der Ehe unserer Eltern aufsammeln."

Dummerweise fühlte ich mich gar nicht so lässig. Wenn ich nicht sehr aufpasste, würde ich noch anfangen zu weinen. Ich hatte seit Jahren nicht mehr geweint. Aber obwohl ich meine Mutter irgendwo gut verstehen konnte, wünschte ich mir nichts sehnlicher, als dass sie nach Hause käme – und zwar nicht nur, weil mein Vater mir auf die Nerven ging. Ich suchte nach einem Taschentuch und putzte mir geräuschvoll die Nase.

„Es ist Sonntag. Die meisten Anwälte, die ich kenne, haben heute frei", sagte Gabriel und ignorierte mein pathetisches Geschniefe.

„Das stimmt schon, aber sie ist ja nicht nur unheimlich schlau, sondern auch noch sehr hübsch. Deswegen hat sie auch noch diesen umwerfenden Ehemann, der das Bild vervollständigt. Sonntag ist der einzige Tag, an dem beide zu Hause sind."

„Höre ich da etwa einen kleinen Minderwertigkeitskomplex heraus?", fragte Gabriel gelangweilt. Und warum auch nicht? Wer wollte schon das arme, reiche kleine Mädchen jammern hören? Okay, er wusste ja nicht, dass ich reich war. Auch wenn ich jetzt gerade eigentlich nicht reich war und es auch nicht sein würde, es sei denn, ich heiratete oder würde 30 werden. Was auch immer als Erstes kam.

„Eigentlich nicht", antwortete ich, wobei ich mich um den gleichen gelangweilten Tonfall bemühte. „Ich wollte nie einen Universitätsabschluss machen oder einen tollen Job haben."

„Was wollten Sie dann?"

Das war das Problem, wenn man sich zu weit aus dem Fenster lehnte. Plötzlich befand man sich auf gefährlichem Terrain, in Themen verwickelt, über die man gar nicht reden wollte.

Ich überlegte krampfhaft, was ich sagen sollte. Schließlich setzte ich ein Lächeln auf und antwortete fröhlich: „Ich wollte Spaß haben, was sonst?"

Das schien ihn nicht sehr zu beeindrucken, und wenn ich es mir ehrlich überlegte, war es auch nicht gerade eine beeindruckende Ambition.

„Sie nennen Hunde ausführen, Putzen und Kellnern *Spaß?*"

„Um ehrlich zu sein ist es viel besser als manche Jobs, die ich in der Vergangenheit hatte. Außerdem lerne ich viele nette Leute kennen. Greta, die Floristin, zum Beispiel. Sie zieht ihre zwei Kinder ganz alleine groß, nachdem der Vater gestorben ist. Das muss so hart sein, aber sie beschwert sich nie. Oder Alan im Spielzeuggeschäft. Er war auf der Sonderschule und wurde zu Pflegeeltern abgeschoben, weil seine Eltern ihn nicht wollten. Heute geht er auf die Universität …"

„Ich bin sicher, das sind alles ganz tolle Menschen, aber wollen Sie in zehn oder fünfzehn Jahren immer noch so leben?"

„Spaß haben?" Ich tat so, als verstünde ich ihn falsch.

„Im Blumenladen Fußböden schrubben", antwortete er. Er begriff nicht, wann man ein Thema besser fallen lassen sollte. „Kann ja sein, dass ich falschliege, aber irgendwie passt das nicht zu Ihrem Spitzenhandy, dem teuren Laptop und der Designerkleidung."

Ich öffnete den Mund, um zu protestieren.

„Die Schilder herauszuschneiden ändert nichts an der Kleidung an sich, Sophie."

Es war ihm aufgefallen?

„Ich fühle mich besser, wenn ich sie zur Arbeit trage. Aber natürlich haben Sie recht", sagte ich. „Für immer werde ich nicht putzen gehen. Es ist nur ein temporärer Job, während die eigentliche Putzfrau im Krankenhaus ist. Wenn sie zurückkommt, muss ich mir ohnehin eine neue Stelle suchen."

„Ich traue mich kaum, zu fragen, was das sein wird."

„Ich habe darüber nachgedacht, einen Computerkurs zu machen."

Dieses Mal zuckte er zusammen. „Nein, tun Sie das nicht, Sophie!"

„Und warum nicht?"

„Ich habe gesehen, welche Schwierigkeiten Sie dabei haben, einfache E-Mails zu verschicken. Ich möchte gar nicht wissen, was alles passieren könnte, wenn Sie wichtige Sachen machen sollen."

„Das Geräusch, das Sie gerade gehört haben, war mein Selbstbewusstsein, als es auf dem Boden aufschlug."

Er machte keine Anstalten, es aufzuheben, abzuputzen und mir wieder zu übergeben. Stattdessen sagte er: „Wenn Sie wirklich einen Job brauchen ..."

„Sie denken, ich mache das zum Spaß ...?"

Ups.

Sein Lächeln war es wert, dass ich praktisch den Boden unter den Füßen verlor.

„Es muss doch noch etwas anderes geben, das Sie tun können."

„Muss es?", fragte ich. Wir waren wieder bei meinen Karriereplänen. „Ich hatte vor Kurzem eine Unterredung mit einer Dame bei meiner Arbeitsagentur. Sie ist diejenige, die mir die Gassi-Stelle angeboten hat."

Was ihn auch nicht weiterbrachte.

„Was Sie brauchen, Sophie, ist ein Ehemann", sagte er. Ich hatte keinen Zweifel, dass er sich an einen ganz ähnlichen Vortrag meinerseits erinnerte und sich nun diebisch freute, es mir heimzahlen zu können.

„Ich kann nicht kochen", erinnerte ich ihn.

„Einen reichen Ehemann", fügte er hinzu.

„Schade, dass mein Auserwählter anderes im Sinn hatte." Oh verdammt, das war mir herausgerutscht. Oder vielleicht hatte mein Unterbewusstsein etwas mit mir vor. „Na egal", sagte ich und kehrte zum Ausgangspunkt unseres Gesprächs zurück, „ich muss heute Nachmittag nach Hause fahren und nach meinem Vater sehen."

„Aber Sie haben nicht vor, zu bleiben, und mit meinen Hunden und meinem Auto haben Sie eine gute Ausrede, sich wieder aus dem Staub zu machen."

„Finden Sie, dass ich gemein bin?“

„Die Frage können Sie sich nur selbst beantworten. Sind Sie es?“

„Er hat mich ganz schön unter Druck gesetzt, um nach Hause zu kommen und mich um ihn zu kümmern, bis meine Mutter wieder zu Sinnen kommt.“ Die Angst, die sich in meinen Gehirnwindungen festgesetzt hatte, ließ ich unausgesprochen: dass sie nie wieder zurückkommen würde.

„Sie meinen, er hat Ihnen das Taschengeld gekürzt? Darum geht es hier? Kein Geld, keine Wohnung …“

„Die Wohnung, in der ich bisher gewohnt habe, hatte nichts mit ihm zu tun.“ Oder vielleicht doch? War es möglich, dass Cora und mein Vater unter einer Decke steckten? Benutzten sie mich etwa dazu, meine Mutter zur Vernunft zu bringen? Ich schüttelte den Kopf. „Ich habe nicht vor, ihn mit emotionaler Erpressung durchkommen zu lassen“, sagte ich.

„Und wenn er Sie nett bitten würde?“

„Die Gefahr besteht zum Glück nicht. Warum, glauben Sie, liegt meine Mutter an einem Swimmingpool in Kapstadt, anstatt zu Hause die Weihnachtsparty für ihre Familie zu organisieren?“

„Vielleicht ist sie ja der Ansicht, dass das einmal jemand anderes tun sollte.“

„Schönen Dank. Geben Sie einen egoistischen Ehemann zur egoistischen Tochter dazu, und es ist ziemlich klar, warum sie abgehauen ist.“

„Ich kritisiere Sie nicht, Sophie. Er ist erwachsen und selbst für sein Leben verantwortlich. Ich finde nur, Sie wirken nicht besonders glücklich.“

„Ja klar, man kann sich immer leicht einreden, dass es nur zu seinem Besten ist, aber wenn es hart auf hart kommt, ist und bleibt er mein Vater.“ Ich vermied es, Gabriel anzusehen, und setzte ein Lächeln auf. „Ich schätze, Sie haben keine Lust mitzukommen?", fragte ich. Endlich hatte er mir den Steilpass zugespielt, auf den ich die ganze Zeit gewartet hatte. „Sie würden einmal ein paar Stunden aus dem Haus kommen."

„Sie schätzen korrekt."

Ich forcierte das Thema nicht weiter. „Okay, aber wenn ich bis zur Schlafenszeit der Hunde nicht zurück bin, sollten Sie besser einen Rettungstrupp organisieren", antwortete ich und versuchte dabei verzweifelt, weiter zu lächeln.

Ich konnte kaum glauben, wie enttäuscht ich war, weil er abgelehnt hatte.

„Ich rufe Sie zu einer vereinbarten Zeit auf Ihrem schicken Handy an und sage, dass ich mein Auto brauche, wenn Sie möchten", bot er an.

„Ist das Ihr bestes Angebot?"

„Es braucht schon mehr als die Aussicht auf eine lange Autofahrt und ein unangenehmes Zusammentreffen mit Ihrem Vater, um mich aus dem Haus zu locken."

„Sie könnten mit den Hunden im Wald spazieren gehen. Wird Zeit, dass Sie ein bisschen Bewegung bekommen", antwortete ich.

„Vielen Dank für den Rat, Frau Doktor", sagte er ironisch. „Falls Sie allerdings auf der Autofahrt die Geschichte des Mannes, der Ihnen entkommen ist, preisgeben wollten, dann könnte ich es mir noch einmal überlegen ..."

Für ein Lächeln hätte ich ihm alles versprochen, ihm sogar mein Herz ausgeschüttet. Aber da war nichts, nicht einmal der Ansatz eines Lächelns.

„Da gibt es nichts zu erzählen. Er wollte eine reiche Frau, also heiratete er jemand anderen. Sein Fehler."

Ich weiß, ich weiß, noch vor ein paar Minuten hatte ich ihm die Einladung, neugierig zu werden, quasi auf einem Silbertablett serviert. Und als er sie akzeptierte, blockte ich ab.

So langsam wusste ich nicht mehr, was ich redete.

Ich wollte bloß beim besten Willen nicht zugeben, mich in den letzten sieben Jahren wie eine dumme, verwöhnte Göre benommen zu haben. Meine Kehle war wie zugeschnürt, und meine Augen brannten. Außerdem musste ich mir die Nase putzen.

„Bekommen Sie eine Erkältung?", fragte Gabriel.

„Sie sind der Arzt."

„Eine laufende Nase, tränende Augen – da gibt es nur zwei Möglichkeiten. Entweder Sie sind erkältet oder Sie weinen."

„Warum sollte ich weinen?", fuhr ich ihn an.

Einen Augenblick lang sah er mich an, als wolle er tatsächlich etwas Nettes sagen. Mir seine breiten Schultern anbieten. Zum Ausweinen lassen. Aber er zuckte nur mit besagten Schultern und sagte: „Dann müssen Sie wohl erkältet sein."

„Genau. Und was empfehlen Sie mir dagegen, in all Ihrer professionellen Weisheit?"

„Trinken Sie viel Flüssigkeit. Legen Sie sich ins Bett. Halten Sie sich warm ..."

„Mit einer Wärmflasche? Oder bieten Sie mir die neu entdeckte Wärmeübertragungsmethode an?"

Einen Augenblick lang glühten seine dunklen Augen so intensiv, dass mir der Atem stockte.

Dann verdarb er den Moment, indem er sagte: „Professionell gesehen ..."

„Nein, Herr Doktor, ich möchte Ihre persönliche Meinung in der Angelegenheit."

Er wartete viel zu lange mit seiner Antwort. Hätte er gewusst, wie einzigartig diese Einladung war, wie viele Männer darauf gehofft hatten, nur um bitter enttäuscht zu werden, wäre er vielleicht etwas begeisterter gewesen. Das Glühen seiner Augen hatte mir Hoffnung gemacht, aber offensichtlich suchte er gerade nach einem höflichen Weg, die Einladung abzulehnen. Ohne mir wehzutun.

In dieser Situation war ich selbst so oft gewesen, dass ich förmlich seine Gedanken lesen konnte, während er nach den richtigen Worten suchte. Ich hätte das Drehbuch für ihn schreiben können. Man sagte zum Beispiel: „Tut mir leid, ich habe dich wirklich gern, aber ich möchte nicht mit dir schlafen."

Ich kam ihm zuvor. Wenn die Antwort nicht „Ja" war, wollte ich sie gar nicht hören. Also schaute ich demonstrativ auf die Uhr und sagte: „Wenn ich noch im Hellen zurückkommen will, sollte ich möglichst bald losfahren."

„Sophie ..."

Er hatte zu lange gewartet, und als er endlich meinen Namen aussprach, war es in diesem entschuldigenden Tonfall, der für uns beide nichts als Peinlichkeit bereithielt. Das wollte ich nicht, deshalb stand ich auf. Als er – Gentleman, der er trotz allem immer noch war – sich ebenfalls erheben wollte, winkte ich ab.

„Bleiben Sie und essen Sie Ihr Frühstück auf. Ich weiß ja, wo die Autoschlüssel liegen."

Ohne eine Antwort abzuwarten, flüchtete ich aus dem überheizten Café, dankbar für die frische, kalte Luft.

Rasch sperrte ich die Hunde in die Käfige im Fond des Range Rovers. Ich wollte nicht mehr da sein, wenn er zurückkam. Ich machte mich nur kurz mit dem Wagen vertraut, bevor ich ihn startete und langsam zurücksetzte. Meine „Erkältung" schien schlimmer zu werden. Der Kloß in meiner Kehle war so groß, dass ich kaum noch schlucken konnte, und meine Sicht verschwamm. Vielleicht verschätzte ich mich deshalb und streifte die Garagentür auf dem Weg nach draußen.

Oder vielleicht war es deshalb, weil ich im Rückspiegel die große dunkle Silhouette Gabriel Yorks gesehen hatte, der auf mich zukam. Mein Fuß rutschte von der Kupplung, und im nächsten Moment hörte man das laute Schrammen von Metall auf Holz. Da verlor ich völlig die Kontrolle.

Was vermutlich erklärte, warum ich mit einem Satz rückwärts in den Steinkübel mit der toten Pflanze schoss. Die Hunde kläfften vor Schreck. Dann würgte ich den Motor ab.

Die Fahrertür öffnete sich, und Gabriel sagte: „Ich hätte mir denken können, dass Ihre Fahrkünste ungefähr so toll sind wie Ihre Computerkünste."

„N...Nein", protestierte ich. „Ich bin eine sehr g...gute Fahrerin." Meine Hände, die noch immer krampfhaft das Lenkrad umklammerten, waren ganz ruhig, aber der Rest von mir zitterte unkontrollierbar. „Ich fahre schon, seit ich groß genug bin, um die Pedale zu er...erreichen." Ich versuchte, ihn davon zu überzeugen, dass der kleine Unfall nur ein Ausrutscher war. „Ich habe vorher noch nie auch nur einen K...Kratzer in ein Auto gefahren."

Er sah mich nur an, und ich brach in Tränen aus.

Bevor ich ein Taschentuch suchen konnte, hatte er die Arme um mich gelegt. Meine Tränen versickerten im weichen Kaschmir seines Mantels.

„Nein ... nein ..." ich kämpfte gegen die Sehnsucht an, mich an ihm festzuhalten. Ich heulte nicht. Und ich brauchte niemanden zum Festhalten.

„Ich muss nachsehen, ob es den Hunden gut geht", murmelte ich in seine Brust.

„Die sind in Ordnung", sagte er und hielt mich fest. Schließlich gab ich mich ganz meinem Bedürfnis, gehalten und geliebt zu werden, hin.

„Es tut mir so leid, Gabriel. So etwas passiert mir sonst ..."

Meine Worte waren kaum zu verstehen, aber offensichtlich bekam er den Sinn mit, denn er strich über meinen Kopf. „Ich weiß, das ist nur der Schock."

Der Schock. Klar. Das erklärte natürlich alles.

Meine Wange lag an seiner Schulter, seine Finger waren in meinem Haar vergraben, und er hielt mich fest an sein Herz gedrückt. Dann küsste er mich sanft auf die Stirn. Es fühlte sich einfach perfekt an. Ich hatte mich nie zuvor so sicher gefühlt und wollte mich nicht von der Stelle bewegen. Nie mehr. Und genau deshalb musste ich mich bewegen, und zwar sofort. Ich lehnte mich zurück, und er versuchte nicht, mich aufzuhalten.

Ich wischte die Tränen weg und putzte mir die Nase. Er ließ mir einen Moment Zeit, um mich zu sammeln, während er um den Wagen herumlief und den Schaden begutachtete.

„Ist es schlimm?“, fragte ich, als er zurückkam.

„Nur ein paar kleine Beulen an der Stoßstange. Nichts Wichtiges. Die Scheinwerfer sind in Ordnung. Sie können Ihre Reise also fortsetzen.“ Und dann: „Rutschen Sie rüber.“

„W…Was?“

„Rutschen Sie rüber. In diesem Zustand können Sie nicht fahren.“

„Es geht mir gut.“ Bloß meine Stimme war noch immer ein bisschen zittrig.

„Nein, es geht Ihnen nicht gut. Sie machen sich Sorgen um Ihre Eltern, zusätzlich zu dem Stress, den Sie mit diesen ganzen Jobs haben. Und trotzdem finden Sie noch die Zeit, zwei-, dreimal am Tag nach mir zu sehen.“

„Nein …“ Er sah mich weiter an.

„Sie geben eine gute Vorstellung als schusselige Blondine, Sophie, aber selbst Sie können in der kurzen Zeit nicht so viele grundlegende Sachen vergessen, oder etwa doch?“, fragte er, als ich nicht antwortete.

„Ich schätze, nicht. Ich dachte nicht, dass es Ihnen auffallen würde.“

„Ich leide an Malaria, nicht an Kurzsichtigkeit“, sagte er. „Sie waren wirklich sehr freundlich, Sophie, aber das muss aufhören.“

Aufhören? Ich wollte nicht aufhören. Niemals. Anscheinend war ich aber als Einzige mit dieser Ansicht. Ich hatte mich lächerlich gemacht und ihn bloßgestellt, deshalb sagte ich: „Freundlich? Tut mir leid, wenn ich Ihnen die Illusion rauben muss, aber Sie waren auch nur einer dieser ‚Jobs'. Ihre Schwägerin *bezahlt* mich dafür, Sie im Auge zu behalten." Was ja nicht gelogen war. Sie hatte es zumindest angeboten. Nur hatte *ich* es nicht angenommen. „Ich soll aufpassen, dass Sie keinen Rückfall bekommen, und Ihnen gelegentlich etwas zu essen vorbeibringen." In Erinnerung an meine Putzattacke fügte ich hinzu: „Und hie und da ein bisschen putzen."

Am liebsten hätte ich die Worte zurückgenommen, als ich sein ausdrucksloses Gesicht sah und seine ebenso ausdruckslose Stimme hörte. „Sie machen für Ihre Bezahlung gute Arbeit, Sophie. Wenn Sie bei all Ihren Arbeitgebern so sorgfältig sind, ist es kein Wunder, dass Sie erschöpft sind. Und nun rücken Sie endlich rüber."

„Sie können nicht fahren, Gabriel, Sie sind nicht gesund."

„Ganz im Gegenteil, mein Quacksalber hat mich vor ein paar Tagen gesundgeschrieben. Ich fürchte, Sie müssen sich einen anderen Job suchen, um die Lücken in Ihrem Tagesablauf auszufüllen."

„Sie haben mir nichts davon gesagt."

„Nein. Er kam immer mittags, wenn Sie zu beschäftigt mit der Kellnerei waren, um nach Hause zu flitzen."

„Aber ..." Wenn er wusste, dass ich seinetwegen nach Hause geflitzt kam, warum hatte er dann nichts gesagt?

„Nicht dass es einen großen Unterschied macht, ob ich gesundgeschrieben bin oder nicht ..."

Natürlich nicht. Er mochte sich zwar von der Krankheit erholt haben, aber arbeiten konnte er noch lange nicht. Im Grunde konnte er gar nichts tun. Kein Wunder, dass er so wütend war.

„Ich könnte selbst im Koma noch besser fahren als Sie."

Was natürlich völliger Blödsinn war, aber wahrscheinlich wollte er damit jegliches Mitleid meinerseits von vornherein abblocken. Er wollte kein Mitleid. Nach meinem dämlichen Zusammenbruch wollte er vermutlich gar nichts mehr von mir.

Andererseits hatte ich genau das erreicht, was ich wollte: Er begleitete mich. So würden die Lücken zu Hause wenigstens nicht ganz so groß erscheinen.

Er begleitete mich.

Bestimmt würde es ihm guttun, einmal aus seinen vier Wänden herauszukommen. Außerdem würde es ihn für eine Weile von seinen Problemen ablenken.

Er kletterte neben mich und reichte mir eine Packung Taschentücher aus dem Handschuhfach. „Schnallen Sie sich an."

Manchmal ist es einfach besser, den Mund zu halten und zu tun, was einem gesagt wird.

Er streckte seine Finger ein paar Mal und startete den Motor. Vorsichtig legte er die Hände auf das Lenkrad. Sie zitterten nur minimal, bevor er richtig zugriff, den ersten Gang einlegte und losfuhr. „Ich gehe davon aus, dass wir auf die M4 wollen?", fragte er, während er sich Richtung Westen einordnete.

Ich hatte gar nicht bemerkt, dass ich die Luft angehalten hatte, bis ich versuchte, zu sprechen. Er sah mich an.

„Genau. Anschlussstelle Windsor."

Knightsbridge erstrahlte im Glanz der bunten Weihnachtsdekorationen, die sich vom blassblauen Himmel und der schwachen Wintersonne abhoben. Irgendwie sah die Dekoration seltsam aus, fehl am Platze, so, als bräuchte sie Dunkelheit und Schneetreiben, um richtig zur Geltung zu kommen.

„Was werden Sie tun?" Gabriels Stimme holte mich in die Wirklichkeit zurück. Ich sah ihn an. „Weihnachten, meine ich."

Ich schüttelte den Kopf. „Darüber will ich gar nicht nachdenken."

„So langsam sollten Sie das aber. Haben Sie keine Freunde, zu denen Sie gehen könnten? Was ist mit Ihrer Schwester?"

„Kate und Simon wollen allein sein. Es ist ihr erstes gemeinsames Weihnachtsfest. Und Tony, auf den ich mich immer verlassen konnte, hat endlich seine Traumfrau kennengelernt. Sie werden die Feiertage auf den Malediven verbringen." Tony hatte mich angerufen und mir von ihr erzählt. Er hatte sich angehört, als könne er sein Glück gar nicht fassen.

„Ist er der reiche Kerl, der abgehauen ist?"

„Tony?" Ich musste lächeln. „Nein, ist er nicht. Er ist zwar nicht gerade arm, aber um ehrlich zu sein, bin ich heilfroh, dass ich mich nicht mehr für ihn verantwortlich fühlen muss." Dann schob ich noch hinterher: „Gott sei Dank musste ich nicht auf seinem Sofa übernachten. Traumfrauen nehmen so etwas meist nicht sehr gut auf."

„Na, Sie müssen es ja wissen."

„Ich? Oh nein, Gabriel, ich war noch nie jemandes Traumfrau."

Das brachte mir einen weiteren Seitenblick ein, einen ungläubigen, den ich wohl als Kompliment hätte auffassen sollen. Es war aber die Wahrheit. „Ich war oft genug das Objekt der Begierde, aber die Frau der Träume war ich noch für keinen Mann. Sie wissen schon, die besondere Person, die Richtige."

Meine Mutter war diese Frau für Dad gewesen. Sie brauchte nur seinen Arm oder seine Wange zu berühren, und seine schlechte Laune verflog. Wie konnte er mit einem solchen Schatz nur so achtlos umgehen? Wie konnte sie ihr ganzes Leben hinter sich lassen wegen eines charmanten Blenders mit einer tollen Figur?

Vielleicht ging es ja gar nicht nur um Dad. Vielleicht hatten wir alle sie viel zu lange als selbstverständlich hingenommen.

„Und was werden Sie zu Weihnachten tun, Gabriel? Arbeiten werden Sie dieses Jahr ja wohl nicht."

„Nein, werde ich nicht. Ich werde mit den Jungs spazieren gehen, ein Fertiggericht in die Mikrowelle tun …"

„Wie festlich."

„Bei uns hat es nie ein traditionelles Weihnachtsfest gegeben, und was man nicht kennt, kann man auch nicht vermissen."

„Lebensrettende Operationen, Frauenrechte und der Weltfrieden hatten im York-Haushalt wohl immer Vorrang, was?"

„Das passt doch durchaus in die Weihnachtsstimmung, meinen Sie nicht?"

„Aber das tun Sie schließlich das ganze Jahr hindurch. Sie sollten sich auch einmal etwas gönnen und richtig schön feiern."

„Ich wüsste gar nicht, wo ich anfangen sollte."

„Mit Listen. Anfang September", antwortete ich. „Dann backen Sie die Kuchen, bestellen den Biotruthahn und den Schinken. Sie suchen Weihnachtskarten aus …"

Ich schwieg. Es war viel zu spät, um sich um diese Dinge Gedanken zu machen.

„Und dann?"

„Nachdem Sie Ihr Kreditkartenlimit beim Geschenkekauf total ausgereizt haben? Dann ziehen Sie los und besorgen den größten, buschigsten Baum, der in Ihr Wohnzimmer passt. Anschließend werfen Sie jeden Sinn für Stil über Bord und behängen den Baum mit allem, was bunt ist und glitzert."

Er lachte. „Ist der fehlende Sinn für Stil absolut notwendig?"

„Absolut", sagte ich. „Jede Art von Farbkoordination ist strengstens verboten."

Er *lachte.* Ich drehte mich um und sah ihn an, völlig geschockt von dem unerwarteten Geräusch. Wie sehr ein paar

Lachfältchen das Gesicht eines Mannes doch verändern konnten.

Mein Schweigen warnte ihn wohl, dass er sich merkwürdig benommen hatte. Er schaute mich an, und sein Lachen erstarb.

„Okay, bisher hört es sich nicht allzu schlimm an."

„Lassen Sie sich nicht täuschen. Das war nur der Anfang."

Während wir Meile um Meile hinter uns brachten, unterhielt ich Gabriel mit all den weihnachtlichen Schauergeschichten und Peinlichkeiten, die mir einfielen. Ich hatte ihn einmal zum Lachen gebracht, ich würde es wieder tun.

Ich erzählte ihm von dem Weihnachten, als der Strom abgestellt wurde und wir im Kerzenschein kochen und essen mussten. Sehr malerisch. Sehr viel Arbeit.

Oder das eine Mal, an dem sich meine perfekte Schwester mit Aperitifs betrunken hatte und mit dem Gesicht im Weihnachtspudding eingeschlafen war. Das war meine persönliche Lieblingsgeschichte.

Oder das Weihnachten, an dem Tante Cora ihren zweiten Ehemann am zweiten Feiertag in flagranti mit ihrer besten Freundin erwischt hatte.

Letztes Jahr hatten Kate und Simon bekannt gegeben, dass sie heiraten würden, und alles schien so perfekt zu sein.

„Ist die nächste Ausfahrt unsere?", fragte ich. Das war sie zwar nicht, aber plötzlich war mir nicht mehr so heiter zumute. Ich wollte nicht mehr über Weihnachten reden.

9. KAPITEL

Gabriel spürte offensichtlich meinen Stimmungsumschwung und machte Musik an. Außer nach Richtungsanweisungen zu fragen, blieb er still, bis wir uns dem Dorf näherten. Er musste anhalten, weil der Vormittagsgottesdienst gerade zu Ende war und die Kirchgänger die Straße versperrten.

Augenblicklich wurde ich von der Briefträgerin des Dorfes erkannt. Sie war so ziemlich die letzte Person, mit der ich reden wollte. Aber bevor ich Gabriel sagen konnte, dass wir uns aus dem Staub machen sollten, hatte er schon das Fenster heruntergekurbelt.

„Sophie, meine Liebe, du hast dich ja ganz schön rargemacht." Sie sah Gabriel neugierig an. „Fährst du zu deinem Vater? Er hat sich in letzter Zeit kaum noch blicken lassen."

„Nein, ich hatte nur Mitleid mit ein paar Londoner Hunden und habe sie hergebracht, damit sie sich einmal richtig austoben können. Das ist ihr Herrchen, Gabriel York. Gabriel, Vera führt die örtliche Post und den kleinen Laden. Sie hält uns immer mit allen Neuigkeiten auf dem Laufenden." Ich hoffte, er verstand, was ich damit meinte. Vera war eine wandelnde Klatschzeitung.

„Wie nett", sagte Vera. „Hast du etwas von deiner Mutter gehört? Geht's ihr besser? Ich hoffe, sie kann sich in der Sonne gut erholen."

Besser? Mein Vater hatte den Leuten erzählt, dass sie aus Gesundheitsgründen weggegangen war? Als ob jemand darauf hereinfallen würde …

„Es muss sehr schwer für deinen armen Vater sein, dass er nicht bei ihr sein kann, wo er doch gerade so viel zu tun hat."

Vielleicht hatten all die Jahre der Wohltätigkeitsarbeit ihren Ruf ja auch unzerstörbar gemacht. „Ja", sagte ich, „es ist schwer für ihn."

„Wir vermissen sie alle sehr. Ich hoffe, sie kann wenigstens Weihnachten nach Hause kommen." Sie lächelte aufmunternd. „Natürlich verstehen wir alle, dass sie sich dieses Jahr nicht um die Feierlichkeiten kümmern kann."

Gabriel, der offenbar spürte, wie ich ins Schwimmen geriet, nahm meine Hand und drückte sie. Als ich seine Stärke spürte, hörte ich mich sagen: „Und genau deshalb ist es dieses Jahr besonders wichtig, ein großartiges Fest zu feiern. Sage allen Bescheid, dass wir sie wie immer erwarten."

„Wirklich?" Sie strahlte. In dem Moment wurde mir erst bewusst, wie sehr sich alle auf meine Mutter verließen, um die emotionalen Löcher zu stopfen, die sie alle zu dieser Jahreszeit hatten. „Aber wie ...?"

„Ich werde mich um alles kümmern." Im letzten Augenblick meldete sich mein Selbsterhaltungstrieb. „Aber ich könnte ein bisschen Hilfe gebrauchen. Ich muss bis Heiligabend arbeiten."

„Wir helfen alle gern mit, Liebes. Wir wollten es deiner Mutter vorher nur nie anbieten ..." Hinter uns hupte jemand ungeduldig. Vera legte ihre Hand auf meinen Arm. „Ruf mich doch an und sage mir, was du brauchst. Ich organisiere dann alles. Nett, Sie kennenzulernen, Gabriel."

Als wir weiterfuhren, sah ich ihn entsetzt an. „Oh Gott, was habe ich getan? Ich kann keinen Truthahn braten ..."

„Aber Sie können doch lesen, oder? Es gibt nämlich Kochbücher."

„Sie glauben, das ist alles, was ich tun muss? Ein Kochbuch lesen? Wenn es so einfach wäre, wären wir alle Sterneköche."

„Jede Reise beginnt mit einem Schritt."

„Nicht Weihnachten. Das beginnt im September und ist ein Gewaltmarsch. Das Früchtebrot, die Kuchen ..."

„Die können Sie mir überlassen."

Mein Herz schlug einen Purzelbaum, aber ich wagte es nicht, ihn anzusehen.

„Sie kommen Weihnachten her?"

„Sie haben sich um mich gekümmert. Jetzt bin ich an der Reihe." An einer Kreuzung hielt er an. „Meinen Stundensatz können wir später verhandeln. Wo geht's lang?"

„Nach rechts." Ich hatte gehofft, er hätte meinen bösen Kommentar – ich würde dafür bezahlt, mich um ihn zu kümmern – vergessen, aber offensichtlich war das nicht der Fall. Lügen, selbst gut gemeinte Notlügen, konnten sich manchmal böse rächen. In diesem Augenblick schwor ich mir, nie wieder zu lügen, egal, wie gut die Absicht war, egal, wie sehr ich provoziert wurde. Tapfer schluckte ich meinen Kummer hinunter, setzte ein Lächeln auf und sagte: „Aber ich zahle Ihnen nicht so viel, wie ich verdiene. Sie können nicht kochen."

„Sie doch auch nicht", erinnerte er mich. „Zum Glück kenne ich jemanden, der es kann. Allerdings müssten Sie an Ihrer Tafel dann noch einen Platz für sie freihalten." Er sah zu mir hinüber.

„Je mehr, desto besser", brachte ich zwischen zusammengebissenen Zähnen hervor und grinste noch breiter, falls das überhaupt möglich war. „Hier müssen Sie abbiegen."

Weder Dad noch die Hunde waren zu Hause.

„Vermutlich ist er mit ihnen hinausgegangen", sagte Gabriel.

„Vielleicht. Dann treffen wir ihn bestimmt im Wald. Das wird aber ganz schön matschig", sagte ich mit einem skeptischen Blick auf Gabriels Straßenschuhe. „Suchen Sie sich ein Paar Stiefel." Ich zeigte auf die Reihe von Gummistiefeln, die an der Wand standen, und suchte mir selbst ein Paar in meiner Größe. „Am besten, Sie nehmen auch eine Regenjacke mit. Die Kletten ruinieren Ihnen sonst den Kaschmir."

Ich nahm einen Wanderstock und holte die Hunde aus dem Wagen. In den abgenutzten Klamotten sah Gabriel beim besten Willen nicht mehr wie der große Chirurg aus. Stattdessen sah er genau wie der Mann aus, mit dem ich schon immer den Rest meines Lebens verbringen wollte.

„Na, dann los“, sagte ich und ging in Richtung Wald. Ich warf Stöckchen für die Hunde, um sie von den Fasanen abzulenken, die bei unserem Näherkommen panisch aufflogen.

„Erzählen Sie mir etwas über das Anwesen“, sagte Gabriel. „Was macht Ihr Vater hier?“

„Landwirtschaft, Rotwildzucht, Jagd ...“ Das war ein unverfängliches Thema. „Er baut Weiden als erneuerbare Energiequelle an.“ Ich ertappte mich dabei, wie ich ihm von der schwierigen Balance zwischen den Bedürfnissen des Naturschutzes und den modernen Landwirtschaftsmethoden erzählte. Jahrelang hatte ich meinem Vater zugehört und kannte mich mit dem Thema viel besser aus, als mir bewusst gewesen war. Ich sprach über den Rückgang der Singvogelpopulation – Himmel, ich sprach über alles, nur nicht über das, was mir wirklich auf dem Herzen lag.

Dass mein Herz dabei war, zu brechen.

Ich wusste, wie sich das anfühlte, denn ich hatte es ja schon einmal erlebt. Aber warum sollte ihn das interessieren?

Das war in Ordnung. Ich hatte es damals überlebt, ich würde es auch heute überleben. Diesmal würde es jedoch schwieriger sein. Offensichtlich tat es mehr weh, wenn man älter wurde.

Ich schlug einen Brombeerzweig aus dem Weg, aber er kam zurückgeschnellt, und ich blieb mit dem Handrücken daran hängen. Gabriel befreite mich vorsichtig und tupfte den Kratzer ab. „Wie ist das?“

„Es brennt ein bisschen, aber ...“

Er beugte sich vor, sah mich an und küsste mich, ganz sanft und zärtlich.

Seine Lippen fühlten sich kalt an, aber sie lösten eine Hitzewelle in meinem Körper aus.

Ich wollte Tausende von Dingen sagen. Nein, ich wollte das Gleiche sagen, tausendmal. Wieder und wieder.

„Und jetzt?“

„Was? Oh, die Hand.“ Meine Hand hatte ich ganz vergessen. „Viel besser …“

„Falsche Antwort.“

„Wie bitte?“

„Denken Sie einmal darüber nach.“ Dann nahm er meine Hand und zog mich zurück in Richtung Haus. Falsche Antwort? Ich Idiot! Hätte ich cleverer reagiert, hätten wir das Küssen zum Trösten noch stundenlang weitermachen können. Aber er hatte mich vollkommen überrumpelt.

Vielleicht könnte ich ja einen Rückfall haben.

Nein. Ich wollte ihm nichts vormachen, keine dummen Spielchen spielen. Er hatte ja offensichtlich jemanden, der seine Bedürfnisse erfüllte. Ich wollte die ganze Wahrheit wissen, und zwar jetzt.

Einen Rückfall konnte ich später immer noch haben.

„Das ist ein sehr wirksames Schmerzmittel, Gabriel. Sie sollten es sich patentieren lassen.“

„Das ist doch ein ganz alter Hut.“

Nicht auf diese Art.

„Lassen Sie uns zurückgehen und Ihre Hand richtig sauber machen. Wenn Sie sich eine Infektion holen, werden Sie Weihnachten nicht sehr nützlich sein.“

Gut, wir waren also wieder bei Weihnachten angekommen. Darauf hatte ich gewartet. „Erzählen Sie mir von Ihrer Köchin“, sagte ich ganz beiläufig.

Er sah mich an. „June?“

„Genau“, sagte ich, bevor ich es mir anders überlegen konnte. „Erzählen Sie mir von June.“

„Sie war OP-Schwester."

Klar, der ganze Augenkontakt über den Operationstisch hinweg …

„Mehr noch …" *Nein!* „Sie war eine tolle OP-Schwester. Dann hatte sie einen schweren Autounfall und konnte nicht mehr arbeiten."

Na toll, jetzt konnte ich sie nicht einmal mehr hassen.

„Das ist schlimm", sagte ich.

„Ja, aber sie ist eine Kämpferin und hat schon immer gern gekocht. June braucht kein Geld – sie hat hohen Schadensersatz bekommen – bloß langweilte sie sich. Also hat sie einen Catering-Service eröffnet."

„Und ganz nebenbei kümmert sie sich um Ihre Hunde, wenn Sie nicht zu Hause sind?"

Er blieb stehen und versperrte mir den Weg. „Sind Sie etwa eifersüchtig?"

In diesem Moment erinnerte ich mich an meinen Schwur, nie mehr zu lügen. „Ich könnte ihr die Augen auskratzen", antwortete ich.

„Gut." Und dann küsste er mich wieder. Dieses Mal ließ er sich Zeit. Er hob mein Kinn mit dem Daumen an. Seine kalten Finger streichelten meinen Hals, und er sah mich an. Es kam mir wie eine Ewigkeit vor. „Da bin ich ja sehr froh", sagte er, seine Stimme tief und rau, bevor er seinen Mund erneut auf meinen senkte.

Er hatte mich vorher schon geküsst. Hart und leidenschaftlich. Kalt und zärtlich.

Dies war ganz anders. Niemals zuvor hatte mich jemand so geküsst. Es war, als schenkte er mir einen Teil von sich, den er selbst gar nicht kannte. Tief in meinem Innern öffnete sich eine Tür, die lange verschlossen gewesen war, und ich antwortete mit allem, was ich hatte.

Es war, als hätte ich seit Jahren in einem Glaskasten gelebt.

Ich konnte alles sehen, was um mich herum geschah, aber ich nahm nicht daran teil. Nichts konnte zu mir durchdringen. Bis zu diesem Moment. Ohne Warnung war der Glaskasten in tausend Scherben zersprungen, und der Lärm, das Licht und die Farben überfluteten meine Sinne.

Die Berührung von Gabriels Händen, während er mein Gesicht hielt, seine Daumen, die über meine kalten Wangen strichen. Blätter, die zu unseren Füßen raschelten, vom Wind aufgewirbelt. Der Duft seiner Haut.

Ich fühlte mich so lebendig wie nie zuvor, auch wenn ich mich zitternd an ihm festhalten musste.

Plötzlich hörte man das wilde Geflatter aufgescheuchter Fasane, und die Hunde kamen aus dem Wald geschossen.

Gabriel hielt mich nach wie vor im Arm, sein Gesicht ernst wie immer. „Du wirst June mögen."

Ich hielt das für ein bisschen sehr optimistisch, aber ich liebte ihn, deshalb ließ ich ihm seine Illusion. „Sicher werde ich das." Da ich das Schicksal allerdings nicht zu sehr herausfordern wollte, fügte ich hinzu: „Ich werde mir auf jeden Fall Mühe geben. Jetzt sollten wir aber die armen Vögel in Ruhe lassen."

Ich ging flotten Schrittes zum Haus zurück, doch Gabriel holte mich ein, pfiff die Hunde heran und hakte meinen Arm unter seinen. Als wir die Baumschule passierten, blieb er stehen. „Was ist das denn?"

„Die Weihnachtsbaumpflanzung."

„Hier schlagt ihr immer den größten, buschigsten Baum, den ihr finden könnt?"

„Genau hier."

„Sollten wir uns nicht auch besser einen Baum aussuchen?"

„Wir sollten lieber erst einmal zurückgehen. Ich mache mir Sorgen um Dad." Aber dann sah ich vom Weg aus den Baum, den ich nehmen wollte. „Okay, den da!"

Dad war immer noch nicht zurück, als wir ankamen. Ich ging nach oben und verpflasterte meine Hand. Gabriel gab den Hunden inzwischen Wasser.

Zurück in der Küche öffnete ich den Kühlschrank, um sicherzugehen, dass mein Vater etwas aß. Es war schlimmer, als ich erwartet hatte. Der Kühlschrank war völlig leer – es gab nicht einmal Milch.

„Ich wollte dich gerade fragen, ob du Hunger hast", sagte ich zu Gabriel, der sich zu mir gesellt und mir die Hand auf die Schulter gelegt hatte.

„Ich bin am Verhungern, aber so wie es aussieht, muss ich dich wohl auch noch zum Lunch einladen."

„Dafür ist es zu spät. Der Pub serviert nur bis 14 Uhr Lunch."

„Die Raststätten an der Schnellstraße sind aber immer geöffnet."

Als Antwort durchsuchte ich die Küchenschränke und fand ein paar Dosen Suppe. Er nahm sie mir ab und öffnete sie, während ich im Tiefkühler nach Mums selbst gemachten Brötchen suchte. Ich legte ein paar in den Ofen, und wenige Minuten später duftete es so intensiv nach „Zuhause", dass ich mir wünschte, ich hätte die Raststättenoption gewählt.

„Wie viele Leute werden wir denn bewirten?"

„Wie bitte?" Ich kehrte in die Gegenwart zurück. Und versuchte, beim Gedanken an das „wir" nicht wie ein Schulmädchen zu kichern. Das war der Mann, der sein ganzes Leben damit verbracht hatte, Beziehungen aus dem Weg zu gehen, weil er niemandem wehtun wollte. Mr. Ich-brauche-keine-Beziehung. Er hatte mich nie angelogen oder mir etwas vorgemacht. Er war immer ganz direkt gewesen. Immer ernsthaft. Und ich würde ihn gehen lassen müssen, ohne noch einmal zurückzuschauen. Aber vorher hatte ich Weihnachten. Ich würde sein Geschenk von mir sein. Er würde mein Geschenk an mich selbst sein.

„Gäste? Weihnachten?", sagte er.

„Oh ja, natürlich. Meist sind es etwa zwanzig. Aber Mum wird ja nicht hier sein, und ich bezweifle, dass Tante Cora kommt. Kate und Simon bleiben auch zu Hause, genauso Tony. Dafür kommst du mit deiner Köchin."

„Sophie ..."

„Was denn?"

„Da ist gerade ein Auto gekommen."

Es war Dad. Seine Labradore hingen ihm an den Fersen, und er trug Flossie, Mums alten Spaniel, auf dem Arm. Percy und Joe hielten sich respektvoll zurück. Er schien nicht überrascht, mich zu sehen. „Ich war mit ihr beim Tierarzt. Er kann nichts für sie tun, sie trauert deiner Mutter hinterher."

All der Ärger, alle Wut, die ich seit Wochen verspürt hatte, verrauchte mit einem Schlag. Ich umarmte ihn. „Finde sie, Dad. Sag ihr, wie sehr du sie brauchst."

„Aber ich kann nicht einfach so verschwinden. Der Hof ..."

„Du hast doch einen Verwalter, der sich um alles kümmert."

„Die Hunde ..."

Mir wurde klar, dass er Angst hatte. Angst, sie würde nicht mitkommen.

„Wir kümmern uns um die Hunde", sagte Gabriel ohne zu zögern.

Es sagte viel über Dads Zustand aus, dass er das Angebot eines völlig Fremden nicht einmal hinterfragte. Er sah mich nur an. „Meinst du, sie wird mich anhören?"

„Das wirst du nie herausfinden, wenn du es nicht versuchst."

Ich packte eine Tasche für ihn, während Gabriel ihm einen Flug buchte. Er kam nach oben, um mir die Details zu geben.

„Ich habe einen Flug für ihn gebucht, noch heute Abend."

„Gabriel, das ist unmöglich. Wir können doch nicht mit

den ganzen Hunden nach London fahren. Ich muss hierbleiben", antwortete ich verzweifelt. Ich konnte schließlich die anderen Leute nicht im Stich lassen, und ich wollte ihn nicht zurücklassen.

„Nein, Sophie, du bringst deinen Vater zum Flughafen. Ich bleibe hier. Ich kümmere mich gut um Flossie, das verspreche ich dir."

„Ich danke dir, das nimmt mir eine große Sorge ab. Es gibt jede Menge Fahrzeuge, die Schlüssel sind im Arbeitszimmer. Ich werde Mrs. Marsh anrufen und sie warnen, dass du hier bist. Sie wird dir etwas Leckeres kochen, es sei denn ..." Ich brachte es nicht über mich, den Namen „June" auszusprechen. „Es sei denn, jemand anderes wäre dir lieber."

„Ich komme schon klar", antwortete er und nahm mich kurz in den Arm. Was die unausgesprochene Frage nicht wirklich beantwortete. „Ihr solltet euch jetzt besser beeilen, sonst verpasst dein Dad seinen Flug. Ruf mich an, wenn du zu Hause bist."

Das Problem mit Weihnachten ist, sobald man sich entschlossen hat, die ganze Sache mitzumachen und zu genießen, entwickelt sie ein Eigenleben. Natürlich hatte ich Mrs. Andrews gefragt, und da Alan aus dem Spielzeugladen auch alleine sein würde, hatte ich ihn ebenfalls eingeladen. Wir hatten ja viel Platz im Range Rover.

Als ich herausfand, wie traurig Greta war, weil sie ihren beiden Mädchen nicht viel bieten konnte, dachte ich mir „Was soll's?" Je mehr, desto besser. Wir würden uns schon alle irgendwie in den Wagen quetschen. Was war Weihnachten ohne Kinder?

Dann rief ich in der Arbeitsagentur an, um ein paar Dinge mit Miss Frostig – Lucy – zu klären. Aus Höflichkeit fragte ich sie, was sie denn über die Feiertage vorhätte. Anstatt schnippisch zu antworten, brach sie in Tränen aus und erzählte mir, dass sie sich gerade von ihrem langjährigen Partner getrennt hatte. Zum Glück hatte sie ihr eigenes Auto. So langsam wurde es eng.

Gabriel kam zum Krippenspiel zurück nach London. Während wir in der Kirche saßen, den Kindern zusahen und den Weihnachtsliedern lauschten, füllten sich meine Augen plötzlich mit Tränen.

Ich hatte gehofft, er hätte es nicht bemerkt, aber er nahm meine Hand und hielt sie fest. Er musste gar nichts sagen. Anschließend aßen wir mit Lucia und ihrer Familie zu Abend und gingen dann zurück zu seinem Häuschen.

Während wir mit ineinanderverschränkten Fingern die Straße entlangliefen, wurde ich plötzlich ganz mutig. „Bitte, fahr heute Nacht nicht zurück." Es war unmöglich, dies falsch zu verstehen.

„Ich muss. Vera passt auf Flossie auf." Er küsste mich auf die Wange. „Ich komme am Weihnachtsabend zurück und helfe dir beim Transport unserer diversen Gäste."

„Fahr vorsichtig", sagte ich und ließ ihn gehen. „Bitte fahr vorsichtig."

Am Weihnachtsabend machte ich, nachdem ich die letzte Portion Truthahn im Pub serviert hatte, einen kleinen Umweg, um Paul, den Obdachlosen mit dem kleinen Hund, zu besuchen. Ich hatte ihn seit einigen Wochen nicht gesehen und wollte ihm ein paar Dosen als Weihnachtsessen für sein Hündchen vorbeibringen.

„Und, hast du schon eine Unterkunft gefunden?", fragte ich, während ich den kleinen Mischling streichelte.

„Neuer Job, neue Wohnung", sagte er fröhlich. „Gleich nach Weihnachten."

Nach Weihnachten.

Ich wusste genau, was meine Mutter an meiner Stelle tun würde. Nicht, dass das wichtig war. Ich lud ihn ein, Weihnachten mit uns zu feiern, weil es etwas war, dass *ich* tat. Ich fuhr mit ihm zurück zum Häuschen und stellte ihn Gabriel vor. Der hatte Tigger bereits in ihre Transportbox verfrachtet und war damit beschäftigt, Gepäck ins Auto zu laden.

„Ich habe dich vermisst", sagte er leise, nachdem ich Paul vorgestellt hatte. Er nahm meine Hand. In seinen Augen las ich, wie sehr er mich vermisst hatte. Oder vielleicht reflektierte auch nur das Licht.

„Du siehst viel besser aus", sagte ich.

„Es geht mir auch besser. Das viele Spazierengehen hat mir gutgetan. Außerdem habe ich einige Entscheidungen bezüglich meiner Zukunft getroffen." Er hatte diesen Ausdruck in den Augen, die Abenteuerlust, den Willen, Neues zu erleben. Und ich bekam Angst. „Ich erzähle es dir später."

„Hast du etwas von Dad gehört?", fragte ich. „Später" schien mir ewig weit weg zu sein.

„Noch ist Zeit."

„Und wie geht's Flossie?"

„Sie hält durch."

Mrs. Marsh und Vera hatten eine wahre Meisterleistung vollbracht. Das Haus strahlte, Kühlschrank und Tiefkühler waren bis zum Platzen gefüllt, und auf dem Küchentisch lag ein Zettel. Sie würden am nächsten Morgen ganz früh kommen, um mit dem Gemüse zu beginnen.

Es fehlte nur noch die Dekoration. Und meine Eltern.

„Wo stecken sie bloß, Gabriel? Ich habe angerufen, ich habe ihnen eine SMS geschrieben. Sie antworten einfach nicht."

Er nahm mich in die Arme. Dann atmete ich tief durch. „Okay, ich schaffe das."

„Natürlich."

Er überließ mich der Organisation des Abendessens, während er im Salon den Kamin anzündete. Anschließend brachte er mit ein paar anderen Männern das ganze Gepäck aus den Autos auf die Zimmer. Bis alle fertig waren und Gabriel eine Flasche eines edlen Tropfens geöffnet hatte, duftete die ganze Küche nach Kartoffeln und gebackenem Schinken.

„Entspann dich, dein Vater wird dich bestimmt nicht enttäuschen“, sagte er und reichte mir ein Glas.

„Nein.“ Ich hörte mich überzeugter an, als ich war, aber der Drink wärmte mich auf, und ganz langsam kam auch ich in Weihnachtsstimmung. Ein weiteres Auto fuhr vor. Lucy oder June?

Gabriel ging hinaus, um mit dem Gepäck zu helfen, während ich mich daranmachte, den Teig für kleine Obsttörtchen auszurollen. Als ich aufsah, sah ich Gabriel, der seine Arme um eine kleine Frau gelegt hatte und sie vollkommen verdeckte.

War ich eifersüchtig?

Oh ja.

Die Eifersucht tobte in mir, heiß und giftig. Dann richtete Gabriel sich auf, drehte sich um und sagte: „Sophie, ich möchte dir June vorstellen.“

June war eine zarte, elegante Frau mit engen Jeans, einem weiten Sweatshirt und einer kurzen, silbernen Igelfrisur. Sie war mindestens 60. Gabriel erwischte mich genau in dem Augenblick, als meine Kinnlade herunterklappte, und grinste mich an.

Mistkerl! Er wusste ganz genau, was ich gedacht hatte, und hatte mich die ganze Zeit in dem Irrglauben gelassen!

Er hatte Glück, dass ich, nachdem ich seinen Gast mehr als überschwänglich begrüßt hatte, von der Ankunft Lucys abgelenkt wurde. Gretas kleine Mädchen kamen, schüchtern und zurückhaltend bei so vielen Fremden, die Treppe herab.

Ich gab ihnen die Kiste mit der Weihnachtsdeko, die Gabriel vom Speicher geholt hatte, und beauftragte sie, mit ihrer Mutter und Alan das Haus zu dekorieren. Während Gabriel June ihr Zimmer zeigte, deckten Lucy und ich den Tisch.

„Sie hatten recht", sagte sie, während ich nach den Kartoffeln sah. „Sie haben wirklich Organisationstalent."

Zum Glück rettete mich Gabriel vor einer Antwort. Die Hintertür ging auf, und ein Schwall kalter Luft kam herein. Mit sich brachte er Gabriel, der den dicksten, buschigsten Mistelzweig in der Hand hielt, den ich jemals gesehen hatte.

„Ich dachte, du machst es dir mit June gemütlich", sagte ich bedeutsam. „Wo hast du den denn her?"

„Den habe ich im Wald gesehen. Ich wollte ihn schon früher holen, aber dann kam Vera und …"

Einen Moment lang war ich sprachlos. „Du warst im Dunkeln da draußen? Bist du verrückt? Du hättest stürzen können, dich verletzen, und niemand hätte gewusst, wo …"

„Ich esse viele Karotten", sagte er grinsend und schnitt mir damit effektiv das Wort ab. Ich hatte mich total verraten, mich quasi emotional entblößt.

„Wo hättest du ihn denn gern hin?"

„Halt ihn einfach einen Augenblick hoch."

„Hier?" Er sah hoch, als erwartete er, über sich einen Deckenbalken zu sehen.

„Genau so. Vielleicht ein bisschen höher … höher … perfekt!" Und dann küsste ich ihn. Wenn man sich erst einmal emotional entblößt hatte, brauchte man nicht mehr cool sein. Eigentlich sollte es nur ein kurzes Bussi sein, aber die Magie des Mistelzweigs schlug uns in ihren Bann, denn der Kuss wollte gar nicht mehr aufhören.

„Hey, ihr zwei, wir wollen auch noch etwas davon abhaben!" Begleitet von Gelächter unserer versammelten Gäste trennten wir uns endlich. „Ich habe dich vermisst", sagte ich so leise, dass nur er es hören konnte, und dann, etwas lauter „*Fantastischer* Mistelzweig!" In diese zwei Worte legte ich all das, was ich noch zu ihm sagen wollte, was vor all den Leuten aber nicht möglich war. Zum Glück waren sie da, denn sonst hätte ich wohl die fatalen drei Wörtchen ausgesprochen: Ich liebe dich. Ich hätte sie einem Mann gesagt, der sich um keinen Preis binden wollte. Wahrscheinlich wäre er auf der Stelle davongelaufen.

Stattdessen legte er seine Hand an meine Wange. „Ein echter Volltreffer."

In diesem Augenblick erschien mir die Welt wie ein magischer Ort, voll von Glühweinduft, gebackenen Kartoffeln und frischem Brot.

„Jetzt brauchen wir nur noch Schnee."

Wir bekamen etwas Besseres. Tante Cora.

Das Abendessen war ein Hit. Wir hatten viel zu viel zu essen und zu trinken. Und am anderen Ende des Tisches saß Gabriel. Ein Mann, der genau wusste, wie seine Zukunft aussehen sollte. Würde ich darin eine Rolle spielen?

„Was tust du denn hier?

Es war spät. Ich musste ja warten, bis alle im Bett waren, bevor ich die Strümpfe am Kamin aufhängen konnte. Es war einer für jeden da, und in jedem Strumpf steckten eine Orange, Nüsse, Schokolade, ein Taschenkalender und ein Badezusatz. Dazu kamen noch die anderen lustigen Kleinigkeiten, die in unserer Familie üblich waren. Es war das erste Mal, dass ich die Strümpfe aufhing. Erstaunlicherweise machte das fast noch mehr Spaß, als selbst einen zu bekommen.

„Ich spiele Weihnachtsmann. Du solltest eigentlich im Bett sein", sagte ich.

„Und das hier?" Er nahm das Geschenk, das ich für ihn eingepackt hatte. Ich hatte einen großen Aufkleber daraufgeklebt:

Nicht vor dem Weihnachtsmorgen öffnen.

Er ignorierte den Aufkleber und zog an der Schleife.

„Hey! Lass das!", zischte ich und zeigte auf den Aufkleber.

„Schau mal auf die Uhr, meine Süße", sagte er grinsend wie ein großes Kind, während die Uhr zwölf zu schlagen begann. „Es *ist* Weihnachts …"

Seine Worte versagten, als er ein seidenes Negligé auspackte. Cremefarben, Größe acht. „Ich glaube, das ist ein Irrtum", sagte er.

„Nein, kein Irrtum." Ich nahm es ihm aus den Händen. Eigentlich sollte es für morgen Nacht sein, aber ich hatte es ohnehin den ganzen Abend kaum noch ausgehalten, weil ich so gehofft hatte, wir würden endlich allein sein.

„Komm, ich zeige dir, wie es funktioniert."

Ich nahm seine Hand und führte ihn nach oben. Dann ließ ich ihn mitten im Schlafzimmer stehen. „Warte hier, ich bin gleich zurück."

Vermutlich hatte er inzwischen verstanden, worum es ging. Als ich jedoch die Tür öffnete, nichts am Leib außer dem Negligé und Chanel No. 5, war es zur Abwechslung einmal er, der sprachlos war. Ich legte meinen Arm um seinen Hals und flüsterte ihm ins Ohr: „Frohe Weihnachten, Gabriel."

„Ich weiß gar nicht, was ich sagen soll."

„Du brauchst gar nichts zu sagen. Öffne einfach dein Geschenk." Dann küsste ich ihn, und er zog mich in seine Arme. Eine weitere Ermutigung benötigte er nicht.

Ich wurde von einem Knall geweckt. Als ich nach dem Wecker griff, erkannte ich, dass das Geräusch von unten kam.

Ich schlug die Decke zurück, zog einen Morgenmantel an und stürzte in den Salon, dicht gefolgt von Gabriel. Unten fanden wir die Mädchen vor. Eine von ihnen schrie wie am Spieß. Die andere lag auf dem Boden, reglos, ohne zu atmen, ihr Gesicht stark angeschwollen.

„Erdnüsse", sagte er und zeigte auf eine offene Schachtel auf dem Tisch, während er sie hochhob und in die Küche trug. „Sie hat einen anaphylaktischen Schock. Ich brauche ein scharfes Messer und einen Kugelschreiber oder einen Strohhalm."

„Was ist los? Was ist passiert?" Greta schrie auf, als sie die Treppe herunterkam.

„Holen Sie bitte den Wagen, Greta", befahl Gabriel knapp. Sie wollte ihn ignorieren und zu ihrem kleinen Mädchen stürzen. Ich nahm den Schlüssel für den Range Rover und drückte ihn ihr in die Hand.

„Er ist Arzt. Holen Sie das Auto. Rufen Sie von meinem Handy aus im Krankenhaus an und sagen Sie, dass wir mit der Kleinen unterwegs sind." Sie zögerte immer noch. „Sofort!"

Greta lief los. Als ich mich umdrehte, sah ich gerade noch, wie Gabriel mit dem Küchenmesser einen Luftröhrenschnitt machte. „Nimm den Inhalt aus dem Kugelschreiber", sagte er, ohne aufzusehen. Meine Hände zitterten so sehr, dass mir die simple Aufgabe unlösbar erschien, aber schließlich gelang es mir doch. Er steckte das Plastikröhrchen in den Schnitt und blies Luft in die Lunge des Kindes.

Die Fahrt zum Krankenhaus und die Warterei, bis das Antihistamin wirkte, waren ein Albtraum. Schließlich wurde die Wunde genäht und die Kleine ins Bett verfrachtet.

Ich zitterte noch immer.

Gabriel war der Fels in der Brandung.

„Du wolltest mir ja beibringen, wie man einen Menschen richtig wiederbelebt, aber so genau wollte ich das gar nicht wissen." Ich konnte kaum die Teetasse halten, die mir jemand in die Hand gedrückt hatte.

„Du brauchst keinen Unterricht, Sophie. In deiner Gegenwart zu sein reicht völlig aus, um so manches sterbende

Herz wiederzubeleben.“ Er legte seine Hände um mein Gesicht. „Sag Lucy, sie soll dich aus ihrer Kartei streichen. Ich stelle dich hiermit für den Rest deines Lebens an. Ich brauche vielleicht keine Ehefrau, aber verdammt noch mal, ich brauche dich!“

Wie bitte??? Oh nein, *so* nicht, mein Freund! Ich brauchte einen Moment, um zu antworten. Er wollte mich anstellen? „Du hattest mich doch schon. Im Gegensatz zu einem Hündchen war ich aber nur für Weihnachten gedacht.“ Was hätte ich sonst zu dem Mann, der sich nicht binden wollte, sagen sollen?

Just in diesem Moment kam Greta hereinspaziert. „Gabriel, Sophie, wie kann ich euch jemals danken?“ Sie sah völlig geschockt aus. „Ich habe es nicht gewusst.“

Gabriel, der – wie ich mit Genugtuung feststellte – selbst ein wenig geschockt aussah, riss seinen Blick von mir los. „Solche Dinge treten manchmal ohne jede Vorwarnung auf. Das Krankenhaus wird ihr ein Gegenmittel mitgeben, das sie jederzeit bei sich tragen muss. Sie werden ihr auch erklären, worauf man bei so einer Allergie aufpassen sollte. Sie wird sicher in ein oder zwei Stunden entlassen werden. Die Ärzte wollen nur sichergehen, dass alles wieder in Ordnung ist.“

„Wir schicken jemanden her, um sie abzuholen“, sagte ich und fühlte mich irgendwie taub. Ich konnte mich kaum auf das Gespräch konzentrieren, denn meine Gedanken kreisten noch immer um das Gespräch zwischen Gabriel und mir. *Wie konnte er so etwas sagen?* Wie sollte ich den Rest des Tages überstehen? „Ich muss leider zurück. Wenn ich die Pute nicht bald in den Ofen schiebe, gibt’s heute kein Essen mehr.“

Gabriel mischte sich ein. „Vergiss den Truthahn. Ich muss dir etwas sagen, und das ist viel wichtiger als das blöde Federvieh …“

Er nahm meine Hand und zog mich hinter den nächstbesten Vorhang, Greta, die Krankenschwestern am Getränkeautomaten und eine Reihe von Patienten ignorierend. „Was zum Teufel soll das heißen, ‚nur für Weihnachten'?"

„Gabriel", sagte ich so leise wie möglich, „du willst dich nicht binden. Du hast es selbst gerade gesagt. Du brauchst keine Ehefrau …"

„Das hast du falsch verstanden. Ich wollte nicht … Sophie, ich gehe zurück nach Afrika."

Falsch?

„Oh, ich verstehe", schnitt ich ihm das Wort ab. „Du brauchst mich, damit ich mich um den Kleinkram kümmere, was? Dir das passende Malariamedikament suche, dafür sorge, dass du es auch …"

Langsam dämmerte es mir. Er *brauchte* mich. Nun, er hatte mich – selbst wenn es in Afrika war –, aber zuerst würde er für seinen dämlichen Kommentar bezahlen. Das war *so* unromantisch.

„Nein!" Er fuhr sich durch das verwuschelte Haar. „Nein, verdammt! Ich brauche dich. Einfach, um da zu sein. Um dich zu berühren, wenn die Welt wieder einmal ungerecht und grausam erscheint. Um dich zu halten …"

Er wusste nicht, wie er seine Gefühle in Worte verpacken sollte.

„Gabriel, es ist in Ordnung."

Das war nun wirklich romantisch genug gewesen. Jetzt wollte ich mit dem Rest unseres Lebens weitermachen.

„Nein, es ist nicht in Ordnung. Ich muss dir das sagen. Du glaubst, du hast mich wiederbelebt, Sophie? Du hast mein Herz von einer effektiv arbeitenden Pumpe in etwas verwandelt, das schneller schlägt, wann immer ich an dich denke. Und ich muss ständig an dich denken. Du hast nicht nur mein Herz, sondern auch meine Seele wiederbelebt, und ich kann mir nicht mehr vorstellen, ohne dich zu leben."

„Was willst du damit sagen, Gabriel?“

Er legte seine Hand an meine Wange. „Ich will damit sagen, dass ich dich liebe, Sophie.“

Jenseits des Vorhangs brach lauter Jubel aus.

„Ich liebe dich, und obwohl du mir gesagt hast, dass du keinen Ehemann brauchst, möchte ich dich bitten, das noch einmal zu überdenken. Nicht, weil ich jemanden brauche, der sich um mich kümmert, sondern weil wir zwei gemeinsam so viel mehr geben können als jeder für sich. Heirate mich, Sophie.“

Jetzt fehlten mir die Worte. „Du solltest so etwas nicht voreilig sagen, ich könnte dich beim Wort nehmen.“

Er fasste in seine Hosentasche. „Das war nicht voreilig.“ Plötzlich hatte er ein kleines Kästchen in der Hand. „Den habe ich gekauft, als ich letztens in London war. Ich weiß, dass er passt, weil ich mir einen deiner Ringe geborgt habe.“ Er öffnete das Kästchen und steckte mir den Ring an den Finger. „Ein Diamant ist für die Ewigkeit, Sophie, und was immer ich noch in meinem Leben tun werde, so lange will ich dich an meiner Seite haben. Für die Ewigkeit.“

„Das ist alles Teil eurer York-Nummer, oder? Wenn ihr euch etwas in den Kopf gesetzt habt, gebt ihr nicht auf.“ *Oh bitte.* „Es hat wohl keinen Sinn, mich zu zieren?“

Er lächelte. „Du kannst es ja versuchen, aber nach letzter Nacht würde ich sagen …“

„Psssst, die hören doch alle zu!“

„Dann solltest du besser schnell Ja sagen, sonst muss ich ihnen erzählen, wie du mich verführt hast.“

Ich küsste ihn ausgiebig. Nach einer halben Ewigkeit trennten wir uns voneinander. „Ich muss dir etwas gestehen“, sagte ich atemlos. „Aber das erzähle ich dir im Auto.“ Wir mussten zurück zum Haus, und zwar fix.

„Gestehe“, sagte er, sobald wir im Auto saßen.

„Crissie hat mir tatsächlich Geld gegeben, damit ich mich

um dich kümmere. Sie hat Lucy gesagt, sie soll mich für die Extrastunden bezahlen. Das konnte ich aber nicht annehmen. Ich tat das Geld in einen Umschlag und legte es in ihren Briefkasten."

„Erzähl mir etwas Neues."

„Aber …"

„ich merke es doch, wenn ich keine Rechnung bekomme. Ich rief an, und Lucy erzählte mir, dass du den Gassi-Service selbst bezahlt hast."

„Warum hast du nichts gesagt?"

„Ich bin davon ausgegangen, dass du es mir früher oder später selbst erzählen würdest. Und ich hatte recht.

„Besserwisser. Ich wusste, du würdest keine Miete von mir annehmen, und ich konnte die Agentur ja nicht um ihre Gebühr bringen."

„Du bist wirklich etwas ganz Besonderes, Sophie." Er nahm meine Hand.

„Selbstverständlich bin ich das. Ich habe mich nicht umsonst lange genug im Strudel gehalten, um einen York-Mann einzufangen." Ich hob meine Hand, sodass der Diamant in der Sonne funkelte. Plötzlich fiel mir etwas auf. „Dein Zittern ist verschwunden!"

„Schon vor Tagen. Es passierte in dem Augenblick, in dem mir klar wurde, dass es nicht das Ende wäre, nicht mehr als Chirurg arbeiten zu können. Ich bin Arzt, und ich kann mich noch auf viele Arten nützlich machen. Ich rief die Wohltätigkeitsorganisation an und fragte nach einer Festanstellung. Es wird Zeit, etwas zurückzugeben, Sophie. Das verstehst du doch?" Er drückte meine Hand. „Ich weiß, es ist egoistisch von mir, dich mitnehmen zu wollen."

„Versuch nur, mich hierzulassen!" Er küsste meine Hand. „Aber jetzt muss ich mich um unsere Gäste kümmern."

Was ich aber dann doch nicht musste.

In der Küche kümmerte sich Vera um das Gemüse, Mrs. Andrews um den Sherry, und meine Mutter war an ihrem angestammten Platz und kümmerte sich um den Truthahn. Es wirkte alles so normal, als wäre sie nie weg gewesen.

Sie übergoss den Vogel, schloss den Ofen und kam herüber, um mich zu umarmen. „Gut gemacht, ich bin stolz auf dich."

„Mum, das ist Gabriel York. Er hat sich um Flossie gekümmert." Die Spaniel-Dame schaute hoch, als sie ihren Namen hörte, und wedelte begeistert mit dem Schwanz. „Wir werden heiraten und nach Afrika gehen."

„Das hört sich aufregend an", sagte sie und umarmte ihn auch.

Wir machten uns auf die Suche nach Dad und stolperten im Esszimmer über Kate und Simon. „Sie hat vergessen, die Pute aufzutauen", grinste Simon, woraufhin Kate ihm eine Kopfnuss verpasste.

Dad war im Salon. Er sah ein bisschen müde aus. Als er uns sah, sagte er: „Das mit dem Golfer war nicht so, wie wir dachten. Sie wollte einfach einmal raus, Zeit für sich selbst haben."

„Kümmere dich um sie, okay? Und hilf ihr dabei, den Garten wieder in Ordnung zu bringen."

„Auf jeden Fall. Was immer sie will."

„Ich glaube, wir sind hier überflüssig", murmelte Gabriel in mein Ohr. „Lass uns rasch duschen gehen, ich habe auch noch ein Geschenk für dich." Es waren Flugtickets nach St. Lucia. Dann wollte er noch einmal sein Geschenk genau begutachten.

Die Hochzeit war völlig anders, als ich es all die Jahre geplant hatte. Wir hatten keine Zeit, viel zu organisieren. Außerdem hatte meine Mutter genug damit zu tun, ihren Garten zu restaurieren und sich um Percy, Joe und Tigger zu kümmern, während wir weg waren.

Es war eine ganz kleine Zeremonie in der Dorfkirche, mit Ginny als Trauzeugin und einer Party für unsere Familien und Freunde.

Die Blumen waren natürlich spektakulär, irgendwie musste ich ja meinem Ruf als RP gerecht werden. Das war aber mein einziges Zugeständnis an meine früheren Träume. Diese Hochzeit hatte nichts mit einem Traum zu tun. Sie war solide und basierte auf Ehrlichkeit, Ehrenhaftigkeit und der Art von Liebe, die man nicht in Kitschromanen findet.

Außerdem konnte ich mit dem Geld, das mein Vater an den tausend Gästen und dem Partyzelt gespart hatte, etwas viel Besseres anfangen, z. B. eine Krankenstation in Afrika gründen, die den Namen meiner Mutter trug.

Und das war erst der Anfang.

– ENDE –

Stephanie Rowe

Schnell, küss mich!

Roman

Aus dem Amerikanischen von
Linda Gross

MIRA®

1. KAPITEL

„Ich bin stolz, dass ich meine Flitterwochen allein verbracht habe“, verkündete Cassie Halloway und nahm sich ein besonders großes Stück Schokolade vom Erfrischungsbuffet. Obwohl sie erst vor drei Stunden aus dem Flugzeug gestiegen war, hatte sie sich von ihrer besten Freundin Leonore Wethers – gewöhnlich Leo genannt – tatsächlich zum Silvesterball von Gardenbloom, Connecticut, mitschleppen lassen. Kaum auf der Party angekommen, bereute sie bereits ihre dämliche Nachgiebigkeit. Nicht, dass sie etwa keine Partys mochte – doch als sie noch allein am Hotelpool gehockt hatte, war es viel leichter gewesen, die bittere Realität zu leugnen und vorzugeben, dass eine neue, bei den Reichen und Schönen New Yorks ungemein angesagte Beautypflege Schuld an ihren verquollenen, roten Augen war.

„Du kannst wirklich stolz auf dich sein“, pflichtete Leo ihr bei. „Allein auf Hochzeitsreise zu gehen ist wirklich etwas, wovon die meisten Frauen nur träumen können.“

„Diese armen, bedauernswerten Seelen. Sie tun mir leid.“ Fast alle Leute, die Cassie in der Stadt kannte, waren versammelt, und dazu noch einige, die ihr unbekannt waren.

Zu viele Menschen.

Zu viel Lärm.

Sie brauchte Hilfe.

Daher brach sie ein Stück von der Schokolade ab und ließ es genüsslich auf der Zunge zu einer herrlichen Geschmackssymphonie zerschmelzen.

Sie war *glücklich* … nein, *überglücklich,* dass alle ihre Bekannten hier waren. Sie zog es natürlich nicht vor, am Silvesterabend alleine zu Hause vor dem Fernseher zu sitzen, den Countdown zu verfolgen und all den idiotisch grölenden Menschen zuzusehen, die sich aufführten, als wäre es tatsächlich ein freudiger Anlass …

Stopp! Loslassen! Sich in negative Gedanken zu verstricken, würde ihr jetzt auch nicht weiterhelfen. Noch tieferer Schmerz und Depressionen wären die Folge, und sie würde sich in eine Parallelwelt flüchten müssen, nur um weiterleben zu können. Dann würde sich ihr Verstand verabschieden, sie würde verrückt werden und versuchen, Gabeln zu verspeisen und mit Säulen zu tanzen. Alle würden daraufhin wissend mit dem Kopf nicken, als hätten sie mit ihrer Voraussage recht behalten, dass Cassie völlig zusammenbrechen würde nach dem, was passiert war.

Sie brauchte mehr Schokolade.

Cassie griff sich das größte Stück Schokotoffee, das sie finden konnte, und dazu noch das zweitgrößte. Dann schob sie sich den ganzen Klumpen in den Mund. *Augen zu, Schokolade genießen.* Die Männer lagen ihr zu Füßen. Junge Mädchen schauten bewundernd zu ihr auf. Reiche Klienten, die alle im Voraus zahlten, rannten ihr die Praxistüren ein. Sie war eine hocherotische Diva mit einem oberscharfen, sonnengebräunten Teint. Ihre Riemchensandalen mochten zwar höchst unangemessen sein bei dem bitterkalten Dezemberwetter, aber sie setzten ihre gebräunten Füße optimal in Szene. Und sie passten perfekt zu ihrem engen schwarzen Rock und dem cremefarbenen Angorapulli, den sie eigens ausgewählt hatte, da er ihren golden schimmernden Teint bestens zur Geltung brachte. Sie hatte bewusst ein besonders elegantes und kultiviert wirkendes Outfit zusammengestellt – eines, das sie als Frau zeigte, die mit beiden Beinen im Leben stand … und nicht als Frau, die gerade von einer einsamen Hochzeitsreise zurückgekehrt war.

Ja, ganz richtig. Sie war schon darüber hinweg und nun eine dynamische, erotische Singlefrau … Ah! Es ging ihr schon viel besser.

Cassie öffnete die Augen und brachte ein gelassenes Lächeln zustande. „Leo, ist das ein neues Rezept? Es schmeckt fantastisch."

„So soll es auch sein. Wenn meine Kreationen nicht himmlisch schmeckten, hätte ich kein Recht, meinen Schokoladen „Blissful Heaven" zu nennen." Leo nahm eine Handvoll Schokotoffee-Brocken mit gehackten Walnüssen vom Tablett. „Probier mal die hier!"

„Eins reicht." Kein Grund zuzugeben, dass sie bereits drei Stücke vertilgt hatte. Manchmal war es einfach besser, die Realität zu verleugnen, insbesondere wenn diese sie dazu bringen wollte, ihre innere Stärke anzuzweifeln. „So verzweifelt bin ich nun auch wieder nicht. Noch nicht. Hast du ein Taschentuch zum Einwickeln? Ich bin sicher, ich werde die später noch brauchen."

Später. Wenn sie auf diesen elenden Exverlobten treffen würde, der um ein Haar ihr Leben ruiniert hätte … Nein, denk positiv! Hmm … die Schokolade würde sie brauchen, wenn sie dem Mann in die Arme liefe, dem sie höchst dankbar sein sollte, dass er sie davor bewahrt hatte, einen verhängnisvollen Fehler zu begehen …

Nein! Für ein selbstloses Urteil über ihren Exverlobten war es noch zu früh. Im Moment stellte sie sich ihn lieber mit abgehacktem Kopf vor, dann war alles gut.

Leo wickelte die Leckerei in ein Papiertaschentuch und steckte das Päckchen in ihre Handtasche. „Für eine Stressbewältigungstherapeutin mit einem Abschluss in Psychologie bist du ziemlich unkreativ, was die Bewältigung deiner eigenen Ängste angeht."

„Mir hilft eben Schokolade am besten. Warum sollte das unkreativ sein?"

„Du hast doch tausend Tricks in deinem Repertoire, wenn es darum geht, deinen Klienten zu helfen. Ich finde es höchst interessant, dass Schokolade das Einzige ist, was *dir* hilft."

„Ich kenne meine Bedürfnisse eben sehr genau. Weil ich mir meiner sehr bewusst bin." Und dazu noch brillant, umwerfend, sexy und …

„Vielleicht bist du ganz einfach süchtig nach Schokolade und benutzt Stress nur als Ausrede."

„Durchaus möglich." Cassie wischte sich die Finger an einer Serviette ab und warf sie dann in einen Mülleimer. „Außerdem bin ich überhaupt nicht gestresst. Mir geht nur das kalte Wetter auf die Nerven. Temperaturen im Minusbereich und Schneewehen sind ein ziemlicher harter Kontrast zu den sonnigen Bahamas."

„Hattest du kein schlechtes Wetter?"

„Nein. Wieso?" Von einem makellos blauen Himmel hatte die Sonne gestrahlt. Das Wetter war so perfekt gewesen, dass jeden Tag all die flitternden Pärchen schmusend und turtelnd den Strand belagert hatten. Und leider hatten die Voodoo-Puppen, die Cassie in einer dunklen Gasse erstanden hatte, nicht die erwünschte Folterwirkung bei den idiotisch glücklichen Paaren gezeigt. Nicht dass sie etwa ernsthaft ihre glückselige Euphorie hatte stören wollen. Es war nur ein rein wissenschaftliches Experiment gewesen, das ihr helfen sollte, eine noch bessere Stressbewältigungstherapeutin zu werden. Wenn es ihr gelungen wäre, den strohdummen Bräuten die eine oder andere Träne zu entlocken … dann umso besser. Nein! Sie meinte natürlich, sie wäre zu ihnen hinübergegangen und hätte sich *entschuldigt*, und sich nicht an ihrem Leid geweidet. Mann!

„Du hast also nicht die gesamten drei Wochen drinnen verbracht und bist wegen der verpatzten Hochzeit vor Schmerz zerflossen?"

Cassie erstarrte. Als ob sie auch nur einen Tag Heulerei an dieses treulose Schwein verschwenden würde. „Ich war die ganze Zeit draußen in der Sonne. Wieso?"

„Haha."

„Haha, was?"

„Wieso bist du dann nicht braun geworden?"

„Was? Ich bin knackig braun."

Leo hob skeptisch eine blonde Braue. „Tatsächlich?"

Cassie hatte die Bahamas erst an diesem Morgen verlassen. Ihre Bräune konnte doch noch nicht verblasst sein. Die war schließlich der Beweis, mit dem sie der Welt demonstrierte, dass sie psychisch stabil und völlig darüber hinweg war. Wie könnte sich auch jemand mit einer Wahnsinnsbräune nicht bester emotionaler Verfassung erfreuen?

Cassie nahm ihre goldene Uhr vom Arm und streckte Leo ihr Handgelenk hin. „Siehst du jetzt den Unterschied?" *Puh!*

Leo kniff die Augen zusammen und hielt Cassies Handgelenk dicht vor das Gesicht. „Oh, ja. Ich kann einen schwachen Streifen erkennen – wenn ich die Augen zusammenkneife und mir einrede, ich hätte bewusstseinserweiternde Drogen eingeworfen."

„Sehr witzig!" Das war genau, was sie im Moment brauchte: eine sarkastische Freundin, die sich weigerte, ihre todschicke Bräune zu bemerken. Wenn Cassie nicht so selbstbewusst und charakterlich gefestigt wäre, hätte sie nun leicht dem Glauben verfallen können, dass Leo ihre Bräune wirklich nicht erkennen konnte. Und dann würde sie heulend zusammenbrechen, weil …

Nein! Sie hatte sich selbst versprochen, dass sie am heutigen Abend keinen Gedanken an ihren *untreuen* Ex verschwenden würde. Und überhaupt, wer wollte denn schon einen Verlobten haben? Sie bestimmt nicht. Nein! Sie war die Göttin des Tanzbodens, die sich schon bald nicht mehr vor Aufforderungen zum Tanz von all den gut aussehenden, reichen Männern auf diesem schicken Ball würde retten können.

Okay, er fand halt in einer Turnhalle statt. Na und? Immerhin war sie mit Girlanden und Ballons dekoriert. Und der DJ war wirklich nicht schlecht. Jeden Moment musste einem der umherwirbelnden Teenager oder Jitterbug tanzenden Senioren auffallen, dass sie zu haben war. Dann würde er quer über die Tanzfläche auf sie zustürzen, um ihr einen Drink zu spendieren. Okay, gut. Wahrscheinlich nur eine Cola. Das Licht war schummerig, es war voll und laut – eben eine Party, die man nicht verpassen durfte.

Oh ja. Sie würde mit den besten Männern tanzen und sich richtig austoben. Mit dem Ellbogen stieß sie Leo in die Seite. „Ich glaube, der junge Typ da drüben will mich zum Tanzen auffordern." Sie deutete mit dem Kinn zu einem dünnen Rothaarigen hinüber, der eine Zahnspange trug. „Er zeigt mit dem Finger auf mich."

„Er wäre einer der Helfer bei deiner Hochzeit gewesen. Er zeigt mit dem Finger auf dich, damit jeder mitkriegt, dass du hier bist."

„Oh." Nun ja, war das nicht total daneben? Nein, es war okay. *Sollen sie doch glotzen.* Cassie reckte ihr Kinn vor. Die würden schon noch merken, was für eine souveräne Diva sie war. „Ich bin aus Teflon."

Leo sah sie erstaunt an. „Wie bitte?"

„Ich bin aus Teflon. Alle blöden Kommentare gleiten an mir ab."

„Ist das einer der Sprüche, die du deinen gestressten Klienten einimpfst?"

„Es funktioniert."

„Wie denn? Indem man sich selbst belügt?"

„Eine Selbstlüge kann ein sehr effektives Mittel zur Bewältigung von Drucksituationen sein", antwortete Cassie.

„Das heißt aber noch lange nicht, dass sie gut für dich sind. Da kannst du jeden Exjunkie fragen, der mal versucht hat, mit einem Motorrad zu schlafen."

„Wovon redest du?"

Leo lächelte verschmitzt. „Morgen Abend habe ich ein Date mit einem Biker. Ich versuche nur, mich in Gedanken schon mal darauf einzustellen."

„Manchmal machst du mir Angst."

„Und du machst mir ständig Angst. Deshalb verstehen wir uns so blendend." Leo ließ ihren Blick über die Menge schweifen – offensichtlich auf der Suche nach einem Mann, mit dem sie das neue Jahr würde einläuten können – ihr tief ausgeschnittener Pullover und ihr Hüftwackeln ließen daran wenig Zweifel.

„Und? Hast du dich auf heißen Dates getummelt, während ich weg war?" Leos ausschweifendes Liebesleben war genau das richtige Thema, um sie von dem Gedanken abzulenken, dass diese Party eigentlich ihr erster Auftritt als Mrs. Drew Smothers hätte sein sollen und sie ihn nun stattdessen allein, verbittert und kaum gebräunt absolvierte. Das jedenfalls würden vermutlich Außenstehende annehmen. In Wahrheit jedoch war sie von tiefer Dankbarkeit erfüllt, dass sich ihr Leben als ein einziges großes Wunder präsentierte.

„Oh, das Übliche. Viele Dates, aber keins davon heiß genug, um eine verbitterte geschiedene Frau wie mich befriedigen zu können." Leo straffte die Schultern und richtete ihren Blick auf die gegenüberliegende Ecke der Halle. „Aber jetzt, da du auch Single bist, können wir zusammen losziehen und die Männerwelt erobern."

Das Lächeln verschwand von Cassies Gesicht. „Ich bin erst seit drei Wochen Single. Nach vier Jahren in einer festen Beziehung bin ich noch nicht so weit, mich wieder mit Männern zu verabreden. Und schon gar nicht mit Bikern."

„Zu *dem* Date habe ich dich auch nicht eingeladen. Den will ich für mich allein." Leo schaute sie eindringlich an. „Ich denke allerdings, dass du wieder raus in die Wildbahn solltest."

„Falsch gedacht." Es war lächerlich, das zu sagen.

„Wirklich?"

„Absolut." Cassie verschränkte die Arme vor der Brust. „Ich brauche keinen Mann."

„Du hast Angst."

„Ich habe *keine* Angst."

Ein paar Vorurteile, weil der lüsterne Bock, den sie vier Jahre lang geliebt und fast geheiratet hätte, ihr das Herz aus der Brust gerissen hatte? Schon eher …

Angst, ihrem Instinkt, was Männer anbelangte, nicht mehr trauen zu können? Nur wenn es sich auf lebende Exemplare bezog.

Angst, dass sie als alte Jungfer enden würde, die mangels anderweitiger Gesellschaft mit ihren Küchengeräten plauderte? Durchaus möglich.

Aber Angst vor einem Date? Sie doch nicht!

„A…ha!" Leo griff Cassies Arm. „Da drüben stehen zwei scharfe Typen, die ich nicht kenne. Lass uns rübergehen und uns vorstellen."

„Typen?" Während Leo sie um die Tanzfläche herum mitschleifte, spürte Cassie, wie sich ihre Kehle zuschnürte und sie kaum mehr Luft in die Lungen bekam. Sie lehnte sich zurück und versuchte, sich loszureißen. „Lass mich los."

„Nein!" Leos Griff wurde noch fester. „Du siehst wie eine Idiotin aus, wenn du dich so sträubst. Lächle und sei sexy!"

„Ich hasse dich", konnte Cassie ihr noch zuflüstern, bevor Leo in einer schummrigen Ecke stehen blieb, in der zwei Anzugträger mit breiten Schultern und schmalen Hüften standen.

„Hi, ich bin Leo."

Beide Männer nickten und murmelten etwas, das Cassie bei der wummernden Musik und dem lauten Geplapper der umstehenden Partygänger nicht verstehen konnte. Ihr blieb nur, den rechten der beiden anzustarren. Er überragte seinen Freund um mindestens die Länge einer Familienpackung Oreo-Kekse. Sein Haar war dunkel, seine Augen kohlschwarz, und der Schatten frischer Bartstoppeln umrahmte sein Kinn.

Zu Cassies Erstaunen hatte er seinen Blick nicht auf Leo geheftet, in der Hoffnung, ein Lächeln von ihr zu ergattern. Er musterte Cassie, wie nur ein *Mann* eine *Frau* mustert. Ui! Seit Jahren schon hatte niemand sie mehr auf diese Weise angesehen.

Das musste wohl an ihrem Single-Status liegen. Anscheinend sendete sie unbewusst Paarungssignale aus, auf die nur die besten Männer mit dem stärksten Sex-Appeal ansprangen. Cassie-Pheromone in Verbindung mit ihrem wunderbar gebräunten Teint bildeten ganz offensichtlich eine wirkungsstarke Kombination. Sie hatte es nicht nötig, verheiratet zu sein. Diese ganze Dating-Geschichte würde ein Kinderspiel für sie sein.

„Wir gehen tanzen. Bis später", rief ihr Leo zu und hakte sich bei dem anderen Mann ein.

„Was?", kreischte Cassie. *Super, Cassie.* Warum nicht gleich die Panik noch deutlicher durchklingen lassen, mit dem heißesten Typen, den sie seit Jahren – besser Jahrzehnten – gesehen hatte, alleine zurückzubleiben?

Da hatte sie den Eindruck einer höflichen, kultivierten und psychisch gesunden Frau bereits verspielt.

Leo war schon mit ihrer neuesten Eroberung im Schlepptau in der tanzenden Menge verschwunden.

Cassie räusperte sich und überlegte fieberhaft, was ein weiblicher Single wohl zu einem wahnsinnig attraktiven Mann auf einem Silvesterball sagen würde. Während der letzten vier Jahre, als sie in ihrer Beziehung glücklich gewesen war, hatte sie mühelos lockere Gespräche mit jedermann anfangen können. Aber jetzt, da sie Single war, schien es ihr, als ob ihr Hirn sie im Stich gelassen hätte, um Pingpong spielen zu gehen, und ihre Zunge mitgegangen wäre, um das Spiel zu verfolgen.

„Ich bin Ty." Offensichtlich litt er nicht unter der gleichen Störung wie sie, denn er streckte ihr die Hand entgegen und machte den Eindruck, im Vollbesitz seiner geistigen Kräfte zu sein.

„Hi." Sie schüttelte seine Hand und war überrascht, wie fest sein Händedruck war. Als läge unter seiner Haut ein Schraubstock verborgen, der sie auf allerlei interessante Art und Weise greifen und festhalten könnte …

„Und wie heißt du?", half Ty ihr auf die Sprünge.

„Oh. Ja. Ich …" Warum hatte sie Leo nur den Schokotoffee mitnehmen lassen? „Mein Name … ist … Cassie." Puh! Den schwierigen Teil hatte sie hinter sich gebracht.

Ty nickte.

Sie lächelte.

Die Musik plärrte.

Mann, war sie nicht eine glänzende Unterhalterin? Nur so sprühend vor Geist. Es war erstaunlich, dass sie nur diesen einen Heiratsantrag bekommen hatte.

„Also, äh …"

Er wandte seinen Blick von der Tanzfläche ab. „Ja?"

„Ich …" *Wo hatte sie nur ihr Hirn gelassen?* „Netter Anzug."

„Ich bin direkt von der Arbeit hierhergekommen."

„Arbeit? Aber es ist …" Sie warf einen Blick auf ihre Armbanduhr, die leider den sichtbaren Beweis, dass sie eine wunderbar sonnengebräunte Haut hatte, verdeckte. Vielleicht sollte sie die Uhr lieber an das andere Handgelenk binden. „Es ist fast elf Uhr am Silvesterabend. Was machst du denn beruflich?"

„Ich bin Finanzberater."

„Oh." *Lass dir eine interessante Antwort einfallen.* „Ich hatte als Kind ein Sparschwein."

Er zog amüsiert eine Augenbraue hoch. „War es rosa?"

„Ja, ich nannte es Wilhelmina und …" Cassie hielt inne. „Oh, Moment mal. Du machst dich über mich lustig."

„Überhaupt nicht. Ich hatte ein ‚Knack-und-Back'-Männchen-Sparschwein. Es inspiriert mich immer noch." Doch Ty lächelte nun über beide Ohren, und seine Augen funkelten.

Cassie schnitt eine Grimasse. „Schon gut, es war nicht gerade der eleganteste Anmachspruch."

„Du wolltest mich anmachen?" Er schaute sie prüfend an.

„Dich anmachen …" Wieso hatte sie ihre Zunge heute Abend nicht zu Hause gelassen?" Als Allererstes am Montagmorgen würde sie das Ding chirurgisch entfernen lassen. „Nein. Ich meine … äh … es war nur einfach eine Bemerkung …"

Ty brummte etwas, und sie spürte wieder, wie sein Blick auf ihr ruhte. „Wo bist du so braun geworden?"

Ein warmes Glücksgefühl strömte durch Cassies Körper. Er hatte ihre sonnengeküsste Haut bemerkt. Nicht einmal Leo war sie aufgefallen. *Den Kerl solltest du dir schnappen und nie wieder loslassen.*

Ach! *Haltet die Klappe, Hormone.* Sie war nicht an einem Mann interessiert. Sie war Single und verdammt glücklich darüber. „Ich bin gerade erst von den Bahamas zurück. Meine Flitterwochen."

Ihre Flitterwochen? Wie konnte sie nur einem attraktiven Mann gegenüber, der aufmerksam genug war, ihre Bräune zu bemerken, den Anschein erwecken, verheiratet zu sein? Das war doch total idiotisch. Besser gesagt, es wäre idiotisch, wenn sie die Absicht hätte, ihn zu beeindrucken. Was nicht der Fall war.

Tys Blick wanderte zu ihrer linken Hand. Eine seiner Augenbrauen zuckte, als er ihren ringlosen Finger bemerkte.

Verschämt versteckte Cassie ihre Hand hinter dem Rücken. „Äh … es waren nicht wirklich meine Flitterwochen. Ich meine, es sollten eigentlich meine Flitterwochen sein. Ich bin allein gefahren."

Nun hatte er seine beiden dichten, dunklen Augenbrauen hochgezogen, und sein Blick ruhte nicht mehr auf Cassies Sonnenbräune. Er schaute ihr unverwandt in die Augen, als ob er unbedingt herausfinden wollte, welche Geheimnisse hinter ihrer Stirn wohnten.

Oder sie hatte Halluzinationen von zu viel Schokolade.

„Wie kam es dazu, dass du allein auf Hochzeitsreise gegangen bist? Hört sich nach einer interessanten Geschichte an."

„Du bist anscheinend neu hier in der Stadt."

Von dem abrupten Themenwechsel vermutlich überrumpelt, blickte er sie erstaunt an. „Ich lebe seit sechs Monaten hier", antwortete er. „Warum?"

„Bist du ein Einsiedler? Anders wäre es nicht zu erklären, dass du hier wohnst und nicht von meiner tollen beziehungsweise ausgefallenen Hochzeit gehört hast."

„Muss ein gefundenes Fressen gewesen sein, was?"

„Im Vergleich zu den anderen interessanten Geschichten, die in dieser Stadt im Dezember passieren, schon." Sie sah ihn fragend an. „Also, *was* nun? Bist du ein Einsiedler?"

Er warf ihr einen raschen Blick zu. „Ich arbeite eben viel."

„Willst du damit sagen, dass du nie ausgehst und keine Ahnung hast, was hier in der Stadt passiert, und dass du auch keine Freunde hast?" Nicht zu glauben! Es gab tatsächlich noch einen Menschen in der Stadt, bei dem ihr Ruf noch nicht ruiniert war! Ein Wahnsinnsgefühl!

Er kniff die Augen zusammen und schien von ihrer Therapie zum Nulltarif nicht unbedingt begeistert zu sein. „Also? Schieß los, was war denn mit der Hochzeit?" Doch gleich darauf berührte er ihren Arm. „Es sei denn, du willst nicht darüber reden. Ich wollte nicht aufdringlich sein."

Sie wäre fast auf der Stelle zerschmolzen. Ein echt heißer Typ, der zudem auch noch ihre Privatsphäre respektierte. Was konnte eine Frau denn mehr verlangen?

Langsam begann sie, Geschmack am Single-Dasein zu entwickeln.

„Cassie? Bist du das?" Die Stimme ihres Exverlobten riss sie brutal aus ihren Träumen.

Ich habe dich nicht gehört.

„Cassie?"

Mistkerl. Sie hatte es gehört. *Hau ab!*

Doch seine näselnde Stimme rückte näher, und sie wusste, dass sie der Konfrontation mit der ekligen Pestfratze nicht mehr entfliehen konnte. Er war auf dem Weg zu ihr. Mit einer Hand suchte sie Halt an der Wand, beugte sich vor und versuchte, Kraft zu sammeln, während ihr der Magen in die Knie zu rutschen schien – sogar noch weiter, bis in die Füße hinunter, um dann langsam durch ihre Schuhsohlen zu sickern.

Sie hätte sich keinen besseren Zeitpunkt aussuchen können, um herauszufinden, dass sie doch noch nicht in der Lage war, Drew gegenüberzutreten. Es wäre unvergleichlich günstiger gewesen, es zu wissen, *bevor* sie ihm – und Ty – vor die Füße spie. Nicht etwa, dass sie sich wirklich übergeben würde. Sie war emotional natürlich viel zu gefestigt, um so etwas Lächerliches zu tun.

Das hoffte sie zumindest.

Nur für den Hinterkopf: Manchmal waren Selbstlügen keine gute Sache. Zum Beispiel wenn sie glauben würde, sie könne fliegen und würde daraufhin vom Empire-State-Building springen. Das war ein sonnenklares Beispiel für die Schädlichkeit von Selbstlügen.

Oder man stelle sich vor, man besuche einen Ball, wo der

Exverlobte aufkreuzt. Man dachte, man wäre auf die Begegnung vorbereitet, nur um feststellen zu müssen, dass dem keineswegs so war.

Ein nettes kleines Gedankenspiel, das sie auf jeden Fall in ihre zukünftigen Stressbewältigungsstrategien einbauen würde.

Na bitte! Aus jeder Situation ließ sich noch etwas Gutes gewinnen. War ihre Stärke nicht beneidenswert?

„Alles in Ordnung?“ Der amüsierte Blick war aus Tys Gesicht gewichen. Er sah sie mit einer zu Herzen gehenden besorgten Miene an. Oder sie wäre zumindest zu Herzen gehend gewesen, wenn Cassie nicht so speiübel gewesen wäre. Was war nur mit der Schokolade los? Offensichtlich zeigte die bei ihr im Moment keinerlei gute Wirkung mehr. Er berührte ihre Schulter. Seine Hand fühlte sich durch den Angorapulli hindurch warm und beruhigend an. „Du siehst nicht besonders gut aus.“

„Vielen Dank. Gesagt zu bekommen, sie sehe nicht besonders gut aus, hört jede Frau gern.“ Tief einatmen. Tief einatmen.

Auf Tys Wangen zeigte sich ein rötlicher Schimmer. So schien es Cassie zumindest. In dem schummrigen Licht, während ihr Blick verschwamm und der Saal anfing sich zu drehen, hätte sie es nicht mit Sicherheit beschwören können. „Ich wollte damit nicht sagen, dass du nicht gut aussiehst. Du siehst gut aus. Hübsch sogar. Nicht, dass es mir aufgefallen wäre. Ich wollte nur sagen, dass du aussiehst, als sei dir nicht gut.“

Sie hätte ihm gerne tröstend den Arm getätschelt, doch sie war vollauf damit beschäftigt, sich an die Wand zu klammern. „Es ist nur eine kleine Magenverstimmung. Es geht mit gut. Wirklich.“

„Cassie! Du *bist* es!“ Eine höchst unwillkommene Hand

legte sich auf ihren Arm. „Ich wusste gar nicht, dass du wieder da bist."

Sie sah, wie Ty über ihre Schulter blickte, und erkannte, dass dies ihr großer Moment war. Die Augen aller Anwesenden waren auf sie gerichtet. Alle hofften auf einen Skandal, eine Szene ... um sich die Mäuler zerreißen zu können.

Sie könnte sich umdrehen, Drew ihr Knie in den Schritt rammen und danach wie eine echte Diva hocherhobenen Hauptes den Saal verlassen. Oder sie könnte daran denken, dass sich unter den Anwesenden auch zukünftige Klienten befanden, die nicht sehr beeindruckt von einer Stresstherapeutin wären, die Gewalt gegen das schwächere Geschlecht ausübt.

Zu allem Überfluss hatte es die Ironie des Schicksals so gewollt, dass sich ihre Notration an Schokolade für sie unerreichbar in Leos Tasche auf der Tanzfläche befand. Nichts zu machen. Cassie holte tief Luft und reckte ihr Kinn vor.

Sie verzog ihren Mund zu einem breiten Lächeln und drehte sich zu ihrem Exverlobten Drew Smothers um. „Hi, Drew."

Da stand er in seiner ganzen blonden Pracht. Sein Anzug ... hm ... schien nicht so gut zu sitzen wie Tys. Und er war herrlich blass – ein Opfer des Dezemberwetters in Gardenbloom.

„Hast du unsere Tickets doch nicht genommen?", fragte er.

Sie runzelte die Stirn. „Doch."

„Schlechtes Wetter gehabt?"

Bastard. Cassie schob ihre Armbanduhr beiseite und streckte ihm ihr Handgelenk entgegen. „Noch irgendwelche Fragen?"

„Oh, verstehe. Na ja, deine Haut hat die Sonne noch nie gut vertragen."

„Ty ist meine Bräune aufgefallen."

„Ty?", wiederholte Drew verblüfft.

Der süße, wundervolle Ty schlang seinen linken Arm um

ihre Taille und streckte Drew die rechte Hand entgegen. „Ty Parker. Nett, Sie kennenzulernen."

Gütiger Gott. Ty war nicht nur ein echter Wahnsinnstyp, sondern dazu auch noch aufgeweckt. Unglaublich.

Drew schüttelte Ty unbeholfen die Hand und starrte Cassie an. „Er ist ... er ist mit dir hier? Aber ... ich dachte, du wärst allein."

„Ist sie nicht." Ty schlang seinen Arm noch enger um Cassies Taille. Sein Daumen strich wie zufällig über ihre Hüfte. Und er duftete verdammt gut – unwiderstehlich lecker, wie würziges Holz. Kräftig und maskulin, dabei jedoch raffiniert und zart. Sie atmete den Duft tief ein und versuchte verzweifelt, es sich nicht allzu deutlich anmerken zu lassen, dass er ihr völlig die Sinne raubte.

Sie würde das vielleicht in ihre Liste der Anti-Stress-Mittel aufnehmen: Beruhigende Düfte ... die selbstverständlich von Mensch zu Mensch variieren würden.

Sie wusste, welcher Duft bei ihr wirkte. Vielleicht könnte sie Tys in Flakons abfüllen und ihn auf ihrem Frisiertisch deponieren.

Oder neben ihr Bett.

Oder noch besser in ihrem Bett.

„Cassie ist mit mir hier", erklärte Ty bestimmt und jagte ihr damit eine Gänsehaut über den Rücken.

Er schlang seinen Arm um ihre Schulter und drückte sie an sich. Sein Körper war hart wie Stahl, und sie passte perfekt in seine Armbeuge. Die Hitze seines Körpers war so intensiv, dass sie ihr Innerstes zum Brodeln brachte. „Sie haben sich noch nicht vorgestellt", fügte Ty hinzu. „Ich freue mich immer sehr, Leute aus dem Bekanntenkreis meiner Freundin kennenzulernen."

Seine Freundin?

Drews Miene verhärtete sich. Er kniff fest die Lippen zusammen. „Ich bin Drew."

„Drew wer?" Ty begann eine von Cassies Haarsträhnen um seinen Finger zu wickeln. Eine intime Geste, die Drew keineswegs entging. Ihr auch nicht. Sie spürte, wie ihre Knie weich wurden. Nie hatten Drews Berührungen in ihr das Gefühl geweckt, als würde ihr Innerstes schmelzen. Noch nie hatte irgendjemandes Berührung in ihr ein ähnliches Gefühl geweckt.

Drew seufzte ungeduldig. „Ich bin *Drew.*"

Ty blickte Cassie verständnislos an.

„Müsste ich ihn kennen?"

Nicht grinsen, Cassie.

Drews Wangen färbten sich in einem interessanten Purpurton, was seinen Kopf wie eine überdimensionale rote Traube aussehen ließ. „Ich bin Drew Smothers. Der Mann, den sie vor drei Wochen heiraten sollte."

Ty blieb völlig unbeeindruckt. „Oh. Schön, Sie kennenzulernen."

Okay, ab heute gab es für Cassie eine neue Definition des Wortes „Held". Ty hatte nicht nur erkannt, dass eine Frau Hilfe brauchte, er hatte sich auch sogleich auf sein weißes Ross geschwungen, um sie zu retten. Nicht, dass sie etwa gerettet werden musste, aber sie würde das Angebot natürlich nicht ausschlagen.

Sie schuldete ihm auf jeden Fall die eine oder andere kostenlose Anti-Stress-Sitzung.

Vielleicht würde sie ihm auch einfach ihre gesamten Ersparnisse übertragen.

Oder sie würde mit ihrem Körper bezahlen.

Ja, klar, als ob sie sich jemals so zügellos würde geben können! Das war nicht ihre Natur, nicht einmal bei einem modernen Ritter.

Drew senkte die Stimme und zischte Cassie an, als ob Ty

ihn nicht hören würde. „Wie kannst du nur so schnell wieder was mit einem anderen Mann anfangen? Habe ich dir nichts bedeutet? Nach vier gemeinsamen Jahren kannst du uns so einfach vergessen?

„Vergessen? Uns?“ Sie war so verblüfft, dass sie nicht mehr als zwei Worte hintereinander herausbrachte. „Wie kannst … aber du … mit *ihr* …“

„Das war ein Fehler. Ein einmaliger Ausrutscher. Wegen des Lampenfiebers vor der Hochzeit. Ich liebe dich noch immer. Es wird nie wieder passieren.“

Die Absurdität dieser Behauptung brachte das Fass zum Überlaufen. „Lampenfieber vor der Hochzeit äußert sich darin, dass man die ganze Nacht nicht schlafen kann und sich fragt, ob man das Richtige tut. Dann ruft man seine Verlobte an, damit man sich ins Gedächtnis holt, was man alles an ihr liebt. Lampenfieber vor der Hochzeit heißt bestimmt nicht, mit einer anderen Frau in der Nacht vor der Hochzeit Sex zu haben!“

Sie hörte, wie Ty nach Luft schnappte und ein Geräusch machte, als ob er erstickte.

Okay, er hatte von dem Vorfall nichts gewusst. Jetzt wusste er es.

Drew griff nach ihrer Hand und ignorierte ihre Bemühungen, die Finger aus seiner Umklammerung zu lösen. „Cassie! Ich liebe dich! Ich werde nicht aufhören, um dich zu kämpfen.“

Cassie riss sich los. Sie zitterte vor Wut. „Hau ab, und lass mich in Ruhe.“

„Nicht, bevor du mir nicht eine neue Chance gibst.“ Der blöde Kerl hatte ein arrogantes Funkeln in seinen Augen, als ob er sich sicher wäre, dass sie auf seine sorgfältig inszenierte Vorstellung hereinfallen würde – so, wie sie es in der Vergangenheit jedes Mal getan hatte, nachdem er sie verärgert hatte.

Doch diesmal war es anders.

Es ging nicht darum, dass sie verärgert war.

Es ging um ihr Seelenheil.

Um ihren Stolz als Frau.

„Cassie, gib mir einfach eine Chance. Wir treffen uns morgen zum Lunch. Wir fangen noch einmal von vorne an. Ich werde dir beweisen, dass du mir wieder vertrauen kannst."

Sie ignorierte Drew und drehte sich zu Ty um. Seine Augen waren zu dunkel, um bei dem Schummerlicht in ihnen lesen zu können. Er war wie ein geheimnisvolles schwarzes Loch, das Gefahr, Faszination, Freundschaft, Leidenschaft … enthalten konnte. Sie hatte keine Ahnung.

Es war ein Risiko, das sie eingehen musste.

Drews unaufhörliches Gequatsche dröhnte weiter in ihren Ohren, als sie die Arme um Ty schlang und ihre Hände hinter seinem Nacken verschränkte. Es war ihr peinlich, als sie den überraschten Ausdruck auf Tys Gesicht erblickte, aber das konnte sie nicht zurückhalten. Nicht, solange Drew dort stand.

Sie zog Ty an sich und küsste ihn. Fordernd. Mit all der Leidenschaft einer Frau, die beweisen wollte, dass sie mehr Stärke besaß, als es der Wahrheit entsprach – und die völlig überwältigt war von der Attraktivität des Mannes, den sie küsste.

2. *KAPITEL*

Ty hatte das Gefühl, die Welt würde explodieren. Er hatte den Kuss kommen sehen und war durchaus darauf vorbereitet gewesen.

Hatte er zumindest gedacht.

Nicht vorbereitet gewesen war er darauf, dass sein Blut wie ein Tsunami durch seine Adern rasen würde, als wollte es aus seinem Körper herausschießen. Er war nicht auf das Feuer vorbereitet gewesen, das sich sofort weiter unten in seinem Körper entzündete. Auch nicht darauf, dass seine Arme sich um ihren Körper schlingen und sie fest an sich pressen würden, während er ihren Kuss mit einer Leidenschaft erwiderte, die eher einer heißen Liebesaffäre angemessen war, als einem Kuss, der nur den Exverlobten dazu bringen sollte, sich wie der Bastard zu fühlen, der er war.

Ty konnte nicht aufhören, seine Hände über Cassies Rücken gleiten zu lassen. Er spürte die Bewegung ihrer Schulterblätter, als sie ihre Arme noch fester um ihn schlang. Und als auch noch ein zartes Stöhnen aus ihrer Kehle drang, konnte Ty nicht anders, als mit seinem eigenen maskulinen, leidenschaftlichen Stöhnen zu antworten.

Er spürte durch seinen Anzug und sein gestärktes Hemd hindurch, wie sich Cassies Brüste gegen seinen Brustkorb pressten. Und als der Kuss noch intimer wurde, was einem Nebenstehenden verborgen blieb, war seine Antwort nur für sie bestimmt, nur für sie ganz allein. Nur sie beide wussten, dass er die glatte Oberfläche ihrer Zähne mit seiner Zunge spüren konnte und dass sie mit ihrer eigenen Erkundung darauf antwortete. Jede der Berührungen ließ das Feuer in seinem Körper noch stärker auflodern.

„Er ist weg." Leos amüsierte Stimme drang wie durch einen diffusen Nebel.

Mitten im Kuss erstarrten sie wie ein Teenie-Pärchen, dessen Zahnspangen sich ineinander verhakt hatten.

„Ich sagte, Drew ist weg", ertönte Leos Stimme lauter und noch amüsierter.

Schließlich löste sich Ty von ihren Lippen, doch er ließ Cassie nicht aus seinen Armen. Sie hielt ihre Hände weiter in seinem Nacken verschränkt und schaute ihm mit einem Ausdruck ungläubiger Scheu in die Augen. „Ich weiß", sagte er.

Cassie blinzelte und schien endlich zu begreifen, was sie da tat. Die Farbe schoss ihr in die Wangen. Durch den Bronzeton ihrer Haut hindurch erglühten sie rot. Cassie ließ Ty blitzschnell los, als hätte sie sich verbrannt. Auch Ty hatte das Gefühl, in Flammen zu stehen. Widerwillig ließ er seine Hand von ihrem weichen Pulli gleiten, als sie einen Schritt von ihm zurücktrat.

Leo kam auf sie zu und flüsterte in verschwörerischem Ton: „Das sah nach einem echt heißen Kuss aus."

Cassies Wangen wurden noch röter, obwohl er nicht gedacht hätte, dass das überhaupt möglich wäre. „Äh … Drew hat sich wie ein Trottel benommen, also … äh … weißt du … ich konnte ihn nicht … und Ty war so nett … und Drew … der Idiot … da dachte ich, ich müsste etwas unternehmen …"

Wie konnte eine Frau, die so küsste, anschließend nur dermaßen verlegen und süß sein? Der Kuss war alles andere als „süß" gewesen, doch nun spürte er ein unbändiges Verlangen, seine Arme um sie zu schlingen, mit ihr zu kuscheln und in gemütlicher Vertrautheit mit ihr einen Film anzusehen. Und später dann würde er sie ins Bett tragen und sie lieben.

Zum Teufel, was dachte er sich nur? Er hatte kein Recht, solchen Gedanken nachzuhängen.

Cassie schaute ihn mit zerknirschter Miene an. „Äh … Ty, es tut mir aufrichtig leid."

„Du brauchst dich nicht zu entschuldigen." Dazu bestand

absolut kein Grund. Er würde sich bis an sein Lebensende an diesen Kuss erinnern.

„Nein, im Ernst. Es ist sonst nicht meine Art, Männer, die ich nicht kenne, zu belästigen."

„Und auch keine Männer, die sie kennt", ergänzte Leo.

Cassie nickte. „Genau. Ich falle keine Männer an. Ich schwöre es." Sie presste ihren Daumen und Zeigefinger an die Stirn. „Es ist mir so peinlich."

Ty gluckste amüsiert. „Glaub mir, einer Frau, die so küssen kann, braucht das nicht peinlich zu sein."

Zweifel lag in ihrem Blick, als ob sie sich nicht sicher wäre, ob er es ernst meinte. Sie war es sicherlich gewohnt, Komplimente zu bekommen. Es gab wohl keinen Mann, der nach einem solchen Kuss nicht vor ihr auf die Knie sinken würde.

Ein seltsamer Schmerz durchfuhr seinen Körper. Bereitete ihm etwa der Gedanke Qualen, dass sie andere Männer so küsste, wie sie ihn soeben geküsst hatte? Den Gedanken musste er beiseiteschieben und zwar schnell. Es war höchste Zeit zu gehen. Es gab gewisse Dinge, die er über sich selbst lieber nicht wissen wollte, und wie er auf Cassie reagierte, gehörte dazu. Verlobte Männer durften einfach nicht so auf andere Frauen reagieren. Das war absolut nicht hinnehmbar, egal, ob die Liebe zwischen ihm und seiner Verlobten mehr als bloße Freundschaft war oder nicht.

Als er Alexis gefragt hatte, ob sie seine Frau werden wollte, hatte er sich ihr verpflichtet, und so würde es bleiben. Auch wenn sie beide wussten, dass ihre Beziehung auf Freundschaft beruhte, und nicht auf der großen Liebe. Als ihre Eltern starben, hatte er ihr versprochen, sich um sie zu kümmern, und zu diesem Wort würde er auch stehen. Sich auf eine Heirat einzulassen, die sich nie zur großen Liebe wandeln würde, war kein Opfer. Da er sich noch nie in seinem Leben verliebt hatte, war es schließlich nicht so, als ob er in dieser Hinsicht etwas aufgäbe.

Oder zumindest hätte er sich das nicht vorstellen können, bis durch Cassies Kuss eine Möglichkeit Gestalt angenommen hatte, die ihm höchst unwillkommen war.

„Ich muss los", sagte Ty. „Nett, dich kennengelernt zu haben, Cassie."

Damit ließ er die beiden Frauen stehen.

Leo sah quietschvergnügt und blendend unterhalten aus. Cassie hingegen wirkte noch immer, als wolle sie augenblicklich unter einen der Tische kriechen und sich hinter den Papiertischtüchern verstecken, bis alle anderen Gäste gegangen waren. Er wäre am liebsten geblieben, um ihr das Gefühl zu geben, dass sie keinen Grund hatte, sich zu schämen …

Und genau deshalb musste er gehen.

Sofort.

Und überlegen, ein Haus in einer anderen Stadt zu kaufen.

Besser noch in einem anderen Land.

Er hatte das Gefühl, dass sogar Australien nicht weit weg genug war, um Cassie vergessen zu können.

Cassie schaute Ty nach, wie er in der ausgelassen feiernden Menge verschwand. Ihre Wangen glühten noch immer.

„Mann! War der Kuss so gut, wie er aussah?" Leo verschränkte die Arme vor der Brust und ließ ihre Augenbrauen spielen.

„Kommt drauf an." Cassie fand es erstaunlich, dass sie zusammenhängend reden konnte. Sie besaß das große Talent, sich nicht anmerken zu lassen, dass sie zutiefst aufgewühlt war. „Wie gut hat es denn ausgesehen?"

„So gut, dass wir die Feuerwehr hätten rufen sollen."

Cassie ließ sich auf einen Stuhl sinken und stützte ihr Kinn in die Hände. „Die Feuerwehr hätte da auch nichts ausrichten können."

Leo setzte sich ihr gegenüber und pfiff. „So gut, ja?"

„Wenn nicht die ganzen Leute um uns herum gewesen wären, hätte es gut sein können, dass ich ihn zu Boden gestoßen und ihm seinen schicken Anzug vom Körper gerissen hätte." Cassie seufzte und stützte sich auf den Tisch. Ihr Körper prickelte noch überall, wo Ty sie berührt hatte. Und sein Duft schien in den Fasern ihres Pullovers zu hängen. So hatte Cassie sich mit Drew nie gefühlt.

„*Das* wäre ein wahrhaft göttlicher Anblick gewesen, zu sehen, wie du Ty flachlegst und ihm die Kleider vom Leib reißt", bemerkte Leo. „Da wir gerade von göttlichen Anblicken sprechen – Drew ist durch den Notausgang rausgestürmt, und er schien so wütend zu sein, dass ihm der Rauch förmlich aus den Ohren quoll."

Während die Hitze in Cassies Körper langsam abkühlte, gewann die Vernunft wieder die Oberhand – eine durch und durch unwillkommene Entwicklung. „Oh mein Gott, Leo! Ich habe ihn angefallen."

„Das hast du in der Tat. Wirklich, einfach brillant."

„Nein, Leo, es ist schrecklich. Ich habe mich vor der gesamten Stadt lächerlich gemacht."

Leo schnaubte verächtlich. „Quatsch. Mindestens die halbe Stadt ist gar nicht hier."

Als ob das etwas änderte. Cassie stöhnte und vergrub ihr Gesicht in den Armen. „Ich fliege zurück auf die Bahamas."

„Mach dich nicht lächerlich. Der Mann hat es geliebt. Es stand ihm ins Gesicht geschrieben."

Cassie hob ihren Kopf. „Wirklich?"

„Und ob. Vielleicht könnte er dein Überbrückungsmann werden. Genieße eine heiße Affäre mit ihm, die dein Selbstvertrauen in dich als Sexgranate wiederherstellt."

„Ich bin keine Sexgranate." Eine Sexdilettantin wäre wohl die passendere Beschreibung gewesen.

„Ich wette, Ty würde sagen, dass du eine bist."

„Das bezweifle ich." Doch bei dem Gedanken keimte ein Fünkchen Hoffnung in Cassie auf. „Außerdem bin ich noch nicht bereit für eine neue Beziehung."

„Weil du dir an Drew die Finger verbrannt hast."

„Red nicht so ein Zeug. Ich möchte einfach Single sein. Die Sache mit Drew kratzt mich kein bisschen."

Leo hob eine Augenbraue, und Cassie reckte ihr Kinn vor. Als ob sie Drew gewinnen lassen würde. „Ich könnte jedoch ein wenig Schokolade vertragen."

Es war lange genug her. Vor acht Tagen war sie aus ihren Flitterwochen zurückgekehrt – unverheiratet. Vor acht Tagen hatte sie vor den Augen ihres Ex hemmungslos mit einem heißen Typen geknutscht. Ihr Bronzeteint hatte acht Tage Zeit gehabt zu verblassen.

Höchste Zeit also, ihr Geschäft wieder anzukurbeln. Als die Hochzeit näher gerückt war und Drew ihr ständig in den Ohren gelegen hatte, ihre Praxis aufzugeben, um ausschließlich seine kleine Ehefrau zu spielen, war sie zu gestresst … ähem … *beschäftigt* gewesen, um neue Klienten an Land zu ziehen.

Hatte sie mit ihrer Weigerung, auf Drew zu hören und ihre Karriere aufzugeben, nicht recht gehabt? In welchem Zustand würde sie sich wohl nun befinden, wenn sie ihren Job quittiert *und* keinen Ehemann hätte? Oh, und da war noch die Riesenrechnung von der Hochzeit gewesen, für die sie allein aufgekommen war, da Drew darauf beharrt hatte, dass dies die Pflicht der Braut und ihrer Familie sei. Auch dieses Souvenir ihres Fast-Größten-Fehlers-Ihres-Lebens sollte sie nicht vergessen.

Cassie trommelte mit den Fingern auf das Lenkrad, als sie in ihrem Geländewagen eine verschneite Kurve nahm. Vielleicht hatte Drew versucht, sie vor der Hochzeit in den Bankrott zu steuern, damit sie nachher finanziell von ihm abhängig war.

Bastard.

Egal, sie war darüber hinweg. Sie hatte die letzte Woche damit verbracht, ihr Büro in Ordnung zu bringen, den Papierkram ihrer abgeschlossenen Fälle zu erledigen und Ordner für ihre neuen Klienten anzulegen.

Sie hatte völlig vergessen, dass sie versprochen hatte, Malcolm Tyler Parkers Therapie unverzüglich nach ihrer Rückkehr aus ihren Flitterwochen zu beginnen. Doch das war nicht schlimm. Schließlich war sie gerade auf dem Weg zu ihm. Was bedeutete schon eine Woche?

Okay, es war eigentlich unverzeihlich, dass sie seine Akte verlegt hatte. Das musste sie zugeben. Sie war im vergangenen Monat nicht ganz bei der Sache gewesen. Aber nun war sie bestens vorbereitet.

An einer roten Ampel warf Cassie einen Blick auf ihre Uhr. Es war zehn vor sieben. Sie wollte um Punkt sieben Uhr morgens bei Mr. Parker vor der Tür stehen.

Das war ihre übliche Vorgehensweise bei einem neuen Klienten.

Klar, er hatte sie angerufen und gesagt, er habe Schlafprobleme. Das hieß nicht, dass er ihr auch sagen würde, was wirklich los war. Aus diesem Grund hatte sie eine spezielle Strategie entwickelt, die sie bei allen neuen Klienten anwendete.

Sie tauchte immer unangemeldet zu einem ungünstigen Zeitpunkt auf, um die Therapie zu beginnen. Der Klient war dann jedes Mal supergestresst, und sie bekam normalerweise einen guten Einblick in seine Situation.

Nicht ohne Grund war sie in einem Artikel der *New York Times* als erstklassige Stresstherapeutin präsentiert worden. Sie war brillant. Wie konnte sie sich jemals schlecht fühlen, wenn sie sich weiter so viel Selbstbestätigung verpasste? Wie gut, dass sie so talentiert war und kostenlos von ihren eigenen Ratschlägen profitieren konnte, denn sonst wäre sie wahrscheinlich längst ein emotionales Wrack. Und genau das war sie *nicht*. Sie war nicht gestresst. Ihr ging es wunderbar. Großartig.

Sie bog rechts ab und erreichte ihr Ziel: 153 Ridgeway Road.

Da war es. Sie hatte sich auf den ersten Blick in das Haus verliebt.

Es war ihr Traumhaus: Sechs Dachgauben, drei Kamine, riesige Fenster. Wie hatte sie nur ihr ganzes Leben in dieser Stadt verbringen können, ohne dieses Haus zu kennen? Es hätte nach ihr rufen müssen und sie dazu bringen, es zu finden.

Nicht etwa, dass sie es sich leisten konnte, doch trotzdem, sie hätte zumindest versuchen können, das Geld dafür aufzutreiben. Vielleicht hätte sie ihren Körper für ein paar Nächte an alte, reiche Männer verkaufen können … ja, klar. Niemals würde sie ihren Körper an alte, geile Männer verhökern, mochte das Haus auch noch so toll sein. Der Kerl vom Silvesterball war da allerdings etwas ganz anderes …

Mann! Was waren das eigentlich für Gedanken!

Die Sache mit Ty war ein Fehler gewesen – zugegebenermaßen einer, der Spaß gemacht hatte, wenn sie sich Drews Reaktion in Erinnerung rief. Trotzdem war es eine Entgleisung gewesen. Ty war schließlich ein Mann und hatte es deshalb nicht verdient, dass sie irgendetwas für ihn empfand.

Sie fuhr in die Einfahrt zu ihrem Traumhaus und schaltete den Motor aus.

Mit dem Fuß stieß sie die Autotür auf und prüfte das Pflaster auf Bodenhaftung.

Unter der dünnen Schneedecke lauerte eine Eisschicht.

Der Boden sah ganz freundlich aus, unter der Oberfläche

aber war er trügerisch. Genau wie ein Mann.

Vorsichtig setzte sie ihren anderen Fuß auf, griff nach ihrem oh-so-praktischen, direkt in den Computer ladbaren elektronischen Notizbuch, strich ihr Kostüm glatt, rammte die Absätze zum besseren Halt in den Schnee und machte sich bereit, zur Tür ihres neuen Klienten zu marschieren und sein Leben zu verändern.

Während sie die Stufen erklomm, beobachtete sie, wie ihr Atem sich in weiße Wolken verwandelte. Sie balancierte vorsichtig, damit ihre Füße nicht unter ihr wegrutschten. *Denk an den Klienten.* Richtig. Das konnte sie gut. Konzentration war kein Problem für sie. War sie nicht eine gefragte, geniale Expertin? Ja, genau. Sie irrte sich nie.

Okay … sie musste herausfinden, was die vereisten Stufen zu bedeuten hatten … Mann! Es schien ihr, als sei ihr Gehirn tiefgefroren. *Komm schon, Cassie! Denk nach! Nein, keine Panik, dass du dein Talent verloren hast. Schließ die Augen. Atme tief ein. Entspanne die Muskeln. Denk nach über den Klienten. Vereiste Stufen. Klient. Stress.*

Klar doch! Offensichtlich war Malcolm Tyler Parker zu beschäftigt, um Sand auf seine Stufen zu streuen. Höchstinteressant.

Cassie zog ihren Minicomputer hervor und notierte die Information. Der Mann litt an Schlaflosigkeit und kümmerte sich nicht um Haus und Hof. Gut zu wissen. Sie trug die Notiz in die „Vernachlässigung-der-grundlegenden-häuslichen-Pflichten"-Spalte ein.

Hoffentlich war ihr neuer Klient ein einfacher Fall.

Sie war sich nicht sicher, dass sie der Riesenherausforderung gewachsen war, es mit einem widerspenstigen Klienten aufnehmen zu müssen – nicht solange ihr Herz noch in tausend Splitter verstreut auf der Erde lag und eine wild gewordenen Viehherde darauf herumtrampelte.

Das sollte sie streichen.

Es ging ihr gut.

Ihr Herz war unversehrt.

Sie zwang sich, einen Moment innezuhalten und das alte Hufeisen zu bewundern, das zu einem Türklopfer umfunktioniert worden war. Dann klopfte sie.

Eine Minute nach sieben – perfektes Timing.

Niemand kam zur Tür.

Sie klopfte noch einmal.

Immer noch nichts.

Cassie runzelte die Stirn. Er war doch nicht etwa schon fort? Sie klickte auf „Arbeitszeiten", um ihre Informationen noch einmal zu überprüfen. Ja, er hatte ihr erzählt, dass er kurz nach sieben das Haus verließ, um zur Arbeit zu fahren. Er müsste also noch da sein. Ihre Aufzeichnungen waren niemals falsch.

Sie klopfte erneut, heftiger diesmal, wobei sie sich vorstellte, dass sie Drews Kopf gegen das Holz rammte. Ah, das tat gut! Sie beherzigte ihren eigenen Rat, die Ursache ihres Stresses zu identifizieren und eine Lösung zu visualisieren, egal, wie sozial unangemessen oder von Rechts wegen verboten sie auch sein mochte.

Sie war einfach genial.

Im Haus schlug eine Tür zu, und Cassie straffte die Schultern. Sie strich sich über die Frisur, damit ihr Haar glatt lag, überprüfte ihre Nylonstrümpfe auf Laufmaschen, biss die Zähne zusammen, damit sie nicht vor Kälte klapperten, ignorierte das Bedürfnis, sofort zurück nach Hause zu fahren und flanellgefütterte Jeans, pelzgefütterte Stiefel und einen Wollpullover anzuziehen, und bereitete sich darauf vor, ihrem neuen Klienten gegenüberzustehen.

Wenn sie Glück hatte, würde er extrem verärgert auf ihre Störung reagieren. Dann würde sie erleben, wie er wirklich war.

Beim unverwechselbaren Klicken eines sich öffnenden Schlosses setzte sie ein moderates Lächeln auf, das weder den Stress ihres neuen Klienten vergrößern, noch den Stress, der schon vorhanden war, abschwächen würde. War sie nun gut, oder was?

Die Tür öffnete sich und alles war vergessen. „Soll das ein Witz sein?“

„Cassie, was tust du denn hier?“

Es war Ty.

Vom Silvesterabend.

Derselbe Ty, mit dem sie vor acht Tagen Zungentango gespielt hatte.

Dies schien offensichtlich *überhaupt nicht* ihr Monat zu sein.

3. KAPITEL

Malcolm Tyler Parker.

Ty.

Mist.

War sie eine komplette Idiotin? Hatte seine Galanterie sie dermaßen blind gemacht, dass ihr nicht in den Sinn gekommen war, dass „Ty“ und „Malcolm Tyler“ die gleiche Person sein konnten?

Idiotin! Idiotin! Idiotin!

„Du bist Malcolm Tyler Parker, nicht wahr?“ Die Frage hätte sie sich auch sparen können.

Er blickte sie finster an. „Woher kennst du meinen Namen? Oder weißt, wo ich wohne? Meine Adresse ist nicht eingetragen.“ Seine Stimme klang reserviert, und mit seinem Körper blockierte er die Eingangstür, als ob er Cassie von seinem Haus fernhalten wollte.

„Du hast mir die Adresse gegeben.“ Das war ein klassisches Stress-Symptom. Konnte er sich etwa nicht einmal daran erinnern, dass er Halloway Consulting angeheuert hatte, um ihn zu retten? Na los, Cassie! Konzentrier dich auf deinen Job, und nicht darauf, wie völlig peinlich es dir ist, hier vor seiner Türschwelle zu stehen und daran zu denken, wie sich seine Zunge im Spiel mit der deinen anfühlt.

Er hob eine Augenbraue und verlagerte sein Gewicht auf das andere Bein. Sah er verspannt aus? Er brauchte dringend ihre Dienste. „Ich hatte dir gesagt, mein Name sei Ty. Ich habe dir weder meinen vollen Namen noch meine Adresse gegeben.“

„Und ob du das hast. Woher hätte ich sie denn sonst bekommen sollen?“

Ty runzelte die Stirn. Trotz ihrer guten Vorsätze entging ihr nicht, dass er in seinem Anzug ziemlich sexy aussah. Jetzt bei

Tageslicht erkannte sie, dass seine Augen doch nicht schwarz waren. Sie waren tiefbraun und im Moment zusammengekniffen aus ... Abscheu? Wut? Wildem Verlangen nach ihrem Körper?

Und er roch *so gut.* Es war der gleiche Duft, der sich am Silvesterabend in ihrem Pulli festgesetzt – und den ganzen Sonntag noch in den Fasern gehangen hatte.

Nicht dass sie den Pulli etwa den ganzen Tag an ihr Gesicht gepresst oder daran angekuschelt im Bett geschlafen hätte, damit sie den Duft schnuppern konnte ...

Natürlich nicht.

Cassie! Was sollte das? Tys verführerischer Duft war ganz entschieden nichts, worum sie sich kümmern sollte. Es ging hier ausschließlich um seinen Stress. Und darum, wie sie erklären würde, warum sie ihn vor einer Woche derart sexuell belästigt hatte.

Verdammt. Sie *musste* das erklären.

Aber sah er bei Licht nicht einfach umwerfend aus? Er schien der Inbegriff eines reichen Geschäftsmannes zu sein, der ins Büro nach New York City pendelt. Ein wahnsinnig erotisch aussehender Kapitalist, der bestimmt schon vielen Männern die Frau ausgespannt hatte.

Nicht etwa, dass Cassie sich zu ihm hingezogen fühlte. Sie stand nicht auf den Businesstyp. Drew war eine Ausnahme gewesen, und das Ende der Geschichte war ja bekannt. Sie träumte von einem soliden Kerl, der sich die Kinder über die Schulter werfen und mit zur Arbeit nehmen würde. Ein Mann, der zum Lunch nach Hause kam, um ein neues Baumhaus zu bauen. Doch Ty in seinem eleganten Anzug und mit den kurz geschnittenen Haaren würde sie glatt dazu bringen können, ihre Meinung zu ändern. Vielleicht aus dem Grund, dass sie sich Ty ohne Schwierigkeiten mit einem Kind auf jedem Arm und einer Katze, die an seinen Beinen hochkletterte, vorstellen konnte. Entweder war sie ultrascharfsichtig, oder es war das erste Anzeichen für ihren beginnenden Realitätsverlust.

Vielleicht war es seine leicht schief gebundene Krawatte, die seinen Businesslook milderte. Hm … die schräg sitzende Krawatte war vermutlich ein Zeichen seines Stresses. Ein Mann, der offensichtlich viel Wert auf seine Erscheinung legte, hatte Probleme mit Details.

Er brauchte sie.

Tys Augen verengten sich noch mehr, und Cassie bemerkte, wie dicht und dunkel seine Wimpern waren. So sexy, dass sie fast in Ohnmacht fiel … wenn sie der Typ Frau wäre, der in Ohnmacht fällt.

„Warum bist du hier? Es geht doch nicht um Silvester, oder? Denn das hatte nichts zu bedeuten. Das war nur, um Drew einen Denkzettel zu verpassen, weil er ein Trottel ist."

Oh, Gott! Er dachte, sie sei eine Stalkerin. *Super.* Was für ein wunderbarer erster Eindruck, den sie als Stresstherapeutin hinterließ. *Hi, ich bin deine Stresstherapeutin. Lass mich dich einmal küssen, und danach verfolge ich dich.*

Kein Problem. Damit würde sie schon fertig werden. „Ty, hör zu. Ich bin *nicht* wegen des Kusses hier."

„Nicht?" Seine hochgezogenen Augenbrauen verrieten deutlich seine Zweifel. „Warum dann?"

„Um mich um dich zu kümmern. Vielmehr, um mich um deinen Stress zu kümmern. …" Oh, wenn doch nur die Veranda unter ihr zusammenbräche und sie unter dem zweihundert Jahre alten Balken begraben würde. Sie räusperte sich. „Vor sechs Wochen hast du mich für eine Anti-Stresstherapie engagiert. Hier bin ich. Die Therapie hat begonnen."

Mit unbewegter Miene blickte er sie an.

Der Mann war wie ein Berg. Eine unbewegliche Masse atmender Männlichkeit. Na, super! Da spielten schon wieder ihre Hormone verrückt und tanzten den „Verführ-mich"-

Tanz. Sobald sie zu Hause war, würde sie ein ernstes Wörtchen mit den Dingern reden müssen.

„Ich habe dich engagiert." Er schien nicht sehr überzeugt zu sein.

„Ja." Sie tätschelte seine Schulter und versuchte zu ignorieren, wie hart sich seine Muskeln anfühlten. Okay, also gut, es war ihr ein wenig aufgefallen. Sie war schließlich immer noch ein Mensch oder etwa nicht? „Ty, das ist ein ernstes Symptom für Stress, wenn man Termine vergisst."

Er kniff die Augen zusammen. „Das kann nicht sein, dass ich einen Termin für heute Morgen vergessen haben soll."

„Das stimmt allerdings. Heute wollte ich dich überraschen." Dem finsteren Blick nach zu urteilen, mit dem er sie bedachte, schien er Überraschungen nicht sehr zu mögen.

Er machte sich wahrscheinlich immer noch Sorgen, dass sie eine Stalkerin war.

„Eine Sekunde." Cassie zog ihren PDA hervor und rief die E-Mail auf, die er ihr geschickt hatte, um sie zu engagieren. Sie drehte das Display in seine Richtung. „Lies!"

Er griff ihre Hand, um den PDA ruhig zu halten, und Cassies Magen machte einen kleinen Hüpfer. Was war los mit ihr? Er war ein Klient, und kein Mann, der dazu da war, ihr prickelnde Gefühle zu bescheren.

Hatte sie denn schon vergessen, dass sie Männer nicht mehr mochte? Sie würde sich zu keinem von ihnen mehr hingezogen fühlen, auch nicht, wenn sie die Hitze seiner Hand auf der ihren spürte …

„Aha." Urplötzlich ließ er ihre Hand los, als hätte er soeben bemerkt, dass er sie berührte. Blödmann. Nur weil er dachte, sie sei eine gefährliche Irre, gab ihm das noch lange nicht das Recht, sie zu behandeln, als hätte sie Läuse. Vielleicht verspürte er jedoch einfach ein solches Verlangen nach ihr, dass er es nicht riskieren konnte, sie länger zu berühren.

Schön, zu wissen, dass ihre Einbildungskraft nach wie vor tadellos funktionierte.

„Habe ich dich nun überzeugt, dass du mich engagiert hast?" Cassie überflog seine E-Mail noch einmal. „Du leidest an Schlaflosigkeit, deine Verlobte hat darauf bestanden, dass du mit mir Kontakt aufnimmst."

Moment mal! Verlobte! Das hatte Cassie völlig vergessen! Da Ty ihr neuer Klient Malcolm Tyler Parker war, hatte er eine *Verlobte.* Das war jetzt echt blöd.

Oder es wäre echt blöd, wenn sie daran denken würde, jemals wieder mit Männern auszugehen. Was sie nicht tat. Also war es ihr egal. Ihr Interesse war rein beruflich. Das Brennen in ihrem Bauch? Musste wohl daran liegen, dass ihr Frühstück nur aus Kaffee bestanden hatte. Es war mit Sicherheit kein Gefühl der Enttäuschung, Einsamkeit oder ähnlich dämlicher Dinge. „Du bist verlobt?"

Er kniff die Lippen zusammen, und seine Augen verfinsterten sich. Eine endlose Minute lang sagte er nichts.

Und da wurde Cassie bewusst, dass es *der* Moment war.

Der Moment, in dem sie herausfinden würde, ob alle Männer wie Drew waren und ihre Verlobten betrogen, wenn sie glaubten, sie würden nicht erwischt.

Ty könnte sie belügen.

Seine Verlobte würde es nie erfahren.

Lüg nicht, Ty!

Nicht, dass es Cassie wichtig gewesen wäre. Sie war nicht auf der Suche nach einem Helden, glaubte nicht einmal, dass es überhaupt welche gab. Und was wäre, wenn Ty aufgrund einer Laune der Natur tatsächlich ein hochmoralischer, vertrauenswürdiger Kerl war, der seiner Verlobten treu blieb? Dann würde er sich weigern sich über Cassies Körper herzumachen, und sie würde Ty genauso wenig haben können. Und wenn er ihr anbieten würde, ihr die Kleider vom Leib zu reißen und sie hier auf der Türschwelle zu nehmen, dann wäre er ein Schwein, das seine Verlobte betrügt.

So lief die Sache. Wenn er seinem Versprechen gegenüber seiner Verlobten treu bliebe, wäre er vertrauenswürdig, aber dann konnte Cassie ihn nicht haben.

Nicht, dass ihr wirklich etwas an ihm lag. Es war eine rein hypothetische Übung in strategischem Denken.

Ty nickte schließlich. „Ja, ich bin verlobt."

Erleichterung und Trauer wallten in ihr auf. Er war es wert ... und er war nicht zu haben. Ein Held ... der einer anderen gehörte.

Vielleicht fand er sie aber auch nicht im Geringsten attraktiv und hätte eine Kakerlake zu seiner Verlobten erhoben, wenn es ihn davor bewahrte, sich gegen eine neuerliche Attacke ihrerseits wehren zu müssen.

Sie reckte ihr Kinn vor. „Das ist toll, dass du eine Verlobte hast. Verlobte sind toll." *Ja, solange sie dir nicht das Herz aus der Brust reißen und in aller Öffentlichkeit darauf herumtrampeln.* „Ich nehme an, du hast mich für eine Stresstherapie engagiert, um deine Verlobung zu retten? Um dich auf das Zusammenleben vorzubereiten?"

Seit acht Tagen hatte sie von diesem Mann geträumt ... und nun musste sie ihn auf das Leben mit einer anderen Frau vorbereiten? Wenn es ihr nicht gelänge und seine Verlobte schreiend wegliefe, dann wäre er zu haben. Wenn ihre Therapie Erfolg hätte, würde er die andere heiraten,

Nicht etwa, dass es ihr etwas ausmachen würde.

Und selbst wenn – sie hatte einen Auftrag zu erledigen.

Oh Gott! Wie stellte sie sich das vor? Sie konnte den Job unmöglich annehmen.

Er war kein Klient. Er war ein Mann, den sie erst vor einer Woche sexuell belästigt hatte. Und sie konnte ihn noch immer auf ihren Lippen schmecken.

Wie sollte sie es schaffen, in dieser Situation ihm gegenüber eine professionelle Haltung einzunehmen?

Es war völlig unmöglich.

Sie war zwar hart im Nehmen, aber sie war nicht aus Stein.

Außerdem verging sie fast vor Scham, dass sie ihn angefallen hatte.

„Cassie? Ist alles in Ordnung mit dir?" Er hatte seine Stirn in Falten gelegt und sah einfach zum Anbeißen aus, wenn er sie gerade einmal nicht böse anstarrte und wie eine Irre behandelte.

„Es geht mir ausgezeichnet."

„Bist du sicher?"

Verfluchter Kerl! Er sah so besorgt aus, dass sie sich am liebsten sofort auf seine Couch hätte sinken lassen und ihm von ihrem elenden – nein, eher *schwierigen* – Monat erzählt hätte. „Natürlich bin ich mir sicher."

Er machte nicht den Anschein, als schenke er ihr Glauben, und ein wohliges Gefühl der Dankbarkeit durchflutete sie. Ohne Zweifel war er ein Mann, der sich um seine Frau kümmern würde. Er würde vermutlich sogar spüren, wann sie in den Arm genommen werden wollte, ohne dass sie ihn darum bitten müsste …

Stopp! Solche Gedanken waren tabu.

Sie sollte sich besser an die Kakerlaken-Theorie halten. „Also … dann wollen wir mal loslegen."

„Werden wir nicht."

Typische Abwehrhaltung. „Weil du nicht gestresst bist, oder weil du meinen Anblick nicht ertragen kannst, nachdem ich dich angefallen habe?" Na, super! Wie hatte denn diese brillante Bemerkung den Weg von ihrem Hirn zu ihren Lippen gefunden? Sie hatte ihr jedenfalls keine Wegbeschreibung in die Hand gedrückt.

Ein kleines Lächeln spielte um seine Lippen. „Ich bin nicht gestresst."

Und was ist mit dem zweiten Teil meiner Frage? Sie würde sie jedenfalls nicht noch einmal stellen. Er hatte den Teil ignoriert, also gut.

„Und bei deinem Anblick dreht sich mir nicht der Magen um", fügte er hinzu, als ob er ihre Gedanken lesen könnte.

„Oh! Nun, das ist gut … ich meine, es ist gut, weil es sonst für unsere Zusammenarbeit schwierig wäre, wenn dir bei meinem Anblick übel würde."

Er lächelte, ganz offensichtlich amüsiert von ihrer nicht nachlassenden Anstrengung, ihm zu beweisen, dass sie eine vollkommen Irre war.

„Der Kuss hat absolut nichts damit zu tun, dass ich deine Hilfe nicht in Anspruch nehmen will", antwortete Ty.

Der Kuss. Der magische, welterschütternde, fantastische Kuss.

„Ich will deine Hilfe nicht, weil ich sie nicht brauche. Ich dachte, ich hätte dir eine zweite E-Mail mit der Kündigung des Vertrages geschickt."

„Ein ganz klares Stress-Symptom. Du denkst das eine und tust das andere, während dein Unterbewusstsein ganz genau weiß, dass du Hilfe brauchst. Es ist typisch." Sie klappte wieder ihr en PDA auf. „Du hast doch nichts dagegen, wenn ich mir Notizen mache?"

Ty nahm ihr das Gerät aus der Hand. „Ich sagte doch, ich brauche keine Hilfe."

Na wunderbar, ein widerspenstiger Klient! Das überstieg ihre Kräfte: Widerspenstig, heiß, und obendrein konnte er auch noch gut küssen. Das hatte ihr gerade noch gefehlt.

Ty klappte den Deckel zu. „Nur zu deiner Information, ich habe einen Job, der mich sehr fordert. Das ist alles. Ich war sehr beschäftigt, hatte ein paar Anrufe meiner Verlobten nicht beantwortet, und sie war verärgert. Deshalb hatte ich die E-Mail geschickt."

A...ha. Er hatte komisch mit den Augen gerollt, als er seinen Job erwähnte. Anscheinend gab es Probleme im Büro. Cassie speicherte die Notiz in ihrem Kopf zur Wiedervorlage ab. Auf dem Nachhauseweg würde sie die Information dann einfach in ihren PDA übertragen. Das sollte ihr mal einer nachmachen: Sie konnte sogar stressbedingte Signale identifizieren, wenn sie sich selbst am Rande eines Nervenzusammenbruchs befand.

„Mein Job bringt es eben mit sich, dass ich sehr lange Arbeitszeiten habe. Das heißt noch lange nicht, dass ich unter Stress leide", fügte Ty hinzu.

„Und deine Verlobte? Machst du dir keine Sorgen, was passiert, wenn sie zu dir zieht und herausfindet, dass du so lange arbeitest?"

„Nein."

Er hatte nicht einmal mit der Wimper gezuckt. Er machte sich anscheinend wirklich keinerlei Sorgen, was seine Verlobte von seinen Arbeitszeiten halten würde. Doch irgendetwas stimmte nicht. Das hatte sie daran gesehen, wie er von einem Fuß auf den anderen getreten war und auf seine Uhr geblickt hatte ...

Oder er hatte ganz einfach ein dringendes Meeting, und sie hielt ihn auf ...

Herrje! Wieso konnte sie nicht unterscheiden, ob er fürchtete, zu spät zu kommen, oder nur sein Problem leugnete? Was war denn mit ihrem Instinkt passiert? Sie musste ihn am Abend vor ihrer Hochzeit verloren haben, als sie Drews Schlafzimmer betreten hatte ...

Ähem.

Hatte sie sich nicht alle Gedanken an besagte Nacht verboten? *Konzentrier dich auf die Gegenwart.* „Wir sehen uns dann also am Freitagabend?“

Er warf ihr einen erstaunten Blick zu. „Freitagabend?“

„Acht Uhr? Bei dir. Ich nehme an, in der Woche kommst du nicht früh genug nach Hause für ein Treffen.“

„Ich habe dir doch gesagt, ich brauche deine Hilfe nicht.“

Cassie zuckte die Achseln und versuchte, sich nicht in den Tiefen seiner dunklen Augen zu verlieren. Sie fragte sich, wie es sich anfühlen mochte, wenn sein Blick über ihren Körper wandern würde … Hallo! Das hier war geschäftlich. Und er war verlobt. Also immer schön die Hormone im Zaum halten.

Außerdem – hatte sie sich nicht schon längst entschieden, dass sie ihn nicht als Klienten annehmen konnte? Ihre Beziehung war zu vorbelastet. Und wenn sie ihn als Klienten abwies, würde sie auch nicht in seiner Nähe sein müssen. Und das wäre wirklich gut, denn sie verspürte wieder das gleiche Bedürfnis, sich auf ihn zu stürzen, das sie auch an Silvester übermannt hatte – mit dem einzigen Unterschied, dass sie diesmal keine Ausrede vorschieben konnte, wie den Wunsch, Drew einen Denkzettel zu verpassen. Cassie litt offensichtlich wegen der abgesagten Hochzeit an einer posttraumatischen Belastungsstörung, die sie innerhalb weniger Wochen von einer braven Verlobten in eine sexbesessene Furie verwandelt hatte.

Eine Wandlung, die nicht gerade vorteilhaft war, wenn sie bedachte, dass die einzigen beiden Männer in ihrem Leben ein treuloser Exverlobter und ein gestresster, mit einer anderen Frau verlobter Wahnsinnstyp waren. Beides wohl eher keine geeigneten Versuchsobjekte, mit denen sie ihre neu entflammten Fantasien ausleben konnte. Die Lösung? Rückzug. „Also gut. Ich werde dir nicht helfen.“

Er hob eine Augenbraue. „*Also gut?* Einfach so?“

„Klar. Warum nicht?“

„Aber …“

„Aber was?"

„Solltest du nicht …"

„Beharrlicher sein?", half sie ihm auf die Sprünge.

„Genau."

„Normalerweise schon. Aber heute nicht."

„Warum nicht?"

„Ich habe keine Lust." Genauer gesagt, hatte sie keine Lust, mit ihm zu arbeiten. Jeder Vorwand, das Projekt abzublasen, war ihr recht. Nicht etwa, dass sie emotional zu aufgewühlt war, um mit der Situation fertig zu werden. Es war ein taktischer Schachzug, der ihrer Karriere nützte. „Meinen PDA bitte."

Er gab ihn ihr zurück und streifte dabei mit seinen Fingern ihre Handfläche. Verdammt! Warum nur mussten ihre Hormone jedes Mal verrückt spielen, wenn er sie berührte? Das war einfach unprofessionell, unangemessen und lächerlich. Es war höchste Zeit, dass sie sich endlich zusammenriss. „Ich wünsche dir noch einen schönen Tag."

Bereits als sie in ihr Auto stieg, bezweifelte sie die Richtigkeit ihrer Entscheidung.

Als Cassie um neun Uhr im „Blissful Heaven" ankam, hatte Leo schon eine Schüssel saftiger Erdbeeren bereitgestellt. Ein Topf voll dicker, sämiger und sündhaft leckerer Schokolade dampfte auf dem Kocher. Als Cassie die Tür zu dem kleinen Laden aufstieß, stieg ihr der Duft sofort in die Nase.

Endlich hatte sie den Ort erreicht, an dem sie alle Probleme vergessen konnte.

Sie atmete tief ein und wartete darauf, dass sich ihre Anspannung löste.

Doch nichts geschah.

„Cassie, da bist du ja endlich!" Leo, die ihre platinblonden Strähnen zu einem Knoten hochgebunden hatte, damit keine

Haare ihren Weg in die süßen Köstlichkeiten fanden, tauchte hinter dem Marmortresen auf. „Was zum Teufel ist denn los? Erst berufst du eine dringende Schokotherapie-Session ein, und dann lässt du mich den ganzen Tag warten, ohne mir den Grund zu verraten. Was soll das?"

Als ob sie jetzt schon reden könnte. Zunächst brauchte sie eine Portion Medizin. Cassie nahm die größte Erdbeere und tunkte sie in den dampfenden Kessel. „Es ist wegen Ty."

„Ty? Der Typ von Silvester? Hast du ihn wiedergesehen?"

Ja, ich habe den Sexgott wiedergesehen. Er duftet verführerisch. Stopp! Sie musste sich unbedingt zusammenreißen. Konzentration bitte. „Ich soll ihn für seine Verlobte von seinem Stress befreien." Mann, das tat richtig weh, „Ty" und „seine Verlobte" in ein und demselben Satz zu erwähnen.

Cassie schob sich hastig die schokoladentriefende Beere in den Mund … Autsch, war das heiß!

„Normalerweise legt man sie nach dem Eintunken auf das Backpapier und lässt sie abkühlen", meinte Leo trocken.

„Als ob ich das nicht wüsste." Die verbrühte Zunge nahm sie liebend gern in Kauf, denn gleich würde die Schokolade ihre Wirkung entfalteten, und ihr Stress würde wie weggeblasen sein …

„Mensch, muss es dir schlecht gehen", stellte Leo fest.

„Gib mir noch einen Moment." Sie hob die Hand, damit Leo keine weiteren Fragen stellte, während Cassie auf die Reaktionen ihres Körpers lauschte. Sie hatte eine Erdbeere vertilgt und fühlte sich immer noch nicht besser? Irgendetwas stimmte hier nicht. Vielleicht hatte das Mengenverhältnis zwischen Frucht und Schokolade nicht gepasst. Höchste Zeit, es mit dem puren Stoff zu versuchen.

Cassie nahm einen Löffel, tauchte ihn in die dampfende Masse und schöpfte eine ordentliche Portion heraus.

„Anscheinend stehst du kurz vor einem Nervenzusammenbruch, wenn du deine Figur dermaßen aufs Spiel setzt“, bemerkte Leo. „Er ist doch nur ein Kerl.“

„Mein Heißhunger auf Schokolade hat absolut nichts mit ihm zu tun.“ Pah! Für wie jämmerlich hielt Leo sie eigentlich? Als ob sie wegen eines Kerls Schokolade bräuchte. So etwas Blödes hatte sie ja noch nie gehört. „Er dachte, ich würde ihn verfolgen, als ich bei ihm vor der Tür stand.“

„Stalking würde ich dir nicht empfehlen.“

Cassie sah sie erstaunt an. „Willst du damit sagen, dass du schon einmal des Stalking beschuldigt worden bist?“

„Man könnte sagen, dass ich mich in meinen wilden Jugendjahren ein wenig zu hartnäckig an den einen oder anderen Mann geheftet habe. Aber wir reden ja jetzt über Ty. Genau gesagt, über die Tatsache, dass seine Verlobung dich in eine so tiefe Depression gestürzt hat, dass ich dir mein gesamtes Schokoinventar einflößen muss, um dich wieder herauszuholen.“

Cassie träufelte die ganze Löffelladung in ihren Mund und schluckte sie herunter. „Es hat überhaupt nichts damit zu tun, dass er verlobt ist.“

Leo zog ihre Augenbrauen hoch. „Nein?“

„Es ist nur, weil ich ihm meine Zunge fast bis zu den Mandeln in den Hals gesteckt habe. Wie soll ich da jetzt mit ihm arbeiten?“ So was Blödes! Immer noch keine Wirkung. „Bist du sicher, dass das richtige Schokolade ist?“

„Ich denke, er hat noch immer Lust, dich flachzulegen. Und ich bin tief beleidigt, dass du die Qualität meiner Schokolade anzweifelst.“

Cassie verschränkte die Arme vor ihrer Brust. „Ty ist verlobt, also spielt es keine Rolle, ob er mich will. Außerdem ist die ganze Diskussion überflüssig, da ich ihn nicht als Klienten annehmen werde. Und ich werde sowieso nie wieder mit irgendjemandem ausgehen. Bist du dir wirklich sicher, dass das nicht vielleicht doch Diät-Schokolade ist?“

„Du willst ihn abweisen? Machst du Witze? Du hast den Mann ein einziges Mal geküsst, und schon erträgst du es nicht, mit ihm im gleichen Raum zu sein? Ich müsste ja in die Wildnis ziehen, wenn ich nicht damit zurechtkäme, auf Männer zu treffen, die ich geküsst habe. Und natürlich ist es keine Diät-Schokolade."

Aber dieser Kuss war etwas anderes. Es war mehr als nur ein Kuss gewesen. Ihre Herzen hatten sich berührt.

„Leidet Ty unter Stress?"

„Nein." *Lügnerin! Lügnerin! Lügnerin!*

„Cassie ..."

„Okay, also gut. Es könnte die vage Möglichkeit bestehen, dass er unter Stress leidet. Na und?"

„Und du lässt einfach so einen Menschen im Stich, der deine Behandlung braucht? Hast du gar kein Mitgefühl?"

„Ich ... er ..." Wo hatte sie nur ihren Verstand gelassen?

„Du musst der Wahrheit ins Gesicht sehen. Du hast die Schokotherapie-Session einberufen, weil du dich schuldig fühlst, dass du ihm wegen deines eigenen seelischen Ballasts die Hilfe verweigerst."

„Ich habe keinen seelischen Ballast."

Leo rollte die Augen. „Die Hochzeit? Du hast Drew nackt mit einer anderen Frau erwischt? Er schwört dir seine Liebe bei der Party? Du fällst einem heißen Typen um den Hals? Dein erster Kuss mit einem anderen nach vier Jahren Drew? Dazu bist du noch pleite wegen deiner Hochzeit?"

Leo legte ihr Mobiltelefon in Cassies Hand. „Ruf ihn an."

War sie nicht ganz bei Trost? „Äh ... nein!" Cassie warf das Telefon auf den Ladentisch.

„Oh doch."

„Nein."

„Ruf ihn an. Mach einen neuen Termin mit ihm aus. Nach fünf Minuten werdet ihr beide den Kuss vergessen haben."

Das würde niemals passieren.

„Feigling!", zischte Leo.

„Ich bin kein Feigling."

„Dann beweise es."

Cassie runzelte die Stirn. Hatte Leo recht? Hatte sie sich in ein trauriges Häufchen weiblichen Elends verwandelt, nur weil ihr Kerl sie verlassen hatte und der nächste Mann, den sie küsste, verlobt war?

Unsinn.

Sie war emotional viel zu gefestigt, um aus der Fassung zu geraten.

Wenn sie also kein emotionales Wrack war, welchen Grund hätte sie dann, einen guten Kunden, der seine Rechnung bezahlen konnte, zurückzuweisen?

Keinen.

Deshalb würde sie den Klienten annehmen und allen beweisen – und am meisten sich selbst –, dass sie ihre Gefühle perfekt unter Kontrolle hatte.

Sie würde mit Ty auf professioneller Basis arbeiten und in ihm nicht den Mann sehen. Sie würde dabei Geld verdienen. Denn sie war stark wie ein Fels. Also gut.

Sie zog ihr Telefon aus der Tasche, rief Tys Festnetznummer auf und drückte auf die Wähltaste.

Ihr Herz raste, aber nur, weil sie soeben das Millionenfache der tödlichen Dosis an Zucker und Koffein zu sich genommen hatte – nicht, weil sie nervös war wegen des Anrufs. Er war ein Klient, du meine Güte! Er war nichts Besonderes. Überhaupt nichts Besonderes. Von der Tatsache einmal abgesehen, dass er sie mit seinen Lippen in den Himmel der Glückseligkeit katapultieren konnte.

Nicht etwa, dass sie daran denken musste.

Sein Anrufbeantworter sprang an, wie sie es um neun Uhr an einem Montagabend erwartet hatte. Der Mann war vermutlich noch im Büro, der arme Kerl. Allein der Gedanke, dass sie ihn fast im Stich gelassen hatte … Er *brauchte* sie.

„Ty, ich bin's, Cassie. Ich habe meine Meinung geändert. Du leugnest dein Problem. Du brauchst meine Hilfe. Ich werde Freitag in einer Woche um acht Uhr zu dir nach Hause kommen. Sei da." Cassie beendete das Gespräch.

„Freitag in einer Woche? Wieso nicht diesen Freitag?", wollte Leo wissen.

„Ich bin schließlich gefragt. Eine Stresstherapeutin meines Kalibers hätte niemals so schnell einen Termin frei."

Leo nickte. „Guter Einwand. Du musst zeigen, dass du nicht leicht zu kriegen bist."

„Leo, ich bin nicht auf ein Date mit ihm aus."

„Ich habe nichts von einem Date gesagt. Das warst du."

4. KAPITEL

Elf Tage später, pünktlich um acht Uhr, steuerte Cassie ihren Wagen in Tys Einfahrt. … Na gut. Es war schon halb neun, und sie war viermal an seinem Haus vorbeigefahren, bevor sie endlich eingebogen war. Doch jetzt war sie hier, oder etwa nicht? Allein das zählte.

Sie hatte gerade den Motor ausgestellt, als die Scheinwerfer eines nachfolgenden Autos ihren Wagen in gleißendes Licht tauchten.

Idiot. Er kam eine halbe Stunde zu spät zu ihrem Termin. Das war total unprofessionell.

Aber keine Sorge, sie würde ihm schon noch klarmachen, wie ihrer beider Beziehung zu funktionieren hatte: Rein geschäftlich und geprägt von Höflichkeit und Respekt.

Und um den Ton vorzugeben, öffnete Cassie die Autotür, nahm ihren PDA vom Beifahrersitz und sprang aus dem Wagen, bevor der Mut sie verlassen würde. In dem Moment jedoch, als ihre Füße auf den Boden aufsetzten, wusste sie, dass sie in Schwierigkeiten war. Ihre Designerpumps rutschten über das Eis, sie fiel nach hinten, ihre Arme wirbelten, ihr Kopf knallte gegen die Tür und sie prallte mit dem Steißbein auf das Eis.

Na toll! Exakt der professionelle Eindruck, auf den sie gehofft hatte.

„Cassie? Alles in Ordnung?“ Die Tür seines Wagens schlug zu, und sie hörte Tys Schritte auf dem Schnee knirschen.

„Großartig!“ Cassie griff hektisch nach der Autotür und hievte sich auf die Knie. Sie fühlte sich ein wenig benommen.

War auf ihn als galanter Held denn kein Verlass mehr? Warum hatte er nicht genau in dem Moment, als sie fiel, auf den Boden geschaut oder die CD gewechselt? Aber nein, er musste aufmerksam ihren Ausrutscher verfolgen. Typisch Mann! Niemals ahnungslos, wenn es gefragt war.

Allein der Gedanke, dass sie fast einen geheiratet hätte … Zum Glück war ihr das erspart geblieben.

Sie war hier.

Und er war froh.

Tys Miene verfinsterte sich, als er um den Wagen lief, um nach der gestürzten Cassie zu sehen. Warum war er *froh,* dass Cassie hier war? Das ergab doch keinen Sinn. Sicher, er hatte nicht aufhören können, an ihren Kuss zu denken, doch der Kuss hatte nichts zu bedeuten gehabt.

Denn er war ja verlobt.

Mit Alexis.

Verlobte Männer dachten nicht an andere Frauen.

In Wahrheit war er *verärgert,* dass Cassie hier war, denn er brauchte keine Stresstherapie, und er hatte auch keine Zeit dafür.

Er fluchte leise und klemmte sich, als er Cassie erreichte, die Aktentasche unter den Arm – die Aktentasche, die ihm Alexis geschenkt hatte, als er seine Firma gegründet hatte.

Damals, als sie nur Freunde gewesen waren.

Als sein Leben einfacher gewesen war.

Mit ernster Miene beugte er sich über Cassie, die sich an die Autotür klammerte. „Bist du in Ordnung?"

Sie schaute ihn wütend an. „Ich sagte doch, es geht mir ausgezeichnet." Sie hob ihr Kinn. „Du musst wissen, ich bin nicht wirklich ausgerutscht. Ich wollte dich nur testen."

„Schon klar."

„Es stimmt. Ich muss einige Tests durchführen, um den besten Behandlungsansatz für dich zu bestimmen." Sie hüstelte. „Versuch gar nicht erst, es zu verstehen. Es ist eine sehr komplexe Wissenschaft."

„Lügnerin." Ty legte seine Hände unter ihre Arme und

stellte Cassie wieder auf ihre Füße. Er ließ sie los, ganz langsam … weil er Angst hatte, dass sie eine Gehirnerschütterung hatte und wieder stürzen könnte – nicht, weil er sie gern um die Taille fasste. „Hast du dir wehgetan?"

„Mach dich nicht lächerlich." Sie fasste sich an die Schläfe und verzog das Gesicht. „Ich sagte doch, ich bin nicht wirklich gefallen."

„Soll ich dich ins Krankenhaus fahren?"

Sie blickte ihn verständnislos an. „Machst du dir Sorgen um mich?"

„Aber klar. Du siehst aus, als hättest du dir wehgetan." Er würde sich um jeden Sorgen machen, der auf seinem Grundstück stürzte. Cassie war da nichts Besonderes. Er hatte einfach Angst, dass sie ihn wegen Fahrlässigkeit verklagte. Alles, was er tat, tat er nur, um eine Klage zu verhindern. Das war der *einzige* Grund, warum es ihn so aufwühlte, ihr schmerzverzerrtes Gesicht zu sehen.

Sie schaute ihn unverwandt an. „Ha!"

„Ha, was?"

Sie schien sich wieder zu fangen. „Ausgezeichnete Arbeit, Ty. Gute Reaktion auf die Situation." Sie zog ihren PDA aus der Tasche und klappte ihn auf. „Sehr interessant." Sie fing an, Notizen einzugeben.

„Gütiger Gott, nicht schon wieder dieses Ding." Er riss ihr den Computer aus der Hand. „Ich hasse es, wenn du dir Notizen über mich machst."

Sie entriss ihn ihm ihrerseits, wobei ihre Hand seine Finger streifte. „Das tut mir leid, aber zu dem Zweck hast du mich engagiert."

„Ich hatte dich schon längst gefeuert."

„Eine solche E-Mail habe ich nicht erhalten." Doch sie klappte das Gerät nicht mehr auf. Stattdessen presste sie ihre Hand an die Schläfe.

Er seufzte. Was sollte er tun? Sie rausschmeißen? „Na gut. Möchtest du hereinkommen und etwas Eis oder Ähnliches auf deinen Kopf legen, den du dir nicht wirklich angeschlagen hast, als du nicht wirklich gestürzt bist?“

Sie kniff die Augen zusammen. „Ich würde gerne hereinkommen, weil wir einen Termin haben.“

„Vergiss es, Cassie. Ich bitte dich als Freundin herein, nicht als Stresstherapeutin.“

„Hey!“ Sie funkelte ihn böse an. „Nur zu deiner Information, es besteht überhaupt kein Grund, dass du dir um mein persönliches Wohlergehen Sorgen machen musst. Du bist mit einer anderen verlobt, und ich bin sowieso nicht an Männern interessiert.“

Er blickte sie verwundert an. „So habe ich das nicht gemeint.“ Oder hatte er doch? Nein, natürlich nicht. „Ich dachte nur … du weißt schon. Es ist nichts Persönliches oder so.“ Abgesehen von der Tatsache, dass er nicht aufhören konnte, daran zu denken, sie ins Haus zu tragen, und zwar direkt die Treppe zur ersten Etage hinauf, wo sich sein Schlafzimmer befand.

Um Himmels willen! Was war nur in ihn gefahren? Er hatte schon mit vielen Frauen zusammengearbeitet und war noch nie in Versuchung gekommen. Warum war es nun anders? Er war doch kein hormongesteuerter Teenie, sondern ein langweiliger, verlobter Geschäftsmann, der mehr als in der Lage sein sollte, eine Geschäftsbeziehung mit einer Frau einzugehen. Auch wenn die Erinnerung an den Kuss dieser Frau noch immer jede Faser seines Körpers in Aufruhr versetzte. „Komm herein. Ich hole dir Schmerztabletten und etwas Eis.“

Sie kräuselte auf unwiderstehliche Weise ihre Nase und zuckte die Achseln. „Wenn ich hereinkomme, dann nur, um meinen Job zu machen.“

„Was nicht bedeuten muss, dass ich dir zuhöre." Vielleicht war er so nachsichtig mit ihr, weil sie so verletzlich war und es in seiner Natur lag, sich um sie zu kümmern. Es hatte nichts damit zu tun, dass sie sexy war oder wahnsinnig gut küsste, oder dass er ihre forsche Art und ihre Weigerung, vor ihren Problemen zu kapitulieren, sehr sympathisch fand.

Sie ins Haus zu bitten, hieß schließlich nicht, dass er seine Verlobte verlassen und Cassie nachstellen würde.

Zum Teufel! Seine Verlobte verlassen? Wie kam er denn auf *den* Gedanken? Alexis brauchte ihn, und er würde immer für sie da sein. War denn das nicht genau der Grund, warum er sie heiratete? Um für immer bei ihr zu sein, wo sie doch niemanden sonst hatte? Natürlich.

Okay, er war wohl ein wenig neben der Spur. Das musste er wohl sein, sonst würde er nicht solche lächerlichen Gedanken haben. Es würde wohl nichts schaden, wenn er sich anhörte, was Cassie zu sagen hatte – natürlich nur, damit sie ihren Willen hatte. „Na schön, komm herein. Du kannst reden, solange du nur nichts in dieses Ding tippst."

Sie zuckte mit den Schultern. „Ich habe sowieso ein fotografisches Gedächtnis."

„Genau aus diesem Grund musst du wohl alles in das Ding reinhacken." Er hielt die Hand auf. „Her damit."

Sie zog eine Augenbraue hoch. „Du bist also ein Kontrollfreak. Das war mir bisher noch nicht aufgefallen."

„Ein Kontrollfreak? Nur weil ich nicht will, dass du Notizen über mich machst?"

„Nein, weil du das Gerät haben willst, damit du die Kontrolle über die Situation hast." Sie legte es auf seine ausgestreckte Hand, wobei ihre Fingerspitzen seine Handfläche berührten. „Interessant."

Ty knirschte mit den Zähnen, schwieg aber. Er würde ihr *keine* Munition liefern, die sie gegen ihn einsetzen würde. Er drehte sich einfach um und packte Cassies Arm, um sie den vereisten Weg hinaufzuführen.

„Warum hältst du meinen Arm?"

„Damit du nicht stürzt. Warum sollte ich dich sonst halten?" Ganz bestimmt nicht, weil er sie etwa anfassen *wollte* oder ähnlich perverse Dinge. Er benahm sich nur wie ein echter Gentleman.

„Nur so", antwortete Cassie schnell. „Das ist der einzige Grund, warum du mich anfasst. Habe ich mir nicht anders gedacht." Sie schaute ihn nachdenklich an. „Du kümmerst dich gern um Frauen, wie?"

„Nein."

„Drew hat so etwas nie gemacht. Es hätte mir zu denken geben müssen, nicht wahr?"

„Drew ist ein Bastard, der seine Verlobte betrügt."

Seine Verlobte betrügt. Die Worte hingen wie eine Wolke über ihnen, während Ty Cassie zur Haustür führte.

Hatte er genau das getan? Bei dem Gedanken wurde ihm ganz flau im Magen, und fast wäre er gestolpert. Nein, er war nicht wie Drew. Er hatte Alexis nicht betrogen. Der Kuss mit Cassie war rein platonisch gewesen, um Drew eine Lektion zu erteilen. Ty hatte ihn nicht genießen wollen. Er hatte sein Bestes versucht, ihn anschließend aus seinen Gedanken zu verbannen, und sogar versucht, Cassie zu überzeugen, ihm nicht zu helfen.

Doch er musste zugeben, die Nachricht, dass sie herkommen würde, hatte ihn gefreut.

Und er hatte versucht, heute Abend länger zu arbeiten und sie zu versetzen. Doch dann hatte er sich dabei ertappt, dass er auf dem Weg vom Bahnhof nach Hause über drei rote Ampeln gefahren war.

Aber sie war ja schließlich nicht hergekommen, um mit ihm auszugehen.

Es war geschäftlich.

Und er half ihr nur zur Tür, weil sie verletzt war.

Sonst steckte nichts dahinter.

Trotzdem ließ Ty sofort ihren Arm los, als sie die Tür erreichten. „Ich bin verlobt."

Sie warf ihm einen erstaunten Blick zu. „Weiß ich doch."

Er nickte. „Ich bin verlobt."

„Und ich bin nicht taub."

„Richtig." *Immer schön mit der Ruhe, Ty.* „Dann komm doch bitte herein." Er drehte den Schlüssel im Schloss, stieß die Tür auf und bedeutete ihr einzutreten. „Nach dir, bitte."

Cassie ging in den Flur. In diesem Moment schoss ihm durch den Kopf, dass Cassie genau das war, was dem Haus fehlte.

Verdammt, das hatte er nicht gemeint. Er hatte nur gemeint, dass das Haus eine Frau brauchte. Nicht Cassie im Besonderen.

Mit Alexis wäre es genau so perfekt wie mit Cassie. Nein, was er sagen wollte, war, dass es mit Alexis sogar viel perfekter werden würde als mit Cassie. Nein, er meinte, es wäre allein mit Alexis perfekt – nicht mit Cassie.

Es musste am Schlafentzug liegen, dass ihm so krause Gedanken durch den Kopf spukten. Davon würde er Cassie jedoch nichts erzählen. Sie würde seine Schlaflosigkeit nur zum Vorwand nehmen, dass er ihre Beratung bräuchte.

Stattdessen würde er sich lieber auf einen unverfänglicheren Grund konzentrieren, der ihr nicht noch mehr Munition lieferte: das Haus.

„Entschuldige, dass hier überall noch die Kartons herumstehen, aber ich bin noch nicht zum Auspacken gekommen."

„Das sehe ich."

Ty ließ seinen Blick durchs Wohnzimmer schweifen und sah das Haus plötzlich mit ihren Augen. Kartons stapelten sich, wo man auch hinsah. Möbelstücke standen wahllos in den Zimmern verteilt. Nur die Couch und der Fernseher hatten ihren Platz gefunden – und der Couchtisch, auf den er seine Füße legen konnte.

„Seit wann lebst du schon hier?"

„Seit sechs Monaten." Warum hatte er das Gefühl, dass er schon etwas falsch gemacht hatte? Schön, es war sein Haus. Schön, er hatte noch nicht ausgepackt. Das hatte nichts zu bedeuten. Und es bedeutete auch nicht, dass er sich dafür rechtfertigen musste. „Ich muss wahnsinnig viel arbeiten. Ich hatte noch keine Zeit, das Haus einzurichten." Er zog sein Jackett aus und hängte es über einen Stuhl.

Cassie schwieg, doch er merkte, dass sie zu ihrem PDA hinüberschielte, der aus seiner Jackett-Tasche hervorlugte. „Und was nun?", knurrte er.

„Nichts." Sie sah ihn mit unschuldiger Miene an.

Sie war verdammt hübsch. Nicht, dass es ihn irgendwie beeindrucken würde. „Du hast ein Urteil über mich gefällt, nur weil ich mein Haus noch nicht fertig eingerichtet habe."

„Ich speichere nur einige Notizen in meinem Kopf ab."

„Worüber?"

„Über dich."

Selbstverständlich war er nicht im Mindesten neugierig, zu erfahren, was ihr an ihm aufgefallen war. Dann würde er ja eine Schwäche eingestehen. Aus reiner Höflichkeit würde er sie fragen. „Welche Schlussfolgerungen ziehst du?"

Cassie zuckte die Achseln. „Ich schätze nur ein."

„Was?"

„Dich." Ein leiser Anflug von Ungeduld lag in ihrer Stimme, doch da war auch ein warmherziger Unterton, der so beruhigend wirkte wie warme Milch.

Alexis hatte ihn noch nie an warme Milch denken lassen. Ty warf seinen Mantel auf einen Küchenstuhl und riss die Kühlschranktür auf. Seit wann verglich er Alexis mit anderen Frauen? Niemals. Es war unrecht. „Möchtest du ein Bier?"

„Nicht bei der Arbeit, danke."

„Hast du etwas dagegen, wenn ich eins trinke?"

„Überhaupt nicht." Schnell klappte sie ihren PDA auf und tippte wild darauf herum.

„Wo hast du den denn her?"

Sie seufzte und deutete auf sein Jackett, das direkt neben ihr über dem Stuhl hing. „Du hast doch wohl nicht geglaubt, dass ich den da drin lasse und ihn mir nicht zurückhole?"

Nun, eigentlich hatte er das schon gedacht. Er hatte überhaupt nicht damit gerechnet, dass sie einfach an sein Jackett gehen und den Computer herausziehen würde. Er hatte ihr schließlich gesagt, dass er nicht mochte, dass sie sich Notizen machte. Genau deshalb heiratete er Alexis. Sie brauchte ihn, und er kümmerte sich um sie und Schluss. Nichts war kompliziert daran. Nicht wie mit Cassie, die ihn zwar bräuchte, aber niemals Hilfe annehmen würde, geschweige denn tun, was er ihr sagte.

Wer brauchte schon eine komplizierte Frau wie sie? Er bestimmt nicht.

Sie deutete mit dem Kinn auf sein Bier. „Trinkst du jeden Abend, wenn du nach Hause kommst?"

„Ich bin kein Alkoholiker." Als ob es ihn kratzte, ob sie ihn für einen hielt. Wenn er ein Bier haben wollte, weil er einen höllischen Tag gehabt hatte, dann würde er es sich genehmigen. Das hieß nicht, dass mit ihm irgendetwas nicht stimmte.

Sie hob den Kopf und schaute ihn mit unschuldiger Miene an. „Das habe ich auch nicht behauptet."

„Aber du hast aufgeschrieben, dass ich mir ein Bier nehmen will." Er griff nach einer Flasche Mineralwasser und ließ das Bier im Regal liegen. „Ich habe keine Lust, mir von dir meine Psyche analysieren zu lassen."

„Das haben die wenigsten Leute."

Tys Blick fiel auf ein Foto von Alexis, das an der Kühlschranktür hing. Spontan nahm er das Bild ab und zeigte es Cassie, die sich am Küchentisch auf einem der beiden Stühle niedergelassen hatte, die er tatsächlich ausgepackt hatte. Er deutete auf das Foto und sagte: „Alexis Hopkins. Meine Verlobte."

Cassie nahm das Bild, betrachtete es einen Augenblick und legte es vor sich auf den Tisch. „Okay, Ty. Ich habe verstanden. Du hast noch immer Angst, dass ich dich verfolge. Offensichtlich sollten wir über die Sache an Silvester reden."

„Der Kuss?" *Der Kuss.* Wie sollte er nur beiläufig darüber reden? Nein, es war alles in Ordnung. Der verdammte Kuss war ihm völlig egal.

Cassie nickte. „Ich muss dir sehr danken, dass du mich in der Situation gerettet hast. Ich hätte dich niemals küssen dürfen ..."

„Ist schon okay", erwiderte er. „Wirklich." Das war erledigt. Es gab keinen Grund, sich noch länger mit dem Kuss zu beschäftigen. Denn wenn er es tat, erinnerte ihn das daran, wie gut sie sich in seinen Armen angefühlt hatte, wie er den Kuss immer noch auf seinen Lippen schmeckte, wie leidenschaftlich und zügellos sie ihn geküsst und ihn damit bis in die innerste Faser seines Herzens aufgewühlt hatte und ...

„Gut, da bin ich froh." Sie rutschte auf ihrem Stuhl hin und her. „Aber trotzdem, ich weiß, du bist verlobt, und du hast von mir nichts zu befürchten."

„Nicht?" Das war doch eine gute Nachricht ... oder? Aber ja, doch!

„Ich bin nicht an dir interessiert", fuhr sie fort. „Es sei denn, als mein Klient." Doch sie schaute ihm dabei nicht in die Augen.

Als ob sie lügen würde.

Er hielt den Atem an.

Hatte der Kuss bei ihr die gleiche Wirkung gehabt wie bei ihm?

Schluss damit, Ty. Fang gar nicht erst an mit solchen Gedankenspielen. „Das ist gut“, erklärte er. „Ich bin auch nicht an dir interessiert, nicht einmal als Therapeutin, die mich von allem befreien kann, was mich bedrückt.“

Jetzt schaute sie ihm in die Augen. „Du lehnst meine Hilfe immer noch ab?“

„Du sagst das so, als würde ich leugnen, dass ich Hilfe brauche.“

„Genau.“

„Tue ich nicht.“

„Nein?“ Cassie machte eine ausschweifende Handbewegung. „Überall stehen Kartons. Du benutzt Papierteller und Plastikbesteck. Willst du Alexis zumuten, so zu leben?“

„Ich …“

„Wie viele Stunden arbeitest du in der Woche?“

„Ein paar.“ Jetzt hackte sie auch noch auf seinen Arbeitszeiten herum. Hatte sie noch nie etwas von Grenzüberschreitung gehört? Anscheinend nicht.

„Achtzig?“

„Manchmal.“ Er rückte seine Krawatte zurecht und bekämpfte das Gefühl, dass er sie enttäuschte. Warum sollte es ihm wichtig sein, was Cassie von ihm dachte?

„Was geht dich das an?“

Sie lächelte. „Du hast mich um meine Hilfe gebeten. Ich habe deine Kreditkarte bereits belastet. Deshalb geht es mich sehr wohl etwas an. Natürlich nur auf meine Position als Therapeutin bezogen“, beeilte sie sich hinzuzufügen.

Mann! Sie hatte ein sehr hübsches Lächeln. Er würde gerne zurücklächeln. Und genau deshalb schaute er sie böse an. „Ich bin verlobt.“

Cassie rollte die Augen, worauf sie jedoch zusammenzuckte und ihre Hand an den Kopf presste. „Schön. Erzähl mir von ihr."

Er verfluchte sich innerlich, dass er ihre Schmerzen nicht länger ignorieren konnte. Er mochte sie zwar nicht, aber er war schließlich kein Unmensch. Mit unbewegter Miene nahm er eine Eiskompresse aus dem Gefrierfach und reichte sie ihr. „Hier."

„Du hast zwar noch nicht deine Kartons ausgepackt, aber Eiskompressen hast du im Kühlschrank."

„Ich habe Probleme mit der Achillessehne."

Ihre Züge entspannten sich. „Der Mann gesteht eine Schwäche ein. Das ist ein gutes Zeichen."

Und wieder notierte sie etwas.

Das war gut, oder? Sie war glücklich, weil er eine Schwäche eingestanden hatte. Also war er kein komplettes Scheusal. Er fragte sich, was sie wohl tun würde, wenn er ihr das verdammte Gerät aus der Hand reißen und alle ihre Notizen lesen würde.

Nicht dass es ihn auch nur die Spur interessierte, was sie über ihn dachte.

„Dann erzähl mir von Alexis", forderte sie ihn auf.

„Was soll ich erzählen?"

„Wann zieht sie bei dir ein?"

„Sonntag in vier Wochen. Am achtzehnten Februar." So bald. Zu bald? Nicht bald genug. „Und ich kann es gar nicht erwarten, bis meine Verlobte endlich herkommt. Ich habe eine Verlobte." Nur für den Fall, dass sie es vergessen hatte.

Cassie richtete sich auf und trug eine demonstrativ überraschte Miene zur Schau. „Du hast eine Verlobte? Heißt das, du bist verlobt?"

Okay, er hatte den Punkt wohl etwas überstrapaziert.

„Entspann dich, Ty. Bei mir musst du keine Angst um

deine Tugendhaftigkeit haben.“ Sie schürzte die Lippen und malte mit dem Finger Linien auf den Holztisch. „Glaub mir. Ich weiß, was es heißt, betrogen zu werden, und würde das niemand anderem antun.“

Schuldgefühle begannen in ihm zu nagen. Hier saß er und plauderte über seine Verlobte, wo doch Cassie ihren Verlobten verloren hatte. Ty ging zum Tisch hinüber und setzte sich ihr gegenüber. Auch wenn er sie als Person nicht mochte, so schuldete er ihr dennoch eine Entschuldigung für sein unsensibles Benehmen. „Es tut mir leid, dass ich permanent von meiner Verlobten rede. Es war unhöflich und gedankenlos.“

Cassie lächelte und berührte seinen Arm. Die Berührung jagte ein Prickeln durch seinen Bizeps. Nicht, dass er es bemerkt hätte. „Mach dir keine Sorgen. Es geht hier um *dich.* Mach dir um mich keine Sorgen.“

Sich keine Sorgen um sie machen? Die Frau wäre fast in Ohnmacht gefallen, als der Bastard Drew aufgetaucht war. „Sag mir Bescheid, wenn er dich belästigt.“

Fragend blickte sie ihn an. „Wieso?“

„Weil ich ihm dann einen Tritt in den Hintern verpassen werde.“

Cassie lachte schallend. „Wenn das nicht ein galanter Held ist!“ Sie tätschelte seinen Arm. „Es freut mich, dass du meine Probleme lösen willst, aber glaub mir, es geht mir gut. Hast du jemals darüber nachgedacht, dass eine der Ursachen deines gestressten Zustands darin besteht, dass du jeden in deiner Umgebung retten willst, anstatt dich um dich selbst zu kümmern?“

„Da liegst du falsch. Ich versuche nicht, mich um andere zu kümmern. Schön, ich habe angeboten, mir Drew vorzuknöpfen. Na und? Ich dachte, es würde dir gefallen. Ist es nicht das, was alle Frauen sich wünschen? Jemanden zu haben, der sich um sie kümmert und sie beschützt?“

Cassie sah ihn mit hochgezogenen Brauen an. „Manche Frauen vielleicht. Ich persönlich stehe nicht darauf – oder zumindest nicht mehr."

„Weil Drew dich traumatisiert hat."

Sie kniff die Augen zusammen. „Er hat mich nicht traumatisiert. Es geht mir bestens. Ich habe keine Probleme, und ich brauche keine Hilfe."

Sie zog ihre Hand von seinem Arm zurück. Es war interessant, wie lange sie sie dort hatte liegen lassen. Und noch interessanter war, dass es ihnen beiden nicht in den Sinn gekommen war, sich zu bewegen. „Also erzähl mir von Alexis."

„Wir kennen uns seit unserer Kindheit. Wir sind seit über zwanzig Jahren befreundet."

Cassie nickte, machte sich aber keine Notizen. „War es Liebe auf den ersten Blick?"

„Wir lieben uns wie Freunde, seit wir sechs waren." Wie sollte er Cassie nur verständlich machen, dass ihn und Alexis keine Leidenschaft verband?

Er würde es nicht erzählen.

Es war nicht fair, Alexis auf diese Weise zu verraten. Es war ja auch nicht von Bedeutung. Sie brauchte ihn. Er würde für sie da sein. Und Schluss.

„Und wann hast du dich in sie verliebt?"

„Vor zwei Jahren kamen ihre Eltern bei einem Verkehrsunfall ums Leben."

Cassies Gesicht wurde bleich, und wieder berührte sie seinen Arm. Und wie vorher spürte er ein prickelndes Gefühl, dass durch seinen Körper jagte. Verdammt lästig. Er runzelte die Stirn und zog seinen Arm weg. „Alexis war das einzige Kind, und sie war am Boden zerstört."

„Natürlich." Cassies Stimme war weich und mitfühlend. Die Stimme einer Frau, die ihr weinendes Kind auf den Arm nehmen und es an sich drücken würde, bis die Tränen versiegt waren.

Für ein weinendes Kind war das natürlich eine tolle Sache. Nicht für ihn. Ty hatte ganz bestimmt keine mitfühlende Frau nötig. „Ihre Eltern hatten sie noch unterstützt, denn sie war in der Ausbildung. Als sie starben, verlor sie ihren Unterhalt."

„Da hast du die Ausbildungskosten übernommen?"

Er zuckte die Achseln. „Sie war wie eine Schwester für mich. Sie ist schon immer meine beste Freundin gewesen."

„Also … du begannst, ihren Lebensunterhalt zu finanzieren. Hast du sie da gefragt, ob sie dich heiraten will?"

„Nach der Beerdigung."

„Weil du nicht wolltest, dass sie allein ist, oder weil du sie wie eine Frau liebtest?"

Ty hatte das Gefühl, ihm würde die Kehle zugeschnürt. Wie um alles in der Welt hatte das Gespräch in diese Sackgasse geraten können? Er hatte um Alexis Hand angehalten, weil sie so traurig und verloren ohne Familie am Grab ihrer Eltern gestanden hatte. Er konnte diesen Anblick nicht ertragen, deshalb hatte er ihr gesagt, dass er sie heiraten werde, damit sie nie mehr allein wäre.

Und sie hatte Ja gesagt.

Sie waren seit zwei Jahren verlobt, hatten aber noch nie miteinander geschlafen.

Sie wollte Kinder, also mussten sie es wohl irgendwann tun, nahm er an.

Eigentlich hatte er sie noch nie völlig nackt gesehen – auch nicht teilweise nackt.

Doch sobald sie bei ihm eingezogen war, würde sich das vermutlich ändern.

Vielleicht würden sie ja auch warten, bis sie verheiratet waren.

Dann würde es sich ergeben. Er würde dafür sorgen, denn

sie wollte Kinder. Und er würde ihr geben, was sie wollte. Verdammt!

„Ty? Warum hast du sie gebeten, dich zu heiraten?"

Er schob den Stuhl zurück und stand auf. „Ich glaube, du hast jetzt genug gesehen, um zu der Erkenntnis zu gelangen, dass ich keine Hilfe brauche."

„Ich habe genug gesehen, um zu dem Schluss zu kommen, dass du meine Hilfe nicht willst."

Er warf ihr einen finsteren Blick zu. „Aber das interessiert dich nicht?"

„Nicht im Geringsten." Cassie reichte ihm die unbenutzte Eiskompresse.

Merkte sie denn nicht, dass sie nicht so stark war, wie sie glaubte? Warum ließ sie sich nicht helfen? Es war doch nur eine Eiskompresse. Sie musste doch nicht ihre gesamte Unabhängigkeit und Freiheit dafür aufgeben. Er nahm die Kompresse und warf sie auf den Küchentresen. Sie rutschte über die glatte Arbeitsplatte und fiel auf der anderen Seite mit einem leisen *Klatsch* auf den Boden.

Cassie hob eine Augenbraue. „Ein bisschen verspannt?"

„Nein."

Skeptisch hob sie auch noch ihre andere Augenbraue.

Wütend sah er sie an.

Sie wartete.

„Vielleicht bin ich ja ein wenig verspannt. Aber es gefällt mir. Es hält mich munter.

Sie lächelte. „Was gefällt dir am besten? Schnee, Kochen, Brettspiele oder Putzen?"

„Wer mag schon Putzen?"

„Manche Leute durchaus. Es beruhigt sie, weil, wenn sie damit fertig sind, alles, was sie sauber gemacht haben, … äh … sauber ist."

„Mich nicht."

Sie betrachtete den Stapel Kartons, der neben ihm stand. Eine leise Stimme in seinem Innern flüsterte ihm zu, dass es schön wäre, wenn das Haus endlich eingerichtet wäre. Nicht, dass er das etwa zugeben würde. „Schnee."

„Gut. Sonntag in einer Woche komme ich wieder. Um zwölf Uhr mittags. Zieh dir was Warmes an."

„Ich muss arbeiten."

„Am Sonntagmittag? Kein Wunder, dass du gestresst bist."

„Du arbeitest ja auch am Sonntag."

Sie nahm sein Kinn in die Hand, als ob ein süßer Zehnjähriger vor ihr säße. „Stimmt. Ich liebe meinen Job eben."

„Ich meinen auch ..."

Doch sie durchquerte schon den Flur – in ihren marineblauen Schuhen und dem engen blauen Rock.

Was machte es schon aus, dass er sich in ihrer Gesellschaft so wohl fühlte wie schon seit Jahren nicht mehr? Der Grund dafür war nicht, dass er etwa hinter ihr her war oder dass ihr Kuss sein Blut noch immer in Wallung versetzte. Es lag daran, dass sie ihren Job beherrschte.

Oder etwa nicht?

Er wollte es lieber erst gar nicht herausfinden. Ob gestresst oder nicht, er würde ihr einen Korb geben. Es gab Fragen, die man besser unbeantwortet ließ.

„Ich werde am Sonntag nicht hier sein!", rief er.

„Überleg es dir. Du wirst es nicht bereuen."

Niemals.

Er musste sie vergessen.

Sofort.

5. KAPITEL

Am Sonntag um 11.59 Uhr hielt Cassies Wagen wie versprochen vor Tys Haus. Cassie vergab sich nichts, zu einem ihrer Termine pünktlich zu erscheinen, denn schließlich war nichts zwischen ihr und Ty.

Sie hatte ihr Haar zu einem ordentlichen Knoten gebunden und ihre Beine mit einer flanellgefütterten Jeans vor dem beißenden Wind geschützt. Sie trug einen hübschen Wollpullover, dezent elegante pelzgefütterte Stiefel und ihren neuen Parka – warm, tailliert und schick. Sie sah höchst professionell aus, und sie war bereit für ein Stressabbau-Abenteuer.

Denn das war es, was Ty brauchte. Und es war ihr Job, ihm dazu zu verhelfen. Sie musste nur herausfinden, was wirklich mit seiner Arbeit und seiner Verlobten los war. Dann hätte sie alle Informationen zusammen, um einen Therapieplan für ihn entwerfen zu können.

Und sollte jemand neugierig sein: Sie interessierte sich aus rein professionellen Gründen für seine Verlobte. Und es war egal, dass sie nur drei Wochen Zeit für die Therapie hatte, bevor Alexis anreisen und das Ergebnis begutachten würde.

Einundzwanzig Tage, bis seine Verlobte bei ihm leben würde.

Fünfhundertvier Stunden, um ihn fit zu machen für diese Frau.

Cassie fand, dass er ziemlich gut so war, wie er war. Aber schließlich war nicht sie es, die seinen Ring tragen würde.

Nein, das war sie ganz bestimmt nicht.

Cassie straffte die Schultern, ging zum Eingang und klopfte energisch an die Tür. Sie zog die Ärmel ihrer Jacke über die Hände. So was Dummes! Wieso hatte sie keine Handschuhe angezogen?

Niemand kam zur Tür.

Cassie klopfte noch einmal.

Immer noch kein Ty.

Mit der Hand beschirmte Cassie ihre Augen und spähte durch das Fenster neben der Tür. Überall standen Kartons und wahllos verteilte Möbel. Aber von Ty keine Spur.

Was sollte das bedeuten? Der Kerl hatte zwar angekündigt, dass er nicht da sein würde, aber seit wann sagte denn ein Mann Nein zu einer Frau und meinte es auch so? Das konnte überhaupt nicht sein. Wenn Männer Nein sagen könnten, wäre Drew so treu und ehrlich wie … Okay, vielleicht nicht gerade Drew.

Sie trat einen Schritt zurück und rief zu den Fenstern im ersten Stock hinauf. „Ty!“ Wahrscheinlich kauerte der Kerl in der hintersten Ecke seines Wandschranks und war völlig fertig mit den Nerven, weil er zu viel Stress und zu wenig Spaß hatte. „Ich bin's! Mach auf!“

Doch alles blieb still. Das war gar nicht gut. Er war bestimmt schon ins Koma gefallen. Ihr stockte der Atem. Oh Gott! War er dermaßen gestresst? „Ty!“

Gütiger Himmel! Vielleicht hatte er einen Anfall und lag hilflos auf dem Boden seines Schlafzimmers! „Ty!“ Sie rüttelte an der Eingangstür, doch die war verschlossen.

Verdammt. Sie musste da rein!

Cassie rannte zur Rückseite des Hauses und rüttelte an der Hintertür. Verschlossen! Was fiel ihm nur ein, eine Stressattacke hinter verschlossenen Türen zu bekommen? Sie würde noch einen Herzinfarkt bekommen vor Sorge um ihn!

Sie musste irgendwie in das Haus kommen, bevor er einen Schlaganfall erlitt. Was, wenn seine Verlobte herkäme und ihn im Krankenhaus fände – die linke Seite seines Körpers gelähmt? Und es wäre alles Cassies Schuld! „Ty! Bist du da drin?“

Er war wahrscheinlich bewusstlos! Was, wenn er einen Schlaganfall erlitten hatte, als er gerade oben an der Treppe stand, und dann heruntergefallen war und sich das Genick gebrochen hatte?

Das reichte. Sie würde irgendwie in dieses verflixte Haus kommen – *sofort.* Cassie rannte wieder nach vorn und versuchte jedes Fenster, an dem sie vorbeikam, aufzudrücken. Sie wollte sich schon durch eine der Scheiben stürzen, als sich endlich eins der Fenster öffnen ließ. Treffer!

Sie drückte das Fenster hoch, stütze ihre Handflächen auf die Fensterbank und schwang sich ins Haus. Oder besser gesagt: Sie hievte ihre Hüften auf die Fensterbank, robbte unbeholfen hindurch und landete mit dem Gesicht auf dem Teppich.

Sie rappelte sich auf und ließ ihren Blick durch den Raum schweifen. War das das Esszimmer? Schwer zu sagen, so vollgestopft mit Kisten und übereinandergestapelten Tischen, wie es war.

Von Ty keine Spur.

„Ty!“ Sie ignorierte das Bedürfnis, ihren PDA zu zücken und Notizen über seine Haushaltsführung niederzuschreiben, sondern lief durch das komplette Erdgeschoss seines Hauses. Kein Ty.

Keuchend stürmte sie die Treppe hoch. Sie war nicht gerade in bester Form. Jeden Augenblick konnte sie einer Herzattacke zum Opfer fallen. Drei Schlafzimmer. Zwei Bäder. Kein Ty.

Cassie blieb in dem einzigen Zimmer mit einem Bett stehen. Ihre Lungen schienen zu platzen. Okay. Das war offensichtlich sein Zimmer, und er war nicht hier. Er lag nicht zusammengekrümmt im Wandschrank. Er wand sich nicht, von einem Anfall geschüttelt, am Boden. Er war ganz einfach nicht zu Hause.

Dann musste er, daran gab es jetzt keinen Zweifel, wohl irgendwo tot auf dem Highway liegen.

Sie zog ihr Handy hervor, um den Notdienst zu verständigen, damit man die Straßen absuchte. Doch unvermittelt hielt sie inne. Moment mal! Es war eine Sache, hier allein verrückt zu spielen, aber vielleicht wäre es doch besser, zunächst noch einmal die Fakten zu überprüfen, bevor sie die Nationalgarde verständigte.

Cassie öffnete ihren PDA und rief die Notizen von ihrem letzten Gespräch mit Ty auf. Ja, sie hatte ihm gesagt, dass sie heute um zwölf Uhr mittags hier sein würde. Sie hatte sich also nicht in der Zeit geirrt. Doch Moment mal. Er hatte gesagt, dass er bei der Arbeit sein würde.

Arbeit? Niemals.

Mit klopfendem Herzen drückte Cassie die Kurzwahltaste für Tys Büro.

Er hob beim ersten Klingeln ab.

Und sie hängte ein.

Verdammt.

Er war bei der Arbeit.

Nicht tot.

Bei der Arbeit.

Genau, wie er gesagt hatte.

Cassie ließ sich rücklings auf sein Bett fallen. Sie war zu erledigt, um sich noch länger auf den Füßen halten zu können.

Er war in Sicherheit.

Eine geschlagene Minute starrte sie an die Zimmerdecke, bevor die Panik, die von ihr Besitz ergriffen hatte, langsam verebbte. Nun war sie wieder in der Wirklichkeit gelandet.

„Oh mein Gott! Ich habe den Verstand verloren.“ Es war unzweifelhaft. Sie hatte komplett ihren Verstand und den Sinn für die Realität verloren.

Seit wann gingen ihr grundlos die Nerven durch, weil ein Klient seinen Termin verpasste? Nie. Sie hatte die Situation völlig falsch interpretiert. Eine grobe Fehleinschätzung des

Geisteszustandes ihres Klienten. Wenn sie sich jemals in ihren Sitzungen einen solchen Schnitzer erlauben würde, hätte der Klient jeden Kunstfehlerprozess schon gewonnen.

Ty hatte den Termin nicht eingehalten – na gut. Aber warum war sie dermaßen ausgeflippt?

Weil sie am Boden war. Ihr Büro war in einem chaotischen Zustand. Sie war besessen von einem Klienten. Sie hatte sein Vertrauen missbraucht. Alle Symptome waren vorhanden. Vielleicht arbeitete sie im falschen Beruf. Vielleicht war sie nicht gefestigt genug, um anderen zu helfen. Vielleicht war ihr ganzes Leben nur eine einzige Selbsttäuschung.

Nein.

Cassie setzte sich auf.

Okay, sie war ausgeflippt. Es war vorbei. Keiner hatte es mitbekommen, und es lag nun hinter ihr. Sie hatte sich abreagieren müssen, aber jetzt, da sie alles rausgelassen hatte, ging es ihr bestens.

Ab sofort hatte sie ihre Gefühle wieder absolut unter Kontrolle. Sie war ruhig, gefasst und souverän.

Und was stand als Nächstes auf ihrem Plan? Sie musste sich um den unzuverlässigen Ty Parker kümmern. Glaubte er etwa, er könne sie kaltstellen, indem er sich weigerte, sie heute zu treffen?

Ha! Er hatte keine Ahnung, mit wem er es zu tun hatte. „Ty, zieh dich warm an. So schnell bist du mich nicht los."

Und der erste Schritt? Raus aus Tys Haus, bevor er nach Hause kam und sie auf seinem Bett fand. Dann hätte sie keine Chance, sich herauszureden.

6. KAPITEL

Ty reckte die Arme über dem Kopf und gähnte. Es war schon fast Mittagszeit am Dienstag, und er saß bereits seit sechs Stunden an seinem Schreibtisch. Zusammen mit dem Dreizehnstundentag gestern und seinem Arbeitsmarathon am Wochenende hatte er den Berg von liegen gebliebener Arbeit fast abgetragen.

Wieso rechnete er überhaupt die Stunden nach? Seit wann interessierte es ihn, wie viel er arbeitete?

Es lag an Cassie. Er konnte schon fast ihre Stimme im Ohr hören, die ihn fragte, ob die vielen Stunden wirklich nötig wären.

Er nahm einen Kugelschreiber in die Hand und tippte damit auf die glänzende Mahagoniplatte seines Schreibtischs.

Ob Cassie am Sonntag wohl zu seinem Haus gekommen war, wie sie es angekündigt hatte? Er konnte es kaum glauben, dass er es geschafft hatte, nicht nach Hause zu eilen und nachzusehen, ob sie dort war. Nicht, dass er sie etwa hätte treffen wollen – er war einfach neugierig. Er hätte nur überprüfen wollen, wie hartnäckig sie war. Sonst nichts.

Er wollte ihre Hilfe nicht.

Er brauchte ihre Hilfe nicht.

Und er hatte definitiv kein Interesse daran, sie zu sehen.

Ein leises Klopfen erklang an seiner Bürotür.

„Herein." Er warf den Kugelschreiber beiseite, verschränkte die Hände hinter dem Kopf und erwartete, seine Sekretärin eintreten zu sehen.

Doch es war nicht der elegant gestylte Haarschopf seiner Sekretärin, der sich durch den Türspalt schob.

Es war ein straff gebundener Knoten blonden Haars, der zu der Stresstherapeutin gehörte, die sich nicht feuern lassen wollte. Er setzte sich auf, sein Herz schlug schneller. „Cassie?

Was tust du hier?“

„Nettes Büro.“ Sie trat ein, ohne auf seine Aufforderung zu warten, und stieß mit der Fußspitze die Tür zu.

Sie trug ein anthrazitfarbenes Kostüm und dazu flache Pumps. Viel zu konservativ für eine so energische und leidenschaftliche Frau. Sie sah aus wie eine Anwältin. Eine sehr attraktive allerdings, deren Augen strahlten und deren gerötete Wangen im Kontrast zu dem biederen Styling standen. Und natürlich, sobald sie den Mund aufmachte, zeigte sich sofort die Persönlichkeit, die er so reizvoll fand. Ähem! Die Persönlichkeit, die er so *lästig* fand.

„Mache ich dich nervös?“, erkundigte sich Cassie.

„Überhaupt nicht. Wieso?“

„Wenn du weiter so auf deinem Stuhl hin- und herwippst, werden die Kugellager durchbrechen.“

Augenblicklich hielt er inne. „Was führt dich hierher?“

„Unser Lunchtermin.“

„Unser was?“

„Du musst doch essen, oder?“

„Manchmal.“ Er hätte niemals eine Verabredung mit Cassie zum Lunch vergessen. Wenn sie zum Lunch verabredet gewesen wären, hätte er dafür gesorgt, dass er nicht im Büro gewesen wäre. „Aber wir haben uns nicht zum Lunch verabredet.“

„Haben wir nicht? Mensch! Ich bin das reinste Chaos, nicht wahr?“

Chaos war nicht unbedingt der Begriff, den er gewählt hätte, als er die blonden Haarsträhnen, die sich aus ihrem Knoten gelöst hatten, ihre wohlgeformten Beine und ihr verschmitztes Lächeln betrachtete. Sie wusste sehr genau, dass sie sich nicht zum Lunch verabredet hatten. Er bewunderte ihre Dreistigkeit – und sie brachte ihn gleichzeitig auf die Palme. „Du bist nicht das reinste Chaos!“, platzte es aus ihm heraus.

„Nicht?", antwortete sie. „Stell dir vor, ich dachte, wir hätten uns für vergangenen Sonntag verabredet. Ich blöde Kuh bin doch tatsächlich vor deinem Haus aufgekreuzt. Kannst du dir das vorstellen?"

Sie war tatsächlich gekommen!

Nicht, dass ihm etwas daran lag. „Ich habe dir doch gesagt, dass ich nicht da sein würde."

„Ich weiß." Sie ließ sich auf einen der Stühle plumpsen. „Und ich habe dir nicht geglaubt. Wie gesagt, ich blöde Kuh. Geschäftsleute wie du scherzen nicht, wenn es um Termine geht, richtig?"

Sie war so respektlos, so witzig, ging so herrlich locker über die ganzen üblichen Förmlichkeiten hinweg. Schon bei ihren früheren Begegnungen war sie forsch aufgetreten, doch heute zeigte sie eine noch stärkere Entschlossenheit und neue Energie. Er fragte sich, was wohl die Veränderung bewirkt haben mochte. „Du hast Drew nicht wirklich geliebt, oder?"

Ihre Miene erstarrte. „Warum sagst du das?"

„Weil du erst vor sechs Wochen mit ihm Schluss gemacht hast, und trotzdem sitzt du hier und plauderst, als ob du keine Sorgen hättest. Das könntest du nicht, wenn du ihn wirklich lieben würdest."

Was hatte Ty damit zu schaffen, ob sie Drew liebte oder nicht? Es ging ihn überhaupt nichts an.

Dennoch nahm er die Bemerkung nicht zurück. Er wartete ganz einfach, dass sie seine Annahme bestätigte.

„Also, wohin möchtest du zum Lunch?", fragte sie stattdessen und ignorierte seine Frage völlig.

Schlagartig wurde ihm bewusst, dass er niemals ihres Mutes und ihrer völligen Missachtung seiner Versuche, sie zu kontrollieren, überdrüssig werden würde. Sie versprühte ein Feuer und eine Lebensfreude, die ihm völlig verloren gegangen waren.

„Ich habe schon ein Meeting zum Lunch", erwiderte er. „Und außerdem muss ich sowieso arbeiten." Er deutete mit dem Kinn auf die Akten, der sich auf seinem Schreibtisch stapelten.

„Wo ist dein Chef? Ich werde mit ihm reden."

Er schmunzelte. „Ich bezweifle nicht, dass du das tun würdest. Aber ich habe keinen Chef."

„Hast du nicht?" Sie schaute ihn erstaunt an. „Diese Firma gehört dir?"

„Ja, das tut sie. Ich arbeite allein. Ich habe mich in die Bürogemeinschaft hier eingemietet. Meine Sekretärin ist meine einzige Angestellte."

„Tatsächlich? Aha." Cassie zog ihren PDA aus der Tasche und machte ein paar Notizen.

„Aha, was?" Zum ersten Mal ärgerte ihn ihre Notizenmacherei nicht, sondern ein warmes Gefühl breitete sich in seiner Magengrube aus.

Sie sorgte sich um ihn.

Egal, dass sie es nur tat, weil er sie dafür bezahlte.

Tatsache war, dass sie sich Gedanken machte, ob es ihm gut ging.

Und das gefiel ihm.

„Ich bin verlobt."

„Oh, um Himmels willen, fang nicht schon wieder damit an!" Sie ging zur Tür hinüber und nahm seinen Wollmantel vom Haken. „Zieh dich an und lass uns gehen. Ich habe Hunger, und wenn ich Hunger habe, werde ich unleidlich. Und glaube mir, das ist kein schöner Anblick."

„Du und unleidlich? Kann ich mir gar nicht vorstellen."

„Kleiner sarkastischer Anflug?" Sie nickte beifällig. „Ist immer ein schmückender Charakterzug."

„Das Kompliment kann ich zurückgeben."

Cassie schaute Ty eindringlich an. „Okay, Ty. Lass uns eine

Abmachung treffen. Du kommst mit mir zum Lunch. Du beantwortest ein paar Fragen. Wenn du mich überzeugst, dass du gut zurechtkommst und meine Hilfe wirklich nicht willst, werde ich dich in Ruhe lassen." Sie lächelte. „Aber das Geld behalte ich."

Sie hielt ihm den Mantel hin und wartete.

Das war doch leicht. Er brauchte nur ein paar Fragen zu beantworten und wäre Cassie für immer los. Verflucht, wieso machte ihn der Gedanke so wütend? Er würde sich freuen, Cassie nicht mehr sehen zu müssen und, um es zu beweisen, würde er mit ihr zum Lunch gehen und ihre Fragen beantworten.

Und das nächste Mal würde er auf keinen Fall im Voraus zahlen. Das entzog ihm jegliche Kontrollmöglichkeit.

Er nahm ihr den Mantel ab, wobei seine Finger die ihren streiften.

„Und nur zu deiner Information: Ich lasse alle meine Kunden im Voraus zahlen. Denn es ist gar nicht so selten, dass sie mich mittendrin feuern wollen. Bilde dir also nicht ein, dass du etwas Besonderes bist." Sie warf ihm ein Lächeln über die Schulter zu und ging durch die Tür.

Super. Das hatte gerade noch gefehlt, dass sie nun auch noch seine Gedanken lesen konnte. Als wenn sie ihm ohnehin nicht schon viel zu nahe gekommen wäre.

Als er durch die Tür ging, nahm er den zarten Hauch eines blumigen, femininen Parfums wahr. Herrlich verlockend.

Es würde ein langer Lunch werden.

Cassie versuchte, sich auf den Behandlungsplan zu konzentrieren, während Ty sie – mit einer Hand umfasste er ihren Ellbogen – den Gehsteig entlangführte. Er achtete sogar darauf, dass er auf der der Straße zugewandten Seite ging. Für den Fall, dass ein außer Kontrolle geratenes Taxi über den Bordstein fegen und in ihre Richtung schleudern würde. Natürlich tat er das nicht, weil sie ihm mehr bedeutete. Es war ganz einfach seine Art. Aber es machte es ihr ganz schön schwer, sich auf das zu konzentrieren, was sie mit dem Lunch erreichen wollte.

Mal überlegen ... Genau. Infos über seine Arbeit und über Alexis. Das dürfte nicht schwer sein. Zwei Fragen, und dann könnte sie schon verschwinden, bevor der Lunch überhaupt serviert wurde.

Ty öffnete die getönte Glastür und hielt sie für sie auf. „Ist dir das Lokal recht?"

„Klar." Als sie hineinging, streifte ihre Schulter seine Brust. Das war nicht beabsichtigt! Sie war ja keine Irre, die jede Gelegenheit ausnutzte, um sich an ihn ranzuschmeißen!

Denk an was anderes als an Ty! Okay, das sollte kein Problem sein, obwohl er seinen Arm um ihre Schultern gelegt hatte, um sie vor den Massen an Geschäftsleuten zu beschützen, die im Eingangsbereich auf einen freien Tisch warteten.

Handys klingelten, Stimmen schwirrten laut durcheinander, und Körper rempelten gegeneinander, um einen guten Platz an der Wand zu ergattern. Es war wie bei ihren Treffen zum Lunch mit Drew.

Igitt! Drew. Das war bestimmt nicht das geeignete Thema, um sie von dem Gedanken abzulenken, dass sie gerade gegen Tys Brust gedrückt worden war und sein Aftershave tief eingeatmet hatte.

Komm wieder runter, Cassie! Dies war schließlich ein Geschäftsessen.

„Ist immer das Gleiche, nicht wahr?"

„Wie was?" Ty nickte dem Maître zu, der ihm ein flüchtiges Lächeln schenkte und dann seine Nase wieder in das kleine, schwarze Buch steckte.

„Ich habe Drew immer jeden Mittwoch zum Lunch in der Stadt getroffen. Es war ein ähnliches Lokal." Was sollte das jetzt? Hatte sie sich nicht fest vorgenommen, nicht mehr an den Mistkerl zu denken?

„Du hast also regelmäßig den weiten Weg in die Stadt auf dich genommen, um Drew zum Lunch zu treffen?“ Ty verschränkte die Arme und schaute Cassie unverwandt an. Mit seinem Körper hielt er ihr die rempelnde Menge vom Leib.

Warum nur musste er jetzt wieder nach Drew fragen? Sie hatte es endlich geschafft, eine ganze Millisekunde lang nicht an den Kerl zu denken, und da kam Ty daher und brachte ihn wieder ins Gespräch. Männer! So unsensibel.

„Cassie?“

Nein, das war gut. Sie sollte es als Übung begreifen: Sie würde dabei lernen können, über Drew zu sprechen, ohne gewalttätig zu werden. „Ja, ich habe ihn regelmäßig zum Lunch in der Stadt getroffen.“ In ihrer Stimme war nicht das kleinste Zittern zu hören. Sie war so stark. Wie Eisen.

„Wieso?“

Cassie runzelte die Stirn. „Weil es die einzige Zeit war, in der wir uns sehen konnten. Er war befördert worden und war gezwungen, unter der Woche in der Stadt zu bleiben. Deshalb bin ich reingefahren, damit wir uns sehen konnten.“ Machte sie das nicht toll? Die Worte kamen ihr ganz leicht über die Lippen. Ihr Ausraster in Tys Haus schien offensichtlich nur eine einmalige Verirrung gewesen zu sein, die vermutlich durch eine Magenverstimmung hervorgerufen worden war.

Ty sah sie erstaunt an. „Er hat die ganze Woche über in der Stadt geschlafen und nicht die einstündige Fahrt von Gardenbloom in Kauf genommen?“

„Ja. Er musste arbeiten …“ Ihre Stimme versagte, als sie in Tys ungläubiges Gesicht blickte. „Was denn?“

„Nichts.“ Er nickte zum Maître hinüber. „Unser Tisch ist frei.“ Ty legte Cassie die Hand auf den Rücken, während er sie durch die Menge führte. „Bitte nach dir.“

„Wieso hast du mich so angeschaut?“

„Nur so. Hier geht’s lang.“

Ty wich ihr aus. Was war denn so komisch daran, dass Drew in der Stadt geblieben war? Dass Drew sich jede Woche Zeit für sie genommen hatte, war doch ein Zeichen seiner tiefen Liebe gewesen … mit dem kleinen Schönheitsfehler, dass es doch keine tiefe Liebe gewesen war. Er war ein lügnerischer, falscher Schweinehund …

Oh Mann! Cassie blieb abrupt stehen, und Ty prallte auf ihren Rücken. „Cassie? Was ist los?“

War Drews kleine Lunchverabredung jede Woche nur ein Trick gewesen, um etwaiges Misstrauen wegen seiner langen Arbeitszeiten zu zerstreuen? Hatte er sich schon öfters mit anderen Frauen vergnügt vor der besagten Nacht vor der Hochzeit? War das schon die ganzen zwei Jahre so gegangen?

„Cassie? Alles in Ordnung?“ Ty packte ihren Arm. Sein Griff war fest und stark. „Du siehst ein wenig blass aus.“

„Mir … sind gerade … die Augen aufgegangen.“

„Nach deiner Miene zu urteilen, scheint es was Schlimmeres zu sein.“ Er hielt sie fester. „Komm, setzen wir uns an den Tisch.“

„Nein …“ Sie versuchte, seine Hand abzuschütteln. „Nicht hier.“

„Unsinn, das Essen ist hervorragend. Ich esse fast jeden Tag hier.“

„Ty …“ Ihre Knie gaben nach, der Raum schien sich zu drehen. War sie ein dummer Naivling gewesen?

Sah ganz danach aus.

Drew hatte sie bereits seit zwei Jahren betrogen. Mindestens. Das sah sie auf einmal sonnenklar. Überstunden? Vier Nächte die Woche in der Stadt übernachten, weil er bis spät in die Nacht arbeiten musste? Ein wahnsinnig inniger Lunch einmal pro Woche, um sie zu verwöhnen, damit sie weiter das

Gefühl hatte, von ihm angebetet zu werden?

Sie war eine echte Vollidiotin gewesen.

„Komm, setz dich hierher." Ty drückte sie auf einen Stuhl und rückte ihn für sie an den Tisch.

Er setzte sich ihr gegenüber und beugte sich vor. „Was, zum Teufel, ist mit dir los?"

„Nichts." *Sei stark. Drew ist es nicht wert.*

„Lüg mich nicht an." Ty hatte die Stirn in besorgte Falten gelegt – ein Muskel seiner Wange zuckte. „Sag schon."

Cassie holte tief Luft.

Sie griff nach dem Kristallglas, das vor ihr stand und nahm einen großen Schluck Wasser.

Dann setzte sie das Glas ab.

Auf den Rand ihres Tellers.

Nur Tys schneller Reaktion war es zu verdanken, dass das Glas nicht umkippte und sich sein Inhalt über das weiße Leinentuch ergoss.

Sie drückte ihre Finger gegen die Schläfen und schloss die Augen.

Dann begann sie, bis hundert zu zählen.

Sie spürte Tys Nähe, als er sich über den Tisch beugte. Sein Kopf war dicht neben ihrem, sein warmer Atem streifte ihre Wange. Leise flüsterte er: „Cassie, was machst du da?"

„Ich zähle bis hundert."

„Warum?"

„Damit mein Kopf nicht explodiert und mir vom Hals fällt."

„Ich glaube nicht, dass die Wahrscheinlichkeit sehr groß ist, dass das passieren könnte."

„Ich erlaube mir, anderer Meinung zu sein."

Ty legte seine Hand auf ihre Finger und zog sie von ihren Schläfen weg. „Cass, schau mich an."

Cass. Er hatte sie Cass genannt. Ein Kosename, so als hätten sie eine Beziehung, die mehr bedeutete. Und zu ihrem Unbehagen durchströmte sie dabei ein warmes, wohliges Gefühl. Gleichzeitig erfüllte es sie mit dem unbändigen Bedürfnis, schreiend aus dem Lokal zu stürmen, weil sie *keine* Beziehung hatten, die mehr bedeutete. Niemand war ihr Schatz. Sie war *allein.*

„Wenn du darüber reden möchtest, ich bin für dich da", sagte er.

Und das würde er auch sein.

Da war sie sich sicher. Ehrlich und verlässlich. Aha! Sie hätte nicht gedacht, dass diese Charakterzüge in den Genen eines Mannes zu finden sein würden. Aber vielleicht war Ty ja gar kein Mann. Vielleicht war er ein Alien von einem anderen Planeten. Ja, so musste es sein. Eine viel plausiblere Erklärung. Sie lächelte. „Danke."

„Ich meine es ernst."

„Ich weiß." Sie zögerte. „Alexis kann sich glücklich schätzen."

„Nein, kann sie nicht."

Sieh mal einer an. Er wiegelte nicht aus Bescheidenheit ab, sondern schien seinen Worten wirklich zu glauben. Interessant. „Warum kann sie sich nicht glücklich schätzen?"

„Weil sie vor zwei Jahren ihre Eltern verloren hat."

„Aber sie hat dich."

„Das ist nicht dasselbe."

„Nein, das nicht. Aber du bist ihre Gegenwart und ihre Zukunft. Deine Liebe wird ihr Leben wunderschön machen."

Tys Miene verdüsterte sich, und er umklammerte sein Wasserglas noch fester.

„Ty?"

„Ich möchte nicht über Liebe sprechen."

Ah! Ein wunder Punkt? „Warum nicht?"

„Du hast mich nach meiner Arbeit gefragt."

„Habe ich." Sie hatte außerdem nach der Liebe gefragt, aber sie verzichtete im Moment lieber darauf, ihn darauf hinzuweisen. Timing. Auf das richtige Timing kam es an. „Erzähl mir von deiner Arbeit."

„Vor zehn Jahren habe ich mich selbstständig gemacht."

„Und wie läuft das Geschäft?" Schlug sie sich nicht bravourös? Sie holte mit vollendeter Finesse alle nötigen Informationen aus ihrem Klienten heraus. Sie war wieder voll auf der Höhe – besser denn je. War sie nicht ein echtes Stehaufmännchen?

„Die Geschäfte laufen hervorragend."

„Magst du deine Arbeit?"

Er zuckte deutlich zusammen, bevor er antwortete. „Ja."

Aha! *Da kommen wir dem Problem schon näher.* „Wenn du nicht für Geld arbeiten müsstest und jeden Job machen könntest, auch wenn du damit nichts verdienen würdest, was würdest du tun?"

„Eine Pizzeria eröffnen", erklärte er, ohne zu zögern.

Hey, das kam unerwartet. „Eine Pizzeria?"

Er nickte. „Eine, wie man sie in Kleinstädten findet – einfach und gemütlich. In der alle Bewohner der Stadt einkehren, um die beste Pizza weit und breit zu essen. In der der Besitzer die Geheimrezepte für Soße und Teig hütet, denn die ziehen die Leute immer wieder in den Laden."

„Hast du deshalb ein Haus in Gardenbloom gekauft? Weil du den Traum eines Tages verwirklichen willst?" Ty war ein bodenständiger Pizzamann. Das hätte sie niemals gedacht. Bedeutete das auch, dass er für seine Kinder Baumhäuser bauen würde? Ups! Persönliche Fantasien funkten ins Geschäftliche. Das konnte sie nicht durchgehen lassen.

„Ich habe das Haus für Alexis gekauft."

Alexis. Warum nur weckte der Klang dieses Namens in Cassie das unbändige Bedürfnis, gewalttätige Verhaltensweisen an den Tag zu legen? Interessant. „Sie will in Gardenbloom wohnen?“

„Sie sollte in einem Vorort leben.“

„Warum?“

„Weil es das ist, was sie verdient hat.“

„Und das hat nichts mit dem zu tun, was du willst?“

Tys Miene verdüsterte sich. „Mein Job ist es, mich um sie zu kümmern. Punkt.“

Also gut. Cassie hatte eine ziemlich klare Vorstellung davon, wie er sich deswegen fühlen musste. „Und was ist mit der Pizzeria? Hast du ihr davon erzählt?“

Er vermied es, ihr in die Augen zu sehen. „Nicht wirklich.“

„Hast du Andeutungen gemacht, um herauszufinden, ob sie darauf anspringt?“

„So könnte man es ausdrücken.“

„Lass mich raten. Sie konnte dem nichts abgewinnen?“ Was konnte eine Frau nur dagegen haben, dass ihr Mann sein Pendlerdasein beenden wollte, um eine zauberhafte Pizzeria nur fünf Minuten von zu Hause entfernt zu eröffnen? Das war doch perfekt! Sie könnten eine kleine Wickelstube im Hinterzimmer einrichten, damit Mama, Papa und das Baby zusammen sein konnten und …

„Sie braucht Sicherheit.“

Wer? Wovon redete Ty? Oh, richtig. Von der Frau, mit der er verlobt war – die mit dem schrecklichen Namen.

„Was völlig verständlich ist“, fuhr er fort. „Seit dem Tod ihrer Eltern ist ihr Leben sehr … ungewiss.“

„Lass mich das mal kurz rekapitulieren. Du möchtest deinen Job an den Nagel hängen, um eine Pizzeria zu eröffnen, und Gardenbloom wäre perfekt. Aber deine Verlobte möchte, dass du weiter in deinem Job arbeitest und dickes Geld verdienst, damit sie auf großem Fuß leben kann?“ Schien ja ein sympathisches Früchtchen zu sein. Vielleicht sollte sie Alexis mit Drew zusammenbringen. Und wer würde sich dann um den armen Ty kümmern? Als seine Therapeutin könnte Cassie natürlich ihre Dienste auch auf Verlustverarbeitung ausdehnen, um ihm bei der Bewältigung seines unverhofften Singledaseins zu helfen …

Ty rutschte auf seinem Stuhl herum. „Sie hat das nicht so gesagt. Es ist nur ein Gefühl, das sie mir gibt."

„Dann ist es ja kein Wunder, dass du gestresst bist." Also wirklich. Cassie fand immer mehr Geschmack an der Idee, Drew und Alexis zusammenzubringen. D. & A. – wie in Dumm & Arrogant. Interessanter Zufall. „Ich denke, du musst mit Alexis reden und ihr sagen, was du willst."

„Und sie damit belasten? Niemals."

War er nicht ein echter Held? Bereit, für die Frau, die er liebte, zurückzustecken. Es wäre keine schlechte Idee, Ty Benimmkurse für Jungs im Teenageralter abhalten zu lassen. Er könnte ihnen Manieren beibringen, bevor sie in das Alter kamen, in dem sie Frauen mit Heiratsversprechen an der Nase herumführten. „Woher willst du wissen, ob es sie überhaupt belasten würde? Du hast gesagt, du vermutest nur, was sie sagen würde."

„Wir sind seit zwanzig Jahren Freunde. Ich *kenne* sie."

„Tatsächlich?" Jetzt war er aber naiv. „Vielleicht bist du so gestresst, weil du sie vor der Welt beschützen willst. Dabei weißt du nicht einmal, ob sie überhaupt beschützt werden muss. Es wäre gut, wenn du sie fragtest, was sie möchte." Männer! Immer der gleiche Unwille, zu kommunizieren.

Ty warf ihr einen ärgerlichen Blick zu. „Ich heirate sie, um ihre Probleme zu lösen. Nicht, um ihr noch mehr aufzuhalsen."

„Ich dachte, man heiratet jemanden, weil man ihn liebt", entgegnete Cassie.

Bezeichnenderweise sah Ty aus wie ein Vulkan, der kurz

vor der Explosion stand. Seine Wangen glühten, die Augen funkelten schwarz, und ein Muskel seiner Wange zuckte. Doch er explodierte nicht. Er antwortete ganz einfach: „Ich sagte bereits, dass ich keine Lust habe, über Liebe zu reden.“

„Stimmt. Das scheine ich immer wieder zu vergessen. Tut mir leid.“ Höchst interessant. Vielleicht hatte die „Schwester“-Bemerkung von eben wirklich etwas zu bedeuten. Oder vielleicht war Cassie so verzweifelt auf der Jagd nach einem Mann, dass sie ihre eigenen psychotischen Wahnvorstellungen auf ihn übertrug.

„Das glaube ich dir nicht“, entgegnete er.

„Dass es mir leid tut oder dass ich es immer wieder vergesse?“

„Beides.“

Sie lächelte. „Da hast du recht. Es ist mein Job, nachzuhaken, bis ich auf die Ursache dessen stoße, was dich belastet. Und ich glaube, so langsam sehe ich klar.“

„Es hat nichts mit Alexis zu tun.“

Als ob Cassie das Glück haben dürfte, dass seine Beziehung zu Alexis sein Problem war.

Moment!

Was war das eben?

Eine kleine persönliche Sehnsucht mischte sich ins Geschäftliche?

Das war völlig inakzeptabel.

Das würde nicht noch einmal passieren.

Denn sie würde sowieso *niemals* wieder einem Mann vertrauen – komme, was wolle. Da sie also solo bleiben würde, warum sollte sie dann Zwist zwischen Ty und seiner Verlobten säen? Das wäre doch völlig sinnlos. Und überhaupt: Wer wollte denn schon einen Mann? Sie bestimmt nicht.

Cassie neigte ihren Kopf und musterte Ty. Ihr fiel auf, wie beneidenswert dicht seine Wimpern waren. Hatte Leo recht?

Fand sie ihn nur deshalb so attraktiv, weil er vergeben war und es deshalb eine sichere Sache für sie war, da sie niemals in die Verlegenheit kommen würde, ihr Herz aufs Spiel setzen zu müssen? Das rückte ihre feindselige Einstellung gegenüber Alexis in ein wenig schmeichelhaftes Licht.

Aber das war ohnehin alles egal, denn Cassie würde in Bezug auf Ty keinen weiteren Fantasien nachhängen.

Das Leben ging weiter.

Oder auch nicht.

Aber sie würde auf Nummer sicher gehen.

Sicherheit hatte oberste Priorität.

7. KAPITEL

Ty rieb sich die Augen, als er in die Einfahrt zu seinem Haus einbog. Es war eine lange Woche gewesen, aber endlich war Freitag. Er hatte fast jeden Abend bis Mitternacht gearbeitet, war erschöpft ins Bett gesunken, um schon wenige Stunden später wieder aufzustehen.

Und er hatte kaum an Cassie und ihren gemeinsamen Lunch gedacht.

Und er hatte auch nicht darüber nachgegrübelt, warum er nach all diesen Jahren immer noch so hart arbeitete und Geld zur Seite legte. Wozu eigentlich? Für eine Pizzeria, die er nie eröffnen würde? Wenn er sowieso nicht anfangen würde, Pizza zu backen, warum versuchte er dann, so viel Geld zu verdienen?

Für Alexis.

Es gehörte zu seinen Aufgaben als Ehemann, ihr ein sicheres Zuhause zu bieten. Er heiratete Alexis, um für sie zu sorgen. Und es war völlig egal, dass es nicht aus Liebe geschah. Egal was Cassie davon hielt, jemanden zu heiraten, den man nicht liebte. Er war sich sicher, dass Cassie ihren Ehemann für immer leidenschaftlich lieben würde, und sie fand es schrecklich, dass er Alexis aus einem anderen Grund als aus Liebe heiratete.

Aber das war es nicht.

Die Liebe, die Cassie ihrem Mann schenken würde, wollte Ty gar nicht haben.

Ganz bestimmt nicht.

Cassie! Die Lichtkegel seiner Scheinwerfer trafen Cassies Geländewagen, der in seiner Einfahrt parkte.

Er hatte sie seit ihrem Lunch vor drei Tagen weder gesehen noch gesprochen.

Nicht dass er die Tage gezählt hätte.

Mit klopfendem Herzen stellte er den Motor aus und sprang aus dem Wagen. Er lief vorsichtig über das vereiste Pflaster und spähte durch ihr Seitenfenster. Ihr Kopf war nach hinten gesunken, ihre Augen geschlossen, und sie schlief mit leicht geöffnetem Mund.

Sie hatte auf ihn gewartet.

Ein warmer Schauer strömte durch seinen Körper.

Er lächelte und dachte, dass es wunderbar sein müsste, neben ihr aufzuwachen und ihr sonntags das Frühstück im Bett zu servieren. Sie würde ihn anstrahlen und ihre Arme um ihn schlingen.

Gütiger Gott! Wie konnte er nur an so etwas denken? War er völlig verrückt geworden?

Seine Miene verfinsterte sich. „Cassie! Aufwachen!" Er schlug mit der Faust leicht gegen das Fenster.

Sie schreckte hoch und blinzelte. Als sie ihn entdeckte, lächelte sie und kurbelte die Scheibe herunter. „Hi, Ty. Schon was vor heute Abend?"

„Was ist denn los?" Sie sah angespannt aus, und ihre Stimme klang gepresst.

„Wie?" Sie blinzelte wieder. „Nichts." Sie entriegelte die Tür und stieß sie auf. „Spring rein. Wir machen einen Ausflug."

Sie hatte gelogen. Etwas quälte sie. „Cassie ..."

„Es ist schon fast neun. Wir müssen los."

„Also gut." Wenn sie nicht darüber reden wollte, dann eben nicht. Es war ja schließlich nicht so, als bedeutete sie ihm etwas. „Wo fahren wir hin?"

„Überraschung."

„Welche Art von Überraschung?"

„Entspannen Sie sich, Mr. Ich-bin-verlobt. Es ist rein geschäftlich."

„Ist es Teil meiner Stressbewältigungstherapie?"

„Was sonst?"

Sie war so aufgeregt wegen heute Abend. Schon bald würde ihre Genialität als Stresstherapeutin offenbar werden. Es war ein großer Schritt, keine Frage, aber Ty war bereit dafür. Es würde großartig werden und …

„Äh … Cassie?"

Sie sah, dass er sich an seinen Türgriff klammerte. „Du fragst dich, wo wir hinfahren, nicht wahr?"

„Eigentlich nicht. Ich habe mich gefragt, ob dir der Begriff ‚Gefährdung des Straßenverkehrs' bekannt ist."

„Ich fahre doch gar nicht schnell."

„Hast du das Höchstgeschwindigkeitsschild eben gesehen?"

Cassie überlegte kurz. „Ich denke schon."

„Ist dir aufgefallen, dass die Höchstgeschwindigkeit hier 50 beträgt?"

„Klar, das hier ist schließlich ein Wohngebiet."

„Dann schau mal auf deinen Tacho."

Cassie seufzte genervt. „Entspann dich. Ich dachte, Männer mögen Geschwindigkeit …" Ihr Blick fiel auf den Tacho. Über 90? Hilfe. Sie nahm sofort den Fuß vom Gas. „Muss wohl defekt sein."

„Dein Selbsterhaltungstrieb oder der Tacho?"

Kritisch musterte sie die Schneeverwehungen, die bei der langsameren Geschwindigkeit nun deutlich zu erkennen waren. „Hm. Ich war wohl doch etwas zu schnell."

Ty seufzte erleichtert und ließ den Türgriff wieder los. „Normalerweise habe ich nichts gegen schnelles Fahren. Aber du warst fast doppelt so schnell unterwegs wie erlaubt. In einem Wohngebiet bei verschneiter Straße. Meinst du nicht, dass du das Schicksal ein wenig zu sehr herausforderst?"

„Das habe ich bewusst gemacht. Es ist Teil deiner Therapie."

„Das Spiel mit dem Tod ist Teil meiner Therapie?"

„Genau." Sie hielt volle fünf Sekunden an einem Stopp-Schild. Na bitte! Hatte sie nicht alles souverän unter Kontrolle?"

Ty sah sie mit hochgezogenen Brauen an. „Wie viele Klienten hast du schon umgebracht?"

„Keinen."

„Und wie viele hast du ins Krankenhaus befördert?"

„Zwei, aber einer war nicht meine Schuld."

„Cassie."

Sie warf ihm einen Blick zu. „Was denn?"

„Was ist heute mit dir los?"

„Ich versuche, dich zu retten. Ich mache nur meinen Job. Nichts ist los mit mir."

„Wie lange hast du auf mich gewartet?"

„Nicht lange."

„Cassie."

Warum *musste* er nur so intolerant gegenüber Lügen sein und sie so geschickt aufdecken? Sehr nervig. „Also schön. Ich habe ein paar Stunden gewartet."

„Ein paar Stunden. Warum?"

„Ich wusste nicht, wann du zu Hause sein würdest."

„Du hättest mich doch anrufen können."

„Stimmt. Ich hatte vergessen, dass du ein Telefon besitzt."

„Das glaube ich dir nicht. Noch einmal von vorn bitte."

Cassie hielt an einer roten Ampel und rieb sich das Kinn. „Es war mir entfallen, dass ich ein Telefon besitze."

Er gluckste. „Einen Versuch hast du noch frei."

Ihr Kopf war wie leer gefegt, und ihr wollte keine noch so schwache Ausrede einfallen. Wohl besser, es mit der Wahrheit zu versuchen. Für alles andere war sie zu müde. „Ich hatte einen schlechten Tag und wollte nicht länger zu Hause herumsitzen."

„Was ist passiert?" Nicht etwa voyeuristische Neugier lag

in seiner Stimme, sondern aufrichtige Besorgnis. Sie hätte sich ihm nur allzu gern anvertraut.

Sie seufzte und bog auf die Hauptstraße ab. Vielleicht hätte es ja eine therapeutische Wirkung auf ihn, wenn er von ihren Problemen erfahren würde. Vielleicht fiele es ihm dann leichter, eine Bindung zu ihr aufzubauen und sich ihr anzuvertrauen. Und nur, wenn er ihr sein Vertrauen schenkte, würde sie ihm wirklich helfen können.

Ein ausgezeichneter Plan. Schließlich ging es allein um das Wohlergehen ihres Klienten. „Drew hat angerufen."

Ty knurrte. „Heute Abend?"

„Ja. Er … will, dass wir uns versöhnen."

„Und was hast du ihm geantwortet?" Tys Stimme war leise, doch sie jagte ihr einen Schauer über den Rücken.

Cassie parkte vor einem leer stehenden Ladenlokal und stellte den Motor aus. „Ich habe eingehängt."

„Gut." Ty blickte sie prüfend an. „Nicht gut?"

Cassie seufzte und ließ ihren Kopf nach hinten sinken.

„Sag, warum bist du niedergeschlagen? Du hast den Kerl doch noch vor der Hochzeit abserviert."

„Ich komme mir vor wie eine Idiotin! Ich habe ihm mal vertraut."

„Oh …"

Alle Dämme waren nun gebrochen. Es gab kein Halten mehr. Alles nur Ty zuliebe, natürlich. „Als er vier Nächte die Woche wegen der Arbeit in der Stadt geblieben ist, habe ich ihm vertraut. Wenn er mir erzählte, er müsse auf Geschäftsreise gehen, habe ich ihm geglaubt. Wenn Frauen zu Hause anriefen wegen eines dringenden Problems in der Firma, habe ich das nie angezweifelt. Ich fühle mich wie der letzte Trottel."

Ty strich ihr eine Strähne aus dem Gesicht. Es war eine so zarte und tröstende Geste, dass sie ihm am liebsten Handschellen angelegt hätte, um ihn an sich zu ketten, bis sie geheilt war. Ähem … bis *er* geheilt war. Es ging hier schließlich nur um ihn. „Cassie, der Typ ist ein Idiot. Sei froh, dass du ihn noch rechtzeitig losgeworden bist."

„Aber ich habe ihm vertraut und mich zum Narren halten lassen! Wie kann ich wissen, ob der nächste Kerl ein anständiger Typ ist?"

Ty ließ sie los und lehnte sich wieder in den Sitz zurück. „Ich werde ihn für dich durchchecken", antwortete er.

„Du?"

„Klar. Männer können andere Männer problemlos durchschauen. Ich wüsste schon nach einer Minute, ob er ein ehrlicher Kerl ist."

Cassie blickte Ty erstaunt an. „Woher würdest du das wissen?"

Ty rieb sich das Kinn und schaute auf die Straße hinaus, auf der nur wenige tapfere Seelen dem kalten Wetter trotzten und in die zwei neuen Restaurants des Blocks eilten. „Ich weiß nicht genau. Vielleicht weil Männer gerne … mit so was angeben? Sie sprechen es vielleicht nicht deutlich aus, doch sie lassen es im Gespräch unter Männern gerne durchblicken."

„Männer sind widerlich."

„Manche, aber nicht alle."

„Würdest du Alexis je betrügen?"

„Niemals."

„Was, wenn du deine große Liebe fändest und du wärst schon mit Alexis verheiratet?"

Er warf Cassie einen durchdringenden Blick zu. „Wie kommst du auf die Idee, dass ich nicht meine große Liebe heirate?"

„Meine Frage war rein hypothetischer Natur."

„Egal, was passiert, ich würde ihr treu bleiben."

„Alexis ist zu beneiden." Ups, die Bemerkung hörte sich ein wenig zu sehnsüchtig an … als ob sie gerne diejenige wäre, der Ty seine Hand reichte. „Ich meine, weil sie jemanden hat, dem sie vertrauen kann."

„Es gibt noch andere, die vertrauenswürdig sind."

„Kennst du einen?"

Ty sah sie erstaunt an. „Du meinst, ob ich andere Männer kenne, die ihre Frauen nicht betrügen würden?"

„Genau." Cassie war sich mittlerweile sicher, dass Ty wirklich vertrauenswürdig, daher aber auch einzigartig war. Er war eine Laune der Natur und sollte in einem Museum ausgestellt und von Wissenschaftlern erforscht werden.

„Aber klar." Er hob herausfordernd den Kopf. „Willst du einen kennenlernen?"

„Ein Date?" Ihr wurde heiß und kalt. „Ich bin noch nicht so weit."

„Vielleicht doch. Es täte dir vielleicht gut, auszugehen und herauszufinden, dass nicht alle Männer wie Drew sind."

„Was geht es dich an, ob ich ausgehe oder nicht?"

„Weil du dann nicht mehr zu haben wärst."

„Zu haben für was?"

Tys Miene wurde ernst. „Ich wollte sagen, du bist ein netter Mensch, und du hast einen Mann an deiner Seite verdient. Und wenn du mit jemandem zusammen bist, dann ... muss ich nicht ..."

„Musst du nicht was?" Ihr stockte der Atem. Dann würde er nachts nicht von ihr träumen müssen? *Sag es Ty.*

Nein! Sag es nicht, Ty! Wenn er Gefühle für sie hegte, würde er Alexis betrügen. Und Cassie musste die Gewissheit haben, dass es zumindest einen Mann auf der Welt gab, dem man vertrauen konnte, selbst wenn er nicht ihr gehörte. Dennoch hatte sie nicht aufhören können, von ihm zu träumen. Und wenn er genauso für sie empfände ... Nein! Dann wäre er Alexis untreu.

„Dann müsste ich mir keine Sorgen um dich machen", antwortete er. „Aus rein freundschaftlichen Gefühlen."

Erleichterung und Enttäuschung spülten wie eine Woge über sie hinweg. „Ah ja. Als guter Freund."

„Du musst Vertrauen haben, Cassie."

„Ich habe Vertrauen gehabt und hätte mir damit fast eine Hochzeit mit einem Idioten eingehandelt."

„Idiot ist ein viel zu milder Ausdruck."

„Wie wäre es mit … untreuem Dreckskerl?"

„Dir fällt noch was Besseres ein."

„Abgefeimter, mieser Hundesohn?"

Er lächelte. „Da kommst du der Sache schon näher."

„Eingebildete Ekelvisage." Aaah! Das war richtig befreiend. Inspirierend sogar.

„Das tut gut, oder?"

„Das tut es tatsächlich. Ich kann ihn beleidigen, bewahre aber gleichzeitig einen gewissen Humor, sodass ich mich nicht in sinnloser Verzweiflung und Selbstmitleid verliere."

Sie lachte und reckte sich. Die Spannung in ihren Schultern war verschwunden und ebenso die Kopfschmerzen, die sie seit Drews Anruf vor drei Stunden gequält hatten. Die Meisterin war für einen Moment in die Lehrlingsrolle geschlüpft und hatte etwas dazugelernt. Doch wenn es um Stresstherapie ging, konnte ihr keiner das Wasser reichen. Und sie würde es beweisen. „Okay, bist du bereit für eine Überraschung?"

„Hier geht es hinein." Cassie ging auf die unbeleuchtete Front eines Ladenlokals zu und steckte einen Schlüssel ins Schloss. Die Fenster waren von innen mit Packpapier abgeklebt und der Raum in tiefe Dunkelheit getaucht.

„Wozu sind wir hier?"

„Das wirst du gleich sehen." Sie drehte den Schlüssel im Schloss herum und stieß die Tür auf. „Hereinspaziert!"

Sie griff nach links und schaltete das Licht ein. Der Laden war eine altmodische Eisdiele. Sie lag verwaist unter einer dicken Staubschicht. Die Eisbehälter standen noch an ihrem Platz, genauso wie die leuchtend roten Hocker vor der Theke. Der Boden war in einem schwarz-weißen Schachbrettmuster gefliest.

„Warum sind wir hier?", fragte Ty wieder.

Cassie stieß die Tür mit der Fußspitze zu und zog Ty in die Mitte des Lokals.

„Schau dich nur um. Hat es nicht Charme?"

„Wenn man sich den zentimeterdicken Staub wegdenkt … kann schon sein."

„Ty! Stell dir vor, hier würde statt Eis Pizza serviert."

Er taumelte rückwärts, als ob sie ihm einen Schlag versetzt hätte. „Was?"

„Der Laden könnte dein Restaurant sein! Hinten gibt es einen großen Raum, wo früher die Eiscreme hergestellt wurde. Du wirst umbauen müssen, aber es gibt jede Menge Platz dahinten." Sie tanzte mit ausgebreiteten Armen durch das Lokal. „Stell dir die Leute vor, wie sie am Tresen sitzen, Pizza essen und mit dir plaudern, während du ihnen Getränke einschenkst. Andere sitzen an den Tischen, es ist warm und gemütlich." Bei den Hockern blieb sie stehen und drehte sich zu ihm um. Ihre Augen leuchteten. „Was denkst du?"

Ihm gefiel das Lokal. Es war perfekt. Er konnte förmlich den Teig riechen, der zum Gehen auf dem Tresen lag und im Ofen bräunte. Den himmlischen Geruch von frischem Knoblauch und Oregano. Das Murmeln vertrauter Stimmen – der Stammgäste, die ihm von ihrem Tag erzählten, deren Kinder er kennen würde … Es war genau das, wovon er immer geträumt hatte.

Und er musste sich von diesem Traum verabschieden.

Für Alexis.

Bevor er das Lokal gesehen hatte, war es nur ein ferner

Traum gewesen. Doch jetzt war er der Wirklichkeit nahegerückt. Mit einem Fingerschnippen könnte er das Lokal anmieten und seinen Traum in die Tat umsetzen.

„Verdammt, Cassie. Wieso hast du das getan?"

„Was?" Das Strahlen ihrer Augen erlosch, und auf der Stelle fühlte er sich schuldig.

Aber er konnte nichts tun, er konnte seine scharfen Worte nicht zurücknehmen.

Also drehte er sich um und ging. Mit von Schuldgefühlen geplagtem Herzen ließ er die netteste Frau, die er je kennengelernt hatte, alleine im Staub zurück.

8. KAPITEL

Ty war bereits zwei Blocks von dem Laden entfernt, als Cassie ihn mit ihrem Wagen einholte. Er hatte den Kragen bis über beide Ohren hochgeschlagen und seine Hände tief in die Hosentaschen versenkt. Zu behaupten, dass er verärgert aussah, wäre eine ziemliche Untertreibung gewesen.

Cassie nahm den Fuß vom Gas und kurbelte die Scheibe herunter. „Wieso bist du wütend?" Natürlich war ihr klar, wieso, aber das war Teil der Therapie. Er sollte gezwungen werden, sich seine Gefühle einzugestehen. Eines Tages würde er ihr dafür dankbar sein.

„Du fragst mich *wieso?*" Ty blieb stehen und bedachte sie mit einem ärgerlichen Blick. „Und du schimpfst dich Stresstherapeutin?"

„Hey!" Cassie schaltete ihre Automatik auf P, sprang aus dem Wagen und baute sich vor Ty auf. „Ich bin eine verdammt gute!"

„Gut? Dieses kleine Spielchen nennst du gut? Übrigens dein Wagen …"

„Dein Traum ist es, eine Pizzeria zu eröffnen. Dass du deinen Traum aufgibst, setzt dich unter Stress. Also versuche ich, dir zu helfen, deinen Traum wahr zu machen, damit du glücklich sein kannst."

Wütend blickte Ty sie an. Das Licht der Straßenlaterne warf gespenstische Schatten auf sein Gesicht. „Du kennst meinen Traum. Du weißt, dass ich ihn nicht verwirklichen kann. Und dann treibst du noch deinen Scherz damit, dass ich ihn niemals werde leben können. Was für eine Therapie soll das denn sein?"

„Es ist der erste Schritt zu einer erfolgreichen Bewältigung deines Stresses." Sie musste damit einfach Erfolg haben. Wenn ihr Privatleben schon in Scherben lag, konnte sie es nicht auch noch zulassen, dass sie in ihrem Job scheiterte. Dann bliebe ihr ja gar nichts mehr.

„Da liegst du falsch."

„Nein, tue ich nicht."

Ty blickte über ihre Schulter hinweg. „Dein Wagen rollt die Straße hinunter."

Ja, klar. Als ob sie auf diesen Trick hereinfallen würde. Widerspenstige Klienten überraschten sie immer wieder mit kreativen Versuchen, sich ihrer harten Therapie zu entziehen. Sobald sie ihm den Rücken zukehrte, um nach ihrem Wagen zu schauen, würde er sich aus dem Staub machen. Doch sie war viel zu clever für ihn. Die Therapie würde weitergehen. „Du hast gesagt, dass du Alexis noch nie offen von deinem Traum erzählt hast. Das hier sollte dich motivieren, es zu tun."

Er funkelte sie wütend an. „Welche Last würde ich ihr denn aufbürden, wenn ich sie vor die Wahl stellte, sich zwischen ihrem Bedürfnis nach Sicherheit und meinem Traum zu entscheiden? Das werde ich nicht tun."

„Vielleicht wäre es ja gar keine Last für sie. Vielleicht wäre es überhaupt kein Problem für sie." Cassie stieß ihm den Finger vor die Brust. „Vielleicht solltest du ihr ein wenig mehr Vertrauen schenken. Könnte sein, dass sie keineswegs ein schwaches, kleines Ding ist, das deinen Schutz braucht. Ist dir das jemals in den Sinn gekommen?"

Ty warf ihr einen verärgerten Blick zu. „Sie braucht mich."

„Und wenn nicht?", wagte sich Cassie vor. „Vielleicht hast du ganz einfach Angst herauszufinden, dass sie es nicht tut."

„Was?"

„Vielleicht möchtest du gebraucht werden. Oder vielleicht benutzt du Alexis als Ausrede, um kein Risiko eingehen zu müssen. Aber das eigentliche Problem ist deine Angst."

Ty bedachte sie mit einem Blick, als ob sie ihn aufgefordert hätte, aus dem Fenster zu springen. „Auf Wiedersehen." Er drehte sich um und ging weiter.

„Ty!" Er durfte nicht einfach weggehen. Sie begann doch gerade erst zu ihm durchzudringen.

Er blieb stehen und schaute ihr in die Augen. „Was noch?"

Aber seine Stimme klang müde, nicht verärgert.

„Es ist ein bisschen zu kalt, um zu Fuß nach Hause zu gehen."

„Ist mir egal."

„Als ich klein war, ist mein Großvater in Maine eine Woche auf Jagd gewesen und hat sich Frostbeulen geholt. Die Muskeln einer Gesichtshälfte waren zeitweise gelähmt. Es dauerte fast einen Monat, bis sein Gesicht wieder normal aussah."

Ein zaghaftes Lächeln spielte um Tys Lippen. „Und du glaubst, das könnte mir auf dem Nachhauseweg auch passieren?"

„Wenn du mir nicht gestattest, dich nach Hause zu fahren."

„Erstens: Du bist eine halsbrecherische Autofahrerin, und ich gehe lieber zu Fuß durch die Kälte, als mein Leben zu riskieren. Zweitens: Du hast im Moment gar keinen Wagen, mit dem du mich fahren könntest."

Okay, dann würde sie ihm eben den Gefallen tun und nach dem Wagen sehen. Cassie drehte sich um … und sah, wie ihr Wagen langsam die Straße entlangrollte. „Huch, da schau an. Ich habe wohl die Schaltung nicht richtig auf P gestellt."

Ty grinste spöttisch. „Ich lüge nie."

Das war jetzt wirklich ungünstig. Sie hatte sich gerade in Fahrt geredet und nicht die geringste Lust, Ty wegen des Wagens vom Haken zu lassen. Also würde sie es auch nicht tun. Die Straße war flach und gerade. Der Wagen würde mindestens die nächsten fünfhundert Meter nicht beschleunigen. Sie drehte sich wieder zu Ty um. „Wenn du sie heiratest, musst du mehr Vertrauen in ihre Liebe zu dir setzen."

„Willst du nicht deinen Wagen holen?"

„Noch nicht." Cassie legte ihre Hand auf seine Schulter. „Sprich mit ihr, Ty. Sag ihr, was in dir vorgeht. Hör auf, den Märtyrer zu spielen."

Ty schüttelte nur ungläubig den Kopf. „Es ist nicht meine Beziehung mit Alexis, die meinen Blutdruck in die Höhe treibt." Dann spurtete er hinter dem Wagen her.

„Weiß ich. Es ist, weil du deinen Traum begraben musst", rief Cassie ihm nach.

„Da irrst du dich." Er riss die Fahrertür auf.

„Ich irre mich nie." Sie lief hinterher.

Er sprang auf den Fahrersitz und trat auf die Bremse. Der Wagen kam mit einem Ruck zum Stehen. Ty stieß die Beifahrertür auf. „Steig ein."

„Du fährst?"

Er hielt es nicht für nötig, ihr zu antworten.

Okay, eine erfahrene Therapeutin wusste immer, wann sie nachgeben musste. Und sie war eine verdammt gute Therapeutin. „Also schön." Sie hatte kaum die Tür zugezogen, da ließ Ty den Wagen schon anrollen. „Ich bin wirklich davon überzeugt, dass du ehrlich zu Alexis sein musst."

„Es hat nichts mit Alexis zu tun, sondern mit dir. Du treibst mich in den Wahnsinn. Du bist schuld, dass ich die Zähne so fest zusammenbeiße, dass mir fast der Kopf platzt. Du, meine supergeniale Therapeutin, bist die Hauptverursacherin meines Stresses. Lass mich in Ruhe."

„Ty ..."

„Schluss!"

„Aber ..."

„Nein!"

Der Mann brauchte anscheinend ein wenig Ruhe, um sich die großartigen und aufschlussreichen Punkte durch den Kopf gehen zu lassen, die sie heute Abend angerissen hatte. Feinfühlig wie sie war, würde sie ihn jetzt in Frieden lassen.

Mit Angst, alles total vermasselt zu haben, hatte das gar nichts zu tun. Und auch nicht mit der Einsicht, dass ihr jemand besser die Zunge herausschneiden sollte, bevor sie noch mehr Schaden anrichten konnte.

Was für eine elend miese Woche. Sieben Tage waren vergangen, seit sie Ty gesehen hatte. Er hatte sie weder angerufen noch eine E-Mail geschickt. Er hasste sie. Sie hatte ihm zu viel zugemutet, und es war vorbei.

„Wie viele Tage noch, bis seine Verlobte einzieht?", unterbrach Leo Cassies Grübelei.

„Keine Ahnung."

Leo lackierte sich gerade die Zehennägel in einem verführerischen Rot. In weniger als einer Stunde würde sie ihr Freitagabend-Date treffen. „Ich dachte, sie würde am achtzehnten Februar anreisen. Das wäre Sonntag."

„Sonntag? Kann nicht sein." Seine Verlobte würde schon in zwei Tagen herkommen? Und Ty war immer noch nicht geheilt? Cassie hatte versagt. Na wunderbar. Das bedeutete, dass sie sowohl in ihrer Beziehung als auch in ihrem Job gescheitert war. Sie wurde wirklich vom Glück verfolgt. Sie stöhnte, ließ sich rücklings auf die Couch fallen und verbarg ihr Gesicht unter einem Kissen.

„Ich nehme an, du stöhnst aus Entsetzen darüber, dass Ty jetzt sogar noch stärker gestresst ist, als er es war, bevor du dich eingemischt hast. Und nicht, weil du immer noch von ihm träumst und er endgültig nicht zu haben sein wird, sobald sie auftaucht und sein Bett erobert."

Sein Bett. Bei dem Gedanken würde sie am liebsten …

Nein.

„Ich habe noch nie zuvor bei einem Klienten versagt", ertönte ihre Stimme gequält unter dem Kissen hervor.

„Es ist nicht nur so, dass er immer noch gestresst ist. Du hast seinen Zustand sogar noch verschlimmert. Hast du das je zuvor bei einem Klienten geschafft? Das dürfte eine Premiere sein."

„Okay, mag sein, dass es noch ein wenig verfrüht war, ihm das Eislokal zu zeigen. Trotzdem bin ich immer noch überzeugt, dass es ein richtiger Schritt war." Cassie zog das Kissen vom Gesicht. „Ich brauche nur noch ein wenig Zeit, um die Therapie zum Abschluss zu bringen."

„Mädchen, dazu wirst du keine Zeit und keine Gelegenheit mehr haben. Der Mann wird dir nie wieder die Tür öffnen."

„Er hat noch nicht einmal seine Umzugskartons ausgepackt! Was wird Alexis denken, wenn sie anreist und sieht, dass er sie in den ganzen sechs Monaten noch nicht ausgepackt hat?" Alexis! *Lieber Gott, bitte sag mir nicht, dass ich unbewusst die Mission sabotiert habe, weil ich wollte, dass Alexis ihn zurückweist.*

Leo stellte den Nagellack beiseite und warf Cassie einen besorgten Blick zu. „Du gehst die Sache mit Ty viel zu emotional an. Das hat sicher mit dem seelischen Ballast zu tun, den du nach der Sache mit Drew mit dir herumschleppst. Du musst dich zusammenreißen."

„Ballast wegen dieses Mistkerls? Niemals."

„Jede Frau, die herausfindet, dass sie vier Jahre lang dem falschen Kerl vertraut hat, wäre ein wenig … vorsichtig. Am Boden zerstört sogar. Aber, um Himmels willen, häng dich nicht an Ty, nur weil er nicht zu haben ist."

„Glaubst du immer noch, dass ich Ty nur deshalb mag? Rein freundschaftlich natürlich."

„Du magst ihn rein freundschaftlich?"

„Natürlich, er ist schließlich verlobt. Und er ist klug und nett, und er hat einen Traum, den er für die Frau, die er lie… für die Frau, die er heiratet, opfert."

„Du magst ihn wirklich." Leos Stimme klang schockiert. „Und es ist nicht, weil er nicht zu haben ist." Sie schüttelte den Kopf. „Was denkst du dir nur dabei, Cassie?"

„Ich mag ihn gar nicht. Nicht wie du denkst. Er ist verlobt."

„Dann solltest du besser deine Bemühungen verstärken, ihn für Alexis in Form zu bringen. Meinst du nicht auch?"

„Da hast du absolut recht." Tys Therapie zu einem Ende zu führen, war die einzige Möglichkeit, zu beweisen, dass sie seine Behandlung nicht bewusst vermasselt hatte.

Sie hatte noch zwei Tage. Das würde sie locker schaffen … oder es zumindest versuchen. „Ich werde die Sache in die Hand nehmen. Sofort."

Es war fast schon neun, als Cassie Tys Haus erreichte.

Neun Uhr an einem Freitagabend, und sie war auf dem Weg zur Arbeit.

War ihr Sozialleben nicht einfach der Hit? Schöne Pleite.

Sie klopfte an die Tür und wartete. Im Haus schlug eine Tür, und sie hörte Tys Stimme. Er redete mit jemandem.

Cassie lehnte sich dicht an die Tür. Seine Stimme kam näher … und dann hörte sie, wie er Alexis Namen sagte.

Alexis! War sie schon hier?

Oh Gott! Cassie wollte auf keinen Fall in ihr Wiedersehen platzen.

Panisch drehte sie sich um und wollte zu ihrem Wagen zurücksprinten … doch schon hörte sie, wie die Tür geöffnet wurde. „Cassie?"

Ertappt. Sie fuhr herum. „Ich wusste nicht, dass Alexis hier ist …"

Mit dem Telefon am Ohr stand Ty in der Tür und machte kein besonders erfreutes Gesicht, sie zu sehen. Zum ersten

Mal seit sie ihn kennengelernt hatte, trug er keinen Anzug. Seine schmalen Hüften steckten in ausgewaschenen Jeans, ein altes, graues Sweatshirt umschloss seine breiten Schultern, und dunkle Bartstoppeln zeigten sich auf seinem Gesicht.

Wahnsinnig männlich.

Herrlich lässig.

„Okay, telefonieren wir nächste Woche", sagte er und bedachte Cassie mit einem Blick, als wäre sie der Teufel persönlich.

„Bye." Er schaltete das Telefon aus. „Was willst du hier?"

„Es tut mir leid." Leid? Sie war doch nicht hergekommen, um sich zu entschuldigen, sondern um die Therapie fortzusetzen.

„Was tut dir leid?"

„Die Sache mit der Eisdiele. Ich bin das falsch angegangen."

„Ich glaube dir kein Wort. Du denkst immer noch, dass du das Richtige getan hast."

„Es tut mir leid, dass ich dich damit überfallen habe."

„Tatsächlich? Oder ist das nur Teil der Therapie? Nach dem Muster: Einige Schritte sind schmerzhaft … und ähnlicher Psychomüll."

„Es tut mir leid, dass du mir nicht mehr vertraust."

Ty seufzte. „Es geht hier nicht um Vertrauen. Ich möchte mich dem einfach nicht aussetzen. Halten wir fest, dass wir verschiedener Ansicht sind, was das Beste für mich ist, und gehen jeder unseres Weges."

„Das kann ich nicht."

„Wieso nicht?"

„Weil du mich dafür bezahlt hast, dass ich dir helfe."

„Du hast es versucht. Du hast dein Geld verdient. Aus."

„Es ist nicht allein das Geld." Hm, Ty machte keine Anstalten, sie ins Haus zu bitten. Durch eine geschlossene Tür hindurch würde es ziemlich schwierig werden, ihm zu helfen.

„Beruflicher Ehrgeiz?", fragte er.

Okay, es war an der Zeit, die Kontrolle zu übernehmen. Sie warf ihm einen „Leg-dich-nicht-mit-mir-an"-Blick zu, drängelte sich an ihm vorbei ins Haus und steuerte zur Küche.

„Cassie!"

Als ob er sie würde aufhalten können. Sie hatte genau zwei Tage Zeit, um diesen Fall zu Ende zu bringen. Jede Minute zählte. Sie warf einen Blick ins Wohnzimmer. Im Kamin prasselte ein Feuer. Schön. War das nicht der perfekte Ort für ein Beratungsgespräch? Sie trat ins Zimmer und nahm auf der Couch Platz.

Ty stand im Türrahmen und sah alles andere als erfreut aus. Er war vermutlich nicht daran gewöhnt, die Kontrolle über eine Situation teilen zu müssen. „Ich habe dich gebeten, zu gehen."

„Und ich habe diese Bitte ignoriert. Könnte ich bitte ein Glas Wasser haben?"

Ty kniff die Augen zusammen, und einen Moment lang dachte sie, er würde sie am Kragen packen und hinausschmeißen. Doch er nickte nur kurz. „Ein Glas. Fünf Minuten. Dann bist du weg."

„Einverstanden." Sie musste sich zumindest den Anschein geben, vernünftig zu sein.

Sobald er verschwunden war, kniff Cassie die Augen zusammen und presste die Handflächen gegen ihre Stirn. *Denk nach, Cassie.*

Wie konnte sie es nur wieder gutmachen, dass sie Tys Stresszustand noch verschlimmert hatte? Zwei Tage reichten nicht aus, um mit ihm die Probleme zu verarbeiten, die sie durch das Ladenlokal aufgerührt hatte. Sie hatte Ty zu einem wütenden, verbitterten Mann gemacht, der kaum in der Stimmung sein würde, mit seiner Verlobten zu turteln, die er seit zwei Jahren nicht gesehen hatte. Cassie musste den Schaden wiedergutmachen und einen Weg finden, zumindest andere Stressfaktoren in seinem Leben auszuschalten. Aber wie?

„Leitungswasser ist alles, was ich habe.“ Ty kam mit verkniffener Miene zurück und hatte ein Glas in der Hand.

„Es tut mir so leid, Ty.“

„Weswegen diesmal?“ Er stellte das Glas auf den Couchtisch und bezog dann in sicherer Entfernung zu ihr einen Posten an der Tür.

„Ich habe kläglich versagt.“

Er verschränkte die Arme und lehnte sich gegen den Türpfosten.

„Diesmal hört es sich an, als ob du es ernst meinst.“

„Ich hätte dich nie als Klienten annehmen dürfen. Ich bin eine Katastrophe.“

Er hob eine Augenbraue. „Welche Art von Katastrophe?“

„Emotional. Beruflich. Komplett.“ Sie stützte ihr Kinn auf die Knie und blickte wie erstarrt in das knisternde Kaminfeuer.

„Ich kann dir nicht folgen.“ Doch seine Stimme war schon weniger verärgert. Sie klang nur noch, als würde er sie am liebsten eine vereiste Piste hinunterschubsen, statt ihr jeden Zehennagel einzeln herauszureißen und sie *anschließend* eine vereiste Piste hinunterzuschubsen.

„Ich habe meinen Traum für immer verloren. Also habe ich versucht, dich dazu zu bringen, deinen Traum zu leben.“ Endlich, die Wahrheit war heraus, und Cassie würde sie in ihr Hirn einbrennen, damit sie sie nie wieder vergäße.

Es war still im Zimmer. Nur das Brummen von Tys Computer und das Knistern der Flammen waren zu hören.

„Hast du getrunken?“

„Was?“ Sie schaute Ty irritiert an. „Was soll die Frage?“

„Verhindern, dass du im Selbstmitleid badest. Du gefällst

mir besser, wenn du deine Kämpfernatur zeigst."

„Ist das deine Art, meine Entschuldigung nicht anzunehmen?"

„Nein." Er stieß sich vom Türpfosten ab und setzte sich neben sie auf die Couch. „Es ist meine Art, dir zu sagen, dass die Entschuldigung dir nicht steht."

„Was soll das heißen?"

Ty strich ihr eine Strähne aus dem Gesicht, ein Lächeln umspielte seine Mundwinkel. „Du bist klug, unabhängig und zeigst Mumm. Bist manchmal sogar ziemlich forsch. Das macht dich so einzigartig. Wenn du jetzt hier auf meiner Couch sitzt und von einem Typen erzählst, der dir deine Träume gestohlen und dich in eine berufliche Verliererin verwandelt hat … Das steht dir nicht."

„Entschuldige, wenn ich das Bild zerstöre, das du dir von mir gemacht hast. Doch ich bin nicht immer forsch, wie du es ausdrückst." Sie lehnte sich zurück. „Leo hat recht, ich habe die Geschichte mit Drew immer noch nicht verkraftet. Und bevor ich sie nicht verarbeitet habe, kann ich mir nicht anmaßen, andere Leute zu coachen."

„Gib es auf, Cass."

„Warum bist du so mitleidslos? Ich hatte dich für einen Mann gehalten, der, wenn es die Situation verlangt, freigiebig Umarmungen verteilt, ohne erst darum gebeten werden zu müssen."

„Eine Umarmung? Ist es das, was du brauchst?"

„Nein. Ich könnte nur ein wenig Mitgefühl vertragen. Und dass du meine Entschuldigung annimmst …" Ihre Worte verloren sich im Baumwollstoff seines Sweatshirts, als er ihr Handgelenk packte, sie an sich zog und ihr die unglaublichste Umarmung ihres Lebens bescherte.

Sie fühlte sich sicher.

Geliebt.

Beschützt.

Als er sie wieder losließ, war ihre ganze Anspannung verflogen.

„Wenn du diese Umarmung in Flaschen abfüllen und verkaufen könntest, wärst du innerhalb von wenigen Tagen Millionär."

Ein Lächeln spielte um Tys Lippen. „Ich wusste gar nicht, dass eine Umarmung eine so starke Wirkung haben kann."

„Deine schon."

„Da bist du die Erste."

„Bin ich die Erste, die du je umarmt hast? Was für eine Verschwendung." Aber sie wäre mehr als glücklich, ihm ihre Dienste zur Verfügung zu stellen, wenn er Übung nötig hatte. Zum Wohle Alexis', natürlich.

„Nein, du bist die Erste, die meine Umarmung kommentiert."

„Dann müssen alle anderen tot gewesen sein. Anders kann ich mir nicht das nicht erklären."

Ty lächelte und berührte ihre Wange. „Oder vielleicht bist du besonders leicht zu beeindrucken."

Wie hypnotisiert von seiner Berührung hielt sie den Atem an. „Könnte sein ..." Warum nur musste dieser Mann vergeben sein?

Ach nein! Sie wollte ihn doch gar nicht! Der Mistkerl hatte es doch tatsächlich geschafft, sie von ihrem Selbstmitleid abzulenken und sie dazu zu bringen, einzugestehen, dass sie exakt so verkorkst und erbärmlich war, wie sie vorgegeben hatte, nicht zu sein. Wer hatte schon Umarmungen wie seine nötig?

Sie bestimmt nicht.

9. KAPITEL

Cassie mochte ihn. Ty wurde mit einen Schlag klar, dass er ihr genauso am Herzen lag wie sie ihm. Für immer. Zusammen wären sie ein Team, das alles schaffen konnte … Und der Gedanke gefiel ihm.

Oh Mann!

Blitzschnell zog er seine Hände zurück und sprang auf. „Du brauchst einen Mann."

Cassie schaute ihn verblüfft an. „*Wie bitte?*"

„Ein Mann. Du brauchst einen Mann." Ty schnappte sein Telefon vom Couchtisch. Es gab nur einen Weg, wie er verhindern konnte, dass er mehr als nur freundschaftliche Gefühle Cassie gegenüber empfand. Er musste dafür sorgen, dass sie nicht mehr zu haben war.

„Wen rufst du an?" Cassies Stimme klang schrill und äußerst misstrauisch. Das machte nichts. War er ihr nicht längst eine kleine Zwangstherapie schuldig?

„Du brauchst einen Mann, der dein Vertrauen verdient." Und er kannte genau den Richtigen. „Meinen Bruder."

„Deinen Bruder?" Sie schnellte hoch. „Ich werde mit niemandem ausgehen – deinen Bruder eingeschlossen."

„Es ist eine brillante Idee. Er ist ein guter Typ." Schon als er die Nummer tippte, fragte sich Ty, wie er den Gedanken ertragen sollte, dass Zach mit Cassie ausging. Was, wenn sie ein Paar würden?

Sein Bruder hob gleich nach dem ersten Klingeln ab. „Hallo?"

„Zach. Hast du Pläne für heute Abend?"

Cassie sprang auf und versuchte, Ty das Telefon aus der Hand zu reißen, doch er schlang seinen Arm um sie und hielt sie fest. Verdammt, es fühlte sich gut an, wie sich ihr Körper unter seinem Griff wand. *Konzentrier dich auf Zach.* „Es gibt jemanden, den ich dir gern vorstellen möchte. Eine Frau, sie ist ... hübsch. Du wirst sie lieben."

„Lieben? Das werde ich lieber selber entscheiden. Wo treffen wir uns?" Zach klang tatsächlich ziemlich interessiert. Großartig. Ty war ja *so* glücklich darüber.

„In einem Laden, wo es locker zugeht", antwortete Ty. „Ich werde ihr keine Zeit lassen, nach Hause zu fahren und sich umzuziehen. Es muss also ein Lokal sein, wo man mit Jeans und Wanderstiefeln reinkommt."

Zach prustete. „Jeans und Wanderstiefel an einem Freitagabend in der Stadt?"

„Vertrau mir, sie sieht heiß darin aus."

Zach war einen Augenblick still. „Vielleicht solltest lieber du sie ausführen, Bruderherz."

„Sie ist eine Freundin, Zach. Das ist alles. Eine Freundin, die einen guten Kerl verdient."

Zach grunzte skeptisch. „Also gut. Ich bin dabei. Treffen wir uns um halb zehn."

Ty schaltete das Telefon aus und ließ Cassie los. Sie wich mit schreckerfülltem Gesicht zurück. „Ein Date? Auf gar keinen Fall!"

„Du wirst erst über die Sache mit Drew hinwegkommen, wenn du wieder anfängst auszugehen."

„Dafür habe ich keine Zeit", entgegnete Cassie.

„Keine Zeit? Es ist jetzt neun Uhr am Freitagabend. Was hättest du denn sonst vorgehabt?"

„Dich wieder ins Lot zu bringen." Sie riss erschreckt die Augen auf. „Das hatte ich völlig vergessen. Deshalb bin ich doch hergekommen. Um dich wieder ins Lot zu bringen."

„Mich ins Lot bringen?" Ty stöhnte und raufte sich die Haare. Zumindest schien sie ihre Überzeugung aufgegeben zu haben, eine völlige Versagerin sein und ihre Therapieversuche einstellen zu müssen. Er nahm an, er sollte froh darüber sein.

„Wir haben noch zwei Tage Zeit." Sie ließ ihren Blick durch das Zimmer schweifen. „Zuerst packen wir die Kartons aus. Danach ... werde ich dir beibringen, wie man Spaß hat."

Ty runzelte die Stirn. „Alexis kommt diesen Sonntag noch nicht. Sie braucht noch einige Wochen, um in Utah die Zelte abzubrechen."

„Wunderbar." Cassie riss Paketband von einem der Kartons herunter. „Das gibt uns mehr Zeit."

„Lass uns ein Geschäft machen."

„Ich höre."

„Du kommst mit und lernst Zach kennen. Gib ihm eine Chance. Im Gegenzug darfst du die Stresstherapie zu Ende führen – vorausgesetzt, du bringst nicht wieder die Pizzeria ins Spiel." Solange er noch ein paar Fäden in der Hand halten konnte, war es in seinen Augen keine Niederlage.

Sie musterte ihn schweigend und kaute auf ihrer Unterlippe. Dann seufzte sie. „Wenn meine Zustimmung zu dieser blöden Abmachung der einzige Weg ist, zu dir durchzudringen, dann muss ich es wohl tun. Die Gefahr besteht, dass es sich zu einem kompletten emotionalen und beruflichen Desaster entwickelt, aber ich kann schließlich meinen Klienten nicht mitten in der Therapie aufgeben." Sie holte tief Luft. „Also abgemacht. Ich werde mitgehen und deinen Bruder kennenlernen."

„Großartig." Gewonnen! Ty hatte das Gefühl, ein mit Steroiden vollgepumpter Mastbulle hätte ihm gerade einen Tritt in den Unterleib verpasst.

Eine Verabredung mit einem Mann! Ihr würde schlecht werden. Sie war überhaupt noch nicht bereit dazu.

„Da drüben ist Zach."

„Super." Für eine Flucht war es jetzt zu spät. „Ich glaube, ich muss mich übergeben."

Ty blieb stehen, legte seine Hand auf ihre Schulter und drehte Cassie zu sich herum. „Du kannst Zach vertrauen. Er würde dich nie schlecht behandeln. Ich muss es doch wissen, er ist schließlich mein Bruder."

„Ich weiß nicht, vielleicht habt ihr euch ja seit zwanzig Jahren nicht gesehen."

„Vertraust du mir, Cass?"

„Ja." Doch das sagte sie nur, weil ihr Verstand irgendwie stillstand.

„Er ist ein guter Kerl." Ty lächelte. „Er ist wie ich, nur jünger und sieht besser aus. Zumindest sagen das die Frauen. Außerdem ist er lustiger."

„Du wirst auch lustig sein, wenn ich mit dir fertig bin."

„Es wirkt schon jetzt. Ich habe seit Jahren keinen Freitagabend nicht vor dem Computer verbracht. Du musst bedenken, dadurch, dass wir hier sind und Zach treffen, entfaltet deine Zaubertherapie bereits ihre Wirkung."

Tatsächlich? Half sie ihm etwa dadurch, dass sie ihn dazu gebracht hatte, sich auf ihr Elend zu konzentrieren? Wie auch immer – das änderte trotzdem nichts an der Tatsache, dass sie ein *Date* am Hals hatte. „Versuch nicht, mich abzulenken."

Ty bemerkte, wie das männliche Interesse in Zachs Augen aufblitzte, als dieser Cassie erblickte.

Und zum ersten Mal in seinem Leben verspürte er das Bedürfnis, seinem Bruder eine Tracht Prügel zu verpassen.

Dennoch führte er Cassie an den Tisch. „Zach, das ist Cassie Halloway. Cass, das ist mein kleiner Bruder Zach."

„Nicht mehr ganz so klein", entgegnete Zach und erhob sich mit einem Lächeln, das für Tys Geschmack ein wenig übertrieben herzlich war. „Schön, dich kennenzulernen, Cassie."

„Hallo." Cassie schüttelte Zach die Hand, und Ty bemerkte, dass sein Bruder Cassies Finger länger als nötig festhielt.

Was perfekt war. Zach fand Gefallen an Cassie, genau wie er gedacht hatte. Und er würde damit klarkommen.

Unruhig rutschte Cassie auf ihrem Stuhl hin und her und versuchte, sich auf die Unterhaltung mit Zach zu konzentrieren. Die Farbe seiner Augen und Haare war genau wie die von Ty, seine Gesten ähnlich, seine Erscheinung jedoch noch klassischer und perfekter.

Tys lässige Männlichkeit gefiel ihr besser.

Na und?

Das war reiner Selbstschutz, weil sie noch nicht so weit war, wieder mit Männern auszugehen. Kein Mann würde ihren Ansprüchen genügen können, denn wenn er es täte, müsste sie ja mit ihm ausgehen. Doch damit würde sie so schnell noch nicht wieder anfangen. Vielleicht niemals mehr.

Zach hatte ihr eine Frage gestellt ... Oh, woher sie Ty kenne. „Er hat mich engagiert, ihm bei der Stressbewältigung zu helfen."

„Tatsächlich?" Das schien Zach zu amüsieren. Cassie bemerkte, dass er ein sehr attraktives Lächeln hatte. „Ich hätte nie geglaubt, dass der Tag kommen würde, an dem mein Bruder endlich eingesteht, dass er ein Psychopath ist."

„Ich wette, du könntest auch ein wenig Hilfe von Cassie vertragen."

„Da stimme ich dir voll und ganz zu", antwortete Zach, für Cassies Gefühl eine Spur zu betont.

Aber gut, Zach fand sie attraktiv. Was sollte daran falsch sein? Er war ein netter Typ, gut aussehend und sympathisch. Was konnte sie mehr verlangen?

„Willst du tanzen?", fragte Zach.

„Tanzen ... ich ..."

„Na komm." Zach stand auf und streckte ihr die Hand entgegen. „Ich beiß schon nicht."

Sie würde das nicht schaffen. *Tief einatmen, Cassie.*

„Geh schon, Cassie. Das wird dir gefallen“, meinte Ty.

Ein Blick auf sein Gesicht zeigte ihr, dass er fest entschlossen war, sie mit seinem Bruder zusammenzubringen. *Ty wollte sie nicht.* Ja, sie wusste, er war mit Alexis verlobt. Ja, sie wusste, zwischen ihr und ihm würde sich niemals mehr entwickeln können. Aber das verhinderte trotzdem nicht, dass sie sich ein wenig verletzt fühlte. Und enttäuscht.

Widerwillig reichte sie Zack die Hand. Er ergriff sie lächelnd und führte Cassie zur Tanzfläche … weg von Ty.

Zach legte seine Arme um sie und zog sie dichter an sich heran. „Entspann dich, Cassie“, meinte Zach. „Keine Angst, ich werde nicht über dich herfallen.“

Er war ein guter Beobachter, genau wie sein Bruder. Cassie lächelte zaghaft. „Es ist mein erster Ausflug in die Single-Welt nach einer langjährigen Beziehung.“

„Meiner auch.“

„Tatsächlich?“

Zach nickte. „Ich war sieben Jahre mit einer Frau zusammen. Letzten Sommer haben wir Schluss gemacht, und seitdem habe ich die Single-Szene gemieden. Bis heute Abend. Ty hat mir noch nie zuvor eine Frau vorstellen wollen, also dachte ich, dass er dich für etwas Besonderes halten muss.“

„Tatsächlich? Du glaubst, Ty findet, ich sei etwas Besonderes?“

Zach hob den Kopf. „Ja, das glaube ich. Und was hältst du von Ty?“

„Ein netter Kerl. Ein wenig ernst, aber auch lustig und warmherzig und treu … Stell dir vor, er hat sich Sorgen um mich gemacht. Er wollte, dass wir uns kennenlernen, weil er wusste, dass ich Angst habe, wieder mit Männern auszugehen. Und er schwört, dass du ein anständiger Kerl bist.“

Zach tanzte weiter im Takt der Musik, doch er schien sie

gar nicht wahrzunehmen. „Ihr zwei habt euch angefreundet, wie?"

„Kann man sagen."

Eine verlegene Gesprächspause trat ein, und Cassie ließ ihren Blick zum Tisch hinüberschweifen, an dem Ty mit düsterer Miene saß und sein Bier umklammerte.

Sein Anblick versetzte ihr einen Stich, und sie hätte Zach fast gebeten, sie loszulassen, damit sie nach Ty sehen konnte. Als Klient natürlich. Sie musste schließlich sicherstellen, dass die Therapie wirkte und ihm nicht schadete. „Glaubst du, es geht ihm gut?", fragte sie schließlich und deutete mit dem Kinn zu Ty hinüber.

Zach wandte den Kopf. Dann warf er ihr einen gedankenvollen Blick zu. „Ich frage mich langsam ..."

„Es geht ihm sicher gut", sagte Cassie entschlossen und unterstrich ihren Satz mit einem Kopfnicken. „Und ich werde mal nach ihm sehen, wenn wir zu Ende getanzt haben. Nur um zu sehen, ob es der Stress ist. Das ist ja mein Job, wie du weißt."

Zach schaute sie nachdenklich an. „Warte mal eine Sekunde." Er winkte Ty herbei, doch der schüttelte nur mit ernster Miene den Kopf.

Zach winkte noch einmal. Ty stand auf, knallte sein Bier auf den Tisch und stapfte zu ihnen herüber. „Was denn?"

„Tanz mal eine Minute mit Cassie, ich muss kurz telefonieren." Zach nahm Cassies Hände von seiner Schulter und legte sie Ty um den Nacken.

Dann verschwand er.

„Du musst nicht mit mir tanzen", beeilte sich Cassie zu sagen.

Doch Ty hatte schon ihre Taille umfasst und sie an sich gezogen. „Amüsierst du dich mit Zach?"

Jetzt fühlte es sich richtig an. Weder unbehaglich noch peinlich. Cassie seufzte und legte ihre Wange an seine Brust.

„Er ist ein netter Kerl, aber ich … ich weiß nicht. Es ist … das gewisse Prickeln fehlt."

„Vielleicht musst du der Sache noch ein wenig Zeit geben. Das Date mit Zach kam schließlich ziemlich unvermittelt."

„Wahrscheinlich bin ich noch nicht so weit, wieder mit anderen Männern auszugehen. Ich wollte mich nicht einmal von ihm anfassen lassen."

Bei Ty schien sie diese Hemmungen nicht zu haben. Sie hielt ihn eng umschlungen und konnte die Hitze seines Körpers bis in ihre Fußspitzen spüren. In ihrer Magengrube schien sich ein ganzer Schwarm von Schmetterlingen zu tummeln. Ein Hitzeschwall durchflutete sie, Schauer der Erregung liefen ihren Rücken hinunter, und sie hatte Gänsehaut auf den Armen. Uah! Das war gar nicht gut! „Äh … Ty?"

„Mmm?"

„Meinst du nicht, dass wir ein bisschen zu eng tanzen?"

„Das ist kein Problem", erwiderte er mit seinem Gesicht in ihrem Haar, „weil wir nur Freunde sind."

„Dann bin ich froh, dass wir Freunde sind."

„Ich nicht." Er nahm eine Hand von ihrem Rücken, strich ihr eine Haarsträhne aus dem Gesicht und drehte sie sanft zwischen seinen Fingern. „Ich wünschte, wir hätten uns nie getroffen."

„Aber … warum?" Sie wich einen Schritt zurück und versuchte, den Schmerz zu ignorieren, der augenblicklich in ihr aufwallte.

„Oh, komm schon." Er packte wieder ihre Taille und presste Cassie fest an seinen muskulösen Körper. „Du hast mich verfolgt, mich mehrfach von der Arbeit abgehalten und mich gequält, indem du mir meinen Traum vor die Nase gehalten hast. Du musst zugeben, dass war alles andere als spaßig."

Doch er lächelte.

„Du bist nicht sauer." Dem Himmel sei Dank.

„Natürlich bin ich sauer", erwiderte er. „Deshalb will ich dich ja unbedingt mit Zach zusammenbringen. Ich habe mir ausgemalt, sobald du anfängst, dich in Zachs Leben einzumischen, bin ich ein freier Mann."

Cassie reckte das Kinn und lächelte zurück. „In meinem Leben ist Platz genug, um mehr als einem widerspenstigen Klienten nachzustellen."

„Heißt das, sogar wenn du anfängst mitten in der Nacht bei meinem Bruder die Feuerleiter hochzuklettern, würdest du am nächsten Morgen dennoch mit deinem neuesten verrückten Plan vor meiner Tür auftauchen?"

„Stimmt genau, aber meine Pläne sind nicht verrückt. Sie sind alle Teil eines sorgsam abgestimmten Plans, um dich wieder ins Lot zu bringen."

10. KAPITEL

Am Samstagmorgen riss Ty die Türklingel aus dem Schlaf. Das Geräusch erlöste ihn aus einem Albtraum, in dem er bei Zach und Cassies Hochzeit als Trauzeuge fungierte. Ein tollwütiger Hund hatte Zach ins Bein gebissen, worauf der Notarzt verständigt und die Hochzeit abgeblasen werden musste.

Ty hatte Hunde schon immer gemocht.

Es klingelte erneut, und gleich darauf klopfte jemand an die Tür.

Hinunterzugehen erschien Ty attraktiver, als wieder einzuschlafen und erneut auf Zach und Cassies Hochzeit zu landen.

Er schwang die Füße aus dem Bett, zog sich hastig eine Jogginghose über und lief die Treppe hinunter. Frierend drehte er die Heizung hoch. Ty zog den Riegel zurück und riss die Tür auf … und mit einem Schlag war die Kälte vergessen. Er war wütend, genervt und verärgert, aber kalt war ihm jedenfalls nicht mehr. „Hallo Cassie."

Sie öffnete den Mund, brachte jedoch kein Wort heraus, sondern starrte auf seinen Oberkörper.

Tolle Aktion, Ty. Es kommt immer gut, mit nichts als einer Jogginghose am Körper die Tür zu öffnen. Insbesondere, wenn die Frau, die einen anstarrt, die Macht besitzt, höchst unziemliche Reaktionen seines Körpers hervorzurufen.

Ty stöhnte auf, sprang mit einem Satz zurück in den Flur und ließ Cassie vor der Türschwelle stehen. Sie konnte hereinkommen, wenn sie wollte. Oder auch nicht.

Besser nicht.

Aber als er ihre Schritte im Korridor vernahm und die Tür zufiel, freute es ihn. Sie war hereingekommen. Gleich darauf verdüsterte sich seine Miene. *Freuen?* Hatte er denn nun komplett den Verstand verloren?

„Ty?“

„Was denn?“ Er ging ins Wohnzimmer, griff nach einem Pullover, der auf dem Boden lag, und zog ihn über, um seinen nackten Oberkörper zu bedecken. Erst dann drehte er sich zu Cassie um. „Warum bist du hier? Ich hätte gedacht, du würdest ausschlafen und von Zach träumen.“

„Ich wünschte, ich könnte von ihm träumen.“ Sie riss sich die Mütze vom Kopf, warf ihre Handschuhe auf die Couch und öffnete den Reißverschluss ihres Parkas.

„Du hast nicht von ihm geträumt? Das ist schade, denn ihr beide passt perfekt zusammen.“ Und er würde das so oft wiederholen, bis er es über die Lippen brachte, ohne dabei Zach an die Gurgel springen zu wollen.

„Ehrlich gesagt, habe ich nicht besonders gut geschlafen.“

„Warum nicht?“

„Nervliche Überlastung als Folge eines erzwungenen Kontaktes mit der Single-Szene, bevor ich dazu bereit war.“ Sie zog ihre Jacke aus und schleuderte sie auf die Couch. „Bist du bereit?“

„Wofür?“

„Auszupacken.“

Ty stöhnte. „Nicht heute, ich muss arbeiten.“

„Keine Sorge. Dann werde ich mir eben die Kartons vorknöpfen.“ Cassie ging zu einer Kiste hinüber und zog ein Paar Eishockey-Schlittschuhe heraus. „Du kannst eislaufen?“

„Im College habe ich Eishockey gespielt.“

„Hmm, das bringt mich auf eine Idee.“ Sie überlegte kurz und schaute auf ihre Armbanduhr. „Dann mach dich fertig. Ich stoppe die Zeit. Dreißig Sekunden oder …“

„Wieder ganz die alte Cassie, was?“ Er spürte, wie sein Ärger verflog. Ihre Hartnäckigkeit amüsierte ihn.

„Nur älter, weiser und viel zynischer. Du hast nur noch fünfzehn Sekunden.“

Ty zeigte das gleiche fantastische Lächeln, das ihr schon an ihrem allerersten Abend bei der Party aufgefallen war.

„Noch zwölf Sekunden“, rief sie.

„Gib mir neunzig Sekunden, lass uns meinen Wagen nehmen, und ich bin dabei.“

„Fünfundachtzig Sekunden, und warum dein Wagen?“

„Weil ich weiß, wie du fährst.“

„Okay. Aber nur, weil ich heute nachsichtig bin.“

„Ich würde eher sagen, dass ich der Nachsichtige bin. Noch einmal einen deiner Therapieversuche über mich ergehen zu lassen, ist nicht gerade das, wovon ich träume.“

„Nicht das zu sein, wovon ein Mann träumt, hört natürlich jede Frau gern. Vielen Dank für das Kompliment.“ Cassie schaute auf ihre Uhr. „Du hast noch sechsundsiebzig Sekunden. Also hör besser auf mit dem Geschwätz, sonst wirst du unsere Abmachung brechen.“

„Welche Strafe ist für einen Vertragsbruch vorgesehen?“

„Einhundert Stunden Stressbewältigungstherapie mit mir an einem Stück.“

„Da kannst du ja gleich die Todesstrafe verhängen.“

„Noch achtundsechzig Sekunden.“

„Mein Selbsterhaltungstrieb siegt. Ich bin in dreißig Sekunden fertig.“

11. KAPITEL

Wie war sie nur auf diese Schnapsidee gekommen? Da sie überhaupt nicht Schlittschuh laufen konnte, hätte sie die Planung dieser Therapiestunde besser noch einmal überdenken sollen.

Oh, wem wollte sie etwas vormachen? Sie hatte sie überhaupt nicht geplant. Die Idee war ihr erst gekommen, als sie Tys Skates in dem Karton gefunden hatte. Und zu allem Überfluss hatte sie dann auch noch den Vorschlag gemacht, ihre bisher nie benutzten Schlittschuhe zu Hause abzuholen.

„Steh auf, Cassie." Ty gluckste vor Lachen.

„Nein." Sie ließ ihren Kopf zurück auf die Eisfläche sinken. Jeder Millimeter ihres Körpers schmerzte und sie fror bis auf die Knochen. „Lass mich hier liegen und sterben."

„Wir sind gerade mal seit fünf Minuten hier. Ich denke, du wirst es überleben."

„Kannst du nicht einfach abhauen?"

„Tut mir leid, das kann ich nicht. Es verstieße gegen meinen Ehrenkodex, eine schöne Frau, die sich in meiner Begleitung befindet, zu einem Eisblock gefrieren zu lassen."

Sie öffnete die Augen und sah, dass er seine Skates rechts und links von ihrem Kopf geparkt hatte und auf ihr Gesicht hinunterblickte. „Nenn mich nicht schön."

„Warum nicht?"

Er sah amüsiert aus. Amüsiert! Sie erlitt Höllenqualen, und er schien sich prächtig zu unterhalten. Mistkerl. „Weil es mir dann schwerfällt, meine Fantasien dich betreffend im Zaum zu halten."

Er schaute sie fragend an. „Fantasien? Welcher Art?"

Ach zum Teufel! Auch wenn er sich wie Mister Oberkorrekt persönlich in Bezug auf Alexis verhielt, so gab das Cassie noch lange nicht das Recht, ihm gegenüber zu offen zu werden. Zeit, das Thema zu wechseln. „Was ist so lustig daran, mich hier an der Schwelle des Todes liegen zu sehen?"

„Lustig ist, meine große und starke Cassie als kleinen Jammerlappen zu erleben."

Sie funkelte ihn böse an und gab sich alle Mühe, möglichst souverän auszusehen – was nicht gerade leicht ist, wenn man rücklings auf der Eisfläche eines zugefrorenen Teichs liegt. „Erstens, ich bin nicht *deine* Cassie. Zweitens, ich bin definitiv kein Jammerlappen. Der Begriff trifft absolut nicht auf mich zu und ist beleidigend."

„Du hast Glück, dass ich gut gelaunt bin, sonst würde ich es als Beleidigung empfinden, dass du gekränkt bist, weil ich dich ‚meine Cassie' nenne. So ein übler Kerl bin ich nun auch wieder nicht."

„Du kannst nur *eine* Frau dein Eigen nennen, und du hast schon eine. Also stell meinem Namen keine besitzanzeigenden Fürwörter voran. Es könnte potenzielle Verehrer abschrecken." Außerdem führte das blöde besitzanzeigende Fürwort dazu, dass sie plötzlich Schmetterlinge im Bauch hatte. *Tys Cassie.* Klang das nicht wunderbar?

„Es liegt mir natürlich fern, deine Bewunderer abschrecken zu wollen." Er glitt auf seinen Schlittschuhen um sie herum, kam zwischen ihren Beinen zum Stehen und streckte ihr die Hände entgegen. „Komm, ich helfe dir hoch."

Sie wollte schon eine neue Schimpfkanonade über die Blödheit dieses Sports loslassen, als ihr auffiel, wie Tys Augen strahlten und ein Lächeln um seine Lippen spielte. Er sah aus, als wäre er allerbester Stimmung. Sie war sich sicher, dass es das erste Mal war, dass sie ein wirkliches Lächeln auf seinem Gesicht sah – zumindest eines, bei dem sich nicht gleichzeitig verkniffene Linien um seinen Mund zeigten. Ein Anflug von Stolz breitete sich in ihrer Brust aus. Offensichtlich begann ihre Arbeit Früchte zu tragen.

Verdammt, war sie gut.

Aber das hieß, dass sie – buchstäblich – ihren Hintern hochbekommen und die Therapie fortsetzen musste.

„Also schön." Sie streckte ihm die Hände entgegen. „Du hast es so gewollt."

Ty lächelte und zog sie auf die Füße, ohne dass es ihm auch nur die leiseste Schwierigkeit bereitete, das Gleichgewicht zu halten.

„Angeber."

„Hey, ich habe Eishockey gespielt. Es ist eins der wenigen Dinge, die ich gut kann." Er hielt weiter ihre Hände fest und begann, rückwärts zu gleiten, wobei er Cassie vorsichtig mitzog. „Bleib ganz locker. Ich lasse dich nicht fallen."

„Das Fallen macht mir keine Sorgen." Sie kam sich vor wie der letzte Tölpel. Im Hinterkopf zu behalten: Schlittschuhe und ihr Körper waren keine gute Kombination.

„Aber die Landung. Den Spruch kenn ich."

Doch er lächelte. Sein Wolltrenchcoat flatterte um seine jeansbekleideten Beine, während er leichtfüßig über das Eis glitt. War es so einfach, den Kerl aufzumuntern? Eis und Schlittschuhe?

„Fährt Alexis auch Schlittschuh?"

„Nein."

Hmm. „Vielleicht kannst du mal mit ihr herkommen."

„Sport mag sie nicht. Sie hat andere Interessen." Ty zog Cassie dichter heran und drehte sie so, dass sie ihm den Rücken zukehrte. Dann legte er seine Hände fest um ihre Taille. „Beweg deine Füße im Rhythmus mit meinen", erklärte er. „Mach dir keine Sorgen um dein Gleichgewicht. Ich halte dich."

Na dann.

Sie würde es schaffen.

Konzentrier dich auf seine Füße, Cassie.

Sie hielt Tys Arme fest umklammert, falls er vergessen

sollte, sie festzuhalten, und versuchte seine lässigen, anmutigen Bewegungen nachzuahmen. Rechts, links, rechts, links … „Hey, langsam kriege ich es hin."

„Klar, tust du das." Er ging etwas in die Knie und legte seine Wange an ihre, während sie weiter über das Eis glitten. „Da vorn müssen wir drehen. Lehn dich einfach gegen mich und richte dich nach meinem Körper."

Nichts lieber als das. Von diesem Moment würde sie bis an ihr Lebensende träumen. Sie hätte niemals vermutet, dass Eislaufen dermaßen erotisch sein könnte.

„Ganz locker, Cassie. Vertrau mir."

„Das tue ich." Sie vertraute ihm, und zwar nicht nur als Eislaufpartner. Sie wusste, sie würde ihm ihr Herz anvertrauen können, und er würde es hüten – rein hypothetisch gesprochen, natürlich. Sie wusste, wenn Ty ihr sein Herz schenken würde, könnte sie sich auf ihn verlassen, selbst wenn er in einen Raum voller superattraktiver nackter Frauen geworfen würde. Dass er Alexis gehörte, war nicht schlimm. Cassie hatte die Gewissheit, dass es zumindest *einen* Mann auf der Welt gab, dem sie vertrauen konnte. Und wenn es einen gab, musste es auch andere geben. Also bestand wenigstens eine kleine Chance, dass Cassie nicht während der nächsten achtzig Jahre einen Bogen um alle Männer machen musste.

Sie seufzte versonnen, lehnte sich entspannt zurück und spürte, wie er, den Kopf an ihre Wange gepresst, nickte.

„So ist es richtig. Du siehst, Eislaufen kann richtig Spaß machen."

„Langsam glaube ich dir das."

„Zach läuft auch gern Schlittschuh", bemerkte Ty.

„Na, dann sollte ich wohl dafür sorgen, dass er mal mit mir zusammen läuft. Ich kann mir vorstellen, dass es mit dem richtigen Kerl sehr romantisch ist."

„Und wie ist es mit dem falschen Kerl?“, flüsterte Ty ihr ins Ohr.

„Es kann auch mit dem Falschen romantisch sein.“

Er stöhnte auf und packte sie noch fester.

Fünfundvierzig Minuten später machten sich Cassies Schenkel und Knöchel schmerzhaft bemerkbar.

„Ty, ich brauche eine Pause. Ich bin nicht ganz in Form.“ Es hätte nichts geschadet, wenn sie in letzter Zeit ein wenig Sport getrieben hätte, anstatt nur Berge von Schokolade zu vertilgen.“

„Klar.“ Er brachte sie zum Rand der Eisfläche und half ihr über den festgefrorenen Schnee zu einem Baumstamm, auf den sie sich setzen konnte. „Danke Cassie, das hat Spaß gemacht.“

Seine Wangen glühten, und seine Augen strahlten vor Freude. Der Mann war schon mit gestresster Miene attraktiv gewesen, doch nun sah er eindeutig umwerfend aus. Lässig und männlich mit seinen Jeans – der Wolltrenchcoat und die schwarzen Lederhandschuhe sorgten für eine elegante Note. Er hatte alles. Außer Cassie.

Sie lachte leise. War das nicht der Kick, sich einzubilden, Ty hätte den Kürzeren gezogen, weil er sie nicht bekam?

Ty stand neben ihr und beobachtete eine Gruppe Jungen, die am anderen Ende des zugefrorenen Teichs Eishockey spielten. In seinen Augen lag eindeutig ein sehnsuchtsvoller Blick. Hmm … „Warum läufst du nicht noch eine Runde?“, schlug sie vor.

„Nein, ich bringe dich selbstverständlich nach Hause.“ Er setzte sich neben sie und begann, seine Schlittschuhe aufzuschnüren.

„Nein, warte.“ Cassie deutete aufs Eis. „Geh ruhig und schieß ein wenig den Puck mit den Jungs.“

„Wirklich?"

„Aber klar."

„Du bist großartig." Er drückte ihr einen Kuss auf die Stirn, stapfte durch den dicken Schnee zurück zum Teich und schoss über die Eisfläche auf die Gruppe der Jungen zu, die vor einem tragbaren Tor spielten.

Ihre Stirn brannte noch immer von seinem Kuss. Cassie stützte ihr Kinn in die Hände und sah Ty dabei zu, wie er mit den Kindern spielte. Die Jungen starrten mit offenem Mund, als er seine Laufkünste vorführte, und sie bettelten ihn an, dass er ihnen seine Tricks beibringen sollte.

Zweifellos würde Ty einen idealen Vater abgeben.

Eifersüchtig? Sie? Niemals. Sie traf lediglich eine objektive Feststellung. Das war doch nicht verboten, oder?"

Erst als es bereits zu dunkel wurde, um den schwarzen Puck auf dem Eis noch erkennen zu können, hörte Ty auf zu spielen. Nachdem er sich von den Jungs verabschiedet hatte, kam er über den Teich zurück.

Was für ein wundervoller Tag. Er konnte sich nicht erinnern, wann er das letzte Mal auf Schlittschuhen gestanden, geschweige denn, sich einen ganzen Nachmittag puren Vergnügens gegönnt hatte. Mit einer schwungvollen Bremsung kam er vor Cassie zum Stehen. Ty schenkte ihr ein strahlendes Lächeln. „Danke, Cassie."

„K…k…kein Problem."

„Cassie?" Er sprang mit einem Satz vom Eis und stapfte über die vereiste Schneedecke auf sie zu. „Was ist los?"

„N…n…nichts." Ihr Gesicht war bleich und sie hielt ihre Arme um ihren Körper geschlungen. Ihre Mütze hatte sie fast bis über die Augen hinuntergezogen und der Kragen ihres Parkas war bis zur Nasenspitze hochgekrempelt. Zitternd lief sie auf der Stelle.

„Du frierst.“ Schuldgefühle wallten in ihm auf. „Warum hast du nichts gesagt?“

„Du hattest so viel Spaß.“

Er schnappte ihre Skates, packte seine Stiefel und schlang seinen Arm um ihre Schulter. Um sie zu wärmen, drückte er sie fest an seinen Körper. „Schnell zum Wagen. Dort kannst du im Warmen sitzen, während ich meine Schlittschuhe ausziehe.“

„Es geht mir gut ... wirklich“, sagte sie und strafte ihre Worte Lügen, da sie sich zitternd an ihn schmiegte.

„Märtyrerin.“

„Erstklassige Stressbewältigungstherapeutin wolltest du wohl sagen.“

„Das auch.“ Als sie den Wagen erreichten, öffnete Ty die Beifahrertür. „Ich muss zugeben, ich habe mich heute köstlich amüsiert. Setz dich!“

Mit klappernden Zähnen stieg sie in den Wagen.

Das war nicht gut.

„Verdammt, Cassie. Du bist halb erfroren.“ Er griff an ihr vorbei, steckte den Zündschlüssel ins Schloss und startete den Motor. „Hast du die Geschichte mit deinem Großvater vergessen, dessen Gesicht wegen der Frostbeulen einen ganzen Monat lang gelähmt war?“

„Ich erinnere mich an die Geschichte nur dann, wenn es mir in den Kram passt. Eben passte es nicht.“

„Du bist verrückt.“

„Nein, ich bin gut“, erwiderte Cassie.

„Okay, du bist gut – und verrückt.“

Als sie Tys Haus erreichten, hatte Cassie immer noch nicht aufgehört zu zittern, und ihre Wangen waren nach wie vor totenbleich. Und ganz egal, wie sehr er auch mit ihr schimpfte, dass sie sich dermaßen hatte unterkühlen lassen, sie schien es nicht das kleinste bisschen zu bereuen.

Eine Frau mit Charakterstärke.

Er liebte das.

Nicht sie.

Nur ihre Stärke.

„Setz dich." Er deutete auf die Couch. „Ich hole eine Decke und mache ein Feuer."

„Ich kann einfach nach Hause fahren …" Er umfasste ihre Knöchel und legte ihr die Füße auf die Couch.

Dann lief er hinauf ins Schlafzimmer und holte seine Steppdecke.

„Hier." Er breitete die Decke über sie aus und steckte die Seiten ein. „Gleich wird dir wieder warm."

Sie schob ihren Kopf unter der Decke hervor. „Das ist doch nicht nötig."

„Lass mich nur machen. Mein Gewissen sagt mir, dass es meine Schuld ist, weil ich nicht auf dich achtgegeben habe."

Ty brauchte nur wenige Minuten, um ein prasselndes Feuer im Kamin zu entfachen. Als er mit zwei dampfend heißen Tassen Schokolade aus der Küche zurückkehrte, hatte Cassie es sich mit der Decke dicht vor dem Feuer gemütlich gemacht. Sie hatte die Stiefel ausgezogen und rieb sich die Füße.

„Kalte Füße?"

„Kann ich nicht so genau sagen. Könnte sein, dass alle Nerven abgestorben sind und ich gar nichts mehr fühle."

Ty reichte ihr einen der Becher. „Hier, jetzt übernehme ich."

Er stellte seine Tasse auf der Kaminplatte ab und zog Cassies Füße auf seinen Schoß. Wenn das keine süßen Füße waren! Nicht dass es ihn weiter kümmerte. Er massierte nur ihre Füße, damit sie warm wurden. „Also … äh … danke für den Tag heute. Es hat einen Heidenspaß gemacht."

„Du klingst überrascht", antwortete Cassie.

„Das bin ich auch. Ich habe mir schon seit einer Ewigkeit keinen freien Nachmittag mehr gegönnt."

„Wirst du es wieder tun?"

Er überlegte kurz und nickte. „Ich glaube, ich habe keine andere Wahl."

„Was meinst du damit?"

„Ich glaube, ich werde es gar nicht mehr aushalten können, die ganze Zeit vor dem Computer zu sitzen."

Cassie lächelte und sah so begeistert und zufrieden aus, dass er sie am liebsten umarmt hätte. Er begnügte sich jedoch damit, weiter ihre Füße zu massieren.

„Wirst du einer Eishockeymannschaft beitreten?", fragte sie.

Keine schlechte Idee. „Daran habe ich noch gar nicht gedacht."

„Oder eine Jugendmannschaft trainieren?"

Er lächelte. „Ich glaube, das würde mir Spaß machen."

„Das glaube ich auch." Sie kuschelte sich tiefer in die Decke und seufzte zufrieden. „Ich bin ein wahres Genie. Wir hätten noch zwei Tage Zeit, doch du bist schon geheilt."

„Ich werde aber nicht mein Leben komplett auf den Kopf stellen", meinte er. „Ich werde immer noch sehr viel arbeiten müssen."

„Um weiter Geld zu sparen, damit du deine Pizzeria eröffnen kannst?"

„Nein, für Alexis. Um ihr Sicherheit zu bieten."

„Gib deinen Traum nicht auf, Ty."

Er umfasste ihren Fuß mit beiden Händen. „Manche Träume müssen warten."

„Warte nicht zu lange."

„Was ist denn *dein* Traum, Cassie?" Obwohl er die Frage gestellt hatte, um das Gespräch auf ein anderes Thema zu lenken, brannte er darauf, die Antwort zu erfahren.

Sie seufzte. „Ich wollte immer einen Stall voll Kinder."

„Jetzt nicht mehr?"

„Kinderkriegen braucht Zeit. Jetzt, wo ich von vorne anfangen muss, weiß ich nicht, wie viel Zeit ich haben werde. Eins zumindest wäre schön."

„Cassie! Du bist siebenundzwanzig. Du kannst immer noch ein Dutzend Kinder haben, wenn du das willst." Kinder mit einem anderen Mann. Was für ein angenehmer Gedanke. So angenehm wie das Gefühl, die Hand von einem Pitbull abgebissen zu bekommen. „Auf jeden Fall werden alle deine Kinder völlig stressfrei sein. Oder Angst vor dem Autofahren haben. Das eine oder das andere."

Sie warf ihm einen entrüsteten Blick zu. „Ich fahre nicht immer so."

„Offensichtlich, denn sonst wärst du längst tot."

„War es wirklich so schlimm?"

„Eine geschlagene Woche lang wurde ich von Albträumen geplagt."

„Ich entschuldige mich für meine Chaosfahrt. Wird nie wieder vorkommen. Jetzt geht es mir wieder gut. Die kleine Episode ist vorüber." Sie schürzte die Lippen. „Weißt du, ich hatte dich schon aufgeben wollen, doch Leo hat das nicht zugelassen. Es tut mir sehr gut, jetzt den Erfolg bei dir zu sehen. Denn es zeigt mir, ich bin keine totale Versagerin." Cassie stützte sich auf den Ellbogen. „Sogar bei der Geschichte mit Drew habe ich richtig gehandelt. Stell dir vor, ich hätte den Kerl jetzt am Hals!" Sie schüttelte den Kopf und ließ sich wieder zurücksinken. „Mit dem falschen Menschen verheiratet zu sein – stell dir das nur mal vor. Wie verzweifelt wäre ich wohl jetzt, wenn ich schon mit ihm verheiratet gewesen wäre."

Mit dem falschen Menschen verheiratet zu sein – stell dir

das nur mal vor. Während Cassie weitersprach, brannten sich die Worte tief in Tys Hirn. Ihre Worte wurden übertönt von dem verzweifelten Schrei in seinem Kopf.

Er ließ ihren Fuß fallen und blickte sie entsetzt an.

Sie hielt mitten im Satz inne. „Was ist los?“

„Ich bin nicht in Alexis verliebt.“

12. KAPITEL

Cassies Augen wurden groß, und alle Farbe wich aus ihrem Gesicht. „Was?“

„Ich hatte mich noch nie in meinem Leben verliebt, und Alexis war meine beste Freundin. Sie brauchte mich. Also sagte ich ihr, ich würde sie heiraten“, antwortete er mit gepresster Stimme. „Um Liebe ging es dabei nicht.“

Cassie richtete sich auf. „Ich bin absolut nicht qualifiziert, dir in dieser Sache Ratschläge zu erteilen.“

„Warum nicht?“

„Glaub mir, ich bin es nicht.“

„Deine Qualifikationen sind mir egal.“ Er musste einfach darüber reden. Und zwar mit Cassie. Er brauchte sie jetzt.

Mit der fünfzehn Zentimeter dicken Steppdecke als Sicherheitsbarriere zwischen ihnen streckte sich Ty neben Cassie aus. „Und Alexis liebt mich auch nicht.“

Cassie rollte zur Seite, um Abstand zu gewinnen. „Das ist ja wunderbar. Ups! Hörst du, mein Auto ruft mich. Ich muss los.“

Ty hielt sie fest. „Wo willst du hin?“

„Egal wohin, nur weg von hier.“

„Warum willst du fort? Du hast doch von Anfang an versucht, mich dazu zu bringen, von Alexis zu erzählen. Und jetzt, da ich es tue, willst du mir nicht zuhören?“

„Weil ich nicht schuld daran sein will, wenn Alexis’ Leben zerstört wird“, fuhr Cassie ihn an.

Überrascht von der Heftigkeit ihrer Worte zog Ty seine Hand zurück. „Wovon redest du?“

„Oh, komm schon, Ty.“ Sie setzte sich auf und schlang die Decke fest um ihre Schultern. „Bist du blind?“

„Offensichtlich. Blind gegenüber was?“

Sie zögerte.

„Was wolltest du sagen?“, fragte Ty.

„Ich habe den Faden verloren." Cassie seufzte und schaute ihm in die Augen ... Und Ty war erschüttert, welch große Verletzlichkeit in ihrem Blick lag. „Du liebst Alexis nicht. Alexis liebt dich nicht. Das ist nicht meine Schuld, also geh weiter deinen Weg."

„Wie sollte es deine Schuld sein können? Ich kenne Alexis seit zwanzig Jahren, und wir waren nie verliebt." Er versuchte Cassies Wange zu berühren, doch sie wich zurück.

„Warum erzählst du mir das?"

Seufzend ließ sich Ty auf den Rücken sinken und starrte an die Decke. „Es hat mich während der vergangenen zwei Jahre nie gestört, zu wissen, dass ich Alexis heirate, obwohl wir nicht verliebt sind. Wir haben sogar drüber geredet, als ich ihr den Antrag gemacht habe, und wir waren uns einig, dass es keine Rolle spielt. Wir waren die besten Freunde. Als ich geweint habe, weil ich als Sechsjähriger in der Schule in Schwierigkeiten geraten bin, hat sie mich getröstet. Ich war derjenige, dem sie von ihrem ersten Kuss erzählt hat. Wir hatten nie Geheimnisse voreinander."

„Hört sich nach einer tollen Beziehung an", meinte Cassie tonlos.

„Ist es auch. Oder war es." Schmerz hämmerte in seinem Kopf. „Doch in letzter Zeit ..." *Sag es einfach.* „Ich habe mich gefragt, ob es die richtige Entscheidung war. Für uns beide. Hat sie es nicht verdient, geliebt zu werden?" Aber es ging um mehr als um Liebe. „Ebenso verdient sie die Sicherheit, die ich ihr bieten kann."

„Ich höre da ein *aber* ..."

„Ich auch."

„Was ist es?"

Er schüttelte den Kopf. „Weiß ich nicht."

Cassie stöhnte laut auf und ließ sich neben ihn auf den Rücken fallen.

„Ich glaube, ich weiß, was es ist“, sagte sie leise.

„Tatsächlich?“ Sie war ganz nahe und roch so gut. Er bräuchte sich nur zur Seite zu drehen und sie läge genau vor ihm …

„Es ist meine Schuld“, antwortete sie.

„Wie das?“

„Ich … ich …“ Sie atmete tief ein. „Ich habe mich sozusagen in dich verknallt. Und ich glaube, dass du das spürst, und deshalb bist du verwirrt, weil ich dir Signale sende, aber das war nie meine Absicht, und es tut mir leid. Und das war der Grund, warum ich dir am Anfang gar nicht helfen wollte und dazu …“

Ty setzte sich auf. Sein Herz raste. „Was meinst du damit, du hast dich in mich verknallt?“ Er wollte ihre Antwort nicht hören, doch gleichzeitig brannte er darauf.

„Ich habe mich in dich verliebt.“ Mit diesen Worten sprang sie auf, rannte auf die andere Seite des Zimmers und verschanzte sich hinter einem riesigen Umzugskarton. „Es tut mir so leid. Ich hätte nie etwas gesagt, aber es ist passiert. Ich schwöre, ich bin keine Frau, die Beziehungen zerstört. Ich wollte nur, dass du Spaß hast und deinen Traum verfolgst, denn ich dachte, das wäre die Ursache für deinen Stresszustand. Wenn ich die Geschichte mit Alexis geahnt hätte … ich hätte mich fern von dir gehalten. Mir war nicht klar, dass du anfällig warst …“

„Du liebst mich?“

„Ähm … könnte man so sagen.“

„Wie einen Freund?“

„Das auch.“

„Wie einen …“ Er konnte die Worte nicht über die Lippen bringen.

„Ich liebe dich, Ty. Ich *liebe* dich wirklich.“

Die Worte klangen durch den Raum, tanzten durch die Flammen, flirteten mit dem Rauch des Feuers und trafen ihn bis ins Mark. „Das wusste ich nicht."

„Und das solltest du auch nicht. Aber deine Stresstherapie ist nun erfolgreich abgeschlossen, und wir müssen ab sofort keine Zeit mehr miteinander verbringen."

„Ich … Du…"

„Sag es nicht."

„Du bist etwas Besonderes, Cass. Vom ersten Tag an habe ich es gewusst."

Sie hielt sich die Ohren zu. „Halt die Klappe, Ty."

„Warum?"

„Verstehst du denn nicht?" Zur Sicherheit stapelte sie noch einen weiteren Karton auf den, hinter dem sie sich verschanzt hatte. „Du hast mir mein Vertrauen in die Männerwelt zurückgegeben, weil du deiner Verlobten treu bist. Du bist nicht einmal in sie verliebt, und trotzdem hältst du dein Versprechen ihr gegenüber. Du bist ein Held, Ty. Ein Held."

„Da liegst du falsch." Er stand auf und kam auf sie zu.

„Halt dich von mir fern, Ty."

„Du liebst mich." Er konnte es noch immer nicht glauben. Es machte ihn zum glücklichsten Mann der Welt. „Du liebst mich tatsächlich."

„Ja, gerade das ist das Problem." Sie stapelte noch einen weiteren Karton auf ihre Barrikade. „Ich liebe dich, weil du es wert bist, geliebt zu werden. Ich weiß, dass ich dir vertrauen kann."

Er versuchte, links an Cassies Festung vorbeizukommen, doch sie wich zur Seite und achtete darauf, dass die Kartons zwischen ihnen blieben.

„Aber siehst du, Ty, wenn du meinetwegen dein Versprechen Alexis gegenüber brichst, dann bist du genau wie alle anderen Männer."

Ty blieb abrupt stehen, starrte sie an und runzelte die Stirn. „Was meinst du damit?"

„Du wärst nicht besser als Drew, wenn du dein Versprechen brichst, sobald du etwas Besseres gefunden hast. Ich müsste immerzu Angst haben, dass du eine andere finden würdest."

„Ich würde dich nie verlassen, Cassie. Das schwöre ich bei meinem Leben."

„Aber du heiratest Alexis."

Er hatte das Gefühl, als bohre sich ein glühendes Messer in seinen Leib. „Das muss ich. Ihretwegen."

„Siehst du? Genau deshalb liebe ich dich. Weil du bis ans Ende deiner Tage für Alexis da sein wirst."

„Also auch, wenn ich mich entschließen sollte, Alexis nicht zu heiraten …"

Cassie schüttelte den Kopf. „Dann würdest du sie verlassen. Für eine andere. Und dann … woher sollte ich wissen, dass du dasselbe nicht auch mir antust?"

„Das würde ich nicht."

„Außerdem hätte ich ständig Schuldgefühle, dass ich mich zwischen euch gedrängt habe. Es war nie meine Absicht, mich in dich zu verlieben, das schwöre ich." Sie bückte sich nach einem großen Karton und hob ihn hoch. „Nach der Geschichte mit Drew könnte ich mich niemals daran beteiligen, einem anderen so etwas anzutun."

Den Karton vor die Brust gepresst bewegte sie sich langsam rückwärts zur Couch.

Ty konnte sich ein Lächeln nicht verkneifen. „Willst du meinen Karton klauen?"

Erstaunt senkte sie den Blick. „Oh." Sie stellte ihn auf dem Tisch ab und begann, ihre Stiefel anzuziehen. „Entschuldige. Das war reiner Instinkt."

„Dein Instinkt befiehlt dir, zu stehlen?"

„Nein, mich vor dir zu schützen." Sie griff nach ihrer Jacke und schlüpfte hinein.

„Was könnte ich dir denn antun?"

„Alles! Du brauchst mich nur auf eine bestimmte Art anzusehen, und schon liebe ich dich noch mehr."

„Wirklich?" Er lächelte und runzelte gleich darauf die Stirn. „Ich meine, das mache ich nicht mit Absicht."

Cassie rollte die Augen und zog ihre Mütze über. „Gerade das macht dich so attraktiv. Ich würde wohl kaum jede Nacht von dir träumen, wenn du ein egoistischer Kerl wärst, der es drauf *anlegt,* die Frauen zu erobern."

Nicht die Frauen.

Nur dich.

Oh Mann! Ty runzelte die Stirn. Hatte er versucht, Cassie zu erobern? Natürlich nicht. „Ich habe versucht, dich mit meinem Bruder zusammenzubringen."

„Das weiß ich." Cassie zog ihre Handschuhe an. „Und ich glaube nicht, dass es funktionieren wird. Ich meine, wenn wir uns dann auf Familienfesten träfen und so weiter ... das wäre irgendwie komisch."

Verdammt, er war erleichtert, dass sie nicht an Zach interessiert war. „Familienfeste wären kein Problem, Cassie." Warum tat er das? Um zu beweisen, dass er nicht überglücklich war, dass sie ihn liebte?

„Und ob sie das wären. Ich fürchte, ich würde mich dann vermutlich ... äh ... Alexis gegenüber ein wenig feindselig verhalten."

Er lächelte. „Könnte sein, dass ich mich auch etwas feindselig Zach gegenüber verhalten würde."

Cassie schrie laut auf und hielt sich die Ohren zu. „Sag so etwas nicht!"

„Warum nicht? Warum darfst du mir sagen, dass du mich liebst, aber ich nicht, dass ich ein wenig eifersüchtig auf Zach wäre?"

„Weil du derjenige bist, der verlobt ist!"

Ah, gutes Argument. „Du hast recht."

„Dass du das nie vergisst!" Sie zog ihre Autoschlüssel aus der Tasche. „Also, du musst das Haus für deine Braut in Ordnung bringen. Mach es, beschwer dich nicht, und schaff dir einen Hund an."

„Einen Hund?"

„Ja. Ein Hund zwingt dich jeden Tag rauszugehen und ein wenig Spaß zu haben." Ty machte einen Schritt auf sie zu, und Cassie stürmte zur Tür.

Er wusste, sie würde nie mehr zurückkommen.

Ein Gefühl der Einsamkeit übermannte ihn. Er rannte ihr nach und holte sie an der Eingangstür ein. „Bleib."

Sie reckte das Kinn vor. „Wirst du Alexis verlassen?"

Die Stille dauerte eine kleine Ewigkeit. Er dachte an Cassie, ihren Kuss auf der Silvesterparty, der ihn bis in die letzte Faser seines Körpers aufgewühlt hatte.

Und dann dachte er an Alexis.

Allein.

Verängstigt.

Die auf ihn angewiesen war.

Er fluchte und schloss die Augen.

„Genau deshalb liebe ich dich", flüsterte Cassie. „Du wirst immer mein Held sein, Ty. Für immer."

Sie berührte sein Gesicht, und als er die Augen öffnete, sah er in ihrem Blick so viel Liebe liegen, dass er am liebsten vor Dankbarkeit auf die Knie gesunken wäre.

Dann schlang sie ihre Arme um seinen Hals und zog Ty sanft zu sich hinunter.

Er beugte sich vor, und ihre Lippen berührten die seinen so zart, dass es sich anfühlte, als streife ein Schmetterling seine Haut. Wunderschön, nicht fassbar und wieder verschwunden, bevor er noch reagieren konnte.

„Leb wohl, Ty."

Er brachte keine Antwort über die Lippen, sondern schaute ihr nur nach, wie sie durch die Tür verschwand und sie lautlos hinter sich ins Schloss zog.

Und zum ersten Mal, seit er ein Mann war, brannten Tränen in seinen Augen.

Sofort schüttelte er den Kopf. Schluss damit. Er würde sich einen Hund kaufen. Einen Pitbull. Der passende Hund für einen Mann, der sich nie verliebte. Pitbull-Besitzer weinten nicht.

Oder vielleicht einen Pitbull-Wolf-Mischling.

Und er würde den Hund Killer nennen.

Ty schaute auf die Uhr. Halb Fünf. Das Tierheim würde wahrscheinlich um fünf schließen.

Pass auf, Killer.

Ich komme und hol dich da raus.

„Hast du Ty in letzter Zeit mal gesehen?", fragte Cassie. Sie war seit einer Stunde in Leos Laden und hatte noch kein einziges Stück Schokolade gegessen. Wozu auch? Es half ja doch nichts.

Es waren genau sieben Tage und fünf Stunden vergangen, seit sie Tys Haus verlassen hatte, und sie konnte nicht aufhören, an ihn zu denken.

„Ja, das habe ich. Ty ist gestern vorbeigekommen und hat ein paar Sachen gekauft", antwortete Leo.

„Tatsächlich? Was hat er gesagt?" Sie wollte wissen, wie es ihm ging. Das war doch nur normal. Er war schließlich ihr Klient gewesen, und sie musste sich über seine weiteren Fortschritte auf dem Laufenden halten. Das hieß noch lange nicht, dass sie nicht ihr eigenes Leben wieder in die Hand genommen hätte und nach vorn blickte.

Leo holte ein Blech Buttertoffee aus dem Kühlschrank. „Er hat erzählt, dass er das ganze Haus für Alexis hergerichtet hat. Anscheinend hast du deinen Job gut gemacht."

„Schön." Ups! Sie klang ja enttäuscht. „Das ist wunderbar!" Eine wahrhaft überschwängliche Antwort. Sie sollte am Broadway auftreten.

Leo sah sie skeptisch an.

Vielleicht war Cassie doch nicht so eine überragende Schauspielerin.

„Hat er gesagt, wann Alexis ankommt?" Warum tat sie sich das an? Warum konnte sie nicht einfach so tun, als existierte er gar nicht?

„Er hat die Pralinen für sie gekauft. Sie kommt heute Abend", antwortete Leo leise. Mitgefühl lag in ihrer Stimme.

Cassie spürte, wie sich in ihrem Hals ein Kloß bildete. Sie fing an zu husten.

Leo stürzte auf sie zu. „Es tut mir so leid, Liebes. Ich wollte es dir gar nicht erzählen, aber dann dachte ich, es ist besser, wenn du es von mir erfährst. Willst du dich ausheulen? Wir können nach hinten gehen und …"

Cassie hob den Kopf und sah, dass Leo glitzernden, blauen Lidschatten aufgetragen hatte. Blau – es erschien Cassie seltsam, dass jemand eine so fröhliche Farbe trug. Müsste nicht eigentlich jeder Schwarz tragen? „Es geht mir gut."

„Tatsächlich?" Leo sah nicht sehr überzeugt aus. „Weißt du, es ist gut, dass sie endlich kommt. Das zwingt dich, ihn hinter dich zu lassen."

„Ich weiß", seufzte Cassie. Gott im Himmel war sie es leid, sich so elend zu fühlen.

„Und betrachte die Sache doch mal von dieser Seite: Wenigstens weißt du nun, dass es auch Männer da draußen gibt, denen du vertrauen kannst. Das ist doch ein Trost, oder? Lange Zeit hast du das nicht glauben können."

„Wahrscheinlich hast du recht."

„Du musst nur noch über ihn hinwegkommen."

Klar, nichts einfacher als das.

Leo lehnte sich gegen die Theke. „Ich bin heute Abend mit einem Börsenmakler verabredet. Was hältst du davon, wenn ich ihn anrufe und ihm sage, dass er noch einen Freund mitbringen soll? Dann sitzt du wenigstens nicht zu Hause herum und denkst die ganze Zeit an Tys Wiedersehen mit Alexis."

„Vielen Dank, dass du es mir so plastisch ausmalst", erwiderte Cassie und verpasste sich selbst schnell eine Kopfnuss, bevor vor ihrem inneren Auge das Bild von Alexis in Tys Armen auftauchen konnte.

„Also, was ist? Kommst du mit?"

Cassie reckte ihr Kinn. Was blieb ihr anderes übrig? Sollte sie bis ans Ende ihrer Tage einem Mann nachtrauern, der mit einer anderen verheiratet war? So einladend das auch im Moment scheinen mochte, sie wollte mehr von ihrem Leben. „Ich komme mit."

„Du hast einen Cockerspaniel?" Das waren Alexis' erste Worte, als Ty sie zusammen mit Gracie, seinem neuen glänzend schwarzen Spaniel, am Flughafen abholte.

„Wolf-Pitbull-Mischlinge hatten sie keine da", murmelte er. „Und sie hätten Gracie sonst einschläfern lassen. Da konnte ich sie doch nicht im Tierheim sitzen lassen."

„Du mit einem Cockerspaniel – das hätte ich niemals erwartet." Alexis schob den schwanzwedelnden schwarzen Hund beiseite und nahm auf dem Beifahrersitz Platz. „Okay, lass uns fahren."

„Hast du nur deinen Rucksack dabei? Was ist denn mit deinem restlichen Gepäck?"

Sie verschränkte die Hände auf ihrem Schoß. „Ich muss morgen wieder zurückfliegen."

Ein Gefühl der Erleichterung durchströmte ihn, und augenblicklich schämte er sich dafür. „Warum hast du nicht gewartet, bis du mit allem fertig warst …“, eine Hupe ertönte hinter ihnen, und Ty setzte den Wagen in Bewegung, „… dann hättest du hierbleiben können?“

„Ich freue mich, dich zu sehen, Ty.“

Er biss die Zähne zusammen und nickte. „Ich bin sehr froh, dass du hier bist, Alexis.“

Sie schürzte die Lippen und schwieg.

Es wurde still im Wagen … nur das Klopfen von Gracies Schwanz war zu hören, die sich auf Tys Schoß kuschelte.

„Ist das nicht gefährlich, mit dem Hund auf dem Schoß zu fahren?“

„Sie ist immer noch ängstlich und braucht Körperkontakt“, antwortete Ty und legte Gracie beschützend die Hand auf den Kopf. „Sie bleibt ganz ruhig liegen. Sie ist ein sehr braver Hund. Du wirst sie mögen.“ Und natürlich musste er bei Alexis' Kommentar über das Autofahren sofort an Cassie und ihren Formel-Eins-Fahrstil denken. Wieso konnte er sie nicht vergessen? Obwohl Alexis neben ihm auf dem Beifahrersitz saß – wieso war es ihm unmöglich, Cassie aus seinem Kopf zu verbannen?

Er war verabscheuungswürdig.

Alexis seufzte und lehnte sich im Sitz zurück. „Es ist dein Hund. Du musst ihn mögen.“

„Du auch.“ Er schluckte. „Sie wird auch dein Hund sein.“

Alexis schwieg, und er fragte sich, ob es ein Fehler gewesen war, Gracie ins Haus zu holen. Er streichelte das weiche Fell und wusste, dass es ihm egal war. Gracie gehörte nun zu seiner Familie, und er könnte sie niemals zurückbringen. „Was hältst du davon, wenn wir am Park halten und eine Runde mit Gracie drehen?“

„Es ist sieben Uhr, Ty, und es ist eiskalt.“

„Stimmt.“

Wieder wurde es still im Wagen.

Mit Cassie war ihm das Plaudern nie schwergefallen. Doch auch mit Alexis war es früher nicht schwierig gewesen. Was war nur mit ihm los? „Wie geht es dir denn? Gut?“ Alexis sah zu ihm hinüber, und ihm fiel auf, wie müde sie aussah. „Alexis? Was ist los?“

Sie lächelte zaghaft. „Du kannst noch immer meine Gedanken lesen. Genau wie damals, als wir Kinder waren.“

„Wir sind eben schon seit sehr langer Zeit die besten Freunde“, erwiderte Ty leise.

„Das ist wahr.“ Sie knetete nervös ihre Hände. „Hast du schon zu Abend gegessen?“

„Nein, es gibt gleich Pizza. Ich habe ein neues Rezept, das ich ausprobieren will.“ Es war nur eine kleine Andeutung, um zu sehen, was sie davon hielt. Er würde sie nie drängen, aber wenn sie es selber vorschlagen würde …“

„Ich bin nicht in der Stimmung für Pizza. Können wir nicht in ein Restaurant gehen?“

Ty hatte das Gefühl, ein dunkler Schatten fiele über ihn. „Wie du meinst.“

Wenn sie sich richtig Mühe gäbe, würde es ihr vielleicht gelingen, ihn mit ihren Hirnströmen zu pulverisieren. Cassie kniff die Augen zusammen und konzentrierte sich auf den plappernden Idioten, der ihr gegenüber am Tisch saß.

Nichts.

Ihr parapsychischer Angriff vermochte weder seinen Wortschwall zu stoppen noch ihn wegzubeamen.

Klar, er schien intelligent zu sein. Und sein Anzug hatte bestimmt eine Stange Geld gekostet. Und er hatte dichtes blondes Haar. Und er hatte ihr Blumen mitgebracht.

Aber er war fade.

Und sie langweilte sich.

Na ja, zumindest war ihre Angst vor Verabredungen mit

Männern der Furcht gewichen, sich bei belanglosen Dates mit reichen, gut aussehenden Börsenmaklern zu Tode zu langweilen.

Das war doch schon mal ein Fortschritt.

Die Frau, die ihm gegenübersaß, würde bald seine Frau sein.

Seine Frau.

Alexis.

Die Mutter seiner Kinder.

Sie nahm die Leinenserviette vom Tisch und breitete sie über ihren Schoß. Ihre Wangen waren blass, und Ty entdeckte dunkle Ringe unter ihren Augen. Er runzelte die Stirn. „Was ist los?"

„Wir müssen reden."

„Über die Hochzeit? Was immer du dir wünschst, ich bin dafür." Ihre Hochzeit. Was für ein Gedanke. Er konnte das nicht tun. Doch, er konnte. Es würde ganz einfach nur ein bisschen Zeit brauchen, bis er sich wieder an Alexis gewöhnt hatte.

„Liebst du mich, Ty?"

„Natürlich."

Sie legte ihre Hände um den Stiel ihres Weinglases. „Ich wollte wissen: Liebst du mich?"

Ty biss die Zähne zusammen. „Darüber haben wir doch schon gesprochen."

„Ich wollte wissen, ob sich deine Gefühle geändert haben. Aber das ist nicht der Fall, nicht wahr? Du bist nicht in mich verliebt?"

„Das ist egal, Alexis. Ich werde immer für dich da sein."

Alexis schaute ihm in die Augen. „Genau das ist der Punkt, Ty. Es ist nicht egal. Ich möchte einen Mann heiraten, der mich liebt."

Er schluckte. „Vielleicht kommt das noch. Wir haben uns

lange nicht gesehen …"

„Ich werde dich niemals lieben."

Er blickte sie erstaunt an. „Was?"

Alexis legte ihre Hand auf seine. Ihre Finger waren kalt wie Eis. „Ich liebe dich, Ty. Aber ich will dich nicht heiraten. Ich bin nicht darauf angewiesen, dich zu heiraten."

Ty schüttelte den Kopf. „Was sagst du da?"

Ihre Wangen färbten sich rot. „Ich will nicht, dass du für mich sorgst."

„Was?"

„Du bist wie ein Bruder für mich. Du sagst mir immer, was ich tun soll, und versuchst, mich vor allem zu beschützen." Sie rutschte auf ihrem Stuhl herum. „Vor zwei Jahren habe ich dich gebraucht, aber jetzt ist das anders."

„Du willst mich loswerden?" In seinem Kopf schien sich alles zu drehen und er hatte das Gefühl, als würde ihm der Boden unter den Füßen weggezogen.

„Das nicht, nur … Nun …" Sie trank einen Schluck Wein. „Als ich mir vorzustellen versuchte, in fünfzig Jahren noch mit dir verheiratet zu sein, wurde mir klar, dass wir das nie schaffen werden. Die besten Freunde zu sein, reicht nicht für eine Ehe, Ty. Da gehört mehr dazu."

Er sank gegen seine Stuhllehne und atmete hörbar aus. „Ich kann es nicht fassen."

Sie versuchte zu lächeln, doch in ihren Augen standen Tränen. „Ich wollte dich nicht verletzen. Aber … ich wusste nicht, was ich tun sollte. Ich habe es immer aufgeschoben herzukommen, weil ich nicht wusste, wie ich es dir sagen soll …"

„Nein, nein, nein. Weine nicht." Er beugte sich vor und nahm ihre Hand. „Bist du dir sicher? Habe ich etwas falsch gemacht?" Wenn er sie vertrieben haben sollte, würde er sich das nie verzeihen.

„Nein!" Sie schüttelte den Kopf. „Ich habe schon seit Monaten Andeutungen gemacht, aber du hast sie immer ignoriert. Du hast immer nur wiederholt, dass du mich beschützen würdest." Ein zaghaftes Lächeln spielte um ihre Lippen. „Du kannst manchmal ziemlich schwierig sein."

Seine Mundwinkel zuckten. „Das habe ich in letzter Zeit öfter gehört."

„Dann bist du mir nicht böse?"

Ein Lächeln erstrahlte auf seinem Gesicht. „Ich liebe dich Alexis, aber ich hatte wirklich keine Lust, dich nackt zu sehen."

Ein ungläubiges Lachen erklang aus ihrem Mund. „Wirklich nicht?"

„Das schwöre ich."

„Ich hatte auch keine Lust, dich nackt zu sehen", antwortete sie.

„Das Adamskostüm steht mir gut."

Ihre Augen strahlten. „Das glaube ich dir gerne, aber … allein der Gedanke daran hat mir Albträume beschert."

„Jetzt bin ich aber beleidigt."

„Nein, bist du nicht. Du bist erleichtert, weil du sowieso nicht gerne unbekleidet vor meinen Augen herumstolziert wärst."

Ty lachte und drückte ihre Hand. „Du kennst mich einfach zu gut."

Alexis seufzte erleichtert. „Ich fühle mich jetzt viel besser. Ich habe mir solche Sorgen gemacht."

„Dass du mich hüllenlos würdest sehen müssen?"

Sie lachte. „Wegen des ganzen Besuchs. Das Nacktsein eingeschlossen. Das war auch der Grund, warum ich heute Abend nicht bei dir zu Hause essen wollte. Ich hatte Angst, dass du eine Art Verführungskulisse vorbereitet hättest. Es wäre wirklich peinlich gewesen, wenn du nackt neben mir gestanden wärst, während ich dir zu erklären versuchte …"

„Dass du in mir viel zu sehr den Bruder siehst, um mich heiraten zu können?"

„Genau. Aber ich liebe dich immer noch, und ich möchte dich weiter anrufen und dir von all den ekelhaften Dingen erzählen können, die mir in den nächsten fünfzig Jahren passieren werden."

„Und ob du das kannst." Er war frei. Alexis hatte ihm seine Freiheit wiedergegeben. Unglaublich. Er hatte das Gefühl, zu schweben.

„Was hältst du davon, wenn ich heute in deinem Gästezimmer übernachte?", fragte Alexis. „Und erzähl mir von diesem neuen Pizzarezept. Wann eröffnest du deine Pizzeria? Du musst mittlerweile doch genug Geld beisammenhaben."

Er strahlte. „Bald, Alexis. Sehr bald."

13. KAPITEL

Darf ich noch auf einen Drink hereinkommen?", fragte Cassies neuer Verehrer mit einem lüsternen Blick in den Augen.

Sie überlegte, ob es sehr unhöflich wäre, ihm eine Handvoll Schnee in sein dreistes Gesicht zu schleudern. „Nein, vielen Dank."

„Bist du sicher?" Er streckte seine Arme nach ihr aus, um ihr einen Gutenachtkuss auf den Mund zu drücken. Hatte er etwa immer noch nicht kapiert, dass zwischen ihnen nichts lief?

„Oh, hörst du das? Ich glaube in meinem Klo ertrinkt gerade eine Kakerlake. Ich muss los." Sie schlängelte sich durch die Tür und hätte ihm fast die Finger abgeklemmt, als er seine Hand durch den Türspalt schob, um Cassie festzuhalten.

Schade eigentlich. Ihm seine vorwitzigen Finger in der Tür zu zertrümmern, wäre definitiv der Höhepunkt des Abends gewesen.

Moment mal! Was war denn das für ein Geruch? Oregano? Brot? Knoblauch? In ihrem Haus?

Sie presste den Rücken gegen die Haustür. „Leo?" Quatsch. Leo konnte es nicht sein. Sie waren doch den ganzen Abend zusammen gewesen.

Keine Antwort.

„Böser, mordgieriger Vergewaltiger?"

Keine Antwort.

Cassies Herz raste, und ihre Kehle war wie zugeschnürt. Nur ruhig, kein Grund zur Panik. Ein Einbrecher würde schließlich nicht kochen. Oder sich italienisches Essen bestellen.

Ihr unbeirrbarer Verehrer hämmerte gegen die Tür und rief, er müsse ihr Telefon benutzen.

Na wunderbar.

Ein Stalker lauerte vor dem Haus.

Ein Einbrecher im Haus.

War sie nicht ein echter Glückspilz?

Cassie tastete sich langsam seitwärts und stolperte über die Schlittschuhe, die sie nach ihrem Eislaufabend mit Ty dort fallen gelassen und keines Blickes mehr gewürdigt hatte.

Perfekt.

Sie hob die Schlittschuhe auf und schob ihre Hände jeweils bis zur Spitze in die Schuhe hinein.

Sie drehte die Kufen nach vorn. *Komm nur und versuch, dich mit mir anzulegen.* „Ich bin bewaffnet."

Es kam keine Antwort.

Ihr hartnäckiger Verehrer hämmerte erneut gegen die Tür und rief etwas von leeren Autobatterien. Als wenn sie auf den Trick hereinfiele. Der Mann besaß einen achtzigtausend Dollar teuren Wagen, der höchstens sechstausend Meilen auf dem Tacho hatte. Glaubte er etwa, sie sei völlig naiv?

„Ich komme!", rief sie.

Ihr Verehrer murmelte zustimmend. Ja klar, als ob sie *ihm* zur Hilfe eilen würde.

Der Eindringling hatte vermutlich ihr Haus ausspioniert, als sie im Jogginganzug heulend auf dem Boden gelegen hatte. Da hatte er wohl einen falschen Eindruck bekommen. Nur weil sie sich die gesamte letzte Woche wie eine schluchzende, jämmerliche Verliererin aufgeführt hatte, bedeutete das noch lange nicht, dass er mit ihr leichtes Spiel haben würde und sie ihr Haus nicht verteidigte. Er hatte ja keine Ahnung, wie abgebrüht sie war. Jetzt, da sie ihr erstes Date seit vier Jahren überlebt hatte, konnte sie nichts mehr einschüchtern.

„Ich habe den schwarzen Gürtel, und ich bin ziemlich schlecht gelaunt", rief sie mit betont tiefer und böser Stimme. Es hatte sich genug Wut gegen die Männerwelt in ihr aufgestaut. Sicher, langsam fing sie sich wieder, aber sie hatte bisher noch keine Gelegenheit gehabt, ihre Wut herauszulassen. Ein vor Testosteron platzender Angreifer kam ihr da gerade recht.

Sie hoffte geradezu, dass er noch immer da sein würde, wenn sie die Küche erreichte. Sie hielt die Schlittschuhe noch ein Stück höher, die Eisenkufen würden in ihrer Hand zu tödlichen Waffen werden. „Ich bin schon fast in der Küche", warnte sie. „Sie verschwinden besser, solange es noch geht."

Mit Gänsehaut auf den Armen durchquerte sie vorsichtig den Flur. Sie überlegte, ob sie knurren und ihre Zähne entblößen solle. Das würde ihm sicher Angst einjagen. Er würde glauben, sich in das Haus einer total Verrückten verirrt zu haben.

Vor einem Monat noch hätte er damit auch recht gehabt.

Doch jetzt war sie eine hartgesottene Amazone, die sich von keinem Mann mehr herumstoßen lassen würde.

In der Küche brannte Licht.

Ein Topf klapperte. Ihr Herz klopfte ihr bis zum Hals. Na schön, vielleicht hatte sie doch keine *richtige* Lust, sich auf einen Nahkampf mit einem unberechenbaren Killer einzulassen. „Leo? Bist du sicher, dass du es nicht bist? Sag mir lieber Bescheid, damit ich dich nicht aus Versehen umbringe." Auch wenn es völlig unmöglich war, dass es Leo sein konnte, die sich in der Küche zu schaffen machte, war hoffen schließlich erlaubt.

Cassie hörte ein leises Lachen. Lachen? Was fiel dem Kerl ein, sie nicht ernst zu nehmen?

Sie atmete tief ein und hielt die Schlittschuhe noch höher. Mit einem Satz sprang sie breitbeinig, die gefährlich blitzenden Kufen kampfbereit vorgestreckt, in die Küche.

„Hallo Cassie." Die Hände lässig in die Hüfte gestemmt und eine Prise Mehl auf der Wange lehnte Ty am Küchentisch. „Hunger?"

„Ty?" Was? Sie war völlig verwirrt.

„Ich habe ein neues Rezept kreiert und wollte deine Meinung dazu hören. Es ist fast fertig."

„Du ... wir ... was ...?" Er war hier. In ihrer Küche. „Alexis ..." Sie ließ die Hände sinken, und die Schlittschuhe glitten von ihren Händen.

„Cassie! Vorsicht!"

Zu spät. Die Kufen sausten zu Boden. Schmerz durchbohrte ihre Füße, und Tränen schossen ihr in die Augen. „Ist nicht schlimm", wimmerte sie und humpelte zum Tisch hinüber. „Alles okay. Es ist nur ein Kratzer."

Ehe sie sich versah, kniete Ty schon zu ihren Füßen und zog ihr die hochhackigen Sandaletten aus, die sie sich von Leo geborgt hatte. „Das nächste Mal, wenn du eine Kufe auf deinen Fuß fallen lässt, sorge dafür, dass du deine Stiefel anhast."

„Werde ich mir merken", murmelte sie. Er sah unverschämt gut aus. Obwohl er die Brauen wegen der Beinah-Amputation ihrer Zehen besorgt zusammengezogen hatte, strahlten seine Augen vor Freude.

Na wunderbar. Alexis machte ihn also offensichtlich glücklich. Cassie freute das ungemein.

„Es ist nur ein kleiner Schnitt. Nicht weiter schlimm. Hast du irgendwo Verbandszeug? Ty sprang auf und begann, die Schränke zu durchforsten. „Hast du Wundsalbe?"

„Wie bist du hier reingekommen?"

„Eine Glasscheibe deiner Hintertür muss repariert werden."

„Du bist eingebrochen?"

„Das ist ein bisschen hart ausgedrückt", erwiderte er. „Ich würde sagen, ich habe mir eine kreative Lösung einfallen lassen, um eine hinderliche Tür zu überwinden. Ich habe sogar die Glasscherben beseitigt. Ah ... endlich." Er nahm das Verbandszeug und hockte sich wieder zu Cassies Füßen nieder. „Ich wusste nicht, wo dein Reserveschlüssel versteckt war."

„Ich habe keinen."

„Dann werden wir einen besorgen müssen. Oder du gibst mir einen eigenen Schlüssel." Er hob ihren Fuß hoch und legte ihn auf seinen Schenkel.

„Deinen eigenen Schlüssel? Warum sollte ich dir einen Schlüssel zu meinem Haus geben?"

„Na, damit ich hereinkommen kann, wenn du nicht da bist." Er strich Creme auf ihren Fuß und verrieb sie sanft. Im Augenwinkel nahm Cassie eine Bewegung im Türrahmen wahr. *Ein Hund?*

„Äh … Ty?"

„Ja, Liebling?"

Liebling? Hatte sie etwa eine Kopfverletzung erlitten, an die sie sich nicht erinnern konnte? Das ergab alles keinen Sinn. „Da steht ein Cockerspaniel in der Küchentür."

„Ja, das ist Gracie. Du hast sie erschreckt, als du hereinkamst. Sie ist Fremden gegenüber noch ein wenig ängstlich." Er nahm eine Binde aus der Verpackung und wickelte sie um Cassies Fuß. „Sie ist eine ganz Süße."

„Gehört sie dir?"

„Du hast mir gesagt, ich solle mir einen Hund anschaffen. Mache ich nicht immer, was du sagst?" Ty hob Cassies anderen Fuß hoch und stützte ihn gegen seine Brust. „Dieser Schnitt ist ein wenig tiefer, aber ich denke nicht, dass er genäht werden muss."

„Du machst immer, was ich sage?"

„Klar."

„Ich habe dir gesagt, du sollst mich in Ruhe lassen, und das tust du nicht."

„Oh ja. Es gibt aber auch einen triftigen Grund dafür."

„Welchen Grund?" Die Augen des verdammten Kerls strahlten immer noch voller Glück. Na klasse. Sie freute sich ja *so* unsäglich für ihn, dass er mit seinem kleinen Herzchen sein Glück gefunden hatte.

„Die Idee hat mir nicht zugesagt", erwiderte er mit viel zu vergnügter Stimme.

„Wer fragt denn danach, ob es dir zusagt?" Auch wenn Cassie ihr seelisches Gleichgewicht einigermaßen wiedergefunden hatte, hieß das noch lange nicht, dass sie nicht in Versuchung geraten könnte, ihre Bratpfanne herauszuholen und ihm eins damit überzuziehen, um diesen verliebten Ausdruck aus seinem Gesicht zu radieren. Was zu viel war, war zu viel, und ihre Reizschwelle lag, was Ty anging, anscheinend immer noch gefährlich niedrig. „Lass mich los."

Sie versuchte, ihren Fuß loszustrampeln, doch Ty hielt ihren Knöchel fest und warf ihr einen strengen Blick zu. „Sieht es etwa so aus, als sei ich mit deinem Fuß schon fertig?"

„Sehe ich so aus, als kümmerte mich das?" Wieder versuchte sie, ihren Fuß wegzuziehen, doch Tys Hände fixierten ihre Fessel, als wäre sie in einem Schraubstock eingespannt. „Okay, ich gebe auf. Sag, was du in meinem Haus verloren hast."

„Das habe ich dir doch bereits erklärt. Ich wollte, dass du mein neues Pizzarezept kostest."

„Lass es doch Alexis probieren!" Verflixt, ihre Verbitterung war nicht zu überhören. Cassie versuchte, den Eindruck durch ein nachgeschobenes Lächeln abzuschwächen. „Ich meine, sie ist doch diejenige, die ..."

„Sie schläft."

„Oh." Diese Information hätte er sich sparen können. Hatte das leidenschaftliche Liebesspiel mit Ty Alexis etwa völlig erledigt?

Nicht, dass es sie interessierte. Überhaupt nicht. Sie nicht. Kein bisschen.

Er strich Creme auf ihren Fuß und summte leise vor sich hin.

„Warum bist du so gut gelaunt?"

„Weil ich verliebt bin."

Toller Einfall, diese Frage zu stellen. Einfach genial.

Aber eigentlich war das sogar gut. Es war der ideale Testfall für die Stabilität ihres Nervenkostüms. Sie würde herausfinden, ob sie wirklich stark genug war, ohne ihn weiterzuleben. Und ob sie das konnte! Sie würde es sich beweisen, indem sie weitere Fragen stellte und ihm bei seinen Antworten vor die Füße spie. „Du bist verliebt?"

„Genau."

Okay, es war doch nicht so wichtig. Sie war noch nicht über ihn hinweg, und sie wollte es gar nicht genau wissen.

„Hat das Wiedersehen mit Alexis deine Gefühle verändert?" Warum nur hatte sie diese Frage gestellt? Wie blöd war sie eigentlich? Völlig bescheuert.

„Nein."

„Nein? Ich verstehe das nicht."

Ty war mit dem zweiten Verband fertig, stützte seine Arme auf ihre Schenkel und schaute ihr in die Augen. „Würde dir übel werden, wenn du mich nackt sähest?"

Ihr blieb der Mund offen stehen. Anscheinend ließ ihr Verstand sie im Stich.

Völlig im Stich.

Zumindest eine Sekunde lang. Denn gleich darauf tauchte das Bild eines nackten Ty vor ihren Augen auf – ein herrlicher Anblick, ein wahr gewordener Traum.

„Cassie, beantworte meine Frage."

„Nein."

„Heißt das: Nein, du willst meine Frage nicht beantworten – oder nein, dir würde nicht übel werden, wenn du mich in meiner ganzen Pracht bestaunen könntest?"

„Beides."

Er lächelte verführerisch. „Schön. Ich würde dich auch gern mal nackt sehen."

Sie fragte sich, ob er sie auffangen würde, wenn sie gleich in Ohnmacht fiele.

„Das wäre dann geklärt." Er erhob sich und ging zum Backofen hinüber, um nach der Pizza zu sehen.

„Äh ... was ist geklärt?"

„Das war der Test." Er nahm einen Topflappen und zog die Pizza heraus. Er hielt einen Moment inne, um den verführerischen Duft von Knoblauch und Oregano zu schnuppern. „Mmmm. Nicht so gut, wie aus dem Steinofen, aber bis ich meine Öfen installiert bekomme, geht das auch so."

„Öfen?"

„Ja. Wirst du mir helfen?"

„Wobei?" Der Mann war völlig verrückt geworden. Oder sie schien gerade ihren sowieso schon angeschlagenen Verstand endgültig zu verlieren, denn sie konnte seinen zusammenhanglosen Ausführungen beim besten Willen nicht folgen.

„Alles fertig zu machen. Ich brauche Hilfe, um es rechtzeitig zum Sommer eröffnen zu können."

Cassie hielt sich die Ohren zu und schüttelte den Kopf. „Hör auf! Du machst mich wahnsinnig!"

Ty strahlte sie mit einer immer noch so glückseligen Miene an, dass sie ihn am liebsten kopfüber in eine Schneewehe gestoßen hätte. „Was hast du denn?"

„Welche Tests? Welche Öfen? Warum reden wir übers Nacktsein?"

„Oh, habe ich das nicht erklärt?" Ty nahm einen Pizzaschneider in die Hand und fing an, sein Werk zu zerteilen. „Alexis hat mir erklärt, sie könne mich nicht heiraten, weil der Gedanke, mich nackt sehen zu müssen, ihr Albträume beschere. Mir geht es umgekehrt genauso. Wir empfinden uns viel zu sehr als Bruder und Schwester, um eine Liebesbeziehung führen zu können. Und wenn wir heiraten und Kinder haben wollten, nun, dann würden wir um das Thema Nacktheit wohl nicht herumkommen."

„Alexis … Du …" Offensichtlich hatte sie nun den letzten Rest ihres Verstandes verloren, und ihre Fantasie spielte ihr einen Streich.

„Außerdem findet sie, ich wäre ein Kontrollfanatiker. Kannst du dir das vorstellen?"

„Du bist ein Kontrollfanatiker." Das war alles ein großes Missverständnis. Pure Einbildung. „Und dazu eine echte Nervensäge."

„Ich weiß. Aber du ebenso, und deshalb passen wir so gut zusammen. Wir sind das perfekte Paar, würde ich sagen."

„Wir? Ein perfektes Paar?" Sie litt offensichtlich an Halluzinationen.

„Na, jedenfalls hatte ich mir ein wenig Sorgen gemacht, dass ich in deinen Augen kein Held mehr wäre, wenn ich Alexis nicht heiratete. Doch dann sagte ich mir, dass es in Ordnung sein müsste, da sie ja diejenige ist, die mich verlassen hat." Ein Anflug von Unsicherheit erschien in seinem Blick. „Oder habe ich mich geirrt?"

„Nein." Nur für den Fall, dass das hier wirklich passierte, entschloss sie sich zu einer Antwort.

„Also … könntest du mich noch immer lieben?"

Es schien tatsächlich wahr zu sein. Würde sie die Pizza riechen können, wenn es nur ein Traum wäre?

„Cassie?"

„Ja, ich könnte dich noch immer lieben."

Er schenkte ihr ein solch strahlendes Lächeln, wie sie es noch bei keinem Menschen zuvor gesehen hatte. Es traf sie mitten ins Herz. Okay, das musste alles Wirklichkeit sein. Wie könnte sie das Gefühl haben, vor Liebe und Glück zu zerplatzen, wenn es nur ein Traum war?

„Als du mir sagtest, dass es kein Problem für dich sei, mich nackt zu sehen, wusste ich, dass du mich immer noch liebst.

Jetzt verstehst du, warum das mein Test war, nicht wahr?"

„Ich denke …" Puh! Ein Hitzeschwall strömte durch ihren Körper, und ihr wurde schwindelig.

„Mein Plan ist folgender: Morgen werde ich den Mietvertrag für den Laden unterschreiben. Ich werde meine Firma verkaufen und das Restaurant noch vor dem Sommer eröffnen. Hilfst du mir dabei?" Er legte ein Stück Pizza auf einen Teller und stellte ihn neben ihr auf den Tisch. „Was denkst du?"

Denken? Wie sollte sie im Moment auch nur einen einzigen klaren Gedanken fassen können?

Ty hockte sich vor sie nieder und nahm ihr Gesicht in seine Hände. „Du siehst blass aus, Cassie. Ist alles in Ordnung?"

„Ich bin ein wenig verwirrt."

„Das ist meine Schuld, nicht wahr."

Sie nickte.

Ty küsste ihre Nasenspitze. „Es tut mir leid. Ich war noch nie verliebt, und ich weiß nicht genau, wie ich mich verhalten soll. Habe ich es vermasselt?"

„Du liebst mich?"

„Ja, aber darum geht es nicht."

„Sondern?"

„Der Punkt ist: Ich bin in dich verliebt. Da gibt es einen Unterschied."

Sie nickte. „Ich weiß, die Sache mit dem Nacktsein."

„Genau."

„Oh Mann!"

„Ich würde dir gern einen Ring kaufen. Alexis und ich, wir haben nie einen gehabt, und diesmal möchte ich alles richtig machen."

„Diesmal?"

Ty nahm ihre Hände. „Diesmal heirate ich meine Traumfrau. Die Frau, in die ich wahnsinnig verliebt bin. Die Frau, mit der ich den Rest meines Lebens verbringen, Kinder haben,

Pizza backen und Eislaufen gehen möchte."

„Du heiratest?"

Er runzelte zerknirscht die Stirn. „Oh, warte. Habe ich vergessen, dich zu fragen?"

„Ich bin mir ziemlich sicher, dass ich mich erinnern würde, wenn du mir eine derartige Frage gestellt hättest."

„Verdammt. Das tut mir leid." Er kniete vor ihr nieder. „Cassie Halloway, willst du meine Frau werden?"

Da war es um sie geschehen. Ihr Herz zerbarst fast vor Glück. Alles andere in ihrem Leben wurde unwichtig, und sie nahm nur noch den Mann wahr, der vor ihr kniete.

„Cass?"

„Natürlich will ich dich heiraten." Sie staunte maßlos, dass sie es im Taumel der Glückseligkeit geschafft hatte, die Worte einigermaßen verständlich über die Lippen zu bringen. Tränen schossen ihr in die Augen. Anscheinend war sie doch nicht ganz so abgebrüht. Sie liebte ihn. Und das fühlte sich gar nicht mal schlecht an. Im Gegenteil, es war schöner als alles, was sie sich jemals hätte erträumen können.

Er strahlte sie an. „Wirklich? Du willst mich heiraten?"

„Ja, ich will." Sie lächelte durch den Schleier ihrer Tränen hindurch zurück. Nichts in der Welt hätte sie davon abhalten können, zu lächeln. „Wie könnte ich jemals einen Heiratsantrag von einem Mann ablehnen, der kochen kann?"

„Ist das der einzige Grund, warum du mich heiratest?"

„Deshalb und wegen der Sache mit dem Nacktsein."

Er schmunzelte. „Was ist mit Liebe?"

Cassie rutschte von ihrem Stuhl hinunter auf seinen Schoß und schlang die Arme um seinen Hals. „Liebe?"

„Ja, Liebe." Er zog sie fest an seine muskulöse Brust.

Cassie schaute ihm tief in die Augen. „Hatte ich erwähnt, wie wahnsinnig, unbeschreiblich und maßlos ich in dich verliebt bin?"

„Ich bin mir sicher, dass ich mich daran erinnern würde, wenn du das gesagt hättest."

„Nun denn. Abgesehen von der Tatsache, dass ich es kaum erwarten kann, dich nackt zu sehen, heirate ich dich auch deshalb, weil ich wahnsinnig, unbeschreiblich und maßlos in dich verliebt bin und es immer sein werde."

„Dann erkläre ich uns hiermit zu einem perfekten Paar." Er nahm ihr Gesicht in beide Hände und presste seine Lippen auf ihren Mund.

Ihr erster wirklicher Kuss.

Der erste von vielen.

EPILOG

„Ty! Ich stecke fest!"

Cassie hatte kaum ihren Hilferuf ausgestoßen, da kam Ty auch schon um die Ecke gelaufen. Seine Jeans war von oben bis unten mit Mehl bestäubt, und bei jedem Schritt wirbelten seine Stiefel weiße Wolken auf. „Mir ist ein kleines Missgeschick mit dem Mehl passiert", erklärte er.

„Tatsächlich? Hätte ich nie vermutet." Cassie steckte mit ihrem Hinterteil in einem Karton voller Pappbecher fest, der ihr als Stuhl hatte dienen sollen. Unter ihrer Last war er zusammengebrochen, und sie konnte nur noch hilflos mit den Beinen zappeln. Eine unwürdigere Haltung hätte es nicht geben können. Doch das war ihr egal. Auch wenn sie eine Glatze bekäme, ihr Gesicht lila anliefe und ihre Nase zur Größe einer Melone anschwölle, Ty würde sie trotzdem lieben. Einen Mann, der eine Frau auch dann lieben konnte, musste man einfach lieben. „Ich könnte ein wenig Hilfe brauchen, Ty."

„Das sehe ich." Er beugte sich über sie, schlang seine Arme um ihren Oberkörper und hob sie auf die Füße. Er stützte sie, als sie gefährlich hin- und herschwankte. „Habe ich dir in letzter Zeit gesagt, wie sexy du aussiehst?"

„Letzte Nacht, wenn ich mich richtig erinnere", erwiderte Cassie, während sie versuchte, ihre Arme um seinen Hals zu schlingen. „Ich komme nicht einmal mehr an dich heran."

„So ein Quatsch. Als wenn ich mich von einem Bauch voll Zwillingen abhalten lassen würde, dich mit Zärtlichkeiten zu überschütten." Er ließ sich rücklings in den Karton fallen, aus dem er sie gerade befreit hatte, und zog sie seitlich auf seinen Schoß, damit ihr riesiger Bauch nicht im Weg war. „Zach wischt das Mehl auf, also habe ich etwas Zeit. Lust auf ein paar Streicheleinheiten?"

Cassie lächelte. „Was, wenn uns jemand dabei überrascht?"

Man stelle sich nur vor, sie waren schon ein Jahr verheiratet, und ihr Ehemann wollte immer noch mit ihr herumknutschen. War das nicht wundervoll?

„Sie würden denken, dass wir wahnsinnig verliebt sind und unsere Hände einfach nicht voneinander lassen können.“ Er strich ihr eine Strähne aus dem Gesicht und küsste sie fordernd und mit so viel Leidenschaft, dass alle Fasern ihres Körpers erglühten.

„Ich liebe dich, Ty“, flüsterte sie, ohne ihre Lippen von den seinen zu lösen. „So sehr.“

„Das sagst du nur, weil du Hunger hast und willst, dass ich dir etwas zu essen auftreibe“, erwiderte er. „Aber ich liebe dich auch.“ Dann tätschelte er ihren Bauch und beugte sich darüber. „Und ich liebe die beiden Lausbuben.“

„Woher willst du wissen, dass es Lausbuben sind?“

„Zwillingsjungen? Die können gar nicht anders.“ Er schauderte, schob die Hand unter ihre Bluse und streichelte ihren Bauch. „Wenn ich daran denke, wie viel Unsinn Zach und ich als Kinder getrieben haben ... Hilfe! Wir sollten als Ausgleich noch ein paar Mädchen kriegen.“

Cassie lächelte und lehnte ihren Kopf gegen seine Brust – ihr absoluter Lieblingsplatz. Sie kuschelte sich dicht an ihn. „Ich war auch nicht gerade pflegeleicht, muss ich gestehen. Egal, ob Jungen oder Mädchen – wir werden uns auf jeden Fall warm anziehen müssen.“

„Ich liebe Herausforderungen.“

Zach lugte um die Ecke. „Oh, kommt schon. Das hier ist ein öffentlicher Ort. Hört ihr wohl auf mit der Fummelei?“

„Wir wollten ein wenig allein sein“, erwiderte Ty. „Vorn ist zu viel los.

„Klar ist viel los. Es ist schließlich Freitagabend. Dein Restaurant ist freitags immer proppenvoll. Kommt, schaut euch die Wickelstube an. Mein Geschenk für euch beide ist da. Ich habe es gerade installiert."

„Wirklich?" *Die Wickelstube.* Hatte das Wort nicht einen bezaubernden Klang? „Na dann los." Cassie versuchte aufzustehen, doch es gelang ihr nicht. „Ty?"

„Aber klar, Liebling." Er hob sie mühelos auf die Füße und vergrub sein Gesicht in ihren Haaren. „Mein sexueller Übergriff auf dich ist noch nicht beendet, Schatz. Also mach dich auf etwas gefasst, wenn wir nach Hause kommen."

„Du bist unersättlich." Und sie liebte es. Ihr Ehemann hatte sie in eine echte Sexgranate verwandelt. War sie nicht ein Glückspilz?

Ty lächelte verschmitzt und knabberte an ihrem Ohrläppchen. „Ich kann mir nicht helfen. Du bist eine Göttin."

Zach stöhnte und führte sie beide über den Flur, wobei er murmelte, dass sie nicht vergessen sollten, dass das Lokal ein Familienrestaurant sei. Er öffnete die Tür zur Wickelstube. „Wie gefällt es euch?"

Cassie ging durch die extrabreite Tür und blieb verblüfft stehen. Ein riesiger Flachbildschirm hing an der hellblau tapezierten Wand. Der Wickeltisch war zur Seite gerückt worden und an seiner Stelle stand eine Stereoanlage. Lautsprecher hingen von den Zimmerecken. „Mein lieber Schwan, Zach. Das muss ja ein Vermögen gekostet haben."

„Was denkt ihr?" Wie ein kleiner Junge fuchtelte er aufgeregt mit den Armen. „Ihr werdet hier die ganze Zeit festsitzen, um euch um die Kleinen zu kümmern. Da dachte ich, ihr könntet ein wenig Unterhaltung vertragen."

Ty lachte. „Ich bin sicher, den Babys wird es sehr gefallen, die *Sesamstraße* im Surround-Sound genießen zu können." Er umarmte seinen Bruder. „Und mir auch. Danke, Mann."

Gerührt verfolgte Cassie das Schauspiel brüderlicher Zuneigung, als Leo plötzlich hereinspazierte. „Wo zum Teufel hast du gesteckt, Zach? Da draußen wartet eine Riesenschlange Gäste, es gibt keine Pizza mehr, und eine ganze Schar schreiender Kinder tobt in der Spielecke."

Zach schnitt eine Grimasse. „Ich habe Ty und Cassie gerade ihr Geschenk überreicht. Die letzten Stunden habe ich damit verbracht, es zu installieren."

„Musste das gerade jetzt sein? Ich habe den ganzen Tag in meinem Laden gearbeitet. Ich bin erledigt, aber trotzdem hergekommen, weil meine Freundin meine Hilfe braucht, und weil man mir gesagt hat, dass du die Hälfte der Arbeit übernimmst. Aber was machst du? Du hängst hier rum und guckst Fernsehen!" Leo warf Ty einen verärgerten Blick zu. „Kannst du dir nicht einen nützlicheren Bruder anschaffen?"

Ty lachte. „Er ist der Einzige, den ich habe."

„Kein Wunder, dass Cassie dich ihm vorgezogen hat." Leo funkelte Zach wütend an. „Und wenn du auch nur noch mit *einem* weiteren weiblichen Gast flirtest, schneide ich dir die Zunge aus dem Mund. Nennst du das etwa professionelles Verhalten?"

Zach umarmte Cassie kurz und drückte ihr einen Kuss auf die Wange. „Man verlangt nach mir. Ich muss los. Bis später." Er zwinkerte ihr verschmitzt zu und wuschelte im Vorübergehen durch Leos Haar.

Leo schüttelte nur den Kopf. „Schaut mich an, jetzt sehe ich aus wie eine Vogelscheuche. Der Mann raubt mir den letzten Nerv."

Cassie umarmte ihre Freundin. „Danke, dass du eingesprungen bist."

„Für dich tue ich doch alles. Aber es ist gut, dass ich dich so sehr mag, sonst würde ich Zachs Kopf durch den Gemüseschneider drücken." Leo seufzte. „Ich weiß nicht, wie du es mit Männern aushältst, Cassie. Das Single-Leben ist doch das einzig Wahre."

Cassie warf Ty ein strahlendes Lächeln zu. Er legte seinen Arm um ihre Schultern. „Da muss ich dir widersprechen."

„Als verheiratete Frau bleibt dir auch nichts anderes übrig. In diesem Sinne ... ich muss los. Tolle Wickelstube übrigens." Leo kehrte zurück nach vorne ins Lokal und rief schon im Gehen nach Zach.

„Puh!" Cassie lehnte sich an Ty und schloss die Augen. „Glaubst du, sie werden den Laden in Schutt und Asche legen, während wir weg sind?"

„Nein." Ty fuhr ihr durchs Haar. „Ich musste ihnen allerdings mein Geheimrezept verraten."

„Ich hoffe, du hast sie eine Verschwiegenheitserklärung unterzeichnen lassen."

„Aber klar. Denen ist nicht zu trauen."

„Glaubst du, Leo und Zach werden sich jemals vertragen?"

„Oh, die lieben sich doch schon jetzt. Sie wissen es nur noch nicht."

Cassie schnaubte ungläubig. „Keine Chance."

„Was wollen wir wetten?"

Ein heftiger Schmerz fuhr durch Cassies Körper. Sie rang nach Atem und krümmte sich.

„Cassie! Was ist los?" Ty klang so besorgt, dass sie ihn am liebsten umarmt hätte.

Was sie auch nachholen würde, sobald sie sich wieder bewegen konnte.

„Cassie, rede mit mir."

Endlich entspannte sich ihr Körper wieder, und sie sah Ty an. „Ich glaube, es ist Zeit, ins Krankenhaus zu fahren."

„Du machst Witze."

„Darüber würde ich keine Witze machen." Es war so weit!

„Alles klar. Kein Problem." Er sah plötzlich blass aus. „Sind die Taschen schon im Wagen?"

„Ich dachte, du hättest sie hineingelegt."

„Stimmt, das habe ich." Er hob sie auf die Arme und trug sie zur Tür.

„Ich kann gehen, Ty."

„Warum solltest du laufen, wenn ich dich doch tragen kann?"

Ja, warum eigentlich?

Sie schlang ihre Arme um seinen Hals und schmiegte sich an ihn. Sie lächelte, als Ty der versammelten Gästeschar zurief, was los war, und ein unglaublicher Jubel losbrach. Hilfsbereite Hände öffneten ihnen die Türen, Schultern wurden aufmunternd geklopft, und alle wünschten ihnen Glück.

Nachdem Ty sie auf den Beifahrersitz gebettet hatte, kniete er neben Cassie nieder und nahm ihre Hand. „Bist du bereit, eine Mom zu werden?"

„Und wie. Was ist mit dir?

„Nein."

„Nein?"

Er schüttelte den Kopf und blickte sie verschmitzt an. „Eine Mom will ich auf keinen Fall werden. Aber ich kann es kaum erwarten, endlich Dad zu werden." Und dann küsste er sie. „Danke, dass du all meine Träume wahr werden lässt. Sogar die, von denen ich gar nicht wusste, dass ich sie hatte."

Sie zuckte die Achseln. „Es ist mein Job als deine Stressbewältigungstherapeutin, dich dazu zu bringen, deine Träume zu erkennen und zu verwirklichen."

„Ist da denn gar keine Liebe mit im Spiel?"

Cassie lächelte. „Da ist nichts als Liebe mit im Spiel."

„Und die Sache mit dem Nacktsein?"

„Die ist ein zusätzliches Plus."

– ENDE –

Crusie / Foster / Phillips
Single Bells
Band-Nr. 25255
7,95 € (D)
ISBN: 978-3-89941-420-2
304 Seiten

Karen Templeton
Männer und der ganz normale Wahnsinn
Band-Nr. 25316
7,95 € (D)
ISBN: 978-3-89941-516-2
480 Seiten

Susan Andersen
Alarm auf Wolke sieben
Band-Nr. 25312
7,95 € (D)
ISBN: 978-3-89941-500-1
336 Seiten

Jane Sigaloff
Wie die Mutter, so die Tochter
Band-Nr. 25277
7,95 € (D)
ISBN: 978-3-89941-457-8
384 Seiten

Carly Phillips
Hochzeit auf griechisch
Band-Nr. 25226
6,95 € (D)
ISBN: 978-3-89941-343-4
336 Seiten

Carly Phillips
Verliebt, skandalös und sexy
Band-Nr. 25137
6,95 € (D)
ISBN: 978-3-89941-176-8
480 Seiten

Jennifer Greene
Alle lieben Merry
Band-Nr. 25272
7,95 € (D)
ISBN: 978-3-89941-425-7
432 Seiten

Tori Carrington
Adonis auf Abwegen
Band-Nr. 25285
7,95 € (D)
ISBN: 978-3-89941-466-0
368 Seiten